JANE AUSTEN

Mansfield Park

JANE AUSTEN

Mansfield Park

ALDA PORTO
Tradução e notas

MARTIN CLARET

Mansfield Park

Capítulo 1

Cerca de trinta anos atrás, a srta. Maria Ward, de Huntingdon, com apenas sete mil libras de dote, teve a sorte de conquistar *Sir* Thomas Bertram, proprietário de Mansfield Park, no condado de Northampton, e com isso elevar-se ao *status* de nobreza como esposa de um baronete, com todos os confortos e privilégios de uma bela propriedade e alta renda. Toda a cidade de Huntingdon ficou maravilhada com a suntuosidade do casamento, e seu próprio tio, advogado, reconheceu que faltavam à moça pelo menos três mil libras para fazer justiça a tal união. As duas irmãs de Maria também se beneficiariam dessa ascensão, e algumas pessoas, que julgavam as srtas. Ward e Frances tão belas quanto a srta. Maria, não tiveram escrúpulos em prever que ambas se casariam com quase a mesma vantagem. Mas, com certeza, não há no mundo tantos homens ricos quanto mulheres bonitas que os mereçam. A srta. Ward, ao fim de seis anos, viu-se obrigada a unir-se ao pastor sr. Norris, amigo do cunhado, que mal tinha qualquer fortuna particular, e a srta. Frances se saiu ainda pior. O casamento da srta. Ward, na verdade, não foi de todo ruim: *Sir* Thomas teve o prazer de dar ao amigo uma renda e um lugar para morar em Mansfield, e o sr. e a sra. Norris começaram sua felicidade conjugal com muito menos que mil libras por ano. Contudo, a srta. Frances casou-se, como se diz, para contrariar a família, com um tenente dos fuzileiros navais, sem educação, fortuna ou ligações, e o fez da forma mais completa. Dificilmente poderia ter feito uma escolha mais desastrosa. *Sir* Thomas Bertram geralmente tinha interesse, tanto por princípio quanto por orgulho, em agir de forma correta, além do desejo de ver todas as pessoas relacionadas a ele em situações respeitáveis. Ele ter-se-ia empenhado com prazer em ajudar a irmã de *Lady* Bertram, entretanto a profissão do marido não lhe era útil de forma alguma; e, antes de ele ter tempo de imaginar alguma outra forma de ajudá-los, já ocorrera um absoluto rompimento entre as irmãs, resultado natural da conduta de cada parte, que um casamento tão imprudente quase sempre produz. Para poupar-se de inúteis protestos, a sra. Price jamais escreveu à família sobre o assunto até casar-se de fato. *Lady* Bertram, uma mulher muito tranquila e com um notável gênio descontraído e indolente, ter-se-ia contentado em apenas desistir da irmã e não pensar mais no caso, mas a sra. Norris tinha um espírito impulsivo, e foi incapaz de se conter até escrever uma carta longa e indignada a Fanny, para salientar a loucura da conduta dela e ameaçá-la com todas as possíveis más consequências. A sra. Price, por sua vez, ficou ofendida e furiosa, e uma resposta, que abrangia na raiva as duas irmãs e atribuía tais pensamentos desrespeitosos ainda mais ao orgulho de *Sir* Thomas, pois a sra. Norris não pôde guardar para si mesma, pôs fim a todo e qualquer relacionamento entre eles por um período considerável.

Suas casas eram tão distantes e seus círculos de amizades tão diferentes que, nos onze anos seguintes, quase excluíram os meios de ouvirem falar uns dos outros. Para *Sir* Thomas era formidável que a sra. Norris tivesse o poder de dizer-lhes, como fazia de vez em quando com voz zangada, que Fanny tivera outro filho. Ao fim de onze anos, porém, a sra. Price não mais pôde dar-se ao luxo de alimentar orgulho ou ressentimento ou de perder uma ligação que talvez a ajudasse. Com família grande, e cada vez maior, o marido inválido para o serviço ativo, mas nem por isso menos presente e companheiro de boa bebida, e renda muito pequena para suprir as necessidades, tornou-se ávida por reconquistar os amigos que, com tão pouco caso, sacrificara, e dirigiu-se a *Lady* Bertram numa carta que falava de tanta contrição e melancolia, de excessivos filhos e tão grande necessidade de tudo, que não podia deixar de dispô-los a uma reconciliação. Preparava-se para o nono parto, e, após lamentar a circunstância e implorar o apoio deles como padrinhos da esperada criança, não pôde esconder como os julgava importantes para a futura manutenção dos oito já existentes. O mais velho era um menino de dez anos, um ótimo e animado jovem que ansiava por ganhar o mundo, mas o que ela podia fazer? Haveria alguma chance de ele ser útil a *Sir* Thomas nos interesses da propriedade nas Antilhas? Nenhuma situação estaria abaixo dele... Ou que tal se *Sir* Thomas pensasse em Woolwich ou em como se poderia mandar um garoto para o Oriente?

A carta não foi improdutiva. Restabeleceu a paz e a bondade. *Sir* Thomas mandou amistosos avisos e promessas, *Lady* Bertram despachou dinheiro e roupas para o bebê, e a sra. Norris escreveu mais cartas.

Tais foram os efeitos imediatos; e dentro de doze meses resultou disso uma vantagem mais importante para a sra. Price. A sra. Norris muitas vezes observava aos outros que não tirava da cabeça a pobre irmã e a família dela, e que, por mais que todos houvessem feito em seu favor, ela carecia de muito mais; e, por fim, não conseguia esconder que desejava aliviar a pobre sra. Price do peso e da despesa de um dos seus numerosos filhos.

— E se juntas assumíssemos o cuidado da filha mais velha, uma menina agora com nove anos, uma idade que exige mais atenção do que poderia dar-lhe a pobre mãe? O problema e os gastos seriam ínfimos comparados com a benevolência do ato.

Lady Bertram concordou com a irmã no mesmo instante.

— Acho que não podemos fazer nada mais — disse — além de mandar buscar a criança.

Sir Thomas não pôde dar um consentimento tão imediato e irrestrito. Debateu e hesitou — era uma grave responsabilidade; uma menina assim trazida deveria ser adequadamente provida, ou haveria crueldade em vez de bondade no ato de tirá-la da família. Pensava em suas quatro crianças — nos dois filhos — em primos apaixonados, etc. —, mas tão logo começou a expor com deliberação tais objeções, a sra. Norris interrompeu-o com uma resposta a todos, explícita ou não.

— Meu caro *Sir* Thomas, compreendo-o à perfeição, e faço justiça à generosidade e delicadeza de suas ideias, na verdade tão condizentes com sua conduta geral, e estou plenamente de acordo com o senhor no que diz respeito a se fazer todo o possível em termos de sustentar uma menina que, de certa forma, tomamos em nossas mãos, e tenho certeza de que devo ser a última pessoa no mundo a negar minha contribuição em tal ocasião. Como não tenho filhos, de quem deveria cuidar, em qualquer pequena questão em que algum dia possa ser útil, senão dos filhos das minhas irmãs? E tenho certeza de que o sr. Norris é demasiado justo... mas sei que sou uma mulher de poucas palavras e de pouca fé. Não nos deixemos assustar e não praticar uma boa ação por causa de uma bobagem. Vamos dar à menina uma boa educação, e apresentá-la de forma adequada ao mundo, e aposto que ela terá os meios para assentar-se bem, sem prejuízo para ninguém. Uma sobrinha nossa, *Sir* Thomas, posso dizer, ou pelos menos sua, não seria criada num ambiente assim sem muitas vantagens. Não digo que fosse tão elegante quanto as primas. Não digo que será tão elegante como suas primas nem me atrevo a dizer que será tão bela. No entanto, poderá ser apresentada à sociedade desta região em circunstâncias favoráveis que a permitirão render-lhe uma vida digna. O senhor pensa em seus filhos mas não sabe que, de todas as coisas na face da terra, essa é a que tem menos probabilidade de acontecer, se criados sempre juntos como irmãos e irmãs? É moralmente impossível. Eu jamais conheci um caso assim. Na verdade, trata-se do único modo seguro de precaver-se contra tal ligação. E se ela for uma bela jovem, e Tom ou Edmund a virem pela primeira vez daqui a sete anos e, me atrevo a dizer, houvesse algo malicioso no ar? Só a ideia de tê-la deixado crescer longe de nós, na pobreza e no abandono, já bastaria para fazer qualquer um dos queridos e doces rapazes apaixonar-se pela moça. Mas eduque-a com eles a partir de agora, pois imagine-a com a beleza de um anjo, e ainda assim ela jamais passará de uma irmã para os dois.

— Há muita verdade no que diz — respondeu *Sir* Thomas —, e longe de mim lançar algum impedimento fantasioso no caminho de um plano tão consciencioso com a situação relativa de cada um. Eu só pretendia observar que não se deve fazer isso assim, sem mais nem menos, e que para ser útil à sra. Price, e um crédito para nós mesmos, devemos assegurar à criança, ou considerar-nos empenhados em assegurar daqui por diante, segundo as circunstâncias, a provisão de uma jovem herdeira se não aparecer nenhuma situação de matrimônio como você tem tanta esperança.

— Compreendo-o inteiramente — consentiu a sra. Norris. — E faço justiça a sua generosidade e delicadeza, e tenho certeza de que jamais discordaremos nesse ponto. O que eu puder fazer, como já sabe, estarei sempre disposta a fazê-lo pelo bem daqueles a quem amo, e embora jamais pudesse sentir por essa menininha a centésima parte da estima que tenho por seus queridos filhos, nem considerá-la, em aspecto algum, tão minha, eu me odiaria se fosse capaz de abandoná-la. Não é filha da minha irmã? E poderia eu suportar vê-la passando fome enquanto tiver um pedaço de pão para lhe dar? Meu caro *Sir* Thomas, apesar de todos os meus defeitos, tenho um bom coração, e, pobre como sou, preferiria negar-me às necessidades da vida a fazer algo mesquinho. Assim, se o senhor não se opõe, amanhã escreverei à minha pobre irmã fazendo a proposta, e, tão logo tudo se acerte, eu me empenharei em trazer a criança para Mansfield; o senhor não terá de se ocupar com isso. Meu próprio problema, como sabe o senhor, não me preocupa. Mandarei Nanny a Londres para buscá-la; ela pode dormir na casa de um primo seleiro, e depois encontrar a criança ali. Podem trazê-la facilmente de Portsmouth à cidade pela diligência, sob os cuidados de qualquer pessoa de confiança que porventura vá a Londres. Ouso dizer que sempre há alguma respeitável esposa de comerciante.

A não ser pelo ataque ao primo de Fanny, *Sir* Thomas não fez mais qualquer objeção, e após acertarem um encontro mais adequado, embora menos econômico, considerou tudo acertado, e já desfrutavam as satisfações de um plano tão benévolo. A partilha de boas sensações não deveria, de modo algum, ter sido igual; pois *Sir* Thomas tomara a decisão de ser o verdadeiro e consistente protetor da criança escolhida, e a sra. Norris não tinha a menor intenção de arcar com despesa alguma de manutenção. Quanto a planejar um esquema, ela foi completamente essencial, pois ninguém sabia melhor como ditar regras aos outros, mas o amor pelo dinheiro igualava-se ao da orientação, e ela sabia tão bem poupar o seu quanto gastar o dos amigos. Após se casar com uma renda menor do que esperara, tinha, desde o início, idealizado uma linha muito severa de economia necessária, e o que começara como uma questão de prudência logo se tornou uma questão de opção, como motivo dessa necessitada solicitude sem a existência de filhos a suprir. Se houvesse uma família a alimentar, a sra. Norris jamais pouparia dinheiro, mas, como não tinha preocupação dessa natureza, nada havia que lhe impedisse a frugalidade nem diminuísse o conforto de fazer um acréscimo anual a uma renda à qual jamais haviam correspondido. Sob esse fugaz princípio, uma vez que não sentia verdadeira afeição pela irmã, não podia almejar mais que o crédito de pensar e providenciar uma caridade tão dispendiosa, porém, talvez nem ela mesma imaginasse que voltava ao presbitério, após essa conversa, acreditando ser a irmã e tia mais liberal do mundo.

Quando retornaram ao assunto, as opiniões dela tiveram uma explicação mais plena, e, em resposta à calma pergunta de *Lady* Bertram:

— Para onde virá a criança primeiro, irmã, para você ou para nós?

Sir Thomas ouviu com certa surpresa que a sra. Norris estava impossibilitada de assumir qualquer parte no cuidado pessoal da menina. Ele andara pensando na criança como sendo bem-vinda particularmente ao presbitério, uma companhia desejável para uma tia sem filhos, mas viu-se em completo engano. A sra. Norris lamentava dizer que a estada da menina com eles, pelo menos na situação atual, estava inteiramente fora de questão. O frágil estado de saúde do pobre sr. Norris tornava isso impossível, e ele não suportaria mais o barulho que uma criança nessa idade poderia vir a fazer. Se, de fato, algum dia ficasse bom das queixas da gota, aí seria um caso diferente: ela teria então o prazer de aceitar o seu turno sem se incomodar, mas, no momento, o pobre sr. Norris tomava cada instante do seu tempo, e ela sabia que só falar sobre o assunto certamente o perturbaria.

— Então seria melhor ela vir para nós — disse *Lady* Bertram, com a máxima compostura.

Após uma breve pausa, Sir Thomas acrescentou com dignidade:

— É..., que esta seja sua casa. Tentaremos cumprir nosso dever, e ela pelo menos terá a vantagem de companhias da mesma idade e uma instrutora permanente.

— Isso mesmo — exclamou a sra. Norris. — São importantes considerações e tanto faz para a srta. Lee se tiver três meninas para ensinar, ou apenas duas... não pode haver diferença. Eu só desejaria poder ser mais útil, mas, como vê, faço tudo ao meu alcance. Não sou uma dessas que fogem dos problemas, e Nanny irá buscá-la, por mais que me atrapalhe ficar sem minha principal conselheira por três dias. Creio, irmã, que você vai pôr a menininha no pequeno sótão branco, perto dos antigos quartos das crianças. Será o melhor lugar: próximo da srta. Lee, e não muito distante do quarto das meninas, com a vantagem de estar perto das criadas. Qualquer uma delas pode ajudá-la a se vestir, você sabe, e cuidar das suas roupas, pois suponho que não lhe pareça ser justo esperar que Ellis tome conta dela além das outras crianças. Não vejo como você poderá instalá-la em qualquer outra parte.

Lady Bertram não fez nenhuma objeção.

— Espero que demonstre ser uma menina bem-disposta — continuou a sra. Norris — e sensível à extraordinária boa sorte de ter amigos assim.

— Se a menina tiver uma índole ruim — disse Sir Thomas — não devemos, por causa dos nossos filhos, permanecer com ela na família, mas não há motivo para esperar pelo pior. Provavelmente, precisaremos reeducá-la, e devemos preparar-nos para uma ignorância grosseira, algumas opiniões mesquinhas e maneiras vulgares muito perturbadoras, mas não são defeitos incorrigíveis... nem, assim espero, devem ser perigosos para os colegas. Se minhas filhas fossem mais jovens que ela, eu teria considerado a introdução de tal companheira uma questão muito importante, mas, na verdade, espero que nada haja a temer por elas, e tudo a esperar em favor dela dessa convivência.

— É exatamente o que eu penso — exclamou a sra. Norris —, e dizia isso ao meu marido hoje de manhã. Só o fato de estar com os primos será uma educação para a criança; se a srta. Lee nada lhe ensinar, ela aprenderá a ser boa e esperta com as primas.

— Espero que ela não provoque meu pobre cachorrinho — disse *Lady* Bertram. — Acabo de mandar Julia deixá-lo em paz.

— Iremos e encontraremos certa dificuldade, sra. Norris — observou *Sir* Thomas —, quanto à distinção correta a fazer entre as meninas à medida que crescerem: como preservar na mente das minhas filhas a consciência de quem são, sem fazê-las menosprezar a prima, e como, sem deprimir demasiado o espírito dela, fazê-la lembrar que não é uma srta. Bertram? Eu gostaria de vê-las boas amigas, e de modo nenhum autorizaria às minhas meninas o menor grau de arrogância com a parenta, mas, ainda assim, não podem ser iguais. Sempre terão posição social, fortuna, direitos e expectativas diferentes. É uma questão de grande delicadeza, e você deve auxiliar-nos em nossos esforços para escolher a linha de conduta exata.

A sra. Norris pôs-se às ordens, e, embora em perfeita concordância com ele quanto a ser o mais difícil, encorajou-o a esperar que tudo se arranjasse com facilidade.

Seria de acreditar, desde logo, que a sra. Norris não escreveu em vão à irmã. A sra. Price pareceu um tanto surpresa pela escolha de uma menina, quando havia tantos meninos ótimos, mas aceitou a oferta muitíssimo agradecida, garantiu-lhes que a filha era de boa índole e bom humor, e confiava que jamais teriam motivo para expulsá-la. Explicou, além disso, como a saúde da pequena era delicada e frágil, mas mostrou-se otimista na esperança de a menina melhorar com a mudança de ares. Coitada! Provavelmente acreditava que muitos dos filhos precisavam de uma mudança de ar.

Capítulo 2

A menina fez a longa viagem em segurança, e foi recebida em Northampton pela sra. Norris, que assim se regalou com o crédito de ser a primeira a lhe dar as boas-vindas, com a importância de conduzi-la aos outros e recomendá-la à bondade deles.

Nessa época, Fanny Price tinha apenas dez anos, e embora talvez não exibisse uma aparência muito cativante, pelo menos nada havia que desgostasse os parentes. Pequena para a idade, sem fulgor nas faces nem qualquer outra beleza impressionante, arredia e tímida demais, evitava as atenções, porém, apesar de um pouco desajeitada, não era vulgar, e sua voz meiga, quando falava, tornava seu rosto bonito. *Sir* Thomas e *Lady* Bertram acolheram-na com muita carinho, e ele, observando como a pequena precisava de encorajamento, tentou conquistar-lhe a simpatia. Teve, contudo, de trabalhar contra uma postura mais rebelde — e a esposa, sem se dar nem metade do trabalho, nem dizer uma palavra para cada dez que o marido dizia, com a simples ajuda de um bem-humorado sorriso, tornou-se desde então o caráter menos assustador dos dois.

Todas as crianças estavam em casa, e mantiveram muito bem sua parte na apresentação, com grande bom humor, nenhum constrangimento, pelo menos da parte dos garotos, que, aos dezessete e dezesseis anos, e altos para a idade, tinham toda a grandeza de homens aos olhos da pequena prima. As duas meninas pareciam muito mais perdidas por serem mais novas e se sentirem um pouco intimidadas pelo pai, que as preparara especialmente para aquela ocasião. Contudo, as meninas estavam por demais acostumadas à vida social e aos elogios para ter algo semelhante à timidez natural; e, como essa confiança cresceu diante da total falta de crença da prima, logo puderam fazer uma inspeção completa do rosto e do avental da menininha com tranquila indiferença.

Notava-se que formavam uma família exemplar, os filhos muito bem-apessoados, as filhas incontestavelmente belas, e todos bem-educados e adiantados para a idade, o que produzia uma impressionante diferença entre os primos, assim como a educação dada a eles; e ninguém perceberia a tão pouca diferença de idade entre as meninas. De fato, só dois anos separavam a mais nova de Fanny. Julia Bertram tinha apenas doze, e Maria, treze. Enquanto isso, a pequena visitante sentia-se tão infeliz quanto possível. Com medo de todos, vergonha de si mesma e saudade da casa que acabara de deixar, não sabia como erguer o rosto, e mal podia dizer uma palavra sem chorar. A sra. Norris viera desde Northampton conversando com a sobrinha sobre a maravilhosa sorte dela, a enorme gratidão e o bom comportamento que deveria ter por tudo isso, e a consciência da infelicidade da menina assim aumentara com a ideia de que era uma atitude mesquinha não sentir-se feliz. Também o cansaço de uma viagem tão longa logo se tornou um grande incômodo. Em vão se revelaram as bem-intencionadas amabilidades de *Sir* Thomas Bertram e todos os bons prognósticos da sra. Norris de que ela seria uma boa menina; em vão *Lady* Bertram sorriu, fez a sobrinha sentar-se no sofá consigo e o cachorrinho, e até mesmo a visão de uma torta de groselha destinada a confortá-la foi em vão. Fanny mal conseguia engolir dois bocados sem que as lágrimas a interrompessem, e como o sono parecia ser o amigo mais provável, logo a levaram para guardar as mágoas na cama.

— Não é um começo muito promissor — disse a sra. Norris quando Fanny deixou a sala. — Depois de tudo que eu disse a ela na viagem, achei que iria comportar-se melhor. Falei o quanto poderia depender de seu comportamento no início. Eu espero que não tenha sido um exemplo de birra... a pobre mãe dela era muito rebelde... mas devemos ser um pouco tolerantes com essa criança... e não sei se o fato de estar triste por deixar o lar depõe realmente contra ela, pois, apesar de todas as deficiências, era sua referência de lar, e ela não pode ainda entender o quanto mudou para melhor, mas, por outro lado, há limites para tudo.

Portanto, foi necessário um tempo maior do que a sra. Norris estava disposta a conceder para acostumar Fanny com a novidade de Mansfield Park e a separação de toda sua família. A menina tinha sentimentos muito agudos e sutis para que se cuidasse deles. Ninguém pretendia ser mesquinho, mas tampouco se esforçava muito para garantir-lhe conforto.

O dia de folga concedido às srtas. Bertram no dia seguinte, com a intenção de proporcionar-lhes lazer, conhecerem e entreterem a jovem prima, produziu poucos resultados. Não puderam deixar de achá-la simplória, ao descobrirem que só possuía duas cintas e jamais aprendera francês; quando a viram titubear no pequeno dueto que tiveram a amabilidade de tocar para ela, só puderam dar-lhe, como um generoso presente, alguns de seus brinquedos menos valiosos e deixá-la sozinha enquanto se dedicavam ao passatempo favorito no momento: fazer flores artificiais ou recortar papel dourado.

Fanny, perto ou longe das primas, na sala de aula, de visitas ou nos arbustos, sentia-se desamparada da mesma forma e encontrava algo a temer em cada pessoa e lugar. Ficava desanimada pelo silêncio de *Lady* Bertram, intimidada pela aparência séria de *Sir* Thomas e bastante arrasada pelas repreensões da sra. Norris. As primas mais velhas mortificavam-na com os comentários sobre seu tamanho, e envergonhavam-na quando notavam sua timidez. A srta. Lee surpreendia-se com sua ignorância, as criadas zombavam de suas roupas; e quando a essas mágoas se acrescentava a lembrança dos irmãos e das irmãs, entre os quais sempre fora tão importante como companheira de brinquedos, instrutora e babá, uma enorme tristeza encontrava morada em seu coraçãozinho.

O tamanho da casa admirava-a, mas não podia consolá-la. Os aposentos pareciam grandes demais para movimentar-se com facilidade. Ela tinha receio de quebrar tudo que tocasse, e arrastava-se pela casa em constante terror de uma ou outra coisa; muitas vezes fugia para o quarto e chorava; e a menininha de quem falavam na sala de estar, quando se recolhia à noite, parecendo estar tão agradecida com a boa sorte, encerrava as mágoas de todo dia chorando até adormecer. Assim, passou-se uma semana, e suas calmas e passivas maneiras não levantaram qualquer suspeita de quão triste se sentia, até que o primo Edmund, o mais novo dos filhos, a encontrou, certa manhã, aos prantos, sentada na escada do sótão.

— Minha querida priminha — ele disse com toda a delicadeza e doçura de uma excelente pessoa —, o que aconteceu?

E, sentando-se ao lado, muito se esforçou para superar a vergonha dela por ser assim surpreendida, e convenceu-a a falar com franqueza. Sentia-se mal? Alguém se zangara com ela? Brigara com Maria e Julia? Ficara confusa com alguma coisa na lição que ele pudesse explicar? Enfim, haveria alguma coisa que pudesse obter ou fazer por ela? Durante um longo instante, não se obteve qualquer resposta além de:

— Não, não... de jeito nenhum... não, obrigada.

No entanto, Edmund insistia, e tão logo começou a falar da família dela, os soluços intensificados da menina explicaram de onde vinha a dor. Ele tentou consolá-la:

— Você está triste por ter deixado sua mãe, minha querida Fanny, o que evidencia tratar-se de uma menina muito boa, mas deve lembrar que está com parentes e amigos, e que todos a amam e desejam fazê-la feliz. Vamos dar um passeio no parque, e você me contará tudo sobre seus irmãos e irmãs.

Ao prosseguir no assunto, descobriu que, por mais queridos que fossem os irmãos e as irmãs, um deles ocupava mais seus pensamentos que os outros. Fanny falava sobre William e ansiava por vê-lo. O primogênito, um ano mais velho que ela, companheiro e amigo constante; quem a defendia da mãe — de quem era o favorito — em todas as aflições.

— William não queria que eu fosse embora, dizendo que ia sentir muita saudade.

— Mas aposto que William vai escrever-lhe.

— Sim, ele prometeu que escreveria, mas me pediu que eu lhe escrevesse primeiro.

— E quando você vai fazer isso?

A menina baixou a cabeça e respondeu hesitante:

— Não sei... Não tenho papel.

— Se toda sua dificuldade é essa, eu lhe fornecerei papel e todos os demais materiais, e você pode escrever sua carta sempre que quiser. Escrever para William a faria feliz?

— Sim, muito.

— Então, que seja agora. Venha comigo à sala de desjejum, lá encontraremos tudo que precisamos e ninguém irá incomodar-nos.

— Mas, primo... a carta será postada no correio?

— Sim, conte com isso: eu a colocarei junto com as outras, e, como seu tio pagará a postagem, nada custará a William.

— Meu tio! — repetiu Fanny com um ar assustado.

— Sim, depois de você escrever a carta, eu a levarei a meu pai para selá-la.

Ela julgou aquilo uma medida ousada, mas não ofereceu mais resistência, e foram juntos à sala de desjejum, onde Edmund lhe preparou papel e traçou as linhas com toda a boa vontade que o irmão dela teria demonstrado, e provavelmente com a mesma exatidão. Ele permaneceu ali ao seu lado todo o tempo que ela levou para escrever, ajudando-a com a pena e a ortografia, conforme necessário, e acrescentou a essas atenções, que muito a comoveram, uma bondade para com o irmão que a alegrou mais que tudo. Ele escreveu de próprio punho lembranças ao primo William, e também colocou um guinéu por baixo do lacre. A emoção de Fanny foi tanta que ela se julgou incapaz de expressar, mas com seu semblante e algumas palavras desajeitadas pôde transmitir toda a gratidão e o prazer, e ele começou a julgá-la uma pessoa mais interessante. Conversaram mais um pouco e, de tudo que ouviu, convenceu-se de que a prima tinha um coração afetuoso e um forte desejo de agir corretamente, além de precisar mais de atenção pela situação delicada em que se encontrava e por sua grande timidez. Jamais lhe causara sofrimento de forma intencional, mas agora sentia que ela precisava de mais cuidados e, com essa intenção, procurou, em primeiro lugar, diminuir os receios da prima em relação a todos eles, e deu-lhe em especial muitos bons conselhos quanto às brincadeiras com Maria e Julia, e a ser o mais alegre possível.

Desse dia em diante, Fanny foi sentindo-se mais à vontade e confiante. Achava que tinha um amigo, e a bondade do primo Edmund dava-lhe mais disposição com todos os demais parentes. O lugar tornou-se menos estranho, e as pessoas, menos assustadoras, e, se não podia deixar de temer alguns, ao menos começou a entender como eram e a perceber a melhor forma de se adaptar a eles. As pequenas rebeldias e grosserias que ameaçaram a tranquilidade de todos, inclusive a dela própria, desapareceram, e não mais teve medo de aparecer perante o tio, nem a voz da tia Norris a assustava tanto. Para as primas, tornou-se, de vez em quando, uma companhia aceitável. Embora não pudesse ser uma presença constante, pela idade e força inferiores, os jogos e brincadeiras, às vezes, precisavam de uma terceira pessoa, sobretudo porque ela possuía um temperamento condescendente e maleável, além de não poderem deixar de admitir, quando a tia perguntava pelas faltas dela, ou quando o irmão Edmund insistia no direito da menina à bondade deles, que "Fanny era uma boa menina".

O próprio Edmund se mostrava dono de uma bondade única, e ela nada tinha a reclamar da parte de Tom, nunca disponível para qualquer brincadeira que um jovem de dezessete anos pudesse ter com uma menina de dez. Tom apenas começava na vida, muito animado, e com todas as regalias de um filho mais velho, que se sente livre apenas para gastar dinheiro e se divertir. A bondade que tinha com a priminha condizia com sua situação e direito: dava-lhe presentes e ria dela.

À medida que a aparência e o ânimo de Fanny melhoravam, *Sir* Thomas e a sra. Norris felicitavam-se pela boa ação e logo os dois perceberam que, embora longe de brilhante, ela era muito dócil e provavelmente daria pouco trabalho cuidar dela. A opinião sobre os talentos da menina não se limitava a eles. Fanny sabia ler, trabalhar e escrever, porém nada mais lhe ensinaram; e, como as primas a achavam ignorante, em tantas coisas com as quais elas haviam-se familiarizado muito antes, julgavam-na de uma estupidez prodigiosa, e nas primeiras duas ou três semanas viviam trazendo à sala de estar alguma nova informação sobre a parca instrução da prima.

— Querida mamãe, veja só, minha prima não sabe montar o mapa da Europa... não sabe dizer os principais rios da Rússia... nunca ouviu falar na Ásia Menor... não sabe a diferença entre aquarela e lápis de cera! Que coisa mais estranha! Já ouviu falar de alguém tão idiota, tia Norris?

— Minhas queridas — respondia a conscienciosa tia —, isso é muito grave, mas não se deve esperar que todos sejam tão inteligentes e adiantados no aprendizado quanto vocês.

— Mas, tia, ela é realmente muito ignorante! Nós sabemos. Ontem à noite, nós lhe perguntamos qual caminho tomaria para chegar à Irlanda e ela respondeu que devia atravessar até a ilha de Wight. Só pensa na ilha de Wight, e a chama de a Ilha, como se não houvesse outra no mundo. Tenho certeza de que eu morreria de vergonha se não soubesse dessas coisas na idade dela. Não me lembro da época em que não sabia muita coisa da qual ela ainda não faz nem ideia. Há quanto tempo, tia, nós repetíamos a ordem cronológica dos reis da Inglaterra, com as datas de ascensão e a maior parte dos acontecimentos dos reinados!

— Sim — acrescentava a outra — e dos imperadores romanos desde Severo, além de muita coisa da mitologia dos infiéis, e todos os metais, semimetais, planetas e filósofos famosos.

— De fato, minhas queridas, mas vocês são abençoadas com memórias maravilhosas, e a pobre prima na certa não tem nenhuma. Há uma vasta diferença de memórias, como em tudo mais, e, portanto, vocês devem levar isso em consideração e ter pena dessa deficiência. Lembrem-se de que, embora sejam tão adiantadas e espertas, devem sempre ser modestas, pois, por mais que já saibam, ainda falta aprenderem muita coisa.

— É, sei, sim, até eu fazer dezessete anos. Mas devo dizer-lhe outra coisa também estranha e estúpida sobre Fanny. Sabe, ela diz que não quer aprender música nem a desenhar.

— Por certo, minha querida, é de fato muita estupidez. Mas, feitas todas as contas, não sei se é melhor que seja assim, pois, embora você saiba, graças a mim, que seu pai e sua mãe tiveram a bondade de educá-la junto com vocês, não é de modo algum necessário que ela tenha uma educação tão completa quanto a sua; pelo contrário, é muito mais desejável que haja uma diferença.

Esses eram os conselhos com o quais a sra. Norris ajudava a formar o caráter das sobrinhas, e não surpreende muito que, com todos os seus talentos promissores e informação antecipada, elas tivessem uma total deficiência em aquisições menos comuns como autoconhecimento, generosidade e humildade. Cuidava-se de proporcionar-lhes um admirável ensino em tudo, menos integridade. *Sir* Thomas não sabia o que faltava, porque, embora fosse um pai de fato atencioso, não demonstrava muita afeição, e sua atitude reservada reprimia toda a espontaneidade delas diante dele.

À educação das filhas, *Lady* Bertram não dava a menor atenção. Não tinha tempo para tais preocupações. Era uma mulher que passava os dias sentada, muito bem-vestida, num sofá com algum longo trabalho de agulha, de pouca utilidade e nenhuma beleza, e pensava mais no cachorrinho que nos filhos, mas muito indulgente com o animal quando ele não lhe causava grande inconveniência, orientada em tudo que lhe era importante por *Sir* Thomas, e nas questões menores pela irmã. Se dispusesse de mais tempo para as meninas, na certa teria julgado desnecessário, pois elas estavam sob os cuidados de uma governanta, tinham excelentes professores e nada mais poderiam querer. Quanto ao fato de Fanny ser ignorante no aprendizado, "só podia dizer que era uma falta de sorte, mas algumas pessoas eram estúpidas, e a menina devia esforçar-se mais: não sabia que outra coisa fazer; e, a não ser por ela ser tão devagar, devia acrescentar que não via mal na coitadinha, e sempre a achara muito prestativa e rápida ao levar recados e buscar o que a tia queria".

Fanny, com todos os defeitos de aprendizagem e timidez, fixara-se em Mansfield Park, e, aprendendo a transferir para os favores da mansão muito da antiga ligação com o velho lar, cresceu ali não infeliz entre os primos. Maria e Julia não eram maldosas intencionalmente, e, embora Fanny muitas vezes ficasse mortificada com a maneira como elas a tratavam, fazia um conceito demasiado baixo do seu próprio direito de sentir-se ofendida com isso.

Na época em que fora morar com a família, *Lady* Bertram, em consequência de pequenos problemas de saúde, e muitos de indolência, abriu mão da casa na cidade, que se acostumara a usar todo verão, e ficou só no campo, deixando *Sir* Bertram cuidar do dever no Parlamento, com qualquer acréscimo ou redução de conforto que resultasse da ausência dela. No campo, portanto, as srtas. Bertram continuaram a exercitar a memória, ensaiar os duetos e ganhar altura e condição de mulheres, e o pai as via tornarem-se em pessoa, modos e realizações tudo que poderia satisfazer sua ansiedade. O filho mais velho era descuidado e extravagante, e já lhe causara muita inquietação, mas os outros filhos só lhe prometiam coisas boas. Sentia que as filhas, enquanto retivessem o nome de Bertram, deviam emprestar-lhe nova graça, e, ao deixá-lo, esperava, ampliariam as respeitáveis alianças; e o caráter, a forte sensatez e a inteligência de Edmund prenunciavam muita justiça, honra e felicidade para ele próprio e todas as suas ligações. Preparava-se para ser clérigo.

Entre as preocupações e a complacência que os filhos sugeriam, *Sir* Thomas não esquecia de fazer o que podia pelos da sra. Price: ajudava-a com generosidade na educação e colocação dos rapazes, quando tinham idade suficiente para determinado ofício; e Fanny, embora quase de todo separada da família, sentia a mais pura satisfação quando sabia de qualquer bondade para com os irmãos, ou de qualquer coisa promissora na situação e na conduta deles. Uma vez, e apenas uma, em muitos anos, ela tivera a felicidade de estar com William. Dos demais, nada acompanhava: ninguém parecia pensar que algum dia voltaria para casa, mesmo para uma visita, ninguém lá parecia querê-la, mas, como William decidiu, logo depois da saída dela, ser marinheiro, convidaram-no a passar uma semana com a irmã em Northamptonshire antes de ele seguir para o mar. Pode-se imaginar o ávido afeto desse encontro, o perfeito prazer por estarem juntos, as horas de risos alegres e momentos de conversa séria, assim como as opiniões e o espírito otimistas do jovem mesmo em sua partida, e a infelicidade da irmã quando ele a deixou. Por sorte, a visita aconteceu nos feriados do Natal, quando ela podia buscar conforto no primo Edmund, que a esclareceu sobre o que de fascinante William faria e seria dali em diante, em razão da profissão, o que a fez reconhecer aos poucos que a separação poderia ter o seu lado bom. A amizade de Edmund jamais lhe faltou; a ida dele para Oxford não modificou a sua natureza bondosa, e só proporcionou oportunidades mais frequentes de prová-la. Sem a intenção de ser mais que os outros, nem qualquer receio de fazer mais que eles, o jovem era sempre fiel aos interesses dela, e atencioso com seus sentimentos, tentando fazer que compreendessem suas boas qualidades e superassem a desconfiança que as impedia de ser mais notadas; dava-lhe conselho, consolo e encorajamento.

Ignorada por todos os demais, apenas o apoio dele não a faria avançar mais, porém, fora isso, as atenções do primo eram da maior importância na ajuda para melhorar a formação do caráter e do espírito da menina. Ele sabia de sua inteligência, ela aprendia rápido e possuía muito bom-senso, além de um gosto pela leitura que, orientado da forma adequada, poderia ser um aprendizado em si. A srta. Lee ensinava-lhe francês, e ouvia-a ler todos os dias, mas ele recomendava os livros que encantavam as horas de lazer dela, incentivava-lhe o gosto e corrigia-lhe o julgamento: tornava a leitura útil conversando sobre o que ela lera e aumentava o interesse pela obra com um elogio sensato. Em troca de tais serviços, ela o amava mais que a qualquer um no mundo, com exceção de William: tinha o coração dividido entre os dois.

Capítulo 3

O primeiro acontecimento de alguma importância na família foi a morte do sr. Norris, quando Fanny tinha cerca de quinze anos, fato que, necessariamente, trouxe alterações e novidades. A sra. Norris, ao deixar o presbitério, mudou-se primeiro para Mansfield Park, e depois para uma casinha na aldeia, propriedade de *Sir* Thomas, e consolou-se pela perda do marido com a ideia de que podia passar muito bem sem ele, e com a redução de sua renda tornou-se maior a necessidade de economia.

O benefício eclesiástico cabia dali em diante a Edmund e, houvesse o tio morrido alguns anos antes, teria sido dado a algum amigo para guardá-lo até ele ter idade suficiente para ordenar-se. Mas a extravagância de Tom, antes desse fato, fora tão grande que tornara necessária uma outra indicação para a vaga no presbitério e recebimento do benefício seguinte, e o irmão mais novo teve de ajudar a pagar pelos prazeres do mais velho. Na verdade, havia outra residência da família reservada para Edmund, mas, embora essa circunstância tornasse o arranjo de algum modo mais fácil para a consciência de *Sir* Thomas, ele não podia deixar de julgá-lo um ato de injustiça, e com toda seriedade tentou passar ao filho mais velho a mesma convicção, na esperança de provocar um melhor efeito que qualquer coisa que já pudera dizer ou fazer.

— Você me envergonha — disse no tom mais digno. — Envergonho-me pelo expediente a que sou induzido, e espero poder apiedar-me de seus sentimentos como irmão na ocasião. Você roubou Edmund durante dez, vinte, trinta anos, talvez a vida inteira, em mais da metade da renda que deveria ser dele. Daqui por diante, talvez esteja em meu poder, ou no seu, espero que sim, dar a ele melhor sorte. Mas não se deve esquecer que nenhum benefício desse tipo estaria acima dos direitos naturais dele em relação a nós, e que nada pode, na verdade, equivaler à vantagem certa da qual ele agora é obrigado a abrir mão em razão da urgência das dívidas que você contraiu.

Tom ouviu com certa vergonha e pesar, mas, escapando o mais rápido possível, logo pôde com prazer egoísta refletir, primeiro, que não tinha nem a metade da dívida dos amigos; segundo, o pai fizera disso uma coisa muito tediosa; e terceiro, que o futuro titular, fosse quem fosse, com toda probabilidade, morreria muito em breve.

Com a morte do sr. Norris, o presbitério tornou-se direito de um certo dr. Grant, que em consequência veio residir em Mansfield; e, ao revelar-se um homem cordial de quarenta e cinco anos, parecia provável frustrar os cálculos de Tom Bertram. Mas "não, era um tipo de sujeito de pescoço curto e apoplético, e com tendência às boas coisas da vida, logo bateria as botas".

Ele tinha uma esposa cerca de quinze anos mais nova, porém sem filhos, e eles entraram na vizinhança com a boa reputação de serem pessoas muito respeitáveis e simpáticas.

Chegara o momento em que *Sir* Thomas esperava que a cunhada reclamasse sua vez de cuidar da sobrinha; a mudança na situação da sra. Norris e o fato de Fanny estar com mais idade pareciam não apenas liquidar a objeção anterior a viverem juntas, mas até mesmo dar-lhe mais condição; e como sua própria situação financeira não era como antes, por algumas perdas na propriedade das Índias Ocidentais, além da extravagância do filho mais velho, tornava-se muito desejável para ele ver-se aliviado da despesa do sustento dela e da obrigação de provê-la no futuro. Na certeza de que seria assim, falou dessa probabilidade à esposa. E como o tema ocorreu a *Lady* Bertram pela primeira vez quando Fanny, de novo, estava presente, com calma ela observou à jovem:

— Assim, Fanny, você vai deixar-nos, e viver com minha irmã. Que acha disso?

Fanny ficou surpresa demais para responder, e só pôde perguntar:

— Deixar vocês?

— Sim, minha querida, por que ficou tão espantada? Está há cinco anos conosco, e minha irmã sempre pretendeu levá-la quando o sr. Norris morresse. Mas de qualquer modo você ainda deve vir riscar os meus bordados.

A notícia foi tão desagradável quanto inesperada para a jovem. Jamais recebera um gesto bondoso da tia Norris e jamais poderia amá-la.

— Sentirei muito ter de partir — disse, com a voz embargada.

— Sim, aposto que vai; isso é bastante natural. Creio que você não seria tão bem tratada em qualquer lugar no mundo como foi aqui.

— Espero não ser ingrata, tia — respondeu Fanny com modéstia.

— Não, minha querida. Sempre a considerei uma boa menina.

— E nunca mais vou voltar a morar aqui?

— Nunca, minha querida, mas terá a certeza de um lar confortável. Pode fazer muito pouca diferença para você numa casa ou em outra.

Fanny deixou a sala com o coração muito magoado; não achava a diferença tão pequena, não concebia nada semelhante a qualquer satisfação na convivência com a tia. Assim que encontrou Edmund, contou-lhe sua angústia.

— Primo — disse —, vai acontecer uma coisa que não me agrada de jeito nenhum, e, embora você muitas vezes tenha-me convencido a aceitar tudo que de fato me desagrada, não poderá fazê-lo agora. Vou morar apenas com a tia Norris.

— É mesmo?

— Sim, tia Bertram acabou de me contar. Já acertaram tudo. Vou deixar Mansfield Park e irei para a White House, creio que tão logo ela se mude para lá.

— Bem, Fanny, se o plano não lhe fosse desagradável, eu o acharia excelente.

— Oh, primo!

— Tem tudo mais a favor. Minha tia age como uma mulher sensata ao querer ficar com você. Escolhe uma amiga e companheira exatamente onde deve, e fico feliz pelo fato de o amor dela pelo dinheiro não interferir. Você será o que deve ser para ela. Espero que isso não a angustie muito, Fanny.

— Na verdade, angustia. Não pode agradar-me. Amo esta casa e tudo nela. Não amarei nada lá. Você sabe como me sinto pouco à vontade com ela.

— Nada posso dizer pelos modos dela com você quando criança, mas foi o mesmo com todos nós, ou quase. Ela jamais soube ser agradável com crianças. Mas você já chegou à idade de ser mais bem tratada. Acho que a tia já se comporta melhor, e, quando tiver apenas você como companheira, você deverá ser importante para ela.

— Jamais poderei ser importante para qualquer um.

— O que a impede?

— Tudo... minha situação, minha tolice e falta de jeito.

— Quanto à sua tolice e falta de jeito, minha querida Fanny, acredite em mim, você não tem uma sombra de nenhuma das duas coisas, a não ser ao usar as palavras com tanta impropriedade. Não há motivo no mundo para você não ser importante onde a conhecem. Tem bom-senso, é gentil, e sei que tem também um coração agradecido, que jamais poderia receber bondade sem desejar retribuí-la. Não conheço melhores qualificações para uma amiga e companheira.

— É bondade sua — respondeu Fanny, enrubescendo com tal elogio. — Como poderei um dia agradecer-lhe por fazer tão bom juízo de mim? Oh, primo, se eu tiver de ir embora, lembrar-me-ei da sua bondade até o último momento da minha vida.

— Ora, de fato, Fanny, eu esperaria ser lembrado a esta distância da White House. Você fala como se fosse afastar-se mais de trezentos quilômetros, em vez de ficar apenas do outro lado do parque, mas nos pertencerá quase tanto como sempre. As duas famílias se encontrarão todos os dias do ano. A única diferença será que, morando com a tia, você necessariamente se destacará como deve. Aqui pode esconder-se atrás de muita gente, mas com ela será obrigada a falar por si mesma.

— Oh, não diga isso!

— Eu devo dizer, e com prazer. A sra. Norris é muito melhor equipada que minha mãe para encarregar-se de você agora. Tem o temperamento para fazer muita coisa por qualquer um que de fato lhe interesse, e a obrigará a fazer justiça a seus dons naturais.

Fanny deu um suspiro e disse:

— Não consigo enxergar as coisas como você, mas devo acreditar que tem razão e eu não, e sou muito grata por tentar me fazer aceitar o que tem de ser. Se eu pudesse supor que minha tia de fato se interessa por mim, seria um prazer sentir-me importante para todos. Aqui, eu sei que não sou para ninguém, e no entanto amo muito este lugar.

— O lugar, Fanny, é o que você não deixará, embora deixe a casa. Terá tanto domínio do parque e dos jardins quanto sempre. Mesmo *seu* coraçãozinho constante não precisa assustar-se com essa mudança nominal. Terá as mesmas trilhas para percorrer, a mesma biblioteca para escolher suas leituras, as mesmas pessoas para ver, o mesmo cavalo para cavalgar.

— É verdade. Sim, o querido pônei pardo. Ah, primo, quando lembro como eu temia cavalgar, os terrores que me causava ouvir falar disso como uma coisa provável de me fazer bem: ah, como tremia ao ver meu tio abrir os lábios quando se falava em cavalos, e depois penso no bondoso trabalho que você tinha para raciocinar e afastar meus temores, e convencer-me de que eu iria gostar depois de algum tempo; sinto como você acertou em cheio, inclino-me a esperar que seja sempre tão bom profeta.

— E estou bastante convencido de que o fato de ir morar com a sra. Norris será tão bom para a sua mente quanto a equitação tem sido para a sua saúde, e para sua felicidade também.

Assim terminou a conversa dos dois, que, por todo o bem que pudesse fazer a Fanny, melhor seria terem-na poupado, pois a sra. Norris não tinha a menor intenção de recebê-la. Jamais lhe ocorrera, na presente ocasião, a não ser como algo a se evitar com todo o cuidado. Para impedir que esperassem isso, escolhera a menor habitação que se pudesse qualificar como fidalga entre os muitos prédios da paróquia de Mansfield, pois White House tinha espaço suficiente apenas para acomodá-la e aos seus criados, e sobrar um quarto de hóspedes para uma amiga, coisa da qual fazia particular questão. Jamais haviam precisado de quartos extras no presbitério, mas agora nunca se esquecia da absoluta necessidade de um para uma amiga. Nem todas as precauções dela, porém, puderam poupá-la da suspeita de alguma coisa melhor ou, talvez, a própria exibição da importância de um quarto extra para uma amiga houvesse levado *Sir* Thomas a supô-lo que era, na verdade, destinado a Fanny. *Lady* Bertram logo levou a questão a uma certeza ao observar descuidada à sra. Norris:

— Acho, irmã, que não precisamos mais manter a srta. Lee quando Fanny for morar com você.

A sra. Norris quase levou um susto.

— Morar comigo, cara *Lady* Bertram! O que quer dizer?

— Ela não vai morar com você? Achei que você já havia acertado com *Sir* Thomas.

— Eu? Nunca! Nunca falei uma sílaba sobre isso com *Sir* Thomas, nem ele comigo. Fanny morar comigo! A última coisa no mundo em que eu pensaria, ou que qualquer um que nos conheça, as duas, na verdade desejaria. Deus do Céu! Que poderia eu fazer com Fanny? Eu! Uma pobre viúva desamparada e infeliz, incapaz para qualquer coisa, com o estado de espírito alquebrado, que poderia fazer com uma menina daquela idade? Uma menina de quinze anos! A idade que exige mais atenção e cuidado, e que põe à prova o mais alegre espírito! Por certo, *Sir* Thomas não poderia esperar realmente uma coisa dessas! É por demais meu amigo. Tenho certeza de que ninguém que me queira bem proporia isso. Por que *Sir* Thomas falou com você a respeito?

— Na verdade, não sei. Acho que ele julgou ser o melhor.

— Mas que foi que ele disse? Não pode ter dito desejar que eu levasse Fanny. Sei que, no fundo do coração, ele não desejaria que eu o fizesse.

— Não, apenas disse que achava muito provável... e eu também. Ambos pensamos que seria um conforto para você. Mas se não lhe agrada, não se fala mais nisso. Ela não é nenhum estorvo aqui.

— Querida irmã, se você levar em conta o meu infeliz estado, como pode ela ser algum conforto para mim? Aqui estou, uma pobre e desolada viúva, privada do melhor dos maridos, e que perdeu a saúde cuidando dele, com o esspírito ainda pior, toda a minha paz neste mundo destruída e dificilmente com o suficiente para me sustentar na condição de fidalga e possibilitar-me viver de modo a não desonrar a memória do meu querido falecido. Que conforto poderia eu ter ao aceitar uma responsabilidade como Fanny? Se pudesse desejá-lo por mim mesma, não faria uma coisa tão injusta à pobre menina. Ela está em boas mãos, e com certeza vai bem. Tenho de suportar com muita luta e como puder as minhas mágoas e dificuldades.

— Então não se incomoda de viver inteiramente só?

— Querida *Lady* Bertram, para que Sirvo senão para a solidão? De vez em quando espero receber uma amiga em meu chalezinho, sempre terei uma cama para uma amiga, mas passarei a maior parte dos dias futuros em total reclusão. Tudo que espero é conseguir viver de acordo com a minha renda.

— Espero, minha irmã, que as coisas não sejam assim tão ruins para você. Pensando bem, *Sir* Thomas disse que você vai receber seiscentas libras por ano.

— *Lady* Bertram, eu não me queixo. Sei que não posso viver como antes, mas tenho de apertar o cinto onde puder e aprender a ser melhor administradora. Tenho sido uma dona de casa bastante liberal, mas não me envergonharei de fazer economia agora. Minha situação mudou tanto quanto minha renda. Muitas coisas eram de responsabilidade do pobre sr. Norris, como clérigo da paróquia, que não se podem esperar de mim. Ninguém tem ideia de quanto se consumia em nossa cozinha por todos que chegavam e saíam. Em White House, preciso cuidar melhor de tudo. Devo viver dentro da minha renda, ou cairei na miséria, e confesso que me daria grande satisfação poder fazer um pouco mais... ter poupado alguma coisa no fim do ano.

— Aposto que fará. Sempre poupa, não?

— Meu objetivo, *Lady* Bertram, é servir aos que me procuram. É para o bem de seus filhos que desejo ser mais rica. Não tenho mais ninguém para cuidar, mas devo ficar muito feliz em pensar que poderia deixar uma bagatela que valeria a pena eles receberem.

— Você é muito boa, mas não se preocupe com eles. Tenha a certeza de que serão bem providos. *Sir* Thomas cuidará disso.

— Bem, você sabe, os meios de *Sir* Thomas serão meio comprometidos se a propriedade em Antígua der tão poucos lucros.

— Oh, isso logo se acertará. Sei que *Sir* Thomas vem escrevendo a respeito.

— Bem, *Lady* Bertram — disse a sra. Norris, preparando-se para sair —, só posso dizer que meu único desejo é ser útil à sua família e, assim, se *Sir* Thomas algum dia voltar a falar sobre eu ficar com Fanny, você poderá dizer que minha saúde e meu estado de espírito põem isso inteiramente fora de questão; além do mais, na verdade, eu não teria uma cama para dar a ela, pois devo manter um quarto extra para uma amiga.

Lady Bertram repetiu o suficiente dessa conversa ao marido, com o intuito de mostrar que entendera mal as opiniões da cunhada, e esta ficou por um momento perfeitamente a salvo de toda expectativa ou de qualquer alusão ao assunto. *Sir* Thomas só pôde admirar-se pelo fato de ela se recusar a fazer alguma coisa para uma sobrinha a quem tanto se dispusera a adotar, mas, como ela teve o cuidado de fazê-lo compreender, e a *Lady* Bertram, que tudo que possuía se destinava à família deles, ele entendeu a situação, que, ao mesmo tempo que era vantajosa e lisonjeira para eles, lhe possibilitaria prover melhor Fanny.

A jovem logo ficou sabendo como haviam sido desnecessários os seus temores de mudança, e essa felicidade espontânea com a descoberta trouxe algum consolo a Edmund do desapontamento de ver desfeito o que esperava ser tão bom para ela. A sra. Norris tomou posse de White House, os Grant chegaram ao presbitério e, encerrados esses acontecimentos, tudo em Mansfield Park prosseguiu como sempre por algum tempo.

Como os Grant mostraram ser simpáticos e sociáveis, logo fizeram amigos entre os novos conhecidos. Tinham lá os seus defeitos, e a sra. Norris não demorou a descobri-los. O doutor gostava muito de comer, e se fartava com um bom jantar todos os dias, e a sra. Grant, em vez de dar um jeito de satisfazê-lo com pouca despesa, pagava à cozinheira um salário tão alto quanto o dos empregados em Mansfield Park, e raras vezes a viam nos ofícios. A sra. Norris não podia falar com qualquer moderação de uma tal ofensa, nem da quantidade de manteiga e ovos consumidos todos os dias na casa.

Ninguém gostava mais de abundância e hospitalidade que ela, ninguém odiava mais atos de sovinice; ela acreditava que jamais havia faltado ao presbitério todo tipo de conforto, jamais suportara um mau caráter em seu tempo, mas aqueles eram modos que não entendia. Uma fina dama ficava muito deslocada num presbitério rural. Pensou que a sua despensa podia ser boa o suficiente para a sra. Grant entrar. Onde quer que perguntasse, não conseguia descobrir que a outra algum dia tivesse possuído mais de cinco mil libras.

Lady Bertram escutava sem muito interesse esse tipo de insinuação. Não entendia de finanças, porém, admirava-se do fato de a sra. Grant estar tão bem instalada na vida sem ser bela, e expressava essa admiração com quase tanta frequência, embora não de modo tão efusivo, quanto a sra. Norris discutia o outro assunto.

Mal se haviam avaliado essas opiniões durante um ano, quando surgiu outro acontecimento de tal importância na família que bem podia reclamar um lugar nos pensamentos e ideias das damas. *Sir* Thomas julgou adequado ir a Antígua, para melhor tratar dos negócios, e levou consigo o filho mais velho, na esperança de desligá-lo das más companhias. Deixaram a Inglaterra com a probabilidade de ficar quase um ano ausentes.

A necessidade da viagem, a uma luz pecuniária, e a esperança de que fosse útil para o filho, levaram *Sir* Thomas a concordar com o esforço de deixar a esposa e as filhas sob a orientação de outros no momento mais importante da vida das meninas. Não julgava *Lady* Bertram bem à altura de substituí-lo diante delas, ou melhor, de ocupar o lugar que deveria ser dela de fato; mas, sob a vigilante atenção da sra. Norris, e com o bom-senso de Edmund, tinha suficiente confiança para partir sem temores pela conduta de todos.

Lady Bertram não gostou de modo algum de ver o marido partir; mas não se perturbou com qualquer receio quanto à segurança ou solicitude pelo conforto dele, pois era uma dessas pessoas para quem nada pode ser perigoso, difícil ou cansativo para ninguém, a não ser para elas mesmas.

As irmãs Bertram eram muito dignas de pena nessa ocasião: não pelo sofrimento, mas pela ausência dele. O pai, não amoroso com elas nem elas com ele, jamais parecia apreciar os prazeres das filhas, e sua ausência, infelizmente, era muito bem-vinda. Elas ficaram aliviadas de toda restrição, e, sem visar a uma satisfação que na certa seria proibida por *Sir* Thomas, logo se sentiram livres, para entregar-se a todos os desejos ao alcance. O alívio de Fanny, e a consciência que ela teve disso, foram iguais aos das primas, mas uma natureza mais carinhosa sugeria que tais sentimentos eram ingratos, e ela de fato lamentou por não poder sentir a ausência do tio.

Sir Thomas, que tanto fizera por ela e seus irmãos, e que partira talvez para nunca mais voltar! Vê-lo partir sem uma lágrima. Que vergonhosa insensibilidade!

Ele lhe dissera, além disso, na última manhã, esperar que ela pudesse tornar a ver William no inverno seguinte, e a encarregara de escrever e convidá-lo a Mansfield tão logo soubessem que o esquadrão a que ele pertencia estava na Inglaterra. "Foi tanta consideração por parte dele!", e se ao menos lhe houvesse sorrido e chamado de "minha cara Fanny" ao dizer isso, todas as carrancas ou palavras frias de antes poderiam ter sido esquecidas. Mas ele terminara a fala de modo a afundá-la em mortificação quando acrescentara:

— Se William vier a Mansfield, espero que você possa convencê-lo de que os muitos anos passados desde que vocês se separaram não foram inúteis de sua parte, embora eu receie que ele deva encontrar a irmã, hoje aos dezesseis anos, muito semelhante à de dez.

Depois que *Sir* Thomas partiu, ela chorou amargamente por causa desse comentário, e as primas, ao vê-la com os olhos avermelhados pelas lágrimas, julgaram-na uma hipócrita.

Capítulo 4

Nos últimos dias, Tom Bertram passara tão pouco tempo em casa que ninguém sentiu sua falta, e *Lady* Bertram logo se surpreendeu ao descobrir como todos passavam bem mesmo sem o pai, e como Edmund ocupava bem o lugar dele no trinchar a carne, ao conversar com o mordomo, escrever ao advogado, acertar tudo com os criados e também poupá-la de todo cansaço ou esforço possíveis em todos os detalhes, menos no de orientar suas cartas.

Receberam a primeira informação sobre a chegada em segurança do viajante a Antígua, após uma viagem favorável, embora não antes de a sra. Norris entregar-se a temores pavorosos e tentar fazer Edmund participar deles sempre que o pegava sozinho; e, como esperava ser a primeira pessoa a saber de qualquer desastre fatal, já ensaiara uma forma de comunicar a todos os demais, porém as notícias de *Sir* Thomas chegaram, afirmando que os dois continuavam vivos e em boa saúde, e obrigaram-na a adiar a agitação e os discursos consoladores e afetuosos por algum tempo.

O inverno veio e passou sem que precisassem chamar o pai e o primogênito; as contas e a administração da casa continuavam em ordem e a sra. Norris, ocupada em promover diversão para as sobrinhas, ajudando-as com as roupas, exibindo seus dotes e à procura de futuros maridos, tinha tanta coisa a fazer, além de cuidar da sua própria casa e de causar certa interferência na da irmã e de supervisionar os gastos dispendiosos da sra. Grant, que lhe sobrava pouco tempo para ocupar-se com temores em relação aos ausentes.

As srtas. Bertram agora já se haviam estabelecido entre as beldades da vizinhança, e, como além de bonitas e muito bem instruídas possuíam maneiras naturalmente extrovertidas e amáveis, eram não só admiradas, mas queridas por todos. Por causa da educação que haviam recebido, apesar da vaidade de ambas, sequer se davam ares de importância, no entanto, os elogios assegurados e promovidos pela tia serviam para fortalecer a imagem de que eram perfeitas.

Lady Bertram não saía em público com as filhas. Era indolente demais até mesmo para aceitar as satisfações de uma mãe ao testemunhar o sucesso e o prazer delas à custa de seu incômodo pessoal, e tal incumbência cabia à irmã, que não desejava nada melhor que um posto de honrosa representação, e desfrutava muitíssimo os meios que lhe permitiam misturar-se à sociedade sem precisar alugar cavalos.

Fanny não participou das festividades da temporada, mas gostava de ser reconhecida como útil na condição de acompanhante da tia quando convidavam o resto da família, e, como a srta. Lee deixara Mansfield Park, ela, como era de se esperar, tornava-se essencial para *Lady* Bertram durante a noite de um baile ou uma festa. Conversava com ela, escutava-a, lia para ela, e a tranquilidade de tais noites, sua perfeita segurança nesse *tête-à-tête* da ausência de qualquer som de crueldade, tinham indizível acolhida numa mente que raras vezes conhecera uma pausa nos sustos e constrangimentos. Quanto às alegrias das primas, adorava ouvir suas histórias, sobretudo as dos bailes, e com quem Edmund dançara; mas se julgava em condição demasiado inferior para imaginar que algum dia viesse a participar disso. Ouvia isso tudo, portanto, sem uma ideia de qualquer interesse mais próximo com eles. No todo, foi para ela um inverno confortável, pois, embora não tivesse trazido William à Inglaterra, a infalível lembrança dessa chegada valia muito.

A primavera seguinte privou-a do valioso amigo, o velho pônei pardo. E por algum tempo ela correu o risco de sentir a perda tanto na saúde quanto nas afeições, pois, apesar da reconhecida importância da equitação, não tomaram medida alguma para que voltasse a montar, "porque", como observaram as tias, "devia montar um dos cavalos das primas quando elas não os montassem". E como as srtas. Bertram sempre montavam nos dias de Sol, e não tinham a boa vontade de abrir mão de seus passeios, essa ocasião, claro, nunca chegava. Elas davam as alegres cavalgadas nas belas manhãs de abril e maio, e Fanny ficava sentada em casa o dia todo com uma das tias ou caminhava além das próprias forças em companhia da outra; *Lady* Bertram julgava o exercício tão desnecessário para todos quanto desagradável para si, e a sra. Norris, que andava todo dia, achava que todos deviam fazer o mesmo. Edmund ausentara-se nessa época, senão o mal teria sido logo remediado. Quando voltou, entendeu a situação de Fanny, e percebeu todos os efeitos prejudiciais que os hábitos impostos pelas tias haviam causado a sua saúde; pareceu-lhe que só havia uma coisa a fazer: que "Fanny tivesse um cavalo" foi a decidida declaração que opôs a qualquer argumento da mãe, ou da economia da tia para fazê-la parecer importante. A sra. Norris não podia deixar de pensar que se podia encontrar algum velho pangaré firme, dos vários pertencentes ao Park, que servisse muito bem, ou que se poderia pedir emprestado ao mordomo, ou que talvez o dr. Grant pudesse de vez em quando emprestar o pônei que mandava ao correio. Não podia deixar de considerar uma absoluta inutilidade, e até impróprio, que Fanny possuísse um verdadeiro cavalo, como as primas. Tinha certeza de que *Sir* Thomas jamais pretendera isso; e devia dizer que, ao fazer tal compra na ausência dele, e aumentar a grande despesa do estábulo, numa época em que grande parte da renda do homem se achava comprometida, parecia injustificável.

— Fanny deve ter um cavalo — foi a única resposta de Edmund.

A sra. Norris não podia ver a situação sob a mesma luz. *Lady* Bertram podia: concordou inteiramente com o filho sobre essa necessidade, e quanto a ser considerada necessária pelo pai, só não queria muita pressa, que esperassem a volta de *Sir* Thomas. Então ele próprio acertaria tudo. Estaria em casa em setembro, e que mal faria esperar até lá?

Embora Edmund ficasse muito mais aborrecido com a tia do que com a mãe, por evidenciar menos consideração pela sobrinha, não pôde prestar mais atenção ao que ela disse e por fim decidiu por um método de ação que impedisse o risco de o pai pensar que ele exagerara, e ao mesmo tempo proporcionar a Fanny o meio imediato de exercício, do qual não suportava privá-la. Ele próprio tinha três cavalos, mas nenhum que servisse a uma mulher. Dois eram caçadores; o terceiro, um útil animal de estrada, e ele resolveu trocar por outro que a prima pudesse cavalgar. Sabia onde encontrar um. Uma vez decidido, logo concluiu o negócio. A nova égua revelou-se um tesouro; com pouco trabalho ficou perfeitamente apta para o fim a que era destinada e foi posta quase inteiramente à disposição de Fanny. Não pensara antes em qualquer outra montaria que não o velho pônei pardo, mas o prazer que sentiu ao montar a nova égua superou em muito qualquer antigo prazer desse tipo, e não sabia expressar o que sentia por receber tão grande consideração. Encarava o primo como um exemplo de tudo que era bom e grandioso, e a sua gratidão pela generosidade dele era tão intensa que não poderia ser descrita por palavras. Seus sentimentos em relação a ele traduziam-se por tudo que houvesse de respeito, gratidão, confiança e ternura.

Enquanto a égua permanecia no nome e, em consequência, propriedade de Edmund, a sra. Norris pôde tolerar que Fanny a usasse; e houvesse *Lady* Bertram algum dia voltado a pensar em sua objeção, desculpava Edmund por não esperar o retorno de *Sir* Thomas em setembro, pois, quando chegou esse mês, ele continuava no exterior e sem qualquer perspectiva de concluir os negócios. De repente, surgiram circunstâncias desfavoráveis no momento em que começava a pensar em voltar para a Inglaterra, e pela grande incerteza em que tudo então se envolvia, decidiu mandar o filho para casa e esperar os arranjos finais ele próprio. Tom chegou em segurança, e com excelentes notícias sobre a saúde do pai, mas com pouca utilidade, no que dizia respeito à sra. Norris. O fato de *Sir* Thomas mandar o filho parecia-lhe uma preocupação de pai. Sob a influência de um presságio de mal para si mesmo, sobre o qual ela não podia deixar de sentir terríveis pressentimentos. Com a chegada das longas noites do outono, ficou tão assombrada em relação a essas terríveis ideias na triste solidão do seu chalé, que se viu obrigada a refugiar-se todo dia na sala de estar de Mansfield Park. A volta dos compromissos do inverno, porém, não deixou de ter efeito, e durante esse tempo a mente dela se ocupou de forma tão agradável com a supervisão da sorte da sobrinha mais velha que lhe trouxe uma tolerável calma aos nervos. "Se o pobre *Sir* Thomas estava condenado a jamais retornar, seria um singular consolo ver a querida Maria bem casada", pensava muitas vezes, sempre quando se achavam na companhia de homens de fortuna, e sobretudo na apresentação de um jovem que havia pouco herdara uma das maiores e mais belas propriedades do condado.

O sr. Rushworth ficou desde o início impressionado com a beleza de Maria Bertram e, inclinado ao casamento, logo se imaginou apaixonado. Era um rapaz corpulento, apenas com senso comum, mas como nada tinha de desagradável no rosto ou no porte, a jovem dama muito se agradou com tal conquista. Após completar vinte e um anos, Maria Bertram começava a ver o casamento como um dever, e uma união com o sr. Rushworth lhe renderia uma fortuna maior do que a do pai, além de assegurar-lhe a casa na cidade, agora seu principal objetivo, e sentiu-se moralmente obrigada a casar-se com o moço caso o conseguisse. A sra. Norris mostrava-se muito zelosa em promover a união, com todos os incentivos e artifícios possíveis de mostrar a vantagem para as duas partes; e, entre outros meios, com a busca de uma intimidade com a mãe do fidalgo, que no momento morava com ela, e a quem a sra. Norris até forçou *Lady* Bertram a percorrer dezesseis quilômetros de medíocre estrada para fazer uma visita matinal. Não muito depois, ocorreu um bom entendimento entre ambas. A sra. Rushworth reconheceu-se muito desejosa de que o filho casasse, e declarou que, de todas as jovens debutantes, a srta. Bertram parecia, pelas simpáticas qualidades e dotes, a mais adequada a fazê-lo feliz. A sra. Norris aceitou o elogio e admitiu o belo discernimento de caráter que tão bem distingue o mérito das pessoas. Maria, na verdade, era o orgulho de todos — de uma impecabilidade perfeita — um anjo, e, por certo, tão cercada por admiradores, que devia ser difícil escolher. Mas ainda assim, até onde a sra. Norris podia permitir-se decidir em tão pouco tempo, o sr. Rushworth parecia o jovem perfeito a merecer conquistá-la.

Após dançarem juntos em um número apropriado de bailes, os jovens justificaram essas opiniões, fez-se o noivado, com a devida referência ao ausente *Sir* Thomas, para grande satisfação das respectivas famílias e dos amigos, que por muitas semanas antes sentiam a vantagem do casamento do sr. Rushworth com a srta. Bertram.

Levou-se alguns meses para obter o consentimento de *Sir* Thomas, mas, como ninguém duvidava do muito cordial prazer dele com a união, o relacionamento das famílias seguiu sem restrições, e não se fez outra tentativa de segredo, além de a sra. Norris falar do assunto em toda parte como questão a não ser comentada por enquanto. Edmund era o único da família que via uma falha na transação, e nenhuma representação da tia podia induzi-lo a julgar o sr. Rushworth um companheiro desejável. Podia deixar a irmã ser a melhor juíza de sua própria felicidade, mas não lhe agradava que a felicidade dela se centrasse em uma grande renda, nem podia abster-se de muitas vezes dizer a si mesmo, na companhia do sr. Rushworth: "Se esse homem não tivesse doze mil por ano, seria um sujeito bastante estúpido".

Sir Thomas, porém, sentia-se muito feliz com a perspectiva de uma aliança vantajosa tão inquestionável, e da qual nada ouvira senão de perfeitamente bom e agradável. Era uma união perfeita — no mesmo condado e no mesmo interesse — e apressou-se a mandar o consentimento o mais rápido possível. Só impunha a condição de que não se realizasse o casamento antes de sua volta, que mais uma vez esperava ansiosamente para breve. Escreveu em abril, e nutria forte esperança de acertar tudo da maneira mais satisfatória, e deixar Antígua no fim do verão.

E assim corriam as coisas no mês de junho. Fanny acabara de completar dezoito anos, quando a sociedade da aldeia recebeu a presença do irmão e da irmã da sra. Grant, o sr. e a srta. Crawford, filhos de um segundo casamento da mãe. Era gente rica. O filho tinha uma boa propriedade em Norfolk, e a filha, vinte mil libras de dote. Quando crianças, a tia sempre gostara muito deles, mas como seu próprio casamento logo fora seguido pela morte do pai, o que os deixara aos cuidados de um tio, do qual a sra. Grant nada sabia, ela mal os vira desde então. Na casa do tio, haviam encontrado um bom lar. O almirante e a sra. Crawford, embora em nada mais concordassem, uniam-se na afeição aos meninos, embora mais adversos nos sentimentos que cada um tinha pelo favorito, ao qual mostravam mais carinho. O almirante deliciava-se com o menino, a sra. Crawford babava pela menina; e foi a morte da dama que agora obrigava sua protegida, após alguns meses de outras provações na casa do tio, a encontrar outro lar. O almirante Crawford era um homem de conduta depravada, que preferiu, em vez de manter a sobrinha, trazer a amante para debaixo do próprio teto; e diante disso a sra. Grant se viu obrigada a propor à irmã vir morar com ela, medida muito bem acolhida por uma parte como considerada oportuna pela outra; pois, como a sra. Grant tinha a essa altura esgotado os habituais recursos das damas que residem sem família nem filhos — e tinha mais que enchido a sala de estar com belos móveis, e feito uma coleção de plantas e aves —, sentia muita falta de alguma variedade em casa. A chegada, portanto, de uma irmã a quem amava, e agora esperava manter ao seu lado enquanto permanecesse solteira, era muitíssimo agradável, e a principal ansiedade dela era que Mansfield não satisfizesse os hábitos de uma jovem acostumada a Londres.

A srta. Crawford não estava livre de semelhantes apreensões, embora surgidas acima de tudo das dúvidas sobre o estilo de vida e o tom de sociedade da irmã, e, só depois de tentar em vão convencer o irmão a estabelecer-se com ela na casa de campo dele, decidiu arriscar-se entre os outros parentes. Por infelicidade, Henry Crawford tinha uma grande antipatia por qualquer coisa como uma morada permanente no campo ou limitação da vida em sociedade: não podia satisfazer a irmã numa questão de tanta importância, mas a escoltava, com extrema amabilidade, a Northamptonshire, e com a mesma prontidão empenhava-se em ir buscá-la de novo, com uma hora de sobreaviso, sempre que ela se cansava do lugar.

O encontro foi muito satisfatório a cada um dos lados. A srta. Crawford encontrava uma irmã sem precisão ou rusticidade, o marido de uma irmã que parecia um Lorde, e uma casa espaçosa e bem mobiliada; e a sra. Grant recebia aqueles a quem esperava amar mais que nunca: um rapaz e uma moça de aparência muito imponente. Mary Crawford tinha uma beleza notável. Henry, embora não fosse tão bonito, tinha porte expressivo, os modos dos dois mostravam-se alegres e agradáveis, e a sra. Grant logo lhes deu o crédito por tudo mais.

Deliciava-se com ambos, mas Mary era a mais querida; como jamais tivera a glória da beleza em si mesma, ela desfrutava o pleno poder de orgulhar-se da irmã. Não esperara a chegada da outra para buscar-lhe um par adequado. Decidira-se por Tom Bertram: o filho mais velho de um baronete não era bom demais para uma moça de vinte mil libras, com toda a elegância e dotes que a sra. Grant antevia nela, e por ser uma mulher calorosa e sem reservas, Mary nem bem se encontrava três horas na casa, quando lhe contou o que planejara.

A srta. Crawford alegrou-se ao encontrar uma família de tal importância tão próxima deles, e de modo algum mostrou-se insatisfeita ao mesmo tempo com o cuidado antecipado da irmã e a escolha que fizera. O matrimônio era seu objetivo, contanto que se casasse bem, e, como vira o sr. Bertram na cidade, sabia que não se podia fazer mais objeção à pessoa dele que à sua situação na vida. Embora tratasse a coisa como uma brincadeira, não esquecia de pensar nela a sério. O plano foi logo repetido para Henry.

— E agora — acrescentou a sra. Grant — pensei numa coisa para torná-lo completo. Eu adoraria instalar vocês dois nesta região, e, portanto, Henry, você deve casar com a srta. Bertram mais nova, uma moça bonita, elegante, bem-humorada e com dote, e que o fará muito feliz

Henry fez uma mesura e agradeceu-lhe.

— Minha querida irmã — disse Mary —, se você conseguir convencê-lo a alguma coisa desse tipo, será um novo motivo de prazer ver-me unida a alguém tão inteligente, e só lamentarei que não tenha uma dúzia de filhas disponíveis. Se conseguir convencer Henry a casar-se, deve ter o endereço de uma francesa. Já se tentou tudo que essas habilidades inglesas podem fazer. Tenho três amigas íntimas todas morrendo de amores por ele, e os esforços que elas, e as mães, mulheres muito espertas, além de minha querida tia e eu própria, fizemos para raciocinar, bajulá-lo ou enganá-lo e levá-lo a casar-se, são inconcebíveis!

Ele é o pior namorado que se pode imaginar. Se as srtas. Bertram não gostam que lhe partam o coração, que evitem Henry.

— Meu querido irmão, eu não acredito nisso.

— Não, sei que você será mais bondosa que Mary. Dará margem às dúvidas de juventude e experiência dela. Tenho um temperamento cauteloso, e não me disponho a arriscar às pressas a minha felicidade. Ninguém pode ter um mais alto conceito do estado matrimonial do que eu. Considero a bênção de uma esposa com mais justiça descrita naqueles discretos versos do poeta: "A última melhor dádiva do céu".[1]

— Veja aí, sra. Grant, como ele enfatiza uma única palavra, e repare o seu sorriso. Eu lhe asseguro que ele é muito, muito detestável. As lições do almirante o deterioraram muito.

— Dou pouca importância — disse a sra. Grant — ao que qualquer jovem diz a respeito do casamento. Se eles professam contra casar-se, concluo apenas que ainda não encontraram a pessoa certa.

O dr. Grant felicitou a srta. Crawford com um sorriso, por ela não ser avessa a tal estado.

— Oh, não! Não sinto a menor vergonha disso. Penso que todo mundo deve casar-se, desde que possa fazê-lo convenientemente; não aprovo o procedimento dessas pessoas que não planejam seu futuro; todos devem pensar numa futura união, desde que o casamento lhe traga algumas vantagens.

---

[1] Versos de "Heaven's last best gift", do escritor e poeta John Milton (1608 – 1674).

Capítulo 5

Os jovens sentiram afinidade uns com os outros desde o início. Havia muita atração de cada lado e o conhecimento logo prometeu uma intimidade que a boa educação asseguraria. A beleza da srta. Crawford não foi nenhum problema para as irmãs Bertram. Eram belas demais para antipatizar com qualquer mulher por sê-lo também, e sentiam-se tão encantadas quanto os irmãos com aqueles vivazes olhos negros, a pele morena clara e a graça da moça. Fosse ela alta, loura, tivesse um corpo mais cheio, talvez representasse uma afronta, mas assim como era não podia haver comparação, e reconheciam-na como a mais meiga e bela jovem, e elas ainda eram as mais lindas mulheres do campo.

O irmão da srta. Crawford não chegava a ser bonito. Não, quando o viram pela primeira vez acharam-no totalmente sem graça, moreno e comum, mas ainda assim um cavalheiro, com modos agradáveis. O segundo encontro mostrava-o não tão sem atrativos, por certo, mas também tinha tal porte, os dentes tão bonitos e era tão benfeito de corpo, que logo se esquecia a ausência de beleza. Em seguida a uma terceira entrevista, após um jantar no presbitério, ninguém mais poderia chamá-lo assim. Tratava-se, na verdade, do rapaz mais agradável que as irmãs Bertram já haviam conhecido, e as duas se encantaram por ele. O noivado de Maria Bertram tornou-o propriedade de fato de Julia, a moça tinha plena consciência disso, e, em menos de uma semana da presença dos novos visitantes em Mansfield, ela já se dispunha a se apaixonar por ele.

Maria tinha as ideias mais confusas e indistintas sobre o assunto. Não queria ver ou entender. "Não há mal em apreciar um rapaz simpático" — todos sabiam a situação dela —, "o sr. Crawford devia cuidar de si mesmo". Não que ele pretendesse expor-se a algum perigo. As srtas. Bertram mereciam que as agradassem e queriam ser agradadas; e ele começou sem outro objetivo senão o de gostarem dele. Não queria que morressem de amor; mas, com o juízo e a moderação que deviam fazê-lo julgar e sentir-se bem, permitira-se grande liberdade nesses pontos.

— Eu gosto demais de suas srtas. Bertram, minha irmã — disse depois de acompanhá-las até a carruagem, após a mencionada visita do jantar. — São moças muito elegantes e simpáticas.

— São, mesmo, e agrada-me ouvi-lo reconhecer isso. Mas você gosta mais de Julia.

— Oh, sim! Gosto mais de Julia.

— Mas gosta mesmo? Pois, em geral, Maria Bertram é considerada a mais bonita.

— Eu diria que sim. Leva vantagem em todas as feições, prefiro o rosto dela, mas gosto mais de Julia. Maria Bertram é certamente a mais bonita, e achei-a agradabilíssima, mas sempre gostaria mais de Julia, porque você assim me ordena.

— Não vou falar com você, Henry, mas sei que gostará mais dela no fim.

— Não digo que a prefiro a princípio?

— E, além disso, a srta. Bertram está noiva. Lembre-se disso, meu caro irmão. Ela já fez sua escolha.

— É, e gosto mais dela por isso. Uma mulher comprometida é sempre mais agradável que a não comprometida. Está satisfeita consigo mesma. Acabaram-se as preocupações, e ela acha que pode exercer todos os seus poderes para agradar sem despertar suspeitas. Tudo é permitido a uma dama comprometida: não se pode fazer mal.

— Bem, quanto a isso, o sr. Rushworth é um ótimo jovem, e um excelente partido para ela.

— Mas a srta. Bertram não se importa com ele: essa é a opinião da sua amiga íntima. Eu não a endosso. Sei que a srta. Bertram é muito ligada ao sr. Rushworth. Pude ver nos olhos dela, quando falaram nele. Penso bem demais da srta. Bertram para supor que ela daria a mão sem o coração. Mary, como podemos corrigi-lo?

— Creio que devemos deixá-lo por conta própria. Falar não adianta. Ele vai acabar caindo na armadilha.

— Mas não gostaria que ele caísse, nem que fosse enganado, gostaria de tudo justo e honrado.

— Oh, querido! Deixe-o correr o risco e ser enganado. Dará no mesmo. Todos acabam enganados de uma forma ou de outra.

— Nem sempre no casamento, querida Mary.

— Sobretudo no casamento. Com todo o devido respeito aos presentes, por acaso casados, minha cara sra. Grant, não há um em cada cem homens ou cem mulheres que não seja enganado quando se casa. Não importa onde observe, vejo que é assim, e acho que deve ser assim, quando penso que, de todas as transações, é a única em que as pessoas esperam mais das outras e são elas mesmas menos honestas.

— Ah, você esteve em uma má escola de casamento, na Hill Street.

— Minha pobre tia sem dúvida teve pouco motivo para gostar dessa condição, mas, no entanto, segundo minha própria observação, trata-se de uma questão de manobra. Conheço muita gente que se casou com toda expectativa e confiança numa determinada vantagem, ou realização, ou boa qualidade na pessoa, mas depois se viu em tudo decepcionada e foi obrigada a enfrentar o exato oposto. O que pode ser isso, senão se enganar?

— Minha querida criança, deve haver um pouco de exagero aí. Perdoe-me, mas não consigo acreditar em você. Pode ter certeza, está olhando apenas a metade. Vê o mal, mas não o consolo. Há ligeiros atritos e decepções em toda parte, e todos podemos ter muitas expectativas, mas, por outro lado, se um plano de felicidade falha, a natureza humana volta-se para outro; se o primeiro cálculo deu errado, fazemos um segundo melhor: encontramos conforto em outra parte... e esses observadores de espírito mesquinho, querida Mary, fazem tempestade em copo d'água, são mais apanhados e enganados que as próprias partes interessadas.

— Muito bem, irmã! Respeito seu entusiasmo. Quando eu for uma esposa, pretendo ter a mesma firmeza, e desejo que minhas amigas a tenham também. Isso me pouparia muito desgosto.

— Você é tão ruim quanto seu irmão, Mary, mas cuidaremos de ambos. Mansfield curará os dois, e sem enganos. Fiquem conosco que os curaremos.

Os Crawford, sem querer a cura, muito se dispunham a ficar. Mary estava satisfeita com o presbitério como lar atual, e Henry, também pronto a estender a visita. Ele viera com a intenção de passar apenas alguns dias, mas Mansfield prometia muito e nada o chamava em outra parte. A sra. Grant ficou encantada em tê-los consigo, e o dr. Grant, contentíssimo: uma comunicativa jovem como a srta. Crawford era sempre uma companhia agradável para um homem indolente que não sai de casa, e ter o sr. Crawford como hóspede dava-lhe uma desculpa para tomar um bom clarete todos os dias.

A admiração da srta. Bertram pelo sr. Crawford era mais arrebatadora do que a srta. Crawford estava acostumada a ver. Ela reconhecia nos Bertram, porém, excelentes rapazes, e não era costume encontrar com frequência dois desse tipo, mesmo em Londres; eles tinham muito boa educação, principalmente o mais velho. Ele estivera muito em Londres, tinha mais vivacidade e era mais galanteador que Edmund, e, desse modo, deveria ser o preferido. Na verdade, o fato de ser mais velho constituía outro forte direito. Mary tivera um primeiro pressentimento de que deveria gostar mais do mais velho. Sabia ser esse o seu caminho.

Tom Bertram era agradável, de fato; era o tipo de rapaz de quem todos gostavam, simpático e com muita frequência seu jeito agradável era considerado sua melhor qualidade, pois era descontraído, tinha excelente humor, um grande número de conhecidos e muita coisa a dizer. E a herança de Mansfield Park, com o título de baronete, em nada o prejudicava. Mary Crawford logo sentiu que ele e sua situação talvez lhe servissem. Olhou em volta com a devida consideração e encontrou quase tudo a favor dele: um parque, um parque de verdade, uma propriedade de quase oito quilômetros quadrados ao todo, uma espaçosa mansão de construção em estilo moderno, tão bem situada e protegida que merecia fazer parte de qualquer coleção de gravuras de habitações de nobres do reino, precisando apenas de móveis completamente novos — tinha irmãs simpáticas, mãe discreta, e ele próprio era um homem agradável —, com a vantagem de ter parado de jogar em virtude de uma promessa ao pai, e de ser *Sir* Thomas dali em diante. Talvez servisse muito bem, ela acreditava que deveria aceitá-lo e começou, em consequência, a interessar-se um pouco pelo cavalo que ele iria montar nas corridas de B...

Essas corridas o levariam para longe não muito após o começo daquela amizade. Como parecia que a família, pelos hábitos dele, não o esperava de volta por muitas semanas, isso poria a sua paixão a uma primeira prova. Tom muito falou para induzi-la a assistir à disputa, e fizeram-se planos de uma grande festa para eles, com muito interesse, mas que não passou de planos.

E Fanny, que fazia e pensava ela em todo esse tempo? E que opinião fazia dos recém-chegados? Poucas mocinhas de dezoito anos poderiam ser menos chamadas a opinar que Fanny. De modo discreto, muito pouco notado, ela pagava seu tributo de admiração à beleza da srta. Crawford; mas, como continuava a achar o sr. Crawford muito sem graça, apesar de as duas primas haverem provado repetidas vezes o contrário, jamais o mencionava. A atenção, que ela própria atraía, dizia isso.

— Começo agora a entender todos vocês, menos a srta. Price — comentou a srta. Crawford, enquanto caminhava com os irmãos Bertram. — Por favor, ela já foi apresentada à sociedade ou não? Estou intrigada. Ela jantou no presbitério com todos vocês, o que fez parecer já haver sido apresentada; no entanto, fala tão pouco que mal posso supor que sim.

Edmund, a quem a jovem dirigiu especificamente a palavra, respondeu:

— Creio que sei agora o que quer dizer, mas não cabe a mim a responsabilidade de responder à pergunta. Minha prima é crescida. Tem a idade e o bom-senso de uma mulher; porém, as questões de apresentações ou bailes de debutantes fogem ao meu alcance.

— Contudo, nada se pode afirmar com tanta facilidade. A diferença é notória. Os modos, bem como a aparência, são, em termos gerais, totalmente diferentes. Até agora nunca imaginei ser possível me enganar a respeito de uma jovem ter sido ou não apresentada à sociedade. Aquela que ainda não foi usa sempre o mesmo tipo de vestido, um chapéu amarrado no pescoço, por exemplo, parece muito recatada e nunca diz uma palavra. Embora vocês sorriam, garanto-lhes que é assim mesmo. As jovens devem ser caladas e recatadas. A parte mais censurável consiste em que a mudança de modos, após a apresentarem à sociedade, é com frequência muito repentina. Elas às vezes mudam bem rápido do silêncio ao oposto... ao atrevimento! Nisso está a falha do sistema atual. Ninguém gosta de ver uma jovem de dezoito ou dezenove anos disposta a participar de tudo com tanta rapidez... ainda mais quando a tínhamos visto mal capaz de proferir uma palavra apenas um ano antes. Ouso dizer, sr. Bertram, que você já se deparou algumas vezes com tais mudanças.

— Creio que sim, mas dificilmente me parece justo. Vejo onde quer chegar. Está caçoando de mim e da srta. Anderson.

— De modo algum. Srta. Anderson, imagine! Não sei a que nem a quem se refere. Não tenho o mínimo conhecimento. Mas caçoarei de vocês se me disser sobre o quê.

— Ah! Sabe expressar-se de forma muito convincente, porém não me permito ser pressionado assim. Devia ter a srta. Anderson em mente quando descreveu uma jovem mudada. Faz um retrato demasiado preciso para haver algum engano. Retrato exato, aliás. A família Anderson, da Baker Street. Falávamos deles noutro dia, como sabe. Edmund, você me ouviu mencionar Charles Anderson. A circunstância foi justamente como a que a senhorita retratou. Quando Anderson me apresentou à família, há uns dois anos, sua irmã ainda não tinha feito o *début* e não me foi possível ouvir uma palavra da jovem. Fiquei ali sentado por uma hora à espera de Anderson, apenas com ela e umas duas meninas na sala, pois a governanta havia adoecido ou partido, e a mãe entrava e saía a todo momento com cartas de negócios. Eu mal obtinha uma palavra ou um olhar da jovem senhorita, nada semelhante a uma resposta delicada. De lábios cerrados, desviava-se de mim com tais ares! Só um ano depois tornei a vê-la, então havia sido apresentada à sociedade. Encontrei-a na casa da sra. Holford e, de fato, não me lembrei de tê-la visto antes. Ela veio ao meu encontro, falou comigo como se fôssemos velhos amigos, encarou-me sem inibição, riu e falou até eu não saber de que forma me comportar. Senti-me como se todo o salão risse de mim na época, e é claro que a srta. Crawford soube dessa história.

— Uma história muito bonita, sim, e atrevo-me a dizer que honra mais à verdade que à srta. Anderson. Trata-se de um engano muito comum. As mães, com certeza, ainda não adotam a maneira correta de orientar as filhas. Não sei onde está o erro, nem pretendo estabelecer o que é certo, mas vejo que muitas vezes elas cometem faltas.

— Os que mostram ao mundo como devem ser os modos femininos — disse Tom Bertram, de forma galanteadora — muito fazem para corrigi-los.

— Percebe-se o erro com muita clareza — comentou o menos cortês Edmund —, não se educam bem essas jovens. Dão-lhes ideias erradas desde o início. Elas agem sempre por motivos de vaidade, e não mostram mais verdadeiro recato no comportamento antes de aparecer em público que depois.

— Não sei, não — respondeu hesitante a srta. Crawford. — Quer dizer, não concordo com você nisso. Sem dúvida essa me parece a parte menos importante da questão. É muito pior não apresentar certas jovens que assumem o mesmo ar arrogante e tomam as mesmas liberdades das que já apareceram em público, como tenho visto acontecer. *Isso* é pior que tudo, desagradável ao extremo.

— É, sim, de fato muito inconveniente — concordou Tom. — Deixa-nos perdidos, sem saber o que fazer. O chapéu amarrado ao pescoço e o ar discreto a que tão bem a senhorita se referiu — e não se disse nada mais acertado — informam o que se pode esperar; mas, no ano passado, envolvi-me em um terrível apuro pela ausência dessas indicações. Fui passar uma semana em Ramsgate com um amigo, em setembro último, logo após meu retorno das Índias Ocidentais... meu amigo Sneyd... Edmund, eu já lhe falei dele, cuja família, pai, mãe e irmãs, todos então desconhecidos para mim, estavam lá. Quando chegamos a Albion Place, saímos à procura deles e os encontramos no píer: a sra. Sneyd e as duas filhas, com alguns conhecidos. Curvei-me ao cumprimentá-los, e, como a senhora achava-se cercada de cavalheiros, juntei-me a uma das filhas, caminhei ao lado dela até a casa, portando-me da forma mais agradável possível. A jovem, de bons modos, mostrou-se perfeitamente à vontade, tão disposta a falar quanto a ouvir. Não tive sequer a desconfiança de que pudesse estar cometendo algum erro. Pareciam iguais; ambas bem-vestidas, com véu, e guarda-sol, como outras jovens. Depois descobri, porém, que eu tinha dedicado toda a atenção à filha mais moça, que não debutara, e ofendido ao extremo a mais velha. Ainda faltavam seis meses para a caçula, a srta. Augusta, ser apresentada à sociedade e creio que a outra srta. Sneyd jamais me perdoou.

— Foi lamentável, mesmo, para a coitada da srta. Sneyd! Embora eu não tenha irmã mais moça, sinto por ela. Ser preterida assim deve ser muito vexatório, mas a culpa cabe à mãe. A srta. Augusta deveria ter saído acompanhada pela governanta. Coisas feitas pela metade nunca dão certo. Mas agora gostaria de saber da srta. Price. Fanny vai a bailes? Recebe convites para jantar em outros lugares, além da casa da minha irmã?

— Não — respondeu Edmund —, acho que jamais participou de um baile. Mesmo nossa mãe raras vezes faz visitas sociais, janta apenas com a sra. Grant, e Fanny fica em casa com ela.

— Ah, então entendi! A srta. Price ainda não debutou.

Capítulo 6

Bertram partiu... e a srta. Crawford preparou-se para enfrentar um grande vazio no convívio social e sentir clara falta dele nas reuniões que agora passavam a ser quase diárias entre as famílias. E no jantar em Mansfield Park, logo após a sua partida, ela voltou a ocupar o lugar preferido, próximo à cabeceira da mesa, em plena expectativa de sentir uma diferença quase melancólica na troca de amos. Convencera-se de que se trataria de assuntos desinteressantes. Em comparação com o irmão, Edmund nada teria a dizer. Tomariam a sopa sem a menor animação e degustariam o vinho sem quaisquer sorrisos nem comentários espirituosos. Cortariam a carne de caça sem a contribuição de uma anedota engraçada sobre alguma parte de carne servida em ocasião anterior, nem uma história divertida sobre "o amigo fulano de tal". Mary tentou encontrar diversão no que se passava na outra cabeceira da mesa e observar o sr. Rushworth, que aparecia pela primeira vez em Mansfield desde a chegada dos irmãos Crawford. O rapaz visitara um amigo no condado vizinho, em cuja propriedade um arquiteto paisagista fizera melhorias recentes. Retornara com a cabeça cheia dessas reformas e muito ansioso para melhorar sua propriedade. Embora pouco acrescentasse sobre o assunto, não falava de outra coisa. Já conversara a respeito na sala de estar e tornava a repetir no jantar. Tinha como principal objetivo chamar a atenção e ouvir a opinião de Maria Bertram e, embora a atitude dela exibisse a mais intencional superioridade do que qualquer preocupação em agradar-lhe, a referência a Sotherton Court e as ideias relacionadas à propriedade proporcionavam-lhe uma sensação de complacência que a impedia de ser muito indelicada.

— Eu gostaria que visitasse Compton — ele disse —, é uma propriedade perfeita! Jamais na vida vi um lugar mudar tanto. Disse a Smith que não sabia mais onde me encontrava. O acesso agora é uma das coisas mais lindas do campo. Avista-se a mansão da forma mais surpreendente. Confesso que quando voltei a Sotherton, ontem, parecia-me uma prisão... uma prisão bastante velha e lúgubre.

— Oh, que vergonha! — exclamou a sra. Norris. — Prisão, imagine! Sotherton Court é um dos lugares mais nobres no mundo.

— Necessita de melhorias acima de tudo, minha senhora. Nunca vi um lugar mais carente de reformas na vida, tão abandonado, que não sei o que se pode fazer.

— Não surpreende que o sr. Rushworth ache isso no momento — disse a sra. Grant à sra. Norris com um sorriso. — Mas, com certeza, se farão todas as melhorias em Sotherton na hora em que ele desejar.

— Preciso tentar fazer alguma coisa — concordou o rapaz —, mas não sei o quê. Espero que um bom amigo me ajude.

— Imagino que o melhor amigo nessa ocasião seria o sr. Repton[1] — disse Maria Bertram, com toda calma.

— Era nele que eu pensava. Como fez um trabalho tão bom para Smith, acho que o melhor seria contratá-lo logo. Os honorários do sr. Repton são cinco guinéus por dia.

— Ora, mesmo se fossem dez! — exclamou a sra. Norris. — Sei que você não precisa preocupar-se. A despesa não deve ser impedimento algum. Se fosse eu, não pensaria nisso. Mandaria

---

[1] Humphry Repton (1752 – 1818), um dos maiores paisagistas do século XVIII.

fazer tudo no melhor estilo e o mais bonito possível. Um lugar como Sotherton Court merece tudo que o bom gosto e o dinheiro podem comprar. Lá você tem espaço para trabalhar, e terrenos que o recompensarão. Quanto a mim, se tivesse a quinquagésima parte da extensão de Sotherton, viveria cultivando e aperfeiçoando, pois, claro, gosto demais disso. Seria muito ridículo eu tentar qualquer coisa onde me encontro agora, com meu pequeno terreno. Seria cômico. Se tivesse mais espaço, porém, as reformas e o cultivo me proporcionariam muito prazer. Vocês, jovens, talvez não se lembrem. Mas se o caro *Sir* Thomas estivesse aqui, poderia contar-lhes sobre as melhorias que fizemos, e teríamos feito muito mais, não fosse o lamentável estado de saúde do sr. Norris. Mal conseguia sair de casa, coitado, para usufruir alguma coisa, e isso me desanimava de realizar muitas das coisas sobre as quais conversávamos, *Sir* Thomas e eu. Não fosse por isso, teríamos terminado o muro do jardim e erguido a plantação para isolar o cemitério do presbitério, como fez o dr. Grant. De certo modo, porém, sempre empreendíamos alguma coisa. Ainda na primavera, um ano antes da morte do meu marido, plantamos o damasqueiro diante da parede do estábulo, que agora cresceu e alcançou tanta perfeição, senhor — ela acrescentou, dirigindo-se ao dr. Grant.

— As árvores desenvolvem-se bem, sem dúvida, senhora — respondeu o dr. Grant. — A terra é boa. Nunca passo ali sem lamentar que valha tão pouco a pena o trabalho de colher os frutos.

— Senhor, trata-se de uma região pantanosa, nós a compramos como tal e nos custou muito... isto é, foi um presente de *Sir* Thomas, mas vi a conta e sei que custou sete xelins, e os impostos cobrados se referiam a um terreno pantanoso.

— Foram enganados, senhora — respondeu o dr. Grant —, essas batatas têm o mesmo sabor dos damascos de um terreno com esse tipo de vegetação, como as frutas daquela árvore.

Fruta insípida, na melhor das hipóteses. Mas um bom damasco é comestível, o que não ocorre com nenhuma das frutas do meu jardim.

— A verdade, senhora — disse a sra. Grant, fingindo sussurrar do outro lado da mesa para a sra. Norris —, é que meu marido mal conhece o sabor natural dos nossos damascos; quase nunca se dá o prazer de provar uma fruta tão apreciada como essa, que não dá trabalho para comer, e os nossos são enormes, de tão excelente qualidade para tortas e conservas, que logo pela manhã minha cozinheira trata de colhê-los todos.

A sra. Norris, que começara a irritar-se, apaziguou-se, e por algum tempo passaram a conversar sobre outros assuntos relacionados às reformas de Sotherton. O dr. Grant e ela nunca foram bons amigos, o conhecimento de ambos começara com desacordos e os dois tinham hábitos totalmente diferentes.

Após uma breve interrupção, o sr. Rushworth retomou a palavra.

— A propriedade de Smith, agora tão admirada por todos no campo, não valia nada antes de Repton supervisioná-la. Acho que vou chamá-lo.

— Sr. Rushworth — disse *Lady* Bertram —, se eu fosse o senhor, mandaria cultivar um belo jardim de arbustos. Todos gostam de passear em meio a arbustos quando o tempo está bom.

O rapaz se apressou em demonstrar aquiescência à nobre senhora e tentou expressar algo elogioso. Mas, ao afirmar que gostaria de submeter-se ao gosto dela e satisfazer o das senhoras presentes, ao mesmo tempo que insinuava ser seu desejo agradar a apenas uma, atrapalhou-se todo, e Edmund alegrou-se por encerrar o assunto propondo que tomassem o vinho. O sr. Rushworth, porém, embora não fosse um grande conversador, ainda tinha mais a dizer sobre o tema que tanto prezava.

— O terreno da propriedade de Smith não tem ao todo muito mais que uma centena de hectares, o que é bem pouco, por isso surpreende ainda mais a grande melhoria do lugar. Ora, em Sotherton temos quase trezentos, sem contar os prados de irrigação, por isso acho que, se foi possível fazer tanto em Compton, não precisamos nos desesperar. Derrubaram-se duas ou três árvores maravilhosas que se situavam perto demais da casa, o que descortinou a perspectiva de forma admirável; isso me faz imaginar que Repton, ou alguém com a mesma visão, desbaste a alameda em Sotherton, a que leva da fachada oeste ao topo da colina que a senhorita conhece — dirigindo-se em especial à srta. Bertram enquanto falava.

Maria, porém, achou que convinha mais responder:

— Alameda? Ah, não me recordo! Na verdade, conheço muito pouco Sotherton.

Fanny, sentada ao lado de Edmund bem defronte à srta. Crawford, e que ouvia com toda a atenção, olhou-o então e disse em voz baixa: — Derrubar as árvores de uma alameda! Que pena! Não o faz pensar em Cowper?[2] "Vós, alamedas tombadas, mais uma vez lamento vosso imerecido fado."

Ele sorriu ao responder:

— Temo que a alameda corra sério risco, Fanny.

— Gostaria de conhecer Sotherton antes que a derrubem: conhecer o lugar como é agora, no estado antigo; mas imagino que não seja possível.

— Nunca esteve lá? Não, não deve ter tido a oportunidade. Lamentavelmente, fica muito além da distância de um passeio a cavalo.

— Ah, não tem importância. Quando eu conhecer, você me dirá como alteraram.

— Deduzo — disse a srta. Crawford — que Sotherton seja uma residência antiga e conserve certo esplendor. Construíram-na em estilo específico?

---

[2] William Cowper (1731 – 1800), um dos poetas e hinistas mais populares do século XVIII, muito admirado e citado com frequência em cartas e romances de Jane Austen, foi um dos precursores da poesia romântica.

— Foi erguida no período elisabetano. É um prédio grande, de tijolos em traçado regular... pesado, mas de aparência imponente, com muitos aposentos excelentes. Situa-se, porém, em má localização, construída num dos pontos mais baixos do parque, neste aspecto, portanto, desfavorável a reformas. Mas há uma bela área florestal com um córrego do qual, atrevo-me a dizer, se pode tirar bom proveito. Acho que o sr. Rushworth tem toda razão ao pretender dar-lhe um visual moderno e não duvido que fará tudo extremamente bem.

A srta. Crawford ouvia Edmund com aceitação e dizia a si mesma: "Que homem bem-educado, descreve sempre o lado positivo da situação".

— Não quero influenciar o sr. Rushworth — continuou Edmund —, mas se tivesse um lugar para modernizar não me poria em mãos de um profissional. Preferiria um grau inferior de beleza na reforma, segundo minhas próprias escolhas, e realizá-la aos poucos. Preferiria aceitar meus próprios erros que os dele.

— Você saberia o que fazer, claro, mas isso não me convém. Não tenho a mínima perspectiva espacial nem engenhosidade para tais coisas, a não ser quando as vejo diante de mim — confessou Mary. Se tivesse uma propriedade no campo, ficaria muitíssimo grata a qualquer sr. Repton que se encarregasse da reforma e me desse o máximo de beleza possível em troca do meu dinheiro. E só iria vê-la depois de terminada.

— Para mim, seria delicioso ver o progresso de tudo — disse Fanny.

— É... porque a criaram para isso; trata-se, porém, de uma coisa que não fez parte da minha educação. A única experiência que já tive, administrada não pela pessoa mais admirada no mundo, fez-me considerar as melhorias à mão como o maior dos aborrecimentos. Há três anos, o almirante, meu honrado tio, comprou uma casa de campo em Twickenham para passarmos os verões. Minha tia e eu fomos vê-la com o maior entusiasmo, só que, embora fosse belíssima, logo constatamos que precisava de reformas. Por isso, lá passamos três meses em meio a toda aquela lama e bagunça, sem sequer um caminho de cascalho por onde passear nem um banco em condição para uso. Eu gostaria de ter tudo o mais perfeito possível no campo, moitas de arbustos, jardins floridos e inúmeros bancos rústicos, mas que se fizesse tudo sem meus cuidados e preocupação. Henry é diferente, adora pôr "a mão na massa".

Edmund lamentou ouvir a srta. Crawford, a quem se dispunha a admirar, falar com tanta liberdade do tio. Não convinha ao seu senso de decoro, e ele se calou até que, induzido por mais sorrisos e vivacidade, pôs o assunto de lado.

— Sr. Bertram — ela disse —, afinal tenho notícias da minha harpa. Asseguraram-me que se encontra a salvo, em Northampton, e na certa há pelo menos dez dias, apesar das solenes afirmações contrárias que recebemos tantas vezes. — Edmund expressou prazer e surpresa. — A verdade é que nossos pedidos de informação foram diretos demais. Enviamos um empregado, fomos perguntar em pessoa, o que não deu certo a mais de cento e dez quilômetros de Londres, mas recebemos esta manhã a notícia pelo canal certo. A harpa foi vista por algum agricultor, que informou ao moleiro; este passou a informação ao açougueiro, cujo genro deixou recado na loja.

— Alegra-me muito saber que teve notícias, não importa por qual meio. Espero que não haja mais demora.

— Devo recebê-la amanhã, mas sabe como será entregue? Não por carroça nem carruagem. Ai, não! Não existe nada do tipo para se alugar na aldeia. Achei melhor procurar carregadores e um carrinho de mão.

— Ouso dizer que não vai ser fácil, logo agora, no meio de uma colheita de feno bem atrasada, alugar um cavalo e uma carroça.

— Fiquei pasma ao constatar que trabalho deu! Precisar de um cavalo e uma carroça no campo parecia impossível, por isso pedi à minha criada que os arranjasse. Como não posso olhar da janela do quarto sem ver uma fazenda, nem passar pela mata sem ver outra, achei que bastaria pedir e ter, mas sofri muito pelo fato de não conseguir que ninguém aceitasse minha proposta. Imagine como fiquei surpresa ao descobrir que havia pedido a coisa mais absurda, mais impossível do mundo, ofendido todos os agricultores, todos os trabalhadores, todo o feno da paróquia. Quanto ao ajudante do dr. Grant, creio que melhor faria não tê-lo importunado. Meu cunhado, em geral sempre amável, olhou-me de cara feia quando descobriu o que eu pretendia.

— Não se podia esperar que você houvesse pensado a respeito antes, mas quando parar para pensar vai entender a importância que tem a colheita do pasto. O aluguel de uma carroça em qualquer época talvez não seja tão fácil quanto imagina. Nossos agricultores não têm o hábito de cedê-los, mas na colheita deve ser quase impossível eles prescindirem de um cavalo.

— Com o tempo, entenderei todos os costumes do campo, mas, como cheguei de Londres com a verdadeira máxima de que com dinheiro tudo se consegue, fiquei um pouco constrangida, a princípio, com a firme independência desses hábitos campestres. Minha harpa, no entanto, será trazida amanhã. Henry, que é a bondade personificada, ofereceu-se para buscá-la no coche dele. Não receberá um honroso transporte?

Edmund citou a harpa como seu instrumento preferido e desejou que logo pudesse ouvi-la. Fanny, que jamais escutara o som do instrumento, também expressou o grande desejo de ouvi-la tocar.

— Terei o imenso prazer de tocar para os dois — respondeu a srta. Crawford — enquanto queiram ouvir. Na certa por mais tempo, pois adoro música, e quando o gosto natural é igual de ambos os lados, a intérprete sempre leva vantagem por satisfazer-se de muitas outras formas. Agora, sr. Bertram, se escrever ao seu irmão, rogo-lhe que o informe da chegada da minha harpa; o coitado ouviu queixar-me tanto de como me sentia infeliz sem ela! E, por favor, diga-lhe também que prepararei as árias mais lastimosas para quando retornar, em compaixão pelos sentimentos dele, pois sei que seu cavalo perderá.

— Se eu escrever, direi tudo que deseja, mas no momento não me ocorre nenhum motivo para fazê-lo.

— Não, atrevo-me a dizer, nem se ele ficasse fora um ano, você nunca escreveria, e tampouco ele a você se pudesse evitar. Que estranhas criaturas são os irmãos! Só escrevem uns aos outros em caso de extrema urgência no mundo e quando se veem obrigados a pegar a pena para comunicar a doença de tal cavalo, ou a morte de tal parente, e empregam o mínimo possível de palavras. Todos os irmãos agem da mesma forma. Sei muito bem disso. Em todos os outros aspectos, Henry é o perfeito exemplo do que deve ser um irmão, que me ama, faz confidências, troca ideias e conversa horas seguidas comigo, e ainda nunca me escreveu uma carta com mais de uma página, que quase sempre não passa de: "Querida Mary, acabei de chegar. A cidade de Bath parece cheia de gente, tudo mais se encontra como de costume. Afetuosamente, seu irmão." Trata-se do autêntico estilo masculino, uma típica carta de irmão.

— Quando ficam distantes de toda a família — disse Fanny, enrubescendo ao pensar em William — às vezes escrevem longas cartas.

— A srta. Price tem um irmão no mar —, explicou Edmund —, cuja excelência como correspondente a faz te considerar severa demais em relação a nós.

— No mar, é mesmo? Ao serviço do rei, claro.

Fanny preferia que Edmund contasse a história, mas o decidido silêncio do primo obrigou-a a relatar a situação do irmão. A voz animou-se ao falar da profissão dele e os postos no exterior onde estivera, mas não conseguiu mencionar o número de anos que se achava ausente sem lágrimas nos olhos. A srta. Crawford, com toda a delicadeza, desejou-lhe uma rápida promoção.

— Não conhece por acaso o capitão do meu primo, senhorita? — perguntou Edmund. — Capitão Marshall? Pelo que sei, vocês têm muitos conhecidos na marinha.

— Entre almirantes, inúmeros, mas — com um ar de grandeza — conheço muito poucos das patentes inferiores. Encontram-se homens muito bons no posto de capitão, mas eles não fazem parte do nosso círculo. Dos vários almirantes, tenho bastante conhecimento: deles, das insígnias, da gradação dos soldos, das competições e das rivalidades. Mas posso assegurar-lhe que em geral são ignorados e muito mal aproveitados. Claro, o fato de eu morar com meu tio proporcionou-me a oportunidade de conviver em um círculo de almirantes, conheci bastantes contras e vices. Ora, por favor, não pense que tive a intenção de fazer algum trocadilho.[3]

Edmund mais uma vez assumiu uma expressão séria e respondeu apenas:

— Trata-se de uma nobre profissão.

— Sim, é uma profissão muito boa em duas circunstâncias: que se faça fortuna e se tenha discrição ao gastá-la. Mas, em suma, não é a minha preferida. Para mim nunca revelou um aspecto agradável.

Edmund retomou o assunto da harpa e mostrou-se de novo muito satisfeito com a perspectiva de ouvi-la tocar.

Enquanto isso, a conversa sobre a reforma de terrenos continuava em apreciação pelos demais. A sra. Grant não pôde evitar dirigir-se ao irmão, embora isso lhe tirasse a atenção da srta. Julia Bertram.

---

[3] Em inglês, as palavras *rear* e *vice* (respectivamente, "contra" e "vice") são ambíguas, pois também significam "traseiro" e "vício", compondo um trocadilho que não é possível em português.

— Meu caro Henry, você nada tem a dizer? Você mesmo já realizou melhorias e, segundo o que me disseram de Everingham, a propriedade pode rivalizar com qualquer outra na Inglaterra. Sei que tem esplêndidas belezas naturais. Eu considerava Everingham, como era antes, perfeita, que maravilhoso declive do terreno e que belo arvoredo! O que não daria para tornar a vê-la!

— Nada poderia proporcionar-me tanta satisfação como ouvir sua opinião a respeito da propriedade — ele respondeu. — Mas temo que se decepcione um pouco. Não vai achá-la igual às suas ideias atuais. Ficará surpresa ao ver a insignificância da sua extensão. Quanto às melhorias, pude fazer muito pouco, gostaria de ter-me ocupado por mais tempo.

— Gosta desse tipo de atividade? — perguntou Julia.

— Demais. No entanto, em relação às vantagens naturais do terreno, perceptíveis até mesmo para um leigo, pouco restava a fazer, e, após pôr em prática minhas decisões, faltavam, porém, três meses para eu alcançar a maioridade quando Everingham se transformou em tudo o que vemos agora. Projetei a reforma em Westminster, talvez tenha alterado um pouco os planos em Cambridge, e realizei-a quando fiz vinte e um anos. Tendo a invejar o sr. Rushworth por ter tanta felicidade diante de si. Fui um devorador da minha.

— Os que veem rápido resolvem e agem com a mesma rapidez — protestou Julia. — Nunca lhe faltará ocupação. Em vez de invejá-lo, deveria ajudá-lo com sua opinião.

A sra. Grant, ao ouvir as últimas palavras da jovem, reforçou-as calorosamente, convencida de que nenhum discernimento se equiparava ao do irmão. Como Maria Bertram acolheu a ideia da mesma forma entusiasmada e deu-lhe total apoio, declarando que em sua opinião era, infinitas vezes, melhor consultar os amigos e conselheiros desinteressados, do que logo entregar a empreitada às mãos de um profissional, o sr. Rushworth apressou-se a pedir o favor da ajuda do sr.

Crawford. Este, após reduzir convenientemente seus méritos pessoais, logo pôs seus serviços à inteira disposição em tudo que pudesse ser útil. O sr. Rushworth então começou a propor-lhe que fizesse a honra de conhecer Sotherton e ali se hospedar. Quando a sra. Norris, como se lesse na mente das duas sobrinhas a pouca aprovação de um plano que as separaria do sr. Crawford, interpôs-se com uma sugestão.

— Não se tem a menor dúvida da boa vontade do sr. Crawford, mas por que não acrescentamos mais alguns? Por que não formamos um pequeno grupo? Muitos aqui se interessam pelas suas reformas, meu caro sr. Rushworth, e gostariam de ouvir a opinião do sr. Crawford no local, além de talvez contribuir com uma pequena ajuda de suas ideias. De minha parte, há muito desejo tornar a visitar sua boa mãe. Apenas a falta de cavalos próprios me fez parecer tão indolente, mas agora muito me alegraria reunir-me algumas horas com a sra. Rushworth, enquanto os demais de vocês passeariam pela propriedade e resolveriam tudo que se pode fazer. Depois poderíamos todos retornar para uma ceia aqui ou jantar em Sotherton, o que seria muito agradável para sua mãe, e fazer uma prazerosa viagem de volta para casa sob o luar. Atrevo-me a sugerir que o sr. Crawford me levasse, e às minhas duas sobrinhas, na sua carruagem. Edmund pode ir a cavalo, que tal lhe parece, irmã? E Fanny ficará em casa com você.

Lady Bertram não fez objeção alguma, e todos os incluídos no passeio se apressaram em concordar, com exceção de Edmund, que tudo ouviu e nada disse.

Capítulo 7

— Então, Fanny, que acha agora da srta. Crawford? — perguntou Edmund no dia seguinte, após ele mesmo refletir a respeito por algum tempo. — Pareceu-lhe bem ontem? — Muito bem... muito. Gosto de ouvi-la falar, ela me diverte, e é tão linda que sinto prazer apenas em olhá-la.

— Tem o rosto muito atraente e características maravilhosas! Mas algo na conversa dela, Fanny, não lhe pareceu meio indelicado?

— Ah, sim! Não deveria ter falado do tio como o fez. Fiquei bastante surpresa. Um tio com quem vive há tantos anos e que, quaisquer defeitos que tenha, gosta tanto do irmão dela, trata-o, dizem, como um filho. É inacreditável!

— Imaginei que ficaria impressionada. Achei muito ofensivo, muito indelicado.

— E ela me pareceu muito ingrata.

— Ingrata é uma palavra forte. Não sei se o tio tem algum direito à gratidão dela. Com certeza, a esposa dele tinha. É o respeito pela memória da tia que a induz ao erro. A situação em que se encontrava influenciou-a de forma errônea. Com a veemência de seus sentimentos e um espírito tão cheio de vida, deve ser difícil justificar a afeição que nutria pela sra. Crawford sem que isso tire a importância do almirante. Não pretendo saber qual dos dois merece maior culpa pelas desavenças deles, embora a atual conduta do almirante talvez faça inclinar-me a favor da esposa. Mas é natural e afável que a srta. Crawford absolva de todo a tia. Não lhe censuro as opiniões, mas, sem dúvida, acho indelicado expô-las em público.

— Não acha — perguntou Fanny, após uma breve reflexão — que o motivo dessa indelicadeza se deve à própria sra. Crawford, pois foi ela a responsável pela criação da sobrinha desde a infância? Talvez não lhe tenha incutido as ideias corretas sobre o quanto devia ao almirante.

— Observação muito justa. Sim, devemos supor que os defeitos da sobrinha foram os da tia, o que nos torna mais sensíveis às desvantagens a que se submeteu na situação anterior. Mas creio que o atual lar há de lhe fazer bem. Os modos da sra. Grant são apenas os que deveriam ser. Ela fala do irmão com muita afeição.

— Sim, a não ser quanto a ele escrever cartas tão sucintas. Ela quase me fez rir, porém não levo em tão alta conta o amor ou a boa índole de um irmão que não se dá o trabalho de escrever às irmãs algo que valha a pena ler quando estão separados. Tenho certeza de que William jamais me trataria assim, em nenhuma circunstância. E que direito tem ela de supor que você não escreveria cartas longas quando estivesse ausente?

— O direito de uma mente cheia de vida, Fanny, que aproveita tudo que possa contribuir para a própria diversão ou a dos demais. De todo admissível, quando não maculado por mau humor ou grosseria. E não se vê uma única sombra de nenhuma das duas coisas na expressão nem na atitude da srta. Crawford, nada ferino, vulgar ou rude. Ela se expressa de perfeita maneira feminina, a não ser no aspecto a que nos referíamos antes. Nisso não se pode justificá-la. Alegro-me que tenha percebido tudo como eu.

Após formar-lhe a mente e ao mesmo tempo conquistar-lhe a afeição, Edmund tinha uma boa chance de que ela partilhasse sua forma de pensar, embora nesse período, e sobre esse assunto, começasse agora a surgir certo perigo de diversidade, pois ele passava a sentir admiração por Mary, o que talvez o levasse aonde Fanny não poderia acompanhá-lo. Os atrativos da srta. Crawford não diminuíram. A harpa chegou e intensificou-lhe a beleza, a sagacidade e o bom humor, pois ela se dispunha a tocar com grande gentileza, transmitindo expressão e bom gosto que lhe caíam muito bem, além de sempre ter um comentário inteligente a fazer ao término de cada ária. Edmund ia ao presbitério todos os dias para que o deleitassem com o instrumento preferido. Cada manhã garantia um convite para a seguinte, pois Mary só podia alegrar-se por ter um ouvinte tão entusiasmado e tudo logo adquiriu uma auspiciosa assiduidade.

Uma jovem bonita, cheia de vida, com uma harpa tão elegante quanto ela mesma, ambas próximas a uma janela que proporcionava uma bela vista do terreno e abria-se num pequeno gramado, rodeado de arbustos na luxuriante folhagem de verão, bastava para conquistar o coração de qualquer homem. A estação, o cenário, o ar, tudo favorecia a ternura e o sentimento. A presença da sra. Grant e seu bastidor de bordado integravam-se bem ao ambiente e contribuíam para a total harmonia. E como tudo se aproveita quando o amor começa a insinuar-se, valia a pena apreciar até a bandeja de sanduíches que o sr. Grant fazia a honra de servir. Sem se aprofundar no assunto, contudo, nem saber no que se envolvia, ao chegar o fim de semana desse convívio, Edmund começava a sentir-se muito apaixonado. E para crédito da jovem deve-se acrescentar que, apesar de ele não ser um homem muito sociável nem um herdeiro primogênito, além de nada conhecer das artes do galanteio ou dos divertimentos da conversa frívola, o rapaz começou a parecer-lhe agradável. Ela assim o sentia, embora não o previsse e mal o compreendesse, pois ele não se mostrava agradável segundo a regra comum: não dizia bobagens amenas, não fazia elogios, suas opiniões eram inflexíveis, as atenções, tranquilas e simples. Desprendia-se encanto, talvez, daquela sinceridade, constância, integridade, qualidades que a srta. Crawford identificava ao senti-las, mas não as saberia debater consigo mesma. Não pensava muito a respeito, porém ele lhe agradava por enquanto, gostava de tê-lo perto, e isso bastava.

Não surpreendia Fanny o fato de Edmund ir todas as manhãs ao presbitério; aparecer lá também a alegraria, se ela pudesse ir sem ser convidada e passar despercebida para ouvir a harpa. Tampouco a surpreendia que, findo o passeio do entardecer, e as duas famílias mais uma vez se separassem, o primo julgasse correto acompanhar a sra. Grant e a irmã até a casa delas enquanto Henry dava atenção às moças em Mansfield Park. No entanto, considerava a situação uma péssima troca, e como Edmund não chegava a tempo para misturar-lhe o vinho com água, Fanny preferia não tomá-lo. Admirava-se um pouco, porém, de que ele passasse tantas horas com a srta. Crawford e não mais percebesse os defeitos que observara anteriormente e dos quais ela quase sempre se lembrava, em detrimento de alguma coisa da mesma natureza que a outra expressava quando em sua companhia. Entretanto, assim era. Edmund gostava de falar-lhe sobre a srta. Crawford, mas parecia satisfeito porque desde então se poupara o almirante das conversas e Fanny tinha escrúpulos em comunicar-lhe as próprias observações, por temer que parecesse maledicente. O primeiro verdadeiro sofrimento que lhe causou Mary Crawford resultou do desejo desta de aprender a montar, manifestado logo depois de estabelecer-se em Mansfield Park, a exemplo das jovens irmãs Bertram nos terrenos da propriedade, quando a amizade da recém-chegada com Edmund se estreitou, levando-o a incentivar-lhe a vontade e oferecer a própria égua mais mansa para as primeiras tentativas, como a mais adequada para uma iniciante que se poderia encontrar em qualquer estábulo. Edmund, porém, não teve a intenção de causar algum sofrimento nem magoar a prima com tal oferta, ela não perderia um único dia de exercício por isso. Só se levaria a égua ao presbitério por meia hora antes do início dos passeios de Fanny, que, ao ser consultada em primeiro lugar, longe de sentir-se desdenhada, ficou quase dominada por gratidão por seu primo ter pedido sua permissão.

Mary Crawford fez a primeira tentativa com grande sucesso pessoal e nenhuma inconveniência para Fanny. Edmund, que conduzira a égua e supervisionara tudo, retornou com o animal em excelente tempo, antes mesmo de Fanny e o velho cocheiro, que sempre a acompanhava quando ela cavalgava sem as primas, estarem prontos para partir. O treinamento do segundo dia não se revelou tão irrepreensível. O prazer de cavalgar da srta. Crawford foi tão grande que ela não se deu conta da hora de parar. Ativa e destemida, embora um tanto pequena e de compleição forte, parecia uma amazona inata. Ao puro prazer genuíno do exercício, talvez se acrescentassem a presença e as instruções de Edmund, além de algo mais na convicção de muito superar em geral as pessoas do sexo feminino pelo rápido progresso que fazia, tudo isso contribuía para que a jovem não desejasse desmontar. Pronta, Fanny esperava. A sra. Norris começava a repreendê-la por ainda não haver ido embora, porém não se anunciava a chegada de cavalo algum nem Edmund aparecia. Para evitar a tia e procurá-lo, ela se afastou.

Embora menos de um quilômetro separasse as casas, não se avistava uma da outra, mas, após se encaminhar cinquenta metros desde a porta da entrada, Fanny viu o parque embaixo dominado pelo presbitério e todas as propriedades, que se erguiam em suave ascensão além da estrada da aldeia. E no prado do dr. Grant logo localizou o grupo: ambos, Edmund e a srta. Crawford, montados nos respectivos animais, cavalgavam lado a lado, o casal Grant e o sr. Crawford, com dois ou três cavalariços, todos ali parados em pé os observavam. Pareceu-lhe um grupo feliz, todos unidos num único interesse, animados, sem dúvida alguma, pois se elevava até ela a alegria ruidosa daquelas vozes, ruído que não a deixava feliz. Surpreendeu-a que Edmund a houvesse esquecido e sentiu uma pontada de dor. Não podia despregar os olhos do prado nem evitar observar tudo que ocorria ali. A princípio, a srta. Crawford e o companheiro percorreram a trote o circuito do campo, que não era pequeno; então, por visível sugestão dela, puseram-se a galopar, e, para a natureza tímida de Fanny, foi muito surpreendente ver como a outra montava bem. Depois de alguns minutos, pararam. Edmund aproximou-se da jovem e dirigiu-lhe a palavra, obviamente ensinando-lhe a maneira certa de segurar as rédeas, após tomar-lhe a mão. Ela o viu ou a imaginação supriu o que o olhar não alcançava. Não devia surpreendê-la tudo aquilo. Haveria algo mais natural que Edmund mostrar-se útil e provar sua amabilidade a qualquer um? Só conseguiu, porém, julgar de fato preferível que Henry Crawford lhe poupasse o trabalho. Teria sido muito mais correto e conveniente num irmão ele próprio fazê-lo, mas o sr. Crawford, com toda aquela ostentação de bondade e exímio cavaleiro, na certa nada sabia do assunto nem seria tão prestativo em comparação com Edmund. Ela começou a achar que era um tanto duro impor à égua aquela dupla obrigação. Se a haviam esquecido, que pelo menos se lembrassem do pobre animal.

Os sentimentos por si e pelo cavalo logo se tranquilizaram um pouco quando ela viu o grupo no prado dispersar-se e a srta. Crawford ainda montada, mas ajudada por Edmund a pé, cruzar um portão que dava para a alameda, entrar no parque e encaminhar-se para o lugar onde ela se encontrava. Começou então a temer parecer rude, impaciente, e dirigiu-se ao encontro deles com grande ansiedade para evitar desconfiança.

— Minha cara srta. Price — disse Mary Crawford assim que chegou ao alcance do ouvido —, vim pedir-lhe minhas desculpas por fazê-la esperar... mas nada tenho a dizer em meu favor. Eu sabia que era muito tarde e que me comportava extremamente mal, por isso queira ter a bondade de me perdoar. Entenda que se deve sempre perdoar o egoísmo, pois não há esperança alguma de cura.

Fanny respondeu com extrema cortesia, e Edmund acrescentou acreditar que ela não tinha pressa.

— Pois há tempo mais que suficiente para minha prima cavalgar duas vezes a distância que ela costuma percorrer — ele explicou — e você lhe proporcionou bem-estar ao evitar que saísse meia hora antes. Como agora se aproximam as nuvens, Fanny não vai sofrer com o calor, o que aconteceria mais cedo. Espero que não esteja fatigada com tanto exercício. Gostaria que tivesse se poupado a fim de voltar para a casa a pé.

— Asseguro-lhe que nada me fadiga mais que ter de descer deste cavalo — ela respondeu, quando apeou auxiliada por ele. — Sou muito forte. Nada jamais me cansa, com exceção de fazer o que não gosto. Srta. Price, cedo-lhe a montaria com muita má vontade, mas espero com toda sinceridade que desfrute um agradável passeio e desse caro, adorável e belo animal não me diga senão boas coisas.

Nesse momento, juntou-se a eles o velho cocheiro, que esperara com o próprio cavalo; ele ajudou Fanny a montar na égua, e os dois partiram em direção ao outro lado do parque. O sentimento de desconsolo da jovem não a impediu de ver, ao se virar para trás, que os outros desciam a colina juntos para a aldeia. Tampouco lhe fizeram bem os comentários do acompanhante sobre a grande destreza da srta. Crawford como amazona, a quem ele ficara observando com interesse quase igual ao seu.

— É um prazer ver uma dama com tanta audácia para montar! — ele disse. — Nunca vi ninguém que se apresentasse melhor num cavalo. Parecia não ter o menor medo. Muito diferente da senhorita quando começou, faz seis anos agora na próxima Páscoa. Deus me abençoe! Como a senhorita tremia quando *Sir* Thomas a acomodou no cavalo!

Na sala de estar, também parabenizaram a srta. Crawford. O mérito, pela força e coragem com que a natureza dotara-a, recebeu ampla admiração das irmãs Bertram; o deleite que sentia e a perfeição ao cavalgar eram iguais aos delas, e tinham grande prazer em elogiá-la.

— Eu sabia que ela ia montar bem — disse Julia —, parece feita para isso. Tem o porte tão elegante quanto o do irmão.

— Sim — acrescentou Maria —, além da mesma desenvoltura e a personalidade enérgica dele. Não posso deixar de pensar que uma boa equitação tem muito a ver com a mente.

Quando se separaram à noite, Edmund perguntou a Fanny se pretendia montar no dia seguinte.

— Não sei, não; quer dizer, se você não precisar da égua — respondeu.

— Não preciso mesmo dela para mim — ele disse —, mas quando você preferir permanecer em casa, creio que a srta. Crawford terá prazer em ficar com ela mais tempo... a manhã inteira, enfim. Ela tem grande desejo de chegar até os pastos comuns de Mansfield; a sra. Grant andou falando-lhe das belas paisagens de lá, e não tenho dúvida de que as apreciará da mesma forma. Mas, para isso, qualquer manhã servirá. Ela lamentaria muito interferir em seus passeios, e seria injusto que o fizesse. Monta apenas por prazer, enquanto você, pela saúde.

— Amanhã não vou sair a cavalo, com certeza — disse Fanny. — Tenho saído muito ultimamente, e preferiria ficar em casa. Você sabe que agora estou forte o bastante para andar muito bem.

Edmund pareceu satisfeito, o que deveria proporcionar bem-estar a Fanny, e o passeio aos altos pastos de Mansfield se realizou na manhã seguinte. O grupo incluiu todos os jovens, menos ela, e eles muito desfrutaram o passeio e mais uma vez se divertiram à noite, ao conversar a respeito. Um plano bem-sucedido como esse, em geral, enseja a combinação de outro; e o fato de terem ido àquela alta região de Mansfield deixou-os dispostos a visitar outro lugar no dia seguinte. Havia muitas outras paisagens para admirar, e, embora fizesse muito calor, o campo sempre oferecia alamedas sombreadas aonde desejassem ir.

Um grupo jovem sempre encontra atalhos envoltos em sombra. Quatro agradáveis manhãs sucessivas assim se passaram, com os anfitriões a mostrarem o campo aos Crawford, enaltecendo os mais belos locais. Tudo transcorreu bem, só se viam alegria e bom humor, comentava-se com prazer mesmo a inconveniência causada pelo calor, até o quarto dia, quando se desvaneceu em excesso a felicidade de um dos membros do grupo: Maria Bertram. Convidaram Edmund e Julia a jantar no presbitério, e ela foi excluída. A sra. Grant planejou e realizou o evento com a melhor das intenções, e em deferência ao sr. Rushworth, esperado naquele dia em Mansfield Park; mas pareceu uma ofensa muito grave à jovem, que teve de recorrer de forma muita severa às suas boas maneiras para ocultar a vergonha e a raiva até chegar em casa. Como o sr. Rushworth acabou por não aparecer, a ofensa se agravou e ela nem teve o alívio de demonstrar o poder que exercia sobre ele; ficou emburrada com a mãe, a tia e a prima e fez questão de tornar o jantar o mais sombrio possível.

Entre dez e onze horas, Edmund e Julia entraram na sala de estar ao retornarem, revigorados pela brisa noturna, animados e alegres, o próprio contraste do que encontraram nas três senhoras ali reunidas, pois Maria nem sequer ergueu os olhos do livro, e *Lady* Bertram cochilava. Mesmo a sra. Norris, transtornada com o mau *humor* da sobrinha, e após ter feito uma ou duas perguntas sobre o jantar, que não foram logo respondidas, parecia decidida a nada mais dizer. Por alguns minutos, os dois irmãos ficaram entusiasmados demais nos elogios à noite e nos comentários sobre as estrelas, mas quando surgiu a primeira pausa, Edmund, ao olhar em volta, perguntou:

— Mas onde está Fanny? Já foi dormir?

— Não, não que eu saiba — respondeu a sra. Norris —, ela estava aqui agora mesmo.

A suave voz da jovem, vinda do outro lado da sala, que era muito espaçosa, revelou-lhes que se achava sentada no sofá. A sra. Norris começou a repreendê-la.

— Que artifício mais tolo, Fanny, esse de se afastar e ficar a noite toda sem fazer nada num sofá! Que tal vir sentar-se aqui e fazer alguma coisa como nós? Se não tem trabalho próprio, posso dar-lhe a cesta dos pobres agora mesmo. Todo o tecido novo comprado na semana passada continua intocado. Sei que quase morri de dor nas costas de tanto cortá-lo. Você precisa aprender a pensar nas outras pessoas, e acredite em mim: trata-se da coisa mais chocante do mundo uma jovem viver largada num sofá.

Antes que terminasse a metade da reprimenda, Fanny já retornara ao seu lugar na mesa e recomeçara mais uma vez o trabalho. Julia, de muito bom humor, em virtude dos prazeres do dia, fez-lhe a justiça de exclamar:

— Mas devo dizer, tia, que, de todas nós, Fanny é a que menos se senta num sofá nesta casa.

— Fanny — perguntou Edmund, depois de observá-la com muita atenção —, será que não está com dor de cabeça?

Embora a moça não pudesse negar, disse que não era muito forte.

— Custo a acreditar — ele retrucou —, conheço bem demais sua fisionomia. Faz quanto tempo que a cabeça começou a doer?

— Desde um pouco antes do jantar. Não é nada, foi só por causa do calor.

— Você saiu nesse calor?

— Saiu! Por certo que sim! — interveio a sra. Norris. — Queria que ela ficasse em casa num dia tão lindo como esse? E não saímos todas? Até sua mãe passou mais de uma hora lá fora.

— Sim, é verdade, Edmund — acrescentou *Lady* Bertram, que despertara por completo com a dura repreensão da sra. Norris. — Passei uma hora lá fora. Fiquei sentada uns quarenta e cinco minutos no jardim, enquanto Fanny cortava as rosas, e achei muito agradável, mas fazia muito calor. Dentro de casa estava bem fresco, mas confesso que temi tornar a entrar.

— Fanny ficou cortando as rosas?

— Sim, e receio que sejam as últimas deste ano. Coitadinha! Ela sentiu muito calor, mas as rosas se achavam tão desabrochadas que não dava para esperar mais.

— Não se tinha como evitar, sem dúvida — retrucou a sra. Norris, numa voz um pouco mais branda. — Porém me pergunto se a dor de cabeça dela não teria começado com isso, minha irmã. Nada tem mais probabilidade de causar enxaqueca do que se levantar e abaixar sob um Sol quente. Mas creio que amanhã terá passado. E se lhe desse o seu vinagre aromático? Sempre me esqueço do meu.

— Já dei — respondeu *Lady* Bertram. — Está com ela desde que voltou da sua casa pela segunda vez.

— Como? — indignou-se Edmund. — Além de caminhar e cortar rosas, ela ainda percorreu duas vezes todo o parque ensolarado até a sua casa, minha tia! Não admira que sinta dor de cabeça.

A sra. Norris conversava com Julia e não o ouviu.

— Mas havia tantas rosas assim para obrigá-la a fazer duas viagens?

— Não, mas tinham antes de ser postas na estufa, e infelizmente Fanny se esqueceu de fechar a porta e trazer a chave, por isso foi obrigada a voltar — explicou *Lady* Bertram.

Edmund levantou-se e caminhou em volta da sala, dizendo:

— E não podiam delegar essa tarefa a alguém, além de Fanny? Por Deus, minha tia, que coisa mais mal administrada!

— Pois garanto não saber de que outra maneira seria mais bem administrada — gritou a sra. Norris, sem poder mais se fazer de surda —, a não ser que eu mesma fosse, na verdade, mas não tenho como estar em dois lugares ao mesmo tempo. E naquele exato momento eu conversava com o sr. Green sobre a leiteira, criada de sua mãe, a pedido dela, e tinha prometido a John Groom escrever à sra. Jefferies a respeito do filho dele, e o pobre homem já me esperava havia meia hora. Acho que ninguém pode acusar-me de me poupar em qualquer ocasião, mas, de fato, não posso fazer tudo ao mesmo tempo. Quanto ao fato de Fanny ter ido duas vezes até lá em casa para mim, a distância não chega nem a meio quilômetro. Não creio que lhe tenha pedido algo excessivo. Com que frequência eu mesma percorro essa distância, em algumas ocasiões três vezes por dia, de manhã e à tarde, ai de mim, faça qualquer tempo, e nunca digo nada. — Gostaria que Fanny tivesse metade da sua força, minha tia.

— Se ela fosse mais assídua nos exercícios físicos, não se abateria tão rápido. Não sai a cavalo faz muito tempo, e me convenci de que, quando não cavalga, deveria caminhar. Se houvesse montado antes, eu não lhe teria pedido isso. Mas achei que lhe faria muito bem caminhar depois de ficar curvada no meio das rosas; pois nada é tão revigorante quanto uma caminhada depois de uma fadiga desse tipo; e, apesar do Sol forte, não fazia muito calor. Aqui entre nós, Edmund — ela piscou significativamente para a mãe dele —, foi cortar as rosas e passear à toa de um lado a outro pelo jardim florido, ao Sol, que lhe fizeram mal.

— Receio que seja verdade — disse a mais cândida *Lady* Bertram, que a ouvira por acaso. — Grande é meu temor de que começou ali, sim, a dor de cabeça de Fanny, pois o calor era suficiente para matar qualquer um. Tanto que eu mesma quase não o suportava. Sentada, a chamar Pug, e tentar mantê-lo longe dos canteiros, foi quase demais para mim.

Edmund nada mais disse a nenhuma das duas senhoras. Dirigiu-se, porém, em silêncio à outra mesa, na qual ainda se achava a bandeja da ceia, trouxe uma taça do vinho Madeira para Fanny e obrigou-a a tomar a maior parte da bebida. Ela desejava ter condições para recusá-lo, mas, com as lágrimas que vários sentimentos fizeram brotar-lhe dos olhos, tornava mais fácil engolir que falar.

Apesar de irritado com a mãe e a tia, Edmund sentia-se ainda mais furioso consigo mesmo. Seu próprio esquecimento da prima era pior que qualquer coisa que as duas houvessem feito. Nada disso teria acontecido se a tivessem tratado com a devida consideração, no entanto, haviam-na deixado os últimos dias sem qualquer opção de companhias, exercícios nem desculpa alguma para evitar qualquer obrigação que as tias insensatas exigissem. Envergonhava-o a ideia de que, por quatro dias seguidos, Fanny ficara impossibilitada de cavalgar, e seriamente decidiu que, por mais que se sentisse contrariado por desagradar a srta. Crawford, isso nunca mais tornaria a acontecer.

Fanny foi deitar-se com o coração tão repleto de emoções como na noite em que chegara a Mansfield Park. Seu estado de espírito na certa contribuíra para aquela indisposição, pois sentia-se esquecida e vinha lutando contra o descontentamento e a inveja fazia alguns dias. Quando se recostara no sofá, no qual se refugiara para não ser vista, a dor que sentia no íntimo em muito superava a enxaqueca; e a repentina mudança causada pela bondosa atenção de Edmund deixou-a quase sem saber em que se apoiar.

Capítulo 8

Os passeios a cavalo de Fanny recomeçaram no dia seguinte, e como era uma manhã fresca e aprazível, o tempo, menos quente do que fizera nas manhãs anteriores, Edmund tinha esperança de que a jovem logo recuperasse as perdas de saúde e bem-estar.

Enquanto ela saía na cavalgada, chegou o sr. Rushworth, acompanhado da mãe, que passou a ser gentil e mostrar especial cortesia, ao insistir que se realizasse o plano de visitar Sotherton, proposto quinze dias antes, o qual, em consequência da sua posterior ausência, desde então se mantivera esquecido. A sra. Norris e as sobrinhas ficaram muito satisfeitas com a retomada do combinado, marcou-se e acertou-se um dia próximo, desde que o sr. Crawford estivesse livre; as mocinhas não esqueceram essa condição, e, embora a sra. Norris desejasse de boa vontade responder por ele, elas não quiseram autorizar a liberdade, nem correr o risco; por fim, após uma sugestão da srta. Bertram, o sr. Rushworth constatou que o melhor a fazer era ele mesmo ir direto ao presbitério falar com o sr. Crawford e perguntar se a próxima quarta-feira lhe seria conveniente ou não.

Antes do retorno dele, chegaram a sra. Grant e a srta. Crawford. Como haviam passado algum tempo fora e tomado um outro caminho até a casa, não cruzaram com o sr. Rushworth. Deram, contudo, reconfortantes esperanças de que ele encontraria o sr. Crawford em casa. Falou-se, sem dúvida, da visita de Sotherton. De fato, era quase impossível conversarem sobre outra coisa, pois a sra. Norris estava animadíssima com a ideia, e a sra. Rushworth, uma mulher bem-intencionada, amável, prática e pomposa, que não dava importância a nada além do que se relacionava aos seus interesses e aos do filho, ainda não desistira de insistir que *Lady* Bertram fizesse parte do grupo. *Lady* Bertram apenas recusava; mas a forma serena da recusa continuou a fazer a sra. Rushworth achar que ela desejava ir, até que as numerosas palavras e o tom mais alto da sra. Norris a convenceram da verdade.

— Seria cansativo demais para minha irmã, excessivamente fatigante, eu lhe asseguro, minha cara sra. Rushworth. Dezesseis quilômetros de ida e mais os de volta, como a senhora sabe. Deve desculpar minha irmã nessa ocasião e aceitar nossas queridas meninas e a mim, sem ela. Sotherton é o único lugar que lhe despertaria o desejo de percorrer tão longa distância, mas isso de fato não pode ser. Ela terá a companhia de Fanny, assim tudo ficará muito bem; e quanto a Edmund, como não se encontra presente para dizê-lo, posso responder, em seu lugar, que terá muito prazer em juntar-se ao grupo. Ele poderá ir a cavalo, sabe?

A sra. Rushworth, ao ver-se obrigada a admitir que *Lady* Bertram ficaria em casa, só pôde lamentar.

— A companhia de *Lady* Bertram me fará muita falta, e também me proporcionaria extrema satisfação receber a mocinha, a srta. Price, que ainda não esteve em Sotherton, e é uma pena que não conheça a casa.

— É amabilíssima, minha cara senhora, mais amável, impossível — exclamou a sra. Norris —; mas quanto a Fanny, ela terá muitas oportunidades de conhecer Sotherton. Dispõe de bastante tempo diante de si; e sua ida agora está fora de questão. Seria de todo impossível minha irmã dispensá-la.

— Ah, não! Não posso ficar sem ela.

A sra. Rushworth continuou em seguida, convencida de que todos queriam conhecer Sotherton, incluindo a srta.

Crawford no convite; e embora a sra. Grant, que não se dera o trabalho de visitar a sra. Rushworth por ocasião de sua mudança para a região, com toda a educação o recusasse, por iniciativa própria, alegrou-se ao garantir todo o prazer para a irmã. O sr. Rushworth retornou da reitoria bem-sucedido, e Edmund apareceu ainda em tempo de saber o que se programara para quarta-feira, acompanhar a sra. Rushworth até a sua carruagem e percorrer a metade da propriedade com as duas outras senhoras.

Ao retornar à sala do desjejum, encontrou a sra. Norris tentando decidir se a inclusão da srta. Crawford no grupo era ou não desejável, ou se a carruagem do irmão ficaria lotada sem ela. As senhoritas Bertram riram da ideia, garantindo-lhe que o veículo acomodava quatro pessoas muito bem, sem contar a boleia, na qual uma poderia ir com ele.

— Mas por que é necessário — perguntou Edmund — que se use a carruagem de Crawford, ou apenas a dele? Por que não usamos o cabriolé da minha mãe? Não entendi, quando se mencionou pela primeira vez o plano no outro dia, por que não se fazia uma visita da família na carruagem da família.

— Mas que absurdo! — exclamou Julia. — Irmos as três apertadas num único banco com esse tempo, quando podemos ocupar assentos numa carruagem! Não, meu caro Edmund, impossível.

— Além disso — falou Maria —, sei que o sr. Crawford faz questão de nos levar. Depois do que se falou a princípio, ele o afirmou como um compromisso.

— E, meu caro Edmund — acrescentou a sra. Norris —, levar duas carruagens, quando basta uma, seria arranjar problemas inúteis e, aqui entre nós, o cocheiro não gosta muito das estradas que nos unem a Sotherton; vive reclamando mal-humorado das pistas estreitas que arranham a carruagem, e você compreende que ninguém desejaria que o caro *Sir* Thomas, quando retornasse, encontrasse todo o verniz arranhado.

— Esse não seria um motivo muito nobre para usar a carruagem do sr. Crawford — comentou Maria —, mas a verdade é que Wilcox não passa de um velho tolo, além de não saber conduzir. Garanto que não vamos encontrar empecilho algum em relação às pistas estreitas na quarta-feira.

— Não creio que seja uma dificuldade, nem que seja desagradável — disse Edmund — eu viajar na boleia.

— Desagradável! — exclamou Maria. — Ah, querido, acho que todos o consideram o assento preferido. As paisagens do campo que se descortinam desse lugar são incomparáveis. É provável que a própria srta. Crawford prefira ir ao lado do cocheiro.

— Então não pode haver objeção alguma quanto à ida de Fanny com vocês. Nem a menor dúvida de que há espaço para ela.

— Fanny! — repetiu a sra. Norris. — Meu caro Edmund, não se cogita de ela ir conosco, pois vai ficar com a tia. Foi o que eu disse à sra. Rushworth, que já não a espera.

— A senhora não tem nenhum motivo, minha tia — ele disse — para desejar que Fanny não faça parte do grupo, a não ser que seja algo pessoal ou por sua própria comodidade. Se pudesse dispensá-la, não iria querer mantê-la em casa, iria?

— Decerto que não, mas não posso dispensá-la.

— Pode, sim, se eu ficar em casa com a senhora, como pretendo fazer.

Em reação a isso, ouviu-se um clamor geral.

— Sim — ele continuou —, não há a menor necessidade de eu ir, e pretendo ficar em casa. Fanny acalenta um enorme desejo de conhecer Sotherton. Sei que ela o deseja muito, pois raras vezes tem uma satisfação como essa. Claro que ficaria feliz, mamãe, se lhe proporcionasse o prazer agora, não?

— Ah, sim! Muito feliz, se sua tia não fizer nenhuma objeção.

A sra. Norris apressou-se em expressar a única objeção que ainda permanecia, a de haver afirmado categoricamente à sra.

Rushworth que Fanny não poderia ir, e seu aparecimento lá seria muito estranho, em consequência, a anfitriã seria obrigada a recebê-la, o que lhe parecia uma dificuldade quase impossível de superar. Causaria péssima impressão! Considerava algo muito descortês, que beirava o desrespeito pela sra. Rushworth, cujas maneiras eram um padrão exemplar de boa educação e fineza. A sra. Norris não tinha a menor afeição por Fanny, nem desejo algum de proporcionar-lhe qualquer momento de alegria, mas se opor agora a Edmund suscitava ainda mais parcialidade do plano que ela idealizara, do que alguma outra coisa. Achava que combinara tudo muito bem e que qualquer alteração só resultaria em algo pior. Por isso, quando Edmund respondeu-lhe, ao vê-la prestar atenção, que ela não precisava preocupar-se por causa da sra. Rushworth, pois ele aproveitara a oportunidade, ao acompanhá-la até a carruagem, de mencionar a srta. Price como uma das que na certa fariam parte do grupo, e recebera um convite direto muito enfático à prima, a sra. Norris sentiu-se humilhada demais para ceder com suficiente elegância e disse apenas:

— Muito bem, muito bem, faça como quiser, combine à sua maneira, para mim pouco importa.

— Parece muito estranho — disse Maria — que você fique em casa em vez de Fanny.

— Sei que ela se sentirá muito grata a você — acrescentou Julia, e saiu apressada da sala enquanto falava, mas consciente de que ela mesma deveria ter-se oferecido para ficar e fazer companhia à mãe.

— Fanny se sentirá tão grata quanto exige a ocasião — foi a única resposta do rapaz, que encerrou o assunto.

A gratidão de Fanny, quando soube do combinado, foi de fato muito maior que a alegria. Sentia a bondade de Edmund com todos, e mais que isso. Mas lhe doía o fato de ele ter de se privar de toda satisfação por causa dela, e sua própria satisfação em conhecer Sotherton não seria completa sem o rapaz.

O encontro seguinte das duas famílias de Mansfield deu origem a outra alteração no plano, que foi aceita com aprovação geral. A sra. Grant ofereceu-se para fazer companhia à sra. Bertram naquele dia no lugar do filho, e o dr. Grant se juntaria a elas no jantar. *Lady* Bertram ficou muito satisfeita, e as mocinhas mais uma vez se animaram. Até Edmund sentiu-se muito grato por um ajuste que lhe restituía a participação no grupo. A sra. Norris considerou o plano excelente, tinha a sugestão na ponta da língua e ia propô-la quando a sra. Grant expressou-a primeiro.

A quarta-feira amanheceu com um tempo esplêndido, e logo após o desjejum chegou a carruagem com o sr. Crawford conduzindo a irmã. Como todos se achavam prontos, faltava apenas a sra. Grant descer do veículo e os outros ocuparem seus lugares; o lugar dos lugares, o assento invejado, o posto de honra, foi desocupado. A quem caberia a sorte? Enquanto cada uma das irmãs Bertram meditava sobre como melhor ocupá-lo dando a impressão de cedê-lo às outras, a sra. Grant resolveu o impasse dizendo, ao descer da carruagem:

— Visto que são cinco pessoas, é melhor que uma se sente ao lado de Henry. Como você dizia outro dia que desejava aprender a conduzir, Julia, eu acredito que essa será uma boa oportunidade de tomar uma aula.

Feliz Julia! Infeliz Maria! A primeira logo se instalou na boleia ao lado de Henry, a última ocupou o lugar no interior, com o semblante tristonho e mortificado. A carruagem partiu em meio às despedidas com votos de boa viagem das duas senhoras que ficaram e os latidos de Pug nos braços da dona.

O caminho percorria uma linda paisagem campestre, e Fanny, cujos passeios a cavalo nunca foram tão distantes, logo se extasiou com o cenário, muito feliz ao observar tudo que era novo e admirar a beleza do lugar. Não a convidavam com frequência a participar da conversa das outras, nem ela o desejava. Tinha as próprias ideias e reflexões como melhores companheiras. Observar o visual do campo, os rumos da estrada, a diferença de solo, o estado da colheita, os chalés, o gado e as crianças proporcionava-lhe diversão que só se intensificaria se tivesse a presença de Edmund para expressar-lhe o que sentia. Esse era o único ponto de semelhança entre ela e a moça sentada ao seu lado: fora a afeição que as duas tinham por Edmund, era muito diferente da srta. Crawford, que nada tinha da delicadeza de gosto, mente e sentimento de Fanny. Ela via a natureza inanimada sem observá-la, toda a sua atenção era voltada apenas para homens e mulheres, às aptidões da jovem só interessavam as coisas supérfluas. Ao se virarem para trás à procura de Edmund, porém, quando alguma extensão de estrada as separava do rapaz, ou quando ele se aproximava da carruagem após subir uma considerável ladeira, as duas se uniram e disseram em uníssono "lá está ele", mais de uma vez.

Durante os primeiros onze quilômetros, a srta. Bertram viajou sentindo muito pouco bem-estar. Sua visão sempre terminava no sr. Crawford e em Julia, sentados lado a lado, envoltos em conversa e diversão; e ver apenas o expressivo perfil dele quando se virava com um sorriso para a irmã dela, ou captar a risada desta, constituía uma eterna fonte de irritação, que só o próprio senso de decoro conseguia dissimular. Quando Julia olhava para trás, exibia um semblante de deleite, e sempre que se dirigia a elas expressava grande animação: "que visão encantadora tinha do campo, gostaria que todas as outras a apreciassem dali", etc. Mas a única oferta de troca de lugar foi feita a Mary, quando chegavam ao pico de uma longa colina, e mesmo assim o convite limitou-se a isto:

— Que magnífica vista do campo. Gostaria que se sentasse no meu lugar, mas ouso dizer que não o aceitará, nem sequer me deixará insistir muito.

E a srta. Crawford mal teve chance de responder antes que a carruagem mais uma vez se deslocasse a um bom ritmo.

Quando chegaram à região de Sotherton, tudo melhorou para Maria Bertram, de quem se podia dizer possuir duas cartas na manga. Tinha "sentimentos Rushworth" e "sentimentos Crawford", e na vizinhança de Sotherton os primeiros exerciam considerável influência. A importância social do sr. Rushworth também era sua. Não podia dizer à srta. Crawford que "aqueles bosques pertenciam a Sotherton", nem observar descuidadamente que "acreditava que todas as terras nos dois lados da estrada eram agora propriedade do sr. Rushworth", sem trair o júbilo que sentia no íntimo. E o prazer se intensificava à medida que se aproximavam da imponente mansão feudal e antiga residência senhorial da família com todos os direitos de *Court-Lee* e *Court-Baron*.[1]

— A partir de agora não teremos mais estrada acidentada, srta. Crawford, nossas dificuldades terminaram. O resto do caminho se encontra em bom estado. O sr. Rushworth cuidou disso assim que herdou a propriedade. Aqui começa a aldeia. De fato, esses chalés são vergonhosos. A torre da igreja destaca-se pela admirável beleza. Alegra-me que a igreja não fique tão perto da casa principal como muitas vezes acontece em lugares antigos. O barulho dos sinos deve ser terrível. Ali se vê o presbitério, uma casa de aparência bem cuidada. Ouvi dizer que o clérigo e a esposa são pessoas muito decentes. Aqueles são asilos de pobres, construídos por membros da família. À direita, é a casa do administrador, um homem muito respeitável. Agora nos aproximamos dos portões da residência, mas ainda temos cerca de um quilômetro e meio de terreno a percorrer. Não é feio este trecho, como veem há belas árvores, mas a casa encontra-se em terrível estado. Vamos descer quase

[1] Termos do sistema jurídico inglês, *Common Law*, conhecidos como jurisdições senhoriais, ou seja, quando a lei era aplicada conforme as diretrizes dos senhores do local.

um quilômetro pela colina para chegar lá; uma pena, pois não seria um lugar de aparência negligente se tivesse melhor acesso.

A srta. Crawford não demorou a regozijar-se. Logo imaginou os sentimentos de Maria Bertram e fez questão de aumentar a satisfação dela ao máximo. A sra. Norris era toda deleite e palavras. Até Fanny teve algo a dizer, admirada, e ouviram-na com complacência. A jovem absorvia entusiasmada tudo ao alcance e, após ter alguma dificuldade para avistar a casa, observou:

— Trata-se do tipo de prédio que só se pode contemplar com respeito. Agora, onde fica a alameda? — perguntou. — A frente da casa dá para o leste, percebo. A alameda, portanto, deve ficar atrás. O sr. Rushworth falou da fachada oeste.

— Sim, de fato fica atrás da casa. Começa a uma pequena distância e sobe por quase um quilômetro até a extremidade do terreno. Pode-se ver parte da alameda daqui... algumas das árvores ali mais ao longe... aqueles carvalhos.

Maria Bertram agora poderia dar claras informações do que nada sabia alguns dias antes, quando o sr. Rushworth perguntasse a sua opinião, e sentia uma felicidade tão grande quanto podiam proporcionar a vaidade e o orgulho, ao pararem diante dos espaçosos degraus de pedra defronte à entrada principal.

Capítulo 9

O sr. Rushworth esperava na porta para receber sua bela dama, e acolheu com a devida atenção o grupo todo. Na sala de estar, eles foram recebidos com igual cordialidade pela mãe, que prestou a Maria Bertram todas as honras que ela desejava. Findas as atividades da chegada, era preciso primeiro comer, e as portas foram abertas para permitir a passagem por uma ou duas salas intermediárias até a sala de jantar, onde se preparou uma refeição leve com fartura e elegância. Muito se disse e muito se comeu, e tudo transcorreu bem. Considerou-se então o objetivo específico da visita. Como gostaria e de que maneira preferiria o sr. Crawford fazer um levantamento do terreno? O sr. Rushworth mencionou um coche de dois lugares. O sr. Crawford sugeriu a maior conveniência de um veículo que transportasse mais de duas pessoas.

— Privar-nos da vantagem de outros olhos e avaliações talvez fosse uma perda ainda maior do que a satisfação do momento.

A sra. Rushworth propôs que levassem também a carruagem, mas mal se recebeu isso como uma solução; as moças não sorriram nem falaram. Sua proposta seguinte, de mostrar a casa aos que ainda não a haviam visitado, teve mais aceitação, pois agradava a Maria Bertram a ideia de que se exibisse sua grandeza, e todos ficaram satisfeitos por fazer alguma coisa.

O grupo todo se levantou e a sra. Rushworth conduziu-os por vários aposentos, todos imponentes, muito grandes e amplamente mobiliados ao estilo que predominava cinquenta anos antes, com pisos brilhando, mogno maciço, ricos tecidos adamascados, mármores dourados e esculturas, todos bonitos à sua maneira. Havia grande quantidade de quadros, alguns muito bons, mas a maioria constituía retratos de família, com alguma importância apenas para a sra. Rushworth, que aprendera a duras penas de quem se tratava com o ensinamento da governanta, agora quase tão bem qualificada para mostrar a casa quanto a ama. Nesse momento, dirigia-se sobretudo à srta. Crawford e Fanny, mas não se podia comparar a atenção demonstrada pelas duas, pois a primeira, que vira inúmeras mansões grandiosas e nenhuma lhe despertara interesse, dava a impressão de ouvir apenas por cortesia, enquanto a segunda, a quem tudo interessava por ser novo, escutava com genuína seriedade tudo que a sra. Rushworth contava sobre a família em épocas anteriores, sua ascensão e grandeza, as visitas régias e os leais empreendimentos, encantada ao relacionar tudo à história já conhecida ou aquecer a imaginação com cenas do passado.

A posição da casa excluía a possibilidade de se admirar a paisagem de alguns aposentos, e enquanto Fanny e alguns dos outros acompanhavam a sra. Rushworth, Henry Crawford franzia o cenho e balançava a cabeça diante das janelas. Todos os cômodos da fachada oeste davam para um gramado até o início da alameda logo além de altas cercas de ferro e portões.

Após visitar muitos outros aposentos, cuja utilidade parecia ser apenas contribuir para a cobrança maior de impostos pelo número de janelas e exigir o trabalho de mais criados, a dona da casa disse:

— Agora vamos à capela, na qual deveríamos entrar por cima e apreciá-la corretamente do alto, mas como estamos entre amigos, queiram me desculpar por tomar este caminho.

Todos entraram. A imaginação de Fanny preparara-a para algo mais grandioso do que apenas uma sala retangular espaçosa equipada com a finalidade de devoção — sem nada mais impressionante nem solene que a profusão de mogno e as almofadas de veludo carmesim que apareciam sobre a saliência da galeria da família acima.

— Que decepção — ela disse em voz baixa a Edmund. — Não corresponde à ideia que tenho de uma capela. Não se vê nada de sublime aqui, nem melancólico, nem grandioso. Não contém naves, arcos, inscrições, bandeiras. Sem bandeiras, primo, para serem "sopradas pelo vento noturno celestial". Nem símbolos de que "um monarca escocês descansa aqui embaixo".

— Você se esquece, Fanny, de como é recente esta construção e para uma finalidade restrita, comparada com as antigas capelas de castelos e mosteiros. Destinava-se apenas ao uso privado da família, cujos membros, creio, foram enterrados na igreja paroquial. Lá você deve procurar as bandeiras e os feitos heroicos.

— Tolice minha não pensar em tudo isso, mas continuo decepcionada.

A sra. Rushworth começou o relato.

— Esta capela foi equipada, como veem, na época de Jaime II. Acho que antes desse período os bancos eram apenas de madeira, e há alguns motivos para crer que se confeccionavam os estofamentos e almofadas do púlpito e dos assentos da família somente em tecido púrpura, mas não tenho certeza disso. Trata-se de uma bonita capela, da qual antes se fazia uso constante de manhã e ao anoitecer. O capelão da casa sempre lia as preces aqui, como muitos recordam. Mas o finado sr. Rushworth interrompeu o costume.

— Cada geração tem suas melhorias — disse a srta. Crawford, com um sorriso para Edmund.

A sra. Rushworth afastou-se para repetir a lição ao sr. Crawford. Edmund, Fanny e a srta. Crawford permaneceram juntos em um pequeno grupo.

— É lamentável — exclamou Fanny — que se tenha interrompido o costume. Consistia em uma valiosa parte dos tempos antigos. Uma capela e um capelão combinam tanto com uma grande mansão, de acordo com as ideias que temos de como deveria ser uma família! Todos os membros se reunirem todos os dias para orar é admirável!

— Muito admirável, de fato! — respondeu a srta. Crawford, rindo. — Devia fazer muito bem aos chefes de família obrigarem as pobres criadas e os lacaios a abandonarem o trabalho e o prazer para fazer as orações aqui duas vezes por dia, enquanto eles inventavam desculpas para se ausentar.

— Dificilmente essa é a ideia que Fanny tem de uma reunião familiar — disse Edmund. — Se o amo e a ama não participam, o costume causa mais mal que bem.

— De qualquer modo, é mais seguro deixar as pessoas fazerem o que querem a respeito dessas questões. Todo mundo gosta de seguir o próprio caminho... escolher a hora e a forma de devoção. A obrigação de participar, a formalidade, a coerção, a duração... tudo isso é uma coisa impiedosa de que ninguém gosta. Se a boa gente que se ajoelhava e bocejava nessa galeria houvesse previsto que chegaria o tempo em que homens e mulheres poderiam permanecer mais dez minutos na cama quando acordassem com dor de cabeça, sem temer o risco de reprovação porque faltaram às preces na capela, teria pulado de alegria e inveja. Você nunca imaginou com que sentimentos relutantes as antigas mulheres da casa de Rushworth vinham a esta capela? As jovens senhoras Eleanor e Bridget eram rígidas em aparente devoção, mas com a cabeça cheia de coisas muito diferentes, sobretudo se não valesse a pena olhar o coitado do capelão. Imagino que naquela época os párocos eram muito inferiores ao que são hoje.

Passaram-se alguns instantes sem ninguém responder. Fanny enrubesceu e encarou Edmund, mas se sentiu furiosa demais para falar, e ele precisou ponderar um pouco antes de dizer:

— Sua mente animada dificilmente é séria mesmo quando se trata de assuntos sérios. Deu-nos um divertido esboço e, do ponto de vista da natureza humana, não se pode negá-lo. Todos sentimos, às vezes, a dificuldade de concentrar os pensamentos como gostaríamos, mas se você supõe que se trata de uma coisa frequente, isto é, uma fraqueza transformada em hábito por negligência, que se poderia esperar das devoções privadas dessas pessoas? Acha que as mentes dos que sofrem, dos que se permitem divagar numa capela, se concentrariam melhor num cubículo?

— Sim, muito provável. Teriam duas chances pelo menos em favor deles. Haveria menos coisas externas para lhes distrair a atenção, e a provação não seria tão longa.

— Creio que a mente que não luta contra si mesma numa das circunstâncias encontraria motivos de distração na outra, e a influência do lugar e do exemplo pode muitas vezes despertar melhores sentimentos do que se tinha antes. A maior duração do serviço religioso, porém, admito ser às vezes um esforço muito difícil para a mente. Gostaria que não fosse assim, mas ainda não saí de Oxford o tempo suficiente para esquecer o que são preces numa capela.

Enquanto se discorria sobre isso, com o restante do grupo espalhado na capela, Julia chamou a atenção do sr. Crawford para a irmã e disse:

— Veja o sr. Rushworth e Maria ali em pé, lado a lado, como se a cerimônia fosse ser realizada. Não se desprende dos dois o ar perfeito de união?

O sr. Crawford aquiesceu com um sorriso, dirigiu-se a Maria e declarou numa voz que só ela podia ouvir:

— Não gosto de ver a srta. Bertram tão perto do altar.

A moça sobressaltou-se e por instinto se afastou um ou dois passos, mas logo se recuperou, fingiu rir e perguntou-lhe num tom não muito mais alto:

— Gostaria de me conduzir e me entregar em casamento?

— Receio fazê-lo de forma muito desajeitada — ele respondeu com um olhar expressivo.

Julia juntou-se aos dois no momento e levou a brincadeira adiante.

— Palavra de honra, é de fato uma pena que não se realize agora mesmo, se tivéssemos ao menos o proclama, pois estamos todos juntos e nada no mundo seria mais aconchegante e agradável.

Ela falou e riu com pouca cautela, como a chamar a atenção do sr. Rushworth e da mãe dele, expondo a irmã aos galanteios do amado, enquanto a sra. Rushworth expressava-se com sorrisos adequados e dignidade que seria para ela um evento muito feliz quando ocorresse.

— Se Edmund já tivesse se ordenado! — exclamou Julia correndo ao lugar onde ele se encontrava com a srta. Crawford e Fanny. — Meu caro Edmund, se você tivesse se ordenado poderia realizar a cerimônia agora mesmo. É lamentável que ainda não tenha feito a colação, pois o sr. Rushworth e Maria estão bem prontos.

O semblante da srta. Crawford, enquanto Julia falava, talvez houvesse divertido um observador desinteressado. Parecia quase horrorizada com a nova ideia que recebia. Fanny sentiu pena da outra. "Como ficará angustiada com o que ela disse ainda há pouco", passou-lhe pela mente.

— Ordenado! — exclamou a srta. Crawford. — Como? Você vai ser clérigo?

— Vou, receberei as ordens logo depois do retorno do meu pai... talvez no Natal.

A srta. Crawford, ao recobrar o ânimo e recuperar a cor do rosto, respondeu apenas:

— Se eu soubesse disso antes, teria falado do clero com mais respeito — e mudou de assunto.

Logo depois deixaram a capela ao silêncio e à imobilidade que nela reinavam, com poucas interrupções, durante o ano todo. Maria Bertram, aborrecida com a irmã, saiu primeiro. Todos pareciam sentir que haviam permanecido ali tempo demais.

Já se visitara todo o rés do chão da casa, e a sra. Rushworth, anfitriã incansável, teria prosseguido em direção à escadaria principal, conduzindo-os aos aposentos acima, se o filho não tivesse intervindo com uma dúvida quanto a haver tempo suficiente.

— Porque — ele disse com o tipo de proposição óbvia que muitos com a mente mais brilhante nem sempre evitam — se demorarmos demais visitando o interior da casa, não sobrará tempo para o que devemos fazer fora. Já passa das duas e vamos jantar às cinco.

A sra. Rushworth concordou e a questão de percorrer o terreno, com quem e como, parecia tornar-se um debate mais agitado. A sra. Norris começava a organizar a combinação de carruagens e cavalos mais factíveis, quando os jovens, ao toparem com uma tentadora porta aberta para um lance de escada que levava direto ao gramado, aos arbustos e a todas as delícias de parque de diversões, como por impulso, pelo desejo de ar livre e liberdade, saíram todos.

— Creio que podemos dar uma volta por aqui no momento — propôs a dona da casa, aceitando com toda cortesia a sugestão dos demais e seguindo-os. Aqui está a maior parte de nossas plantas, além dos interessantes faisões.

— Pergunto-me — disse o sr. Crawford, olhando em volta — se talvez a gente não encontre algo a fazer aqui antes de ir mais longe. Vejo muros muito promissores, sr. Rushworth; devemos reunir o grupo para decidir a respeito deste pátio?

— James — disse a sra. Rushworth ao filho —, creio que a floresta será uma novidade para todo o grupo. Maria e Julia Bertram ainda não a viram.

Não se fez objeção alguma, mas por algum tempo pareceu não se manifestar qualquer disposição para mover-se do lugar nem se distanciar dali. Todos se sentiram atraídos, a princípio, pelas plantas ou pelos faisões e dispersaram-se em feliz independência. O sr. Crawford foi o primeiro a seguir em frente para examinar as possibilidades daquele lado da casa. O terreno, com relva e cercado por muros altos, continha, além da primeira área plantada, um gramado para jogo de críquete ou boliche e adiante deste um comprido terraço, com grades de ferro, acima do qual se descortinava uma vista das copas das árvores do bosque contíguo. Era um bom lugar de onde se observar com espírito crítico. Ao sr. Crawford logo se seguiram Maria Bertram e James Rushworth e, quando algum tempo depois os outros começaram a reunir-se em grupos, Edmund, a srta. Crawford e Fanny, que pareciam unidos com tanta naturalidade, os encontraram em intensa conversa sobre o terraço. Após uma breve participação em seus pesares e dificuldades, eles os deixaram e continuaram em frente. Os três restantes, a sra. Rushworth, a sra. Norris e Julia, ainda se encontravam bem distantes, pois a jovem, cuja boa estrela deixara de brilhar, foi obrigada a permanecer ao lado da sra. Rushworth e conter os pés impacientes para acompanhar os passos lentos da senhora, enquanto sua tia, após encontrar a governanta que saíra para dar de comer aos faisões, demorava-se atrás em tagarelice com ela. Pobre Julia, a única dos nove que não se sentia nada satisfeita com sua sorte, achava-se agora num estado de total penitência, tão diferente da moça sentada na boleia da carruagem quanto se podia imaginar. A amabilidade com a qual fora criada para praticar como um dever não lhe possibilitava escapar, ao mesmo tempo que a carência do tipo mais elevado de autodomínio, a consideração pelos outros, o conhecimento do próprio coração, o princípio do que é certo, os quais não haviam feito parte essencial da sua educação, faziam-na sentir-se infeliz em tal obrigação.

— Que calor insuportável — queixou-se a srta. Crawford quando, após darem uma volta no terraço, dirigiam-se mais uma vez à porta no meio que se abria para o bosque. — Algum de nós faz objeção a ir para um lugar mais agradável? Tem um lindo bosque ali, se pudéssemos chegar... que felicidade se a porta não estivesse trancada! Mas claro que está, pois nesses lugares grandiosos os jardineiros são os únicos que podem ir aonde desejam.

Verificou-se que a porta não estava trancada, e todos concordaram com muita alegria em transpô-la e deixar para trás a rigorosa claridade do dia. Um considerável lance de escadas levou-os ao bosque, na verdade um terreno com cerca de nove quilômetros quadrados e árvores plantadas. Embora predominassem lárix, loureiros e faias podados, dispostos com demasiada simetria, era escuro, sombreado, além de oferecer beleza natural, comparado ao gramado para jogo de bolas e o terraço. Todos sentiram o ar refrescante do lugar e por algum tempo quiseram apenas caminhar e admirar. Por fim, após uma breve pausa, a srta. Crawford retomou a palavra.

— Então vai ser sacerdote, sr. Bertram. Isso muito me surpreende.

— Por que haveria de surpreendê-la? Deve imaginar-me destinado a alguma profissão e talvez perceba que não sou advogado, nem soldado, nem marinheiro.

— Verdade, mas, em suma, a ideia não me ocorrera. Bem sabe que em geral há um tio ou avô para deixar uma fortuna ao segundo filho.

— Prática muito louvável — respondeu Edmund —, mas não universal. Sou uma das exceções e assim preciso fazer algo para mim mesmo.

— Mas por que tem de ser sacerdote? Achei que esse sempre fosse o destino do filho mais moço quando há muitos outros filhos a escolherem antes dele.

— Acha então que nunca se escolhe a própria igreja?

— Nunca é uma palavra forte. Mas acho, sim, no nunca de uma conversa que significa não muito frequentemente. Mas o que se tem para fazer em uma igreja? Os homens gostam de se distinguir e, em qualquer das outras carreiras pode-se conquistar distinção, mas não na Igreja. Um sacerdote nada é.

— O nada da conversa tem suas gradações, espero, assim como o nunca. O sacerdote talvez não se destaque em grandeza de *status* ou elegância. Ele não deve liderar multidões nem ditar a forma de se vestir. Mas não posso chamar tal situação de nada, que tem a responsabilidade de tudo que é de primeira importância para a humanidade, considerada em termos individuais ou coletivos, temporais e eternos, além do encargo da religião e da moral, e, em consequência, dos costumes que resultam da influência desses valores. Ninguém aqui pode chamar o ofício de nada. Se quem o exerce nada é, isso se deve à negligência do seu dever, por se conceder mais importância do que tem e por sair do seu lugar para aparentar o que não deveria.

— Você atribui maior importância ao sacerdote do que se costuma dar ou que eu possa compreender bem. Não notamos muito essa influência e importância na sociedade, e como podem adquiri-las se raras vezes a gente os vê? Como é possível que dois sermões por semana, mesmo se considerados dignos de serem ouvidos, mesmo que o pregador tenha o bom-senso de preferir os do respeitado reverendo Blair aos dele próprio, façam tudo a que você se refere? Governar a conduta e modelar os costumes de uma grande congregação pelo resto da semana? Mal se vê um sacerdote fora do púlpito.

— Você fala de Londres, eu falo da nação como um todo.

— Imagino que a metrópole seja um bom exemplo.

— Espero que não da proporção de virtude para depravação em todo o reino. Não procuramos em grandes cidades nossa melhor moralidade, pois não se encontra ali. Nem ali é o lugar onde as pessoas de qualquer credo podem fazer o bem e, com certeza, tampouco onde se sente mais a influência do clero. Ao bom pregador se segue e se admira. Mas não apenas com belos sermões um bom pregador será útil na paróquia e na vizinhança, onde a paróquia e a vizinhança correspondem a um tamanho que permita conhecer o caráter pessoal e observar a conduta geral dele, o que em Londres raras vezes ocorre. O clero se perde nas multidões dos paroquianos, cuja maior parte só conhece os sacerdotes como pregadores. E em relação à influência deles nos costumes públicos, srta. Crawford, não me interprete mal, nem suponha que eu pretenda chamá-los de árbitros da boa formação, reguladores de refinamento e cortesia, os mestres de cerimônias da vida. Talvez fosse preferível chamar de conduta os costumes a que me refiro... o resultado de bons princípios. O efeito, em suma, daquelas doutrinas que eles têm o dever de ensinar e recomendar; e creio que em todos os lugares se constatará que o clero é ou não é o que deveria ser, pois assim é o resto da nação.

— Com certeza — disse Fanny com delicada seriedade.

— Veja! — exclamou a srta. Crawford. — Você convenceu mesmo a srta. Price.

— Quisera eu convencer também a senhorita.

— Acho que jamais o fará — ela respondeu com um sorriso maroto. — Continuo tão surpresa agora quanto fiquei ao saber que pretendia receber as ordens. Considero-o de verdade apto para algo melhor. Vamos, mude de ideia. Não é tarde demais. Entre na faculdade de Direito.

— Entrar na faculdade de Direito! Fala com a mesma naturalidade como se me dissesse para entrar neste bosque.

— Agora você vai dizer algo como se a advocacia fosse a pior opção entre as duas, mas eu o previno. Lembre-se de que o preveni.

— Não precisa apressar-se quando o objetivo é apenas me impedir de proferir palavras difíceis, pois não existe nada de retórico em minha natureza. Sou um ser muito prático, franco, e talvez me expressasse de maneira infeliz numa conversa de meia hora repleta de argumentos engenhosos e não conseguisse dizer nada que me fizesse sobressair.

Seguiu-se um silêncio geral. Os três ficaram pensativos. Fanny fez a primeira interrupção ao dizer:

— Não sei por que me sinto cansada só de andar neste agradável bosque, mas, quando encontrarmos um banco, se não for incômodo para vocês, gostaria de me sentar um pouco.

— Minha querida Fanny — exclamou Edmund, e logo lhe tomou o braço —, como fui desatencioso! Espero que não esteja cansada demais. Talvez — disse, virando-se para a srta. Crawford — minha outra companheira me faça a honra de aceitar o outro braço.

— Obrigada, mas não me sinto nem um pouco cansada.

Ela aceitou, porém, o braço, e a satisfação de que a jovem o fizesse, de sentir esse contato pela primeira vez, fez que ele se esquecesse um pouco de Fanny.

— A senhorita mal me toca — disse Edmund. — Assim não lhe presto serviço algum. Que diferença entre o peso do braço de uma mulher e o de um homem! Em Oxford muitas vezes servi de apoio a um homem em toda a extensão de uma rua, e a senhorita não passa de uma mosca em comparação com ele.

— Sério, não me sinto nada cansada, o que quase me admira, pois devemos ter andado mais de um quilômetro e meio neste bosque, não acha?

— Nem a metade — foi a resposta categórica do rapaz, pois ainda não se sentia tão apaixonado a ponto de medir distâncias nem calcular tempo com irresponsabilidade feminina.

— Ah! Porque você não incluiu no cálculo quantas voltas já demos. Seguimos por um caminho muito sinuoso. O bosque deve ter um quilômetro e meio de comprimento em linha reta, e ainda não chegamos ao fim.

— Mas deve lembrar-se de que, antes de deixarmos aquele primeiro caminho maior, avistamos direto o fim do bosque. Contemplamos toda a paisagem até embaixo e o vimos fechado com portões de ferro. Não deve ter mais que uns duzentos metros de extensão.

— Ora, nada entendo de distâncias, mas tenho certeza de que se trata de um bosque muito longo e que não paramos de contorná-lo de um lado para o outro desde que aqui entramos; portanto, quando digo que já percorremos um quilômetro, faço um cálculo baseado no percurso serpeado.

— Estamos aqui há exatamente quinze minutos — contestou Edmund, pegando o relógio. Acha que andamos a mais de seis quilômetros por hora?

— Ah! Não me contradiga com seu relógio. Relógios sempre se adiantam ou atrasam muito. Não posso me guiar pelo relógio.

Alguns passos mais os levaram ao extremo do caminho a que acabavam de se referir; e ali estendido ao fundo, bem sombreado, abrigado e voltado para um fosso que limitava o parque, encontraram um banco de tamanho confortável, no qual se sentaram os três.

— Receio que se sinta muito cansada, Fanny — comentou Edmund ao observá-la —, por que não o disse antes? Não vai ser nada divertido o dia para você, se adoecer. Todo tipo de exercícios cansa-a logo, srta. Crawford, a não ser passear a cavalo.

— Que abominável de sua parte, então, deixar que eu monopolizasse o cavalo dela durante toda a semana! Envergonho-me por você e por mim mesma; mas prometo que isso não tornará a acontecer.

— Sua amabilidade e consideração tornam-me ainda mais sensível à minha própria negligência. O bem-estar de Fanny parece mais seguro em suas mãos que nas minhas.

— Que ela se sinta cansada agora, porém, não me admira, pois nada cansa mais do que nossas atividades desta manhã: visitar uma grande casa, andar de uma sala para a outra, cansar a vista e a atenção, ouvir o que não se compreende e admirar o que não lhe desperta interesse algum. Em geral considera-se isso uma das coisas mais entediantes do mundo, e a srta. Price também o achou, embora não o soubesse.

— Logo me sentirei descansada — disse Fanny. Sentar-me à sombra num lindo dia, vendo tanto verdor é o melhor remédio.

Depois de se sentar um momento, a srta. Crawford tornou a levantar-se.

— Preciso mexer-me — ela disse —, ficar parada me entedia. Já cansei de ver o outro lado deste fosso que limita o jardim. Tenho de me aproximar e contemplar a mesma vista através daquele portão de ferro, embora não a veja tão bem.

Edmund também se levantou.

— Ora, srta. Crawford, se examinar a alameda, vai convencer-se de que não pode ter um quilômetro de comprimento, nem sequer a metade.

— É uma distância enorme — ela observou. — Basta eu olhá-la de relance.

Ele insistiu em raciocinar com a jovem, mas em vão. Mary não queria calcular nem comparar. Só queria sorrir e impor seu ponto de vista. O maior grau de coerência racional não poderia ser mais envolvente, e ambos continuaram a conversar com mútua satisfação. Por fim, concordaram que deveriam tentar determinar as dimensões do bosque percorrendo-o mais um pouco. Iriam até um dos extremos pela parte em que agora se encontravam, pois havia um reto caminho gramado, que se estendia ao longo da parte baixa que ladeava o fosso, e dali talvez eles fizessem uma pequena curva em qualquer outra direção, se parecesse necessário para orientá-los, e retornariam em poucos minutos. Fanny disse que se sentia descansada e que também queria acompanhá-los, mas os dois não consentiram. Edmund insistiu que permanecesse onde estava com tanta ênfase que ela não pôde resistir, e eles a deixaram ali no banco a pensar com prazer na preocupação do primo com ela, mas com grande pesar por não ser mais forte. Observou-os até haverem feito a curva e ouviu-os até se extinguir todo o som das vozes dos dois.

Capítulo 10

Passaram-se quinze, vinte minutos, e Fanny continuava a pensar em Edmund, em Mary Crawford e em si mesma, sem que nada a interrompesse. Começou a surpreender-se, por a deixarem sozinha tanto tempo, e a prestar atenção com ansioso desejo de tornar a ouvir os passos e as vozes deles. Apurou os ouvidos e afinal escutou vozes e passos que se aproximavam, mas nem bem percebera que não eram aqueles que esperava, quando viu surgirem Maria Bertram, o sr. Rushworth e Henry Crawford, pelo mesmo caminho por onde ela chegara, e pararem diante dela.

— A srta. Price está sozinha!

— Minha querida Fanny, o que aconteceu? — foram as primeiras saudações. — Ela contou a história. — Pobre Fanny — exclamou a prima —, como a trataram mal! Melhor seria que tivesse ficado conosco.

Depois, sentando-se com um cavalheiro de cada lado, Maria Bertram retornou à conversa de que os três haviam participado antes, e falaram das possibilidades de reformas com muita animação. Nada ainda se concretizara, mas Henry Crawford estava cheio de ideias e projetos, e, de modo geral, tudo que ele propunha era logo aprovado, primeiro por ela e depois pelo sr. Rushworth, cuja principal ocupação parecia ser ouvir os demais e mal arriscar uma opinião.

Após alguns minutos, Maria Bertram, ao observar o portão de ferro, expressou o desejo de transpô-lo para o parque, a fim de obterem novas e mais abrangentes perspectivas para os planos iniciais. Na opinião de Henry Crawford era isso mesmo que deveriam fazer, além de a melhor e única maneira de prosseguirem com alguma vantagem. Ele logo viu uma colina, a menos de um quilômetro de distância, da qual teriam uma necessária vista panorâmica exata da casa. Portanto, deveriam dirigir-se àquela colina e transpor o portão. O sr. Rushworth desejou que houvesse trazido a chave, chegara até a pensar se não deveria trazê-la ao sair. Afirmou que nunca mais sairia sem ela, mas ainda assim isso não removia o empecilho presente. Não poderiam entrar pelo portão, e, como Maria Bertram não desistisse da intenção de fazê-lo, o impasse terminou com o sr. Rushworth declarando de imediato que voltaria para pegar a chave, e se afastou, apressado.

— Sem dúvida é o melhor que se tem a fazer agora, pois estamos tão longe de casa — disse o sr. Crawford depois que o anfitrião se foi.

— Sim, nada mais há a fazer. Mas agora, com toda a sinceridade, não acha que o lugar está pior do que esperava?

— Na verdade, não, muito pelo contrário. Acho-o melhor, maior, mais imponente e completo em seu estilo, embora este talvez não seja dos melhores. E, para ser franco — disse, baixando um pouco a voz —, creio que nunca tornarei a ver Sotherton com tanto prazer como a vejo agora. Dificilmente outro verão tornará a propriedade mais agradável para mim.

Após um constrangimento momentâneo, a moça respondeu:

— É um homem sociável demais para não ver as coisas com os olhos do mundo. Se outras pessoas acharem que Sotherton melhorou, não tenho dúvida de que também achará.

— Receio não ser tão mundano como me conviria em alguns casos. Meus sentimentos não são tão passageiros assim, e tampouco minha memória do passado subjuga-se com tanta facilidade à dominação, como se vê ocorrer com os homens mais vividos.

Seguiu-se um breve silêncio. A srta. Bertram recomeçou:

— Pareceu apreciar muito a viagem até aqui ao conduzir a carruagem. Alegrou-me vê-lo tão bem entretido. O senhor e Julia riram bastante durante todo o caminho.

— É mesmo? Sim, creio que sim, mas não tenho a mínima lembrança acerca do que ríamos. Ah! Acho que contava a ela algumas anedotas ridículas de um antigo cavalariço irlandês do meu tio. Sua irmã adora rir.

— Considera-a mais alegre que eu.

— Diverte-se com mais facilidade — ele respondeu —, você entende... — acrescentou sorrindo — em consequência é melhor companhia.

— Por certo, creio que seja tão animada como Julia, porém tenho mais coisas em que pensar agora.

— Sem dúvida... e em determinadas situações o excesso de animação denota insensibilidade. Suas perspectivas, contudo, são demasiado promissoras para justificar falta de bom humor. Tem diante de si um futuro muito favorável. Não poderia esperar entretê-la com anedotas irlandesas durante uma viagem de dezesseis quilômetros.

— Quer dizer no sentido literal ou figurado? Literal, concluo. Sim, certamente, o Sol brilha e o parque parece muito alegre. Mas por infelicidade aquele portão de ferro diante do fosso fechado me dá uma sensação de opressão e limitação. "Não posso fugir", como diz o estorninho. — Ao falar, e com veemência, ela dirigiu-se ao portão. Ele a seguiu. — Demora tanto o sr. Rushworth para pegar a chave!

— E para o mundo a senhorita não poderia sair sem a chave, nem sem a autoridade e proteção do sr. Rushworth. Ou acredito que poderia, com pouca dificuldade, passar por cima da borda do portão aqui, com a minha ajuda. Acho que talvez seja possível fazê-lo, se realmente desejasse sentir-se mais livre e conseguisse permitir-se não considerá-lo um ato proibido.

— Proibido! Que absurdo! Decerto posso sair dessa maneira e sairei. Sabe que o sr. Rushworth chegará aqui em um instante... não devemos afastar-nos muito, para não ficarmos fora de sua vista.

— Ou, se ficarmos, a srta. Price fará a bondade de lhe dizer que nos encontrará perto daquela colina, no bosque de carvalhos.

Fanny, sentindo tudo aquilo como algo errado, não pôde deixar de tentar impedi-lo.

— Vai machucar-se, srta. Bertram — gritou —, pode ferir-se naqueles espigões de ferro ou rasgar o vestido, além de correr o risco de escorregar no fosso. Seria melhor que não fosse.

Mal Fanny acabara de dizer essas palavras, a prima se encontrava a salvo do outro lado. Sorrindo com toda a alegria do sucesso, dizia:

— Obrigada, minha querida Fanny, mas eu e meu vestido estamos vivos e passamos bem, portanto, até logo.

Fanny mais uma vez se viu entregue à solidão e com sentimentos nada agradáveis, pois quase tudo que vira e ouvira a fazia sofrer, além de estar chocada com a atitude de Maria e irritada com Henry. Como os dois tomaram um caminho sinuoso, que lhe pareceu uma direção errônea para ir à colina, logo os perdeu de vista. E por mais alguns minutos permaneceu sem alcance de visão nem de ruído de qualquer companhia. Parecia ter o bosque todo para si, ali sozinha. Quase tinha motivo para imaginar que Edmund e a srta. Crawford a houvessem abandonado, mas era impossível que o primo a esquecesse por completo.

Mais uma vez, repentinos passos despertaram-na das desagradáveis reflexões. Alguém se aproximava rápido pelo caminho principal. Esperava ver o sr. Rushworth, mas foi Julia, suada, ofegante e com um ar decepcionado, que exclamou ao vê-la:

— Ufa! Onde estão os outros? Pensei que Maria e o sr. Crawford estivessem aqui com você.

Fanny respondeu, a examinar ansiosamente para os lados:

— Belo engano, palavra de honra! Não os vejo em parte alguma. Mas não podem estar muito longe, e acho que sou tão capaz quanto Maria, mesmo sem ajuda.

— Mas Julia, o sr. Rushworth vai chegar num instante com a chave. É melhor esperá-lo.

— Eu, não! Sério! Já me fartei da família nesta manhã. Ora, vamos, menina, acabei de me livrar da horrível mãe dele! Aguentar tal castigo, enquanto você fica aí sentada, tão serena e feliz! Queria ver o que sentiria se estivesse no meu lugar, mas você sempre consegue escapar dessas enrascadas.

A prima fizera uma observação muitíssimo injusta, porém Fanny preferiu não se importar e deixou passar. Julia ficara irritada e tinha um temperamento impulsivo, mas ela sentiu que a precipitação não duraria muito, por isso relevou aquelas palavras e apenas perguntou se ela não vira o sr. Rushworth.

— Sim, sim, nós o vimos. Seguia apressado, como se fosse resolver uma questão de vida ou morte e não pudesse perder um minuto para nos dizer aonde ia ou onde vocês estavam.

— É uma pena que tivesse tanto trabalho para nada.

— Isso é problema de Maria. Não sou obrigada a me punir pelos erros dela. A mãe eu não tinha como evitar, enquanto a minha cansativa tia dançava em redor da governanta, mas do filho posso me livrar.

E logo passou por cima da cerca, saltou para o outro lado e afastou-se sem sequer ouvir a última pergunta de Fanny: se a prima vira a srta. Crawford e Edmund. O tipo de receio que se apossara da jovem ao ver o sr. Rushworth, porém, impediu-a de pensar muito na prolongada ausência dos dois como fizera antes. Achava que o anfitrião fora maltratado demais, e sentia-se muito triste para comunicar-lhe o que se passara. Cinco minutos depois da saída de Julia, ele apareceu.

Embora Fanny fizesse o máximo possível para relatar a história da forma menos desagradável, o rapaz não pôde ocultar a enorme mortificação e o descontentamento com o que ocorrera. A princípio, quase nada disse; o olhar apenas expressava extrema surpresa e desgosto. Dirigiu-se ao portão e ali parou, sem saber o que fazer.

— Eles quiseram que eu ficasse... minha prima Maria encarregou-me de lhe dizer que os encontraria naquela colina ou nas proximidades.

— Acho que não irei mais adiante — respondeu o sr. Rushworth mal-humorado —, nem os vejo mais. Quando eu chegar à colina, já terão ido para algum outro lugar. Andei demais.

Sentou-se ao lado de Fanny com o semblante muito sombrio.

— Sinto muito — ela disse —, é um grande infortúnio. — E desejou ser capaz de lhe dizer algo mais condizente com a situação.

Após um momento de silêncio, o rapaz lamentou:

— Penso que eles poderiam muito bem ter esperado por mim.

— A srta. Bertram imaginou que iria segui-la.

— Não teria de segui-la se ela tivesse esperado por mim.

Como não tinha como negar tal fato, Fanny se calou.

Após outra pausa, ele continuou:

— Diga-me, srta. Price, sente tão grande admiração por esse sr. Crawford como algumas pessoas parecem sentir? De minha parte, não vejo nada de especial nele.

— Não o acho bonito.

— Bonito! Ninguém pode considerar bonito um homem de baixa estatura. Não tem nem um metro e setenta e cinco de altura. Não me surpreende se tiver ainda menos. Acho-o um sujeito sem atrativo algum. Em minha opinião, esses Crawford nada acrescentam. Estaríamos melhor sem eles.

Ao ouvir isso, Fanny deixou escapar um pequeno suspiro e não soube como contradizê-lo.

— Se eu tivesse criado alguma dificuldade em relação a buscar a chave, talvez fosse desculpável, mas saí assim que ela pediu.

— Sei que nada seria mais prestativo que sua atitude, e tenho certeza de que se apressou o máximo que pôde, mas, ainda assim, como sabe, é grande a distância deste local até a casa, e quando pessoas esperam calculam mal o tempo, e cada meio minuto parece durar cinco vezes mais.

Ele mais uma vez se levantou, dirigiu-se ao portão e "desejou que tivesse trazido a chave antes". Fanny julgou discernir naquela atitude do rapaz ali parado uma indicação de apaziguamento de ânimo, o que a incentivou a fazer outra tentativa, por isso comentou:

— Que pena o senhor não se juntar a eles. Esperavam ter um panorama mais amplo da casa daquele lado da propriedade, e devem estar agora estudando a melhor maneira de reformá-la. Sabe que nada poderá ser decidido sem a sua presença.

Fanny viu-se mais bem-sucedida em afastar que reter uma companhia. O sr. Rushworth convenceu-se.

— Bem — ele disse —, se acha mesmo que é melhor eu ir... seria tolice trazer a chave para não usá-la.

Abriu o portão e afastou-se sem mais cerimônia.

Todos os pensamentos de Fanny concentraram-se então nos dois que a haviam deixado fazia tanto tempo, e, ficando muito impaciente, resolveu sair à procura deles. Seguiu seus passos ao longo do caminho na parte baixa, e mal virara em outra curva, quando lhe chegaram aos ouvidos a voz e a risada da srta. Crawford; o som aproximava-se, e mais algumas voltas os trouxeram diante dela. Acabavam de retornar para o bosque, vindos do parque, no qual um portão lateral, não trancado, tentara-os a entrar logo depois que a haviam deixado. Lá caminharam pela parte arborizada da propriedade, à qual durante toda a manhã Fanny tivera a esperança de chegar, afinal, e ali se sentaram sob uma das árvores. Essa foi a história que contaram. Era evidente que tinham passado o tempo agradavelmente e alheios à prolongada ausência. O melhor consolo para Fanny consistiu em Edmund lhe assegurar que desejara muito a presença da prima e, com toda certeza, teria voltado para buscá-la se já não mais se sentisse cansada. Isso, porém, não bastou para eliminar a dor de tê-la deixado durante uma hora inteira sozinha, quando falara em ausentar-se apenas poucos minutos, nem para afastar a curiosidade que sentia por saber o que os dois haviam conversado naquele longo tempo; e a consequência de tudo para a jovem limitou-se à humilhação e decepção no íntimo, quando os três resolveram, em comum acordo, voltar para casa.

Quando chegaram ao pé da escada do terraço, surgiram as sras. Rushworth e Norris, prontas para irem à floresta, após saírem de casa havia uma hora e meia. A sra. Norris se ocupara demais pelo caminho para deslocar-se mais rápido. Quaisquer que fossem os contratempos ocorridos para interceptar o prazer das sobrinhas, não a impediam de julgar a manhã muito divertida, pois a governanta, depois de muitas cortesias sobre o assunto dos faisões, levara-a para a queijaria e lá a informara de tudo sobre as vacas da propriedade e lhe dera a receita de um conhecido queijo cremoso. Desde que Julia as deixara, elas encontraram o jardineiro, ocasião que se revelou muito satisfatória na relação dos dois, pois a sra. Norris o orientara sobre a doença do neto, convencendo-o de que se tratava de uma febre intermitente e lhe prometera uma simpatia infalível; e ele, em troca, mostrara-lhe todas as estufas de plantas selecionadas e até a presenteara com um espécime de urze muito peculiar.

Depois desse encontro ao pé da escada, todos voltaram juntos à mansão, para ali descansar e passar o tempo da forma mais agradável possível em sofás, com conversas frívolas e revistas trimestrais, até o retorno dos outros e a chegada da hora do jantar. Era tarde quando as irmãs Bertram e os dois cavalheiros entraram, e a julgar pela aparência deles parecia que o passeio não fora de todo agradável, nem de todo produtivo, quanto ao objetivo do dia. Segundo as próprias explicações dos recém-chegados, eles haviam apenas caminhado uns à procura dos outros, e quando afinal se encontraram já era tarde demais, a julgar pela observação de Fanny, para restabelecer-se a harmonia, assim como, reconheceram todos, para tomar decisões quanto a qualquer reforma da casa. A jovem sentiu, ao ver Julia e o sr. Rushworth, que seu coração não era o único insatisfeito entre os presentes; via-se tristeza no semblante de cada um. Henry e Maria mostravam-se muito mais alegres, e ela percebeu que, durante o jantar, ele fazia grandes esforços para afastar qualquer pequeno ressentimento dos outros dois, além de tentar restaurar os ânimos.

Ao jantar logo se seguiram o chá e o café, pois uma viagem de dezesseis quilômetros de volta a Mansfield Park não permitia perda de tempo; e, desde o momento em que se sentaram à mesa, ouviu-se uma rápida sucessão de comentários insignificantes até a carruagem chegar diante da porta. A sra. Norris, após se mexer de um lado para o outro, obteve alguns ovos de faisã, um queijo da governanta, fez muitos e amáveis elogios à sra. Rushworth e se dispôs a liderar a saída. No mesmo momento, o sr. Crawford, ao aproximar-se de Julia, disse:

— Espero não perder minha companhia, a menos que receie o ar da noite num assento tão exposto assim.

Embora não previsto, o convite foi acolhido com muita satisfação e o dia de Julia tinha chance de acabar tão bem quanto começara. Maria Bertram planejara algo diferente e ficou um tanto decepcionada, mas a convicção de ser de fato a preferida consolou-a e permitiu receber como devia as atenções de despedida do sr. Rushworth. Ele, com toda a certeza, se sentiu bem mais satisfeito por conduzi-la ao interior da carruagem que ajudá-la a subir na boleia ao lado do sr. Crawford, e seu prazer pareceu confirmado pela acomodação da moça.

— Bem, Fanny, por certo você desfrutou um excelente dia! — declarou a sra. Norris, ao atravessarem o parque. — Apenas prazer, do início ao fim! Sei que deve sentir-se muito grata à sua tia Bertram e a mim por conseguirmos que viesse. Teve, sim, um dia de grande divertimento!

O grande descontentamento de Maria, porém, permitiu-lhe retrucar sem muita delicadeza:

— Creio que a senhora também o aproveitou bastante. Parece que tem o colo repleto de coisas, além desta cesta com não sei o que, bem aqui entre nós duas, que não para de me bater no cotovelo sem piedade.

— Minha querida, é apenas uma linda mudinha, que o bondoso velho jardineiro me fez trazer, mas, se a incomoda tanto, ponho-a já no colo. Pegue este pacote, Fanny, você o leva para mim, mas tome muito cuidado, não o deixe cair, é um queijo cremoso, igual ao excelente que nos serviram no jantar. De modo algum consegui fazer aquela boa velhinha, a sra. Whitaker, conformar-se com que eu não trouxesse um desses queijos. Resisti o quanto pude, até os olhos dela quase se encherem de lágrimas. Eu sabia que era exatamente o tipo de queijo que minha irmã adoraria. Aquela sra. Whitaker é um tesouro! Ficou muito chocada quando perguntei se permitiam servir vinho na mesa da cozinha, e despediu duas empregadas por usarem vestidos brancos! Tome cuidado com o queijo, Fanny. Agora posso segurar o outro pacote e a cesta muito bem.

— De que mais se aproveitou dela? — perguntou Maria, meio satisfeita por Sotherton merecer tantos elogios.

— Aproveitar-me, minha querida!? Nada além de quatro ovos daquelas lindas faisãs que a sra. Whitaker me obrigou a aceitar; não admitia recusas. Ela me disse que, como sabia que eu vivia muito isolada, ter algumas dessas criaturas ao meu redor seria um divertimento para mim, e com toda certeza será. Vou mandar a criada colocá-los sob a primeira galinha disponível para chocá-los e se os embriões se desenvolverem bem, levo-os para casa e peço um galinheiro emprestado. E me dará grande prazer cuidar deles em minhas horas solitárias. Se tiver sorte, darei alguns à sua mãe.

Fazia uma bela noite, suave, aprazível, e a viagem foi tão agradável quanto lhe podia oferecer a serenidade da natureza. Quando a sra. Norris parou de falar, o resto da viagem transcorreu em silêncio. Todos estavam exaustos, e a reflexão sobre se o dia lhes proporcionara mais prazer ou tristeza talvez ocupasse a mente de quase todos.

Capítulo 11

O dia em Sotherton, com todas os imprevistos, proporcionou às irmãs Bertram sensações muito mais agradáveis que as causadas pelas cartas de Antígua, que logo depois chegaram a Mansfield. Era muito mais agradável pensar em Henry Crawford que no pai; e a ideia de ele voltar para a Inglaterra, em breve, o que as cartas obrigaram-nas a saber, revelou-se um exercício bastante desagradável.

Novembro era o mês fatídico, estipulado para o retorno dele. *Sir* Thomas escrevera sobre isso com toda a determinação que lhe permitiam a experiência e a ansiedade. Seus negócios aproximavam-se tanto da conclusão quanto a justificar-lhe o plano de marcar sua passagem na embarcação que transportava a correspondência de setembro, e, portanto, prever com esperança o momento de reunir-se de novo à amada família no início de novembro.

Maria era mais digna de compaixão do que Julia; pois, para ela, o pai traria um marido, visto que com a volta dele se decidiria o seu casamento. Era uma perspectiva sombria, e tudo que poderia fazer era lançar uma nuvem sobre o caso e esperar que esta, ao dissipar-se, lhe mostrasse as coisas de outra maneira. Possivelmente, a chegada do pai não seria para o início de novembro. Em geral, havia atrasos, uma falta de passagem ou qualquer outra coisa; talvez só fosse mesmo em meados de novembro, e até lá ainda restavam três meses. Três meses correspondiam a treze semanas. Muito poderia acontecer nesse período.

Sir Thomas ficaria profundamente mortificado se desconfiasse da metade do que sentiam as filhas a respeito de sua volta, e mal encontraria consolo no conhecimento do interesse que esse retorno despertara no íntimo de outra jovem. A srta. Crawford, ao caminhar com o irmão para passar a tarde em Mansfield Park, soube da boa notícia, e, embora parecesse interessar-se apenas para ser educada e fizesse comentários superficiais, ouviu com muita atenção. A sra. Norris comunicou os pormenores das cartas e mudou de assunto, mas depois do chá, enquanto Mary Crawford se encontrava diante da janela com Edmund e Fanny, apreciando o crepúsculo, e as irmãs Bertram, o sr. Rushworth e Henry Crawford ocupavam-se em acender as velas acima do piano, ela de repente trouxe a notícia à baila ao se virar em direção ao grupo, e comentar:

— Como parece feliz o sr. Rushworth! Pensa em novembro. — Edmund também se virou para o rapaz, mas nada teve a dizer. — A volta de seu pai será um acontecimento muito interessante.

— Será, sem dúvida, após tão longa ausência, não apenas longa, mas que inclui tantos perigos.

— Será também a precursora de outros acontecimentos interessantes: o casamento de sua irmã Maria e sua própria ordenação.

— Sim.

— Não se ofenda — ela disse rindo —, mas isso me faz lembrar daqueles antigos heróis pagãos que, após realizarem grandes façanhas em terra estrangeira, ofereciam sacrifícios aos deuses ao voltar sãos e salvos.

— Não há sacrifício algum nesse caso — respondeu Edmund com um sorriso grave, e mais uma vez dirigiu o olhar ao piano. — Toda a decisão de se casar se deve ao desejo dela.

— Ah, sim! Sei que se deve. Eu apenas brincava. Ela não fez nada mais que toda moça faria, e não tenho a menor dúvida de que sente extrema felicidade. Referi-me ao outro sacríficio, você decerto não entende.

— Asseguro-lhe que o ato de eu me ordenar é tão voluntário quanto o casamento de Maria.

— Como é promissor o fato da sua vocação e a conveniência do seu pai se harmonizarem tão bem. Pelo que entendi, existe uma ótima paróquia aqui nos arredores à sua espera.

— A qual, você supõe, tenha-me influenciado.

— Mas isso não é verdade! — protestou Fanny.

— Obrigado pela boa opinião que tem sobre mim, Fanny, no entanto, é mais do que eu próprio afirmaria. Ao contrário, o conhecimento de contar com tal segurança na certa me influenciou. Nem julgo haver algo de errado nisso. Não tive de superar qualquer relutância natural em mim e tampouco vejo motivo pelo qual um homem possa ser pior clérigo por saber que terá facilidades no início da vida. Estive em boas mãos. Espero não me haver deixado influenciar a seguir o caminho errado e tenho certeza de que meu pai foi demasiado consciencioso para não o permitir. Não tenho dúvida de que fui influenciado, mas não creio que de forma censurável.

— O mesmo acontece — disse Fanny, após uma breve pausa — com o filho de um almirante ser da marinha ou o filho de um general ser do exército, e ninguém vê nada de errado nisso. Ninguém se admira que eles prefiram seguir uma carreira na qual possam contar com a ajuda dos amigos, nem suspeita de que sejam menos sérios na profissão do que aparentam.

— Não, minha cara srta. Price, e por bons motivos. A profissão, tanto na marinha como no exército, justifica-se por si mesma. Tem tudo a seu favor: heroísmo, perigo, dinamismo, bom-tom. soldados e marinheiros são sempre bem recebidos na sociedade. Ninguém se admira que homens sejam soldados e marinheiros.

— Mas os motivos de um homem que vai abraçar as ordens eclesiásticas com a segurança de progredir na profissão devem, por certo, ser muitos suspeitos, não é o que pensa? — retorquiu Edmund. — Para se justificar aos seus olhos, é preciso que ele o faça na mais completa incerteza de qualquer segurança futura.

— Como? Ordenar-se sem ter recursos! Não, isso de fato é loucura, absoluta loucura.

— Devo então lhe perguntar: quem preencherá as funções da igreja, se o homem não pode ordenar-se nem com nem sem meios de subsistência? Não, pois certamente não saberia o que dizer. Mas me permita tirar da sua própria afirmação alguma vantagem para o clérigo. Como este não pode ser influenciado pelos sentimentos que a senhorita considera tão elevados, como tentação e recompensa para o soldado ou marinheiro, na escolha de uma profissão, pois nem heroísmo, dinamismo ou bom-tom lhe são favoráveis, ele tem de estar menos sujeito à suspeita de lhe faltarem sinceridade e boas intenções na escolha da profissão dele.

— Oh! Sem dúvida ele é muito sincero ao preferir uma renda já pronta à preocupação de trabalhar para consegui-la, e tem as melhores intenções de nada mais fazer até o fim da vida senão comer, beber e engordar. Trata-se de indolência, sr. Bertram, de fato. Indolência e amor ao bem-estar... uma falta total de ambição louvável, de gosto pelas boas companhias ou inclinação a se dar ao trabalho de ser agradável são o que leva os homens a se tornarem clérigos. Um sacerdote nada tem a fazer além de ser relaxado e egoísta, ler o jornal, observar o tempo e brigar com a esposa. O pároco auxiliar faz todo o trabalho, e a ocupação da sua vida é o jantar.

— Existem, sem dúvida, tais clérigos, mas creio que não sejam tão comuns a ponto de justificar a opinião da srta. Crawford sobre o caráter de todos eles. Desconfio que nessa censura abrangente e, permita-me dizer, corriqueira, não os julga por si mesma, mas por pessoas preconceituosas, cujas opiniões você se habituou a ouvir. É impossível que sua própria observação lhe tenha dado muito conhecimento do clero.

Talvez tenha conhecido pessoalmente muito poucos do grupo de homens que você tão decisivamente condena. Diz apenas o que ouviu em conversas à mesa do seu tio.

— Digo o que me parece o consenso, e quando a opinião é geral quase sempre se revela correta. Embora eu, pessoalmente, pouco tenha observado a vida doméstica de clérigos, são muitas as pessoas que a observaram para que haja algum erro de informação.

— Quando se condena sem distinção qualquer corpo de homens educados, de qualquer função, deve haver erro de informação ou — sorrindo — de qualquer outra coisa. Seu tio e irmãos almirantes talvez conhecessem pouco os clérigos além dos capelães, os quais, bons ou maus, sempre desejavam mantê-los longe.

— Pobre William! Encontrou muita bondade no capelão do *Antuérpia* — foi a terna interrupção de Fanny, muito a propósito dos próprios sentimentos, embora não da conversa.

— Sempre tive tão pouca propensão a formar minhas opiniões pelas de meu tio — retrucou Mary Crawford —, que dificilmente sua suposição é certa e, como me pressiona a falar, posso afirmar que não me encontro destituída por completo de meios para ver o que são os clérigos, hoje, como hóspede de meu próprio cunhado, o dr. Grant. E, embora ele seja muito amável e prestativo comigo, um verdadeiro cavalheiro, atrevo-me a dizer bastante erudito e inteligente para muitas vezes pregar excelentes sermões, além de muito respeitável, observo, porém, que se trata de um indolente, egoísta e *bon vivant*, que não dá um passo sem consultar o paladar. Nem mexe um dedo pela conveniência de ninguém e, além disso, se a cozinheira comete um erro, fica de péssimo humor com a excelente esposa. Para ser franca, Henry e eu quase nos vimos obrigados a sair hoje mesmo, à tarde, por causa de um ganso malpassado do qual ele não pôde comer grande parte. Minha pobre irmã teve de ficar e suportá-lo.

— Garanto-lhe que não me surpreende sua desaprovação. É um grande defeito de temperamento, que se tornou pior pelo péssimo hábito de amor à boa vida. Ver a irmã sofrer por causa disso deve ser extremamente penoso para uma pessoa com a sensibilidade como a sua, srta. Crawford. Fanny, neste ponto ela nos venceu. Não podemos tentar defender o dr. Grant.

— Não — respondeu Fanny —, mas não precisamos atribuir à sua profissão a culpa de todos os erros, pois, qualquer que fosse a profissão que o dr. Grant escolhesse, levaria consigo os mesmos defeitos de caráter e temperamento, seria o mesmo... careceria de bom humor; e como teria, tanto na marinha como no exército, muito mais gente sob seu comando do que tem agora, creio que faria muito mais infelizes se fosse marinheiro ou soldado. Além disso, só me resta supor que o dr. Grant correria o risco de se tornar ainda pior numa profissão mais ativa e positiva, na qual tivesse menos tempo e obrigações... onde pudesse escapar ao conhecimento de si mesmo, que diminuísse a frequência, ao menos, desse conhecimento do qual na sua situação é impossível escapar. Não é compreensível que um homem sensato como o dr. Grant não se tenha habituado a ensinar aos próximos os deveres de cada semana, nem ir à igreja duas vezes aos domingos pregar tão bons sermões e com tão boa disposição como ele os faz, sem que nele mesmo repercuta o efeito de todas as verdades que prega. Não tenho dúvida de que se esforça por conter-se com mais frequência do que o faria se fosse outra coisa e não um clérigo.

— Por certo não se pode provar o contrário. Mas lhe desejo melhor destino, srta. Price, que ser esposa de um homem cuja amabilidade dependa dos próprios sermões, pois, embora aos domingos ele talvez fique de bom humor, influenciado por suas próprias pregações, seria péssimo ouvi-lo brigar por causa de ganso malpassado, ou outra comida qualquer, da manhã de segunda-feira à noite de sábado.

— Acho que um homem capaz de brigar com frequência com Fanny — disse Edmund, afetuoso — deve achar-se fora do alcance de quaisquer sermões enobrecedores.

Fanny debruçou-se mais sobre a janela e Mary Crawford disse em tom amável:

— Imagino que a srta. Price esteja mais habituada a merecer elogios do que a ouvi-los.

Só teve tempo de dizer essas palavras, pois, quando as irmãs Bertram convidaram-na com insistência a participar de uma canção, ela se afastou em direção ao instrumento e deixou Edmund a observá-la num êxtase de admiração por todas as muitas virtudes da moça, desde as maneiras gentis ao modo de andar leve e gracioso.

— Dali se desprende bom humor, com certeza — ele afirmou. — Vê-se nela um temperamento que nunca entristecerá aqueles que a cercam! Como se locomove bem! Com que facilidade cede à vontade dos outros e a eles se junta assim que a chamam! Que pena — acrescentou, após uma reflexão momentânea — ter sido entregue a tais mãos.

Fanny concordou e teve o prazer de vê-lo permanecer ali na janela ao seu lado, apesar da anunciada canção, e vê-lo logo dirigir os olhos na mesma direção que os dela à paisagem exterior, onde tudo que era solene, calmante e lindo intensificava-se no esplendor de uma noite cristalina em contraste com a profunda tonalidade da mata. Fanny expressou o que sentia.

— Aqui se vê harmonia! — disse. — Aqui se repousa! O que se aprecia nessa paisagem supera tudo o que a pintura e a música são capazes de expressar, e que só a poesia pode tentar descrever! Eis o que pode tranquilizar qualquer preocupação e arrebatar o coração! Quando vejo uma noite linda como esta, sinto como se fosse impossível existir maldade e sofrimento no mundo. Decerto haveria menos das duas coisas se as pessoas apreciassem a perfeição da natureza e se motivassem mais a sair de si mesmas para contemplar um cenário como este.

— Gosto de ouvir seu entusiasmo, Fanny. Faz uma noite adorável e muito se tem a lamentar daqueles que não aprenderam a sentir as coisas como você o faz... aos que, pelo menos na infância, não foram ensinados a admirar a natureza. Não sabem o muito que perdem.

— Foi você quem me ensinou a pensar e sentir essas coisas, meu primo.

— Tive uma aluna muito aplicada. Veja como brilha intensa a estrela alfa do Boieiro.

— É, e ali a Ursa. Gostaria de ver a Cassiopeia.

— Para isso precisamos ir ao gramado. Sente medo?

— De modo algum. Faz muito tempo que não contemplamos as estrelas.

— É, nem sei como aconteceu isso. — A canção começou. — Ficaremos aqui até a música terminar, Fanny — ele disse virando as costas para a janela.

E à medida que prosseguia o canto, ela sentiu a tristeza de vê-lo também avançar, caminhando aos poucos em direção ao instrumento. Quando terminou, Edmund se achava junto dos cantores, entre os que com mais insistência pediam para ouvir mais uma vez a canção.

Fanny suspirou sozinha junto à janela até ser repreendida pela sra. Norris com ameaças de que poderia resfriar-se.

Capítulo 12

Sir Thomas deveria regressar em novembro, mas o filho mais velho tinha obrigações que lhe exigiam antecipar a volta. A aproximação de setembro trouxe notícias de Tom Bertram, primeiro em uma carta para o guarda de caça e depois em outra para Edmund, e em fins de agosto chegou o próprio rapaz, alegre, agradável e mais uma vez galante sempre que a ocasião exigia ou quando a srta. Crawford pedia que lhe falasse das corridas, do balneário de Weymouth, de festas e amigos. Coisas que seis semanas antes ela talvez ouvisse com interesse, mas, agora, pela força da comparação, tinha plena convicção de preferir o irmão mais moço.

Embora fosse muito aflitivo e ela o sentisse de todo o coração, era assim mesmo. E agora, longe da intenção de casar-se com o primogênito, Mary nem sequer desejava atraí-lo além do que lhe exigia a vaidade de uma beleza consciente. A prolongada ausência de Tom de Mansfield, sem objetivo algum senão o prazer e a própria determinação de afastar-se, demonstrava com toda clareza que ele nunca ligara para ela. A indiferença de Mary superava a dele a tal ponto que, mesmo se o rapaz logo houvesse se tornado o proprietário de Mansfield Park e tudo mais, ou fosse o próprio *Sir* Thomas, o que um dia aconteceria, ela não acreditava que pudesse aceitá-lo.

A estação e as obrigações que trouxeram o sr. Bertram de volta a Mansfield levaram o sr. Crawford para Norfolk. Everingham não podia prescindir da presença dele em setembro.

Partira por uma quinzena, um período de muito tédio para as srtas. Bertram, tanto que tiveram de se policiar, levando Julia a admitir, com ciúmes pela irmã, a absoluta necessidade de desconfiar das atenções de Henry e desejar que ele não retornasse. Duas semanas de suficiente inatividade para convencer o rapaz, nos intervalos da caça e do sono, se fosse dado a examinar os próprios sentimentos e refletir a sério sobre a indulgência de sua fútil vaidade pessoal, de que deveria manter-se afastado por mais tempo. Desatencioso e egoísta, porém, em decorrência da prosperidade e do mau exemplo com que o criaram, pensava apenas no momento presente. As irmãs — bonitas, inteligentes e incentivadoras — consistiam num divertimento para a mente saciada. E por nada encontrar em Norfolk que se igualasse aos prazeres sociais de Mansfield, retornou alegremente para lá no tempo combinado, onde foi com igual prazer recebido por aquelas com as quais pretendia continuar a divertir-se.

Maria, tendo apenas o sr. Rushworth para acompanhá-la, condenada a ouvir os repetidos detalhes da caça do dia, boa ou ruim, da superioridade de seus cachorros, da inveja dos vizinhos, das dúvidas sobre as habilidades deles e do zelo com que vigiava os ladrões de caça, assuntos que não fazem parte dos sentimentos femininos, sem talentos por um lado, nem alguma afeição por outro, sentira dolorosa falta de Henry Crawford; e Julia, sem compromisso e sem ter com que se ocupar, sentia-se no direito de lamentar ainda mais a falta dele. Cada uma das irmãs julgava-se a preferida. Julia talvez se justificasse por se sentir assim pelas insinuações da sra. Grant, que tendia a acreditar no que desejava, e Maria pelas insinuações do próprio sr. Crawford. Tudo voltou a transcorrer como antes da ausência do rapaz, cujas maneiras com as duas continuavam muito animadas e agradáveis a fim de que não perdesse terreno de nenhum lado. Mantinha, contudo, uma atitude que não desse a perceber aos demais a persistência, a solicitude e o ardor com que as cortejava ao mesmo tempo.

Fanny era a única do grupo que não tinha com o que se aborrecer, mas desde o dia que passaram em Sotherton não conseguia ver o sr. Crawford ao lado de qualquer uma das primas sem que os observasse, e raras vezes sem se surpreender ou censurar. Se tivesse confiança no próprio julgamento, se soubesse que via com clareza e julgava de forma imparcial, na certa teria feito importantes comunicados ao habitual confidente. Na verdade, apenas arriscou uma insinuação e mesmo esta caíra no vazio.

— Muito me admira — ela comentou — que o sr. Crawford retornasse tão depressa, após passar tanto tempo aqui, sete semanas ao todo, pois, pelo que entendi, ele gosta tanto de viajar de um canto a outro, por isso imaginei, logo que partiu, que ocorreria algo que, certamente, o levasse a outro lugar. Acostumou-se a viver em lugares mais alegres que Mansfield.

— Isso só se mostra a favor dele — foi a resposta de Edmund — e ouso dizer que dá prazer à irmã. Ela não gosta desses hábitos instáveis.

— Como minhas primas o paparicam!

— Sim, ele age de um modo que agrada às mulheres. Creio que a sra. Grant desconfia que ele sente preferência por Julia. Nunca percebi sintoma algum disso, mas desejaria que assim fosse. Henry não tem defeitos que um sério relacionamento afetuoso não corrigiria.

— Se Maria não fosse comprometida — comentou Fanny, cautelosa — eu quase tendo a acreditar que ele a admiraria mais que a Julia.

— O que talvez prove que ele gosta mais de Julia do que imagina você, Fanny: em geral, o homem, antes de se decidir, agrada mais à irmã ou à amiga íntima da mulher em quem de fato pensa do que a ela própria. Crawford tem bastante juízo para não permanecer aqui se sentisse que estava correndo algum risco de apaixonar-se por Maria, e da parte dela não tenho o menor receio, pois já demonstrou não ter sentimentos fortes por ele.

Fanny supôs que devia ter-se enganado e pretendeu pensar diferente no futuro, mas embora quisesse concordar com Edmund, e apesar das insinuações e troca de olhares que vez por outra surpreendia neles, parecendo dizer que Julia era a escolhida de Henry Crawford, nem sempre sabia o que pensar. Em uma tarde, ouviu por acaso uma conversa da tia Norris, em que esta expressava esperanças a respeito dos dois com a sra. Rushworth, além dos sentimentos, que coincidiam com os da outra, e não pôde deixar de surpreender-se com o que escutou. Teria preferido não escutar, pois nessa ocasião todos os demais jovens dançavam e ela permanecia ali sentada, a contragosto, entre as senhoras na frente da lareira, impaciente pela volta do primo mais velho, de quem dependiam as esperanças da jovem de um par para a dança. Era o primeiro baile de Fanny, embora sem os preparativos e o esplendor do primeiro baile de muitas moças, pois fora decidido na mesma tarde, com a descoberta de um violinista entre os empregados da casa e a possibilidade de conseguir cinco pares, incluindo a sra. Grant e um novo amigo íntimo de Tom Bertram que acabara de chegar. Fora, porém, muito agradável para ela durante as quatro primeiras danças, e doía-lhe perder até quinze minutos da diversão. Enquanto esperava ansiosa, a olhar para os dançarinos, e agora na porta, viu-se forçada a ouvir o seguinte diálogo entre as duas mesmas senhoras:

— Creio, madame — disse a tia Norris, o olhar dirigido a James Rushworth e Maria, que dançavam juntos pela segunda vez —, que agora tornaremos a ver rostos felizes.

— Sim, madame — respondeu a outra com um sorriso altivo —, causa certa satisfação olhá-los agora, e acho que seria de fato uma pena se fossem obrigados a separar-se. Deveriam dispensar aos jovens na situação de ambos o cumprimento das formalidades de praxe. Surpreende-me o fato de meu filho ainda não o ter proposto.

— Sem dúvida, madame, ele o fez. O sr. Rushworth jamais é negligente. Mas a querida Maria tem um senso de decoro muito severo e tão grande delicadeza de sentimentos, os quais raras vezes se veem nos dias atuais, sra. Rushworth, que deseja evitar parecer singular. Cara madame, observe-lhe o semblante neste momento... que diferença do das duas últimas danças!

Maria Bertram parecia feliz, de fato, os olhos brilhavam de prazer e a moça falava com grande animação, pois tinha perto de si Julia e seu par, Henry Crawford. Juntos, todos formavam um grupo coeso. Que expressão tinha o semblante de Maria antes, Fanny não lembrava, pois ela mesma dançava com Edmund e não pensava na prima.

A sra. Norris continuou:

— É um grande prazer, madame, ver dois jovens tão felizes, em grande harmonia! Não paro de pensar na satisfação do meu querido *Sir* Thomas. E o que pensa da oportunidade de um outro noivado, madame? O sr. Rushworth já deu um bom exemplo, e essas coisas são muito contagiantes.

A mãe, que via apenas o filho, ficou confusa.

— O par junto aos dois. Não nota sintomas ali?

— Ah, querida! A srta. Julia e o sr. Crawford. Sim, na verdade, formam um belo par. Qual é a renda do rapaz?

— Quatro mil libras por ano.

— Nada mal. Os que não possuem mais devem contentar-se com o que têm. Quatro mil libras por ano significam uma boa situação, e ele parece um rapaz muito refinado. Espero que a srta. Julia seja muito feliz.

— Ainda não é definitivo, madame. Apenas comentamos a respeito entre amigos. Mas quase não tenho dúvida de que assim será. A cada dia que passa, ele se mostra mais expressivo nas atenções concedidas à jovem.

Fanny não pôde continuar a escutar. Teve a audição e a curiosidade naquela conversa suspensas por algum tempo, pois Tom Bertram tornava a entrar na sala, e, embora julgasse demasiada honra o primo convidá-la a dançar, imaginou que ele o faria. Ele dirigiu-se ao pequeno círculo do qual a moça fazia parte, mas, em vez de convidá-la a dançar, puxou uma cadeira para sentar-se ao seu lado e fez-lhe um relato sobre o estado de um cavalo doente e da opinião do cavalariço, com quem acabara de conversar. Fanny compreendeu que se equivocara, e em sua ingenuidade logo sentiu que seria demais esperar que ele a convidasse. Após terminar de contar a respeito do cavalo, pegou um jornal na mesa, passou os olhos de relance e propôs, sem energia na voz:

— Se quiser dançar, Fanny, eu me levanto e a acompanho.

Com mais delicadeza, ela recusou o convite... não queria dançar.

— Ainda bem — ele disse num tom mais vivo. Atirou o jornal de volta à mesa e acrescentou: — Porque estou morto de cansaço. Eu me pergunto como essa boa gente consegue aguentar tanto tempo. Devem estar todos apaixonados para encontrar divertimento em tamanha tolice, e imagino que estejam mesmo. Se observá-los, talvez veja vários casais enamorados... aliás, todos, menos Yates e a sra. Grant e, cá entre nós, ela, pobre mulher, deve precisar mais de um amante do que qualquer dos outros. Como deve ser desesperadora a vida tediosa que leva com o doutor. — Ao dizer isso, lançou um olhar malicioso para a última cadeira e, ao constatar que o bom doutor se encontrava bem próximo, fez uma mudança tão repentina de expressão e assunto necessários à situação, que Fanny, apesar de tudo, mal conseguiu deixar de rir. — Um negócio estranho este na América do Norte, dr. Grant! Qual é a sua opinião? Sempre recorro ao senhor quando quero informar-me desses assuntos.

— Meu caro Tom — exclamou a tia Norris logo depois —, como não dança, creio que não fará objeção em juntar-se a nós em uma partida de uíste, vamos? — ela levantou-se, aproximou-se do sobrinho para reforçar a proposta e acrescentou baixinho

— Queremos formar uma mesa com a sra. Rushworth, entende? Sua mãe o deseja muito, mas não pode perder tempo porque tem de terminar o bordado do galão. Ora, você, eu e o dr. Grant formamos um grupo de quatro e embora joguemos apenas meia coroa, você e ele podem apostar até meio guinéu.

— Aceitaria com enorme prazer — respondeu o rapaz, e logo saltou muito animado da cadeira —, gostaria muitíssimo, só que neste momento vou dançar. Venha, Fanny — chamou-a e tomou-lhe a mão —, não perca mais tempo, senão o baile terminará.

Fanny se deixou conduzir de muito bom grado, embora lhe fosse impossível sentir uma enorme gratidão pelo primo, ou distinguir, como ele por certo fazia, entre o seu egoísmo e o de outra pessoa.

— Um pedido bastante despretensioso, para não dizer o contrário! — exclamou Tom, indignado, ao se afastarem. — Querer prender-me a uma mesa de jogo durante duas horas com ela e o dr. Grant, que vivem às turras, e com aquela velha intrometida que entende tanto de cartas quanto de matemática. Gostaria que minha tia fosse um pouco menos agitada! E, ainda por cima, me convidar daquele jeito! Sem a menor cerimônia, diante de todos, para que eu não tivesse a mínima possibilidade de recusar. Isso é o que mais detesto. Nada me irrita tanto quanto um convite simulado e feito de forma tal que impeça a gente de negar, seja lá para o que for! Se eu não tivesse tido a sorte de levantar-me para dançar com você, não teria conseguido livrar-me dessa. Pior seria impossível! Mas quando minha tia encasqueta uma ideia, nada a detém.

Capítulo 13

O honorável novo amigo de Tom, John Yates, não tinha muito o que o recomendasse além dos hábitos de vestir-se segundo a última moda, esbanjar dinheiro e ser o filho caçula de um Lorde com razoável independência.

Sir Thomas provavelmente houvesse considerado nada desejável a apresentação do rapaz em Mansfield. Sua amizade com o sr. Bertram começara em Weymouth, onde haviam passado dez dias no local e com as mesmas companhias; se isso pudesse ser chamado de amizade, estabelecera-se e consolidara-se com o convite feito ao sr. Yates para visitar Mansfield sempre que pudesse e a promessa deste em aceitá-lo; e ele de fato apareceu um tanto mais cedo do que se esperava, em consequência do rompimento de um grande grupo que se reunira, na casa de outro amigo, ao qual se juntara para divertir-se ao sair de Weymouth. Chegou movido por asas de decepção e com a cabeça cheia de arte dramática, pois fora uma festa teatral. A peça em que ele tinha um papel seria representada dali a dois dias, quando a morte repentina de um dos parentes mais próximos da família desfez o plano e dispersou os atores. Sentir-se tão perto da felicidade, estar tão perto da fama, tão próximo do longo parágrafo em louvor aos amadores aficionados por teatro de Ecclesford, sede do honorável Lorde Ravenshaw, na Cornualha, que decerto imortalizaria todo o grupo por no mínimo um ano! E, após chegar tão perto, perder tudo consistia uma tristeza que lhe doía a alma. O sr. Yates não falava de outra coisa: Ecclesford e o teatro, com preparativos e vestuários, ensaios e anedotas, era o interminável assunto, e gabar-se daqueles dias passados, seu único consolo.

Para sua sorte, o amor ao teatro é tão generalizado, o desejo de representar é tão forte entre os jovens, que lhe permitia não parar de falar sem perder o interesse dos ouvintes. Desde o início da escolha dos atores ao epílogo, tudo era fascinante, e viam-se poucos que não desejassem participar da representação, ou hesitassem em provar seus talentos. A peça era *Juras de amor*,[1] e o sr. Yates faria o personagem do Conde Cassel.

— Um papel insignificante — ele disse —, que em nada me agradava, o qual com certeza eu não aceitaria de novo, mas decidi não criar dificuldades. Lorde Ravenshaw e o duque, quando cheguei a Ecclesford, tinham já se apropriado dos dois únicos personagens que valia a pena interpretar. Embora Lorde Ravenshaw tenha oferecido ceder-me o seu, era impossível aceitar, entendem? Causou-me pena vê-lo tão enganado no julgamento de seus talentos, pois em nada servia para o papel do Barão! Um homenzinho de voz fraca, sempre rouco após os primeiros dez minutos. Teria destroçado a peça em termos materiais, no entanto, como disse, eu tinha resolvido não criar dificuldades. *Sir* Henry achou que o duque não correspondia à personagem de Frederick, mas de fato porque queria o papel para si mesmo, embora, sem dúvida, não fosse melhor que o outro. Surpreendeu-me ver *Sir* Henry tão rígido. Felizmente, a força da peça não dependia dele. A nossa Agatha era incomparável e muitos consideraram o duque muito bom. No geral, teria sido certamente uma admirável apresentação.

— Uma verdadeira lástima, palavra, e creio que devem ter sentido muito — foram as solidárias manifestações dos ouvintes.

---

[1] *Lovers' Vows* (1798), uma peça de Elizabeth Inchbald, comprovadamente mais conhecida por ter sido citada neste romance de Jane Austen.

— Não vale a pena lamentar o que já passou, mas sem dúvida a coitada e velha viúva não poderia ter morrido em pior ocasião. Era impossível evitar não desejar que abafassem a notícia por mais três dias. Apenas três dias e, afinal, era apenas uma avó, cuja morte acontecera a trezentos e tantos quilômetros de distância, creio que não causaria tão grande dano. Consta que alguém o sugeriu, mas Lorde Ravenshaw, que creio ser um dos homens mais corretos da Inglaterra, não quis sequer saber disso.

— Um entreato em vez de uma comédia — disse Tom Bertram. — Terminaram as *Juras de amor* e Lorde Ravenshaw e sua senhora ficaram sozinhos para representar "Minha avó". Bem, o dote da viúva deve reconfortá-lo. Talvez, cá entre nós, ele já começasse a temer pelo prestígio e pelos pulmões no papel do Barão e não lamentasse retirar-se, e para consolá-lo, Yates, acho que precisamos montar um pequeno teatro aqui em Mansfield e convidá-lo a nos dirigir.

Essa ideia, embora momentânea, não se extinguiu logo, pois a disposição para atuar despertara em todos, e em ninguém com mais força do que nele, agora o chefe da casa, pois tinha muitas horas ociosas para ver algo de bom em quase tudo que representasse novidade. Ao mesmo tempo, tinha tão grandes talentos e gosto pela arte cômica que se adaptava em tudo à novidade de atuar; por isso retornou ao assunto repetidas vezes.

— Oh, tentar fazer uma experiência em teatro e em cenário como a de Ecclesford!

O desejo logo repercutiu nas duas irmãs, e Henry Crawford, para quem, em todo o conjunto de suas satisfações, tratava-se de um prazer ainda não desfrutado, ficou muito animado com a ideia.

— Creio de fato — ele afirmou — que neste momento me sinto fanfarrão o bastante para interpretar qualquer papel já escrito, desde Shylock[2] ou Ricardo III até o herói trovador de

---

[2] Personagem fictício, um judeu agiota, da peça *O mercador de Veneza*, de William Shakespeare.

uma farsa, com capa escarlate e tricórnio. Sinto como se pudesse ser qualquer coisa ou tudo, arengar e esbravejar, golpear ou dar cambalhotas em qualquer tragédia ou comédia escrita em língua inglesa. Vamos fazer alguma coisa. Que seja apenas a metade de uma peça, um ato, uma única cena, o que nos impede? Não esses semblantes — acrescentou, dirigindo-se às irmãs Bertram. — E, quanto ao teatro, o que significa um teatro? Vamos apenas nos divertir. Qualquer sala desta casa serve.

— Precisamos de uma cortina — disse Tom Bertram —, alguns metros de feltro verde talvez bastem.

— É mais que suficiente! — exclamou o sr. Yates. — Com apenas um bastidor e duas aberturas laterais, três ou quatro cenários para trocar; não se necessitaria de mais nada em um plano assim. Só para diversão entre nós mesmos, nada mais é preciso.

— Acho que deveríamos contentar-nos com menos — disse Maria. — Não haveria tempo e poderiam surgir outras dificuldades. Seria preferível, em vez disso, acatar a ideia do sr. Crawford e fazer da apresentação e não do teatro nosso objetivo. Muitos trechos de nossas melhores peças independem de cenário.

— Não — discordou Edmund, que começava a prestar atenção com o semblante alarmado. — Não façamos nada pela metade. Se quisermos atuar, que seja em um teatro completo, equipado com fosso, camarote, galeria, e representemos uma peça inteira, do início ao fim; talvez uma boa peça alemã, não importa qual, cujo enredo tenha um bom chamariz inicial, entrecortado por números humorísticos individuais, exibição de dança ao som de um alboque pastoril e uma canção nos entreatos. Se não superarmos Ecclesford, nada faremos.

— Ora, Edmund, não seja desagradável — ralhou Julia. — Ninguém gosta mais de uma peça que você.

— Decerto, para assistir a uma boa peça teatral verdadeira, bem representada, com intensa interpretação, por nada nesse mundo sairia desta sala para a contígua para assistir aos esforços toscos de gente despreparada para o ofício... um grupo de cavalheiros e damas com todas as desvantagens inibidoras de educação e decoro.

Após uma breve pausa, porém, o assunto continuava, debatido com o mesmo entusiasmo, o interesse de cada um intensificando-se com a troca de ideias e o conhecimento da disposição dos demais. Embora nada se houvesse estabelecido, a não ser que Tom Bertram preferia uma comédia e as irmãs e Henry Crawford, uma tragédia e nada no mundo pudesse ser mais fácil que encontrar uma peça que satisfizesse a todos os envolvidos, a resolução de encenar qualquer um dos gêneros parecia tão certa, que causou muito mal-estar a Edmund. Este, por sua vez, decidira impedir, se possível, que levassem a ideia adiante, apesar de a mãe, que também ouvira a conversa à mesa, não demonstrar a mínima desaprovação.

Aquele mesmo anoitecer ofereceu-lhe uma oportunidade de exercitar a força sobre os demais. Maria, Julia, Henry Crawford e o sr. Yates encontravam-se na sala de bilhar. Tom, ao retornar à sala de visitas, onde Edmund se achava pensativo junto à lareira, *Lady* Bertram no sofá, um pouco distante, com Fanny ao lado a preparar-lhe o trabalho, assim se expressou logo ao entrar:

— É impossível encontrar uma mesa de bilhar tão horrível como a nossa na face da Terra! Não a suporto mais e acho, permita-me dizer, que nada me fará aproximar-me dela de novo. Contudo certifiquei-me de uma boa coisa: trata-se da sala exata indicada para um teatro, da forma e do comprimento precisos para isso, com as portas na outra extremidade comunicando uma com a outra, e que poderemos abrir em cinco minutos, apenas deslocando a estante de livros no gabinete do meu pai; é tudo que poderíamos desejar, se ao menos tivéssemos chegado a um consenso! E o gabinete do papai seria um excelente camarim, pois parece contíguo à sala de bilhar para esse fim.

— Não está mesmo falando sério, Tom, sobre a intenção de representar, está? — perguntou Edmund em voz baixa quando o irmão se aproximou da lareira.

— Não falo sério? Nunca falei algo tão sério, garanto-lhe. Por que a surpresa?

— Acho que seria um grande erro. De um ponto de vista geral, as peças amadorísticas privadas expõem-se a algumas objeções, mas em nossas circunstâncias creio que seria muitíssimo insensato, mais que insensato, tentar qualquer coisa do gênero. Seria mostrar enorme falta de respeito a papai, ausente como se encontra e de certa forma em constante perigo. Também acho que seria imprudente, em relação a Maria, cuja situação é muito delicada, considerando-se tudo, extremamente delicada.

— Você leva qualquer coisa tão a sério! Como se fôssemos representar três vezes por semana até o retorno do papai e convidar o campo inteiro. Mas não vai ser uma exibição desse tipo. Queremos apenas uma pequena diversão entre nós mesmos, só para variar um pouco o ambiente doméstico e exercitar os talentos em algo novo. Não queremos plateia nem publicidade. Creio que merecemos confiança para escolher alguma peça que seja em tudo irrepreensível. Não imagino que algum de nós sofra maior dano ou perigo ao conversar na elegante linguagem escrita por qualquer autor respeitável que tagarelar em nossas próprias palavras. E tampouco tenho quaisquer receios ou escrúpulos. E quanto à ausência do papai, longe de uma objeção, considero-a mais uma motivação, pois a expectativa do retorno dele deve ser um período de muita ansiedade para mamãe. Se pudermos ser o meio de amenizar um pouco essa ansiedade e manter-lhe o ânimo durante as próximas semanas, acho que nosso tempo será bem empregado e tenho certeza de que o será. Trata-se de um período muito conturbado para ela.

Ao dizer isso, os dois olharam em direção à mãe. A sra. Bertram, afundada em um dos cantos do sofá, desprendia a imagem de saúde, opulência, bem-estar e tranquilidade e acabava de mergulhar em um suave cochilo, enquanto Fanny se encarregava das pequenas dificuldades do trabalho manual por ela.

Edmund sorriu e balançou a cabeça.

— Por Júpiter! Isso não vai adiantar — exclamou Tom e desabou em uma poltrona com uma vigorosa gargalhada. — Temos de admitir... minha querida mãe e sua ansiedade... me expressei mal.

— Que foi que houve? — ela perguntou no tom pesado de alguém semiadormecido. — Não estava dormindo.

— Oh, não, mãe querida, ninguém desconfiou de tal coisa! Bem, Edmund — ele continuou, retornando ao assunto, postura e voz anteriores, assim que a mãe recomeçou a balançar a cabeça —, mas não faremos mal algum, isto eu reafirmo.

— Não concordo com você, estou convencido de que papai o desaprovaria inteiramente.

— E estou convencido do contrário. Ninguém mais que meu pai gosta nem incentiva tanto, que os jovens exercitem seus talentos além de qualquer coisa relacionada ao gênero de artes dramáticas, representações, declamações e recitações. Tenho certeza de que nos estimulou isso na infância. Quantas vezes pranteamos sobre o cadáver de Júlio César, e repetíamos o célebre verso *ser ou não ser*, da tragédia *Hamlet*, de Shakespeare, nesta mesma sala, para divertimento dele? Lembrarei para o resto da vida que entoávamos "meu nome é Norval", da balada "The Douglas Tragedy", do poeta escocês John Holmes, durante todos os feriados de Natal.

— A situação era muito diferente. Você mesmo tem de ver a distinção. Papai desejava que nós, como colegiais, falássemos bem, mas nunca desejaria ver as filhas adultas atuarem em peças teatrais. Sabe que ele tem um severo senso de decoro.

— Sei de tudo isso — retrucou Tom, contrariado. — Conheço meu pai tão bem quanto você, e tomarei cuidado para que as filhas dele não façam nada que o magoe. Cuide da própria vida, Edmund, e deixe o resto da família por minha conta.

— Se está decidido a representar — insistiu o irmão —, espero ao menos que o faça de forma muito discreta e tranquila, e acho que não deveria tentar montar um teatro. Seria tomar liberdades com a casa do papai na ausência dele, o que considero injustificável.

— Por tudo relacionado a isso, assumirei a responsabilidade — respondeu Tom, decidido. — Não se danificará a casa dele. Tenho tanto interesse pelo cuidado desta casa quanto você; quanto às alterações sugeridas por mim há pouco, como afastar uma estante, abrir uma porta ou até usar a sala de bilhar durante uma semana para outra finalidade diferente do jogo, você também poderia supor que papai fizesse objeção a permanecermos mais nesta sala do que na de desjejum, como fazíamos antes de ele partir. Ou que se mudasse o piano da minha irmã de um lado para o outro da sala. Totalmente absurdo!

— A inovação, se não é um erro pelo seu significado, sempre o será pela despesa.

— Sim, a despesa de tal empreendimento seria de fato prodigiosa! Talvez se gastem vinte libras ao todo. Precisamos sem dúvida improvisar alguma coisa semelhante a um teatro, mas será em um plano muito simples: uma cortina verde e uma pequena obra de carpintaria... só isso, e como Christopher Jackson pode fazer todo o trabalho de carpintaria aqui mesmo, seria absurdo demais falar em despesa... desde que se empregue Jackson, tudo ficará bem para *Sir* Thomas. Não imagine que ninguém nesta casa além de você pode ver ou julgar. Não precisa participar da representação se não quiser, mas não se outorgue o direito de governar todos os demais.

— Não, quanto a representar — respondeu Edmund —, eu sou totalmente contra.

Tom saiu da sala ao ouvir isso e deixou Edmund ainda sentado junto à lareira, a atiçar o fogo, mergulhado em pensativo tormento.

Fanny, que ouvira tudo e se solidarizara com os sentimentos de Edmund durante a discussão inteira, ansiosa por sugerir-lhe algum reconforto, agora se aventurava a dizer:

— Talvez eles não consigam encontrar nenhuma peça que lhes convenha. O gosto do seu irmão e o das suas irmãs parecem muito diferentes.

— Não tenho esperança alguma nesse sentido, Fanny. Se eles insistirem no plano, encontrarão alguma coisa. Falarei com minhas irmãs e tentarei dissuadi-las, é só o que posso fazer.

— Creio que a tia Norris lhe dará razão.

— Ouso dizer que sim, mas ela não exerce influência alguma em Tom nem nas minhas irmãs; e, se eu mesmo não conseguir convencê-los, deixarei as coisas tomarem o próprio rumo, sem pedir a interferência dela. Não existe nada pior que briga em família, prefiro fazer alguma coisa antes, a sofrermos depois as consequências.

As irmãs, com quem teve a oportunidade de falar na manhã seguinte, mostraram-se tão irritadas com o conselho dele, tão inflexíveis às suas ponderações e tão decididas em favor do prazer quanto Tom. A mãe não fazia objeção ao projeto e elas não tinham o menor receio da desaprovação do pai. Não poderia haver mal no que já se fizera em tantas famílias respeitáveis e por tantas mulheres dignas da mais alta consideração; e só uma escrupulosidade que beirasse a loucura poderia ver algo censurável em um plano como o deles, o qual incluía apenas irmãos, irmãs e amigos íntimos, sem a participação de mais ninguém. Julia de fato parecia inclinada a achar que a situação de Maria talvez exigisse certo cuidado e prudência, mas isso não se estendia a ela, pois era uma jovem livre. Maria expressou com toda clareza que o noivado apenas a deixava muito acima de restrições e dava-lhe menos motivo que a Julia para precisar consultar pai ou mãe. Edmund tinha pouca esperança, mas continuava a insistir no assunto, quando Henry Crawford entrou na sala, recém-chegado do presbitério, e exclamou:

— Não nos falta mais ajuda nem trabalhadores árduos para nosso teatro, srta. Bertram. Minha irmã, além de enviar recomendações, espera ser admitida na companhia e se sentirá feliz se lhe derem o papel de qualquer velha dona ou confidente submissa que as senhoritas mesmas não queiram interpretar.

Maria lançou um olhar a Edmund que significava: "Que diz agora? Ainda nos considera errados se Mary Crawford pensa como nós?". E assim silenciou o irmão, que se viu obrigado a reconhecer que o encanto da arte dramática tinha o poder de fascinar até a mente dos gênios e, na ingenuidade de enamorado, começou a pensar, mais que em qualquer outra coisa, na finalidade gentil e prestativa do recado.

O plano progredia. A oposição revelou-se inútil; e, quanto à sra. Norris, ele se enganara ao supor que faria alguma objeção. Não manifestava quaisquer dificuldades que não fossem dissuadidas em cinco minutos pelos sobrinhos mais velhos, os quais exerciam total poder sobre a tia. Como o projeto completo exigiria despesa muito pequena de todos e nenhuma de si mesma e como previa em sua realização todos os prazeres da pressa, do alvoroço e da importância e deduzia a vantagem imediata de imaginar-se obrigada a deixar a própria casa, onde já morava havia um mês à própria custa, e hospedar-se em Mansfield Park, a fim de ficar à disposição deles a qualquer hora, a sra. Norris, na verdade, ficou por demais encantada com o projeto.

Capítulo 14

Fanny parecia mais próxima de ter razão do que Edmund imaginara. A tarefa de encontrar uma peça que satisfizesse o gosto de todos revelou-se quase impossível; o carpinteiro, após receber as ordens e tomar as medidas, sugerir e eliminar no mínimo duas séries de dificuldades e mostrar a necessidade de um aumento do plano e das despesas, já pusera mãos à obra, enquanto ainda se precisava encontrar o texto a ser representado. Outros preparativos também se achavam em andamento. Um enorme rolo de feltro verde chegara de Northampton, fora cortado pela sra. Norris, que economizara, graças à sua habilidade, três quartos de um metro, e nesse momento as criadas o costuravam e transformavam numa cortina; no entanto, ainda faltava a escolha da peça. E, como se passaram dois ou três dias assim, Edmund começou quase a ter esperança de que jamais se encontrasse alguma obra.

Existiam, na verdade, tantas coisas a resolver, tantas pessoas a agradar, tanta exigência dos melhores papéis e, acima de tudo, a necessidade de que a peça fosse ao mesmo tempo tragédia e comédia, que pareciam poucas as possibilidades de se chegar a uma decisão que satisfizesse a juventude e o zelo com que a procuravam.

Do lado da tragédia, estavam as irmãs Bertram, Henry Crawford e o sr. Yates; da comédia, Tom Bertram, não exatamente sozinho, pois era evidente que o desejo de Mary Crawford era o mesmo, embora ela, por delicadeza, não o demonstrasse.

Entretanto, a determinação e o poder dele pareciam prescindir de aliados. Independentemente dessa grande diferença irreconciliável, queriam em comum acordo uma peça que contivesse poucos personagens, mas que fosse de excelente qualidade, e tivesse três mulheres nos papéis principais. Examinaram brevemente todas as melhores peças em vão. Nem *Hamlet*, nem *Macbeth*, nem *Otelo*, de Shakespeare, nem *Douglas*, de John Holmes nem *O jogador*, de James Shirley, apresentavam qualquer coisa que satisfizesse até mesmo os que preferiam a tragédia. E puseram-se de lado sucessivamente *Os rivais* e *Escola de maledicência*, de Richard B. Sheridan, *A roda da fortuna*, de Richard Cumberland, *Herdeiro por lei*, de George Colman, além de muitos *et ceteras* com objeções ainda mais calorosas. Não se propunha uma peça que não se manifestasse alguém com alguma dificuldade, e de ambos os lados se ouvia uma contínua repetição de: "Oh, não, essa não vai dar certo! Nada de tragédias com falas bombásticas. Demasiados personagens... sem nenhum papel feminino tolerável na peça... tudo, menos *isso*, meu caro Tom. Seria impossível distribuir os papéis, não se pode esperar que alguém queira desempenhar tal papel... nada além de palhaçada do princípio ao fim. Essa talvez servisse, a não ser pelas personagens secundárias. Se quiserem minha opinião, sempre a considerei a peça mais insípida de língua inglesa... não farei objeções... terei muito prazer em ser útil, mas acho que não poderíamos fazer pior escolha".

Fanny via e ouvia, não sem se divertir ao observar o egoísmo que, mais ou menos disfarçado, parecia dominar a vontade de todos, e ao se perguntar como aquilo acabaria. Por satisfação própria, talvez desejasse a representação de qualquer coisa, pois nunca assistira sequer à metade de uma peça, mas tudo de maior importância a impedia.

— Desse jeito jamais vai funcionar — disse Tom Bertram afinal. — Perdemos tempo da forma mais abominável. Devemos decidir logo. Não importa o que seja, para que se escolha qualquer coisa. Não devemos ser tão requintados. Alguns personagens a mais não nos devem assustar. Desempeharemos papéis duplos. Precisamos ser mais humildes. Não podemos querer interpretar apenas papéis importantes. Se um papel é insignificante, maior o nosso mérito em tirar dele algum partido. De agora em diante não criarei dificuldades. Aceito qualquer papel que escolherem para mim, desde que seja cômico. Minha única condição é que seja apenas cômico, mais nada.

Pela quinta vez propôs então *Herdeiro por lei*, apenas na dúvida se preferia para si o papel de Lorde Duberley ou o do dr. Pangloss; e com muita seriedade, mas com pouco êxito, tentou convencer os outros de que havia alguns excelentes papéis trágicos nos personagens restantes que integravam a peça.

O silêncio que seguiu a esse infrutífero esforço foi interrompido pelo mesmo orador que, após pegar um dos muitos volumes de peças estendidos sobre a mesa e abri-lo, exclamou de repente:

— *Juras de amor*! E por que *Juras de amor* não há de servir tão bem para *nós* como serviu para os Ravenshaw? Como não nos ocorreu a ideia antes? Parece-me que vai servir à perfeição. O que vocês acham? Tem dois papéis trágicos essenciais para Yates e Crawford, e o do mordomo poeta para mim, caso ninguém mais o queira... um papel insignificante, mas do tipo que não me desagradaria interpretar e, como disse antes, decidi aceitar qualquer coisa e dar o melhor de mim na interpretação. E quanto aos personagens restantes, podem ser desempenhados por qualquer um. Trata-se apenas do Conde Cassel e de Anhalt.

A sugestão teve boa acolhida geral. Todos começavam a sentir-se cansados daquela indecisão, e a primeira ideia deles foi que nada se propusera antes com tanta probabilidade de servir bem a cada um. O sr. Yates, sobretudo, mostrou-se bastante satisfeito: ficara a suspirar e ansiar por interpretar o barão, quando esteve em Ecclesford, invejara cada fala retumbante do personagem do Lorde Ravenshaw e vira-se obrigado a tornar a proferi-las todas na solidão do próprio quarto. Vociferar no papel do Barão Wildenheim era o ápice de sua ambição teatral; e, com a vantagem de já saber de cor metade das cenas, agora oferecia seus serviços com enorme entusiasmo ao papel. Para fazer-lhe justiça, porém, ele decidiu não se apropriar logo do personagem... pois, ao se lembrar que também havia discursos extravagantes muito bons no papel de Frederick, manifestou igual boa vontade em desempenhá-lo. Henry Crawford prontificou-se a aceitar qualquer um. Qualquer dos dois que o sr. Yates não escolhesse o satisfaria à perfeição, e seguiu-se a essa declaração uma breve troca de amabilidades e cumprimentos. A srta. Bertram, pensando no próprio interesse pelo papel de Agatha, encarregou-se de decidir a questão, observando ao sr. Yates que se tratava de um papel em que se deveriam levar em conta a altura e a aparência física, e o fato de ele ser o mais alto dos dois parecia corresponder melhor ao papel do barão. Reconheceram que a moça tinha toda a razão e, após os dois papéis aceitos, ela se sentia segura em relação ao mais adequado a interpretar Frederick. Haviam-se escolhido agora três personagens, além do representado pelo sr. Rushworth, pelo qual Maria se responsabilizava que aceitaria qualquer um; mas Julia, pretendendo como a irmã fazer o papel de Agatha, começou a expressar escrúpulos quanto à srta. Crawford.

— Isso não me parece um comportamento muito bom para com a ausente — ela protestou. — A peça não tem papéis femininos suficientes. Amelia e Agatha podem ser desempenhados por mim e Maria, mas nada há para sua irmã, sr. Crawford.

O sr. Crawford pediu que não se preocupassem com isso, sabia que a irmã não tinha o menor desejo de representar, mas queria apenas ser útil no que fosse preciso, e ele tinha certeza de que ela não permitiria que a considerassem no presente caso. Tom Bertram, porém, logo se opôs a isso, e afirmou ser o papel de Amelia, em todos os aspectos, indicado para a srta. Crawford, se ela o aceitasse.

— Combina de forma tão natural quanto necessária com ela — disse o rapaz —, como o de Agatha com qualquer uma das minhas irmãs. Nenhuma das duas fará sacrifício, pois se trata de um papel muitíssimo engraçado.

Seguiu-se um breve silêncio. As duas irmãs pareciam ansiosas, pois cada uma se sentia no direito de interpretar a personagem de Agatha, mas esperava que os outros o dissessem. Henry Crawford, que nesse ínterim erguera a peça e com aparente despreocupação folheava o primeiro ato, logo resolveu a situação.

— Preciso rogar à srta. Julia Bertram que não desempenhe o papel de Agatha, pois isso arruinará toda a minha solenidade. A senhorita não deve fazê-lo, não deve mesmo. — Dirigiu-se a ela. — Eu não saberia resistir à sua fisionomia transformada em pesar e palidez. As muitas risadas que demos juntos, infalivelmente, me viriam à cabeça, e obrigariam Frederick com a mochila a fugir.

Embora o dissesse com graça e delicadeza, tal atitude se perdeu nos sentimentos de Julia. Viu-o lançar uma olhada a Maria, o que confirmava a ofensa a si mesma; tratava-se de um ardil, uma farsa, ele a desdenhara, preferia a irmã. O sorriso de triunfo que Maria tentava reprimir mostrava como fora bem compreendida, e, antes que Julia conseguisse se recompor e falar, o irmão também apoiou a decisão e disse:

— Ah, sim! Maria tem de ser Agatha. Interpretará melhor o papel. Embora Julia imagine preferir papéis trágicos, eu não confiaria muito nela como Agatha. Nada tem de tragédia em si. Nem a aparência física para a personagem. Tampouco tem as feições trágicas, caminha e fala depressa demais e não saberia permanecer séria. Ela faria melhor o papel de uma velha senhora do campo, a mulher do camponês, talvez. É um papel muito bom, garanto-lhe. A senhora ameniza a benevolência pretensiosa do marido com muito humor. Você será a mulher do camponês.

— A mulher do camponês! — protestou o sr. Yates. — De que está falando? A personagem mais trivial, insignificante, muitíssimo corriqueira, sem sequer uma fala tolerável em toda a peça. Sua irmã interpretá-la! É até um insulto tal proposta. Em Ecclesford, a governanta foi escolhida para fazê-lo, pois todos concordamos que não se poderia oferecê-lo a mais ninguém. Um pouco mais de justiça, senhor diretor, faça-me o favor! Não merece a função, se não tem competência para avaliar melhor os talentos da companhia.

— Ora, quanto a isso, meu bom amigo, até eu e minha companhia representarmos de fato, tudo ainda não passa de conjecturas, mas não tive a menor intenção de depreciar Julia. Não podemos ter duas Agathas e precisamos de uma mulher para a esposa do camponês, e sei que eu mesmo dei o exemplo de moderação ao me satisfazer com o papel do velho mordomo. Se a personagem é insignificante, mais mérito ela terá ao fazê-la destacar-se, e, se se manifesta com tanto desespero contra tudo que é cômico, que recite as falas do próprio camponês em vez de recitar as falas da mulher. Tenho certeza de que ele é solene e bastante patético, sem dúvida. Não faria a menor diferença para a peça. E quanto ao próprio aldeão, quando ele tivesse de expressar o texto da esposa, eu assumiria o papel dele de todo meu coração.

— Apesar de todo esse partidarismo pela mulher do camponês — retrucou Henry Crawford — é impossível fazer desse papel algo que resulte adequado à sua irmã, e não seria justo fazermos sofrê-la impondo-lhe a personagem. Não podemos permitir-lhe que o aceite. Seus talentos talvez façam falta no papel de Amelia. Amelia é uma personagem mais difícil de ser representada do que até a própria Agatha. Considero-a a personagem mais difícil de toda a peça. Requer grande talento, muita sutileza, para lhe dar humor e simplicidade, sem extravagância. Já vi boas atrizes fracassarem nessa interpretação. Simplicidade, na verdade, está fora do alcance de quase todas as atrizes profissionais. Requer uma delicadeza de sentimentos que elas não têm. Requer uma jovem nobre... Julia Bertram. Vai interpretá-la, não, senhorita? — dirigiu-se a ela com um olhar de ansiosa súplica, o que a suavizou um pouco.

Mas, embora a moça hesitasse sem saber o que dizer, mais uma vez o irmão se interpôs com a reivindicação em favor da srta. Crawford.

— Não, não, Julia não pode ser Amelia. Não é de modo algum o papel para ela, que, aliás, nem gostaria de interpretá-lo. Não o faria bem, é muito alta e robusta, e Amelia deve ser uma figura pequena, leve, flexível, com ar de menina. O papel combina com a srta. Crawford e apenas com ela. Tem a aparência física que convém e convenci-me de que o desempenhará de forma admirável.

Sem dar atenção às palavras de Tom, Henry Crawford continuou a súplica.

— Deve agradecer-nos — disse —, de fato, deve. Depois que tiver estudado a personagem, tenho certeza de que vai sentir que lhe convém. Talvez prefira tragédia, mas com certeza a comédia prefere você. Terá de me visitar na prisão levando uma cesta de mantimentos; não se recusará a visitar este infeliz prisioneiro, não é? Parece que já a vejo entrar com a cesta.

Sentiu-se pesar a influência da voz de Henry. Julia vacilou, mas estaria ele apenas tentando acalmá-la e apaziguá-la para que ignorasse a ofensa anterior? Não confiava nele. Demonstrara um desprezo bastante evidente. Talvez fizesse apenas um jogo traiçoeiro com ela. Olhou desconfiada para a irmã, cujo semblante a faria decidir-se: se estivesse aflita, preocupada... mas do semblante de Maria se desprendia toda serenidade e satisfação, e Julia sabia muito bem que, nesse terreno, a irmã só se sentia feliz à custa da mais moça. Portanto, com impetuosa indignação e a voz trêmula, disse:

— Você não parece ter receio de perder a seriedade quando eu entrar com a cesta de alimentos, apenas no papel de Agatha a minha presença estimularia uma irresistível gargalhada! — Calou-se.

Henry Crawford parecia um tanto tolo, como sem saber o que dizer. Tom Bertram tornou a insistir:

— A srta. Crawford deve ser Amelia e será uma interpretação excelente.

— Não tenha medo de eu querer a personagem — apressou-se a gritar Julia, furiosa. — Não vou fazer o papel de Agatha, como sei que nenhum mais farei, e quanto ao de Amelia, é de todos no mundo o que mais desprezo. Detesto-a mesmo. Uma garotinha odiosa, arrogante, afetada e imprudente. Sempre protestei contra a comédia e essa é a pior de todas.

E dito isso, saiu às pressas da sala e deixou sensações de mal-estar em mais de uma pessoa, entretanto pouca compaixão despertou em algumas, exceto em Fanny, que, após ouvir calada toda a conversa, só conseguia pensar com grande piedade na prima sob aquelas agitações de ciúme.

Seguiu-se um breve silêncio após a intempestiva saída de Julia, mas logo o irmão retornava à conversa relacionada a *Juras de amor* e examinava a peça com grande entusiasmo, ajudado pelo sr. Yates, para certificar-se dos cenários que seriam necessários, enquanto Maria e Henry Crawford conversavam em voz baixa, e a declaração com que ela começou: — Sei que desistiria de bom grado do papel para Julia, mas embora eu com certeza o desempenhe muito mal, convenci-me de que ela o faria muito pior — rendeu-lhe sem dúvida os cumprimentos que desejava.

Passado algum tempo, completou-se a dissolução do grupo, com a saída de Tom Bertram e o sr. Yates juntos, para resolverem mais detalhes na sala que agora começavam a chamar de "*o Teatro*", e a resolução tomada por Maria Bertram de ir pessoalmente ao presbitério com a oferta do papel de Amelia à srta. Crawford. Fanny permaneceu sozinha.

A primeira coisa que fez, assim que se viu a sós, foi pegar o volume deixado na mesa e começar a familiarizar-se com a peça da qual já ouvira tanto. Sentia uma viva curiosidade e lia-a com uma avidez interrompida apenas por intervalos de perplexidade, diante da ideia de que, na situação atual, houvessem proposto e aceitado tal peça para um teatro familiar! Agatha e Amelia lhe pareciam, cada uma em seus diferentes aspectos, impróprias em tudo para uma apresentação doméstica, a situação de uma e a linguagem da outra eram tão inadequadas para qualquer mulher recatada, que dificilmente ela acreditava que as primas tivessem consciência do tipo de situação na qual estavam envolvendo-se; e desejou vê-las caírem em si o mais rápido possível pela repreensão que Edmund sem dúvida faria.

Capítulo 15

A srta. Crawford aceitou de imediato o papel, e, logo depois de Maria Bertram voltar do presbitério, chegou o sr. Rushworth e em consequência designou-se outro personagem. Ofereceram-lhe o do Conde Cassel ou o papel de Anhalt. A princípio ele não soube qual dos dois escolher e pediu a Maria Bertram que o orientasse. Mas após lhe explicarem a diferença de estilo entre os personagens e o rapaz lembrar que uma vez em Londres assistira à peça e achara Anhalt um sujeito muito idiota, logo se decidiu pelo conde. Maria Bertram aprovou a decisão, pois quanto menos ele tivesse de aprender, melhor; e, embora não compartilhasse o desejo do noivo de haver uma cena em que o conde e Agatha representassem juntos, nem aguardasse com muita paciência enquanto ele folheava devagar as páginas do volume, na esperança de ainda descobrir tal cena, com toda amabilidade ela preparou a parte que cabia ao conde e encurtou cada fala que se podia dispensar, além de salientar a necessidade de que precisava vestir-se muito bem e escolher as cores dos trajes. O sr. Rushworth gostou muito do refinado vestuário, embora fingisse desdenhá-lo, e se preocupava demais com a própria aparência para pensar nos outros, tirar quaisquer conclusões ou mesmo sentir qualquer insatisfação, como Maria imaginara que aconteceria.

Expôs-se tudo isso na presença de Edmund, que passara a manhã toda fora e de nada sabia, mas, quando entrou no salão de estar antes do jantar, intensificara-se a agitação da conversa entre Tom, Maria e o sr. Yates, e o sr. Rushworth veio ao encontro do recém-chegado com grande entusiasmo para lhe dar as agradáveis notícias.

— Conseguimos uma peça — disse. — Será *Juras de amor*, e farei o papel do Conde Cassel. Eu me apresentarei no primeiro ato com um traje azul, capa de cetim grená e usarei outro belo conjunto semelhante a uma indumentária de caça. Não sei se irei gostar.

Fanny acompanhou Edmund com os olhos e sentiu o coração começar a bater forte pela reação dele, após ouvir o discurso, observou a sua expressão e percebeu quais deviam ser os sentimentos do primo.

— *Juras de amor*! — em um tom de imenso espanto, foi a única resposta dele ao sr. Rushworth.

Em seguida, virou-se para o irmão e as irmãs como se mal duvidasse de uma contradição.

— Sim! — exclamou o sr. Yates. — Depois de muitos debates e dificuldades, vimos que servia a todos muito bem, nada era tão irrepreensível como *Juras de amor*. O admirável é que a peça não nos houvesse ocorrido antes. Minha estupidez foi abominável, pois temos todas as vantagens de aproveitar a experiência que tive em Ecclesford; e parece tão útil ter algo como um modelo! Já distribuímos quase todos os papéis.

— E quem fará os papéis femininos? — perguntou Edmund, sério, o olhar dirigido à irmã mais velha.

Maria enrubesceu contra a vontade ao responder:

— Farei o papel que a sra. Ravenshaw teria desempenhado — e com o olhar mais destemido —, a srta. Crawford será Amelia.

— Jamais a julgaria o tipo de peça adequada e cujos papéis pudessem ser interpretados por nós com tanta facilidade — respondeu Edmund, afastando-se para a lareira, onde se achavam a mãe, a tia e Fanny.

Sentou-se com uma expressão de grande contrariedade.

O sr. Rushworth seguiu-o para dizer:

— Eu me apresento no palco três vezes e tenho quarenta e duas falas. Já é alguma coisa, não? Mas não me agrada a ideia de parecer tão requintado. Mal me vejo em um traje azul com capa de cetim grená.

Edmund não soube o que responder. Poucos minutos depois, chamaram Tom Bertram para esclarecer algumas dúvidas do carpinteiro e, após sair acompanhado do sr. Yates e seguido logo depois pelo sr. Rushworth, Edmund quase de imediato aproveitou a oportunidade para dizer:

— Não posso comentar diante do sr. Yates o que penso dessa peça sem ofender seus amigos em Ecclesford, mas devo agora lhe dizer, minha querida Maria, que acho a peça extremamente imprópria para uma representação familiar, e espero que você desista da ideia. Tenho certeza de que o fará quando a tiver lido com toda atenção. Leia apenas o primeiro ato em voz alta, para sua mãe e sua tia, e veja se aprovam. Não será necessário submetê-la ao julgamento do seu pai.

— Nós vemos as coisas de forma muito diferente — retrucou Maria. — Garanto-lhe que conheço muito bem a peça, e, além de pouquíssimas omissões e cortes, que decerto faremos, nada vejo de repreensível no texto; e não sou a única moça que a acha adequada para representação doméstica.

— Sinto muito — foi a resposta do irmão. — Mas nessa questão cabe a você comandar. Precisa dar o exemplo. Se os outros cometeram erros, é seu dever corrigi-los e mostrar-lhes no que consiste a verdadeira delicadeza. Em todas as questões de decoro, a sua conduta deve ser lei para os demais do grupo.

Essa imagem de importância surtiu algum efeito, pois ninguém gostava mais de comandar que Maria, e com muito mais bom humor respondeu:

— Sou muito grata a você, Edmund, sei que tem excelente intenção, mas continuo a achar que vê tudo com muita seriedade, e eu de fato não posso assumir a tarefa de passar um sermão em todos os demais por causa de assuntos dessa natureza. Acredito que isso, sim, seria muito indelicado.

— Imagina que essa tenha sido a minha ideia? Não... permita que sua conduta seja o único sermão. Diga que, após examinar o papel, você não se sente à altura dele, considera-o exigir-lhe mais esforço e confiança do que acreditava. Diga-o com firmeza que isso bastará. Todos com bom senso compreenderão seus motivos. Desistirão da peça, e vão louvar-lhe a delicadeza, como deve ser.

— Não represente nada impróprio, minha querida — pediu a sra. Bertram. — *Sir* Thomas não iria gostar. Fanny, toque a sineta. Precisamos jantar. Julia por certo já deve ter-se arrumado.

— Estou convencido, mamãe — disse Edmund impedindo Fanny de tocar a campainha — de que *Sir* Thomas não aprovaria.

— Viu, minha querida, ouve o que diz Edmund?

— Se eu desistir do papel — declarou Maria com renovado empenho —, Julia com certeza o fará.

— Não acredito! — exclamou Edmund. — Mesmo se ela soubesse seus motivos?

— Oh! Talvez acredite que apesar da diferença entre nós, em nossas situações, ela não precise ser tão escrupulosa quanto eu posso julgar necessário. Tenho certeza de que esse seria seu argumento. Não, perdoe-me, Edmund, mas não posso retirar-me da peça, tudo já se encontra bem adiantado e todos se sentiriam muito desapontados. Tom ficaria muito furioso e, se tivermos de nos basear em critérios tão impecáveis na escolha de uma peça, nunca representaremos nenhuma delas.

— Eu ia dizer a mesma coisa — interrompeu a sra. Norris. — Se rejeitam todas as peças, acabam não representando nada e todo o dinheiro que já se gastou nos preparativos será desperdiçado. Tenho certeza de que isso, sim, seria uma falta de respeito com todos nós. Não conheço a peça, mas, como diz Maria, se houver qualquer coisa um pouco picante demais, o que ocorre na maioria das peças, pode-se omiti-la sem dificuldade. Não devemos ser rigorosos demais, Edmund. Como o sr. Rushworth também participará da apresentação, não pode haver mal algum. Só acho que Tom deveria ter decidido melhor o que queria, antes de os carpinteiros começarem, pois se perdeu meio dia de trabalho naquelas portas laterais. A cortina, porém, ficará ótima. As criadas fazem muito bem o trabalho de costura, e acho que conseguiremos economizar algumas dúzias das argolas. Não há necessidade de pregá-las tão juntas umas das outras. Espero que eu seja útil, ao evitar desperdícios e aproveitar ao máximo os materiais. Sempre deve haver uma mão firme para supervisionar tantos jovens. Esqueci de contar a Tom algo que me aconteceu ainda hoje. Passei um tempo cuidando do galinheiro e, quando acabava de sair, vi o jovem Dick Jackson, a caminho da ala de serviços, com dois pedaços de pinho, sem dúvida levando-os para o pai; a mãe o tinha chamado para falar com o pai, e este mandou trazer os dois pedaços de madeira, de que muito precisava. Mas logo entendi o que significava tudo aquilo, pois a sineta do jantar dos empregados tocava naquele mesmo momento, e como detesto essa gente ladra... os Jackson são muito aproveitadores... eu sempre disse isso, são o tipo de gente que pega tudo que pode, interpelei direto o jovenzinho, um menino de dez anos, muito preguiçoso, que devia envergonhar-se de si mesmo: "Pode deixar, que eu mesma levo as tábuas para o seu pai, Dick. E você, volte para casa o mais rápido possível". O pequeno pareceu muito atrapalhado e se afastou sem dizer nada, talvez porque minhas palavras tenham sido muito ásperas. Mas garanto que isso vai impedir que ele venha aqui por algum tempo para roubar. Odeio essa ganância! Tão bom que é *Sir* Thomas para toda a família, emprega o pai o ano inteiro.

Ninguém se deu ao trabalho de contestar; os outros logo retornaram, e Edmund compreendeu que sua única satisfação seria esforçar-se ao máximo para tentar corrigi-los.

O jantar transcorreu em um clima pesado. A sra. Norris, mais uma vez, relatou o triunfo sobre o jovem Dick Jackson, mas, fora isso, não se falou muito da peça nem dos preparativos, pois até o irmão, embora não quisesse admiti-lo, sentia a desaprovação de Edmund. Maria, sem o animado apoio de Henry Crawford, preferiu evitar o assunto. O sr. Yates, que tentava tornar-se amável com Julia, logo percebeu que o mau humor dela era impenetrável a qualquer outro assunto que não o fato de lamentar que ela tenha se desligado da companhia. O sr. Rushworth, que só pensava no próprio papel e na indumentária, logo esgotou tudo o que tinha a dizer a respeito das duas coisas.

Mas se suspenderam as conversas sobre o teatro apenas por uma ou duas horas, pois ainda havia muito a ser resolvido. E após o clima do anoitecer melhorar os ânimos, Tom, Maria e o sr. Yates, logo depois de se reunirem de novo na sala de estar, sentaram-se a uma mesa separada, com a peça aberta diante deles. Acabavam de concentrar-se no tema, quando ocorreu uma bem-vinda interrupção pela entrada de Henry e Mary Crawford, que não deixaram de vir, mesmo sendo tarde da noite e estando o percurso escuro e enlameado, e foram recebidos com a maior alegria.

— Bem, como vão as coisas? Que resolveram?

— Oh! Nada podemos fazer sem vocês. — Seguiram-se as primeiras saudações.

Henry Crawford logo se sentou junto aos três, enquanto a irmã se dirigia a *Lady* Bertram e cumprimentava-a com afetuosa atenção.

— Preciso de fato felicitá-la — disse — por se ter afinal escolhido a peça, pois, embora a senhora tenha suportado tudo com exemplar paciência, tenho certeza de que já devia estar farta de todo o nosso barulho e dificuldades. Os atores devem sentir-se contentes, mas os espectadores estão infinitas vezes mais gratos pela decisão tomada, e eu sinceramente lhe dou os parabéns, minha senhora, bem como à sra. Norris e a todos os que passaram pela mesma situação difícil — concluiu, lançando o olhar, um tanto quanto receoso e brincalhão, a Edmund, sentado um pouco afastado de onde estava Fanny.

Lady Bertram respondeu-lhe com toda delicadeza, mas Edmund nada disse, sem negar o fato de ser apenas espectador. Após continuar a conversa alguns minutos com os que estavam ao redor da lareira, Mary Crawford retornou ao grupo reunido em volta da mesa, e em pé ao lado deles parecia interessar-se pelos debates até que, tomada por uma súbita lembrança, exclamou:

— Meus bons amigos, embora se encontrem em ação, muito compenetrados a respeito dessas cabanas e cervejarias, por dentro e por fora, rogo-lhes que me digam qual será o meu destino. Quem fará o papel de Anhalt? Com qual dos cavalheiros terei o prazer de namorar durante a representação?

Por um momento, ninguém comentou nada e então todos falaram ao mesmo tempo para revelar a melancólica verdade: ainda não havia ninguém para interpretar Anhalt.

— Pude escolher entre os dois papéis — disse o sr. Rushworth — porém, preferi o do Conde Cassel, embora não me agradem muito os trajes refinados que terei de usar.

— Muito acertada a escolha — disse a srta. Crawford, com a expressão animada. O personagem de Anhalt é muito difícil.

— O conde tem de decorar quarenta e duas falas, o que não é pouca coisa — retrucou o sr. Rushworth.

— Não me surpreende nem um pouco essa falta de Anhalt — continuou Mary Crawford após uma breve pausa. — Amelia não merece melhor sorte. Uma jovem tão petulante talvez assuste os homens.

— Muito me alegraria assumir o papel se fosse possível — exclamou Tom — mas, infelizmente, o mordomo e Anhalt se apresentam juntos em cena. Contudo, ainda não desisti por completo, verei o que se pode fazer. Examinarei a peça de novo.

— Seu irmão deveria ficar com o papel — sugeriu o sr. Yates em voz baixa, dirigindo-se a Tom. — Acha que ele aceitaria?

— Não sou eu que vou pedir-lhe para aceitar — respondeu Tom, a voz fria e determinada.

Mary Crawford conversou mais um pouco e logo depois tornou a juntar-se ao grupo diante da lareira.

— Não precisam de mim — disse, ao sentar-se. — Só os deixo confusos e os obrigo a serem educados. Sr. Edmund Bertram, como não vai representar, será um conselheiro imparcial, e por isso recorro a você. Como vamos arranjar um Anhalt? Acha possível que alguém assuma o personagem e faça papéis duplos? Qual o seu conselho?

— Meu conselho é que mudem a peça — ele respondeu, com toda calma.

— Eu não faço a menor objeção — respondeu Mary Crawford. — Embora não me desgoste o papel de Amelia, sobretudo se for bem interpretado, isto é, se tudo saísse bem, lamentaria ser um empecilho, mas como não lhe pediram conselho naquela mesa — continuou, olhando para os outros afastados — com toda certeza não o acatarão.

Edmund nada mais disse.

— Se algum papel o tentasse a atuar, suponho que seria o de Anhalt — observou a moça com uma expressão maliciosa, após uma breve pausa — pois o personagem é um pastor, como sabe.

— Essa circunstância de modo algum me tenta — ele respondeu — pois não gostaria de tornar o personagem ridículo interpretando-o mal. Deve ser muito difícil impedir que Anhalt pareça um pregador formal, solene, e o homem que escolheu a profissão por si só talvez seja um dos últimos que desejaria representá-lo no palco.

A srta. Crawford calou-se. E sentindo-se um pouco chocada e ressentida, afastou a cadeira para perto da mesa de chá, e deu toda a atenção à sra. Norris, sentada à cabeceira.

— Fanny — chamou Tom Bertram do outro lado da mesa, onde prosseguia animada a conferência —, precisamos de você.

Fanny levantou-se de pronto, à espera de que a incumbissem de algum recado, pois não abandonara o hábito de a empregarem nessa função, apesar de todo o esforço possível de Edmund para que não o fizessem.

— Ah, não há necessidade de levantar-se. Não precisamos de seus presentes serviços. Apenas desejamos incluí-la em nossa peça. Você será a mulher do camponês.

— Eu! — exclamou Fanny, e tornou logo a sentar-se, com a expressão assustadíssima. — Na verdade, precisam me desculpar. Eu não poderia representar coisa alguma por nada deste mundo. Lamento, mas não posso.

— Na verdade, você tem de fazê-lo, porque não podemos dispensá-la. Não precisa ficar tão assustada assim, o papel é insignificante, quase nada, não chega a ter mais de meia dúzia de falas ao todo, e não fará muita diferença se ninguém ouvir uma palavra do que disser, por isso pode ficar acanhada como quiser, basta que a vejam no palco.

— Se teme meia dúzia de falas — exclamou o sr. Rushworth — que faria com um papel como o meu? Tenho de decorar quarenta e duas falas.

— Não é que eu tema não decorar as falas — disse Fanny, encabulada por estar em evidência e sentir quase todos os olhos do salão fixos nela —, mas não posso mesmo representar.

— Sim, sim, pode representar bem o bastante para nós. Estude seu papel, e lhe ensinaremos todo o resto. Só aparecerá em duas cenas e, como eu serei o camponês, vou instruí-la a circular no palco, e o fará muito bem, respondo por isso.

— Não, verdade, sr. Bertram, peço-lhe que me desculpe. Não faz ideia. Seria uma absoluta impossibilidade para mim. Se eu a interpretasse, só o decepcionaria.

— Ora, vamos! Não seja tão acanhada. Você o fará muito bem. Terá todo nosso apoio, não esperamos perfeição. Precisa arranjar um vestido marrom, um avental branco e uma touca de camponesa, depois que lhe desenharmos algumas rugas, alguns pés de galinha nos cantos dos olhos, ficará uma velhinha perfeita.

— Precisam desculpar-me, sério, precisam desculpar-me — lamentou-se Fanny, cada vez mais enrubescida de acanhamento.

Então lançou o olhar angustiado a Edmund que, embora a observasse com ternura, mas sem querer irritar o irmão com sua interferência, só lhe deu um sorriso encorajador. As súplicas da jovem não tiveram efeito algum em Tom, e o rapaz apenas repetiu o que dissera antes. Não apenas ele, porque agora Maria, os irmãos Crawford e o sr. Yates endossavam o pedido com uma insistência que só se diferenciava por ser mais delicada e cerimoniosa, mas em grupo foi ainda um pedido mais opressivo para Fanny. Antes que ela conseguisse recuperar o fôlego, a sra. Norris completou o conjunto e dirigiu-se à moça em um sussurro ao mesmo tempo irritado e audível:

— Que espetáculo você faz aqui por nada! Muito me envergonha, Fanny, vê-la criar tamanha dificuldade para ajudar seus primos em uma bobagem dessas, justo eles, que são tão bons para você! Aceite de bom grado e acabe logo com essa discussão, por favor.

— Não a obrigue, senhora — pediu Edmund. — Não é justo forçá-la. Está vendo que ela não gosta de representar. Deixe-a decidir com a mesma liberdade que todos os demais tiveram. A vontade dela merece toda a consideração. Não a pressione mais.

— Não vou mais forçá-la — respondeu a sra. Norris com rispidez. — Mas a considerarei uma menina muito teimosa e ingrata se não quiser fazer o que a tia e os primos desejam, muito ingrata na verdade, considerando-se quem e o que é nesta família.

Edmund ficou furioso demais para falar, mas Mary Crawford, após encarar chocada a sra. Norris por um instante e voltar-se depois para Fanny, cujas lágrimas começavam a brotar, logo declarou com certa aspereza:

— Não me sinto bem aqui, faz demasiado calor neste lugar para mim — afastou a cadeira para o lado oposto da mesa, perto de Fanny e disse-lhe num sussurro amável e baixo: — Não faz mal, querida srta. Price, passamos uma noite atribulada, todos estão nervosos e aborrecidos, mas não nos importemos com eles.

E com incisiva atenção continuou a conversar com ela e esforçou-se para animá-la, apesar de também se sentir deprimida. Por meio de um olhar dirigido ao irmão, impediu qualquer insistência no pedido do grupo teatral, e os sentimentos realmente bons pelos quais se sentia tomada quase por completo logo a fizeram recuperar o pouco do conceito que perdera com Edmund.

Fanny não gostava de Mary Crawford, mas se sentiu muito grata pela sua manifestação de bondade; depois de prestar atenção no trabalho de bordado que ela fazia e que desejava fazer tão bem, pediu-lhe o desenho. E supondo que se preparava para ser apresentada à sociedade, como decerto ocorreria depois que a prima se casasse, a srta. Crawford perguntou se ela recebera notícias recentes do irmão ao mar e disse que tinha muita curiosidade de conhecê-lo: imaginava-o um rapaz muito gentil. Aconselhou-a a mandar que desenhasse o retrato dele antes que voltasse a embarcar. Fanny não pôde deixar de admitir tratar-se de uma lisonja muito agradável, e respondeu com mais animação do que pretendera.

As consultas sobre a peça ainda continuavam, e Tom Bertram foi o primeiro a desviar a atenção da srta. Crawford de Fanny, ao dizer-lhe, com infinito pesar, que chegara à conclusão de que lhe seria absolutamente impossível desempenhar o papel de Anhalt, além do mordomo. Tentara com o maior empenho tornar possível o desempenho simultâneo dos dois personagens, mas não dera certo e ele teria de desistir.

— Mas não haverá a menor dificuldade em conseguir outro ator — acrescentou. — Basta espalhar a notícia. Posso, no momento, enumerar pelo menos seis rapazes, a uns quatro quilômetros daqui, loucos para serem admitidos na nossa companhia, e um ou dois que não se sairiam mal. Não recearia confiar nos irmãos Oliver nem em Charles Maddox. Tom Oliver é um sujeito muito inteligente e Charles Maddox, um cavalheiro como não se vê em lugar algum, assim, amanhã bem cedo irei a cavalo até Stoke e combinarei tudo com um dos dois.

Enquanto ele falava, Maria olhava apreensiva para Edmund, em total expectativa de que ele se opusesse a uma ampliação do plano como essa, tão contrária a todos os seus protestos anteriores, mas Edmund nada disse. Após uma reflexão momentânea, Mary Crawford respondeu calmamente:

— No que me diz respeito, não tenho qualquer objeção a fazer o que vocês julgarem adequado. Conheço, por acaso, um dos dois cavalheiros? Ah, sim! O sr. Charles Maddox jantou na casa da minha irmã outro dia, não, Henry? Um rapaz de aparência muito tranquila. Lembro-me dele. Então que seja ele, por favor, pois para mim será menos desagradável que um total estranho.

Charles Maddox seria o homem. Tom repetiu a decisão de procurá-lo cedo no dia seguinte; e Julia, que mal conversara durante a noite toda, observou agora, de maneira sarcástica, com um olhar primeiro para Maria e depois para Edmund:

— A arte teatral de Mansfield vai animar muito toda a vizinhança — mas Edmund continuava calado e demonstrava os sentimentos apenas com determinada seriedade.

— Não sinto grande entusiasmo pela nossa peça — disse Mary Crawford em voz baixa a Fanny, após uma breve reflexão. — E vou avisar ao sr. Maddox que encurtarei algumas falas dele e muitas das minhas, antes de ensaiarmos juntos. Será muito desagradável e de modo algum o que eu esperava.

Capítulo 16

Não estava sob o poder da srta. Crawford convencer Fanny que esquecesse de fato tudo o que se passara. Quando a noite chegou ao fim, a jovem foi deitar-se com a mente repleta das horríveis lembranças, os nervos ainda agitados por causa do choque provocado pelo ataque do primo Tom, ataque muito direto e insistente, e com o espírito oprimido sob a cruel ponderação e repreensão da tia. Ser advertida daquela maneira, ter de ouvir que aquilo não passava do prelúdio de algo infinitamente pior, sentir que a obrigavam a fazer o que lhe parecia tão impossível quanto representar e depois suportar a acusação de teimosia e ingratidão, reforçada pela impiedosa insinuação à dependência da sua situação, fora demasiado doloroso naquele momento para que a lembrança, agora que estava sozinha no quarto, a angustiasse um pouco menos, sobretudo quando se somava o pavor que sentia pelo que o dia seguinte talvez trouxesse. Mary Crawford protegera-a apenas no momento; mas o que faria se Tom e Maria, com Edmund por certo ausente, mais uma vez a submetessem a toda insistência autoritária de que eram capazes sobre ela? Fanny adormeceu antes que pudesse encontrar uma resposta, a qual constatou, ao acordar na manhã seguinte, continuar tão obscura quanto na véspera.

Como o pequeno sótão branco, que continuava a ser seu quarto desde que fora morar com a família, revelou-se inútil para encontrar alguma resposta, ela se refugiara, tão logo se vestira, em outro aposento mais espaçoso e conveniente para andar de um lado para outro e pensar, e do qual, já fazia algum tempo, era quase a dona absoluta. Antes fora a sala de aula dela e dos primos, assim chamada até as irmãs Bertram, em um período posterior, não mais permitirem tal nome nem que o ocupassem para esse fim. Ali também fora o aposento da srta. Lee, e as meninas haviam lido, escrito, conversado e rido, até meados dos últimos três anos, quando a professora partira. O aposento se tornara inútil e, por algum tempo, abandonado, menos por Fanny, que vez por outra visitava suas plantas ou procurava por um dos livros que ainda gostava de guardar no mesmo lugar, por falta de espaço e acomodação no pequeno quartinho acima... mas, aos poucos, quando se intensificou o valor ao conforto que ele lhe oferecia, acrescentou-o às suas posses e passava ali a maior parte do tempo; e como nada a impedira, nele se instalara de forma muito natural e ingênua. Agora todos consideravam sua a "sala do Leste", como o aposento passou a ser conhecido, desde que Maria tinha dezesseis anos, em termos quase tão decisivos quanto o quartinho do sótão. As pequenas dimensões de um faziam o uso do outro tão evidentemente razoável que as srtas. Bertram, com toda a superioridade dos próprios aposentos que lhes exigia o senso de superioridade, aprovaram de comum acordo, e a sra. Norris, após estipular que jamais se acenderia a lareira para uso pessoal de Fanny, resignou-se que ela ocupasse um espaço que ninguém mais queria, embora os termos com que às vezes se referia a tal indulgência parecessem sugerir que fosse o melhor aposento da casa.

A localização era tão favorável que, mesmo sem um fogo aceso, permitia a um espírito acolhedor como o de Fanny ocupá-lo em muitas manhãs do início da primavera ou de fins do outono e, enquanto se via uma réstia de Sol, ela esperava que não a rechaçasse, mesmo quando chegava o inverno. Era extremo o conforto que lhe proporcionava nas horas de lazer. Refugiava-se ali quando lhe ocorria qualquer coisa desagradável e encontrava imediato consolo em alguma atividade ou sequência de ideias do momento. As plantas, os livros, que colecionava desde a primeira hora em que dispôs de um xelim, a escrivaninha e os trabalhos de caridade e criatividade encontravam-se todos ao alcance da mão. Ou quando se sentia indisposta, se quisesse apenas meditar, dificilmente via naquela sala um objeto que não lhe suscitasse alguma lembrança interessante. Todos constituíam um amigo ou lhe transportavam seus pensamentos para um amigo, e, embora em algumas ocasiões muito houvesse sofrido, ou muitas vezes houvessem entendido mal os seus motivos, desprezado os seus sentimentos e subestimado a sua compreensão, e tivesse conhecido a dor da tirania, do ridículo, do abandono, quase toda ocorrência desse tipo levara-a a um consolo: a tia Bertram a defendera, ou a srta. Lee a incentivara, ou, o que era ainda mais frequente e valioso, Edmund fora seu herói e paladino, apoiara a sua causa ou lhe explicara a intenção, dissera-lhe que não chorasse ou lhe dera alguma prova de afeição que lhe tornara as lágrimas deliciosas... e agora ela via tudo tão misturado, tão harmonizado pela distância, que cada sofrimento anterior tinha um encanto próprio. Adorava o aposento e não trocaria os móveis que o guarneciam pelos mais lindos da casa, embora se achassem bastante estragados pelo uso descuidado das crianças, e as maiores elegâncias e seus ornamentos consistiam em um tamborete desbotado, trabalho de Julia que não servira para a sala de estar por ser mal acabado, três transparências, confeccionadas no auge da moda de tais imagens gráficas, onde se viam a abadia de Tintern, situada em meio a uma gruta na Itália, e um lago enluarado em Cumberland, que cobriam as vidraças inferiores de uma janela, e uma coleção de perfis da família, julgados sem mérito artístico para ficarem em outro lugar senão acima do consolo da lareira, que tinha ao lado, pregado na parede, um pequeno croqui de um navio enviado do Mediterrâneo, por William, quatro anos antes, com a inscrição das iniciais da marinha real britânica — HMS — e o nome *Antwerp* na parte inferior, em letras altas como mastro principal.

Nesse refúgio, Fanny agora andava de um lado para o outro para tentar acalmar seu espírito agitado, confuso, para ver se, ao examinar o perfil de Edmund, apreendia algum de seus conselhos ou, ao arejar os gerânios, ela talvez inalasse uma brisa de força mental. Não eram, porém, apenas os temores relacionados à própria perseverança que ela precisava vencer, também começara a sentir-se indecisa quanto ao que deveria fazer; e, enquanto circulava pelo aposento, as dúvidas aumentavam. Será que agira certo ao recusar o que lhe haviam pedido de forma tão calorosa e desejado tão ardentemente, que talvez fosse tão essencial a um projeto no qual se empenhavam alguns daqueles a quem ela devia a maior complacência? Não se recusava por má índole, egoísmo e medo de se expor? Seria a opinião de Edmund, a convicção que tinha o primo da total desaprovação de *Sir* Thomas, suficiente para justificá-la em uma determinada negação, apesar de todos os demais? Seria para ela tão horrível a perspectiva de representar que tendia a desconfiar da sinceridade e da pureza de seus próprios escrúpulos? Ao olhar em volta, a visão de um presente atrás do outro que recebera deles reforçava a obrigação de satisfazer as reivindicações dos primos. Caixas de costura, estojos de ferramentas e materiais de trabalho, que lhe haviam presenteado em várias ocasiões, sobretudo Tom, cobriam a mesa entre as janelas, o que lhe intensificou a perturbação relacionada à importância da dívida que suscitavam aquelas amáveis lembranças.

Uma batida na porta despertou-a no meio dessa tentativa de encontrar a solução para seu dever e, ao delicado "entre" que proferiu, respondeu o surgimento daquele com quem se habituara a esclarecer todas as dúvidas. Os olhos de Fanny brilharam diante da visão de Edmund.

— Posso falar com você por alguns minutos, Fanny?

— Sim, claro.

— Quero consultá-la. Preciso da sua opinião.

— Minha opinião! — ela exclamou, retraindo-se por tal cumprimento, que lhe causava tão imensa satisfação.

— É, seu conselho e sua opinião. Não sei o que fazer. Sabe que essa perspectiva de representação teatral está cada vez pior. Não podiam ter escolhido uma peça mais infeliz, e agora, para encená-la, vão pedir ajuda de um rapaz que mal conhecemos. É o fim de toda a intimidade e todo o decoro de que se falou a princípio. Não sei de nada que desabone Charles Maddox, mas considero muitíssimo censurável a excessiva intimidade que deverá surgir do fato de introduzi-lo assim em nosso meio, mais que intimidade, a familiaridade. Não posso pensar nisso sem me inquietar e me parece mesmo um infortúnio tão grave que devemos, se possível, impedir. Não concorda?

— Sim, mas o que podemos fazer? Seu irmão está tão decidido.

— Só há uma coisa a fazer, Fanny. Eu aceitar o papel de Anhalt. Sei que nada mais deterá Tom. — Fanny não soube o que responder. — Não é de modo algum o que eu pretendia — continuou ele. — Ninguém gosta de ser levado a parecer tão incoerente assim. Após todos saberem que fui contra o projeto desde o princípio, trata-se de um total absurdo juntar-me a eles agora, quando passam dos limites em todos os aspectos do plano inicial, mas não vejo outra alternativa. E você, Fanny?

— Não — respondeu Fanny devagar. — Não de imediato... mas...

— Mas o quê? Vejo que não pensa como eu. Reflita um pouco mais. Talvez não se dê conta como eu do dano que poderia e do aborrecimento que deveria causar a introdução de um rapaz dessa forma, envolvendo-se na nossa vida doméstica, com autorização para entrar aqui a qualquer hora e ocupando uma posição que acabará com todas as contenções. Pense na excessiva liberdade que cada ensaio lhe proporcionará. Acho tudo muito inaceitável! Coloque-se no lugar de Mary

Crawford, Fanny. Imagine o que significa desempenhar o papel de Amelia com um estranho. Tem o direito a que se lamente sua situação, pois ela mesma a lamenta. Ouvi bem o que disse a você ontem à noite para entender a relutância dela em ter de representar com um estranho, é provável que tenha aceitado o papel com expectativas diferentes, talvez sem examinar a questão o suficiente para saber o que poderia acontecer, seria uma atitude pouco generosa, na verdade uma ofensa, expô-la a algo assim. Devemos respeitar os sentimentos dela. Assim não lhe parece, Fanny? Você hesita em responder.

— Lamento pela srta. Crawford, mas sinto muito mais por vê-lo arrastado a fazer algo contra o qual você se posicionou e o qual todos sabem que você afirmou acreditar que seria desagradável ao meu tio. Será uma grande vitória para os outros!

— Não terão grande motivo para considerar uma vitória quando virem como represento mal. Triunfo, porém, com certeza será, e tenho de enfrentá-lo. Mas se eu puder ser o meio que impeça a divulgação do projeto, limite o alcance da exibição e concentre nossa extravagância ao mínimo, me considerarei bem pago. Na posição em que me encontro, não tenho a menor influência, nada posso fazer. Eu os ofendi e eles não me ouvirão, mas, depois que os deixar de bom humor com essa concessão, tenho esperança de convencê-los a limitar a representação a um círculo muito menor que aquele a que estão visando, o que significa uma recompensa material. Meu objetivo é restringir a plateia à sra. Rushworth e aos Grant. Não vale a pena consegui-lo?

— Sim, será uma grande recompensa.

— Mas ainda assim, sem a sua aprovação. Pode sugerir-me outro meio pelo qual eu tenha a oportunidade de obter igual resultado?

— Não, nada mais me ocorre.

— Então me conceda sua aprovação, Fanny. Sem ela, não me sinto tranquilo.

— Oh, primo!

— Se você ficar contra mim, terei de desconfiar de mim mesmo e, no entanto, é de todo impossível permitir que Tom siga esse caminho, a cavalgar pela vizinhança em busca de qualquer um ao qual consiga convencer a representar, não importa quem, basta que tenha a aparência de um cavalheiro. Achei que você tivesse compreendido melhor os sentimentos da srta. Crawford.

— Sem dúvida ficará muito contente. Deve ser um grande alívio para ela — disse Fanny, tentando mostrar mais ânimo ao falar.

— Ela nunca me pareceu tão amável quanto com você ontem à noite. Passou a merecer toda minha admiração.

— Foi muito amável, de fato, e alegra-me que seja poupada de uma situação embaraçosa...

Não conseguiu concluir o elogio. A consciência a fez parar no meio, mas Edmund ficou satisfeito.

— Descerei logo depois do desjejum — ele disse — e tenho certeza de que lhes darei uma enorme alegria. E agora, querida Fanny, não quero interrompê-la por mais tempo. Quer na certa continuar a ler. Mas eu não me sentiria tranquilo enquanto não falasse com você e chegasse a uma decisão. Dormindo ou acordado, minha cabeça ficou cheia dessa história a noite toda. Embora seja inaceitável, sei que vou torná-la menos do que poderia ser. Se Tom já se tiver levantado, falarei logo com ele e resolverei tudo. Quando nos reunirmos à mesa do almoço, estaremos no maior bom humor com a perspectiva de fazer papel de bobo com tanta unanimidade. Nesse meio-tempo, imagino que você vá viajar pela China. Como tem sido a atuação de Lorde Macartney? — peguntou depois de abrir um volume na mesa, e pegou alguns outros. — E aqui temos *Contos*, de George Crabbe, e a revista *The Idler* à mão para socorrê-la quando se cansar do grande livro. Admiro ao extremo seu pequeno refúgio e, assim que eu sair, esvazie a mente de todo esse absurdo de representação e sente-se confortável à mesa. Mas não fique muito tempo aqui para não se resfriar.

Ele se foi, mas não houve leitura, nem China, e tampouco serenidade para Fanny. O primo dera-lhe as notícias mais extraordinárias, mais inconcebíveis, mais desagradáveis, que a impediram de pensar em outra coisa. Representar! Depois de todas aquelas objeções tão justas e públicas! Depois de tudo que ela o ouvira dizer, de ver sua atitude, de saber o que ele sentira. Seria possível Edmund ser tão incoerente? Será que não enganava a si mesmo? Não cometia um erro? Ai! Tudo por culpa de Mary Crawford. Fanny observara sua influência em todas as palavras que a jovem proferira e se sentira infeliz. As dúvidas e aflições quanto à sua própria conduta, que antes a haviam atormentado, agora adormeceram enquanto o escutava, e se tornaram pouco importantes. A ansiedade mais profunda que a invadira calou-as totalmente. Tudo seguiria o destino determinado, ela não se importava mais como acabaria. Os primos talvez a atacassem, mas dificilmente a importunariam. Encontrava-se fora do alcance deles, e se por fim fosse obrigada a ceder não importava, agora tudo era sofrimento.

Capítulo 17

Foi, de fato, um dia vitorioso para Tom e Maria Bertram. Tal vitória sobre a cautela de Edmund superara suas expectativas e causou-lhes enorme alegria. Nada mais existia relacionado ao projeto tão querido para incomodá-los, e todos felicitaram uns aos outros com todo o entusiasmo, principalmente pelo ciúme de Edmund, ao qual atribuíam a mudança de ideia. Ele talvez continuasse a se mostrar sério e a declarar que não aprovava o projeto em geral e ainda desaprovava a escolha da peça, em particular; mas conseguiram o que queriam: ele iria representar e sua decisão fora impelida apenas por inclinações egoístas. O rapaz descera daquele pedestal moral em que se apoiara, e ambos se sentiam mais felizes pela sua queda.

No entanto, na ocasião, eles se portaram muito bem com ele, sem mostrar sua exultação, além dos leves sorrisos. Todos pareciam julgar a decisão uma grande saída para se livrarem da intrusão de Charles Maddox, como se houvessem sido obrigados a admiti-lo a contragosto na companhia.

O que mais desejavam era manter tudo no círculo familiar. Um estranho entre eles teria consistido no fim de todo o bem--estar do grupo, foi a explicação de Tom Bertram.

Quando Edmund, aproveitando essa ideia, insinuou a esperança de que se devia limitar a plateia, eles se prontificaram, na benevolência do momento, a prometer qualquer coisa. Tudo desprendia bom humor e incentivo. A sra. Norris ofereceu-se para cuidar da indumentária do personagem, o sr.

Yates garantiu-lhe que a última cena de Anhalt com o Barão exigia muita ação e ênfase, o sr. Rushworth se encarregou de lhe contar as falas.

— Talvez — disse Tom — Fanny agora se sinta mais inclinada a aceitar nossa proposta. Quem sabe você consiga convencê-la.

— Não, ela está bastante decidida. Com toda a certeza, não vai representar.

— Ah! Muito bem.

E nada mais se disse, mais nada; Fanny, porém, sentiu-se de novo em perigo e a indiferença já começava a faltar-lhe.

No presbitério não se viram menos sorrisos que em Mansfield Park diante da mudança de ideia de Edmund; a srta. Crawford, adorável e sorridente, retomou todo o assunto com tanta satisfação que só podia suscitar uma resposta dele.

— Com certeza tive razão em respeitar tais sentimentos, alegro-me por ter tomado essa decisão.

E a manhã transcorreu em meio a satisfações muito amáveis, embora não muito sinceras. Disso tudo resultou uma vantagem para Fanny; diante do intenso pedido de Mary Crawford, a sra. Grant, com o usual bom humor, concordou em desempenhar o papel para o qual haviam solicitado a atuação de Fanny, e esse foi o único acontecimento ocorrido durante o dia para lhe alegrar o coração, mas mesmo isso, quando transmitido por Edmund, causou-lhe uma pontada de dor, pois era à srta. Crawford que tinha de agradecer, a Mary Crawford, cujos bondosos esforços mereciam sua gratidão, e de cujo mérito pelo empenho em consegui-lo se falou com calorosa admiração. Ela estava protegida, mas paz e segurança nesse caso não se correspondiam. Nunca tivera a mente mais afastada da paz. Não julgava que ela própria agira mal, entretanto, todos os outros aspectos a inquietavam. Rebelava-se tanto no coração quanto na consciência contra a decisão de Edmund; não conseguia desculpar-lhe a atitude inconsequente e a felicidade dele a mortificava. Sentia-se enciumada e agitada. Mary Crawford aproximou-se com olhares de alegria que pareciam um insulto, dirigiu-lhe expressões amistosas às quais ela mal podia responder com calma. Todos ao redor mostravam-se alegres, ocupados, prósperos e importantes, cada qual tinha seu próprio objeto de interesse, o papel, o traje, a cena preferida, os amigos e aliados, todos se atarefavam em trocas de opiniões e comparações ou se divertiam com as engraçadas ideias que sugeriam. Só ela se sentia triste e insignificante, de nada participava, podia sair ou ficar, permanecer no meio daquela ruidosa reunião dos demais ou dela se retirar para a solidão na sala do Leste, sem que ninguém a visse ou sentisse sua falta. Chegava quase a achar que qualquer outra coisa seria preferível a isso. Concediam importância à sra. Grant, referiram-se com respeito à boa vontade dela, eles a solicitavam, ajudavam e elogiavam; e Fanny se viu em perigo de invejar-lhe a personagem que aceitara. Mas a reflexão trouxe-lhe melhores sentimentos e mostrou-lhe que a sra. Grant tinha direito ao respeito que a ela não se teria demonstrado; porém, mesmo se a tratassem com respeito ainda maior, nunca se sentiria à vontade se viesse a juntar-se a um plano que, levando apenas o tio em consideração, deveria condenar inteiramente.

Mas Fanny não era de modo algum a única que tinha o coração entristecido entre todos, como ela logo começou a reconhecer. Julia também sofria, embora não de todo isenta de culpa.

Henry Crawford divertira-se com os sentimentos da prima, mas ela por muito tempo lhe permitira e até procurara as atenções, sabendo que tinha tanta razão para sentir ciúme da irmã que deveria haver bastado para curá-lo; e agora, que era obrigada a perceber a preferência do rapaz por Maria, sujeitava-se ao fato, sem o menor temor pela situação da irmã nem qualquer esforço racional para tranquilizar o espírito. Ela permanecia em sombrio silêncio, envolta em tão rígida seriedade que nada a ajudaria, nem a curiosidade, tampouco o humor a distraíam, nem mesmo as atenções do sr. Yates, que conversava com forçada alegria sozinho com ele mesmo, e ridicularizava a atuação dos demais.

Por um ou dois dias depois de proferir a ofensa, Henry Crawford tentara agradá-la com o habitual ataque de galanteria e lisonja, mas não se preocupara o bastante com isso para insistir depois de algumas rejeições; e, logo após ficar demasiado ocupado com a peça e sem tempo para mais que um flerte, tornou-se indiferente à desavença, ou melhor, considerou-a uma feliz ocorrência, pois terminava sem alarde o que poderia por mais tempo aumentar as expectativas de outros além da sra. Grant. Esta não gostou de ver Julia excluída da peça e tratada com desatenção, mas como não era uma questão que envolvesse na verdade a própria felicidade, como Henry deveria ser o melhor juiz da sua, e visto que o rapaz lhe garantira, com um sorriso muito persuasivo, que nem ele nem Julia jamais haviam tido um pensamento sério um em relação ao outro, ela só pôde renovar o cuidado anterior quanto à irmã mais velha, rogar-lhe que não arriscasse a própria tranquilidade ao demonstrar demasiada admiração por Maria. Depois, alegremente, passou a participar de tudo que trouxesse contentamento aos jovens em geral e que, em particular, proporcionasse prazer aos dois irmãos tão queridos.

— Pergunto-me se Julia não está apaixonada por Henry — foi a observação que fez a Mary.

— Eu diria que está — respondeu Mary friamente. — Suponho que ambas as irmãs estão.

— As duas! Não, não. Não pode ser. Não vá sequer insinuar isso a Henry. Pense no sr. Rushworth!

— Melhor seria você dizer a Maria Bertram que pense no sr. Rushworth. Talvez faça algum bem a ela. Várias vezes penso na propriedade e na independência do sr. Rushworth e desejaria vê-las em outras mãos, mas jamais penso nele. Outro homem representaria o condado com semelhante patrimônio; outro homem prescindiria de uma profissão e representaria o condado.

— Creio que em breve entrará para o Parlamento. Quando *Sir* Thomas chegar, acredito que vai candidatá-lo para representar algum distrito, mas ninguém ainda o encaminhou para fazer algo.

— *Sir* Thomas realizará grandes feitos quando voltar para casa — disse Mary após uma pausa. — Você se recorda do "Address to Tobacco", de Hawkins Browne, imitando Pope? "Bendita folha!, cujo aromático eflúvio confere modéstia ao estudante, caráter aos párocos." Farei uma paródia: "Bendito Cavaleiro!, cuja aparência ditatorial confere prestígio aos filhos, sensatez a Rushworth". Não acha que é isso mesmo, sra. Grant? Tudo parece depender do retorno de *Sir* Thomas.

— Garanto que você vai entender a importância dele como muito justa e razoável quando o vir com a família. Não sei se nos arranjamos muito bem sem ele. Tem um excelente modo de ser imponente, próprio ao chefe de uma casa como aquela, e mantém todos em seus devidos lugares. *Lady* Bertram parece ainda mais nula do que quando ele está em casa; e ninguém mais consegue impor limites à sra. Norris. Mas, Mary, não imagine que Maria Bertram goste de Henry. Tenho certeza de que Julia não gosta dele, do contrário não flertaria com o sr. Yates como o fez ontem à noite, e embora ele e Maria sejam muito bons amigos, acho que ela gosta demais de Sotherton para ser volúvel.

— Eu não daria muito pela sorte do sr. Rushworth se Henry se declarar antes da assinatura dos papéis.

— Se você tem tal suspeita, será preciso fazer qualquer coisa, e, assim que terminar a peça, falaremos com ele com muita seriedade e o faremos revelar suas intenções; se ele nenhuma tiver, nós o mandaremos viajar por algum tempo, embora isso signifique privar-nos da companhia de nosso querido Henry.

Julia de fato sofreu, apesar de que a sra. Grant nada notasse e embora isso passasse despercebido por muitos da própria família da moça. Amara e ainda amava, e passava por todo o sofrimento suportado pelo temperamento apaixonado e a personalidade animada sob a decepção de uma esperança acalentada, embora irracional. Nutria tristeza e raiva no coração, e só conseguia encontrar consolos rancorosos. A irmã, com quem sempre se habituara a conviver em uma boa relação, agora se revelava sua maior inimiga; distanciaram-se uma da outra, e Julia não superava a esperança de um fim desastroso daquelas atenções recíprocas que ainda continuavam entre Maria e Henry Crawford, de alguma punição à irmã por se portar daquela forma vergonhosa tanto para si mesma quanto para o sr. Rushworth. Sem incompatibilidade de temperamento nem divergência de opinião que as impedisse de serem muito amigas enquanto tinham os mesmos interesses, as irmãs, sob essa tão difícil situação, não nutriam suficiente afeição nem princípios que as tornassem misericordiosas ou justas, que lhes dessem dignidade ou compaixão. Maria sentia o triunfo e prosseguia em seu intento indiferente à irmã, e Julia, que não tolerava a preferência de Henry Crawford por Maria, desejava uma crise de ciúmes no noivo que causasse afinal um escândalo público.

Fanny observava e lastimava tudo isso, mas não havia entre ela e a prima qualquer manifestação de companheirismo. Julia não se abria e Fanny não tomava liberdades. Eram duas sofredoras solitárias, ou ligadas apenas pela consciência de Fanny.

A desatenção dos dois irmãos e da tia pela desolação de Julia e a cegueira deles quanto à verdadeira causa deveriam ser atribuídas aos muitos problemas que lhes ocupavam as mentes. Encontravam-se totalmente preocupados. Tom, absorvido pelos assuntos do teatro, nada via além do que tinha relação direta com a realização da peça. Edmund, entre o papel teatral e o da vida real, entre as reivindicações de Mary Crawford e sua própria conduta, entre o amor e a coerência, agia do mesmo modo negligente. E a sra. Norris, também muito ocupada em planejar e dirigir todas as pequenas questões gerais da companhia, supervisionando os diversos vestuários com econômico expediente, esforços que ninguém lhe agradecia, e poupando com prazerosa integridade meia coroa daqui e dali para o ausente *Sir* Thomas, não tinha tempo livre para vigiar o procedimento nem proteger a felicidade das filhas dele.

Capítulo 18

Tudo seguia agora um curso regular: atores, atrizes e vestuários, todos avançavam, mas, embora não houvessem surgido outros grandes impedimentos, Fanny, passados apenas poucos dias, constatou que não se via mais toda aquela ininterrupta alegria entre os próprios membros do grupo e que ela não ia mais testemunhar a continuação de tão grande unanimidade e prazer, que lhe pareceram a princípio quase demasiados de suportar. Todos começavam a apresentar motivos de irritação. Edmund tinha muitos. Inteiramente contra a sua vontade, chegara da cidade um cenógrafo, o qual já pusera mãos à obra, para grande aumento das despesas e, o que era pior, fazia estardalhaço do sucesso do empreendimento pela comunidade; o irmão, em vez de chamar sua atenção e orientá-lo quanto à intimidade do espetáculo, distribuía convites a todas as famílias que encontrava. O próprio Tom começava a ficar impaciente com o lento avanço do profissional e a sentir a agonia da espera. Já decorara o papel principal, todos os papéis, aliás, pois assumira todos os secundários de pouca importância que ele podia interpretar além do mordomo, e começou a irritar-se com a representação. Cada dia que passava desocupado tendia a aumentar-lhe a noção da insignificância de todos os papéis acumulados e torná-lo mais propenso a arrepender-se de não ter escolhido outra peça.

Fanny, sempre uma ouvinte muito amável e na maioria das vezes a única pessoa disponível, sujeitava-se às queixas e aflições de todos os participantes. A jovem sabia que na opinião geral o sr. Yates exagerava e se mostrava péssimo nas declamações, e se sentia decepcionado com Henry Crawford; Tom Bertram falava tão rápido que era ininteligível; a sra. Grant estragava tudo com suas contínuas risadas; Edmund ainda não decorara o papel; e era um suplício contracenar com o sr. Rushworth, incapaz de proferir uma fala sem ponto[1] em todos os diálogos. Sabia também que o pobre sr. Rushworth raras vezes conseguia alguém para ensaiar consigo, ele também expressou sua queixa a Fanny como os demais; e, aos olhos dela, a pouca disposição de Maria por ele era tão incisiva, e tão desnecessariamente frequentes eram os ensaios da primeira cena entre ela e o sr. Crawford, que logo Fanny começou a temer outras queixas da parte do noivo. Longe de se sentirem todos satisfeitos e alegres, a serena ouvinte compreendeu que cada um exigia algo que não tinha e causava descontentamento aos demais. Uns consideravam o papel longo demais, outros, curto demais, ninguém prestava a devida atenção ou lembrava por que lado devia entrar em cena, ninguém, a não ser o reclamante, conseguia obedecer às instruções.

Fanny acreditava que a peça lhe proporcionava mais prazer inocente que a qualquer um deles. Henry Crawford representava bem, e para ela era um prazer esgueirar-se no teatro e assistir ao ensaio do primeiro ato, apesar dos sentimentos exaltados provocados por algumas falas que cabiam a Maria. Também achava que a prima interpretava muito bem, bem demais até, e após o primeiro ou segundo ensaio passou a ser a única plateia deles, e, às vezes, servia como ponto, outras como espectadora; frequentemente se mostrava muito útil. Em sua opinião, o sr. Crawford era o melhor ator de todos; tinha mais confiança que Edmund, mais discernimento que

[1] Auxiliar de cena que, fora da vista do público, vai recordando o texto aos atores em voz baixa.

Tom, mais talento e bom gosto que o sr. Yates. Como homem, não gostava dele, porém se via obrigada a reconhecê-lo como o melhor ator e, nesse ponto, não muitos discordavam dela. O sr. Yates, de fato, protestava contra a docilidade e insipidez de Henry e, por fim, chegou um dia em que o sr. Rushworth dirigiu-se a ela com o olhar sombrio e perguntou:

— Acredita mesmo que existe alguma coisa tão maravilhosa em tudo isso? Por minha vida e alma, não consigo admirá-lo e, cá entre nós, em minha opinião, ver um homenzinho dessa altura e de aparência insignificante destacar-se como grande ator é muito ridículo.

Dali em diante, ressurgiu o antigo ciúme, que Maria, em vista das esperanças cada vez maiores reveladas por Crawford, não se esforçava muito por afastar, e as chances de o sr. Rushworth algum dia chegar a decorar suas quarenta e duas falas se tornavam ainda menores. Quanto a ele conseguir, ao menos, torná-las algo tolerável, ninguém mais, senão a mãe, tinha a mínima ideia... a qual, na verdade, lamentava que não lhe houvessem dado um papel mais importante, e adiou as vindas a Mansfield até que os atores amadores estivessem avançados o suficiente no ensaio para compreender todas as cenas do filho, mas os outros almejavam apenas que ele conseguisse lembrar a palavra "chamariz", o primeiro verso de sua fala, e fosse capaz de seguir o texto até o fim. Fanny, sensibilizada e bondosa, esforçava-se ao máximo para ensiná-lo a decorar, dava-lhe toda a ajuda e orientações ao seu alcance, tentava criar no rapaz uma memória artificial, até que ela mesma decorou cada palavra do papel, mas sem conseguir que ele fizesse muito progresso.

Tinha, sem dúvida, muitas sensações de mal-estar, ansiedade e apreensão, mas com tudo isso, além de outras tarefas que exigiam tempo e atenção, achava-se longe de sentir-se desocupada e inútil entre eles, assim como ver-se sem um companheiro de infortúnios. A tristeza das primeiras expectativas revelou-se infundada. Vez por outra ela era útil a todos, talvez sentisse mais paz de espírito que qualquer um dos demais.

Além disso, a grande quantidade de trabalhos de costura a serem feitos requeria a sua ajuda, e era evidente que a sra. Norris considerava-a muito competente, como em tudo que a jovem fazia, pela maneira como a solicitava:

— Venha, Fanny — gritava. — Embora esses ótimos momentos lhe proporcionem muita diversão, você não deve ficar sempre se deslocando de uma sala para outra e assistir ao ensaio dos demais, preciso de você aqui. Tenho-me escravizado até quase mal me aguentar, para modelar o corte da capa do sr. Rushworth sem precisar mandar comprar mais cetim; e agora acho que pode me ajudar na confecção. São apenas três costuras, você sabe fazê-las em um piscar de olhos. Seria uma sorte se eu pudesse encarregar-me apenas dos acabamentos. Sei que prefere passear por aí, mas você costura razoavelmente; também, se ninguém fizesse mais do que você, nós nunca terminaríamos isto.

Fanny pôs-se a trabalhar calma e calada, sem tentar defender-se, porém a mais bondosa tia Bertram observou em seu favor:

— Não admira, irmã, que Fanny se sinta maravilhada, tudo é novo para ela, como sabe... você e eu gostávamos muito de uma peça, eu ainda gosto, assim que tiver um pouco mais de folga, também pretendo assistir aos ensaios. De que se trata a peça, Fanny? Você nunca me contou...

— Ah, irmã, por favor, não lhe pergunte agora, Fanny não é dessas pessoas que sabem falar e trabalhar ao mesmo tempo. A peça fala de promessas de apaixonados.

— Creio — disse Fanny à tia Bertram — que amanhã à noite vão ensaiar os três atos. Assim, a senhora terá oportunidade de ver todos os atores ao mesmo tempo.

— Melhor seria esperar até pendurar a cortina — interpôs-se a sra. Norris. — Será instalada dentro de uns dois dias... Não tem o menor sentido uma peça sem cortina, e muito estarei enganado, se você não encontrá-la puxada por belos galões.

Lady Bertram resignou-se a esperar. Fanny não compartilhou a calma da sua tia; estava ansiosa para que chegasse o dia seguinte, pois, se os três atos fossem ensaiados, Edmund e a srta. Crawford representariam juntos pela primeira vez; no terceiro ato havia uma cena entre ambos, cena que lhe interessava muito, e ela estava impaciente e ao mesmo tempo aflita por ver como eles a desempenhariam. Todo o assunto da cena era sobre o amor, um casamento por amor era descrito pelo cavalheiro, e nada menos que uma declaração de amor era feita pela dama.

Ela lera e relera a cena com muitas emoções dolorosas, fascinantes, e não via a hora da representação por ambos como uma circunstância quase interessante demais. Não acreditava que já a houvessem ensaiado, mesmo em particular.

Chegou o dia seguinte, o plano para a noite prosseguia, e a reflexão de Fanny não se tornou menos agitada. Trabalhava com todo afinco sob as orientações da tia, mas a presteza e o silêncio ocultavam a mente distante e ansiosa. Por volta do meio-dia, conseguiu refugiar-se com o trabalho na sala do Leste, a fim de evitar mais um ensaio do primeiro ato, que Henry Crawford acabava de propor, pois o julgava inteiramente desnecessário e pelo qual não tinha o menor interesse, desejosa ao mesmo tempo de ficar sozinha e evitar a visão do sr. Rushworth. Ao atravessar o corredor, avistou as duas senhoras vindo do presbitério, mas isso não alterou o seu desejo de refugiar-se. Ela trabalhou e meditou, tranquila, por quinze minutos, quando uma leve batida na porta a avisou da entrada da srta. Crawford.

— Acertei? Sim, esta é a sala do Leste. Minha querida srta. Price, rogo-lhe que me perdoe, mas vim aqui com a finalidade de pedir sua ajuda.

Fanny, muito surpresa, esforçou-se por mostrar-se senhora do aposento com delicadeza, e olhou preocupada para as grades da lareira apagada.

— Obrigada... sinto-me muito aquecida, muito aquecida mesmo. Permita-me ficar aqui um momento e tenha a bondade de me ouvir no terceiro ato. Trouxe o livro, e se quiser apenas ensaiar comigo ficarei muito grata! Vim com a intenção de ensaiá-lo com Edmund, a sós, em preparação para o ensaio, mas ele não está, porém, mesmo que estivesse, acho que eu não aguentaria repassar o texto até o fim com ele, antes de ter-me fortalecido um pouco, pois de fato são duas falas... terá essa bondade, não?

Fanny foi delicadíssima em concordar, embora não transmitisse as palavras em uma voz muito firme.

— Por acaso leu a parte a que me refiro? — continuou Mary Crawford, abrindo o livro. — Aqui está. Não pensei muito nisso a princípio, mas, palavra de honra, aqui, veja esta fala, e esta, e esta. Como vou conseguir olhar no rosto de Edmund e dizer tais coisas? Você conseguiria? Mas também ele é seu primo, o que faz toda a diferença. Precisa ensaiar comigo, para que eu possa imaginá-la ser ele e me acostumar aos poucos. Às vezes, você se parece com ele.

— Pareço? Darei o melhor de mim com a maior boa vontade... mas preciso ler a cena, pois a conheço muito pouco.

— Nada, suponho. Terá de ficar com o livro, com certeza. Mãos à obra. Precisamos de duas cadeiras próximas para que você as leve ao proscênio. Pronto... ótimas cadeiras para sala de aula, não para um teatro, ouso dizer, muito mais adequadas para meninas se sentarem e darem-lhes pontapés enquanto aprendem uma lição. Que diriam a governanta e o dono da casa se as vissem usadas para essa finalidade? Pudesse *Sir* Thomas nos ver agora mesmo, pediria a bênção de Deus, pois ensaiamos pela casa inteira. Yates vocifera na sala de jantar. Ouvi-o ao subir, e o teatro, claro, está ocupado por aqueles infatigáveis atores de Agatha e Frederick. Se não forem perfeitos, ficarei muito surpresa. Aliás, observei-os há cinco minutos, e por acaso se tratava exatamente de uma das ocasiões em que tentavam não se abraçar; o sr. Rushworth estava comigo. Achei que ele começou a ficar meio irritado, por isso tentei distraí-lo o melhor que pude, sussurrando-lhe: "Teremos uma excelente Agatha, com esses modos tão maternais; ela se mostra inteiramente maternal na voz e no semblante". Não acha que fiz bem? Ele logo se animou. Bem, agora vamos ao meu monólogo.

Ela começou e Fanny a acompanhava com toda a sensação recatada que lhe inspirara a ideia de representar Edmund, após imaginá-lo com toda a força, mas com a aparência e a voz tão verdadeiramente femininas que não sugeriam a imagem de um homem. Com tal Anhalt, porém, a srta. Crawford tinha bastante coragem. As duas haviam chegado ao meio da cena, quando uma batida na porta trouxe uma pausa, e a entrada de Edmund logo em seguida suspendeu tudo.

O encontro inesperado causou surpresa, inibição e prazer em cada um, e como Edmund fora ali com a mesma finalidade que levara Mary Crawford, a timidez e o prazer neles na certa seriam mais que momentâneos. Também o primo trazia o livro e procurava Fanny para pedir-lhe que ensaiasse com ele e o ajudasse a preparar-se para o ensaio noturno, sem saber da presença da srta. Crawford na casa, e foi grande a alegria e a animação de se verem assim reunidos, comparar os planos, e se solidarizarem em elogios aos amáveis serviços de Fanny.

Ela não podia igualar-se em entusiasmo ao par. O espírito afundou sob a animação de ambos, e ela sentiu que lhe faltava muito pouco para tornar-se invisível aos dois, o que não lhe proporcionava reconforto algum em ter sido procurada por eles. Deviam agora ensaiar juntos. Edmund propôs, insistiu, implorou, até a moça, não muito disposta a princípio, não poder mais recusar, e precisavam de Fanny apenas para servir-lhes de ponto e observá-los. Deram-lhe, na verdade, a função de juíza e crítica, e ela, com toda a seriedade, desejava exercê-la bem e observar-lhes todas as respectivas falhas, mas, após assim fazê-lo, os sentimentos dentro dela recuaram... não podia, não queria, nem o ousava tentar, nem que fosse, ao contrário, qualificada para criticar, sua consciência a haveria impedido de aventurar-se a reprová-los. Julgava-se envolvida demais em toda a situação para criticar os detalhes com segurança e honestidade. Servir de ponto teria de bastar para eles, e isso era às vezes mais que suficiente, pois nem sempre conseguia prestar atenção ao livro. Ao observá-los, esquecia-se de si mesma; e agitada com a veemência cada vez maior no modo de atuar de Edmund, virara a página e se afastara bem no momento em que ele precisou de ajuda. Atribuiu-se o fato a um cansaço muito natural e os dois lhe expressaram gratidão e compaixão, mas ela merecia mais piedade deles do que esperava que ambos supusessem. Afinal a cena terminou e Fanny obrigou-se a acrescentar elogios aos cumprimentos que os dois faziam um ao outro. Quando mais uma vez se viu a sós e em condição de lembrar todos os detalhes, tendeu a crer que, na verdade, a interpretação deles revelava tanto realismo e sentimento que lhes garantiria credibilidade e a tornaria uma exibição muito dolorosa para si mesma. Qualquer que fosse o efeito causado, porém, ela precisaria suportar o impacto de novo ainda naquele mesmo dia.

O primeiro ensaio regular dos três primeiros atos ocorreria à noite; a sra. Grant e os Crawford comprometeram-se a vir assim que se liberassem depois do jantar, e todos os interessados aguardavam o momento com grande ansiedade. Parecia pairar uma alegria generalizada. Tom regozijava-se de antemão com o resultado final, e Edmund estava bem-humorado por causa do ensaio da manhã, e em toda parte parecia terem-se dissipado as pequenas irritações. Todos se mostravam atentos, impacientes; as senhoras logo se levantaram da mesa e os jovens as acompanharam em seguida; com exceção de *Lady* Bertram, da sra. Norris e de Julia, todos se encontravam no teatro uma hora antes, e, após o iluminarem o melhor que lhes permitia o estado inacabado da obra, esperavam apenas a chegada da sra. Grant e dos Crawford para começar.

Não esperaram muito pelos Crawford, mas estes chegaram sem a sra. Grant. Ela não poderia vir. O dr. Grant estava indisposto, fato que não lhe rendera muito crédito da bela cunhada, e não poderia dispensar a esposa.

— O dr. Grant passa mal — ela disse com falsa solenidade. — Adoeceu desde que não comeu um pedaço de faisão no jantar. Achou-o duro, mandou retirarem o prato, e sofre desde então.

Que decepção! O não comparecimento da sra. Grant era de fato lamentável. Embora sempre prezassem seus modos agradáveis e a alegre submissão, ela agora era absolutamente necessária. Não podiam atuar nem ensaiar com algum sucesso sem ela. Desfez-se o bem-estar da noite toda. Que fariam? Tom, como o camponês, desesperava-se. Após uma pausa de perplexidade, alguns começaram a dirigir olhares para Fanny, e alguém falou:

— Se a srta. Price tivesse a bondade de ler o papel.

Logo a cercaram com súplicas, todos pediram, e até Edmund disse:

— Faça, Fanny, se não for muito desagradável para você.

Mas Fanny ainda hesitava. Não suportava a ideia. Por que não pediam à srta. Crawford? Ou por que ela não se refugiara no próprio quarto, pois ali se sentiria sã e salva, em vez de querer assistir ao ensaio? Sabia que isso a irritaria e afligiria, sempre soubera que tinha por dever manter-se afastada. Recebeu o castigo merecido.

— Você só tem de ler o papel — insistiu Henry Crawford com renovada súplica.

— E acredito que ela conheça cada palavra — acrescentou Maria —, pois outro dia ela corrigiu a sra. Grant em vinte momentos. Fanny, tenho certeza de que você sabe de cor as falas do papel.

Ela não podia dizer que não sabia, e como todos insistiam, como Edmund repetia o desejo, com um olhar de carinhosa dependência da sua boa vontade, ela teve de ceder. Daria o melhor de si. Todos ficaram satisfeitos e a abandonaram aos temores de um coração tomado por grandes palpitações, enquanto os outros se preparavam para começar.

De fato começaram e, por se concentrarem demais no próprio barulho, demoraram para perceber um movimento incomum na outra parte da casa, haviam avançado um pouco quando a porta do salão se escancarou e Julia, que ali surgiu com o rosto tomado de pavor, exclamou:

— Papai chegou! Acabou de entrar no corredor.

Capítulo 19

Como descrever a consternação do grupo? Para a maioria, foi um momento de absoluto terror. *Sir* Thomas em casa! Todos sentiram a instantânea certeza. Ninguém abrigou uma única esperança de imposição nem engano.

A aparência de Julia revelava a prova de que se tratava de um fato incontestável e, após os primeiros sobressaltos e exclamações, não se disse sequer uma palavra por meio minuto. Cada um, com o semblante alterado, olhava para algum outro e quase todos sentiam a chegada como um dos mais desagradáveis, mais inoportunos e mais apavorantes golpes! O sr. Yates talvez não a julgasse mais do que uma irritante interrupção por aquela noite, e o sr. Rushworth, ao contrário, a considerava uma bênção, mas o coração de todos os demais afundava sob algum grau de autocondenação, ou temor indefinido; o coração de todos os demais sugeria: "Que será de nós? Que se fará agora?". Fez-se uma pausa terrível, e terrível para cada um foi ouvir os ruídos corroborantes de portas que se abriam e passos que avançavam.

Julia foi a primeira que tornou a mexer-se e falar. Ciúme e amargura ficaram em suspenso: o egoísmo perdeu-se na causa comum. Mas, no momento em que ela aparecera, Frederick ouvia com ares de devoção a narrativa de Agatha e apertava no coração a mão da jovem. Assim que a irmã mais moça teve condição de notá-lo, apesar do choque das próprias palavras, ele se mantinha na mesma posição, retendo a mão de Maria, e seu magoado coração mais uma vez se inchou de ofensa. Com o rosto tão rubro agora quanto ficara pálido antes, virou-se para sair do salão e declarou:

— Eu não tenho por que temer aparecer diante dele.

A saída dela despertou os restantes; e ao mesmo tempo os dois irmãos se adiantaram ao sentir a necessidade de fazer qualquer coisa. Bastaram pouquíssimas palavras entre eles. O caso não admitia divergência de opiniões, precisavam encaminhar-se direto para a sala de estar. Maria seguiu-os com a mesma intenção, naquele momento a mais destemida dos três, pois a própria circunstância que impelira Julia a retirar-se constituía seu mais doce reconforto. O fato de Henry Crawford segurar a sua mão em um momento como aquele, um momento de prova e importância tão singulares, valia séculos de dúvida e ansiedade. Ela o saudava como uma garantia da mais séria determinação e sentia-se à altura até para ir ao encontro do pai. Os três irmãos retiraram-se sem dar sequer ouvidos às repetidas perguntas do sr. Rushworth:

— Devo ir também? Não seria melhor eu também ir? Não ficaria bem acompanhá-los?

Mas tão logo transpuseram a porta, Henry Crawford encarregou-se de responder àquele ansioso interrogatório e, incentivando-o a prestar homenagens a *Sir* Thomas sem demora, mandou que os seguisse com prazerosa pressa.

Deixaram Fanny apenas com os Crawford e o sr. Yates. Os primos a ignoraram por completo; e como tinha a opinião demasiado humilde sobre o próprio direito à afeição de *Sir* Thomas que lhe desse a ideia de incluir-se entre os filhos, contentou-se em permanecer ali e ganhar um pouco de tempo para recuperar-se. A agitação e o susto recentes excediam tudo que os demais haviam suportado, em virtude de uma índole que nem sequer a inocência a impedia de sofrer. Sentia-se prestes a desmaiar, toda sua habitual apreensão anterior pelo tio começava a retornar, com essa compaixão por ele e por quase todos do grupo ao se apresentarem perante ele, com indescritível solicitude por causa de Edmund. Encontrara uma poltrona onde, tomada por excessivo tremor, sofria todos esses terríveis pensamentos, enquanto os outros três, sem se conterem, davam vazão a sentimentos de irritação e lamentavam aquela chegada inesperada e prematura como um dos mais inconvenientes acontecimentos. E sem misericórdia desejavam que o pobre *Sir* Thomas houvesse demorado o dobro do tempo para conseguir a passagem, ou que ainda continuasse em Antígua.

Os Crawford mostravam-se mais cordiais que o sr. Yates, por entenderem melhor a família e julgarem com mais clareza o mal que deveria seguir-se. Tinham como certo o fim da peça, sentiam como inevitavelmente próxima a destruição do plano, embora o sr. Yates a considerasse apenas uma interrupção temporária, um desastre para a noite, e até sugerisse a possibilidade de recomeçarem os ensaios depois do chá, quando terminasse a agitação da acolhida de *Sir* Thomas, e ele ficasse livre para divertir-se com a representação. Os Crawford riram da ideia; e logo depois concordaram que era mais correto voltarem para casa com discrição e deixarem a família na intimidade do lar, e propuseram ao sr. Yates que os acompanhasse e passasse a noite no presbitério. Mas o sr. Yates, que nunca fora dos que levavam em muita consideração os direitos de parentesco, não via a necessidade de nada disso, portanto, após agradecer o convite, disse "preferir permanecer onde estava para prestar suas homenagens com elegância ao velho cavalheiro, visto que ele chegara; além disso, julgava não ser justo com os demais que todos fugissem".

Fanny apenas começava a recompor-se e a sentir que se permanecesse por mais tempo ali, longe dos primos, talvez parecesse desrespeitosa, quando se decidiu essa questão; e após os irmãos Crawford incumbirem-na de transmitir suas desculpas aos outros, viu-os prepararem-se para partir enquanto ela própria saía do salão para cumprir o apavorante dever de apresentar-se perante o tio.

Rápido demais se viu na porta da sala de estar e, após se deter um momento em busca do que sabia que não conseguiria, em busca de uma coragem que o outro lado da porta jamais lhe proporcionara, girou a maçaneta, desesperada, e diante dela surgiram as luzes da sala e toda a família reunida. Ao entrar, seu próprio nome alcançou o seu ouvido. *Sir* Thomas nesse momento olhava em volta e perguntava:

— Mas onde está Fanny? Como não vejo a minha pequena Fanny?

Ao vê-la, adiantou-se com uma amabilidade que a surpreendeu e comoveu, chamou-a de sua querida Fanny, beijou-a afetuosamente e observou com visível prazer como ela crescera! Fanny não sabia o que pensar nem para onde olhar. Sentia-se muito aflita. *Sir* Thomas nunca fora tão amável, amabilíssimo, com ela, em toda a vida. A atitude do tio parecia mudada, desprendia-se pressa da voz na agitação da alegria, e tudo naquela dignidade que antes lhe transmitira pavor parecia desfeito em ternura. Levou-a mais para perto da luz e tornou a olhá-la, perguntou-lhe sobretudo da saúde, e então, ao se corrigir, observou que não precisava perguntar, pois a aparência dela revelava o suficiente a respeito. Como um leve rubor se seguira à palidez da sobrinha, *Sir* Thomas se sentiu justificado para crer na melhora da saúde e da beleza dela. Em seguida perguntou-lhe sobre a família, especialmente sobre William, e sua gentileza foi tanta que ela repreendeu a si mesma por amá-lo tão pouco e considerar seu retorno um infortúnio. Quando, tomada de coragem para erguer os olhos até seu rosto, viu que o tio emagrecera, além de ter a aparência exaurida, curtida de fadiga e de um clima quente, sentiu intensificar-se nela cada sentimento de ternura e infelicidade ao pensar nos grandes aborrecimentos dos quais ele nada suspeitava, que na certa estavam prestes a irromper.

Sir Thomas era na verdade a alma do grupo, o qual, por sugestão dele, agora se sentava ao redor da lareira. Tinha todo o direito do uso da palavra, e o prazer das sensações de estar mais uma vez na própria casa, no centro da família, após tão longa separação, tornava-o comunicativo, falante, em um grau muito incomum, além de disposto a dar todas as informações sobre a viagem, a responder a todas as perguntas dos dois filhos quase antes mesmo que as fizessem. O negócio em Antígua recentemente prosperara muito rápido e ele viera direto de Liverpool, onde teve a oportunidade de conseguir uma passagem para lá em um navio particular, em vez de esperar pelo navio de transporte de correspondências. E ele logo relatou todos os pequenos detalhes de suas atividades, os acontecimentos, as chegadas e partidas, enquanto se achava sentado ao lado de *Lady* Bertram, e olhava com sincera satisfação os rostos à volta, interrompendo-se mais de uma vez, porém, para comentar a boa sorte por encontrá-los todos em casa, em vista de haver chegado de forma tão inesperada, todos reunidos exatamente como desejaria, mas com que não ousara contar. O sr. Rushworth não fora esquecido, já recebera uma simpática acolhida amistosa e um caloroso aperto de mão assim que o vira, e com incisiva atenção agora o incluía entre os membros mais intimamente ligados a Mansfield. Nada havia de desagradável na aparência do sr. Rushworth e *Sir* Thomas já começava a gostar dele.

Nenhum participante do círculo, porém, o ouvia com tanta satisfação como a esposa, que, de fato, sentia extrema felicidade por vê-lo e cujos sentimentos se avivaram com aquele súbito regresso, a ponto de deixá-la em uma situação de agitação que nunca sentira nos últimos vinte anos. Quase tremera de excitação por alguns minutos e continuava tão animada que até deixou de lado o trabalho, afastou Pug e deu toda a atenção e o resto do sofá ao marido. Não sentia quaisquer ansiedades por ninguém que lhe turvasse o prazer, ocupara o próprio tempo de maneira irrepreensível durante a ausência dele. Fizera grande quantidade de tapete e muitos metros de franja; e teria respondido com tanta liberdade pela boa conduta e atividades de todos os filhos quanto de si mesma. Era-lhe tão agradável vê-lo de novo, ouvi-lo falar e divertir-se com aquelas narrativas, que começou no íntimo a perceber como fora extrema a falta que sentira do marido, como lhe seria impossível suportar uma ausência mais prolongada.

A felicidade da sra. Norris não podia de forma alguma se comparar à da irmã. Não que a ela perturbassem os vários receios da desaprovação de *Sir* Thomas quando tomasse conhecimento do atual estado da casa dele, pois, quanto a isso, agira com tal falta de bom-senso que, com exceção da instintiva precaução com que fizera desaparecer a capa de cetim grená do sr. Rushworth, quando o cunhado entrou, mal se podia dizer que mostrava qualquer sinal de apreensão, mas ficara irritada pela maneira como ele retornou. Não lhe restara nada a fazer. Em vez de mandar chamá-la, com uma confiança muito razoável nela, talvez pelas suscetibilidades da esposa e dos filhos, para recebê-lo primeiro, e depois espalhar a feliz notícia pela casa, *Sir* Thomas recorreu apenas ao mordomo e seguira-o quase de imediato até a sala de estar. A sra. Norris sentiu-se lesada em uma função para a qual sempre se contara com ela, fosse a chegada ou a morte dele a notícia a ser revelada, e agora tentava participar do alvoroço sem nada ter com que se preocupar, esforçando-se por se fazer imprescindível numa ocasião que requeria apenas tranquilidade e silêncio. Se *Sir* Thomas houvesse aceitado comer alguma coisa, ela poderia ter procurado a governanta com instruções complicadas e insultado os empregados com ordens de rapidez. Mas *Sir* Thomas recusou com firmeza qualquer jantar, não aceitaria nada até chegar a hora do chá, preferia esperar o chá. Apesar disso, a sra. Norris continuava a sugerir, de vez em quando, alguma outra coisa, e no momento mais interessante da travessia dele para a Inglaterra, quando a ameaça de um comandante de corsário francês alcançava o ponto culminante, ela interrompeu o relato com a oferta de uma sopa.

— Sem dúvida, meu caro *Sir* Thomas, um prato de sopa seria melhor para o senhor que um chá. Aceita um prato de sopa?

Sir Thomas não gostava que o interrompessem.

— Sempre a mesma ansiedade pelo conforto de todos, cara sra. Norris — foi a resposta dele. — Mas, na verdade, prefiro tomar apenas chá.

— Pois bem, então, *Lady* Bertram, que tal mandar servir logo o chá, apressar um pouco Baddeley, parece que ele anda atrasado esta noite.

Ela terminou a interrupção e *Sir* Thomas continuou a narrativa.

Por fim houve uma pausa. *Sir* Thomas esgotara as comunicações mais imediatas e agora lhe parecia bastar olhar alegremente em volta, ora para um, ora para outro do amado círculo, mas a pausa não foi longa. Na euforia de seus ânimos, *Lady* Bertram pôs-se a tagarelar, e quais não foram as sensações dos filhos ao ouvirem-na dizer:

— Sabe como esses jovens têm-se divertido ultimamente, *Sir* Thomas? Com representação teatral. Estamos todos animados com essa atuação.

— É mesmo? E que têm representado?

— Ah! Eles lhe contarão tudo.

— O tudo lhe será contado logo — apressou-se a exclamar Tom, com afetada indiferença. — Mas não vale a pena aborrecer papai com isso agora. Amanhã o senhor ouvirá muito a respeito. Temos apenas tentado, a fim de distrair mamãe nesta última semana, representar algumas cenas, não passa de uma bobagem. As chuvas tão incessantes desde o princípio de outubro quase nos confinaram em casa durante dias seguidos. Mal peguei em uma espingarda desde o dia três. Os esportes nos três primeiros dias do mês foram toleráveis, mas desde então se tornou impossível tentar qualquer coisa. No primeiro dia, fui a Mansfield Wood e Edmund se embrenhou no matagal além de Easton. Trouxemos juntos uns seis casais de faisões ao todo e talvez pudéssemos cada um ter matado seis vezes mais, porém respeitamos suas aves, garanto-lhe, senhor. Não creio que encontre de modo algum as matas menos povoadas que antes. Nunca em minha vida vi Mansfield Wood tão repleta de faisões como este ano. Espero que o senhor tire um dia de caça ali.

O perigo por enquanto terminara, e a tensão de Fanny diminuiu, mas quando logo depois se serviu o chá e *Sir* Thomas, ao se levantar, declarou que não podia ficar por mais tempo na casa sem examinar o precioso gabinete, toda a agitação retornou. Ele desapareceu antes que dissessem alguma coisa que o preparasse para as mudanças que lá deveria encontrar, e seguiu-se uma pausa de apreensão à sua saída. Edmund foi o primeiro a falar:

— É preciso fazer alguma coisa — disse.

— É hora de pensar em nossos visitantes — lembrou Maria, ainda sentindo a mão apertada no coração de Henry Crawford, pouco ligando para tudo mais. — Onde você deixou a srta. Crawford, Fanny?

Fanny comunicou a partida dos irmãos e transmitiu a mensagem deles.

— Então o coitado do Yates está sozinho — exclamou Tom. — Vou buscá-lo. Ele será de grande ajuda quando tudo se revelar.

Ao "teatro" se dirigiu e lá chegou bem a tempo de presenciar o primeiro encontro do pai com o amigo. *Sir* Thomas ficara muito surpreso por encontrar velas acesas no gabinete e, ao olhar em volta, identificou outros sinais de uso recente, além de um ar de confusão geral nos móveis. Impressionou-o, sobretudo, a retirada da estante que ficava defronte à sala de bilhar, porém mal teve tempo de sentir imensa estupefação diante de tudo isso, quando lhe chegaram sons da sala de bilhar que o surpreenderam ainda mais. Alguém falava ali em um tom muito alto, a voz lhe era desconhecida, mais que falava, quase esbravejava. Avançou para a porta e alegrou-se naquele momento por ter um meio imediato de comunicação, agora sem a estante na frente, porém, ao abri-la, viu-se no palco de um teatro, diante de um rapaz que vociferava e parecia propenso a derrubá-lo para trás. No mesmo momento em que Yates percebeu *Sir* Thomas, enquanto proferia talvez a melhor declamação arrebatada que já fizera em todo o curso dos ensaios, Tom Bertram entrava pelo outro lado da sala, e nunca se vira com maior dificuldade para conter o riso. A aparência solene e perplexa do pai ao pisar pela primeira vez em um palco e a gradual metamorfose do veemente Barão Wildenheim no bem-educado e afável sr. Yates, fazendo uma mesura e apresentando desculpas a *Sir* Thomas Bertram, revelou-se tal espetáculo, um exemplo de tão verdadeira atuação, que ele não desejaria ter perdido por nada no mundo. Seria a última... com toda a probabilidade, a última cena naquele palco, mas Tom teve a certeza de que não existiria outra mais admirável. O teatro fecharia as cortinas com estrondoso sucesso.

Pouco tempo tinha, porém, para o prazer de imagens divertidas. Era necessário que também avançasse até o palco e ajudasse a apresentação, e muito sem graça ele fez o melhor possível. *Sir* Thomas acolheu o sr. Yates com toda a aparência de cordialidade devida ao seu próprio caráter, mas realmente estava tão longe de ficar satisfeito com a nova relação quanto com a maneira como esta havia começado. Conhecia muito bem a família e as relações do sr. Yates para tornar a apresentação dele como "amigo especial", mais um dos amigos especiais extremamente indesejáveis do filho, e foi necessária toda a felicidade de encontrar-se de novo em casa, e toda a tolerância que isso lhe proporcionava, para poupá-lo da fúria ao ver-se assim perplexo no próprio lar, participando de uma ridícula exibição em meio àquele absurdo teatral, e obrigado, em um momento tão inoportuno, a travar conhecimento com um rapaz o qual tinha certeza que desaprovaria, e cujas tranquilas indiferença e volubilidade no correr dos primeiros cinco minutos pareciam destacá-lo como o mais à vontade dos dois.

Tom compreendeu o pensamento do pai e, desejando sinceramente que ele conservasse o bom humor, começou a ver mais nitidamente que, de fato, havia motivos para o desagradar, e que se justificava o olhar que *Sir* Thomas dirigia ao teto da sala; e quando o pai perguntou com indulgente seriedade pelo destino que haviam dado à mesa de bilhar, não o tinha feito senão por uma curiosidade muito razoável. E após se esforçar por proferir algumas palavras de calma aprovação, em resposta a uma ansiosa súplica do sr. Yates em relação à felicidade da arrumação da sala, os três cavalheiros voltaram juntos para a sala de estar; *Sir* Thomas com uma seriedade mais intensa, que não passou despercebida por todos.

— Acabo de conhecer o teatro de vocês — disse com calma, ao sentar-se. — Encontrei-me nele inesperadamente, tendo em vista que é contíguo ao meu gabinete, mas, de fato, surpreendeu-me em todos os aspectos, pois eu não tinha a mínima desconfiança de que a representação de vocês houvesse assumido uma natureza tão séria. Parece, porém, um trabalho benfeito, pelo que pude julgar à luz de velas, que dá crédito ao meu amigo Christopher Jackson.

Então mudou de assunto e tomou o café em paz, conversando sobre questões domésticas de um teor mais ameno. O sr. Yates, contudo, sem discernimento, prudência, delicadeza nem discrição o suficiente para captar a intenção de *Sir* Thomas e deixá-lo conduzir a conversa, ao mesmo tempo que se misturava aos demais com total falta de cerimônia, insistiu no tópico do teatro, atormentou-o com perguntas e observações referentes ao assunto e por fim o fez ouvir toda a história da decepção que sofrera em Ecclesford. *Sir* Thomas, embora o ouvisse com toda cordialidade, encontrou muitas coisas que ofendiam suas ideias de decoro e confirmavam a má opinião dos hábitos de pensar do sr. Yates, do princípio ao fim da história. E quando o rapaz terminou o relato, ele não lhe transmitiu qualquer demonstração de solidariedade, além de uma leve mesura.

— Essa foi de fato a origem da nossa arte dramática — disse Tom, após uma reflexão momentânea. — Meu amigo Yates trouxe a "infecção" de Ecclesford, que contagiou a todos, como sempre fazem essas coisas, o senhor sabe, talvez mais rápido, porque antes o senhor tantas vezes incentivou esse tipo de atividade entre nós. Era como se tornássemos a trilhar um terreno conhecido.

O sr. Yates, assim que possível, interrompeu o amigo e apresentou um relato a *Sir* Thomas do que haviam feito e faziam, contou-lhe sobre a ampliação gradual dos diferentes pontos de vista, a feliz conclusão das primeiras dificuldades e o atual estado promissor das coisas, relatou tudo com um interesse tão cego que o deixou não apenas totalmente insensível aos movimentos apreensivos da maioria dos amigos ali sentados, à mudança de expressão, ao nervosismo, aos gestos impacientes com que o ouviam, mas também, e acima de tudo, impediu-o de ver a expressão no rosto no qual fixava os olhos... de ver *Sir* Thomas franzir as escuras sobrancelhas quando olhava com perscrutadora severidade para as filhas e Edmund, demorando-se em particular no último, ao transmitir-lhe uma linguagem, uma repreensão, uma reprovação que o filho mais moço sentia no coração. De forma não menos penetrante sentia-a Fanny, que afastara aos poucos a cadeira para trás da ponta do sofá da tia, e, assim oculta, observava tudo que se passava diante de si. Aquele olhar dirigido pelo pai com tanta reprovação a Edmund — ela jamais esperaria testemunhar e julgá-lo de certo modo merecido — constituía na verdade uma circunstância agravante. O olhar do tio dava a entender: "Eu dependia do seu bom-senso, Edmund, como pôde fazer isso?". Na mente, ela se ajoelhava diante do tio e inflava o peito para proferir: "Oh, a ele, não! Dirija o olhar a todos os outros, mas não a ele!".

O sr. Yates continuava a falar.

— Para dizer a verdade, *Sir* Thomas, estávamos no meio de um ensaio quando o senhor chegou esta noite. Repassávamos os três primeiros atos, e não sem sucesso no todo. Nossa companhia agora se dispersou tanto, em razão de os Crawford terem voltado para casa, que nada mais se pode fazer esta noite; porém, se amanhã à noite o senhor quiser dar-nos a honra de sua presença, não temo o resultado. Contamos com sua indulgência... compreenda, por favor, que, como jovens atores, contamos com sua indulgência.

— Minha indulgência não faltará, senhor — respondeu *Sir* Thomas, circunspecto —, desde que não haja mais outro ensaio. — E com um sorriso abrandado, acrescentou: — Volto à minha casa para ser feliz e indulgente.

Então, dirigindo-se a ninguém em particular, disse com toda tranquilidade:

— O sr. e a srta. Crawford foram mencionados nas últimas cartas que recebi de Mansfield. Vocês os consideram relações recomendáveis?

De todos, Tom revelou-se o único pronto com uma resposta, e, como não tinha de modo algum interesse pessoal por nenhum dos dois nem sentisse ciúmes no amor ou na atuação teatral, podia falar de ambos em termos muito amáveis.

— O sr. Crawford é um homem muito agradável e cavalheiro; a irmã é uma moça adorável, bonita, elegante e cheia de vida.

O sr. Rushworth não pôde continuar calado por mais tempo.

— Não digo que não seja cavalheiro, até certo ponto, mas você deveria dizer ao seu pai que ele não tem nem um metro e setenta e cinco de altura, caso contrário, *Sir* Thomas vai esperar um cavalheiro de boa aparência — *Sir* Thomas não compreendeu muito bem o comentário e olhou para o rapaz com certa surpresa. — Se me permitem dizer o que penso — continuou o sr. Rushworth —, em minha opinião, acho muito desagradável ficar sempre ensaiando. É como se fartar demais de uma coisa boa. Não gosto mais tanto de atuar como gostava a princípio. Acho que ocuparíamos muito melhor nosso tempo nos reunindo confortavelmente aqui, só entre nós, sem nada a fazer.

Sir Thomas tornou a olhá-lo e então respondeu com um sorriso aprovador:

— Alegra-me constatar que nossos sentimentos a respeito do tema são os mesmos. Proporciona-me sincera satisfação. É de todo natural que eu deva ser cauteloso, tenha uma visão de perspicácia mais incisiva e sinta muitos escrúpulos que meus filhos não sentem; e o valor que dou à tranquilidade doméstica, a um lar isolado dos prazeres ruidosos, por certo deve exceder em muito o deles. Mas, na sua idade, sentir tudo isso se revela uma circunstância bastante favorável não apenas a si mesmo como a todos com quem se relaciona, e sensibiliza-me a importância de ter um aliado de tanto peso.

Sir Thomas pretendia expressar a opinião que tinha do sr. Rushworth nas melhores palavras que ele próprio pôde encontrar. Sabia que não encontraria nenhum gênio no sr. Rushworth; mas pretendeu dar-lhe muito valor como um rapaz ajuizado, de caráter firme. Os outros não puderam deixar de sorrir. O sr. Rushworth não sabia o que fazer com tantos elogios; mas aparentando estar, como realmente estava, excessivamente satisfeito com a boa opinião que *Sir* Thomas fazia dele, embora sem falar muito, empregou seus melhores esforços para conservar aquela boa impressão o maior tempo possível.

Capítulo 20

Na manhã seguinte, o primeiro objetivo de Edmund foi encontrar o pai a sós e lhe apresentar um relato imparcial de todo o plano da representação. Defendia sua participação apenas quando, em um momento de maior sobriedade, reconheceu que tinha motivos para fazê-lo, e reconhecia com total ingenuidade que sua concessão a participar dera tão poucos e parciais resultados que o fizera duvidar se tomara uma decisão acertada. Sentia-se ansioso ao se justificar por não dizer nada indelicado dos demais, mas à conduta de uma única pessoa entre os outros podia referir-se sem necessidade de defesa nem atenuação.

— Pode-se atribuir mais ou menos culpa a todos — disse —, a cada um de nós, com exceção de Fanny. Fanny é a única que julgou todo o projeto com discernimento correto e se manteve firme. Seus sentimentos se revelaram constantemente contra o teatro, do início ao fim. Nunca deixou de pensar no respeito que lhe era devido, meu pai. O senhor encontrará nela tudo que poderia desejar.

Sir Thomas via toda a imoralidade de semelhante projeto, entre semelhante grupo e semelhante época, com o mesmo vigor que o filho sempre imaginara que o pai faria. Lastimara tanto o fato que não encontrava muitas palavras para expressá-lo, e, após trocar um aperto de mãos com Edmund — destinado a desfazer a desagradável impressão —, buscaria esquecer assim que possível o quanto ele próprio fora esquecido, tão logo se retirassem das salas todos os objetos que forçavam a lembrança, e a casa voltasse ao estado normal. Não se envolveu em nenhuma reprovação aos outros filhos, dispunha-se mais a acreditar que tivessem reconhecido o erro cometido que correr o risco de investigar. Bastavam a repreensão de um imediato encerramento de tudo e a eliminação de todos os preparativos.

No entanto, havia uma pessoa na casa para quem ele não mostraria apenas seus sentimentos. Não pôde deixar de fazer uma insinuação à sra. Norris, relacionada à confiança que depositava no conselho da cunhada, que talvez se interpusesse para impedir o que seu bom-senso deveria, com certeza, desaprovar. Os jovens haviam sido muito desatenciosos na formação do plano, deveriam ter-se mostrado mais criteriosos e tomado melhor decisão; contudo, eram jovens e, com exceção de Edmund, considerava o caráter dos demais vacilante. E encarava com maior surpresa, portanto, a submissão da tia àquelas medidas desastradas, o apoio dela àqueles perigosos divertimentos, o próprio fato que lhe houvessem sugerido tais medidas e diversões. A sra. Norris ficara um tanto perplexa e quase tão calada como jamais em toda a vida, pois se envergonhava de confessar que não vira quaisquer das impropriedades que se mostravam tão flagrantes para *Sir* Thomas, além de não querer admitir que não exercia suficiente influência, talvez falasse em vão. O único recurso era fugir do assunto o mais rápido possível, desviar as ideias do cunhado para um assunto mais feliz. Tinha tanto a insinuar em seu próprio louvor, quanto à atenção geral ao interesse e bem-estar da família dele, muito esforço e muitos sacrifícios para examinar, em forma de caminhadas precipitadas e repentinos afastamentos da lareira da sua casa, além das várias excelentes sugestões de desconfiança e economia detalhadas que dera a *Lady* Bertram e a Edmund, pelas quais se originara a mais considerável economia e se surpreendera mais de um criado. Via como principal força pessoal, porém, Sotherton. O maior apoio e a glória dela se deviam ao fato de que formara a aliança com os Rushworth. Nisso se sentia invencível. Atribuía a si todo o crédito por haver conseguido que a admiração do sr. Rushworth resultasse em algo concreto.

— Se eu não tivesse agido com presteza — vangloriou-se — e fizesse questão de que me apresentassem a mãe dele, e depois convencesse minha irmã a lhe fazer uma visita, tenho tanta certeza, como a de agora me sentar aqui, de que nada resultaria disso... O sr. Rushworth é o tipo de rapaz amável e tímido que carece em excesso de encorajamento, e não eram poucas as moças atraentes dispostas a fisgá-lo se não agíssemos rápido. Mas não deixei pedra sobre pedra. Dispus-me a remover céus e terra para convencer minha irmã, e por fim consegui. Conhece a distância até Sotherton, foi em meados do inverno, com as estradas quase intransitáveis, mas a convenci.

— Sei como é grande, tão grande e merecida, a influência que exerce em *Lady* Bertram e nossos filhos, e tanto mais me preocupa que não a tenha exercido.

— Meu caro *Sir* Thomas, se tivesse visto o estado das estradas naquele dia! Pensei que nunca chegaríamos a atravessá-las, embora, por certo, levássemos os quatro cavalos, e o coitado do velho cocheiro nos servisse com a maior bondade e afeição, apesar de mal conseguir sentar-se na boleia por causa do reumatismo do qual venho tratando desde a festa de São Miguel. Curei-o, afinal, mas durante todo o inverno ficou muito mal, e naquele dia, com o tempo tão ruim, não pude deixar de vê-lo no quarto antes de partirmos para aconselhá-lo a não se arriscar; ele acabava de pôr a peruca, então eu disse: "Cocheiro, é melhor você não ir, *Lady* Bertram e eu ficaremos muito seguras, sabe como Stephen é firme, e Charles tem tomado as rédeas com tanta frequência agora que tenho certeza de que nada há a temer". Mas logo percebi que não adiantaria, o homem mantinha-se inflexível quanto a nos acompanhar, e, como detesto atormentar e intrometer-me, nada mais disse; doía-me muito o coração por ele, porém, a cada solavanco da carruagem, e quando tomamos as pistas acidentadas em Stoke, com o gelo e a neve sobre leitos de pedras, foi pior do que qualquer coisa que pode imaginar, senti grande agonia pelo cocheiro. E os pobres cavalos também! Vê-los se extenuarem daquele jeito! Sabe como sempre me compadeço dos cavalos. Quando chegamos ao sopé de Sandcroft Hill, tem ideia do que fiz? Vai rir de mim, mas desci da carruagem e subi a colina a pé. Fiz isso, sim. Talvez não os tenha poupado muito, mas já era alguma coisa, e eu não aguentaria ficar sentada à vontade e ser arrastada à custa daqueles nobres animais. Peguei um terrível resfriado, mas a isso não dei a mínima importância. Realizei meu objetivo com a visita.

— Espero que sempre consideremos a relação digna de qualquer trabalho que se exigiu para estabelecê-la. As maneiras do sr. Rushworth nada têm de muito impressionantes, mas me satisfez ontem à noite, o que pareceu ser a opinião dele, a respeito de um assunto. A decidida preferência por uma reunião familiar tranquila à agitação e confusão de representação teatral. Parecia sentir-se exatamente como se deseja.

— Sim, de fato... e quanto mais o conhecer, mais gostará dele. Não é uma personalidade brilhante, mas tem milhares de boas qualidades! E se dispõe tanto a venerá-lo, que começam a rir de mim, pois todos o consideram um feito meu. "Palavra de honra, sra. Norris", disse-me a sra. Grant outro dia, "se o sr. Rushworth fosse seu próprio filho, não trataria *Sir* Thomas com mais respeito".

Sir Thomas desistiu do propósito inicial da conversa, derrotado pelas evasivas da cunhada, desarmado por aquelas lisonjas; e foi obrigado a dar-se por satisfeito com a convicção de que quando se tratava do prazer momentâneo daqueles aos quais amava, a bondade dela às vezes superava o bom-senso.

Foi uma manhã ocupada para ele. A conversa com cada um dos demais lhe tomou apenas pequena parte dela. Tinha de se reintegrar às atividades habituais da vida em Mansfield, encontrar-se com o mordomo e o administrador da propriedade, para examinar e fazer os cálculos e, nos intervalos dos negócios, visitar os estábulos, os jardins e as plantações mais próximas. Ativo e metódico, porém, não apenas fizera tudo isso antes de reocupar o assento na cabeceira à mesa no almoço, como chefe da casa, mas também mandara o carpinteiro demolir tudo que construíra na sala de bilhar, além de despedir o cenógrafo havia tempo suficiente para justificar a agradável crença de que àquela altura ele já se distanciara até Northampton. O cenógrafo se retirara, após haver manchado apenas o assoalho de uma sala, arruinado todas as esponjas do cocheiro e deixado cinco dos criados subalternos ociosos e descontentes; e *Sir* Thomas tinha esperança de que bastariam mais uns dois dias para remover todas as lembranças externas do que ocorrera ali, até a destruição de cada exemplar de *Juras de amor* na casa, pois ele próprio queimava todos em que batia os olhos.

O sr. Yates começava agora a compreender a intenção de *Sir* Thomas, embora continuasse tão longe como sempre de entender os motivos. Passara a maior parte da manhã fora, ao lado do amigo, com as espingardas, e Tom aproveitara a oportunidade para explicar-lhe, com as devidas desculpas pela severidade do pai, o que se devia esperar. O sr. Yates ficou ainda mais mortificado do que se poderia supor. Sofrer tal decepção pela segunda vez do mesmo modo era um caso de falta de sorte muito grave, e sentiu tamanha indignação que, não fosse por delicadeza ao amigo e pela irmã mais moça dele, acreditava com certeza que atacaria o baronete pelo absurdo daquele procedimento e lhe incutiria um pouco mais de racionalidade. Acreditava nisso com muita valentia enquanto se achava em Mansfield Wood e durante todo o regresso até a casa, mas, quando se sentaram ao redor da mesma mesa, alguma coisa em *Sir* Thomas o fez julgar mais prudente deixá-lo seguir o próprio caminho e lamentar aquela insensatez sem oposição. Conhecera antes muitos pais desagradáveis e várias vezes se impressionara com as inconveniências que causavam, mas jamais em toda a vida vira um daquele tipo, de moral tão incompreensível e de tirania tão infame, como *Sir* Thomas. Tratava-se de um homem que se tolerava apenas em consideração aos filhos, e ele deveria agradecer à linda filha Julia pelo fato de o sr. Yates ainda pretender permanecer por mais alguns dias sob seu teto.

A tarde transcorreu sob uma aparente tranquilidade, embora quase todos tivessem a mente tomada de irritação, e a música que Sir Thomas pediu às filhas para tocarem ajudou a ocultar a falta de verdadeira harmonia. Uma grande agitação dominava Maria. Era da maior importância para ela que Crawford agora não perdesse tempo em declarar-se, e angustiava-a ver passar um dia sem qualquer progresso naquele ponto. Esperou-o durante toda a manhã, e durante toda a tarde continuava a esperá-lo. O sr. Rushworth havia partido logo cedo para Sotherton, levando a grande novidade; ela aguardara ansiosamente aquele afastamento, que poderia poupá-lo do trabalho de voltar. Mas não vira ninguém do presbitério, nem uma única pessoa, e a notícia que lhe chegou foi um amável bilhete de felicitações da sra. Grant à sra. Bertram. Era o primeiro dia, em muitas, muitas semanas, que as duas famílias passavam totalmente separadas. Jamais se haviam passado vinte e quatro horas antes, desde o início de agosto, sem que se reunissem de alguma forma. Foi um dia triste, angustiante; e o dia seguinte, embora diferisse no tipo de infortúnios, não os trouxe em menor quantidade. A alguns momentos de alegria febril, seguiram-se horas de intenso sofrimento. Henry Crawford apresentava-se mais uma vez na casa, chegara muito cedo com o dr. Grant, ansioso por prestar suas homenagens a *Sir* Thomas, e foram conduzidos à sala de desjejum, onde se encontrava quase toda a família. *Sir* Thomas logo apareceu, e Maria viu, satisfeita e agitada, a apresentação do homem a quem amava ao pai. Viu-se tomada por sensações indefiníveis, que se apossaram dela mais uma vez, alguns minutos depois, ao ouvir Henry Crawford, que ocupara uma cadeira entre a irmã mais velha e Tom, perguntar a este em voz baixa, e com um olhar cortês dirigido a *Sir* Thomas, se havia algum plano para recomeçar a peça, após a feliz interrupção. Pois, nesse caso, faria questão de regressar a Mansfield a qualquer hora estipulada pelo grupo. Partiria logo para Bath, onde deveria encontrar-se com o tio sem demora, mas se surgisse alguma perspectiva de recomeçar *Juras de amor* não apenas manteria com certeza o compromisso, mas cancelaria todos os outros, e combinaria o encontro com o tio para outra ocasião, a fim de que contassem com ele sempre que precisassem. A peça não seria prejudicada pela sua ausência.

— De Bath, Norfolk, Londres, York, onde quer que me encontre — disse ele —, atenderei ao chamado de vocês na mesma hora, de qualquer lugar da Inglaterra.

Foi melhor naquele momento que Tom, não a irmã, tivesse de responder. Ele soube fazê-lo logo e com desembaraçada fluência.

— Lamento que vá partir, mas quanto à nossa peça, acabou, liquidou-se tudo — lançou um olhar significativo para o pai. — Eu sabia que seria assim desde o início. Mas ainda é cedo para Bath. Não encontrará ninguém lá.

— É mais ou menos a época em que meu tio costuma ir.

— Quando pretende ir?

— Talvez chegue até Banbury ainda hoje.

— De quem são os estábulos que você usa quando está em Bath? — foi a pergunta seguinte.

E enquanto esse desvio do assunto se achava em andamento, Maria, a quem não faltava nem orgulho nem resolução, preparava-se para enfrentar a parte que lhe cabia da conversa com tolerável calma.

Crawford logo se virou para ela, repetiu a maior parte do que já dissera, apenas com um ar suavizado e expressões mais intensas de pesar. Mas de que lhe serviam aquelas expressões ou a suavidade das palavras que proferia? Ele partiria, e, embora não por vontade própria, pelo menos a intenção de permanecer afastado seria voluntária, pois, com exceção do compromisso que talvez se devesse à vontade do tio, todos os demais ele próprio se impusera. Henry podia falar em necessidade, mas ela conhecia sua independência. A mão que com tanta ternura ele tomara e apertara no coração! Tanto a mão quanto o coração agora se achavam imóveis e impassíveis! Ainda que a energia a amparasse, agravava-se a agonia no espírito. Não precisou aturar por muito tempo a dor de ouvi-lo dizer o que os seus atos contradiziam, nem ocultar o tumulto de seus sentimentos sob a capa da polidez; pois as cortesias logo o obrigaram a se desviar dela e a visita de despedida foi muito curta. Ele se fora, tocara-lhe a mão pela última vez, fizera-lhe uma mesura ao afastar-se, e ela se retirou direto a fim de buscar tudo o que a solidão poderia proporcionar-lhe. Henry Crawford partira de Mansfield e, dentro de duas horas, partiria do presbitério. E assim terminaram todas as esperanças que a vaidade e o egoísmo dele haviam despertado em Maria e Julia Bertram.

Julia podia regozijar-se com aquela partida. A presença de Henry começava a ser-lhe odiosa, e, se Maria não o conquistara, agora ela se sentia fria o bastante para prescindir de qualquer outra vingança. Não precisava acrescentar alarde ao abandono. A partida de Henry Crawford talvez até a fizesse lastimar a situação da irmã.

Com um espírito mais puro, Fanny também se regozijou com a notícia. Ficou sabendo ao jantar e considerou-a uma bênção. Todos os outros, além de comentar a partida com pesar, honraram os méritos do rapaz com gradação de sentimento — desde a sinceridade do interesse demasiadamente particular de Edmund à indiferença da mãe, que falava de forma inteiramente automática. A sra. Norris pôs-se a olhar em volta e perguntar-se se a paixão dele por Julia dera em nada, e quase temia haver sido omissa em não a promover, mas, tendo de cuidar do bem-estar de tantos, como era possível sua atividade acompanhar seus desejos?

Passados uns dois dias, o sr. Yates também retirou-se. Na partida dele *Sir* Thomas sentia primordial interesse, pois, como desejava ficar a sós com a família, mesmo a presença de um estranho superior ao sr. Yates ter-se-ia revelado maçante, mas a dele, frívolo e confiado, ocioso e esbanjador, era irritante. Em si mesmo, já se mostrava cansativo, mas como amigo de Tom e admirador de Julia tornou-se ofensivo. *Sir* Thomas sentira total indiferença pela partida ou permanência do sr. Crawford, mas expressou os desejos de boa viagem ao sr. Yates, quando o acompanhou até a porta do vestíbulo, com genuína satisfação. O hóspede ficara para ver a eliminação de todos os preparativos do teatro em Mansfield, o desaparecimento de tudo que pertencera à peça. Deixou a casa envolto em toda a solenidade que definia a sua personalidade, e *Sir* Thomas esperava, ao vê-lo fora dali, livrar-se do pior detalhe relacionado ao projeto e do último que inevitavelmente o faria lembrar-se da existência do teatro.

A sra. Norris tratou de retirar da vista dele uma coisa que o teria aborrecido. A cortina, cuja confecção supervisionara com tanto talento e sucesso, foi-se com a senhora para a própria casa, onde, por acaso, ela precisava de um forro verde para a mesa.

Capítulo 21

O retorno de *Sir* Thomas causou uma mudança impressionante nos hábitos da família, independentemente de *Juras de amor*. Sob o comando dele, Mansfield parecia outro lugar. Alguns membros do grupo partiram e outros muitos ficaram entristecidos. Tudo se tornou monótono e sombrio comparado com antes; uma melancólica reunião de família, raras vezes animada. Com as pessoas do presbitério mantinham-se poucas relações; *Sir* Thomas, que se retraía de intimidades em geral, sentia-se avesso nessa ocasião, em particular, a quaisquer relacionamentos além de apenas uma família. Os Rushworth constituíam o único acréscimo ao próprio círculo doméstico aceito por ele.

Edmund não se admirava que assim fossem os sentimentos do pai, e nada lamentava, além da exclusão dos Grant.

— Mas eles — comentou com Fanny — têm o direito. Parecem fazer parte da família, parte de nós mesmos. Eu gostaria que meu pai fosse mais sensível à enorme atenção deles à minha mãe e às minhas irmãs durante o tempo que ele esteve ausente. Receio que se sintam desprezados. Mas a verdade é que ele não os conhece, pois ainda não estavam aqui há um ano, quando ele deixou a Inglaterra. E, se os conhecesse melhor, daria merecido valor à companhia deles, pois se trata do tipo exato de pessoas que ele aprecia. Às vezes, falta um pouco de animação entre nós, com minhas irmãs assim abatidas e Tom sem se sentir mais à vontade. O dr. e a sra. Grant nos animariam e fariam as noites transcorrerem com mais alegria até mesmo para meu pai.

— Acha mesmo? — perguntou Fanny. — Em minha opinião, meu tio não gostaria de nenhum acréscimo. Creio que ele valoriza a própria tranquilidade de que você fala, e que o repouso no círculo da própria família é tudo que deseja. E não me parece que tenhamo-nos tornado mais sérios do que éramos. Quer dizer, antes de *Sir* Thomas ir para o estrangeiro. Se não me falha a memória, sempre foi assim. Nunca se ouviram muitas risadas na presença dele, ou, se alguma diferença há, acredito que não é maior que uma ausência tão prolongada tende a causar a princípio. Talvez se perceba alguma timidez, mas não me lembro de nossas noites antes serem mais alegres, a não ser quando meu tio se encontrava na cidade. Suponho que, para todos os jovens, as noites nunca o sejam quando os que deles cuidam se acham em casa.

— Acho que tem razão, Fanny — foi a resposta dele, após uma breve reflexão. — Creio que nossas tardes voltaram ao que eram antes, ao contrário de adquirir nova característica. A novidade se deveu ao fato de passarem a ser tão cheias de vida. No entanto, como é forte a impressão que causam apenas algumas poucas semanas! Eu me sentia como se nunca tivéssemos vivido assim antes.

— Suponho que eu seja mais séria que as outras pessoas — comentou Fanny. — As noites não me parecem longas. Adoro ouvir meu tio falar das Antilhas. Poderia ouvi-lo uma hora inteira. Isso me entretém mais que muitas outras coisas que fazíamos... mas, enfim, acho que de fato eu sou diferente dos outros.

— Que quer dizer com isso? — ele sorriu. — Quer que eu lhe diga que é diferente das outras pessoas por ser mais sensata e discreta? Mas quando você ou qualquer outra pessoa já recebeu de mim um cumprimento, Fanny? Procure meu pai se quiser ser elogiada. Ele a satisfará. Pergunte ao seu tio o que ele acha, e ouvirá bastantes elogios. Embora esses talvez se refiram, sobretudo, aos seus atributos físicos, terá de suportá-los e acreditar que, com o tempo, ele veja tanta beleza na sua alma.

Essa linguagem era tão nova para Fanny que a deixou muito encabulada.

— Seu tio acha-a muito bonita, cara Fanny... essa é a essência da história. Ninguém, além de mim, haveria dado mais importância a isso, e ninguém, além de você, se ressentiria por não ser considerada muito bonita antes. Mas a verdade é que seu tio nunca a admirara e agora ele a admira. Sua tez melhorou muito! E como a fisionomia, a aparência e o porte se embelezaram! Não, Fanny, não desvie o olhar, nem se feche, é apenas um tio. Se não pode suportar a admiração de um tio, o que será de você? Precisa, na verdade, começar a fortalecer-se para a ideia de que a admiram. Tem de tentar não temer tornar-se uma mulher bonita.

— Oh! Não fale assim, não fale assim — exclamava Fanny, angustiada por mais sentimentos que o primo poderia supor.

Contudo, ao perceber sua aflição, Edmund encerrara o assunto e apenas acrescentou com mais seriedade:

— Seu tio predispõe-se a agradar-lhe em todos os aspectos. Eu só gostaria que conversasse mais com ele; você é uma das que ficam mais caladas nas conversas ao anoitecer.

— No entanto, eu converso com ele, sim, mais que antes. Ontem à noite, não me ouviu perguntar-lhe sobre o tráfico de escravos?

— Ouvi e tive a esperança de que à pergunta se seguissem outras. Ele teria ficado satisfeito se você continuasse a conversa.

— E ansiava por fazê-lo, mas se fez um silêncio tão mortal! E enquanto meus primos ali se sentavam sem dizer uma palavra, sem mostrar o mínimo interesse pelo assunto, não quis... achei que talvez parecesse que eu quisesse sobressair-me à custa deles, ao expressar uma curiosidade e um prazer pelas informações que ele certamente desejaria que as próprias filhas sentissem.

— A srta. Crawford tinha toda razão no que disse de você outro dia, que parecia quase tão receosa de ser notada e elogiada quanto as outras mulheres têm de ser desdenhadas. Falávamos de você no presbitério, e foram estas as palavras dela: "A srta. Price tem muito discernimento. Não conheço ninguém que distinga melhor os caracteres. Para uma pessoa tão jovem, é notável!". A srta. Crawford, sem dúvida, compreende melhor você que a maioria dos que a conhecem há tanto tempo, e em relação a alguns dos outros, observo, por insinuações ocasionais, as expressões espontâneas do momento, que ela poderia definir muitos com igual agudeza de percepção se a delicadeza não a impedisse. Eu gostaria de saber o que ela pensa do meu pai! Deve admirá-lo como um homem de boa aparência, dignidade e condizentes boas maneiras. Mas, talvez, após vê-lo tão raramente, a reserva dele lhe tenha parecido meio repulsiva. Se eles se encontrassem mais vezes tenho certeza de que gostariam um do outro. Papai apreciaria sua vivacidade, e ela tem talentos para valorizar-lhe as virtudes. Como eu gostaria que se encontrassem com mais frequência! Espero que a srta. Crawford não suponha que há alguma antipatia da parte dele.

— Ela deve julgar-se segura demais da consideração que tem de todos os outros da família para sentir tal apreensão — disse Fanny com um leve suspiro. — E é tão natural o desejo de *Sir* Thomas de querer no momento ficar só com a família, que isso não deve causar-lhe estranheza. Daqui a algum tempo, eu acredito que vamos tornar a nos encontrar como antes, levando-se em conta a diferença de estação.

— É o primeiro mês de outubro, desde a infância, que ela passa no campo. Não considero Tunbridge nem Cheltenham campo, e novembro é um mês ainda mais rigoroso. Percebo a sra. Grant muito ansiosa para que a irmã não ache Mansfield sombrio quando chegar o inverno.

Fanny poderia ter comentado muito mais, porém julgou mais seguro nada dizer, e deixar intocadas todas as qualidades de Mary Crawford, os talentos, a personalidade, a importância, os amigos, para não correr o risco de fazer qualquer observação que pudesse parecer mesquinha. A amável opinião que a srta. Crawford tinha dela merecia ao menos uma grata tolerância, portanto preferiu mudar de assunto.

— Acho que amanhã meu tio janta em Sotherton, você e Tom também. Formaremos um grupo muito pequeno em casa. Espero que seu pai continue a gostar do sr. Rushworth.

— É impossível, Fanny. Deverá gostar muito menos depois da visita de amanhã, pois passaremos cinco horas na companhia dele. Grande já é meu receio por aturar a estupidez do dia, se a esse receio não se seguisse mal muito maior, a impressão que causará em Sir Thomas. Ele não pode continuar a enganar-se por muito mais tempo. Lamento por todos eles e daria tudo no mundo para que o sr. Rushworth e Maria jamais se tivessem conhecido.

Nesse aspecto, de fato, parecia iminente a decepção de *Sir* Thomas. Nem toda a boa vontade com o sr. Rushworth, nem toda a sua deferência poderiam impedi-lo de logo discernir parte da verdade, a de que o sr. Rushworth era um rapaz inferior, tão ignorante em negócios quanto em livros, com opiniões hesitantes, e sem parecer muito consciente de si mesmo.

Esperara encontrar um genro muito diferente, e começando a preocupar-se pelo futuro de Maria, procurou estudar os sentimentos dela. Um pouco de observação foi o suficiente para perceber a indiferença que havia entre eles. A jovem exibia com o sr. Rushworth uma atitude desinteressada e fria. Não podia agir de outro modo, não gostava dele. *Sir* Thomas resolveu conversar a sério com Maria. Por mais vantajosa que fosse a união e por mais prolongado e público que fosse o noivado, a felicidade dela não deveria ser sacrificada por isso. Talvez a filha houvesse aceitado o pedido do sr. Rushworth rápido demais, assim que os apresentaram, e ao conhecê-lo melhor se arrependera.

Com solene amabilidade, *Sir* Thomas dirigiu-se à jovem, falou-lhe dos receios pessoais, perguntou sobre seus desejos, pediu-lhe que fosse franca e sincera, tranquilizou-a de que enfrentaria todas as inconveniências e romperia em definitivo o noivado se Maria se sentia infeliz com a perspectiva do casamento. Tomaria por ela todas as providências e a libertaria do compromisso. Ela se viu diante de uma luta momentânea enquanto o ouvia, mas foi apenas momentânea. Quando o pai se calou, a filha mais velha se viu em condição de logo responder-lhe, decidida e sem visível agitação. Agradeceu-lhe a grande atenção, a bondade, mas ele se enganara por completo ao supor que ela tivesse o menor desejo de romper o noivado ou que estivesse suscetível a qualquer mudança de opinião ou de afeto. Tinha a mais alta estima pelo caráter e temperamento do sr. Rushworth e absoluta certeza da felicidade que com ele compartilharia.

Sir Thomas ficou satisfeito, aliás, mais do que satisfeito, demasiadamente alegre talvez para agilizar a questão o mais rápido que lhe aconselhava a consciência em relação aos outros negócios. Tratava-se de uma aliança a que não renunciaria sem pesar, e assim pensou: o sr. Rushworth era jovem o bastante para aprimorar-se, podia e devia aperfeiçoar-se na convivência com boas companhias, e se Maria agora falava com tanta segurança da felicidade ao lado dele, expressava-se tão claramente, sem a parcialidade nem a ilusão do amor desmedido, precisava acreditar nela. Certamente, os sentimentos da filha pelo noivo não eram intensos, nem ele nunca supusera que fossem, mas talvez ela não levasse menos em conta os confortos materiais que resultariam da união. Se Maria podia prescindir de ver no marido uma personalidade brilhante, proeminente, tudo o mais lhe seria favorável. Uma jovem bem-intencionada, quando não se casava por amor, mostrava-se em geral mais ligada à própria família, e a proximidade entre Sotherton e Mansfield oferecia maior atração, assim como proporcionaria constantemente, com toda probabilidade, as mais amáveis e inocentes alegrias. Tais e outros semelhantes constituíam os raciocínios de *Sir* Thomas, feliz por escapar ao mal constrangedor de um rompimento, ao espanto, às conjecturas e à reprovação que o acompanhariam, feliz em assegurar um casamento que lhe traria grande acréscimo de respeitabilidade e influência e muito feliz ao julgar que tudo na disposição da filha era o mais propício ao caso.

Para ela, a conversa se encerrou de forma tão satisfatória quanto para ele. Achava-se em um estado de espírito para alegrar-se com o fato de ter garantido seu destino sem revogação, ter-se mais uma vez comprometido com Sotherton, ver-se a salvo da possibilidade de dar a Crawford o triunfo de governar suas ações e destruir suas perspectivas, e retirou-se com altiva resolução, decidida apenas a comportar-se de maneira mais cuidadosa com o sr. Rushworth no futuro, para que o pai não tornasse a desconfiar dela.

Houvesse *Sir* Thomas se dirigido à filha nos três ou quatro dias após a partida de Henry Crawford de Mansfield, antes que todos aqueles sentimentos se houvessem tranquilizado, antes que ela abandonasse toda a esperança em relação a ele ou tivesse resolvido de forma definitiva suportar o futuro marido, talvez tivesse dado uma resposta diferente. Mas depois de se passarem mais três ou quatro dias sem que Crawford retornasse, nem carta nem recado nem qualquer sintoma de um coração enternecido ou algumas esperanças sobre a vantagem da separação, a mente de Maria tornou-se fria o bastante para buscar todo o reconforto que lhe podiam proporcionar o orgulho e a vingança.

Henry Crawford destruíra sua felicidade, mas nunca saberia que o fizera, e tampouco lhe destruiria a credibilidade, a aparência e a prosperidade. Não deveria imaginá-la a ansiar por ele no isolamento em Mansfield, rejeitando Sotherton e Londres, independência e esplendor por sua causa. A independência era mais importante do que nunca; a falta de independência em Mansfield manifestava-se de forma ainda mais palpável. Cada vez menos conseguia suportar as imposições do pai. A liberdade que proporcionara a ausência de *Sir* Thomas tornava-se agora absolutamente necessária. Para curar a sua alma, Maria precisava escapar dele e de Mansfield o mais rápido possível, e encontrar consolo na riqueza, na importância, na agitação e no mundo. Tinha a mente bastante determinada e não a mudaria.

Para tais sentimentos, a demora, mesmo a de muitos preparativos, teria sido uma tortura, e o sr. Rushworth dificilmente poderia estar mais impaciente pelo casamento do que ela. Mentalmente, Maria se achava pronta, pronta para o matrimônio pelo ódio ao lar, à dependência, àquela tranquilidade, pela infelicidade de uma decepção amorosa e pelo desprezo pelo homem com quem ia casar-se. O resto poderia esperar. Preferia adiar as aquisições de novas carruagens e mobiliário para a primavera em Londres, quando poderia empregar o próprio gosto na escolha.

Após os principais envolvidos concordarem quanto a isso, logo pareceu que bastariam apenas pouquíssimas semanas para realizar as obrigações necessárias que antecedem as bodas.

A sra. Rushworth se dispusera sem demora a retirar-se e deixar livre o caminho para a jovem afortunada que o amado filho escolhera. Bem no início de novembro mudara-se, com o verdadeiro decoro de uma nobre viúva, levando a criada, o mordomo e a carruagem, para Bath, onde se vangloriava das maravilhas de Sotherton nas reuniões vespertinas, desfrutando-as talvez muito mais na animação de uma mesa de carteado que algum dia desfrutara na própria residência. E antes de meados do mesmo mês ocorrera a cerimônia que deu a Sotherton uma nova senhora.

A cerimônia foi perfeita. A noiva estava vestida com toda a elegância, as duas damas de honra com mais simplicidade, como convinha; o pai entregou-a ao futuro marido no altar, a mãe não largou os sais da mão, para o caso de sentir-se agitada, a tia tentou chorar e o dr. Grant leu de forma comovente a celebração do serviço religioso. Ninguém nada viu a que se opor quando o acontecimento caiu nos comentários da vizinhança, exceto que a carruagem que transportou os noivos e Julia da porta da igreja era a mesma que o sr. Rushworth usava havia um ano. Em tudo o mais se podia submeter a etiqueta do dia à mais minuciosa investigação.

Tudo concluído, eles partiram. *Sir* Thomas sentia-se como se sente um pai ansioso e sofria, de fato, grande parte do nervosismo que a esposa temera para si, mas do qual por sorte conseguira livrar-se. A sra. Norris, felicíssima por ajudar nas obrigações do dia, passou-o todo em Mansfield, para animar a irmã, beber à saúde do sr. e da sra. Rushworth e, com uma ou duas taças de vinho a mais, não cabia em si de extasiado contentamento, pois ela era a responsável por aquele casamento, fizera tudo; e ninguém poderia imaginar, vendo o seu orgulho, que tivesse ouvido falar na vida sobre infidelidade conjugal nem que tivesse o menor pressentimento sobre as disposições da sobrinha, que fora criada sob sua vigilância.

O plano do jovem casal era seguir viagem, após alguns dias, até Brighton, onde eles alugariam uma casa por algumas semanas. Maria desconhecia todos os lugares públicos, e Brighton era quase tão alegre no inverno quanto no verão. Quando esgotasse a diversão por lá, seria hora de se transferirem para a esfera mais ampla de Londres.

Julia iria com eles para o balneário de Brighton, em Sussex. Desde que cessara a rivalidade entre as irmãs, aos poucos recuperaram grande parte do bom entendimento anterior, e se sentiam amigas o suficiente para ficarem extremamente alegres uma com a outra numa ocasião como aquela. Qualquer outra companhia que não a do sr. Rushworth era de suma importância para a sua esposa, e Julia estava quase tão ansiosa por novidade e prazer quanto Maria, embora não houvesse tido de lutar tanto para obtê-los e suportasse melhor uma posição secundária.

A partida deles trouxe outras mudanças em Mansfield, um vazio que exigiria algum tempo para ser preenchido. O círculo familiar tornou-se imensamente reduzido e, embora nos últimos tempos as duas irmãs Bertram pouco houvessem contribuído para alegrá-lo, ainda assim elas faziam falta. Até a mãe sentia saudade das jovens, e muito mais ainda a bondosa prima, que vagava pela casa a pensar nelas e sentir pelas moças um grau de afetuosa tristeza que nem Maria nem Julia nunca fizeram muito para merecer.

Capítulo 22

Com a partida das irmãs Bertram, a importância de Fanny aumentou. Ao se tornar a única jovem nas reuniões do salão de estar, a única ocupante daquela interessante divisão familiar na qual até então lhe coubera um tão humilde terceiro plano, era impossível que não a observassem mais, pensassem nela e lhe dessem maior atenção como nunca antes; e "Onde está Fanny?" tornou-se uma pergunta comum, mesmo quando alguém não precisava dela para alguma tarefa específica.

Não apenas em casa seu mérito aumentou, mas também no presbitério. Naquela casa, onde mal entrara duas vezes por ano desde a morte do sr. Norris, passou a ser uma visita e convidada bem acolhida, e, nos dias sombrios e enlameados de novembro, uma companhia muito apreciada por Mary Crawford. As visitas ali, após começarem por acaso, continuaram por solicitação de seus moradores. A sra. Grant, que na verdade desejava proporcionar qualquer distração para a irmã, conseguiu convencer a si mesma, com a maior facilidade, de que fazia uma grande bondade a Fanny e lhe oferecia grandes oportunidades de aperfeiçoamento com seus frequentes convites.

Ao dirigir-se à aldeia para uma incumbência qualquer da tia Norris, perto do presbitério, Fanny foi surpreendida por uma forte chuva. Quando a avistaram por uma das janelas, enquanto se esforçava por encontrar abrigo sob os galhos e as poucas folhas remanescentes de um carvalho, logo adiante dos limites da propriedade, viu-se obrigada a entrar, embora não sem relutante recato. Resistira a um prestativo criado, mas quando o próprio dr. Grant saiu com um guarda-chuva, nada lhe restou fazer senão sentir-se muito encabulada e entrar o mais rápido possível. Para a desolada srta. Crawford diante da janela, que contemplava o tempo em um péssimo estado de espírito, e suspirava ao constatar que a chuva arruinaria todo o plano de exercício para aquela manhã e qualquer probabilidade de ver um único ser humano além deles próprios, nas próximas vinte e quatro horas, o ruído de uma pequena agitação na porta da frente, seguido do surgimento no vestíbulo da srta. Price encharcada, muito a deleitou. O valor de tal acontecimento, num dia chuvoso no campo, a ela se impôs de forma decisiva. Logo tornou a sentir-se cheia de vida e a mais ativa em ser útil a Fanny, ao descobri-la mais molhada que lhe parecera a princípio e empenhada em lhe providenciar roupas secas. Fanny, depois, se viu obrigada a submeter-se a todas essas atenções, ser ajudada e servida por patroas e criadas, além de também ser forçada, depois de retornar ao andar de baixo, a instalar-se com elas no salão de visitas por uma hora enquanto a chuva continuava. E assim prolongou a bênção que para Mary Crawford representava ter algo novo a apreciar, em que pensar e mantê-la animada até a hora de vestir-se para o almoço.

As duas irmãs mostraram-se tão amáveis e agradáveis com Fanny, que a jovem talvez aproveitasse a visita, se não acreditasse que as incomodava e se pudesse prever que o tempo certamente melhoraria ao cabo de uma hora e poupando-a da vergonha de que mandassem aprontar a carruagem e os cavalos do dr. Grant para levá-la até em casa, com o que a haviam ameaçado. Quanto a inquietar-se por qualquer temor que sua ausência num tempo daqueles causasse no próprio lar, nada a preocupava, pois como apenas as duas tias tinham conhecimento de que saíra, sabia muito bem que nenhuma delas sentiria sua falta. Qualquer que fosse a cabana em que a imaginação da tia Norris talvez escolhesse para abrigá-la durante a chuva, a tia Bertram acreditaria indubitavelmente que a sobrinha se encontrava em tal cabana.

Começava a melhorar o tempo quando Fanny, ao observar uma harpa no salão, fez algumas perguntas sobre o instrumento, o que logo as anfitriãs interpretaram como se ela desejasse muito ouvi-la tocar, e confessou, no que as duas mal puderam acreditar, que ainda não a ouvira desde a chegada da harpa a Mansfield. Para a própria Fanny, parecia uma circunstância muito simples e natural. Como raras vezes estivera no presbitério desde então, nenhum motivo existia para que fosse diferente. Mas a srta. Crawford, ao lembrar-se de um desejo há muito tempo manifestado pela jovem a respeito, ficou preocupada com a própria negligência, e logo se seguiram rápidas propostas com o maior bom humor:

— Que tal eu tocar para você agora? O que prefere ouvir?

Assim, ela tocou feliz por ter uma nova ouvinte, alguém que parecia tão grata, tão admirada pela execução e que demonstrava não carecer de bom gosto. Tocou até que Fanny, após desviar por acaso o olhar para a janela e notar que o tempo se desanuviara quase por completo, expressou o que julgava seu dever: ir embora.

— Mais quinze minutos — disse a srta. Crawford — e veremos como está o tempo. Não fuja no primeiro momento em que parou a chuva. Aquelas nuvens parecem assustadoras.

— Mas já passaram — respondeu Fanny. — Fiquei observando-as. Todo esse tempo vem do sul.

— Do sul ou do norte, conheço uma nuvem negra quando a vejo, e não deve sair enquanto continuar ameaçando chover. Além disso, quero tocar mais um pouco para você, uma música muito bonita, a favorita do seu primo Edmund. Precisa ficar e ouvir a música preferida dele.

Fanny sentiu que deveria, e, embora não esperasse aquela alusão para pensar nele, aquela lembrança lhe trouxe à mente uma imagem muito viva do primo e o imaginou repetidas vezes naquela sala, talvez sentado naquele mesmo lugar em que agora ela se encontrava, a ouvir com constante prazer a ária preferida, tocada, como lhe parecia, com tom e interpretação superiores. Embora a melodia também a encantasse e a alegrasse, afinal apreciava qualquer coisa de que ele gostava, sentia-se mais impaciente para ir embora ao terminar a música do que antes; e, ao manifestar a decisão de forma evidente, convidaram-na com tanta amabilidade a repetir a visita, ou entrar durante as caminhadas sempre que pudesse, para ouvir mais um pouco de música, que Fanny julgou necessário aceitar se não fizessem alguma objeção em Mansfield.

Essa constituiu a origem do tipo de intimidade que se estabeleceu entre elas logo na primeira quinzena depois da partida das irmãs Bertram, uma intimidade resultante, sobretudo, do desejo da srta. Crawford por uma novidade e que não era muito real nos sentimentos de Fanny. Ela visitava-as a cada dois ou três dias, parecia uma espécie de fascinação: não conseguia deixar de ir e, contudo, não a estimava, não podia pensar como a outra nem sentir-se agradecida por ser convidada agora, quando não havia mais ninguém para convidarem; e não encontrava na conversa maior prazer a não ser fortuito, e ainda assim, na maioria das vezes, à custa do seu próprio discernimento, quando, por acaso, faziam um gracejo sobre pessoas e assuntos que Fanny não admitia que fossem desrespeitados. Ela ia, porém, e algumas vezes passeavam durante meia hora no jardim da sra. Grant, estando o tempo surpreendentemente bom para aquela época do ano; aventuravam-se até mesmo a sentar num dos bancos, relativamente desprotegidos, permanecendo ali até que, no meio de alguma terna exclamação de Fanny sobre a doçura de um outono tão prolongado, eram obrigadas, por uma súbita rajada de vento frio, que derrubava sobre elas as últimas folhas amareladas, a se erguerem à procura de um lugar mais aquecido.

— Mas que bonito, é lindo — disse Fanny, ao olhar em volta certo dia quando estavam sentadas. — Cada vez que entro neste bosque mais me impressionam o crescimento e a beleza dos arbustos. Há três anos nada era além de uma rústica fileira de cerca viva ao longo da parte mais alta do campo, onde ninguém acreditava poder embelezar, nem na possibilidade de cultivar alguma coisa; agora se transformou numa linda alameda, e seria difícil dizer se mais valiosa como utilidade ou decoração. Talvez com mais três anos tenhamos esquecido, ou quase esquecido, como fora antes. Que maravilhas, grandes maravilhas, as ações do tempo e as mudanças da mente humana! — E continuando a última sequência de pensamento, acrescentou: — Se é possível considerar uma das faculdades de nossa natureza mais admirável que as outras, eu acho que deve ser a memória. Parece existir algo mais incompreensível, impossível de descrever com palavras, nos poderes, nos malogros, nas desigualdades da memória que em qualquer outra de nossas capacidades intelectuais. A memória, às vezes, conserva tantas coisas, é tão útil, tão obediente, em outras vezes, tão confusa, tão fraca, e, em outras ainda, tão tirânica, tão fora do controle! Somos, sem dúvida, um milagre em todos os aspectos, mas as nossas capacidades de lembrar e esquecer parecem estranhamente insondáveis.

A srta. Crawford, impassível e desatenta, nada comentou, e Fanny, ao percebê-lo, retornou ao tema que julgava interessar-lhe mais.

— Talvez pareça impertinência de minha parte elogiar, mas não posso deixar de admirar o gosto que a sra. Grant mostrou em tudo aqui. Vê-se uma simplicidade tão aprazível no traçado da alameda! Não parece ter-lhe exigido muito esforço!

— Sim — respondeu Mary, desinteressada —, fica muito bem para um lugar deste tipo. Não se pensa em amplidão aqui, e, só entre nós, até eu vir para Mansfield, nunca imaginei que um clérigo do campo aspirasse a uma alameda ladeada de arbustos ou coisa que o valha.

— Gosto tanto de ver as sempre-vivas, como os pinheiros, crescerem! — respondeu Fanny. — O jardineiro do meu tio sempre diz que o solo aqui é melhor que o dele, e assim parece, a julgar pelo crescimento dos loureiros e das sempre-vivas. As sempre-vivas! Que linda, que bem-vinda, que maravilha a sempre-viva! Quando a gente pensa nelas, que espantosa a variedade na natureza! Em algumas regiões sabemos que a variedade consiste nas árvores que mudam as folhas, mas nem por isso é menos surpreendente que o mesmo solo e o mesmo Sol nutram plantas que diferem na regra e lei básicas de sua existência. Você vai pensar que estou recitando uma rapsódia, mas ao ar livre, sobretudo quando me sento ao Sol, quase sempre me entrego a esse tipo de arroubo de admiração. Não consigo fixar os olhos no rebento natural mais comum da natureza sem encontrar alento para uma fantasia divagadora.

— Para falar a verdade — replicou a outra —, sou meio parecida com o famoso Doge, quando de visita à corte de Luís XIV, e posso declarar que não vejo maravilha alguma nesta fileira de arbustos. Se alguém me tivesse dito há um ano que este lugar seria meu lar, que eu passaria mês após mês aqui, como tenho feito, com certeza não acreditaria! Já estou aqui há quase cinco meses, e foram os meses mais tranquilos que já passei.

— Creio que tranquilos demais para você.

— Eu mesma também talvez os considerasse assim em teoria, mas — os olhos se iluminavam enquanto ela falava — ao levar tudo em conta nunca passei um verão tão feliz. Por outro lado — agora com um ar mais pensativo e baixando a voz —, não tenho como saber no que talvez vá dar tudo isso.

Os batimentos do coração de Fanny aceleraram, e ela se sentiu sem condição de supor nem de perguntar nada mais. Mary Crawford, porém, com renovada animação, logo continuou:

— Sei que me sinto muito mais harmonizada com a residência no campo do que algum dia imaginei. Chego até a considerar agradável passar metade do ano no campo em certas circunstâncias, muito agradável mesmo. Uma casa elegante, de tamanho razoável, no centro das relações familiares, contínuos compromissos entre elas, comandando a melhor sociedade da vizinhança, vista, talvez, com até mais capacidade de liderá-la do que pessoas com maior fortuna, e desviando-me do alegre círculo de tais divertimentos para um *tête-à-tête* com a que nos parece a mais agradável no mundo. Não há nada de assustador em um quadro assim, concorda, srta. Price? Não temos por que invejar a nova sra. Rushworth, mesmo com uma casa como aquela.

— Invejar a sra. Rushworth! — foi só o que tentou dizer Fanny. — Por favor, seria muito deselegante de nossa parte julgá-la com severidade, pois espero ansiosa em breve lhe devermos muitas horas felizes, brilhantes e alegres. Espero ter, no próximo ano, a oportunidade de visitar Sotherton com grande frequência. Um casamento como o que fez Maria Bertram é uma bênção, pois os principais prazeres da esposa do sr. Rushworth devem ser encher a casa de visitas e organizar os melhores bailes do campo.

Fanny calou-se, e Mary Crawford recaiu em meditação, até, de repente, passados alguns minutos, tornar a erguer os olhos e exclamar:

— Ah, ali está ele. — Não se referia ao sr. Rushworth, mas a Edmund, que então surgia encaminhando-se com a sra. Grant em direção a elas. — Minha irmã e o sr. Bertram! Alegra-me tanto que Tom Bertram tenha partido, para que se possa de novo chamar o irmão de "sr. Bertram"! Desprende-se do som de "sr. Edmund Bertram" algo tão formal, tão lastimável e semelhante a caçula, que detesto.

— Como pensamos diferente! — exclamou Fanny. — Para mim, o som de "sr. Bertram" é tão frio e nada significa, tão por completo sem ardor ou personalidade! Apenas designa um cavalheiro, nada mais. O nome de Edmund, porém, tem nobreza, trata-se de um nome heroico e famoso, de reis, príncipes e cavaleiros, que parece transmitir o espírito de cavalheirismo e afetos calorosos.

— Concordo que o nome em si é bom, e Lorde Edmund ou *Sir* Edmund repercutem um delicioso som, mas afunde-o sob a fria aniquilação de senhor, e sr. Edmund não é mais que sr. John ou sr. Thomas. Bem, que tal ir ao encontro deles e frustrá-los na metade do sermão por ficarmos sentadas ao vento nesta época do ano, levantando-nos antes que eles tenham a chance de começar?

Edmund recebeu-as com muito prazer. Era a primeira vez que as via juntas desde o início do estreitamento daquela amizade, de que ouvira falar com grande satisfação. Uma amizade entre duas pessoas tão queridas constituía exatamente o que ele poderia desejar, e é preciso que se diga, para dar crédito à compreensão do apaixonado, que o rapaz de modo algum considerava Fanny a única, ou mesmo a maior, beneficiada por tal amizade.

— Bem — disse a srta. Crawford —, não vai repreender-nos pela imprudência? E achar que ficamos aqui sentadas apenas para que nos falasse a respeito, nos implorasse e suplicasse nunca mais tornarmos a fazê-lo?

— Talvez eu devesse repreendê-las — respondeu Edmund — se encontrasse qualquer uma das duas aqui sozinha, mas, como se portam mal juntas, posso fazer vista grossa a muita coisa.

— Não podem ter ficado sentadas por muito tempo — exclamou a sra. Grant —, pois, quando subi para apanhar meu xale, da janela da escada vi que caminhavam.

— E na verdade — acrescentou Edmund — o dia está tão ameno que quase não se pode considerar imprudência o fato de se sentarem por alguns minutos. Nem sempre se devem julgar nossas estações pelo calendário. Às vezes, podem-se tomar liberdades maiores em novembro que em maio.

— Palavra de honra! — exclamou a srta. Crawford. — Vocês são dois dos amigos mais decepcionantes e insensíveis que já conheci! Não lhes causamos sequer um momento de inquietação! Não sabem como sofremos nem os calafrios que sentimos! Mas há muito que considero o sr. Bertram um dos homens que menos se deixam influenciar por qualquer pequeno artifício contra o bom-senso, daqueles que poderiam atormentar uma mulher. Tive muito pouca esperança nele desde o início, mas você, sra. Grant, minha irmã, minha própria irmã, acho que tenho o direito de inquietar-me um pouco.

— Não bajule a si mesma, minha querida Mary. Não há a menor chance de você me comover. Tenho minhas inquietações, mas por motivos muito diferentes, e, se eu pudesse alterar o tempo, mandaria um bom vento de leste, bem intenso, que não parasse de açoitá-la nem um momento, pois veja algumas de minhas plantas que Robert resolveu deixar aqui fora por serem as noites tão amenas. E sei qual será o fim disso. Ocorrerá uma súbita mudança do tempo, acompanhada de uma pesada geada repentina, que logo se instalará em todas elas, pegando a todos, ou pelo menos a Robert, de surpresa, e perderei cada uma; e ainda pior: a cozinheira acabou de me dizer que a conservação do peru, que eu tinha especial empenho de só preparar no domingo, pois sei que o dr. Grant o apreciaria muito mais no domingo após as fadigas do dia, resistirá apenas até amanhã. Essas sim são verdadeiras amolações que me fazem achar o tempo o mais inoportuno.

— As delícias da administração doméstica em uma aldeia rural! — disse a srta. Crawford com um ar malicioso. — Recomende-me ao dono do viveiro de plantas e ao criador de aves domésticas.

— Minha querida menina, recomende o dr. Grant ao decano de Westminster ou de St. Paul, e eu ficarei tão satisfeita com seu dono de viveiro de plantas e criador de aves quanto você.

Mas não temos esse tipo de pessoas aqui em Mansfield. Que quer que eu faça?

— Oh! Nada pode fazer além do que já faz: atormentar-se com muita frequência e nunca perder o bom humor.

— Obrigada, mas não tenho como escapar dessas pequenas amolações, Mary, onde quer que moremos; e quando você tiver se estabelecido na cidade e eu for visitá-la, garanto que a encontrarei com as suas, apesar dos donos de viveiros e criadores de aves, ou talvez por causa deles. O desinteresse e a impontualidade dessa gente ou os preços exorbitantes e as fraudes vão suscitar-lhe lamentações ainda mais amargas.

— Pretendo ser demasiado rica para me lamentar ou sofrer qualquer coisa desse tipo. Uma grande renda é a melhor receita para a felicidade de que ouvi falar. Com certeza, pode garantir toda a parte de murtas e perus.

— Pretende ser demasiado rica — disse Edmund com um olhar que, para Fanny, desprendia um significado muito sério.

— Certamente. Você não? Não pretendemos todos?

— Não posso pretender nada tão fora do meu poder de controlar. A srta. Crawford talvez possa escolher o grau de riqueza ao qual almeja. Basta estipular o número de milhões por ano e não há a menor dúvida de que obterá. Minhas intenções são de apenas não ser pobre.

— Com moderação e economia e limitando as suas necessidades à renda que receber, e tudo isso. Compreendo-o, é um plano muito acertado para uma pessoa da sua idade, com meios tão restritos e relações indiferentes. Que mais pode você precisar a não ser um sustento decente? Não lhe resta muito tempo à frente, e suas relações não estão em situação de fazer qualquer coisa para você, nem mortificá-lo pelo contraste das próprias fortunas e importância delas. Seja honesto e pobre, por quaisquer meios, mas não o invejarei. Acredito que nem sequer o respeitarei. Tenho muito mais respeito pelos que são honestos e ricos.

— Seu grau de respeito pela honestidade, do rico ou do pobre, é precisamente com o que não tenho de me preocupar. Não pretendo ser pobre. A pobreza é a exata situação que decidi combater. A honestidade, em um nível intermediário, na situação mediana em relação às circunstâncias materiais, constitui tudo pelo qual almejo que você não encare com desprezo.

— Mas a encaro com desprezo, sim. Tenho de encarar com desprezo todos que se contentam com a ignorância quando podiam elevá-la a um grau de distinção superior.

— Mas como se pode elevá-la? Como poderia minha honestidade pelo menos se elevar a um grau de distinção superior?

Não era uma pergunta muito fácil de responder e suscitou da bela moça um "Oh!" um tanto prolongado, antes que ela pudesse acrescentar:

— Deveria ter ingressado no Parlamento ou no exército há pelo menos dez anos.

— Isso não é muito pertinente ao assunto em questão agora, e, quanto a ingressar no Parlamento, creio que preciso esperar que se convoque uma assembleia especial para a representação de filhos mais moços sem muitos recursos para se sustentarem. Não, srta. Crawford — acrescentou em um tom mais sério —, há distinções que eu me sentiria infeliz se me julgasse sem qualquer chance, absolutamente sem chance nem possibilidade de obter, mas essas são de natureza diferente.

Um olhar de inibição enquanto ele falava, e o que pareceu uma atitude de acanhamento da parte de Mary Crawford ao dar-lhe uma daquelas respostas zombeteiras, resultou em doloroso alento para a observação de Fanny: e vendo-se de todo incapaz de prestar a devida atenção à sra. Grant, ao lado de quem ela agora seguia os dois, quase decidira ir sem demora para casa, e apenas esperava coragem para dizê-lo, quando o grande relógio em Mansfield Park soou três batidas, fazendo-a perceber que, de fato, permanecera ausente muito mais tempo que o habitual. Perguntou-se de novo se deveria ir ou não embora então, e de que maneira, o mais rápido possível. Com confiante decisão, começou a despedir-se, ao mesmo tempo que Edmund lembrou-se de que a mãe perguntara por ela e que ele fora até o presbitério com o propósito de levá-la de volta.

Aumentou a pressa de Fanny, e sem sequer esperar a presença de Edmund teria saído correndo sozinha, mas todos apertaram o passo e acompanharam-na casa adentro, por onde era necessário passar. Como o dr. Grant se achava no vestíbulo, ao pararem para cumprimentá-lo, constatou pela atitude do primo que ele de fato pretendia voltar com ela, pois também se despedia, e a jovem pôde apenas sentir-se grata. No momento em que iam embora, o dr. Grant convidou Edmund para jantar com ele no dia seguinte, e Fanny mal tivera tempo para um sentimento desagradável, quando a sra. Grant, como se lhe ocorresse uma repentina lembrança, dirigiu-se a ela e solicitou-lhe o prazer da companhia também. Era uma atenção tão inesperada, uma circunstância sob todos os aspectos tão nova na vida de Fanny, que ela se viu tomada por imensa surpresa e acanhamento. Enquanto expressava gaguejando enorme agradecimento e "sabia que não lhe cabia a permissão para aceitar", olhava para Edmund como a pedir-lhe opinião e ajuda. Mas Edmund, encantado porque a prima recebera tão feliz convite, tranquilizou-a com um olhar de relance e uma frase incompleta de que ele não tinha objeção alguma, além da que talvez tivesse a tia Norris, e afirmou não imaginar que Lady Bertram criasse qualquer dificuldade para liberá-la, dando-lhe o resoluto e franco conselho a aceitar o convite. E embora Fanny não se aventurasse, mesmo sob esse incentivo, a tão grande voo de independência, logo se decidiu que se nada se dissesse ao contrário a sra. Grant poderia esperá-la.

— E vocês sabem qual vai ser o jantar — disse a sra. Grant sorridente —, o peru, e garanto-lhes um muito gostoso, pois, meu querido — dirigiu-se ao marido —, a cozinheira insiste em que se prepare o peru amanhã.

— Ótimo, ótimo — exclamou o dr. Grant —, melhor ainda, alegra-me que tenha algo tão bom a oferecer em casa. Mas eu diria que a srta. Price e o sr. Edmund Bertram aceitam correr o risco. Nenhum de nós quer saber do cardápio. Uma reunião amigável e não um jantar esplêndido é o que desejamos. Um peru ou um ganso ou uma perna de carneiro ou qualquer coisa que sua cozinheira escolha servir-nos.

Os dois primos seguiram juntos para casa, e com exceção da conversa imediata sobre o recente compromisso, de que Edmund falou com calorosa satisfação, considerando bastante desejável que ela desfrutasse a intimidade que ele via estabelecida com tanto prazer, a caminhada transcorreu em silêncio, pois, terminado esse assunto, ele ficou pensativo e pouco disposto a iniciar outro.

Capítulo 23

— Mas por que deveria a sra. Grant convidar Fanny? — perguntou *Lady* Bertram. — Como lhe ocorreu convidá-la? Sabe que Fanny jamais jantou lá. Não posso dispensá-la, e sei que ela não quer ir. Fanny, você não quer ir, quer?

— Se lhe pergunta desse jeito — protestou Edmund, impedindo a prima de falar —, Fanny logo vai responder que não. Mas tenho certeza, minha querida mãe, de que ela gostaria de ir e não vejo motivo algum para que não vá.

— Não consigo imaginar por que a sra. Grant pensaria em convidá-la. Nunca o fez antes. Convidava suas irmãs de vez em quando, mas jamais convidou Fanny.

— Se não pode dispensar-me, senhora... — disse Fanny em um tom abnegado.

— Mas mamãe ficará com papai a tarde toda.

— Na verdade, ficarei.

— Que tal a senhora pedir a opinião de papai?

— Muito bem pensado. É o que farei, Edmund. Perguntarei a *Sir* Thomas assim que ele entrar se posso dispensá-la.

— Como queira, mamãe, mas eu me referia à opinião de papai quanto ao decoro de aceitar ou não o convite, e acho que ele considerará o correto, tanto pela sra. Grant quanto por Fanny, que por se tratar do primeiro convite deve ser aceito.

— Não sei. Vamos perguntar a ele. Mas de qualquer modo sei que ficará muito surpreso de que a sra. Grant a tenha convidado.

Nada mais havia a dizer, ou que se pudesse dizer com algum proveito, sem a presença de *Sir* Thomas. Mas o assunto, referindo-se à comodidade de *Lady* Bertram para o dia seguinte, dominou-lhe tanto a mente que meia hora depois, ao ver o marido, por um minuto, encaminhar-se da plantação para o quarto de vestir, chamou-o quando ele quase fechara a porta:

— *Sir* Thomas, espere um instante, tenho uma coisa a lhe dizer.

Diante do tom de calmo langor, pois ela nunca se permitia erguer a voz, sempre ouvido e atendido, *Sir* Thomas voltou. *Lady* Bertram começou a contar-lhe a história, e Fanny logo desapareceu da sala, pois ouvir a si mesma como o tema de qualquer conversa com o tio era mais do que seus nervos podiam suportar. Estava ansiosa, era fato, mais ansiosa talvez do que deveria estar; que importava, afinal, se fosse ou não? Mas se o tio levasse muito tempo a considerar e decidir, com a fisionomia muito séria e o olhar grave dirigido a ela, e por fim se decidisse contra, talvez não conseguisse mostrar-se submissa e indiferente como deveria. Enquanto isso, sua causa prosseguia bem. Assim se iniciou a conversa da parte de *Lady* Bertram:

— Vou dizer-lhe algo que o surpreenderá. A sra. Grant convidou Fanny para jantar.

— E? — disse *Sir* Thomas, como se esperasse mais alguma coisa para concluir a surpresa.

— Edmund quer que ela vá. Mas como posso dispensá-la?

— Ela chegará tarde — ele respondeu, olhando para o relógio —, mas qual a sua dificuldade?

Edmund viu-se obrigado a falar e preencher as lacunas no relato da mãe. Contou toda a história, e ela precisou apenas acrescentar:

— Acho muito estranho, pois a sra. Grant nunca a convidou antes.

— Mas não é muito natural — observou Edmund — que ela deseje proporcionar uma visita tão agradável à irmã?

— Nada me parece mais natural — respondeu *Sir* Thomas, após uma curta deliberação —, mesmo se não houvesse irmã, seria natural. O fato de a sra. Grant se mostrar delicada com a srta. Price, com a sobrinha de *Lady* Bertram, não precisa de explicação. Só o que me surpreende é ser esta a primeira vez que ela assim se mostre. Fanny teve absoluta razão em dar apenas uma resposta condicional. Parece sentir que era necessário. Como entendo, porém, que queira ir, pois todos os jovens gostam de ficar juntos, não vejo motivo algum para lhe negar esse prazer.

— Mas posso arranjar-me sem ela, *Sir* Thomas?

— Na verdade, acho que sim.

— Sabe que ela sempre faz o chá quando minha irmã não está aqui.

— Talvez possamos convencer sua irmã a passar o dia conosco, e eu com toda certeza estarei em casa.

— Muito bem, então, Fanny pode ir, Edmund.

A boa notícia logo a seguiu. Edmund bateu na porta do quarto dela ao dirigir-se ao seu.

— Bem, Fanny, tudo se resolveu da forma mais feliz e sem a mínima hesitação por parte do seu tio. Ele só teve uma opinião: você deve ir.

— Obrigada, alegro-me muito — foi a instintiva resposta de Fanny, embora, após se afastar do primo e fechar a porta, não deixasse de perceber: "No entanto, por que me alegro? Pois não tenho certeza de ver ou ouvir algo lá que me faça sofrer?".

Apesar dessa convicção, porém, sentia-se mesmo alegre. Por mais simples que pudesse parecer aquele compromisso, na visão de outros, para ela tinha novidade e valor, pois, com exceção do dia em Sotherton, raras vezes jantara fora de casa antes. Embora fosse a menos de um quilômetro de distância, e apenas para reunir três pessoas, ainda assim era um compromisso social, e todos os pequenos interesses da preparação consistiam por si sós em um divertimento.

Ela não teve a solidariedade nem a ajuda das que deveriam compartilhar seus sentimentos ou orientar seu gosto, pois *Lady* Bertram jamais pensou em ser útil a ninguém, e a sra. Norris, ao aparecer no dia seguinte, em consequência de uma visita e um convite bem cedo de *Sir* Thomas, chegou de péssimo humor, e parecia decidida apenas a diminuir o prazer da sobrinha, tanto no presente como no futuro, o máximo possível.

— Francamente, Fanny, tem muita sorte por receber tal atenção e tolerância! Deve ficar muito grata à sra. Grant por pensar em você, e à sua tia por deixá-la ir. Deve considerar isso um acontecimento extraordinário, pois espero que saiba que não existe um verdadeiro motivo para frequentar a casa de pessoas desse nível, sobretudo um convite para jantar, e tenha certeza de que jamais se repetirá. E tampouco imagine que o convite se deva a alguma cortesia específica a você, mas se destina aos seus tios e a mim. A sra. Grant acha que nos deve uma delicadeza ao dar-lhe uma pequena atenção, do contrário, isso jamais passaria pela cabeça dela, e tenha absoluta certeza de que, se sua prima Julia estivesse em casa, você nem sequer seria convidada.

A sra. Norris aniquilara com tanta engenhosidade a parte da gentileza atribuível à sra. Grant que Fanny, ao vê-la à espera de uma resposta, conseguiu apenas dizer que se sentia muito grata à tia Bertram por tê-la dispensado e que se esforçara por deixar todo o trabalho noturno da tia adiantado para evitar que ela sentisse sua falta.

— Ah, com certeza! Sua tia pode arranjar-se muito bem sem você, do contrário não lhe dariam permissão para ir. Estarei aqui, portanto pode ficar tranquila em relação a ela. E espero que tenha um dia muito agradável e ache tudo muitíssimo prazeroso. Mas preciso observar que cinco pessoas sentadas a uma mesa é um dos mais desairosos números possíveis, e não posso deixar de me surpreender que uma senhora tão elegante como a sra. Grant não tenha planejado melhor o jantar! E em volta daquela mesa enorme, que enche a sala de uma forma tão medonha! Se o doutor houvesse se contentado em ficar com a minha mesa de jantar quando me mudei, como teria feito qualquer pessoa sensata, em vez de pôr aquela nova e absurda dele, que é mais larga, muito mais larga, que a mesa de jantar daqui, a sala ficaria infinitas vezes melhor! E o respeitariam muito mais, pois jamais se respeitam pessoas quando estas saem da própria esfera social. Lembre-se disso, Fanny. Cinco, apenas cinco, sentados em volta daquela mesa. Garanto, contudo, que terá comida suficiente para dez.

A sra. Norris tomou fôlego e continuou mais uma vez:

— O absurdo e a insensatez de pessoas que saem da própria esfera social e tentam aparentar mais do que são me fazem julgar certo lhe dar um conselho, Fanny, agora que vai participar de uma reunião social sem nenhum de nós. Suplico e rogo a você que não se ponha em demasiada evidência, nem fale e não dê opiniões como se fosse uma de suas primas, como se fosse a querida sra. Rushworth ou Julia. Isso não ficará nada bem, acredite em mim. Lembre-se, esteja onde estiver, de que deve ser a mais humilde e a última, e embora a srta. Crawford se sinta na própria casa no presbitério, não queira igualar-se a ela. Quanto ao regresso à noite, você deve permanecer lá apenas pelo tempo que Edmund decidir.

— Sim, senhora. Nunca me ocorreria outra coisa.

— E se chover, o que parece muito provável, pois nunca vi na vida uma tarde ameaçar tanta chuva, você deve vir da melhor maneira que puder e não esperar que mandemos a carruagem buscá-la. Com certeza não vou para casa hoje à noite e, portanto, a carruagem não deverá sair por minha causa; assim, é melhor que se prepare para o que possa ocorrer e leve o necessário para isso.

A sobrinha achou isso perfeitamente razoável. Considerava ainda mais nulos os próprios direitos a comodidades do que supunha a sra. Norris; e quando *Sir* Thomas, logo depois ao abrir a porta, perguntou "Fanny, a que horas quer que a carruagem passe para buscá-la?", ela sentiu tal grau de estupefação que ficou impossibilitada de falar.

— Meu caro *Sir* Thomas — protestou a sra. Norris, rubra de raiva —, Fanny pode ir a pé!

— Ir a pé! — ele repetiu em um tom da mais irrefutável dignidade, e entrou na sala. — Minha sobrinha ir a pé a um compromisso nesta época do ano! Quatro e vinte convém a você?

— Sim, senhor — respondeu Fanny com toda humildade, sentindo-se quase uma criminosa diante da sra. Norris.

Sem suportar permanecer com ela no que talvez parecesse uma situação triunfante, seguiu o tio ao sair da sala, retardando-se atrás dele apenas o suficiente para ouvir as palavras proferidas em furiosa agitação:

— Bastante desnecessário! Amável em excesso! Mas Edmund também vai, de fato, é por causa de Edmund. Observei que ele estava rouco na terça-feira à noite.

Mas Fanny não se deixou enganar com isso. Sentiu que a carruagem era para ela e só para ela; e a consideração que lhe demonstrou o tio, tão em seguida àquelas observações humilhantes da tia, custou-lhe algumas lágrimas de gratidão.

O cocheiro chegou na hora marcada, um minuto depois trouxe o cavalheiro, e como a dama se sentara, com escrupuloso medo de se atrasar, muitos minutos antes na sala de estar, *Sir* Thomas viu-os partir em boa hora, como lhe exigiam os próprios hábitos de correta pontualidade.

— Agora me deixe olhar para você, Fanny — disse Edmund, com o amável sorriso de um irmão afetuoso —, e dizer o que acho. Pelo tanto que posso julgar nesta luz, você está muito bonita mesmo. Que roupa é essa?

— É o vestido novo que meu tio teve a bondade de me dar para o casamento da minha prima. Espero que não seja elegante demais, mas achei que deveria usá-lo assim que pudesse, e talvez eu não tenha outra oportunidade como esta durante o inverno. Espero que não me ache elegante demais.

— Uma mulher jamais pode ficar elegante demais quando se veste toda de branco. Não, não vejo nenhum refinamento excessivo em você. Seu vestido me parece muito bonito. Gosto desses círculos brilhantes. A srta. Crawford não tem um vestido parecido?

Ao aproximarem-se do presbitério passaram perto do estábulo e da cocheira.

— Veja! — exclamou Edmund. — Temos companhia, olhe aquela carruagem! A quem eles chamaram para se juntar a nós? — E ao baixar o vidro lateral para distinguir: — É de Crawford, a caleche dele, com certeza! São os dois empregados dele que a empurram para o lugar que ocupava antes. Ele está aqui, claro. Que grande surpresa, Fanny. Terei muito prazer em vê-lo.

Não houve oportunidade nem tempo para Fanny dizer como se sentia diferente, mas a ideia de haver outra pessoa, e logo aquela, para observá-la aumentou muito o tremor com que desempenhava a cerimônia terrível de entrar na sala de estar.

Ali, com certeza, se encontrava o sr. Crawford, que chegara com tempo suficiente para aprontar-se para o jantar. Os sorrisos e olhares satisfeitos dos três outros à volta dele mostravam como fora bem acolhida a repentina resolução do rapaz de visitá-los por uns dias ao sair de Bath. Um encontro muito cordial se passou entre Henry e Edmund e, com exceção de Fanny, o prazer era geral. Até para ela, porém, a presença dele talvez representasse uma vantagem, visto que todo acréscimo ao grupo só deveria favorecer-lhe o acariciado desejo de que lhe permitissem sentar-se em silêncio e passar despercebida. Logo ela própria se deu conta disso, pois embora tivesse de se sujeitar, como lhe ditava a própria boa conduta, e apesar da opinião da tia Norris, a ser a convidada de honra no grupo e a todas as pequenas distinções consequentes disso, Fanny percebeu, enquanto se achavam à mesa, com a predominância de um tão animado fluxo de conversa, que dela não era exigida a menor participação. Os dois irmãos tinham tanto assunto sobre Bath, os dois rapazes, sobre caçada, o sr. Crawford e o dr. Grant sobre política, e o sr. Crawford e a sra. Grant sobre tudo e todos ao mesmo tempo, que a ela se ofereceu a magnífica perspectiva de ter apenas de ouvir em silêncio e de passar um momento muito agradável. Não pôde deixar de cumprimentar o cavalheiro recém-chegado sem demonstração de interesse em saber se ele prolongaria a sua permanência em Mansfield. A ideia de mandar buscar seus caçadores em Norfolk, sugerida pelo dr. Grant, aconselhado por Edmund e recebida com caloroso entusiasmo pelas duas irmãs, logo se apoderou da mente de Henry, e este parecia desejar o incentivo até de Fanny para decidir-se. Pediram-lhe a opinião quanto à provável continuação do bom tempo, mas ela se limitou a responder de forma tão breve e indiferente quanto lhe permitia a boa educação. Não podia desejar que ele ficasse e preferia que ele não lhe tivesse dirigido a palavra.

As primas ausentes, sobretudo Maria, ocuparam-lhe a mente ao vê-lo, mas nenhuma lembrança constrangedora alterara o ânimo dele. Ali estava mais uma vez no mesmo lugar onde tudo se passara antes e com visível disposição para permanecer e ser feliz sem as irmãs Bertram, como se nunca tivesse conhecido Mansfield em outra situação. Ouviu-o apenas referir-se a ambas de um modo geral, até todos se reunirem mais uma vez na sala de estar; quando Edmund estava ocupado em conversa à parte com o dr. Grant sobre qualquer negócio que parecia absorvê-los e a sra. Grant com a mesa do chá, ele começou a falar delas em particular a Mary. Com um sorriso significativo, que fez Fanny muito odiá-lo, disse:

— Então! Acabei de saber que Rushworth e sua linda esposa estão em Brighton... homem feliz!

— Sim, estão lá há uns quinze dias, não, srta. Price? E Julia os acompanhou.

— E o sr. Yates, presumo, não deve estar muito longe.

— Sr. Yates! Que nada! Não temos notícias do sr. Yates. Não creio que ele se inclua muito nas cartas para Mansfield Park, e você, srta. Price? Acredito que minha amiga Julia sabe demais das coisas para manter correspondência com o pai sobre o sr. Yates.

— Pobre sr. Rushworth e suas quarenta e duas falas! — continuou Crawford. — Ninguém jamais as esquecerá. Pobre sujeito! Parece que o vejo agora, a labuta e o desespero dele. Bem, estarei muito enganado se sua linda Maria algum dia desejar ouvi-lo recitar aquelas falas — e acrescentou com momentânea seriedade —, ela é boa demais para ele, muito boa. — Então mudou mais uma vez o tom e dirigiu-se a Fanny com delicada galanteria: — Você era a melhor amiga do sr. Rushworth. A bondade e a paciência com que o tratava nunca poderão ser esquecidas, a infatigável paciência em tentar fazê-lo decorar o papel, em tentar dar-lhe o cérebro que lhe negou a natureza, em incorporar nele uma inteligência recorrendo à que você tem de sobra. Ele talvez não tenha compreensão o suficiente para apreciar a sua bondade, mas posso arriscar-me a dizer que de todos os demais do grupo mereceu louvor.

Fanny corou e nada disse.

— Foi como um sonho, um delicioso sonho! — exclamou Crawford, ao retomar o tema após alguns minutos de devaneio. — Hei de me lembrar sempre da nossa apresentação amadora com intenso prazer. Era tanto o interesse, a animação, a energia transmitida. Todos a captavam. Sentíamo-nos cheios de vida. Havia ocupação, esperança, solicitude , agitação a cada hora do dia. Sempre alguma pequena objeção, alguma pequena dúvida, alguma pequena ansiedade a superar. Nunca fui mais feliz.

Com silenciosa indignação, Fanny repetia para si mesma: "Nunca foi mais feliz! Nunca foi mais feliz como quando fazia o que deve muito bem saber que era injustificável! Nunca foi mais feliz como quando se portava de modo tão desonroso e insensível! Oh, que mente corrompida!".

— Não tivemos sorte, srta. Price — ele continuou em um tom mais baixo, para evitar a possibilidade de ser ouvido por Edmund e totalmente alheio aos sentimentos dela —, com toda certeza tivemos muita falta de sorte. Mais uma semana, apenas mais uma semana, haveria bastado para nós. Acho que se tivéssemos o poder de dispor dos acontecimentos, se Mansfield Park tivesse o poder de governar os ventos apenas por uma ou duas semanas em torno do equinócio, tudo teria sido diferente. Não que desejássemos arriscar a segurança dele com algum tempo tremendo, mas apenas com um vento contrário constante ou uma calmaria. Acho, srta. Price, que nos contentaríamos com uma semana de calmaria no Atlântico naquela estação.

Ele parecia determinado a obter uma resposta, e Fanny, desviando o rosto, disse com um tom mais firme que o habitual:

— Pelo que me diz respeito, senhor, eu não teria retardado o retorno dele nem por um dia. Meu tio desaprovou tanto tudo aquilo quando chegou que, em minha opinião, tudo tinha ido longe demais.

Nunca falara tanto de uma só vez com ele antes na vida e nunca tão furiosa com alguém, e quando terminou tremia e se ruborizava da própria ousadia. Henry surpreendeu-se, mas depois de observá-la em silêncio por um instante respondeu em um tom mais calmo e sério, como em consequência de uma sincera convicção:

— Creio que tem razão. Foi mais agradável que prudente. Começávamos a ficar alvoroçados demais.

Então mudou de assunto, com a intenção de envolvê-la em outro tema, mas Fanny dava-lhe respostas tão tímidas e relutantes que ele não conseguiu avançar em nenhum.

Mary Crawford, que lançara repetidos olhares ao dr. Grant e Edmund, observou então:

— Aqueles cavalheiros devem ter alguma questão muito interessante para conversar.

— A mais interessante do mundo — respondeu o irmão —, como ganhar dinheiro, como tornar ainda melhor uma boa renda. O dr. Grant está dando ao sr. Bertram instruções sobre os meios de subsistência da profissão que ele muito em breve iniciará. Soube que vai ordenar-se em algumas semanas. Falavam sobre isso na sala de jantar. Alegra-me saber que Bertram vai ficar muito bem de vida. Terá uma bela renda para gastar à vontade, sem grande esforço. Entendi que não receberá menos de setecentas libras por ano. É um excelente ganho para um irmão mais moço. Como decerto ele continuará a viver em Mansfield Park, a destinar a renda total aos seus prazeres da gastronomia, um sermão no Natal e outro na Páscoa, suponho, será a soma total de sacrifícios.

A irmã tentou tratar os próprios sentimentos com pouca importância, dizendo:

— Nada me diverte mais que ver a tranquilidade com que todos estipulam a riqueza dos que têm muito menos que eles próprios. Você ficaria em situação muito confusa, Henry, se tivesse de limitar os prazeres da gastronomia a setecentas libras por ano.

— Talvez ficasse, mas você sabe que tudo isso é muito relativo. São o direito de primogenitura e os hábitos que estipulam o que se ganha. Bertram vai ficar muito bem de vida para um caçula mesmo da família de um baronete. Quando tiver vinte e quatro ou vinte e cinco anos receberá setecentas libras, e nada precisará fazer para isso.

A srta. Crawford talvez sentisse vontade de dizer que devia haver alguma coisa a fazer e sofrer por isso, na qual não podia pensar sem inquietação, mas se conteve e deixou-a passar. Tentou parecer calma e desinteressada quando os dois cavalheiros logo depois se juntaram a eles.

— Bertram — disse Henry Crawford —, farei questão de vir a Mansfield para ouvir seu primeiro sermão. Venho de propósito, para incentivar um jovem iniciante. Quando vai ser? Srta. Price, não quer unir-se a mim no encorajamento ao seu primo? Não vai empenhar-se a ouvi-lo pregar com os olhos fixos nele o tempo todo, como o farei, para não perder uma única palavra, ou desviar o olhar apenas para anotar alguma frase de destacada beleza? Com certeza, iremos munir-nos de blocos e lápis. Quando será? Você sabe que deve pregar em Mansfield, para que *Sir* Thomas e *Lady* Bertram possam ouvi-lo.

— Hei de afastar-me de você, Crawford, o máximo que puder — respondeu Edmund —, pois é mais provável que consiga desconcertar-me e eu lamentaria mais que você o fizesse do que qualquer outro homem.

"Será que isso não o sensibiliza?", pensou Fanny. "Não, ele não sente nada como deveria."

Como todos os convivas agora se achavam reunidos e os principais falantes se atraíram uns aos outros, Fanny permaneceu tranquila; e quando se organizou depois do chá uma mesa de uíste, formada na verdade para a diversão do dr. Grant pela atenciosa esposa, embora não conviesse dá-lo a perceber aos demais, e Mary Crawford sentou-se diante da harpa, só restou à jovem convidada ouvi-la, e aquela tranquilidade continuou sem ser perturbada o resto da noite, a não ser quando o sr. Crawford de vez em quando lhe dirigia uma pergunta ou uma observação, a qual ela não podia deixar de responder. Mary Crawford ficara demasiadamente aflita com o que se passara para seu humor adaptar-se a qualquer outra coisa que não a música. Com ela, consolava a si mesma e divertia a amiga.

A certeza de que tão em breve Edmund se ordenaria caíra sobre ela como um golpe que pairava em suspenso na ária, e Mary, insegura e distante, ainda esperava, com ressentimento e mortificação, que qualquer coisa o impedisse ou adiasse.

Sentia-se muito furiosa com ele. Pensara que o havia influenciado mais. Começara a pensar nele, dava-se conta disso, com grande consideração, com quase decididas intenções, mas agora iria tratá-lo com a mesma frieza de sentimentos. Via com clareza que Edmund não tinha sérias intenções, que não sentia verdadeiro apego, do contrário não aceitaria uma situação à qual, como deveria ele muito bem saber, ela nunca se submeteria. Precisava aprender a igualá-lo naquela indiferença. Dali em diante, iria aceitar suas atenções sem qualquer outra ideia além da de divertir-se. Se ele podia controlar os afetos dessa forma, os dela não poderiam causar nenhum dano a si mesma.

Capítulo 24

Na manhã seguinte, Henry Crawford tomara a resoluta decisão de passar outros quinze dias em Mansfield e, após mandar buscar os caçadores e escrever algumas linhas de explicação ao almirante, olhou ao redor enquanto selava a carta. Não vendo mais ninguém da família ali, virou-se para a irmã com um sorriso e perguntou:

— Mary, como acha que vou divertir-me nos dias em que não for caçar? Estou ficando muito velho para sair mais de três vezes por semana, porém tenho um plano para os dias intermediários, e adivinhe qual é.

— Caminhar e passear a cavalo comigo, claro.

— Não exatamente, embora tenha muito prazer em ambas as atividades, mas isso seria exercício apenas para o corpo, e preciso cuidar da mente. Além disso, tais lazeres não passariam de um divertimento fácil, sem a salutar mistura de trabalho, e não gosto de comer o pão da ociosidade. Não, meu plano é fazer Fanny Price se apaixonar por mim.

— Fanny Price! Absurdo! Não, nem pensar. As primas dela já bastaram para satisfazê-lo.

— Mas não posso satisfazer-me sem Fanny Price, sem abrir uma pequena brecha em seu coração. Parece que você ainda não se deu conta de todas as admiráveis qualidades dela. Quando falamos de Fanny ontem à noite, nenhum de vocês parecia sensível à esplêndida mudança que se realizou na aparência da jovem nessas últimas seis semanas. Talvez porque a vejam todos os dias e por isso não perceberam, mas, garanto, trata-se de uma pessoa bastante diferente da que era no outono passado. Não passava então de uma menina calada, recatada, não sem atrativos físicos, claro, mas agora se tornou uma moça muitíssimo bonita. Eu achava que ela não tinha compleição esbelta nem possuía uma fisionomia expressiva, porém, naquela pele macia, que enrubesce com tanta frequência como ontem, vejo decisiva beleza; e, pelo que lhe observei nos olhos e na boca, não perco a esperança de serem bastante expressivos quando ela tiver algo a manifestar. E também a postura, os modos, o conjunto todo aperfeiçoaram-se de forma indescritível! Deve ter crescido pelo menos cinco centímetros desde outubro.

— Que conversa fiada! Diz isso apenas porque não havia nenhuma mulher alta para comparar com ela, porque usava um vestido novo e você nunca a vira antes tão bem-arrumada. Ela continua do mesmo jeito que estava em outubro, acredite em mim. A verdade é que era a única moça no grupo para você notar, e você sempre precisa ter alguém. Eu sempre a achei bonita, não de uma beleza estonteante, mas "muito bonita" como se diz; uma espécie de beleza que nos marca. Os olhos poderiam ser um pouco mais escuros, porém ela tem o sorriso muito meigo. Quanto a esse admirável grau de melhoria, sei que se deve a um vestido mais elegante e de você não ter mais ninguém para olhar, portanto, se pretende iniciar um flerte com ela, jamais me convencerá de que é em louvor à beleza de Fanny nem em consequência de algum sentimento além de ociosidade e insensatez.

O irmão só sorriu diante dessa acusação e logo depois disse:

— Eu mesmo ainda não sei bem o que concluir da srta. Fanny. Não a compreendo. Não saberia dizer o que ela pretendia ontem à noite. Que personalidade tem? Ela é solene? Sensível? Pudica? Por que se retraiu e me olhou tão séria? Mal consegui fazê-la falar. Nunca na vida havia passado tanto tempo em companhia de uma moça tentando entretê-la, e tendo-me saído tão mal! Jamais conheci nenhuma que me olhasse com tanta severidade! Preciso tirar o melhor partido disso. Aquele olhar me diz: "Não gosto de você e estou decidida a não gostar", e eu afirmo o contrário.

— Seu tolo presunçoso! Então consiste nisso a atração por Fanny, afinal? Já entendi, é o fato de ela não dar a mínima para você que a faz ter uma pele tão macia, torna-a tão mais alta, e gera todos os encantos e as graças! Só desejo mesmo que não a faça infeliz, um pouquinho de amor talvez a anime e lhe faça bem, mas não deixarei que a faça sofrer profundamente, pois é a melhor jovem que conheci e também muito sensível.

— Não serão mais que quinze dias — afirmou Henry — e, se esse período pode fazê-la morrer de amor, deve ter uma constituição que nada poderá salvá-la. Não, não lhe farei mal algum, queridinha! Quero só que ela me olhe com mais amabilidade, me dê sorrisos e enrubesça, guarde uma cadeira ao seu lado para mim onde quer que estivermos e se mostre toda animada ao ver-me ocupá-la e conversar com ela, pense como eu penso, se interesse por todos os meus bens e prazeres. Tente convencer-me a ficar mais tempo em Mansfield e, quando eu for embora, sinta que nunca mais poderá ser feliz. Nada mais desejo.

— A própria modéstia! — ironizou Mary. — Não posso ter escrúpulos agora. Bem, não lhe faltarão oportunidades para recomendar a si mesmo, pois ela e eu nos reunimos quase sempre.

E, sem tentar outro protesto, deixou Fanny à mercê do seu destino, um destino que, não estivesse o coração da moça protegido de um modo desconhecido pela srta. Crawford, talvez fosse um pouco mais duro do que ela merecia, pois embora sem dúvida existam algumas jovens de dezoito anos inconquistáveis (ou não se leria a respeito delas), que nunca se deixam persuadir a amar contra a vontade por maiores que sejam todas as pressões do talento, da atenção e da lisonja, não se pode julgar Fanny uma dessas, nem pensar que, com tanta ternura de temperamento e tanto gosto inato, ela teria escapado ilesa do galanteio (ainda que um assédio de apenas quinze dias) de um homem como Crawford, apesar de precisar superar a má opinião anterior que dele tinha, se já não tivesse o coração envolvido por outra pessoa. Com toda a segurança que o amor por outro e o desprezo por ele davam à tranquilidade de espírito de Fanny, atacada por Crawford, as contínuas atenções deste, contínuas, mas não importunas, que se adaptavam cada vez mais à delicadeza e sensibilidade da natureza dela, obrigaram-na logo a sentir menos aversão por ele do que a princípio. Não esquecera de forma alguma o passado e encarava-o como o mau-caráter de sempre, mas não podia negar-lhe os poderes de sedução. Era divertido e portava-se de maneira tão perfeita, tão delicada, tão séria e irrepreensivelmente delicada, que era impossível não lhe retribuir a amabilidade.

Poucos dias bastaram para Crawford consegui-lo; e, ao cabo desses poucos dias, surgiram circunstâncias que tenderam ainda mais a promover-lhe as intenções de agradar a ela, visto terem proporcionado tal grau de felicidade a Fanny que a tornou disposta a ser gentil com todos os demais. William, o irmão a quem, com tanta ternura amava, e que se ausentara por tanto tempo, estava de novo na Inglaterra. Ela própria recebera dele uma carta, algumas felizes linhas apressadas, escritas quando o navio chegou ao Canal, e enviadas a Portsmouth no primeiro barco que deixou o *Antwerp*, ancorado em Spithead. Quando Crawford aproximou-se com o jornal na mão, na esperança de que fosse o primeiro a trazer-lhe a feliz notícia, encontrou-a trêmula de alegria debruçada sobre a carta ao ouvir, com uma expressão radiante, grata, pelo amável convite que o tio muito sereno ditava em resposta.

Fora apenas no dia anterior que Crawford se inteirara do assunto, ou de fato tomara conhecimento de que Fanny tinha um irmão que se encontrava naquele navio. Mas o interesse então despertado o deixara muito animado, como convinha, e determinado, quando retornasse à capital, a pedir informações sobre o provável período em que o *Antwerp* regressaria do Mediterrâneo, etc. E boa sorte que o aguardava na manhã seguinte, ao ler logo cedo as notícias navais, parecia a recompensa da sua engenhosidade em procurar tal método para agradar a ela, além da atenção respeitosa prestada ao almirante, por haver lido durante tantos anos o jornal tido como o que divulgava as mais recentes informações navais. Ele verificou, porém, que chegara tarde demais. Todas aquelas deliciosas reações iniciais que tivera a esperança de provocar já haviam sido proporcionadas. Mas Fanny reconheceu-lhe com gratidão, muita gratidão e cordialidade, a intenção, a amabilidade da intenção, pois ela se viu elevada acima da habitual timidez pela efusão do amor por William.

O querido irmão muito em breve se encontraria entre eles. Não tinha a menor dúvida de que ele logo obteria licença para se ausentar, pois ainda não passava de aspirante da marinha; e como os pais, que moravam em Portsmouth, já deviam tê-lo visto e talvez o vissem diariamente, ele teria, com justiça e sem demora, de passar as férias imediatas junto da irmã, que fora sua melhor correspondente durante sete anos, e do tio, que fizera o máximo para seu sustento e avanço. De fato, não tardou a vir a resposta à carta dela, marcando uma data muito próxima para a chegada de William, e mal se haviam passado dez dias desde que Fanny sofrera aquela agitação da primeira visita para o jantar no presbitério, quando se viu em uma agitação maior, a vigiar o vestíbulo, o corredor, as escadas, atenta ao primeiro ruído da carruagem que lhe traria o irmão.

Por sorte, William chegou enquanto ela assim o esperava. Por não haver cerimônia nem receio que retardasse o momento do encontro, ela foi recebê-lo, e os dois entraram juntos; os primeiros minutos de intensa emoção não tiveram interrupção nem testemunha, a não ser que se pudessem assim chamar os criados atarefados em abrir as portas. Era isso que vinham planejando *Sir* Thomas e Edmund, individualmente, como cada um provou ao outro pela presteza com que ambos aconselharam a sra. Norris a permanecer onde se encontrava, em vez de correr para o vestíbulo logo que ouviram os ruídos da chegada.

William e Fanny logo apareceram, e *Sir* Thomas teve o prazer de receber, em seu protegido, uma pessoa muito diferente, decerto, da que ele equipara sete anos antes: um rapaz de rosto aberto, simpático e de maneiras francas, espontâneas, mas sensíveis e respeitosas, como as que lhe confirmou o amigo.

Passou-se um longo tempo até Fanny conseguir recuperar-se da agitada alegria daquela hora formada pelos trinta últimos minutos de expectativa e os primeiros trinta minutos de prazer que se seguiram; levou até um pouco mais até se poder dizer que aquela alegria a fez sentir-se muito feliz, depois que se desfizera o inseparável desapontamento da alteração que o tempo lhe causou no aspecto físico, e ela conseguiu ver no irmão o mesmo William de antes e falar com ele como seu coração ansiava por fazer havia mais de um ano. Esse momento, porém, foi de fato chegando aos poucos, incentivado pela afeição da parte dele e pela ternura da parte dela, e muito menos tolhido por refinamento social ou falta de autoconfiança. No dia seguinte, passeavam juntos com verdadeira alegria; e cada dia sucessivo renovava o *tête-à-tête*, o qual *Sir* Thomas podia observar apenas com satisfação, mesmo antes de Edmund indicá-lo ao pai.

Com exceção dos momentos de inebriante prazer que lhe havia causado qualquer ocorrência intencional ou inesperada de consideração de Edmund por ela nos últimos meses, Fanny jamais conhecera tanta felicidade na vida como nessas conversas sem temores, desinibidas, de igual para igual, com o irmão e amigo, que abria o coração, falava sobre todas as esperanças e todos os receios, planos e as preocupações relacionadas à bênção dessa tão sonhada promoção, tão custosamente merecida e valorizada, que lhe podia dar notícias diretas e minuciosas sobre o pai, a mãe, os irmãos e as irmãs, dos quais raras vezes ela ouvia falar, que se interessava por todos os confortos e as pequenas adversidades dela no novo lar, em Mansfield, pronto a mostrar-se de acordo ao considerar cada membro da família segundo a opinião que a irmã expressava, ou discordar apenas de uma opinião menos ponderada, mais ruidosa e ofensiva, à tia Norris, e com quem podia, talvez a mais cara satisfação de todas, falar repetidas vezes sobre todo o mal e bem dos primeiros anos juntos e reconstituir o sofrimento e a alegria anteriores de ambos, com a mais afetuosa lembrança. Que vantagem essa, fortalecida pelo amor, diante da qual o laço fraterno tem primazia sobre o conjugal. Os filhos da mesma família, do mesmo sangue, com as mesmas primeiras associações e hábitos, têm certos meios de satisfação mútua em seu poder, que nenhuma união posterior pode proporcionar; e, para que sobrevivam inteiramente esses preciosos remanescentes dos primeiros afetos, precisa haver uma separação longa e forçada, um divórcio, que nenhum relacionamento posterior consegue justificar. Com demasiada frequência, assim ocorre. O amor fraternal às vezes quase tudo é, em outras, pior que nada. Mas, com William e Fanny Price, tratava-se de um sentimento que continuava em toda a plenitude e todo frescor, ileso de qualquer oposição de interesses, não arrefecido por nenhum outro afeto, que a influência do tempo e da distância só contribuiu para aumentar.

Tão amistosa afeição elevava ambos na opinião de todos os que tinham coração para valorizar algo de bom. Henry Crawford ficou mais impressionado que todos os demais. Apreciava a afetuosa e sincera ternura do jovem marinheiro e chegou a dizer, com a mão estendida em direção à cabeça de Fanny:

— Sabe, já começo a gostar dessa moda estranha, embora eu não acreditasse, ao ouvir pela primeira vez, que se faziam semelhantes coisas na Inglaterra. Então, quando a sra. Brown e outras mulheres de comissários em Gibraltar apareceram com esses enfeites, pensei que tivessem enlouquecido, mas Fanny consegue reconciliar-me com qualquer coisa.

E ele viu, com animada admiração, o rubor das faces, o brilho dos olhos de Fanny, o profundo interesse e a atenção concentrada com que ouvia o irmão descrever qualquer dos perigos iminentes ou cenas atemorizantes que costumam ocorrer durante tão longo período em alto-mar.

Era uma imagem que Henry Crawford tinha suficiente gosto moral para apreciar. Os encantos de Fanny aumentaram, aumentaram até se duplicar, pois a sensibilidade que lhe embelezava o tom da pele e iluminava o rosto já era um atrativo em si. Não duvidava mais dos poderes do coração dela. Tinha capacidade de sentimento, verdadeiro sentimento. Valeria a pena ser amado por uma jovem como aquela, despertar os primeiros ardores daquela mente ingênua e sem experiência! Ela lhe interessava mais do que ele previra. Quinze dias não bastariam. Sua estada tornou-se indefinida.

William era muitas vezes convidado pelo tio Bertram para conversar. Embora os relatos dele fossem divertidos para *Sir* Thomas, o principal objetivo do tio em procurá-lo era compreender o narrador, conhecer o rapaz pelas suas histórias; e ouvia os claros, simples e espirituosos detalhes com plena satisfação, vendo neles a prova de bons princípios, conhecimento profissional, energia, coragem e animação, tudo, enfim, que merecia ou prometia ser bom. Apesar de tão jovem, William já vira muito. Estivera no Mediterrâneo, nas Antilhas, mais uma vez no Mediterrâneo, fora muitas vezes desembarcado em terra por favor do capitão e, no período de sete anos, conhecera toda a variedade de perigos que o mar e a guerra juntos tinham a oferecer. Com tantos recursos em seu poder, cabia-lhe o direito de que o ouvissem. Embora a sra. Norris se remexesse pela sala e perturbasse todos à procura de dois carretéis de linha ou o botão de uma camisa de segunda mão, no meio do relato do sobrinho sobre um naufrágio ou um combate, todos os demais prestavam atenção. Até *Lady* Bertram não conseguia ouvir tais horrores impassível e às vezes sem erguer os olhos do trabalho para exclamar:

— Ai, meu Deus! Que desagradável! Como pode alguém querer ir para o mar?

Em Henry Crawford os relatos causavam diferente sentimento. Ansiava por ter partido em viagem por mar, visto, feito e sofrido o mesmo. Tinha o coração ardente, a imaginação exaltada, e sentia o maior respeito por um rapaz que, antes dos vinte anos, passara por tantas provações físicas e dera tais provas de consciência. A glória de heroísmo, de utilidade, de esforço, de resistência, fazia seus hábitos de prazeres egoístas se revelarem em vergonhoso contraste, e ele desejou ser um William Price, que se distinguia e progredia pelo próprio esforço rumo à fortuna e importância com tanto amor-próprio e ardor satisfeito, em vez de ser o que ele era!

O desejo revelou-se mais impulsivo do que duradouro. Alguma pergunta de Edmund sobre os planos para a caçada do dia seguinte despertou-o daquele devaneio causado por retrospecção e tristeza; e Henry reconheceu de imediato que era muito bom ser um homem rico, com cavalos e cavalariços sob seu comando. Em certo sentido foi melhor assim, pois lhe deu os meios de conceder favores a quem ele desejava que se sentisse grato. Com vigor, coragem e curiosidade por tudo, William manifestou vontade de caçar, e Crawford pôde oferecer-lhe montaria sem o menor inconveniente para si mesmo, após precisar apenas remover alguns escrúpulos de *Sir* Thomas, que sabia melhor que o sobrinho o valor de tal empréstimo, e alguns receios de Fanny. Ela temia por William, pois de modo algum se convencera, apesar de todos os relatos do irmão sobre sua equitação em vários países, das escaladas em terrenos íngremes das quais participara, dos cavalos e das mulas bravios que montara ou das muitas escapadas por um triz de quedas assustadoras, de que ele fosse capaz de dominar um robusto cavalo numa caçada inglesa de raposas. Nem depois de vê-lo voltar são e salvo, sem acidente nem descrédito, Fanny conseguiu conformar-se com o risco, ou sentir pelo sr. Crawford aquela gratidão que ele tanto pretendera que ela demonstrasse por ter emprestado o cavalo. Quando, porém, se constatou que a caçada nenhum dano causara a William, ela reconheceu que fora uma amabilidade, e até recompensou o dono com um sorriso, quando mais uma vez ele ofereceu o animal para que o irmão tornasse a usá-lo; e no minuto seguinte, com a maior cordialidade e de um modo irresistível, renovou a oferta para uso exclusivo do rapaz, enquanto ele permanecesse em Northamptonshire.

Capítulo 25

Nesse período, a relação das duas famílias estava mais próxima de se estabelecer ao que fora no outono do que qualquer membro da antiga intimidade teria suposto ser possível. A volta de Henry Crawford e a chegada de William Price tiveram muito a ver com a nova situação, contudo muito mais ainda se devia à maior tolerância de *Sir* Thomas quanto às tentativas de aproximação feitas pelos vizinhos do presbitério. Com a mente agora livre das preocupações que a princípio o haviam pressionado, sentia-se mais disposto a achar que valia a pena de fato visitar os Grant e os jovens parentes que moravam com o casal; e embora infinitamente acima de planejar ou conceber o mais vantajoso compromisso matrimonial existente entre as aparentes possibilidades de alguém que lhe era muito caro, além de desdenhar como inferior sua perspicácia em tais questões, não deixava de perceber, em linhas gerais e imprecisas, que o sr. Crawford, de certo modo, tinha especial consideração pela sobrinha... e, talvez, embora inconscientemente, não se abstivesse de dar um consentimento aos convites.

Sua presteza, porém, em concordar em jantar no presbitério, quando se arriscou afinal o convite geral, depois de muitos debates e dúvidas sobre se valeria a pena, "porque *Sir* Thomas parecia tão avesso a essas reuniões sociais e *Lady* Bertram era tão indolente!", resultou apenas de boa educação e boa vontade, e nada teve a ver com o sr. Crawford, pois foi durante essa própria visita que lhe ocorreu, pela primeira vez, que qualquer pessoa habituada a essas ociosas observações teria achado que o sr. Crawford era admirador de Fanny Price.

A reunião em geral lhe pareceu agradável, pois se compunha em boa proporção pelos que gostavam de falar e pelos que gostavam de ouvir. O próprio jantar, elegante e farto, revelou-se de acordo com o estilo habitual dos Grant, e comum aos hábitos de todos, para suscitar qualquer reação, com exceção, decerto, na sra. Norris, que nunca encarava a mesa larga nem o número de pratos servidos com paciência, além de sempre imaginar sentir algum mau agouro na passagem dos criados atrás da sua cadeira e expressar alguma nova convicção na impossibilidade de que, em meio a tantos pratos, alguns não ficassem frios.

À noite, foi combinado, de acordo com a determinação prévia da sra. Grant e da irmã, que, depois de formadas as duplas na mesa de uíste, restariam pessoas suficientes para um jogo individual de cartas. Após todos concordarem, sem opção, como em geral ocorre nessas ocasiões, decidiu-se, quase com a mesma rapidez, que jogariam especulação,[1] em que vence o participante que exibe a combinação de cartas mais alta da rodada. E *Lady* Bertram logo se viu na crítica situação de ter de escolher entre os dois jogos. Hesitou. Por sorte o marido estava perto.

— Que devo fazer, *Sir* Thomas? Uíste ou especulação? Qual dos dois me divertirá mais?

Sir Thomas, após uma breve reflexão, recomendou especulação. Ele próprio jogaria uíste e talvez não achasse muito divertido tê-la como parceira.

— Muito bem — foi a resignada resposta da esposa —, então, sra. Grant, que seja especulação. Não entendo nada disso, mas Fanny pode ensinar-me.

Ao ouvi-la, porém, Fanny interpôs-se com ansiosos protestos de igual ignorância. Não conhecia o jogo e jamais vira alguém

---

[1] Especulação é o nome de um jogo de cartas bastante popular no século XIX. (N. E.)

jogar; *Lady* Bertram sentiu mais uma vez uma indecisão momentânea, mas após todos a tranquilizarem, dizendo que nada seria mais fácil, pois, dos jogos de cartas, era o mais simples, Henry Crawford logo se adiantou com um pedido muito sério para que lhe permitissem sentar-se entre ela e a srta. Price, a fim de ensinar as duas. Depois de *Sir* Thomas, a sra. Norris, o dr. e a sra. Grant se sentarem à mesa de uíste, de superior categoria e dignidade intelectual, os seis restantes, sob a direção de Mary Crawford, acomodaram-se ao redor da outra. Revelou-se um excelente arranjo para Henry Crawford, ao lado de Fanny e com as mãos muito atarefadas a manejar as cartas de duas jogadoras, além das suas, pois, além de ser impossível Fanny em três minutos sentir-se senhora das regras do jogo, ele ainda precisava inspirar-lhe as jogadas, aguçar a cobiça e endurecer o coração, o qual, sobretudo em qualquer competição com William, consistia em um trabalho meio difícil; quanto a *Lady* Bertram, ele seria o responsável por todo o jogo e pela sorte da senhora durante a noite inteira; e, ainda que rápido o bastante para impedir-lhe precisar olhar as cartas no início da partida, precisava orientá-la nos descartes até o fim.

Sentia-se de excelente humor, fazia tudo com feliz desenvoltura, mostrava-se superior em ocasiões oportunas, tinha recursos rápidos e divertida impudência que honrassem o jogo; e a informalidade da mesa da especulação criava em tudo um contraste muito acentuado com a constante sobriedade, tranquilidade e o silêncio da outra.

Por duas vezes, *Sir* Thomas quis saber sobre o sucesso e o divertimento de sua esposa, mas em vão, pois nenhum intervalo era longo o suficiente para o tempo que lhe exigiam as maneiras comedidas, e muito pouco a par ficou da situação dela até que a sra. Grant, ao final da primeira partida, conseguiu aproximar-se e entretê-la.

— Espero que a senhora esteja satisfeita com o jogo.

— Ah, querida, sim! É muito divertido, de fato. Um jogo muito estranho. Não entendo nada dele. Nunca preciso ver minhas cartas, o sr. Crawford faz todo o resto.

— Bertram — disse Crawford um pouco depois, aproveitando um pequeno esmorecimento no jogo — não cheguei a lhe contar o que me aconteceu ontem, quando eu voltava para casa. — Os dois haviam caçado juntos e se achavam no meio de um bom galope a certa distância de Mansfield, quando, ao descobrir que o cavalo perdera uma ferradura, Henry fora obrigado a desistir e voltar para trás o melhor que pôde. — Já lhe disse que me perdi no caminho ao passar por aquela antiga fazenda com grandes arbustos, pois sou avesso a perguntar, mas não lhe contei que, com a minha sorte habitual, pois nunca cometo um erro sem ganhar algo em troca, descobri-me no devido lugar que tinha curiosidade de ver. Encontrei-me de repente, ao virar em uma curva de um íngreme campo gramado, no meio de um vilarejo isolado, entre colinas de suave inclinação, com um córrego raso diante de mim e uma igreja que me pareceu surpreendentemente grande e bonita para o lugar. Não encontrei sequer uma casa senhorial nem metade de uma que servisse de moradia a um cavalheiro, a não ser uma que suponho tratar-se do presbitério, a curta distância da colina e da igreja. Em suma, encontrava-me em Thornton Lacey.

— Parece — assentiu Edmund —, mas que caminho tomou ao passar pela fazenda de Sewell?

— Não respondo a uma questão tão fora de propósito e tão insidiosa como essa; porque, mesmo que eu respondesse a todas as perguntas que me quisesse fazer durante uma hora, você nunca me poderia provar que aquele lugar não era Thornton Lacey, pois tenho certeza de que era.

— Então perguntou?

— Não, nunca pergunto. Mas disse a um homem que consertava uma cerca que ali era Thornton Lacey, e ele concordou.

— Você tem boa memória. Não me lembrava de lhe ter dito tanto sobre o lugar.

Thornton Lacey era o nome da paróquia que daria os meios de vida dele, como bem o sabia a srta. Crawford, cujo interesse na negociação de um valete com William Price aumentou.

— Bem — continuou Edmund —, e que achou do que viu?

— Gostei muito, de fato. Você é um sujeito felizardo. Haverá trabalho para no mínimo cinco verões antes de o lugar se tornar habitável.

— Não, não, não tanto assim. Concordo que se deva mudar o curral de lugar. Mas, além disso, não sei de mais nada. A casa de modo algum é inabitável, e quando se transferir o curral terá um acesso muito razoável.

— O curral deve ser removido e o lugar inteiramente plantado para ocultar a vista da oficina do ferreiro. A casa deve ser virada para o leste em vez de se voltar para o oeste; isto é, a entrada e os quartos principais devem ficar voltados para o nascente, onde a vista é realmente magnífica. Creio que isso pode ser feito. E, no lugar em que está o jardim, deve ser feito o pátio de entrada. Na parte que agora fica nos fundos da casa, você pode fazer um novo jardim, em declive para o sudoeste, o que o tornará maravilhoso. O terreno parece que foi formado exatamente para isso. Subi cinquenta metros no caminho entre a igreja e a casa, a fim de olhar em redor; e assim pude ver como poderia ficar tudo. Não há nada mais fácil. Os campos para além do que vai ser o jardim, bem como a parte onde ele agora está, estendendo-se do ponto onde eu me encontrava para o nordeste, isto é, até a estrada principal que atravessa a vila, devem ser completamente aplainados, é claro; lindos campos aqueles, entremeados de árvores. Pertencem ao presbitério, suponho; do contrário você deveria comprá-los. E então o riacho, é preciso fazer qualquer coisa com ele; mas ainda não resolvi definitivamente o que será. Tive duas ou três ideias.

— Também tenho algumas ideias — disse Edmund —, e uma delas é que porei em prática muito pouco do seu plano para Thornton Lacey. Devo contentar-me com menos decoração e beleza. Acredito que se deve tornar a casa e a propriedade confortáveis e deixá-las conforme deve ser a residência de um cavalheiro sem qualquer grande despesa, o que me basta, e espero que baste para todos os que se preocupam comigo.

A srta. Crawford, um pouco desconfiada e ressentida por certo tom de voz e certo olhar de esguelha que acompanharam a última expressão da esperança dele, apressou-se a concluir as negociações com William Price e, após arrematar o valete do rapaz a um preço exorbitante, exclamou:

— Pronto, vou apostar meu último trunfo, como uma mulher destemida. Nada de prudência receosa para mim. Não nasci para ficar parada e nada fazer. Se eu perder a partida, não será por não ter lutado por ela.

Ela ganhou a jogada, embora não lhe pagasse o que descartara para vencer. Distribuíram novas cartas e Crawford recomeçou a falar de Thornton Lacey.

— Talvez meu plano não seja o melhor possível, pois não levei muitos minutos para formá-lo, mas você pode fazer grandes obras. O lugar as merece, e muito menos do que tem condição de fazer não o deixará satisfeito. — E, virando-se para *Lady* Bertram: — Desculpe, mas a senhora não deve ver suas cartas. Assim, deixe-as ficar viradas para baixo diante da senhora. Bertram, o lugar merece. Você fala em dar-lhe o aspecto da residência de cavalheiro. Para isso, basta a remoção do curral, pois independentemente daquele horrível estorvo, nunca vi uma casa que tivesse tanto ar de uma residência senhorial, a aparência tão distinta de qualquer coisa acima de uma simples casa paroquial, acima da despesa de algumas centenas por ano. Não se trata de uma aglomeração desordenada de moradias individuais baixas, com mais telhados que janelas, não a construíram espremida naquela forma compacta vulgar de uma casa quadrada de fazenda, é uma casa de paredes sólidas, espaçosa, com a aparência semelhante à de uma mansão, onde se imaginaria que morara uma antiga e respeitável família geração após geração, durante dois séculos no mínimo.

Mary Crawford ouviu e Edmund concordou.

— Aquele ar de residência senhorial, portanto, você tem apenas de lhe dar se fizer alguma coisa. Contudo se presta a muito mais — Crawford interrompeu-se e retornou ao jogo. — Deixe-me ver, Mary. *Lady* Bertram aposta doze naquela dama, não, não, é mais do que ela vale. Ela não aposta doze. Ela passa. Continuem, continuem. — Tornou a falar da casa. — Com algumas melhorias, como as que sugeri, de fato não é minha intenção exigir que você aceite meu plano, embora eu tenha certeza de que ninguém faria outro melhor, talvez possa dar-lhe um aspecto mais elevado. Elevá-la a um lugar imponente. De um simples residencial senhorial, ela se transformaria, com melhoria criteriosa, na mansão de um homem educado, de bom gosto, ideias modernas e boas relações. Pode-se imprimir tudo isso na casa, que talvez adquira tão grande imponência que qualquer um que passe pela estrada vai considerar o dono o maior proprietário de terras da paróquia, sobretudo por ali não existir nenhuma verdadeira mansão nobre concorrente. Cá entre nós, eis uma circunstância que aumenta o valor de tal situação quanto ao privilégio e à independência acima de todos os cálculos. Concorda comigo, não? — perguntou em voz mais baixa ao dirigir-se a Fanny. — Já viu o lugar alguma vez?

Fanny respondeu com uma rápida negativa e tentou ocultar o interesse pelo assunto com intensa atenção ao irmão, que lhe propunha uma difícil troca, pressionando-a o máximo possível. Mas Crawford interferiu:

— Não, não, não deve desfazer-se da dama. Comprou-a muito caro e seu irmão não oferece nem a metade do valor dela. Não, não, senhor, tire as mãos, tire as mãos. Sua irmã não se desfaz da dama. Está bastante decidida. — E tornou a virar-se para ela: — Fanny, você vai ganhar a rodada, com toda certeza.

— E Fanny preferiria que William ganhasse! — disse Edmund, sorrindo para ela. — Pobre Fanny! Não lhe permitem que engane a si mesma como gostaria!

— Sr. Bertram — disse a srta. Crawford minutos depois —, sabe que Henry é muito hábil nesse tipo de reforma, acredito ser impossível você fazer qualquer coisa desse tipo em Thornton Lacey sem aceitar a ajuda dele. Pense só em como foi útil em Sotherton! Lembre-se apenas das grandes coisas que ali se realizaram, depois que todos visitamos o lugar em um dia quente de agosto a examinar o terreno, e veja como se inflamou o gênio do meu irmão. Lá fomos e de lá voltamos, e é inenarrável o que se fez!

Fanny desviou os olhos para Crawford por um instante com uma expressão mais que séria, até acusatória, mas, ao captar os dele, logo os retirou. Com um quê de inibição, Henry fez que não com a cabeça para a irmã e respondeu rindo:

— Não posso dizer que fiz muito em Sotherton, mas também em um dia tão quente e nós correndo desnorteados atrás uns dos outros... — E assim que um murmúrio geral acobertou-o, acrescentou em voz baixa dirigida apenas a Fanny: — Ficaria muito triste se julgassem minha capacidade para planejar por aquele dia em Sotherton. Agora vejo tudo de forma muito diferente. Não pense em mim pelo modo como me mostrei naquele dia.

Sotherton era uma palavra que atraía os ouvidos da sra. Norris, e como nesse exato momento desfrutava uma feliz pausa que se seguiu a uma rodada casual vencida pela jogada essencial de *Sir* Thomas em seguida à dela, contra as excelentes mãos do casal Grant, a tia exclamou, de excelente bom humor:

— Sotherton! Sim, que senhor lugar aquele! De fato, passamos um dia encantador lá! William, que falta de sorte a sua, mas na próxima vez que vier espero que o sr. e a sra. Rushworth estejam em casa, pois tenho certeza de que será recebido com toda amabilidade por ambos. Suas primas não são do tipo de esquecer os parentes e o sr. Rushworth é um homem muito amável. Sabe que eles se encontram em Brighton agora, em uma das melhores casas dali, visto que a estupenda fortuna do sr. Rushworth dá-lhes tal direito? Não sei a distância exata, mas quando você voltar para Portsmouth, se não for muito longe, poderia visitá-los e transmitir-lhes seus respeitos; e eu poderia enviar por você um pacote que desejo que seja entregue às suas primas.

— Teria muito prazer, tia, mas Brighton fica quase em Beachey Head; e, mesmo que eu pudesse ir até lá, não espero ser bem-vindo em uma casa tão elegante como aquela, pobre e inferior aspirante que sou.

A sra. Norris começava uma veemente promessa da afabilidade com que ele podia contar, quando *Sir* Thomas interrompeu-a com autoridade:

— Não o aconselho a ir a Brighton, William, pois creio que em breve terá oportunidade mais conveniente de se encontrarem. Minhas filhas, porém, terão prazer em ver os primos em qualquer lugar, e encontrará o sr. Rushworth muito disposto a respeitar todas as relações da nossa família como as dele próprio.

— Prefiro encontrá-lo como secretário particular do primeiro-lorde do Tesouro mais do que qualquer outra coisa — foi a única resposta de William, em um murmúrio, para não o ouvirem muito longe, e o assunto morreu aí.

Sir Thomas ainda não vira nada para observar no comportamento do sr. Crawford. Mas, ao desfazer-se a mesa de uíste no fim da segunda partida, após deixar o dr. Grant e a sra. Norris discutindo sobre a última jogada, tornou-se um espectador na mesa do outro grupo e notou que a sobrinha era o objeto de atenções, ou melhor, de declarações de natureza um tanto incisiva.

Henry Crawford manifestava o primeiro ardor de um novo plano para Thornton Lacey, e como não se achava ao alcance do ouvido de Edmund, detalhava-o para a bela vizinha, com um olhar de considerável intensidade. O novo plano consistia em alugar a propriedade no inverno seguinte, para ter sua própria casa naquela vizinhança. Não seria apenas para usá-la na estação de caça, como lhe dizia, então, embora esta ideia tivesse com certeza algum peso na decisão, pois acreditava que, apesar de toda a grande generosidade do dr. Grant, era impossível tornar confortável para eles e para os cavalos o lugar em que estavam agora; mas a afeição por aquela vizinhança não se limitava a uma diversão nem a uma estação do ano. Passara a desejar ali um lugar onde pudesse vir a qualquer época, um pequeno refúgio e estábulo doméstico sob seu comando, onde pudesse passar todas as férias anuais, e lhe permitisse continuar, melhorar e aperfeiçoar aquela amizade e intimidade com a família de Mansfield Park, cujo valor para ele aumentava cada vez mais. *Sir* Thomas ouviu e não se sentiu ofendido. Não havia nenhuma falta de respeito nas declarações do rapaz, e Fanny as recebia com tanto decoro e recato, tanta tranquilidade e tão pouco convidativa, que ele nada via para censurá-la. Ela pouco falava, apenas concordava de vez em quando, sem trair inclinação alguma a tomar para si qualquer parte do cumprimento nem a incentivar opiniões em favor de Northamptonshire. Ao perceber quem o observava, Henry Crawford dirigiu-se a *Sir* Thomas sobre o assunto, em um tom de voz mais moderado, porém com sentimento.

— Quero ser seu vizinho, *Sir* Thomas, como talvez o senhor me tenha ouvido dizer à srta. Price. Posso contar com sua aquiescência e a promessa de não influenciar seu filho contra tal inquilino?

Sir Thomas inclinou-se com cortesia e respondeu:

— É o único modo, senhor, pelo qual eu não desejaria vê-lo estabelecido como vizinho permanente, pois espero e creio que Edmund ocupará sua própria casa em Thornton Lacey. Falo demais, Edmund?

O filho, diante dessa solicitação, teve primeiro de saber do que se tratava; mas, ao entender a pergunta, respondeu sem hesitação:

— Com certeza, senhor, penso apenas em residir ali. Mas, Crawford, embora eu o recuse como inquilino, poderá visitar-me como amigo. Considere-a quase sua a casa em todo inverno. Acrescentaremos os estábulos ao seu próprio plano de reforma e com todas as melhorias que possam ocorrer-lhe durante a primavera.

— Seremos os perdedores — continuou *Sir* Thomas. — A mudança de Edmund, embora para uma distância de apenas treze quilômetros, será uma redução indesejável em nosso círculo familiar, mas me causaria profunda mortificação se algum filho meu se conformasse com menos. É muito natural que o senhor não tenha pensado mais a respeito, sr. Crawford. Uma paróquia, porém, tem necessidades e exigências que apenas um clérigo com residência permanente conhece e nenhum substituto tem condição de satisfazer na mesma medida. Edmund poderia, algumas vezes, fazer o dever em Thornton, isto é, ler as preces e pregar os sermões, sem sair de Mansfield Park; ir a cavalo todos os domingos a uma casa nominalmente desabitada e cumprir com todo o serviço divino, ser pastor em Thornton Lacey cada sétimo dia do mês, por três ou quatro horas, se isso o contentasse. Mas não o contentará. Ele sabe que a natureza humana precisa de mais lições que apenas um sermão semanal pode transmitir, e se não morar entre os paroquianos, e provar a si mesmo, pela constante atenção, ser seu benfeitor e amigo, muito pouco fará tanto pelo bem deles como pelo seu próprio.

O sr. Crawford curvou a cabeça, aquiescendo.

— Repito mais uma vez — acrescentou *Sir* Thomas — que Thornton Lacey é a única casa na vizinhança em que não me agradaria ver o sr. Crawford como ocupante.

O sr. Crawford agradeceu e curvou de novo a cabeça.

— *Sir* Thomas — disse Edmund — sem dúvida conhece bem o dever de um pastor paroquial. Devemos esperar que o filho possa provar que ele também o conhece.

Fosse qual fosse o efeito que a pequena pregação de *Sir* Thomas talvez produzisse no sr. Crawford, suscitou certas sensações desagradáveis em duas outras pessoas, as mais atentas ouvintes, a srta. Crawford e Fanny. Uma das quais, como nunca entendera que Thornton seria tão em breve e definitiva a casa dele, pensava de olhos baixos o que seria não ver Edmund todos os dias; e a outra, ao ver-se arrancada das agradáveis fantasias em que se abandonara antes com a força da descrição do seu irmão, sem mais conseguir, na imagem que formara sobre o futuro de Thornton, excluir a igreja, anular o clérigo e ver apenas a residência respeitável, elegante, moderna e ocasional de um homem com riqueza independente, pensava em *Sir* Thomas com decidida má vontade, como o destruidor de tudo isso, e sofria ainda mais por causa daquela indulgência involuntária que a condição e os modos impunham ao tio e por não ousar desabafar-se com uma única tentativa de ridicularizar sua causa.

Todo o prazer do seu jogo especulativo se desfez então. Era hora de terminar com as cartas, se prevalecessem sermões, e se alegrou com a necessidade de acabar com o jogo e poder refrescar o espírito com uma mudança de lugar e de vizinho.

A maioria dos presentes agora se reunia de forma irregular em volta da lareira, à espera do fim da visita. William e Fanny eram os mais afastados do grupo. Permaneceram juntos na mesa de jogo, então deserta, a conversar muito à vontade e sem pensar nos demais, até alguns dos presentes começarem a pensar neles. Henry Crawford foi o primeiro a levar a cadeira para perto dos irmãos e sentou-se em silêncio, observando-os por alguns minutos, ele próprio observado por *Sir* Thomas, que conversava em pé com o dr. Grant.

— Hoje é a noite da reunião — disse William. — Se eu estivesse em Portsmouth, talvez comparecesse.

— Mas você não desejaria estar em Portsmouth, não é, William?

— Não, Fanny, claro que não. Terei muito tempo para ficar em Portsmouth e para dançar também quando não puder ter você ao meu lado. E não sei se aproveitaria muito indo à reunião, pois talvez não encontrasse um par. As moças de Portsmouth empinam o nariz para qualquer pessoa que não tenha patente militar. Um aspirante de marinha é o mesmo que nada. Nada mesmo. Lembra das Gregory? Tornaram-se umas moças muito bonitas, porém mal falam comigo, porque Lucy está sendo cortejada por um tenente.

— Oh! Que vergonha, que vergonha! Mas não faz mal, William — tinha as faces rubras de indignação ao falar. — Não vale a pena preocupar-se. Não são ofensas diretas a você; não é mais pelo que todos os maiores almirantes passaram na época deles. Você precisa lembrar-se disso. Tentar encarar como uma das adversidades que todo marinheiro enfrenta, como o mau tempo e a vida difícil, com a vantagem de que terminará um dia, chegará um tempo em que não terá de suportar nada parecido. Quando você for tenente! Pense nisso, William, quando você for tenente, não dará a mínima importância a um absurdo desse tipo.

— Começo a achar que jamais serei tenente, Fanny. Todos o conseguem, menos eu.

— Oh, meu querido William, não fale assim, não deve desanimar. Meu tio nada comenta, mas tenho certeza de que fará tudo ao seu alcance para você ser promovido. Ele sabe, tanto quanto você, a importância disso.

Ela interrompeu-se diante da visão do tio, muito mais próximo deles do que suspeitara, e ambos julgaram necessário mudar de assunto.

— Você gosta de dançar, Fanny?

— Gosto, sim, muito, mas logo me canso.

— Gostaria de ir a um baile em sua companhia e vê-la dançar. Em Northampton se realizam bailes? Gostaria de vê-la dançar e a tiraria, se você quisesse, pois ninguém aqui saberia quem sou, gostaria de ser seu par mais de uma vez. Dançaríamos juntos muitas vezes; lembra-se de como dançávamos, quando o homem do realejo aparecia na nossa rua? Sou um ótimo dançarino, à minha maneira, mas garanto que você é ainda melhor. — E virou-se para o tio agora ao lado deles: — Fanny não é uma ótima dançarina, senhor?

Fanny, sem graça por aquela pergunta inesperada, não sabia para que lado olhar, nem como se preparar para ouvir a resposta. Alguma grave reprovação, ou pelo menos a mais fria expressão de indiferença, viria para desolar o irmão e fazê-la querer afundar no chão. Mas, ao contrário, não foi pior que:

— Lamento dizer que não sei responder à sua pergunta. Nunca vi Fanny dançar desde que era pequenina, mas creio que ambos constataremos que ela se portará como uma nobre quando a virmos dançar, o que talvez tenhamos a oportunidade de fazer em breve.

— Eu tive o prazer de ver sua irmã dançar, sr. Price — disse Henry Crawford, curvando-se para a frente —, e posso responder a todas as perguntas que quiser fazer sobre o assunto, para sua inteira satisfação. Mas creio — interrompeu-se ao ver Fanny parecer aflita — que deverá ser em outra ocasião. Uma pessoa no grupo não gosta que se fale da srta. Price.

De fato, ele vira Fanny dançar uma vez; e, na verdade, agora poderia ter respondido sobre ela deslizar no salão com tranquila e leve elegância, e em um admirável ritmo, mas não se lembrava, nem para salvar a própria vida, de como ela dançara, pois só sabia ao certo da presença dela, porém nada mais lembrava com referência a como era então.

Ele passou, contudo, por um admirador da dança de Fanny; e *Sir* Thomas, de modo algum descontente, prolongou a conversa sobre dança, em geral, tão empenhado na descrição dos bailes em Antígua e em prestar atenção no relato do sobrinho sobre as diferentes maneiras de dançar que tivera a oportunidade de observar, que não ouvira anunciarem-lhe a carruagem e só se deu conta disso pelo alvoroço causado pela sra. Norris.

— Venha, Fanny! Fanny, que tem na cabeça? Nós já vamos. Não vê que sua tia já está de partida? Depressa, depressa! Não gosto de fazer o bom Wilcox esperar. Você não deve nunca se esquecer do cocheiro e dos cavalos. Meu caro *Sir* Thomas, nós acertamos que a carruagem volta para buscar o senhor, Edmund e William.

Sir Thomas não discordou, pois ele mesmo o providenciara e comunicara à esposa e à cunhada, mas a sra. Norris parecia ter-se esquecido disso, pois gostava de imaginar que ela própria tomava todas as providências.

A última sensação de Fanny nessa visita foi de decepção. O xale que Edmund, com toda tranquilidade, tomava da criada para trazer e colocar nos ombros da prima foi arrebatado pelas mãos mais ágeis do sr. Crawford, e ela se viu obrigada a dever a este mais essa destacada atenção.

Capítulo 26

O desejo manifestado por William, de ver Fanny dançar, causou mais que uma momentânea impressão no tio. A esperança de uma oportunidade que lhe dera *Sir* Thomas não caiu no esquecimento. Ele continuava com a firme disposição de satisfazer a tão amável sentimento, satisfazer a todos os que talvez desejassem vê-la dançar, além de proporcionar prazer aos jovens em geral; e, após refletir muito sobre o assunto e de haver tomado a resolução em tranquila independência, informou a decisão na manhã seguinte, na hora do almoço, quando, depois de lembrar e elogiar o que o sobrinho dissera, acrescentou:

— Não me agrada a ideia, William, de que você parta de Northamptonshire sem essa satisfação. Vê-los dançar me daria muito prazer. Você perguntou sobre os bailes de Northampton. Suas primas compareciam a alguns deles de vez em quando, mas por vários motivos não nos convêm agora. Seria demasiado fatigante para sua tia. Creio que não devemos pensar num baile em Northampton. Realizar uma dança em casa me parece mais aconselhável e se...

— Ah, meu caro *Sir* Thomas! — interrompeu a sra. Norris. — Imaginei que isso aconteceria. Sabia o que diria. Se a querida Julia estivesse em casa ou a querida sra. Rushworth, em Sotherton, que servisse de ensejo, uma ocasião propícia, para tal evento, o senhor se sentiria tentado a dar um baile em Mansfield e proporcionar aos jovens o prazer da dança. Sei que o faria. Se elas estivessem aqui para abrilhantar o baile, poderia realizá-lo ainda neste Natal. Agradeça a seu tio, William, agradeça a seu tio!

— Minhas filhas — respondeu *Sir* Thomas, intervindo com o semblante muito sério — têm os prazeres delas em Brighton e espero que estejam muito felizes, mas a dança que penso dar em Mansfield será para meus sobrinhos. Se pudéssemos reunir todos, nossa satisfação seria completa, sem a menor dúvida mais completa, porém a ausência de alguns não deve impedir a diversão de outros.

A sra. Norris não teve o que dizer. Viu decisão na atitude do cunhado. Sentiu tão grande surpresa e irritação que precisou calar-se por alguns minutos para recuperar a serenidade. Um baile em tal ocasião! Com as filhas ausentes, e sem sequer consultá-la! Logo, porém, encontrou consolo. Caberia a ela a realização de tudo, claro que poupariam *Lady* Bertram de todo o planejamento e esforço, e tudo recairia sobre ela. Teria de fazer as honras da noite, e essa reflexão logo lhe restaurou tanto o bom humor que lhe permitiu juntar-se aos outros antes mesmo de eles expressarem todas as suas alegrias e agradecimentos.

Edmund, William e Fanny, cada um à sua maneira, demonstraram e manifestaram ainda mais grato prazer pelo baile prometido do que *Sir* Thomas poderia desejar. Os sentimentos de Edmund eram por conta dos primos. O pai jamais concedera um favor ou demonstrara uma gentileza que lhe satisfizesse tanto.

Lady Bertram mostrou-se inteiramente tranquila e contente, e não teve objeções a fazer. *Sir* Thomas prometeu que o baile iria dar-lhe muito pouco trabalho, e ela o tranquilizou:

— Não receio de modo algum o trabalho, na verdade, nem imagino que dê algum.

A sra. Norris tinha na ponta da língua as sugestões quanto às salas que ela julgaria mais bem equipadas para se usar, porém descobriu que tudo já fora predeterminado. Quando quis iniciar suas conjecturas e insinuações sobre o dia, parecia que também já se marcara a data. *Sir* Thomas se entretivera em fazer um esboço completo do evento, e quando a cunhada se dispusesse a ouvir sem interrompê-lo ele poderia ler a lista das famílias a serem convidadas, dentre as quais calculava reunir, com toda a necessária dedução por notificá-las com pouca antecedência, suficientes jovens para formar doze ou catorze pares. Também poderia detalhar as considerações que o haviam induzido a fixar o dia vinte e dois como o mais adequado. William deveria estar em Portsmouth no dia vinte e quatro, portanto vinte e dois seria o último dia da presença dele em Mansfield, mas como tinham tão poucos dias pela frente seria desaconselhável marcar uma data mais cedo. A sra. Norris foi obrigada a se contentar com o fato de que pensara a mesma coisa e afirmar que também ia propor tal dia como sendo o mais recomendável.

O baile agora se tratava de uma questão acertada, e antes de anoitecer era uma notícia comunicada a todos os interessados. Enviaram-se os convites com rapidez, e muitas moças, além de Fanny, foram para a cama naquela noite com a cabeça cheia de felizes preocupações. Para ela, essas preocupações, às vezes, superavam a felicidade, pois jovem e inexperiente, com poucos meios de escolha e sem confiança no próprio gosto, o "como deveria vestir-se" era um ponto de doloroso anseio; e o quase único ornamento que possuía, uma cruz de âmbar muito bonita que William lhe trouxera da Sicília, era a maior aflição de todas, pois tinha apenas um pedaço de fita para prendê-la ao pescoço; e embora a houvesse usado dessa maneira antes, seria isso admissível em tal ocasião, entre todos os ricos ornamentos com que supunha que se apresentariam as outras moças? Mas como não usá-la! William também quisera comprar-lhe uma corrente de ouro, mas a compra se revelou muito além dos recursos do irmão, por isso não usar a cruz talvez o magoasse. Eram ansiosas considerações, suficientes para desanimá-la mesmo diante da perspectiva de um baile oferecido principalmente para a sua satisfação.

Enquanto isso, os preparativos prosseguiam, e *Lady* Bertram continuava sentada no sofá, sem que lhe causassem inconveniência alguma. Teve algumas visitas extras da governanta, e a criada pessoal confeccionava apressada um vestido novo para ela; *Sir* Thomas dava ordens, e a sra. Norris corria de um lado para o outro, mas nada disso perturbava a irmã, pois, como ela previra, não "imaginava que desse trabalho algum".

Edmund nessa ocasião vivia cheio de preocupações. Tinha a mente profundamente ocupada na reflexão sobre dois acontecimentos importantes agora próximos que lhe definiriam o destino na vida, a ordenação e o matrimônio, acontecimentos de natureza tão séria que o baile, ao qual logo se seguiria um deles, parecia-lhe menos importante do que para qualquer outra pessoa na casa. No dia vinte e três visitaria um amigo perto de Peterborough na mesma situação que a dele, e ambos receberiam as ordens na semana do Natal. Então, metade do seu destino estaria definida, mas era muito provável que não se resolvesse a outra metade com a mesma facilidade. Seus deveres ficariam estabelecidos, mas a mulher que haveria de compartilhar, animar e recompensar tais deveres talvez ainda continuasse inacessível. Ele sabia o que queria, mas nem sempre tinha muita certeza de conhecer as intenções da srta. Crawford. Discordavam inteiramente um do outro em alguns pontos; em alguns momentos ela não parecia favorável, embora ele tivesse total confiança no afeto da jovem, a ponto de estar resolvido, quase resolvido, a declarar-se muito em breve, assim que resolvesse as várias questões que precisava solucionar, e soubesse o que tinha a lhe oferecer. Sentia-se tomado por muitas sensações de ansiedade e passava muitas horas mergulhado na dúvida quanto ao desfecho. Sentia às vezes forte convicção da estima de Mary, pois se recordava de um longo período de encorajamento da parte dela, que se mostrava tão perfeita em afeto desinteressado quanto em tudo mais. Porém, em outras vezes, dúvida e receio se entremeavam com suas esperanças, e quando pensava naquela reconhecida aversão dela à intimidade e ao isolamento, em sua decidida preferência pela vida de Londres, que poderia esperar senão uma categórica rejeição, a não ser que fosse uma aceitação ainda mais deplorável e exigisse tais sacrifícios de *status* e ocupação por parte dele que lhe proibiria a consciência?

O desfecho de tudo dependia de uma única pergunta. Amava-o Mary o bastante para privar-se do que considerava pontos essenciais? Ou o amava o suficiente para deixar de considerá-los tão importantes? E a essa pergunta, que não parava de repetir para si mesmo, embora na maioria das vezes respondesse com um "sim", outras também respondia com um "não".

A srta. Crawford em breve partiria de Mansfield e diante dessa circunstância o "não" e o "sim" alternavam-se com grande frequência nos últimos dias. Ele vira os olhos dela brilharem quando falava na carta da querida amiga que lhe cobrava uma longa visita em Londres e na bondade de Henry em comprometer-se a ficar em Mansfield até janeiro, a fim de poder levá-la para lá; ouvira-a falar do prazer dessa viagem com tanta animação, que transmitia "não" em todos os tons. Mas isso ocorrera no primeiro dia em que se decidiu a viagem, na primeira hora do impulso daquela alegria, quando via diante de si apenas os amigos que iria visitar. Desde então, ouvira-a expressar-se de modo diferente, com outros sentimentos, sentimentos mais cheios de altos e baixos; ouvira-a dizer à sra. Grant que a deixaria com pesar, pois começava a crer que nem os amigos nem os prazeres que iria buscar se equiparavam ao que deixaria para trás, e, embora sentisse que precisava ir e soubesse que se divertiria em Londres, já ansiava por voltar a Mansfield. Não continha tudo isso um "sim"?

Com tais questões para avaliar, organizar e reorganizar, Edmund não podia, por sua vez, pensar muito na noite pela qual ansiava o restante da família, esperá-la com o mesmo grau de intenso interesse. Independentemente do prazer que proporcionaria aos primos, a noite não tinha para ele maior valor que teria qualquer outra reunião das duas famílias. Em toda reunião nutria a esperança de receber mais confirmação do afeto da srta. Crawford; mas o turbilhão de um salão de baile talvez não fosse muito favorável ao estímulo ou expressão de sentimentos sérios. Garantir antecipadamente tê-la como par nas duas primeiras danças era a possibilidade de felicidade individual que poderia desejar e que estava em seu poder, e foi o único preparativo para o baile que lhe passou pela cabeça, apesar de tudo que acontecia à sua volta relacionado à festa desde a manhã até a noite.

Quinta-feira seria o dia do baile e, na manhã de quarta-feira, Fanny, ainda insatisfeita por não saber o que deveria vestir, decidiu procurar o conselho de pessoas mais esclarecidas e recorreu à sra. Grant e à irmã, cujo reconhecido bom gosto, sem dúvida, a faria apresentar-se irrepreensível, e como Edmund e William haviam ido a Northampton, e ela tinha motivo para supor que o sr. Crawford também saíra, encaminhou-se para o presbitério sem muito receio de faltar-lhe a oportunidade para uma conversa a sós, e a intimidade da conversa era a parte mais importante para Fanny, pois se sentia mais que meio envergonhada de sua própria ansiedade.

Encontrou-se a poucos metros do presbitério com a srta. Crawford, que acabara de sair para visitá-la, e como lhe pareceu que a amiga, embora insistisse afável em retornar, relutava em perder o passeio, logo explicou o problema e observou que, se a outra fizesse a bondade de dar sua opinião, tanto poderiam conversar a respeito ali mesmo quanto dentro de casa. A srta. Crawford pareceu agradecida pelo pedido, e após uma ideia momentânea incentivou-a a entrar com ela de forma muito mais cordial que antes e propôs que subissem para seu quarto, onde poderiam ter uma conversa à vontade sem incomodar o dr. e a sra. Grant, reunidos no salão. Era o plano exato que convinha a Fanny; e, muito agradecida por tão imediata e amável atenção, as duas entraram, subiram e logo mergulharam em cheio na interessante questão. A srta. Crawford, satisfeita com o apelo, compartilhou tudo de acordo com seu melhor discernimento e bom gosto, tudo facilitou com sugestões, além de tentar tornar tudo agradável com muito boa vontade. Após decidirem o vestido em linhas gerais, ela perguntou:

— E que vai usar como colar? Não vai pendurar a cruz do seu irmão?

Enquanto falava, desfazia um pequeno embrulho que Fanny observara na mão dela quando se encontraram. Fanny confessou-lhe o desejo e as dúvidas quanto a essa questão, não sabia o que fazer, deveria usar ou não a cruz? Teve como resposta uma pequena caixa de joias posta diante dela e a solicitação de que escolhesse entre vários colares e correntes de ouro. Fora esse então o embrulho que levava a srta. Crawford e o objetivo da intencionada visita. E com a maior amabilidade insistia agora com Fanny que escolhesse um para a cruz e o aceitasse como presente, dizendo tudo que lhe ocorria para evitar escrúpulos, o que fez a jovem recuar a princípio com um olhar horrorizado diante da oferta.

— Você vê a coleção que tenho — tranquilizou-a —, mais que o dobro do que posso ou pensaria em usar. Não os ofereço como novos. Ofereço apenas um colar velho. Precisa perdoar-me a liberdade e me dar o prazer de aceitá-lo.

Fanny ainda resistia. O presente era demasiado valioso. Mas a srta. Crawford perseverava e defendia o caso com tão afetuosa sinceridade, a propósito de William, da cruz, do baile, dela própria, que por fim conseguiu. Fanny viu-se obrigada a render-se, para não ser julgada orgulhosa ou indiferente, ou que demonstrasse alguma outra pequenez, e com recatada relutância aceitou e pôs-se a escolher. Examinou-os repetidas vezes, ansiando por saber qual seria o menos valioso, e acabou por decidir-se por um colar que via com mais frequência que os demais. Era de ouro com primorosos ornamentos lavrados. Embora Fanny tivesse preferido uma corrente mais longa e simples, como a mais adequada para a finalidade, esperara, ao decidir-se, ser o que a srta. Crawford menos desejava conservar. Ela deu-lhe total aprovação com um sorriso e apressou-se a finalizar o presente. Prendeu-o no pescoço de Fanny e mostrou como lhe caía bem.

Não ocorreu à jovem dizer uma palavra que contestasse o belo caimento da joia, e com exceção do que lhe restava dos escrúpulos, ficou satisfeita ao extremo com uma aquisição tão oportuna. Talvez preferisse agradecer a alguma outra pessoa, mas esse era um sentimento indigno. A srta. Crawford previra seu desejo com uma bondade que provava ser uma verdadeira amiga.

— Quando usar este colar, sempre pensarei em você — disse — e sentirei como foi tão bondosa.

— Deve pensar em outra pessoa também quando usar esse colar — respondeu a srta. Crawford. — Deve pensar em Henry, pois foi dele a escolha. Meu irmão me deu esse colar e, com o presente, transfiro a você todo o dever de lembrar-se do doador original. Deve ser uma lembrança de família. Não pense na irmã sem também pensar no irmão.

Fanny, tomada por grande perplexidade e confusão, teria devolvido o presente no mesmo instante. Aceitar o que fora presente de outra pessoa, logo de um irmão, era inadmissível! Não podia ser! E com uma impetuosidade e constrangimento que muito divertiam a companheira, pôs mais uma vez o colar no forro do estojo e pareceu decidida a aceitar outro ou nenhum. A srta. Crawford achou que nunca vira uma escrupulosidade mais admirável.

— Minha querida menina — disse ela rindo —, de que sente medo? Acha que Henry vai reclamar o colar como meu e imaginar que não se tornou seu de forma honesta? Ou imagina que ele ficaria lisonjeado demais por ver no seu lindo colo um ornamento que o dinheiro dele comprou três anos atrás, antes de saber que existia no mundo esse pescoço? Ou talvez — continuou com ar travesso — desconfie de conspiração entre nós e que faço isso agora com o conhecimento e desejo dele? — Com intenso rubor, Fanny protestou contra tal ideia. — Bem, então — respondeu a srta. Crawford mais séria, porém sem acreditar de modo algum em si mesma —, para me convencer de que você não suspeita de algum plano e é uma pessoa tão digna de cumprimentos como sempre a julguei, aceite o colar e não se fala mais nisso. O fato de ser um presente do meu irmão não deve fazer a menor diferença em aceitá-lo, pois garanto que nenhuma diferença faz em minha vontade de me desfazer dele. Henry vive presenteando-me com uma ou outra coisa. Tenho tão inumeráveis presentes dele que me é impossível avaliá-los, e o meu irmão não deve lembrar-se nem sequer da metade. Quanto a esse colar, suponho que não o usei nem seis vezes, é muito bonito, mas nunca me lembro, e embora a escolha de qualquer outro que você fizesse na minha caixa de joias fosse bem acolhida com toda a sinceridade de minha parte, por acaso você se fixou no que, se eu tivesse opção, teria preferido me desfazer e ver em seu poder mais que qualquer dos outros. Rogo-lhe que não se oponha mais. Uma ninharia como essa não vale nem a metade de tantas palavras.

Fanny não ousou opor-se mais; e com renovados, porém muito menos satisfeitos agradecimentos, tornou a aceitar o colar, pois nos olhos da srta. Crawford via uma expressão que não a satisfazia.

Ela não podia ficar insensível à mudança de atitude do sr. Crawford. Havia muito a notara. Era evidente que ele tentava agradá-la, com ousadia; atencioso, parecia agir às vezes como o fizera com as primas; queria, ela supunha, tirar-lhe a tranquilidade enganando-a como as enganara. Como se ele por acaso não tivesse algo a ver na história do colar! Ela não se convencera de que não tivera, pois a srta. Crawford, complacente como irmã, era despreocupada como mulher e como amiga.

A refletir, duvidar e sentir que a posse do que tanto desejara não lhe proporcionara muita satisfação, agora mais uma vez se encaminhava de volta para casa, após uma mudança em vez de uma diminuição das preocupações desde que trilhara aquele caminho antes.

Capítulo 27

Ao chegar em casa, Fanny subiu imediatamente para a sala do leste, a fim de guardar a inesperada aquisição, o presente que lhe parecia duvidoso, o colar, em uma das suas caixas preferidas, onde colecionava todos os seus pequenos tesouros; mas, ao abrir a porta, qual não foi a sua surpresa ao encontrar, sentado à mesa, o primo Edmund ali escrevendo! Tal visão, antes nunca ocorrida, revelou-se quase tão maravilhosa quanto bem-vinda.

— Fanny — ele logo disse, deixou a cadeira, largou a caneta e foi ao encontro dela com algo na mão —, perdoe-me por estar aqui. Vim procurá-la e após aguardar um pouco na esperança de que você entrasse, usei seu tinteiro para aguardar o motivo da visita. Vai encontrar o início de um bilhete, mas agora posso dar-lhe o recado que consiste apenas em lhe pedir que aceite esta bobagem, uma corrente para a cruz de William. Você deveria tê-la recebido há uma semana, mas houve um atraso em virtude do fato de meu irmão chegar à cidade vários dias depois do que eu esperava, e só agora fui pegá-la em Northampton. Espero que goste da corrente, Fanny. Esforcei-me por levar em conta a simplicidade do seu gosto, mas em todo caso sei que terá a gentileza de entender minhas intenções e a considerará, como de fato é, uma lembrança do amor de um de seus mais velhos amigos.

E ao dizê-lo saiu apressado, antes que Fanny, dominada por milhares de sentimentos de dor e prazer, pudesse falar, mas, impelida por um desejo imperioso, ela então o chamou:

— Oh, primo, espere um instante! Por favor, espere! — Ele voltou-se. — Não posso tentar agradecer-lhe — continuou de modo muito agitado —, os agradecimentos estão fora de questão. Sinto muito mais do que saberia expressar. Sua bondade em pensar em mim dessa maneira vai além...

— Se é só o que tem a dizer, Fanny — ele interrompeu-a com um sorriso e tornou a dar meia-volta.

— Não, não é só isso. Preciso de seu conselho.

Quase sem o perceber, abrira então o pacote que ele acabara de pôr-lhe na mão e ao ver diante de si, em todo o requinte de uma embalagem de joalheria, uma corrente de ouro simples e graciosa à perfeição, não pôde conter novo arroubo de gratidão:

— Oh, mas é linda mesmo! Esta é exatamente como eu gostaria! É o único ornamento que desejava possuir e se ajusta com toda precisão à minha cruz. Devem ser e serão usadas juntas. Também chega num momento tão oportuno. Oh, primo, você não imagina como é bem-vinda.

— Minha querida Fanny, você exagera nesses sentimentos. Alegro-me muito por ter gostado da corrente, e que ela chegasse a tempo para o baile de amanhã, mas seus agradecimentos vão muito além do que a ocasião exige. Acredite, nada no mundo me dá maior prazer do que contribuir para o seu. Digo, com toda segurança, que não sinto prazer tão completo, tão puro e tão perfeito como esse.

Diante de tais expressões de afeto, Fanny poderia permanecer uma hora sem dizer uma palavra, mas Edmund, após esperar um momento, obrigou sua mente a descer do voo celestial, ao perguntar:

— Mas sobre o que você queria consultar-me?

Era sobre o colar que recebera de Mary Crawford, que agora ansiava seriamente por devolver e esperava obter a aprovação dele para fazê-lo. Contou-lhe a história da recente visita, e seu arrebatamento talvez chegasse ao fim; pois, ao saber do ocorrido, Edmund ficou tão impressionado com a circunstância, tão encantado com o que a srta. Crawford fizera e tão satisfeito com tal coincidência de atitude entre os dois, que Fanny só pôde reconhecer o poder superior de um prazer na mente dele, embora não tão completo nem tão perfeito. Passou algum tempo até ela conseguir chamar-lhe a atenção de volta à ideia de devolver o colar ou obter qualquer resposta ao seu pedido de opinião. Edmund encontrava-se em terno devaneio, proferia apenas de vez em quando meias frases de louvor, mas quando de fato despertou e compreendeu, se manifestou muito decidido contra o que ela desejava.

— Devolver o colar! Não, minha querida Fanny, de forma alguma. Isso a deixaria gravemente mortificada. Não creio que exista sensação mais desagradável do que ver devolvido um presente que se deu com a esperança de contribuir para o bem-estar de uma amiga. Por que privá-la de um prazer do qual ela se mostrou tão merecedora?

— Se fosse dado a mim em primeiro lugar — explicou Fanny — eu não pensaria em devolvê-lo, mas, sendo um presente do irmão, não é justo supor que ela preferiria não se desfazer dele quando não é mais necessário?

— Ela não deve supor que não o necessita ou, ao menos, que não o aceita; e o fato de ter sido presente original do irmão não faz diferença, pois se isso não a impediu de oferecê-lo a você, nem a você de aceitá-lo, não deve influenciá-la a não o conservar. Não há dúvida de que é muito mais bonito que o meu e mais adequado para um salão de baile.

— Não, não é mais bonito, de modo algum mais bonito, nem é tão adequado para o que quero. A corrente combina muito mais com a cruz de William do que o colar.

— Uma noite, Fanny, para uma noite apenas, se for um sacrifício, sei que você ao pensar melhor fará esse sacrifício em vez de magoar alguém tão zelosa do seu bem. As atenções da srta. Crawford a você têm sido... não mais das que lhe são merecidas, sou a última pessoa a achar que poderiam ser, mas têm sido invariáveis, e retribuí-las com o que teria o ar de ingratidão, embora eu saiba que não seria com essa intenção, não faz parte da sua natureza. Use o colar amanhã à noite, como prometeu usar, e guarde a corrente, que foi encomendada sem relação alguma com o baile, para outras ocasiões. Eis o meu conselho. Não gostaria da sombra de frieza entre as duas, cuja intimidade eu tenho observado com o maior prazer, e em cujas personalidades há tanta semelhança, generosidade e natural delicadeza, a ponto de as poucas e leves diferenças, resultantes sobretudo do *status*, não constituírem impedimento para uma perfeita amizade. Não desejaria ver surgir a sombra de frieza — ele repetiu, baixando um pouco a voz — entre os dois seres mais queridos que tenho no mundo.

Com as últimas palavras, ele saiu, e Fanny ali permaneceu para tranquilizar-se como podia. Então era uma das que ele mais estimava, isso deveria consolá-la. Mas a outra ser a primeira! Nunca o ouvira falar com tanta franqueza, e, embora ele não lhe dissesse mais do que ela percebera muito tempo antes, foi uma punhalada, pois revelou as próprias convicções e intenções de Edmund. Ele tomara a decisão. Pretendia, de fato, casar-se com a srta. Crawford. Foi uma punhalada, apesar de toda expectativa duradoura. Teve de repetir muitas vezes que ela era uma das duas mais queridas, antes de acreditar. Se acreditasse que a srta. Crawford o merecia, seria... Ah, como seria diferente... como seria muito mais tolerável! Mas ele se enganava com ela, atribuía-lhe méritos que ela não tinha, os defeitos continuavam os mesmos de sempre, porém ele não os via mais. Até que houvesse derramado muitas lágrimas sobre essa decepção, Fanny não conseguiu dominar a agitação, e apenas a influência de fervorosas preces que fez pela felicidade dele aliviou a depressão que se seguiu.

Era sua intenção, que ela julgava seu dever, tentar superar tudo que fosse excessivo, tudo que beirasse o egoísmo, no afeto por Edmund. Qualificar ou mesmo imaginar aquilo como perda, decepção, seria uma presunção a censurar para a qual não encontrava palavras enérgicas o bastante que lhe satisfizessem a humildade. Pensar nele como era justificável a srta. Crawford pensar nela seria insanidade. Para ela, Edmund não podia significar nada em nenhuma circunstância, nada mais que apenas um amigo querido. Por que lhe teria ocorrido essa ideia, embora fosse apenas para reprová-la e proibi-la? Não devia ter tocado nem nos confins da sua imaginação. Iria esforçar-se por ser racional e merecer o direito de julgar a personalidade da srta. Crawford e o privilégio de dedicar uma verdadeira atenção a ele.

Contava com todo o heroísmo de princípios e decidira cumprir seu dever. Mas também, com tantos sentimentos inerentes à juventude e à natureza feminina, não era de estranhar que, se após tomar todas essas boas resoluções quanto ao autodomínio, ela pegasse o pedaço de papel onde Edmund começara a escrever-lhe, como um tesouro além de todas as esperanças, lesse com a mais terna emoção as palavras: "Minha muito querida Fanny, peço que você me faça o favor de aceitar", e o trancasse junto com a corrente, como a parte mais valiosa do presente. Era a única coisa semelhante a uma carta que até então recebera dele. Talvez nunca recebesse outra, era impossível que recebesse outra que lhe causasse tanta satisfação pela ocasião e pelo estilo. Duas linhas mais valorizadas jamais saíram da pena do mais renomado autor, nunca se viram com mais completa bênção as pesquisas do mais amável biógrafo. O entusiasmo do amor de uma mulher supera a descrição dos biógrafos. Para ela, a própria caligrafia, independentemente de qualquer mensagem que possa transmitir, é uma bem-aventurança. Jamais tais letras traçadas por qualquer outro ser humano proporcionaram tanta alegria a alguém como as simples palavras de Edmund a Fanny! Aquele modelo, escrito às pressas como foi, não tinha sequer um defeito e desprendia tamanha felicidade na fluidez das quatro primeiras palavras, na combinação de "Minha muito querida Fanny", que ela poderia ficar olhando-as para sempre.

Após ordenar as ideias e reconfortar os sentimentos por essa feliz mistura de razão e fraqueza, ela se sentiu em condição, no devido tempo, para descer e cuidar das tarefas habituais perto da tia Bertram, além de dar-lhe as atenções de costume sem aparentar qualquer desânimo.

Chegou a quinta-feira, predestinada à esperança e à alegria, e começou com perspectivas mais agradáveis para Fanny do que oferecem os dias obstinados, incontroláveis, pois, logo após o almoço, William recebeu um bilhete muito amável do sr. Crawford, no qual declarava que se viu obrigado a seguir para Londres no dia seguinte e lá passar alguns dias, e desejava encontrar uma companhia para a viagem. Portanto, esperava que, se William decidisse deixar Mansfield um dia antes do que se propusera, aceitasse um lugar em sua carruagem. O sr. Crawford pretendia chegar à cidade na hora habitual do jantar na casa do tio. A proposta revelou-se muito agradável ao próprio William, que apreciava a ideia de viajar numa carruagem puxada a quatro cavalos, e na companhia de um amigo tão bem-humorado e agradável; e Fanny, por outro motivo, sentiu-se feliz ao extremo, pois a ideia original era que o irmão viajaria na noite seguinte, no veículo da posta de Northampton, o que não lhe daria uma hora de descanso antes de tomar o coche para Portsmouth. Embora a oferta do sr. Crawford lhe roubasse muitas horas da companhia do irmão, ela se alegrou por vê-lo poupado da fadiga de uma tal viagem para pensar algo mais. *Sir* Thomas aprovou-a por outro motivo. A apresentação do sobrinho ao almirante Crawford talvez fosse útil. O almirante, supunha ele, tinha influência. O bilhete foi acolhido com alegria geral. O ânimo de Fanny continuou pela metade da manhã, contribuindo um pouco para aumentar-lhe o prazer a ausência do próprio autor do bilhete.

Quanto ao baile tão próximo, sentia-se por demais agitada e assustada para desfrutar metade da alegria que deveria ter sentido, ou que se supunha terem as várias outras jovens que ansiavam pelo mesmo acontecimento em situações mais tranquilas, porém, em circunstâncias de menos novidade, interesse e satisfação pessoal que se atribuíam a ela. A srta. Price, conhecida pela maioria das pessoas convidadas apenas pelo nome de batismo, agora faria a primeira apresentação social e todos a encaravam como a rainha da festa. Quem poderia ser mais feliz do que a srta. Price? Mas ela não fora educada para o ofício de apresentar-se; se soubesse a importância com que esse baile era considerado com respeito a ela, perderia a relativa tranquilidade, e teriam aumentado os receios que já sentia de se sair mal e ser observada. Dançar sem muita observação nem excessiva fadiga, ter força e parceiros ao menos para a metade da noite, dançar um pouco com Edmund e não muitas vezes com o sr. Crawford, ver William divertir-se e conseguir manter-se longe da tia Norris constituíam o máximo de sua ambição, e pareciam abranger-lhe a maior possibilidade de sentir-se feliz. Como essas consistiam em suas maiores esperanças, nem sempre prevaleciam, e no decorrer daquela infindável manhã, passada sobretudo em companhia das duas tias, viu-se muitas vezes sob a influência de perspectivas muito menos animadoras. William, decidido a fazer o último dia de folga de diversão completa, saíra para caçar. Edmund — Fanny tinha muitos motivos para supor — estava no presbitério, e, deixada sozinha para suportar a preocupação da sra. Norris irritada porque a governanta queria resolver do próprio modo a ceia, o que ela não podia permitir, a jovem acabou ficando tão cansada que atribuiu ao baile todos os males. Quando, irritada, a mandou aprontar-se, subiu lânguida para o quarto e sentiu-se tão incapaz de divertir-se como se a houvessem proibido de participar.

Enquanto subia devagar, pensava no dia anterior. Fora mais ou menos naquela hora que retornara do presbitério e encontrara Edmund na sala leste. "E se o encontrasse lá de novo hoje?", pensava, dando-se ao luxo de uma fantasia.

— Fanny — chamou então uma voz próxima. Sobressaltou-se e, ao erguer os olhos, viu o próprio Edmund parado no outro lado do patamar diante da escada onde ela acabava de chegar. Aproximou-se dela e disse: — Você parece cansada e abatida, Fanny. Na certa caminhou por um tempo longo demais.

— Não, nem sequer saí.

— Então se cansou dentro de casa, o que é pior. Antes tivesse saído.

Fanny, que não gostava de queixar-se, achou mais fácil não responder. Embora Edmund a olhasse com a amabilidade habitual, a prima notou que logo deixara de pensar na aparência dela. Ele próprio não parecia muito animado, acontecera algo não relacionado a ela. Subiram juntos, pois ocupavam quartos no mesmo andar.

— Venho da casa do dr. Grant — disse Edmund. — Pode adivinhar o que me levou até lá, Fanny — e parecia tão constrangido que Fanny só pôde pensar em algo que a deixou nauseada demais para falar. — Fui convidar a srta. Crawford para as duas primeiras danças — seguiu-se a explicação a qual tornou a reanimá-la e permitiu-lhe, ao ver que ele esperava uma resposta, proferir quase uma pergunta quanto ao resultado. — Sim, ela se comprometeu comigo, mas... — deu um sorriso sem graça — disse que será a última vez que dançará comigo. Não fala sério. Acredito, espero e sei que não fala sério, mas eu preferiria não ter ouvido isso. Jamais dançou com um clérigo, explicou, e nunca o fará. Quanto a mim, gostaria que não houvesse baile algum logo agora, quer dizer, não esta semana, nem no dia de hoje; amanhã vou partir de casa.

Fanny esforçou-se para falar e disse:

— Sinto muito que tenha ocorrido algo que o aflija. Hoje deveria ser um dia só de alegrias. Meu tio assim pretendeu.

— Ah, sim, sim, e será um dia de alegrias. Tudo terminará bem. Meu aborrecimento é passageiro. De fato, não é que eu considere o baile inoportuno, que significa um baile? Mas, Fanny — deteve-a tomando-lhe a mão e disse em voz baixa e séria —, você sabe o que significa tudo isso para mim. Sabe como é, e talvez possa dizer, melhor do que eu, como e por que me sinto contrariado. Deixe-me falar um instante. Você é uma ouvinte amável, muito amável! Magoou-me a atitude dela esta manhã e não consigo ver o lado bom disso. Sei que ela tem um temperamento tão meigo e impecável quanto o seu, mas a influência das antigas amizades, às vezes, dá à conversa e às opiniões dela um matiz errôneo. Não pensa com maldade, mas fala com maldade, e, embora eu saiba que são brincadeiras, dói-me a alma.

— A influência da educação — disse Fanny com delicadeza.

Edmund teve de concordar.

— Sim, com aqueles tios! Eles estragaram um dos mais admiráveis espíritos! Pois, às vezes, confesso, Fanny, de fato parece mais que apenas a atitude, parece que lhe contaminou também o espírito.

Fanny percebeu que se tratava de um apelo à sua opinião e por isso, após uma reflexão momentânea, disse:

— Se me quer apenas como ouvinte, primo, eu serei o mais útil que puder, mas não sou qualificada como conselheira. Não me peça conselhos. Não tenho essa competência.

— Tem razão, Fanny, em protestar contra esse pedido, mas não precisa temer. Nesse tipo de assunto eu jamais pediria conselho, pois se trata de uma questão sobre a qual nunca se deve pedi-lo, imagino que poucos o pedem, e apenas quando querem ser influenciados contra a própria consciência. Só quero conversar com você.

— Mais uma coisa. Desculpe-me a liberdade, mas tenha cuidado em como fala comigo. Não me diga nada de que venha a se arrepender mais tarde. Talvez chegue o dia...

O rubor inundou-lhe as faces enquanto falava.

— Querida Fanny! — exclamou Edmund, apertando-lhe a mão nos lábios com quase tanto ardor como se fosse a mão da srta. Crawford. — Você é muito atenciosa! Mas é desnecessário no momento. Nunca chegará esse dia. Nenhum dia como ao que se refere chegará. Começo a achá-lo muito improvável. As chances se tornam cada vez menores, e, mesmo que chegasse, nada haveria de que eu ou você pudéssemos lembrar com receio, pois nunca me envergonho de meus próprios receios. E se estes desaparecessem, seria por causa de mudanças que apenas enalteceriam as virtudes dela em comparação aos antigos defeitos que mostrava. Você é a única pessoa no mundo a quem eu diria o que disse. Mas sempre soube minha opinião a respeito da srta. Crawford, e é testemunha, Fanny, de que nunca me deixei cegar. Quantas vezes falamos sobre os pequenos erros dela! Não precisa recear por mim. Quase já desisti de alguma ideia séria relacionada a ela, mas preciso ser um verdadeiro estúpido se, depois de tudo que me aconteceu, pensasse na sua bondade e simpatia, Fanny, sem a mais sincera gratidão.

Dissera o bastante para abalar a experiência de uma jovem de dezoito anos. Dissera o bastante para suscitar na prima alguns sentimentos mais felizes do que sentira nos últimos tempos, e com um olhar mais iluminado respondeu:

— Sim, primo, estou convencida de que você seria incapaz de fazer outra coisa, embora talvez outros o fizessem. Não receio ouvir tudo que me queira dizer. Não hesite. Diga-me o que tiver vontade de dizer.

Achavam-se agora no segundo andar e o surgimento de uma arrumadeira os impediu de continuar a conversa. Para o alívio de Fanny, a conversa terminou, talvez, no momento mais feliz; se ele tivesse podido falar por mais cinco minutos, não se sabe se não teria eliminado todos os defeitos da srta. Crawford e o seu próprio desespero. De qualquer forma, separaram-se com olhares de grata afeição da parte dele e de sensações muito preciosas do lado dela. Ela não sentiu nada igual por muito tempo. Desde que se desvanecera a primeira alegria causada pelo bilhete do sr. Crawford a William, mergulhara num estado inteiramente oposto, não encontrara alívio em volta, nem esperança alguma no íntimo. Agora tudo lhe sorria. Lembrou-se mais uma vez da boa sorte de William, a qual lhe pareceu maior que a princípio. O baile também, que noite prazerosa diante dela! Sentia agora verdadeira animação e começou a vestir-se com a feliz palpitação condizente com um evento como esse. Tudo saiu bem, gostou da própria aparência e quando, mais uma vez, chegou o momento de escolher um dos colares, sua boa sorte pareceu completa, pois ao experimentar o presenteado pela srta. Crawford de modo algum passava pelo aro da cruz. Para agradar a Edmund, resolveu usá-lo, mas era largo demais para a finalidade. Teria, portanto, de colocar a corrente que ele lhe dera. Depois de, com deliciosos sentimentos, unir a corrente e a cruz, aquelas lembranças dos dois entes mais queridos guardados no coração, aqueles valiosos símbolos feitos um para o outro por tudo real e imaginário, colocá-los no pescoço, vendo e sentindo como tanto continham de William e Edmund, encontrou-se em condição, sem qualquer esforço, de usar também o colar da srta. Crawford. Reconheceu que era o certo a fazer. A srta. Crawford tinha direito, quando não se tratava de usurpar outros direitos mais fortes nem de interferir neles, ao seu carinho mais autêntico, e podia fazer-lhe justiça até com prazer. O colar era lindo, de fato, e Fanny deixou o quarto, afinal, satisfeita consigo mesma e com tudo em sua aparência.

Sua tia Bertram lembrou-se dela nessa ocasião com inusitados cuidado e atenção. Ocorrera-lhe, espontaneamente, que Fanny, ao preparar-se para um baile, talvez se alegrasse em ter o auxílio da criada do andar superior, e, quando acabou de vestir-se, mandou de fato a sua criada pessoal ajudar a sobrinha; tarde demais, com certeza, para que fosse de alguma utilidade. A sra. Chapman acabara de chegar ao sótão quando a srta. Price saía do quarto, completamente vestida, e apenas trocaram algumas amabilidades. Mas Fanny concedeu à atenção da tia mais importância do que poderiam conceder *Lady* Bertram e a sra. Chapman.

Capítulo 28

O tio e as duas tias se achavam na sala de estar quando Fanny desceu. Com grande interesse ele a observou, viu com prazer a elegância geral da aparência da sobrinha e considerou-a admiravelmente bonita. Só se permitiu elogiar a elegância e propriedade do vestido na presença dela. Mas quando Fanny saiu do salão logo depois, o tio falou da beleza da sobrinha com louvores muito decisivos.

— Sim — disse *Lady* Bertram —, ela está muito bem. Mandei Chapman ajudá-la.

— Está muito bem! Ah, sim! — exclamou a sra. Norris. — Tem motivo para estar muito bem com todas as vantagens que desfruta; criada nesta família, com todo o proveito das maneiras exemplares das primas! Pense só, meu caro *Sir* Thomas, que extraordinárias vantagens o senhor e eu lhe proporcionamos! O próprio vestido que acaba de notar foi o generoso presente que lhe deu quando a nossa querida sra. Rushworth se casou. Que seria dela se não a tivéssemos acolhido?

Sir Thomas nada mais disse, porém, quando se sentaram à mesa, os olhares dos dois rapazes garantiram-lhe que se poderia retomar de novo o assunto com mais delicadeza e sucesso depois que as senhoras se ausentassem. Fanny viu que fora aprovada, e a consciência de sentir-se bem a fazia parecer ainda melhor. Por vários motivos se sentia feliz e, logo em seguida, a felicidade intensificou-se, pois, ao acompanhar as tias na saída da sala, Edmund, que segurava a porta, disse-lhe ao passar:

— Você tem de dançar comigo, Fanny, precisa guardar duas danças para mim, quaisquer que queira, com exceção das duas primeiras.

Nada tinha mais a desejar. Nunca na vida se vira tão próxima de um estado que beirava a euforia. A alegria anterior das primas num dia de baile não mais a surpreendia. Considerava de fato a ocasião muito encantadora e na verdade praticava os passos de dança pelo salão assim que se viu em segurança, longe da observação da tia Norris, inteiramente envolvida em nova tarefa de organização e na dilapidação do grande fogo que o mordomo acendera na lareira.

Passou meia hora, que teria sido sem nenhum interesse em qualquer outra circunstância, mas a felicidade de Fanny ainda prevalecia. Só pensava nas palavras de Edmund. Que importância tinha a inquietação da sra. Norris? Ou os bocejos da tia Bertram?

Os cavalheiros juntaram-se a elas, e logo depois começou a agradável expectativa da chegada de uma carruagem, quando pareceu irradiar uma energia de bem-estar e alegria gerais no salão, todos falavam, riam, e cada momento proporcionava alegria e esperança. Fanny sentia que, sob a animação de Edmund, travava-se uma luta, mas era bom ver o esforço tão bem-sucedido.

Quando se ouviram as carruagens, e os convidados começaram a reunir-se, diminuiu muito a satisfação de Fanny. A visão de tantos estranhos voltou a lançá-la dentro de si e, além da gravidade e formalidade do primeiro grande círculo, sensações que nem as boas maneiras de *Sir* Thomas e *Lady* Bertram conseguiam eliminar, ela se viu de vez em quando solicitada a suportar algo ainda pior. O tio a apresentava aqui e ali, os convidados dirigiam-lhe a palavra, o que a obrigava a falar, a fazer mesuras e mais uma vez a expressar-se. Era um difícil dever, e, cada vez que a chamavam para nova apresentação, ela olhava para William, a circular bem à vontade em segundo plano, e ansiava por ficar ao lado dele.

A entrada dos Grant e dos Crawford foi uma ocasião propícia. A rigidez do cerimonial logo se desfez diante daqueles modos menos formais e intimidades mais generalizadas. Formaram-se pequenos grupos e todos se sentiram à vontade. Fanny aproveitou a oportunidade, afastou-se dos esforços da demonstração de cortesia e teria mais uma vez se sentido felicíssima se conseguisse impedir que os olhos vagueassem alternadamente de Edmund para Mary Crawford. Ela estava linda da cabeça aos pés, e qual não seria o desfecho? Despertou das próprias meditações ao perceber Henry Crawford diante dela e canalizou as ideias em outro plano quando o ouviu, quase no mesmo instante, convidá-la para as duas primeiras danças. A felicidade nesse momento foi muito humana e ambivalente, mas refreada com todo refinamento. Garantir um par de saída era uma vantagem de essencial importância, pois o momento de começar aproximava-se, e o fato de tanto desconhecer os próprios encantos a fez imaginar que, se Henry não a houvesse solicitado, seria a última convidada a dançar e só conseguiria um par mediante uma série de indagações e interferências, o que teria sido terrível. Mas, ao mesmo tempo, percebeu uma determinação na atitude dele ao convidá-la, e não gostou ao vê-lo olhar para o colar por um momento, com um sorriso — ela julgou ser um sorriso —, o que a fez enrubescer e sentir-se mortificada. E, embora o rapaz não lançasse um segundo olhar e parecesse, então, querer mostrar apenas silenciosa satisfação, ela não conseguiu dominar o acanhamento, intensificado pela ideia de que ele o percebera, e só tornou a recompor-se quando Henry se dirigiu a um outro convidado. Por sua vez, Fanny pôde aos poucos voltar à pura satisfação de ter um par, um par voluntário garantido antes de começar a dança.

Assim que o grupo deslocou-se para o salão de baile, ela se viu pela primeira vez perto da srta. Crawford, cujos olhos e sorrisos dirigiram-se de forma mais imediata e inequívoca ao colar, como os do irmão antes, e começou a falar da joia quando Fanny, ansiosa para acabar com a história, apressou-se a explicar o segundo colar, a verdadeira corrente. Mary ouviu e todos os pretendidos elogios e insinuações a Fanny ficaram esquecidos. Pensava apenas numa coisa. E os olhos, apesar do brilho que tinham antes, brilharam ainda mais quando ela exclamou com veemente satisfação:

— Verdade? Edmund fez isso? Bem típico dele. Nenhum outro homem teria pensado nisso. Não encontro palavras para louvá-lo.

E olhou em volta como se quisesse dizê-lo ao próprio Edmund. Ele não se encontrava perto, acompanhava um grupo de senhoras para fora do salão. Como a sra. Grant juntou-se às duas moças, tomou-lhes o braço, levando uma de cada lado, as três seguiram os demais para o salão.

Fanny sentiu o coração afundar, mas não havia tempo para pensar nem mesmo nos sentimentos da srta. Crawford. Chegavam ao salão de baile, os violinos começavam a tocar, e ela ficou com a mente tão agitada que lhe proibiu concentrar-se em alguma coisa séria. Precisava prestar atenção na organização geral do baile e ver como se fazia tudo.

Em poucos minutos, Sir Thomas aproximou-se dela e perguntou se ela estava comprometida para a dança.

— Sim, senhor, com o sr. Crawford.

Era a resposta exata que o tio pretendera ouvir.

O sr. Crawford não se encontrava muito afastado; *Sir* Thomas trouxe-o para junto da sobrinha, ao mesmo tempo que lhe dizia uma coisa que revelou a Fanny que era ela quem devia encabeçar a fila e abrir o baile, ideia que nunca lhe ocorrera antes. Sempre que pensava nas minúcias da noite, via como algo natural Edmund abri-lo com a srta. Crawford; e a impressão era tão forte que, embora o tio dissesse o contrário, ela não pôde evitar uma exclamação de surpresa, uma insinuação sobre sua incapacidade, até uma súplica para que a perdoasse. Insistir em se opor à opinião do tio era prova de caso extremo, mas tal foi o horror que sentiu na primeira sugestão, que pôde de fato encará-lo e dizer que esperava que se organizasse a abertura de outra forma. Em vão, porém; *Sir* Thomas sorriu, tentou incentivá-la, então a olhou muito sério e disse com demasiada determinação: "Deve ser assim, minha querida", para que se arriscasse a dizer mais uma palavra.

E viu-se no momento seguinte conduzida pelo sr. Crawford ao extremo do salão e ali permanecer até se juntarem os demais dançarinos, um par após o outro, à medida que se formavam.

Fanny mal podia acreditar naquilo. Ser colocada na frente de tantas moças elegantes! A distinção era grande demais! Era tratá-la como às primas! E seus pensamentos voaram para as primas ausentes com o mais sincero e terno pesar de que não estivessem em casa para ocupar os próprios lugares no salão e desfrutar a parcela de um prazer que lhes teria sido tão maravilhoso. Pois com tanta frequência as ouvira referirem-se ao desejo de dar um baile em casa como a maior de todas as felicidades! E se acharem ausentes logo agora que se dava o baile, e ela ter de abri-lo, ainda por cima com o sr. Crawford! Esperava que elas não lhe invejassem aquela distinção agora, mas ao lembrar as circunstâncias do último outono, o que todos haviam sido uns para os outros quando dançaram nessa casa antes, a situação atual quase fugia à sua compreensão.

Começou o baile. E ele constituiu mais honra que prazer para Fanny, na primeira dança pelo menos. De excelente humor, o parceiro tentava transmiti-lo a ela, que, no entanto, se sentia assustada demais para desfrutar alguma alegria até que pudesse supor que não a observavam mais. Jovem, bonita e gentil, porém, não exibia constrangimento algum que lhe superassem os encantos, e poucas pessoas presentes não estavam dispostas a elogiá-la: atraente, recatada, sobrinha de *Sir* Thomas, e logo se começou a dizer que o sr. Crawford admirava-a, o que bastou para merecer as boas graças de todos. O próprio *Sir* Thomas observava seu progresso na dança com muita complacência; orgulhava-se da sobrinha, e sem atribuir toda a sua beleza, como parecia fazer a sra. Norris, à mudança da jovem para Mansfield, sentia-se satisfeito consigo mesmo por lhe ter proporcionado tudo mais — a educação e os modos, ela devia ao tio.

A srta. Crawford leu os pensamentos de *Sir* Thomas, vendo-o ali parado, e, apesar de todas as suposições errôneas que fazia dela, prevalecia na jovem o desejo de mostrar-se recomendável. Aproveitou então a oportunidade de chegar-se a ele para dizer algo agradável sobre Fanny. Fez um elogio caloroso e ele o recebeu como ela podia esperar, aprovando-o com tanta aquiescência quanto lhe permitiam a discrição, a educação e a comedida lentidão de sua forma de expressar-se. E por certo com muito mais eloquência do que o fez a esposa, quando, logo depois, Mary, ao percebê-la num sofá próximo, virou-se antes de recomeçar a dançar, para felicitá-la pela beleza da srta. Price.

— Sim, ela está muito encantadora — respondeu *Lady* Bertram, plácida. — Chapman ajudou-a a vestir-se, mandei que o fizesse.

Na verdade, não se sentia tão satisfeita pelo fato de que admirassem Fanny, quanto pela própria bondade ao mandar Chapman ajudá-la, a ponto de não conseguir tirar o fato da cabeça.

A srta. Crawford conhecia bem demais a sra. Norris para imaginar que a alegraria por elogiar Fanny. A ela disse apenas, quando se apresentou a ocasião:

— Ah, minha senhora, que grande falta nos fazem as queridas sra. Rushworth e Julia esta noite! — e a sra. Norris recompensou-a com tantos sorrisos e cortesias quanto lhe permitia o tempo, em meio a tantas ocupações, organizando as mesas de jogo, dando conselhos a *Sir* Thomas e procurando conduzir todos os acompanhantes a um lado melhor do salão.

Com a intenção de agradar a própria Fanny, Mary expressou-se de forma infeliz. Pretendia causar ao seu jovem coração uma palpitação feliz e proporcionar-lhe deliciosas sensações da importância de si mesma. Ao dar uma interpretação errônea aos rubores de Fanny, julgando-se bem-sucedida, dirigiu-se a ela após as duas primeiras danças e disse com um olhar significativo:

— Talvez possa dizer-me por que meu irmão vai amanhã para a cidade. Diz que tem assuntos a resolver lá, mas se recusa a explicar-me quais. É a primeira vez que me nega confidência! Isso, porém, acaba ocorrendo com todas nós. Somos todas substituídas, preteridas, cedo ou tarde. Agora, preciso dirigir-me a você em busca de informação. Rogo-lhe que me diga, que vai Henry fazer lá?

Fanny protestou ignorância com tanta firmeza quanto lhe permitia o acanhamento.

— Bem, então — respondeu a outra rindo —, devo supor que seja apenas pelo prazer de conduzir seu irmão e falar de você no caminho.

Fanny ficou confusa, mas se tratava da confusão de descontentamento, ao mesmo tempo que Mary se perguntava por que ela não sorrira e a julgara excessivamente ansiosa, estranha, ou outra qualquer coisa, mas não que fosse insensível às atenções de Henry. A debutante desfrutou inúmeras alegrias no decorrer da noite, mas elas tiveram muito pouco a ver com as atenções de Henry. Preferia que ele não a convidasse mais uma vez tão em seguida e desejava não ser obrigada a desconfiar que todas as perguntas anteriores que o rapaz fizera à sra. Norris sobre a hora da ceia visassem a assegurar-lhe um lugar ao lado dela durante aquela parte da noite. Mas não pôde evitá-lo, ele a fez sentir que era o objeto de todas as suas preferências, embora Fanny não pudesse dizer que o fizera desagradavelmente, nem que mostrasse indelicadeza ou ostentação na atitude, e, às vezes, quando falava de William, ele de modo algum era desagradável e mostrava até um cordial afeto que lhe dava crédito. Mesmo assim, as atenções do sr. Crawford nada tiveram a ver com a alegria dela. Sentia-se feliz sempre que olhava para o irmão e via como era total a diversão dele, a cada cinco minutos que conseguia caminhar ao seu lado e ouvir o relato sobre as parceiras; sentia-se feliz por saber-se admirada, e sentia-se feliz também por ter diante de si a expectativa das duas danças com Edmund. Durante a maior parte da noite, convidavam-na tanto para dançar que o indefinido compromisso com ele permanecia em perspectiva. Sentiu-se feliz mesmo quando as danças de fato ocorreram, mas não por ocorrer alguma animação da parte dele nem pelo fato de o primo ter proferido alguma das expressões de terna galanteria que haviam abençoado a manhã. Edmund tinha a mente exausta, e a felicidade de Fanny brotava do fato de ser a amiga com quem ele podia encontrar repouso.

— Estou esgotado desses atos de cortesia. Falei sem parar a noite toda, sem nada a dizer. Mas com você sei que posso encontrar paz, Fanny. Não precisará que eu converse. Vamos dar-nos o luxo de ficar em silêncio.

Fanny mal conseguiu murmurar seu assentimento. Grande parte da prostração de Edmund, resultante sem dúvida dos mesmos sentimentos que ele confessara aquela manhã, merecia especial respeito, e ambos se dedicaram às duas danças com tão séria sobriedade que qualquer observador talvez se perguntasse se *Sir* Thomas não vinha educando uma esposa para o segundo filho.

A noite proporcionara pouco prazer a Edmund. A srta. Crawford mostrara-se muito alegre quando inicialmente dançaram juntos, porém a alegria dela não lhe fez bem. Pelo contrário, deprimiu-lhe mais o espírito que o elevou. Depois, quando ele ainda se viu impelido a convidá-la de novo, Mary o magoou profundamente pela maneira como se referiu à profissão que em breve abraçaria. Haviam conversado e depois se calaram. Ele raciocinara e ela ridicularizara, e afinal separaram-se com mútua irritação. Fanny, incapaz de evitar por completo observá-los, vira o suficiente para se sentir mais ou menos satisfeita. Era horrível se sentir feliz quando Edmund sofria. No entanto, parte da sua felicidade procedia da própria convicção de que ele estava sofrendo.

Quando terminaram as duas danças com ele, o desejo e a força de Fanny para continuar a bailar aproximavam-se do fim, e *Sir* Thomas, após ter visto que a sobrinha mais andava do que dançava, ofegante, com a mão estendida ao lado do corpo, deu ordem para que se sentasse sem demora. A partir desse momento, o sr. Crawford também se sentou.

— Pobre Fanny! — exclamou William ao estar com ela um momento e abaná-la com o leque da parceira, como se quisesse ressuscitá-la. — Com que rapidez se exaure! Mas como? O esporte mal começou! Espero que a gente resista por mais duas horas. Como pode cansar-se tão cedo?

— Tão cedo! Meu bom amigo — disse *Sir* Thomas e retirou o relógio com toda a necessária cautela —, são três horas, e sua irmã não está habituada a esse tipo de horário.

— Bem, então, Fanny — não deve levantar-se amanhã antes de eu sair. Durma o quanto puder e não se preocupe comigo.

— Oh! William!

— Como? Ela pensou em levantar-se antes de você partir?

— Ah, sim, senhor! — exclamou Fanny, e levantou-se impetuosa para ficar mais perto do tio. — Preciso levantar-me e desjejuar com ele. Entenda, será a última vez, a última manhã.

— Seria melhor que não o fizesse. Ele terá desjejuado e partido às nove e meia. Sr. Crawford, não virá buscá-lo às nove e meia?

Fanny insistiu demais, porém, e tinha os olhos marejados demais para ele negar-lhe o desejo. E a coisa terminou com uma amável permissão:

— Tudo bem, tudo bem!

— Sim, às nove e meia — disse Crawford a William, quando este ia deixá-los —, e serei pontual, pois não terei uma irmãzinha para levantar-se por mim. — E num tom mais baixo para Fanny — Terei apenas uma casa desolada da qual me apressar. Seu irmão constatará amanhã que temos ideias muito diferentes sobre horário.

Depois de uma breve reflexão, *Sir* Thomas convidou Crawford para juntar-se ao grupo do desjejum cedo naquela casa; em vez de comer sozinho, ele próprio participaria, e a rapidez com que o convite foi aceito convenceu-o de que as suspeitas das quais lhe surgira grande parte da ideia desse baile, tinha de confessar a si mesmo, não eram infundadas. O sr. Crawford se apaixonara por Fanny. E o tio previa, com prazer, o que haveria de acontecer. A sobrinha, enquanto isso, não lhe agradeceu pelo que ele acabara de fazer. Esperava ter William só para si na última manhã. Teria sido um prazer indescritível. Mas, embora visse esses desejos excluídos, nenhum murmúrio de queixa se manifestou em seu íntimo. Ao contrário, habituara-se tão por completo a não consultarem sua vontade, nem a qualquer coisa acontecer da forma como desejaria, que ficou mais disposta a se admirar e regozijar por ter conseguido impor sua vontade até então que a se rebelar pela contrariedade que se seguiu.

Logo depois, *Sir* Thomas mais uma vez interferiu um pouco na vontade da sobrinha, aconselhando-a a ir deitar-se. "Conselho" foi a palavra, mas um conselho de poder absoluto, e Fanny só pôde levantar-se e, com um adeus muito cordial do sr. Crawford, afastar-se silenciosa; parou na porta do salão como a *Lady* de Branxholm Hall, do poema de *Sir* Walter Scott, "The Lay Of The Last Minstrel", "um momento e nada mais", para observar o cenário festivo e lançar um último olhar aos cinco ou seis determinados pares que continuavam a dançar. Arrastou-se então devagar escada acima, perseguida pela incessante dança, febril de esperanças e receios, ceia e coquetel Negus, com os pés doloridos, fatigada, nervosa e agitada, mas achando, apesar de tudo, que um baile era na verdade maravilhoso.

Ao mandá-la retirar-se, *Sir* Thomas talvez não pensasse apenas na saúde da sobrinha. Talvez lhe tivesse ocorrido que o sr. Crawford já estava havia muito tempo sentado ao lado dela, ou talvez pretendesse recomendá-la como esposa, salientando sua docilidade.

Capítulo 29

O baile terminou, e também o desjejum logo acabou, deu-se o último beijo, e William partiu. O sr. Crawford, como o prometera, fora muito pontual. De maneira breve e agradável transcorrera a refeição. Depois de acompanhar William até o último momento, Fanny voltou à sala de desjejum com o coração muito entristecido para lamentar a melancólica mudança, e ali o tio bondosamente a deixou chorar em paz, julgando, talvez, que as cadeiras onde um dos rapazes se sentara poderiam influir sobre o seu terno entusiasmo, e que as suas emoções se dividiriam entre os restos de carne e mostarda do prato de William e as cascas de ovo do prato do sr. Crawford. Ela sentou e chorou com amor fraternal, e não outro. Agora que William partira, ela se sentia como se houvesse perdido metade da visita do irmão em inúteis cuidados e preocupações pessoais, que não diziam respeito a ele.

O estado de espírito de Fanny era tal que ela nem podia pensar na tia Norris, na pobreza e tristeza da casinha em que morava, sem reprovar a si mesma por alguma pequena falta de atenção com ela na última vez em que se haviam encontrado. Muito menos ainda seus sentimentos a absolviam por não ter tudo que William merecia durante aquela quinzena inteira.

Foi um dia pesaroso e melancólico. Logo depois do segundo desjejum, Edmund despediu-se deles por uma semana, montou no cavalo e partiu para Peterborough e, assim, todos se foram. Restavam da última noite apenas as lembranças que ela não tinha com quem compartilhar. Conversou com a tia Bertram, precisava falar com alguém sobre o baile, mas a tia vira tão pouco do que se passara e lhe despertara tão pouca curiosidade que a conversa revelou-se um árduo trabalho. *Lady* Bertram não se lembrava ao certo dos trajes de ninguém, nem dos lugares de ninguém à mesa da ceia, além do lugar por ela ocupado.

— Não consigo lembrar o que me disseram sobre uma das senhoritas Maddox, nem o que *Lady* Prescott comentou sobre você, Fanny. Não tenho certeza se o Coronel Harrison se referia ao sr. Crawford ou a William quando disse que era o rapaz mais elegante do baile.

Alguém lhe sussurrara qualquer coisa, mas ela esquecera de perguntar a *Sir* Thomas o que teria sido. E assim se resumiram as frases mais longas e as comunicações mais claras da senhora, o resto não passou de lânguidas reações:

— Sim, muito bem, sim, você fez? Ele? Não vi isso, não saberia distinguir um do outro.

A troca foi um fiasco. Apenas melhor do que seriam as ríspidas respostas da sra. Norris, mas como esta voltara para casa, com todas as geleias que sobraram para nutrir uma criada doente, houve paz e bom humor naquela pequena reunião das duas, embora nada mais.

A noite pareceu tão pesada quanto o dia:

— Não entendo qual é o problema comigo — disse *Lady* Bertram, depois que retiraram as coisas da mesa do chá. — Sinto-me muito entorpecida. Deve ser porque fiquei acordada até muito tarde na noite de ontem. Fanny, você precisa fazer alguma coisa para me manter acordada. Não posso trabalhar. Pegue o baralho, sinto grande torpor.

Fanny trouxe o baralho e jogou com a tia até a hora de dormir, e como *Sir* Thomas lia a sós, não se ouviram ruídos na sala durante duas horas, além da contagem do jogo:

— E com esta somam-se trinta e um, quatro na mão e oito no monte. É sua vez de dar as cartas, tia, ou prefere que eu dê pela senhora?

Fanny pensava sem parar na diferença que vinte e quatro horas haviam feito naquele salão e em toda a casa. A noite anterior consistiu em esperança, sorrisos, agitação, movimento, barulho e resplandecência, tanto no salão quanto fora dele, e em todo lugar. Agora imperava melancolia e apenas solidão.

Uma noite bem dormida elevou-lhe os ânimos. No dia seguinte, pensava em William com mais alegria e, como a manhã ofereceu-lhe uma oportunidade de conversar sobre a noite de quinta-feira com a sra. Grant e Mary Crawford, em um estilo muito mais agradável, com todas as contribuições da imaginação e as risadas bem-humoradas, essenciais à lembrança de um baile que passou, ela pôde depois reintegrar a mente sem grande esforço à normalidade cotidiana e conformar-se facilmente com a tranquilidade da semana.

Na verdade, agora formavam um grupo menor do que ela já vira no decorrer de um dia inteiro, e Edmund, de quem dependiam sobretudo o conforto e a animação de cada uma das reuniões da família, partira. Mas Fanny precisava aprender a habituar-se a isso. Muito em breve ele partiria para sempre, e ela sentia-se grata por se sentar na mesma sala com o tio, ouvir sua voz, suas perguntas, e até respondê-las sem aquelas sensações que antes a deixavam tão agoniada.

— Sentimos falta dos nossos dois rapazes — foi a observação de *Sir* Thomas, tanto no primeiro quanto no segundo dia, quando formaram aquele círculo agora muito reduzido depois do jantar, e, em consideração aos olhos marejados de Fanny, nada mais se disse no primeiro dia, além de beberem à boa saúde deles. Mas, no dia seguinte, a conversa estendeu-se mais. O tio, com grande amabilidade, elogiou muito William e manifestou esperança de sua promoção.

— E há motivos para supor — acrescentou *Sir* Thomas — que suas visitas a Mansfield passem agora a ser mais ou menos frequentes. Quanto a Edmund, precisamos aprender a prescindir dele. Este inverno será o último que passará conosco.

— É verdade — disse *Lady* Bertram —, mas eu preferiria que ele não fosse embora. Parece que todos se vão. Gostaria que permanecessem em casa.

O desejo se referia em especial a Julia, que acabara de pedir permissão para ir com Maria para Londres. Como *Sir* Thomas pensara ser melhor para as filhas conceder a permissão, *Lady* Bertram, embora por sua boa natureza não o tivesse impedido, lamentava a mudança causada na perspectiva de o retorno de Julia ser adiado. A isso se seguiu uma grande quantidade de motivos baseados no bom-senso por parte de *Sir* Thomas, que visavam a reconciliar a esposa com o combinado. Expôs-lhe tudo que um pai atencioso deveria sentir para fazê-la compreender, e atribuiu tudo que uma mãe afetuosa deveria sentir ao proporcionar alegria aos filhos conforme a natureza dela. *Lady* Bertram concordava com tudo com um calmo "sim", e, ao cabo de quinze minutos em silenciosa reflexão, comentou com espontaneidade:

— *Sir* Thomas, andei pensando, e muito me alegra termos trazido Fanny como o fizemos para Mansfield, pois, agora que os outros se encontram ausentes, sentimos o bem dessa acolhida.

Sir Thomas logo melhorou o cumprimento ao acrescentar:

— Pura verdade. Mostramos a Fanny como a consideramos uma boa moça, elogiando-a na presença dela. Nossa sobrinha agora é uma companhia inestimável. Se nos foi possível favorecê-la, ela agora nos é bastante necessária.

— De fato — concordou a esposa. — Além de ser um consolo pensar que sempre a teremos.

Sir Thomas fez uma pausa, esboçou um sorriso, fitou a sobrinha de esguelha e então respondeu sério:

— Espero que nunca nos deixe, até ser convidada a morar em alguma outra casa que possa proporcionar-lhe maior felicidade que a que sente aqui.

— Não é muito provável que isso aconteça, *Sir* Thomas. Pois quem a convidaria? Maria talvez tivesse grande prazer em recebê-la em Sotherton de vez em quando, mas não pensaria em convidá-la para morar lá, sei que se encontra em muito melhor situação aqui, além disso, não posso arranjar-me sem Fanny.

A semana, que passou tão tranquila e pacífica em Mansfield, teve um caráter muito diferente no presbitério. Para cada uma das moças das duas famílias, pelo menos, trouxe emoções muito diferentes. O que para Fanny consistiu em tranquilidade e conforto, para Mary revelou-se tédio e irritação, em virtude, em parte, da diferença de temperamento e de hábito, uma tão fácil de satisfazer, a outra tão desabituada de tolerar, entretanto, havia circunstâncias diferentes. Em alguns pontos de interesse, as respectivas posições eram totalmente opostas. Na mente de Fanny, a ausência de Edmund, levando-se em conta o motivo e a tendência, constituía na verdade um alívio. Para Mary, era dolorosa em todos os aspectos. Sentia a falta da companhia dele, todos os dias, quase todas as horas, e a necessitava demais para apenas se irritar ao pensar no objetivo da viagem dele. Edmund não poderia inventar nada mais capaz de aumentar-lhe a importância do que esta semana de ausência, ocorrendo na mesma ocasião em que o irmão se fora e William Price também partira, além de rematar o rompimento geral de um grupo que fora tão animado. Sentia-o intensamente. Agora se reduziam a um trio melancólico, confinado dentro de casa pela chuva e pela neve, sem nada a fazer e sem novidades a esperar. Por mais indignada que estivesse com Edmund por aferrar-se às próprias ideias e agir de acordo com seu ponto de vista, em desafio a ela (ficara tão furiosa que mal se despediram como amigos no baile), Mary não podia parar de pensar o tempo todo nele quando ausente, enfatizar seu mérito e sua afeição e, mais uma vez, ansiar intensamente os encontros quase diários que tinham nos últimos meses. Aquela ausência revelava-se desnecessariamente longa. Ele não deveria tê-la planejado, não deveria ter saído de casa por uma semana, em vista de a partida dela própria de Mansfield achar-se tão próxima. Então começava a culpar-se. Quisera não lhe ter falado com tanta veemência na última conversa. Receava haver empregado algumas expressões muito fortes e desdenhosas ao se referir ao clero, e isso, além de não ficar nada bem, era falta de educação e ofensivo. Desejava do fundo do coração poder retirar tais palavras.

Essa irritação não terminou com a semana. Embora aqueles dias fossem péssimos, teve de suportar outros muito piores ao chegar a sexta-feira seguinte sem trazer Edmund; veio o sábado e ainda nada dele, e por um breve contato no domingo com a outra família ela soube que ele, de fato, escrevera para informar que adiara o retorno, após prometer permanecer mais alguns dias com o amigo.

Se Mary sentira impaciência e remorso antes, arrependera-se do que dissera e temera que as palavras houvessem causado um impacto demasiado forte, agora sentia e receava dez vezes mais. Viu-se obrigada, além disso, a combater uma emoção desagradável inteiramente nova para si: ciúme. O amigo de Edmund, sr. Owen, tinha irmãs que ele talvez achasse atraentes. Mas, de qualquer modo, o fato de ausentar-se em uma época em que, segundo todos os planos anteriores, ela devia mudar-se para Londres, significava algo que não podia suportar. Houvesse Henry voltado três ou quatro dias depois, como prometera, a essa altura já teria partido de Mansfield com o irmão. Tornou-se imperioso procurar Fanny para ter mais informações. Não aguentava continuar a viver naquele tormento solitário, por isso se dirigiu a Mansfield Park, enfrentando dificuldades para percorrer o caminho, que julgara intransponível uma semana antes, em busca da chance de ouvir um pouco mais, pelo menos ouvir o nome dele.

A primeira meia hora se passou em vão, pois Fanny e *Lady* Bertram estavam juntas e, a não ser que ficasse a sós com Fanny, Mary nada podia esperar. Mas *Lady* Bertram afinal saiu da sala, e então, quase de imediato, a srta. Crawford começou, com a voz mais tranquila que conseguiu:

— E você o que acha de seu primo Edmund ausentar-se por tanto tempo? Sendo a única jovem em casa, considero-a a que mais sofre. Deve sentir muita falta dele. Não a surpreende o fato de ele prolongar a ausência?

— Não sei — respondeu Fanny hesitante. — Sim... não esperava que o fizesse.

— Talvez ele fique mais tempo do que diz. Em geral, é o que fazem todos os jovens.

— Não o fez na única vez em que foi visitar o sr. Owen.

— Com certeza, acha a casa mais agradável agora. Ele mesmo é um rapaz muito encantador, e não posso evitar de me sentir um tanto preocupada por não vê-lo de novo antes de ir para Londres, como agora sem dúvida vai acontecer. Espero a volta de Henry a qualquer momento, e assim que ele chegar nada me deterá mais em Mansfield. Confesso que gostaria de vê-lo mais uma vez. Mas você terá de lhe transmitir minhas lembranças. Sim, creio que devem ser lembranças. Não falta, srta. Price, na nossa língua, algo entre lembrança e... e amor, que convenha mais ao tipo de convivência amistosa que tivemos juntos? Tantos meses de convivência! Mas lembranças devem bastar nesse caso. A carta dele foi muito longa? Conta muito do que anda fazendo? Vai ficar por causa das festas de Natal?

— Só fiquei sabendo de uma parte da carta, era para meu tio, mas creio tratar-se de uma bem concisa. Na verdade, sei que escreveu poucas linhas. Tudo que soube foi que o amigo tinha insistido em que ele ficasse mais tempo e ele concordou. Poucos dias ou alguns dias a mais, não tenho bem certeza.

— Oh! Se ele escreveu ao pai... imaginei que talvez tivesse escrito a *Lady* Bertram ou a você. Mas, se escreveu ao pai, não admira que tenha sido conciso. Quem se estenderia em trivialidades com *Sir* Thomas? Se ele lhe tivesse escrito, contaria pormenores. Você teria conhecimento dos bailes e das reuniões. Ele lhe enviaria uma descrição de tudo e de todos. Quantas são as senhoritas Owen?

— Três, já crescidas.

— Elas gostam de música?

— Não sei mesmo. Nunca ouvi nada a respeito.

— Saiba que esta é a primeira pergunta — disse Mary, tentando mostrar-se alegre e desinteressada — que qualquer mulher que sabe tocar um instrumento faz sobre a outra, com certeza. Contudo é uma grande tolice fazer tal pergunta sobre quaisquer mocinhas, sobre três irmãs que acabam de sair da adolescência, pois sei, sem que precisem dizer-me, exatamente o que são: todas as três muito prendadas e agradáveis e uma muito bonita. Sempre há uma beldade em toda família. É natural. Duas tocam piano e uma toca harpa, e todas cantam ou cantariam se tivessem aprendido, e cantam ainda melhor porque não aprenderam, ou coisa que o valha.

— Nada sei a respeito das irmãs Owen — respondeu Fanny tranquila.

— Nada sabe nem quer saber, como dizem as pessoas. De fato, que interesse se pode ter por aqueles que nunca se viu? Bem, quando seu primo voltar, vai achar Mansfield Park calmo demais, pois todos os barulhentos terão ido embora, seu irmão, o meu e eu mesma. Não me agrada a ideia de deixar a sra. Grant. Agora que o momento de fato se aproxima, entristece-a minha partida.

Fanny sentiu-se obrigada a falar:

— Você não pode duvidar de que muitos sentirão a sua ausência — disse. — Vai fazer-nos muita falta.

A srta. Crawford encarou-a como se quisesse ver ou ouvir mais, então disse rindo:

— Oh, sim! Muitos sentirão a minha falta, como se sente a de todo barulho desagradável quando termina, isto é, sentirão uma grande diferença. Não estou fingindo modéstia para angariar elogios; não me elogie. Se eu fizer falta, logo se saberá. Aqueles que quiserem ver-me saberão encontrar-me. Não estarei em nenhuma região incerta, nem distante nem inacessível.

Diante disso, Fanny não conseguiu forçar-se a falar e Mary ficou decepcionada, pois esperava ouvir alguma agradável afirmação de seu poder, dos lábios de uma pessoa que, segundo ela, devia conhecê-lo, e tornou a ficar com o humor abatido.

— As senhoritas Owen — disse logo depois. — Suponha que visse uma delas instalada em Thornton Lacey, o que pensaria a esse respeito? Têm acontecido coisas tão estranhas! Eu diria que elas talvez tentem alguma coisa para consegui-lo. E têm toda a razão, pois seria uma situação muito boa para as jovens. De modo algum me admira nem as censuro. Constitui o dever de todo mundo alcançar o melhor possível para si mesmo. Um filho de Sir Thomas é alguém importante, e Edmund se encontra no ambiente deles. O pai é pastor, o irmão é pastor e todos têm interesses em comum. Por direito, ele lhes pertence, e é natural que lhes pertença. Não diz nada, Fanny... srta. Price? Diga, com sinceridade, não acha que isso é mais provável que o contrário?

— Não — respondeu Fanny, decisivamente. — Não creio, de modo algum.

— De modo algum! — exclamou a srta. Crawford, com animação. — Surpreende-me essa negativa! Mas eu diria que sabe com certeza, sempre imagino que saiba, talvez não acredite na probabilidade de ele sequer se casar, ao menos não no presente.

— Não, não acredito — disse Fanny, em voz baixa, torcendo para não se equivocar na crença nem no conhecimento disso.

A companheira olhou-a intensamente e, ao reunir maior ânimo do rubor que logo subiu às faces da jovem, disse apenas:

— É muito melhor para ele assim — e mudou de assunto.

Capítulo 30

A conversa com Fanny aliviou muito a inquietação de Mary Crawford, e ela voltou para casa com o ânimo de quase resistir a outra semana com o mesmo pequeno grupo, o mesmo mau tempo, se tivesse de se submeter a essa prova.

Mas como aquela mesma tarde trouxe-lhe o irmão de Londres com muita, mais do que muita, de sua habitual alegria, ela não precisou avaliar a própria resistência. O fato de Henry ainda se recusar a contar-lhe o que fora lá fazer já era um motivo apenas para proporcionar-lhe alegria. Um dia antes, talvez a irritasse, mas agora era uma agradável brincadeira; ela desconfiava apenas que ele escondia algo planejado só para lhe fazer uma prazerosa surpresa. E o dia seguinte de fato trouxe essa surpresa. Henry dissera que deveria fazer uma rápida visita aos Bertram e perguntar como passavam e voltaria em dez minutos, mas saíra fazia mais de uma hora. Quando a irmã, que o esperava para que passeassem no jardim, o encontrou afinal na curva do caminho, gritou cheia de impaciência:

— Meu querido Henry, por aonde andou esse tempo todo? — Ao que ele respondeu apenas que ficara conversando com *Lady* Bertram e Fanny. — Conversando com elas por uma hora e meia! — exclamou Mary, admirada.

Mas esse foi apenas o início da surpresa.

— Sim, Mary — ele confirmou, enlaçou-lhe o braço, andando como se não soubesse onde se encontrava: — Não pude retirar-me mais cedo... Fanny estava tão linda! Estou bastante resolvido, minha irmã. Tomei minha decisão de corpo e alma. Isso a surpreende? Não, você deve saber como estou muito determinado a me casar com Fanny Price.

A surpresa agora se revelou total, pois, apesar do que lhe sugeria o modo de ele se expressar, nunca passara pela mente da irmã a desconfiança de que Henry tivesse tal intenção, e desprendeu-se do semblante de Mary tão verdadeira surpresa que ele se viu obrigado a repetir o que dissera de forma mais completa e solene. Assim que reconheceu a determinação dele, acolheu-a de bom grado. Sentiu até prazer junto com a surpresa. O estado de espírito em que se achava Mary a fez alegrar-se naquela ligação com a família Bertram e a não ver com desagrado a ideia de o irmão casar-se um pouco abaixo na hierarquia de suas possibilidades.

— É, Mary — foi a conclusiva afirmação de Henry. — Fui fisgado da cabeça aos pés. Você sabe das frívolas intenções com que comecei, mas elas terminaram. Eu fiz, posso vangloriar-me, consideráveis progressos nos afetos dela, porém os meus se encontram inteiramente determinados.

— Menina de sorte, que menina de sorte! — exclamou Mary assim que teve condição de falar. — Que casamento excelente para ela! Henry, meu querido, este deve ser meu primeiro sentimento, mas o segundo, peço-lhe que aceite com a mesma sinceridade, é que aprovo a sua escolha do fundo da alma e prevejo sua felicidade com tanta cordialidade quanto a almejo e desejo. Você terá uma adorável mulherzinha, toda gratidão e devoção. Exatamente como merece. Que surpreendente união para ela! A sra. Norris, muitas vezes, se refere à sorte de Fanny. Que dirá agora? A alegria de toda a família, na verdade! E entre seus membros ela tem alguns verdadeiros amigos! Como ficarão contentes por ela! Mas me conte tudo a respeito! Do começo ao fim. Quando começou a pensar nela a sério?

Nada lhe parecia mais impossível do que responder a tal pergunta, embora nada parecesse mais agradável que a irmã a houvesse feito.

Como dele se apoderara o doce tormento, não saberia dizer, e antes que Henry manifestasse três vezes com uma pequena variação de palavras o mesmo sentimento da sua ignorância quanto ao que aconteceu, a irmã o interrompeu com impaciência:

— Ah, meu querido Henry, foi isso que o levou a Londres! Esse era o assunto a resolver! Você preferiu consultar o almirante antes de tomar a decisão.

Mas isso ele negou de forma decisiva. Conhecia o tio bem demais para consultá-lo sobre qualquer plano matrimonial. O almirante detestava casamento e o julgava imperdoável em um jovem de fortuna independente.

— Quando ele conhecer Fanny — continuou Henry —, vai adorá-la. Ela é exatamente a mulher que pode acabar com todos os preconceitos de um homem como o almirante, pois constitui a espécie precisa de mulher que ele julga não existir no mundo. Fanny é exatamente a impossibilidade que ele descreveria, se, na verdade, meu tio pudesse agora exprimir as próprias ideias com delicadeza de linguagem. Mas até se ter acertado tudo sem risco de interferência, ele nada saberá a respeito. Não, Mary, você se enganou redondamente. Ainda não descobriu meu segredo.

— Ora, ora, fiquei satisfeita. Já sei a que se relaciona e não tenho pressa de saber o resto. Fanny Price! Esplêndido, realmente esplêndido! Que Mansfield tivesse feito tanto por... Que você encontrasse seu destino em Mansfield! Mas tem toda razão, Henry; não poderia ter escolhido melhor. Não existe melhor moça no mundo, você não precisa de fortuna; e, quanto ao parentesco, o dela é mais que aceitável. Os Bertram são, sem dúvida, uma das famílias mais ilustres da região. Ela é sobrinha de *Sir* Thomas Bertram, isso basta ao mundo. Mas continue, continue. Conte mais. Quais são os seus planos? Ela já sabe da própria felicidade?

— Não.

— O que o faz esperar?

— Que se apresente pouco mais que uma simples oportunidade favorável da parte de Fanny. Mary, ela não é como as primas, mas acho que não pedirei em vão.

— Oh, não! É impossível. Mesmo que você fosse menos agradável, supondo-se que ela já não o ame, do que, porém, tenho poucas dúvidas, você estaria seguro. A gentileza e gratidão naturais de Fanny a assegurariam como sua no ato. Do fundo da minha alma, não acredito que se casaria com você sem amor, isto é, se existe no mundo uma jovem capaz de não se deixar influenciar pela ambição, suponho que seja ela. Mas peça-lhe que o ame e ela não terá coragem de recusá-lo.

Tão logo ela se acalmou e ficou em silêncio, ele, feliz, começou a falar e seguiu-se uma longa conversa, quase tão profundamente interessante para a irmã como para ele próprio, embora Henry não tivesse o que relatar senão suas próprias emoções, nada senão os encantos de Fanny. A beleza do rosto, o porte, a graciosidade das atitudes e o bom coração de Fanny constituíam o inesgotável tema. Discorreu detalhadamente, com intenso ardor, sobre a delicadeza, o recato e a meiguice da personalidade dela, aquela meiguice que constitui parte tão essencial do valor de toda mulher, segundo o homem, que, embora às vezes ame quem não a possui, nunca a julga inexistente. Quanto ao temperamento de Fanny, tinha bons motivos para nele confiar e elogiá-lo. Vira-o muitas vezes posto à prova. Existia alguém na família, com exceção de Edmund, que não houvesse, de um ou de outro modo e sem parar, testado sua paciência e tolerância? Tinha evidentes e fortes afeições. Vê-la com o irmão! O que poderia de forma mais deliciosa provar que a bondade do coração igualava-se à delicadeza da jovem? O que seria mais animador para um homem que almejava seu amor? E também lhe eram indubitáveis a inteligência rápida e clara, e as maneiras, o reflexo da própria mente modesta e elegante. E havia muito mais. Henry Crawford tinha demasiado bom-senso para não apreciar o valor dos bons princípios numa esposa, apesar de tão pouco dado a sérias reflexões para conhecê-los pelo nome específico. Mas quando se referia ao fato de Fanny ter tal firmeza e regularidade de conduta, tão elevada noção de honra, tal observância do decoro, que garantia a qualquer homem total confiança na sua fé e integridade, ele expressava o que lhe inspirava o conhecimento de que ela era uma pessoa devota e de princípios arraigados.

— Posso confiar nela de forma total e absoluta — declarou —, e é isso o que quero.

Bem podia Mary regozijar-se das perspectivas do irmão, acreditando como acreditava que semelhante opinião sobre Fanny Price dificilmente excedia os méritos da jovem.

— Quanto mais penso nisso — exclamou a irmã — mais me convenço de que você fez o certo e, embora eu jamais imaginasse Fanny Price como a moça com mais chances de conquistá-lo, agora me convenci de que ela é a única capaz de fazê-lo feliz. Seu plano perverso de lhe perturbar a paz revelou-se de fato uma ótima ideia. Ambos encontrarão a felicidade nessa união.

— Fui mau, muito mau, em agir contra um ser humano como Fanny! Mas não a conhecia então, e ela não terá razão alguma de lamentar a hora em que me ocorreu pela primeira vez aquela ideia. Hei de fazê-la muito feliz, Mary, mais feliz do que já foi algum dia ou viu alguém o ser. Não a levarei embora de Northamptonshire. Deixarei Everingham arrendada e alugarei uma casa nesta região, talvez Stanwix Lodge. Arrendarei Everingham por uns sete anos. Basta meia palavra, e arranjarei um excelente arrendatário. Ocorre-me, no momento, o nome de três pessoas que aceitariam minhas próprias condições e me agradeceriam.

— Ah! — exclamou Mary. — Estabelecer-se em Northamptonshire! Que agradável! Então ficaremos todos juntos.

Mal disse isso, arrependeu-se e quis desdizê-lo, mas não havia necessidade de confusão, pois o irmão via-a apenas como hóspede do presbitério de Mansfield e respondeu-lhe só para convidá-la de forma amabilíssima a visitá-lo na própria casa e para reclamar o direito preferencial na companhia dela.

— Você precisa dar-nos mais da metade do seu tempo — disse Henry. — Não admito que a sra. Grant tenha a mesma pretensão a você que Fanny e eu, pois seremos dois a disputar sua companhia. Fanny será uma verdadeira irmã para você!

Mary só teve de se sentir grata e prometer que o faria, mas agora tinha total intenção de não ser hóspede nem do irmão nem da irmã por muitos meses mais.

— Dividirá seu tempo entre Londres e Northamptonshire?

— Sim.

— Faz muito bem, e em Londres, por certo, terá sua própria casa, não ficará mais com o almirante. Meu querido Henry, que vantagem para você ver-se livre dele antes que o contagie com aquelas rudes maneiras, com aquelas tolas opiniões dele ou se habitue a sentar-se à mesa das refeições como se fosse a melhor coisa da vida! Você não percebe o ganho, pois o afeto que sente por ele o cegou, mas, em minha opinião, o fato de casar-se cedo talvez seja sua salvação. Vê-lo ficar como o almirante, em palavras ou ações, em aparência ou gestos, teria partido meu coração.

— Ora, ora, quanto a isso nossas ideias não se assemelham muito. O almirante tem lá seus defeitos, mas é um homem muito bom, e tem sido mais do que um pai para mim. Poucos pais teriam permitido a um filho seguir tanto o próprio caminho. Você não deve influenciar Fanny contra ele. Quero que os dois gostem um do outro.

Mary refreou-se de dizer o que sentia: não poderia haver duas pessoas cujas personalidades e atitudes fossem menos compatíveis. O tempo se encarregaria de revelá-lo ao irmão, mas não pôde evitar essa reflexão sobre o almirante.

— Henry, tenho em tão alto conceito Fanny Price que, se imaginasse que a futura sra. Crawford teria a metade dos motivos que levaram a minha pobre e maltratada tia a abominar o próprio nome, impediria se possível o casamento, mas o conheço. Sei que a esposa a quem você amar será a mulher mais feliz do mundo e, mesmo que um dia deixasse de amá-la, ela ainda encontraria no marido a generosidade e a boa educação de um nobre.

A impossibilidade de não fazer tudo no mundo para tornar Fanny Price feliz ou deixar de amar Fanny Price constitui decerto o fundamento da eloquente resposta dele.

— Se a tivesse visto esta manhã, Mary — ele continuou —, o quanto se dedicava com tão inefável meiguice e paciência a todas as exigências idiotas da tia, trabalhava com ela e para ela, a face belamente rosada, enquanto se debruçava sobre o trabalho, depois retornando à mesa para terminar uma carta que começara a escrever, a mando daquela estúpida mulher, tudo isso com tão autêntica gentileza, como se fosse a coisa mais natural não ter um único momento sob seu próprio comando, os cabelos bem penteados como sempre, um pequeno cacho a cair-lhe da testa quando se curvava para escrever, o qual ela de vez em quando puxava para trás. Em meio a tudo isso ainda me dirigia a palavra ou ouvia, como se gostasse de escutar o que eu dizia! Se a tivesse visto assim, Mary, jamais insinuaria a possibilidade de algum dia cessar o poder de Fanny sobre meu coração.

— Meu adorado Henry — exclamou Mary, e acrescentou sorrindo após uma breve pausa — Como me alegra vê-lo tão apaixonado! Deixa-me maravilhada demais! Mas que dirão a sra. Rushworth e Julia?

— Não dou a mínima para o que digam ou pensem. Elas agora verão que espécie de mulher pode conquistar-me, conquistar um homem de bom-senso. Desejo que a descoberta lhes seja proveitosa. Agora ambas verão a prima ser tratada como deve ser, e espero que se sintam bastante envergonhadas das abomináveis indiferenças e grosserias. Ficarão furiosas — ele acrescentou em um tom mais frio, após um momento de silêncio. — A sra. Rushworth ficará furiosa. Será uma amarga pílula para ela, quer dizer, como outras pílulas amargas causarão um sabor amargo que depois de engolidas a gente esquece, pois não sou tão pretensioso a ponto de julgar seus sentimentos mais duradouros que os de outra mulher, embora eu tenha sido o objeto desses sentimentos. Sim, Mary, minha Fanny sentirá a diferença, uma diferença diária, a toda hora, na atitude de todos os que se aproximarem dela, e será a plenitude da minha felicidade saber que isso se deverá a mim, serei a pessoa que lhe dará a importância que ela merece. Agora ela se acha dependente, desamparada, sem amigos, ignorada, esquecida.

— Não, Henry, não por todos, não esquecida por todos nem sem amigos e tampouco ignorada. O primo Edmund nunca a esquece.

— Edmund... verdade, creio que ele, na maioria das vezes, é bom para ela, como também é *Sir* Thomas, à maneira de um tio rico, superior, prolixo e arbitrário. Que podem fazer *Sir* Thomas e Edmund juntos, que fazem pela felicidade, conforto, honra e dignidade dela no mundo, em comparação com o que irei fazer?

Capítulo 31

Henry Crawford tornou a visitar Mansfield Park na manhã do dia seguinte e uma hora mais cedo do que manda a etiqueta. As duas senhoras encontravam-se na sala de desjejum e, para sua felicidade, no momento em que ele ia entrar, *Lady* Bertram preparava-se para sair. Já tinha chegado quase à porta e, não querendo dar-se a tanto incômodo sem proveito, prosseguiu em seu intento, depois de uma polida recepção e uma pequena frase de agradecimento pela visita e um "Informe *Sir* Thomas" à criada.

Henry, radiante por vê-la sair, curvou-se em saudação e, sem perder tempo, logo se virou para Fanny, pegou algumas cartas e disse muito animado:

— Preciso sentir-me infinitamente grato a qualquer pessoa que me proporciona tal oportunidade de vê-la sozinha. Desejo isso mais do que pode imaginar. Sabendo, como sei, quais são seus sentimentos de irmã, não toleraria que ninguém mais na casa partilhasse com você o primeiro conhecimento da notícia que lhe trago. Trata-se de um fato. Seu irmão é tenente. Tenho a infinita satisfação de felicitá-la pela promoção de seu irmão. Eis as cartas que a anunciam, recém-recebidas por mim. Talvez também aprecie lê-las.

Fanny não pôde falar, mas ele não queria que ela falasse. Era bastante ver a expressão dos seus olhos, a mudança no rosto, a sequência das emoções, dúvidas, confusão e felicidade. Tomou as cartas quando ele as entregou. A primeira era do almirante, para informar o sobrinho, em poucas palavras, de que fora bem-sucedido no propósito em que se empenhara: a promoção do jovem Price, anexa a mais duas, uma do secretário do primeiro-lorde do Almirantado a um amigo, a quem o almirante encarregara de cuidar do negócio, a outra, desse amigo para o próprio Henry, pela qual parecia que sua excelência tivera imensa satisfação em atender à recomendação de *Sir* Charles, que *Sir* Charles sentia grande prazer pela oportunidade de provar seu respeito pelo Almirante Crawford, e que a circunstância de ter-se concedido ao sr. William Price a patente de segundo-tenente da corveta *Thrush* de Sua Majestade causara satisfação a um grande círculo de pessoas importantes.

Ao mesmo tempo que as mãos dela tremiam ao segurar as cartas, os olhos corriam de uma para outra e o coração avolumava-se de emoção, Crawford continuava com visível entusiasmo a exprimir o interesse pelo acontecimento:

— Não falarei da minha própria felicidade — disse —, por maior que seja, pois só penso na sua. Comparado a você, quem tem o direito de ser feliz? Eu quase chego a me odiar por ter tomado conhecimento primeiro de um fato que você deveria ter sabido antes de todo mundo. Não perdi um minuto, porém. O correio atrasou esta manhã, mas depois não retardei sequer um instante. Não tentarei descrever como o assunto me deixou tomado de impaciência, ansiedade, desvario, nem a tremenda mortificação, a cruel decepção que sofri ao não poder finalizá-lo durante minha estada em Londres! Ali fiquei retido, dia após dia, na esperança de vê-lo concluído, pois nada menos importante para mim que esse propósito me deteria nem a metade do tempo afastado de Mansfield. Embora meu tio compartilhasse meus desejos com toda a cordialidade que eu poderia desejar, e se empenhasse imediatamente, surgiram dificuldades em virtude da ausência de um amigo e os compromissos do outro. Por fim, não suportei mais a ideia de ficar lá até que se resolvesse tudo e, sabendo em que boas mãos deixei a causa, voltei na segunda-feira, na esperança de que não passassem muitos correios até receber estas cartas. Meu tio, que é o melhor homem do mundo, esforçou-se, como eu sabia que o faria após conhecer seu irmão. Ficou encantado com ele. Não me permiti dizer-lhe ontem como ficou encantado, nem repetir a metade do que o almirante disse em favor dele. Decidi adiar tudo isso até que se provasse o elogio dele como o de um amigo, como hoje se provou. Agora me permito dizer que nem eu poderia supor que William Price provocasse tanto interesse e fosse alvo de mais calorosos votos e elevada recomendação como os conferidos pelo meu tio voluntariamente depois da noite que passaram juntos.

— Então tudo isso se deve ao seu trabalho? — exclamou Fanny. — Deus do Céu! Que bondade, que grande bondade! Foi o senhor mesmo... foi por causa do seu desejo? Peço-lhe perdão, mas me sinto aturdida. E o almirante Crawford solicitou? Como foi? Estou estupefata.

Henry teve a maior felicidade em fazer-se mais inteligível, ao começar de um estágio anterior e mencionar especificamente o que ele fizera. Empreendera a última viagem a Londres com o único objetivo de apresentar o irmão dela em Hill Street e convencer o tio a usar toda a influência para conseguir sua promoção. Esse fora o assunto. Não o dissera a ninguém, não deixara escapar sequer uma sílaba, nem mesmo a Mary. Enquanto não tivesse assegurado o êxito, não suportaria que ninguém partilhasse seus sentimentos. Falava com tanta veemência do que fora aquele anseio, usava expressões tão contundentes e excedia-se na repetição de mais profundo interesse, motivos duplicados, mais opiniões e desejos que cabiam relatar, que era impossível Fanny permanecer insensível à intenção dele, se ela tivesse condição de prestar-lhe atenção. Mas tinha o coração tão cheio e os sentidos ainda tão aturdidos que só ouvia, mesmo assim de forma não muito clara, o que lhe falava sobre William e apenas repetia, quando Henry se interrompia:

— Que bondade! Que grande bondade! Oh, sr. Crawford, seremos infinitamente gratos ao senhor! Querido, adorado William! — Ela levantou-se de um salto e, ao dirigir-se apressada para a porta, exclamou: — Vou ver meu tio. Ele deve saber disso agora mesmo.

Mas isso Henry não podia permitir. A oportunidade era demasiadamente favorável e seus sentimentos, demasiadamente impacientes. Saiu logo atrás dela.

— Não deve ir ainda, conceda-me mais cinco minutos — tomou-lhe a mão, tornou a sentá-la na cadeira e já chegava ao meio da explicação posterior, sem que ela desconfiasse por que a detivera. Quando, porém, compreendeu e percebeu que ele esperava que ela acreditasse haver inspirado ao seu coração sentimentos que antes não conhecera, e que tudo que ele fizera por William devia ser considerado por conta do seu excessivo e único amor pela irmã do jovem oficial, sentiu-se muito aflita e não pôde falar durante alguns minutos. Considerou tudo aquilo um capricho, simples frivolidade e galanteio, destinado apenas a enganá-la como um passatempo momentâneo. Não pôde evitar a sensação de que ele a tratava de maneira imprópria e desonrosa, de uma forma que ela não merecia, mas isso era bem típico de Henry e um perfeito exemplo do que Fanny vira-o fazer antes. Não se permitiu demonstrar nem a metade do desgosto que sentia, porque ele lhe havia concedido um favor que nenhuma falta de delicadeza poderia fazê-la esquecer. Enquanto seu coração ainda estava transbordando de alegria e gratidão por causa de William, não poderia rigorosamente ressentir-se de qualquer injúria feita a ela própria. Depois de duas vezes retirar a mão das mãos dele e duas vezes tentar em vão afastar-se, levantou-se e disse apenas, muito agitada:

— Não, sr. Crawford, por favor, não! Rogo-lhe que não continue. Trata-se de uma conversa que é muito desagradável para mim. Preciso ir embora. Não posso suportá-la.

Contudo, ele continuava a falar, descrevia o afeto, solicitava uma correspondência e, por fim, com palavras tão claras que não podiam ter outro significado até para ela, ofereceu-lhe a si mesmo, a mão, a fortuna e tudo mais. Então era isso mesmo, ele o dissera. A perplexidade e confusão de Fanny intensificaram-se e, embora ainda não soubesse se o levava a sério, mal conseguia manter-se em pé. Ele exigiu uma resposta.

— Não, não, não! — ela gritou e escondeu o rosto. — Tudo isso é um absurdo. Não me torture. Não quero ouvi-lo mais. Sua bondade com William me torna mais grata do que posso expressar com palavras, mas não quero, não suporto, não devo ouvir. Não, não pense em mim. Sei que não está pensando em mim. Sei que nada significo.

Conseguira escapar dele e naquele momento ouviu-se *Sir* Thomas falando com uma criada a caminho da sala onde se encontravam. Não havia tempo para mais declarações nem súplicas, embora separar-se de Fanny, no momento em que apenas o recato da jovem parecia para a mente otimista e autoconfiante de Henry interpor-se no caminho da felicidade que ele buscava, fosse cruel. Ela saiu correndo por uma porta no lado oposto àquele por once entrava o tio, e já andava de um lado para o outro na sala da ala leste, em meio a uma extrema confusão de sentimentos ambivalentes, antes que *Sir* Thomas terminasse as cortesias e desculpas ou começasse a tomar conhecimento da alegre informação que o visitante veio comunicar.

Fanny sentia, pensava e tremia por tudo, agitada, feliz, pesarosa, com infinita gratidão e fúria absoluta. Tudo parecia além do que se podia acreditar! Ele se portara de forma indesculpável, incompreensível! Mas eram tais seus hábitos, que nada podia fazer sem uma mistura de maldade. Antes a fizera o mais feliz ser humano do mundo e em seguida a insultara! Não sabia o que dizer, como julgá-lo nem como encará-lo. Teria preferido que não falasse a sério e, no entanto, que podia desculpar a utilização de tais palavras e propostas se não se destinassem apenas a ser sérias?

No entanto, William era tenente. Isso era um fato além de qualquer dúvida e sem possível engano. Pensaria só nisso para sempre e esqueceria o resto. O sr. Crawford, que decerto não tornaria a dirigir-se a ela daquela maneira, devia ter percebido que ela não o desejava, e nesse caso como o apreciaria e se mostraria grata pela amizade e bondade com William!

Não arredaria pé da sala da ala leste além do patamar da escadaria principal até se certificar de que o sr. Crawford fora embora. Mas quando se convencera de que ele saíra, ficou ansiosa por descer e ir ao encontro do tio, para desfrutar toda a felicidade dele como da própria e o proveito das informações ou conjecturas de *Sir* Thomas quanto ao provável destino de William. Encontrou-o tão alegre quanto desejava, além de muito amável e comunicativo, e Fanny teve com ele uma conversa tão agradável sobre William, que a fez sentir-se como se nada ocorrera para irritá-la, até saber, próximo ao término da conversa, que o sr. Crawford comprometera-se a voltar e jantar lá naquele mesmo dia; o que revelou-se uma informação muito indesejável, pois, embora ele talvez não pensasse no que se passara, para ela seria bastante penoso tornar a vê-lo tão logo.

Ela tentou dominar a ansiedade, esforçou-se com muito empenho, ao se aproximar a hora do jantar, para se sentir e mostrar-se como sempre, mas constatou que era quase impossível disfarçar a imensa timidez e o mal-estar quando o convidado entrou na sala. Nunca poderia supor que no mesmo dia em que tomara conhecimento da promoção de William houvesse circunstâncias que lhe causariam sensações tão dolorosas.

O sr. Crawford não apenas se encontrava na sala. Logo se aproximou dela. Tinha um bilhete da irmã para lhe entregar. Embora Fanny não conseguisse olhá-lo, não se desprendiam da voz dele sinais do recente desatino. Abriu imediatamente o bilhete, satisfeita por ter algo a fazer, e feliz, enquanto o lia, de sentir que a movimentação da tia Norris, que também jantaria lá, servia-lhe um pouco de proteção.

> Minha querida Fanny... Pois assim me permito agora sempre chamá-la, para o infinito alívio de uma língua que vinha tropeçando em "*srta. Price*" durante pelo menos as últimas seis semanas, não posso deixar de mandar por meu irmão algumas linhas de felicitação geral e dar meu mais prazeroso consentimento e aprovação. Siga em frente, minha querida Fanny, e sem receio. Não existem dificuldades dignas de menção. Permiti-me supor que a garantia do meu consentimento representará alguma coisa; assim, pode sorrir-lhe com os mais meigos sorrisos esta noite e devolvê-lo a mim ainda mais feliz do que saiu.
>
> Afetuosamente sua,
>
> M. C.

Não eram essas expressões que fariam bem algum a Fanny, pois embora as lesse com demasiada pressa e confusão para formar uma clara opinião do propósito da srta. Crawford, era evidente que ela pretendia felicitá-la pelo afeto do irmão e até parecia considerá-lo sério. Não sabia o que fazer nem o que pensar. A ideia de ser sério envolvia desgraça, e perplexidade e agitação em todos os sentidos. Mortificava-a toda vez que o sr. Crawford lhe dirigia a palavra... o que fazia com demasiada frequência. Havia algo na voz dele e na maneira como a abordava que era muito diferente de quando falava com os demais. Fanny sentiu o bem-estar durante o jantar daquele dia ir por água abaixo, mal conseguiu comer qualquer coisa, e quando *Sir* Thomas observou bem-humorado que a alegria lhe tirara o apetite, desejou que o chão se abrisse e ela afundasse, de vergonha pelo pavor da interpretação do sr. Crawford, pois, embora nada pudesse induzi-la a voltar os olhos para a direita, onde Henry se sentava, sentiu os dele logo dirigidos a ela.

Ficou mais calada que nunca. Mal participava da conversa, mesmo quando se tratava de William, pois a promoção dele também vinha toda da direita e essa relação lhe doía.

Pareceu-lhe que *Lady* Bertram permanecia à mesa mais tempo que o habitual, e começou a perder a esperança de que chegasse o fim daquela situação, mas afinal se viram na sala e ela teve condição de ordenar as ideias, enquanto as tias concluíam à sua maneira o assunto sobre a promoção de William.

A sra. Norris parecia mais encantada com a economia que isso significaria para *Sir* Thomas do que com qualquer outro aspecto da promoção.

Agora William tinha condição de sustentar-se, o que faria enorme diferença para o tio, pois não se sabia quanto lhe custava mantê-lo. Na verdade, também faria alguma diferença nos presentes dela.

Muito a alegrava o fato de haver dado a William o que dera por ocasião da partida, na verdade muito a alegrava poder dar-lhe sem sacrifício de ordem material, justo naquela ocasião, algo considerável, isto é, para ela, com seus escassos meios, pois agora lhe seria útil por ajudá-lo a equipar a cabine. Sabia que ele teria algumas despesas e muitas coisas a comprar, embora os pais pudessem orientá-lo a comprar tudo bem barato, mas se sentia satisfeita por ter contribuído com aquele pequeno donativo.

— Que bom que lhe deu algo considerável, pois eu lhe dei apenas dez libras — disse *Lady* Bertram, com toda a calma.

— Com certeza! — exclamou a sra. Norris, enrubescendo. — Palavra de honra, ele deve ter partido com os bolsos recheados, sem contar que tampouco teve despesa alguma na viagem.

— *Sir* Thomas me disse que dez libras eram suficientes.

Tia Norris, não se sentindo em absoluto inclinada a questionar a suficiência da quantia, começou a desviar o assunto em outra direção.

— É incrível — disse — como esses jovens custam aos amigos, e como se gasta na criação deles e em dar-lhes um caminho no mundo! Pouco se dão conta do valor disso ou do que os pais, tios e tias pagam por eles no decorrer de um ano. Veja por exemplo os filhos da nossa irmã Price, ouso dizer que ninguém acreditaria no que custam todos juntos a *Sir* Thomas a cada ano, sem falar no que faço por eles.

— Pura verdade o que diz, irmã. Mas, pobres coitados, não têm culpa, e você sabe que não faz grande diferença para *Sir* Thomas. Fanny, William não deve esquecer-se do meu xale se for para a Índia Oriental britânica, e devo encomendar-lhe mais algumas coisas que valham a pena. Tomara que viaje para lá, pois assim terei meu xale. Acho que vou querer dois xales, Fanny.

Fanny, enquanto isso, falava apenas quando não podia evitá-lo, pois tentava arduamente entender o que pretendiam o sr. e a srta. Crawford. Tudo no mundo, a não ser as palavras e as maneiras dele, dava a entender que não estavam agindo seriamente. Tudo que fosse natural, provável, razoável era contra; todos os hábitos e maneiras de pensar deles e todos os seus próprios desmerecimentos. Como poderia ela ter inspirado séria afeição a um homem que já havia visto tantas, fora admirado por tantas e namorado tantas moças, infinitas vezes superiores a ela; que parecia tão pouco afeito a sérias impressões, mesmo se tratando de procurar um divertimento; que pensava tão levianamente, tão negligentemente, tão insensivelmente em todos os sentidos; que era tudo para todo o mundo e parecia não encontrar ninguém essencial para ele? E, além do mais, como se poderia supor que a irmã dele, com todas as suas avançadas e mundanas noções sobre o matrimônio, estivesse protegendo uma coisa tão séria como aquela? Nada em ambos poderia ser menos natural. Fanny envergonhava-se de suas próprias dúvidas. Qualquer coisa seria possível, menos um afeto sério, ou uma séria aprovação da parte dela. Convencera-se o suficiente disso antes de *Sir* Thomas e o sr. Crawford se juntarem às senhoras. A dificuldade era manter a convicção depois de ver o sr. Crawford presente na sala, pois uma ou duas vezes ele lhe lançou um olhar que ela não soube como classificar entre os de significado comum. Em outro homem qualquer, pelo menos, diria que significava algo muito sério, muito intencional. Mas ainda tentava acreditar que aquele olhar não passava do que muitas vezes ele lançara às primas e a outras cinquenta mulheres.

Achou que ele desejava falar-lhe sem que os demais os ouvissem. Imaginou que vinha tentando fazê-lo durante a noite toda, sempre que *Sir* Thomas saía da sala ou conversava com a sra. Norris, e cautelosamente lhe recusava toda oportunidade.

Afinal, pareceu um afinal para o nervosismo de Fanny, embora não demasiado tarde, ele começou a falar em retirar-se, mas o alívio daquela decisão foi arruinado no momento seguinte quando Henry perguntou-lhe:

— Não tem nada para enviar a Mary? Nenhuma resposta ao bilhete dela? Ficará decepcionada se não receber nada de você. Rogo-lhe que escreva para ela, nem que seja apenas uma linha.

— Oh, sim! Certamente — exclamou Fanny e levantou-se depressa, uma pressa para livrar-se do constrangimento e da vontade de afastar-se. — Escreverei agora mesmo.

Foi até a mesa onde tinha o hábito de escrever a mando da tia e preparou os materiais, sem ter a mínima ideia do que dizer! Lera o bilhete da srta. Crawford apenas uma vez, e como responder a algo que mal entendera constituía uma grande aflição. Sem a menor prática nesse tipo de correspondência por bilhete, se houvesse tempo para escrúpulos e receios quanto para o estilo, ela os sentiria em abundância. Mas precisava escrever qualquer coisa naquele instante, e com o único sentimento decidido, o de não desejar parecer que meditara em algo de fato planejado, assim escreveu, com grande tremor ao mesmo tempo do espírito e da mão:

Fico-lhe muito grata, minha cara srta. Crawford, pela sua amável felicitação no que se refere ao meu querido William. Sei que o resto do seu bilhete nada significa, pois me considero tão pouco à altura de qualquer coisa dessa natureza, que espero seu perdão por lhe pedir que não fale mais nada a respeito. Conheci demais o sr. Crawford para não entender a atitude dele; se seu irmão também me compreendesse, creio que se portaria de modo diferente. Não sei o que escrevo, mas seria um grande favor de sua parte jamais voltar a mencionar o assunto. Com os agradecimentos pela honra do seu bilhete, subscrevo-me, cara srta. Crawford, etc. etc.

A conclusão saiu quase ilegível pelo aumento do tremor, pois ela percebeu que o sr. Crawford, sob pretexto de receber o bilhete, encaminhava-se em sua direção.

— Não pense que pretendo apressá-la — ele disse em voz baixa, ao perceber a surpreendente trepidação com que ela escrevia —, não imagine que eu tenha tal finalidade. Rogo-lhe que não se apresse.

— Oh! Obrigada, já terminei, acabei de concluir, ficará pronto num segundo, sou-lhe muito grata se tiver a bondade de entregar isto à srta. Crawford.

Ela estendeu o bilhete que ele deveria levar, e como no mesmo instante desviou o olhar ao dirigir-se à lareira, onde se sentavam os outros, só restou a Henry ir embora de vez.

Fanny refletiu que nunca passara um dia de maior agitação, ao mesmo tempo, de sofrimento e alegria. Mas por sorte a alegria não era do tipo que se desfizesse num dia, pois todos os dias haveriam de renovar o conhecimento da ascensão de William, enquanto o sofrimento, assim esperava, não mais retornaria. Não tinha a menor dúvida de que seu bilhete deveria parecer-lhes excessivamente mal escrito, a linguagem envergonharia uma criança, pois a aflição não lhe permitira aperfeiçoá-lo; mas pelo menos garantiria a ambos que as atenções do sr. Crawford não a enganaram nem a satisfizeram.

Capítulo 32

Quando Fanny acordou no dia seguinte, de modo algum se esquecera do sr. Crawford, mas se lembrava do objetivo do bilhete e não estava menos convencida do efeito produzido na noite anterior. Quem sabe se não apressaria a partida do sr. Crawford para Londres!

Era o que ela mais ardentemente desejava, ele partir e levar a irmã consigo, como era o planejado e por isso voltara a Mansfield. E por que já não o fizera ela não sabia explicar, pois a srta. Crawford com certeza não queria adiar a viagem. Fanny tivera esperança no decorrer da visita da véspera de ouvi-lo citar o dia da partida. Mas ele apenas falara da viagem de ambos como se de um plano bem distante.

Após ficar tão satisfatoriamente convencida do que transmitira o bilhete, pôde apenas surpreender-se ao ver pela janela, por acaso, o sr. Crawford chegar mais uma vez, tão cedo quanto no dia anterior. Talvez a vinda nada tivesse a ver com ela, mas devia evitar encontrá-lo, se possível, e como naquele momento ela estava indo para o andar superior, resolveu lá permanecer durante toda a visita, a não ser que a mandassem chamar. Visto que a sra. Norris continuava na casa, parecia haver pouco perigo de precisarem dela.

Sentou-se por algum tempo em imensa agitação, prestava atenção, tremia e receava que alguém a chamasse a qualquer momento, mas como não ouviu passos se aproximarem da sala leste, aos poucos recuperou a calma e sentiu-se capaz de começar a trabalhar com a esperança de que o sr. Crawford chegasse e saísse, sem obrigá-la a saber do que se tratava.

Quase meia hora se passara, e ela ficara muito mais à vontade, quando de repente ouviu o ruído de passos em contínua aproximação, passos pesados, raros naquela parte da casa. Eram do tio, conhecia-os tão bem quanto a voz; tremera tantas vezes diante dessa expectativa que mais uma vez começou a tremer com a ideia de ele subir para falar-lhe, qualquer que fosse o assunto. De fato foi *Sir* Thomas quem abriu a porta e perguntou se ela estava ali e se ele podia entrar. O terror das visitas anteriores àquele aposento parecia de todo renovado, e a fez sentir-se como se o tio fosse de novo examinar o seu francês ou seu inglês.

Fanny mostrou-se, porém, toda atenciosa ao puxar uma cadeira para ele e tentou parecer honrada, e, na agitação que então se via, esqueceu-se por completo das deficiências do seu aposento até que ele, parando de chofre na entrada, perguntou muito surpreso:

— Por que não acendeu a lareira hoje?

O terreno lá fora se cobria de neve. Ela, sentada envolta num xale, hesitou.

— Não estou com frio, senhor, nunca fico aqui muito tempo nesta época do ano.

— Mas em geral tem o fogo aceso, não?

— Não, senhor.

— Como se explica isso? Deve haver algum engano. Entendi que fazia uso deste aposento a fim de que se sentisse inteiramente confortável. No seu quarto de dormir sei que não pode ter uma lareira. Mas aqui, isso deve ser um enorme mal-entendido que precisa ser corrigido. É péssimo para você ficar, nem que seja meia hora por dia, sem um fogo aceso. Você não é forte e está gelada. Sua tia não deve ter-se dado conta disso.

Fanny teria preferido ficar calada, mas, obrigada a responder, não pôde deixar de dizer alguma coisa, para fazer justiça à tia de quem mais gostava, em que se distinguissem as palavras "minha tia Norris".

— Entendo — disse o tio ao lembrar-se, e sem querer ouvir mais... — Compreendo. Sua tia Norris sempre defendeu, e de forma muito sensata, que se educassem as crianças sem prazeres desnecessários, mas deve haver moderação em tudo. Ela também é muito resistente, o que por certo influencia suas opiniões sobre as necessidades dos outros. E em outro aspecto também entendo muito bem. Sei quais foram sempre os sentimentos dela. O princípio em si foi bom, mas creio que tenha passado dos limites no seu caso. Parece-me que estabeleceu em algumas questões, às vezes, uma injusta distinção quanto a você, porém, conheço-a bem demais, Fanny, para supor que vá guardar ressentimento por isso. Você possui uma compreensão que a impedirá de encarar tudo apenas em parte e de julgar com parcialidade os acontecimentos. Olhará para todo o passado, levará em conta o tempo, as pessoas, as probabilidades e sentirá que em nada eram menos amigos seus os que a educavam e preparavam para essa condição medíocre que parecia ser o seu destino. Embora a cautela deles talvez venha a revelar-se um dia desnecessária, a intenção foi boa e disto pode ter certeza: todas as vantagens da riqueza você as terá em dobro, graças às pequenas privações e restrições que lhe tenham sido impostas. Estou certo de que não decepcionará a opinião que tenho de você deixando algum dia de tratar sua tia Norris com o respeito e a atenção que lhe são devidos. Bem, basta disso. Sente-se, minha querida. Preciso falar-lhe por alguns minutos, mas não a deterei por muito tempo.

Fanny obedeceu, os olhos baixos e o rubor a intensificar-se. Depois de uma pausa momentânea, *Sir* Thomas, tentando reprimir um sorriso, continuou.

— Talvez não esteja a par de que recebi um visitante esta manhã. Mal me instalara no meu gabinete, após o desjejum, quando conduziram o sr. Crawford lá. O motivo da visita você na certa supõe.

O rubor de Fanny intensificou-se ainda mais, e o tio, ao percebê-la encabulada em tal grau que lhe impossibilitava falar ou erguer os olhos, desviou os dele e sem outra pausa continuou o relato da visita do sr. Crawford.

O assunto que trouxera o sr. Crawford fora declarar-se apaixonado por Fanny, fazer-lhe propostas decididas e solicitar a autorização do tio, que parecia ocupar o lugar dos pais dela. E fizera tudo tão bem, com tanta franqueza, dignidade e correção, que *Sir* Thomas, ao julgar, além disso, suas próprias respostas e observações muito pertinentes ao caso, sentia excessiva satisfação em comunicar-lhe os pormenores da conversa, e, sem saber o que se passava na mente da sobrinha, imaginou que com tais detalhes satisfizesse mais a ela do que a si mesmo. Falou, portanto, por vários minutos sem Fanny ousar interrompê-lo. Mas ela nem sequer conseguia desejar fazê-lo. Tinha a mente em demasiada confusão. Mudara de posição e, com os olhos fixos de propósito numa das janelas, ouvia o tio em extrema perturbação e desânimo. Por um momento, *Sir* Thomas se interrompeu, mas ela mal se dera conta disso, quando ele, ao levantar-se da cadeira, disse:

— E agora, Fanny, após desempenhar parte da minha tarefa e lhe expor que tudo isso se apoia em base muito garantida e satisfatória, devo desempenhar o restante, convencendo-a a me acompanhar ao andar de baixo, onde, embora eu não imagine que a minha companhia lhe tenha sido indesejável, devo sugerir que encontrará uma a quem gostará ainda mais de ouvir. O sr. Crawford, como você talvez tenha previsto, continua aqui em casa. Encontra-se no meu gabinete e espera vê-la.

Ao ouvir isso, a sobrinha exibiu uma expressão, sobressaltou-se e deixou escapar uma exclamação que o deixara atônito, mas qual não foi o seu espanto ao ouvi-la exclamar:

— Ai, não, senhor, não posso, na verdade não posso descer para vê-lo. O sr. Crawford deve saber, tem de saber, eu lhe disse o bastante ontem para convencê-lo, falou-me a respeito e respondi-lhe sem rodeios que me era muito desagradável e completamente fora do meu poder retribuir-lhe o bom conceito.

— Não entendo o que quer dizer — exclamou *Sir* Thomas, e tornou a sentar-se. — Completamente fora do seu poder retribuir-lhe o bom conceito? Que significa tudo isso? Sei que ele falou com você ontem e, pelo que entendi, recebeu tanto estímulo para seguir adiante quanto poderia permitir-se a dar uma jovem ajuizada. Fiquei muito satisfeito com o que deduzi ter sido seu comportamento na ocasião, mostrou uma discrição muitíssimo recomendável. Mas agora, depois que ele se declarou de forma tão correta e honrosa, quais são os seus escrúpulos?

— O senhor se enganou! — gritou Fanny, forçada pela ansiedade do momento até dizer que o tio se enganara. — O senhor muito se enganou. Como pôde o sr. Crawford dizer tal coisa? Não lhe dei nenhum estímulo ontem, ao contrário, disse-lhe, não lembro as palavras exatas, mas tenho certeza de que lhe disse não querer ouvi-lo, que me era muito desagradável em todos os aspectos, e pedi-lhe para nunca mais me falar daquela maneira. Sei que disse tudo isso e mais, e teria dito ainda mais se tivesse absoluta certeza de que ele propunha alguma coisa séria, mas não me agradava, eu não podia tolerar atribuir às palavras dele um sentido mais sério do que talvez não tivessem. Pensei que para ele tudo aquilo nada significasse.

Nada mais pôde dizer. Ficara quase sem fôlego.

— Devo entender — disse *Sir* Thomas, após alguns minutos em silêncio — que você pretende recusar o sr. Crawford?

— Sim, senhor.

— Recusá-lo?

— Sim, senhor.

— Recusa o sr. Crawford! Sob que desculpa? Por qual motivo?

— Eu... eu não gosto dele, senhor, o bastante para me casar.

— Muito estranho mesmo! — exclamou o tio, numa voz de calmo desprazer. — Deve haver algo nisso que minha compreensão não alcança. Aí está um rapaz que deseja fazer-lhe a corte, com tudo para recomendá-lo, não apenas a situação na vida, fortuna e caráter, porém, com uma simpatia incomum, com atenção e conversa que agradam a todos. E não se trata de um conhecido recente, já o conhece há algum tempo. A irmã, além disso, é sua amiga íntima, e o que ele fez por seu irmão, o que me fez supor que seria para você quase recomendação suficiente se outra não houvesse. Com minha influência, não sei quando poderia conseguir a promoção de William. Ele já a conseguiu.

— É verdade — concordou Fanny, a voz fraca, cabisbaixa e com renovada vergonha.

Sentia-se de fato quase envergonhada de si mesma, depois da imagem que o tio descrevera, por não gostar do sr. Crawford.

— Deve ter-se dado conta — continuou *Sir* Thomas —, deve ter percebido há algum tempo uma particularidade na atitude do sr. Crawford com você. Isso não pode tê-la tomado de surpresa. Deve ter observado suas atenções, e embora sempre as tenha recebido de maneira muito correta, nada tenho a reprová-la quanto a isso, nunca as percebi como desagradáveis a você. Quase me inclino a pensar, Fanny, que não conhece bem seus próprios sentimentos.

— Oh, sim, senhor, na verdade conheço. As atenções dele eram sempre o que não me agradava.

Sir Thomas olhou-a com profunda surpresa.

— Isso escapa à minha compreensão — disse. — Requer uma explicação. Jovem como você é, e mal tendo conhecido alguém, é quase impossível que suas afeições... — Interrompeu-se e encarou-a com os olhos fixos. Viu-a formar com os lábios um não, embora não o articulasse, mas tinha o rosto escarlate. Isso, porém, numa moça tão recatada talvez fosse muito compatível com inocência, e ao preferir pelo menos parecer satisfeito, logo acrescentou:

— Não, não, sei que isso está fora de toda questão... inteiramente impossível. Bem, nada há mais a dizer.

E por alguns minutos nada disse. Mergulhou em profunda reflexão. A sobrinha fez o mesmo, na tentativa de endurecer-se e preparar-se contra mais questionamentos. Preferia morrer a confessar a verdade e esperava que um pouco de reflexão a fortalecesse para não trair seu segredo.

— Independentemente do interesse que a escolha do sr. Crawford parecia justificar — disse *Sir* Thomas, recomeçando com muita tranquilidade —, o desejo dele de casar-se cedo eleva-o muito no meu conceito. Sou defensor dos casamentos quando ainda se é jovem e se tem meios proporcionais, e acho que todo rapaz, com renda suficiente, deve estabelecer-se logo depois dos vinte e quatro anos. Tanto constitui esta a minha opinião, que lamento pensar como é pouco provável meu filho mais velho, seu primo, o sr. Bertram, casar-se cedo, mas, por ora, pelo que sei, o matrimônio não faz parte dos planos nem das cogitações dele. Desejaria vê-lo mais inclinado a estabelecer-se — neste momento lançou um olhar a Fanny. — Penso que Edmund, pelo temperamento e pelos hábitos, tem muito mais chance de casar-se antes do irmão. Ele, na verdade, segundo deduzi ultimamente, já encontrou a moça a quem poderia amar, o que meu primogênito, convenci-me, ainda não. Estou certo? Concorda comigo, minha querida?

— Sim, senhor.

Deu-lhe uma resposta em voz baixa, mas calma, e *Sir* Thomas ficou aliviado pelo que se referia aos primos de Fanny. Mas o desaparecimento do sobressalto do tio em nada ajudou a sobrinha, pois ao se confirmar o inexplicável da atitude dela, intensificou-se o desagrado dele. Levantou-se, pôs-se a andar pelo aposento com uma expressão de desgosto que Fanny conseguia imaginar, embora não ousasse erguer os olhos, e logo depois disse com a voz autoritária:

— Tem algum motivo, menina, para pensar mal do caráter do sr. Crawford?

— Não, senhor.

Desejou acrescentar: "Mas dos princípios, sim", porém lhe faltou coragem diante da apavorante perspectiva de discussão, de explicação e na certa de incredulidade da parte do tio. A má opinião que fazia dele fundamentava-se, sobretudo, em observações que, em consideração às primas, não ousava mencioná-las ao pai. Maria e Julia, em especial Maria, estavam tão estreitamente envolvidas na má conduta do sr. Crawford que ela não podia descrever-lhe o caráter, como o julgava, sem as trair. Tivera a esperança de que para um homem como o tio, tão perspicaz, tão honrado, tão bom, o simples conhecimento de uma decidida aversão da parte dela bastasse. Para seu infinito sofrimento, viu que não bastou.

Sir Thomas dirigiu-se à mesa onde ela se sentava em trêmula infelicidade, e com severidade muito fria, disse:

— Percebo que é inútil falar com você. É melhor pôr um fim a esta humilhante conferência. Não devo manter por mais tempo o sr. Crawford à espera. Irei, portanto, apenas acrescentar, pois considero meu dever enfatizar minha opinião sobre a sua conduta, que você desapontou todas as minhas esperanças e provou ter um caráter bastante oposto ao que eu imaginara. Pois eu tinha formado, Fanny, e creio que minha atitude demonstrou-o, uma opinião muito favorável a seu respeito desde o período em que retornei à Inglaterra. Considerava-a particularmente livre de obstinação de temperamento, presunção e toda tendência àquela independência de espírito que tanto predomina nos dias modernos, até nas moças, e que nas moças é ofensiva e desagradável além de qualquer ofensa comum. Mas você acabou de mostrar-se que sabe ser obstinada e perversa, que pode e irá decidir por si mesma, sem a menor consideração nem deferência por aqueles que, com certeza, têm o direito de orientá-la, sem sequer lhes pedir o conselho.

Mostrou-se muito, muito diferente do que eu imaginara. Parece que, nem por um momento, fizeram parte de seus pensamentos as vantagens ou desvantagens da sua família, dos seus pais, seus irmãos e suas irmãs, numa ocasião como esta. Como eles poderiam beneficiar-se, como eles haveriam de regozijar-se com tal estabelecimento para você, tudo isso nada significa para você. Só pensa em si mesma, e, como não sente pelo sr. Crawford exatamente o que uma jovem exaltada pela fantasia julga ser necessário para ser feliz, decide rejeitá-lo de imediato, sem nem pedir um pouco de tempo para pensar melhor na proposta, nem deixar um pouco mais de margem para uma racional reflexão, e tampouco para um exame consciencioso de suas verdadeiras inclinações, e, de fato, num inconcebível arroubo de insensatez, vai descartar uma oportunidade de estabelecer-se na vida de forma desejável, honrosa, generosa, como na certa jamais volte a apresentar-se a você. Aí está um rapaz sensato, de caráter, boa educação e de fortuna, que sente excessiva afeição por você, pede-lhe a mão da maneira mais bela e desinteressada, e deixe-me dizer-lhe, Fanny, talvez viva mais dezoito anos neste mundo sem ser cortejada por outro homem com a metade do patrimônio do sr. Crawford nem com um décimo de seus méritos. De bom grado eu lhe teria concedido qualquer uma das minhas próprias filhas. Maria já se casou com nobreza, mas houvesse o sr. Crawford pedido a mão de Julia, eu lhe teria dado com maior e mais sincera satisfação do que concedi a de Maria ao sr. Rushworth. — Após uma breve pausa, continuou: — E muito me surpreenderia se uma de minhas duas filhas, ao receber uma proposta de casamento em qualquer ocasião que com ela trouxesse apenas metade da qualificação dessa, a houvesse recusado de forma imediata, decisiva, e sem a delicadeza de consultar meu critério e minha opinião, com uma negativa final. Esse procedimento ter-me-ia deixado muito surpreso e ressentido. Eu o teria julgado uma grosseira violação de dever e respeito. Mas a você não se deve julgar pelas mesmas regras. Não me apresenta o dever de uma filha. Mas, Fanny, se seu coração puder absolvê-la de ingratidão...

Interrompeu-se. Àquela altura, Fanny chorava com tanta amargura que o tio, por mais furioso que estivesse, não pôde continuar. Sentia-se quase dilacerada por tal descrição do conceito que ele fazia dela, por aquelas acusações, tão graves, tão múltiplas, que se elevavam em terrível gradação! Voluntariosa, obstinada, egoísta e ingrata. Considerava-a tudo isso. A sobrinha decepcionara as expectativas dele, perdera o bom conceito em que a tinha. Que seria dela?

— Sinto muito — ela disse com a voz entrecortada pelas lágrimas. — Sinto muitíssimo mesmo.

— Sente! Sim, espero que sinta, e na certa terá motivo para senti-lo por muito tempo pelas decisões deste dia.

— Se me fosse possível agir de outro modo — ela disse com mais um grande esforço —, mas tenho absoluta convicção de que nunca o faria feliz e eu mesma me sentiria desgraçada.

Nova torrente de lágrimas, mas apesar dessa torrente, apesar daquela forte e sombria palavra "desgraçada" que serviu para precedê-la, *Sir* Thomas começou a achar que um pouco de abrandamento, uma pequena mudança de disposição, talvez tivesse algo a ver com uma tendência reconciliatória, e em consequência começou a deduzi-la como mais favorável à proposta do rapaz. Sabia que Fanny era muito tímida e excessivamente nervosa. Não julgava, portanto, improvável que, com o tempo, um pouco de insistência, uma pequena pressão, um pouco de paciência e também de impaciência, uma sensata mistura de tudo por parte do enamorado talvez gerasse os efeitos habituais. Se o cavalheiro apenas perseverasse, se apenas a amasse o bastante para perseverar, *Sir* Thomas começava a ter esperanças. E após essas reflexões lhe ocuparem a mente e animá-la, disse num tom de adequada severidade, mas com menos irritação:

— Bem, menina, enxugue essas lágrimas. De nada servem nem lhe podem fazer bem algum. Precisa agora descer comigo. Já fizemos o sr. Crawford esperar demais. Você mesma deve responder, não podemos esperar que ele fique satisfeito com menos, e só você poderá explicar-lhe os motivos dessa errônea interpretação de seus sentimentos que, por infelicidade dele, não o convenceram. Não me sinto de modo algum à altura dessa tarefa.

No entanto, Fanny mostrou tanta relutância, tanta infelicidade, diante da ideia de descer, que *Sir* Thomas, após uma breve reflexão, julgou melhor condescender com a vontade da sobrinha. As esperanças que nutria ao mesmo tempo para o cavalheiro e a dama sofreram uma pequena depressão em consequência, mas ao olhá-la e ver o estado de suas feições, da expressão e do ânimo, causado pelo prolongado pranto, achou que Crawford tinha tanto a perder quanto a ganhar com uma entrevista imediata. Com poucas palavras, portanto, sem sentido específico algum, saiu do aposento e deixou a infeliz sobrinha para desabafar nas lágrimas o que ocorrera.

Tinha a mente em total desordem. O passado, o presente, o futuro, tudo se mostrava terrível. Mas a fúria do tio era o que lhe causava a dor mais aguda. Egoísta e ingrata! O fato de julgá-la assim! Iria sentir-se infeliz para sempre. Não tinha ninguém que se pusesse ao seu lado, para aconselhar e defender. Seu único amigo estava ausente. Talvez abrandasse o tio, mas todos, talvez todos iriam julgá-la egoísta e ingrata. Teria de suportar repetidas vezes essa reprovação, teria de ouvi-la, vê-la ou reconhecer sua existência para sempre em tudo que a envolvesse. Podia apenas sentir algum ressentimento contra o sr. Crawford, mas, e se ele a amasse de verdade e também se sentisse infeliz, tudo era um conjunto de desgraças.

Uns quinze minutos depois, o tio voltou, e ela quase desfaleceu diante da visão dele. Mas lhe dirigiu a palavra com calma, sem austeridade, sem reprovação, o que a aliviou um pouco. Também havia consolo nas palavras e no tom, pois começou a dizer:

— O sr. Crawford se foi, acabou de sair. Não preciso repetir o que se passou. Não quero aumentar seu sofrimento com a narrativa do que ele sentiu. Basta saber que ele se portou da maneira mais digna e generosa, e me confirmou em termos muitíssimo favoráveis a opinião que tenho da inteligência, do coração e do temperamento dele. Diante da exposição que fiz sobre o que você sofria, ele logo, e com a maior delicadeza, deixou de insistir em vê-la no momento — Nesse ponto, Fanny, que erguera os olhos, tornou a baixá-los. — Claro — continuou o tio —, como não se podia deixar de supor, pediu para falar com você a sós, nem que seja apenas por cinco minutos, uma solicitação muito natural, uma aspiração demasiado justa para ser negada. Mas não se marcou o dia, talvez amanhã, ou quando você estiver mais calma. Por enquanto, precisa apenas se tranquilizar. Reprima esse pranto, só vai deixá-la exausta. Se, como me disponho a crer, você deseja demonstrar-me alguma obediência, não se entregará a essas emoções, mas se empenhará em raciocinar para alcançar um melhor estado de espírito. Aconselho-a a sair, o ar lhe fará bem. Passeie por uma hora pela alameda, entre o jardim de arbustos, onde nada a incomodará, e com ar e exercício se sentirá melhor. E, Fanny — virou-se mais uma vez por um instante —, nada direi lá embaixo do que se passou, nem à sua tia Bertram. Não é ocasião para espalhar a decepção, e tampouco diga você.

Tratava-se de uma ordem a ser obedecida com imensa alegria, além de um ato de bondade que Fanny sentiu no fundo do coração. Ser poupada das intermináveis reprovações da tia Norris! O tio deixou-a cheia de gratidão. Tudo seria mais suportável que tais repreensões. Nem a perspectiva de falar com o sr. Crawford parecia constrangê-la mais.

Saiu logo como o tio recomendara e seguiu ao pé da letra os conselhos dele o máximo possível. Conteve as lágrimas, tentou acalmar o ânimo e fortalecer a mente. Queria provar que desejava ser obediente e ansiava por tornar a cair nas graças do tio, pois lhe dera outro poderoso motivo para esforçar-se, ao ocultar das tias o caso todo. Não despertar desconfianças pela sua aparência e atitudes constituía agora um objetivo que valia a pena conseguir e sentiu-se capaz de quase qualquer coisa que a pusesse a salvo da tia Norris.

Impressionou-a, impressionou-a profundamente, quando, ao retornar do passeio e tornar a entrar na sala da ala leste, a primeira coisa que viu foi o fogo na lareira aceso e em chamas. Um fogo! Parecia-lhe demais. O fato de que lhe concedesse semelhante favor, justo naquele momento, suscitava-lhe uma gratidão quase dolorosa. Maravilhou-se ao ver que *Sir* Thomas havia tido tempo para lembrar-se de uma ninharia como aquela, mas logo descobriu, por informação espontânea da criada que veio acendê-lo, que agora seria todos os dias. *Sir* Thomas dera ordens quanto a isso.

— Era preciso, na verdade, ser muito insensível para realmente eu ser ingrata! — ela disse a si mesma. — Deus me proteja de ser ingrata!

Não viu mais o tio nem a tia Norris até se encontrarem na hora do jantar. A atitude dele com ela, então, foi quase a mesma de antes. Sabia que *Sir* Thomas não queria demonstrar nenhuma mudança e que apenas a própria consciência levava-a a imaginar alguma diferença. Mas a tia logo se pôs a discutir com ela, e Fanny, ao constatar a intensidade de como lhe fora desagradável apenas haver saído para passear sem a permissão da tia, deu-se conta da grande razão que tinha em abençoar a bondade de *Sir* Thomas, o qual a salvara do mesmo espírito de censura exercido numa questão de mais importância.

— Se soubesse que você ia sair eu lhe teria mandado ir até lá em casa, levar um recado para Nanny — ela se queixou. — Recado que me vi obrigada a levar com grande inconveniência. Não tinha muito tempo a perder e você me poderia ter poupado o trabalho se tivesse tido a bondade de nos informar que ia sair. Suponho que não lhe faria grande diferença andar em meio aos arbustos ou ir até minha casa.

— Recomendei os arbustos a Fanny como o lugar mais seco — interferiu *Sir* Thomas.

— Oh! — exclamou a sra. Norris, e conteve-se um instante. — Foi muita bondade sua, *Sir* Thomas, mas não sabe como o caminho para minha casa é seco. Garanto-lhe que Fanny teria feito um passeio muito bom se fosse até lá. Ainda com a vantagem de fazer algo útil e ser delicada com sua tia. A culpa é toda dela. Podia ao menos ter-me avisado que ia sair, mas tem algo em Fanny, já o observei muitas vezes antes... ela gosta de fazer tudo segundo a sua própria vontade, não gosta que lhe deem ordens, vai passear quando bem entende sempre que pode. Sem a menor dúvida, tem uma tendência ao sigilo, à independência e à insensatez que eu a aconselharia dominá-la.

Como reflexão geral sobre Fanny, *Sir* Thomas achou que nada poderia ser mais injusto, embora ele mesmo expressasse havia tão pouco tempo os mesmos sentimentos, e procurou mudar de assunto. Tentou repetidas vezes, até conseguir, pois a sra. Norris não tinha suficiente discernimento para percebê-lo nem agora nem nunca a que ponto ele chegava na boa opinião que fazia da sobrinha e até quanto estava longe de desejar as qualidades de seus próprios filhos realçadas à custa da depreciação das qualidades dela. Por isso, a sra. Norris continuou a falar com Fanny e se ressentindo da saída particular da sobrinha até o meio do jantar.

Afinal, porém, calou-se, e a noite instalou-se com mais serenidade e mais alegria para Fanny do que ela poderia esperar depois de uma manhã tão tempestuosa, mas acreditava acima de tudo que agira certo, que seu julgamento não a enganara; pela pureza de suas intenções, podia responder, e, em segundo lugar, alimentava a esperança de que o desgosto do tio diminuiria, e diminuiria ainda mais quando ele analisasse a questão com mais imparcialidade e reconhecesse, como deve reconhecer um homem de bem, em que medida era infeliz, imperdoável, desesperador e perverso casar sem afeição.

Depois que terminasse o encontro com que a ameaçavam para o dia seguinte, ela poderia apenas lisonjear-se por ver o assunto enfim concluído e por pensar que, assim que o sr. Crawford partisse de Mansfield, logo tudo voltaria ao normal. Não queria, não podia acreditar que a afeição dele o atormentasse por muito tempo, pois isso não combinava com o jeito de ele ser. Londres logo o curaria. Em Londres ele não demoraria a dar-se conta da insensatez daquela paixonite e lhe agradeceria o bom-senso por tê-lo salvo de más consequências.

Enquanto Fanny estava com a mente absorta nesse tipo de esperança, o tio, logo depois do chá, foi chamado à outra sala. Tratava-se de uma ocorrência demasiado comum para impressioná-la, e ela nada percebeu até o mordomo reaparecer dez minutos depois, adiantar-se decidido para ela e dizer:

— *Sir* Thomas deseja falar-lhe no gabinete dele.

Então lhe ocorreu o que poderia ser. Atravessou-lhe a mente uma suspeita que lhe retirou toda a cor da face, mas, ao levantar-se no mesmo instante e preparar-se para obedecer, a sra. Norris chamou-a:

— Fique, fique, Fanny! Que foi que deu em você? Aonde vai? Não seja tão apressada. Com certeza não é a você que chamam, é a mim, não duvide — olhou para o mordomo. — Mas você tem tanta vontade de se adiantar aos demais. Para que *Sir* Thomas precisaria de você? Foi a mim que você se dirigiu, Baddeley. Já vou. Refere-se a mim, Baddeley, tenho certeza. *Sir* Thomas precisa de mim, não da srta. Price.

Entretanto, Baddeley manteve-se resoluto.

— Não, senhora, é a srta. Price. Tenho certeza que é a srta. Price — e com essas palavras disfarçou um sorriso que queria dizer: "Não creio que a senhora serviria para o caso, de modo algum".

A sra. Norris, muito descontente, viu-se obrigada a acalmar-se para poder retornar ao bordado. Fanny, ao retirar-se em visível agitação, viu-se, um minuto depois, como previra, a sós com o sr. Crawford.

Capítulo 33

A entrevista não foi nem tão curta nem tão conclusiva quanto a jovem planejara. Henry não se conformava facilmente. Era tão perseverante quanto *Sir* Thomas desejaria que ele fosse. Tinha uma vaidade que o levara decidido, em primeiro lugar, a pensar que ela, de fato, o amava, embora talvez ainda não o soubesse, e, em segundo lugar, depois que se viu enfim obrigado a reconhecer que a jovem no momento conhecia de fato os próprios sentimentos, a pretender tornar, com o tempo, esses sentimentos favoráveis a ele.

Estava apaixonado, muito apaixonado; e essa paixão, agindo sobre um espírito vivaz, confiante, mais ardente do que delicado, duplicava a importância do amor que ela lhe negava.

Não se desesperaria nem desistiria. Tinha motivos muito bem fundamentados para uma sólida ligação. Julgava-a possuir todo o mérito que justificasse as mais ardentes esperanças de uma felicidade duradoura ao lado de Fanny, cuja conduta naquele momento, ainda que lhe revelasse o desinteresse e a delicadeza do caráter, qualidades que ele julgava das mais raras, contribuía para intensificar todos os desejos dele e confirmar as decisões que tomara. Ele não sabia que teria de atacar um coração já comprometido. Disso não suspeitava. Considerava-a mais alguém que nunca houvesse pensado sério o suficiente no assunto para correr algum risco, pois lhe protegia a juventude, uma juventude mental tão adorável quanto a pessoal, cujo recato impedira de entender suas atenções, e que continuava a sentir-se oprimida pela rapidez de declarações amorosas tão inteiramente inesperadas, além de a novidade de uma situação que aquela jovem imaginação jamais levara em conta.

Não resultaria por certo de tal situação que quando Fanny o entendesse ele haveria de triunfar? Acreditava plenamente nisso. Um amor assim, num homem como ele, com certeza seria retribuído e não a muito longo prazo. Encantava-o tanto a ideia de fazê-la amá-lo muito em breve que quase não lamentava o fato de ela não amá-lo agora. Superar uma pequena dificuldade não constituía um mal para Henry Crawford. Ao contrário, revigorava-o. Habituara-se a conquistar corações com demasiada facilidade. A situação atual revelava-se nova e animadora.

Para Fanny, porém, que enfrentara demasiadas oposições durante toda a vida para ver algum encanto nessa situação, tudo era incompreensível.

Constatou que ele pretendia perseverar, mas não conseguia entender como, depois de ouvi-la expressar-se numa linguagem que se vira obrigada a empregar. Disse-lhe que não o amava, não podia amá-lo, tinha certeza de que jamais o amaria, que tal mudança era de todo impossível, que o assunto doía-lhe muito. Precisara rogar-lhe que nunca mais o mencionasse, permitisse-lhe retirar-se imediatamente e considerasse a questão encerrada para sempre. Quando ele continuou a pressioná-la, Fanny acrescentara que, em sua opinião, tinham temperamentos tão diferentes em tudo que tornavam incompatível uma mútua afeição. E era impossível ambos se harmonizarem um com o outro em virtude da natureza, da educação e dos hábitos desiguais. Tudo isso Fanny dissera e com a mais veemente sinceridade; entretanto aquilo não fora o bastante, pois ele logo negara que houvesse qualquer incompatibilidade de temperamentos, e nada nos gostos de ambos que os desarmonizasse, e declarara categoricamente que continuaria a amá-la e a ter esperanças!

Embora conhecesse bem o próprio sentimento, Fanny não sabia julgar o modo como o expressava. Desprendia-lhe da atitude, do modo de expressar-se, uma incurável gentileza, não se dava conta de até que ponto essa atitude ocultava a severidade do seu propósito. O retraimento, a gratidão e a delicadeza faziam cada expressão de indiferença parecer quase um esforço de abnegação, parecer, pelo menos, causar-lhe tanta dor quanto a ele. O sr. Crawford não era mais o mesmo admirador clandestino, insidioso, traidor de Maria Bertram, a quem ela abominara, odiara ver, de quem odiava falar, em quem não acreditara existir nenhuma boa qualidade e cujo poder, mesmo de sedução, mal reconhecera. Agora era o sr. Crawford que se dirigia a Fanny com um amor ardente, desinteressado, cujos sentimentos se haviam transformado em tudo que há de mais honrado e correto, cujas visões de felicidade se baseavam todas num casamento por amor, que lhe exaltava os méritos, descrevia sem parar seu afeto, e também o provava, tanto quanto se pode prová-lo com palavras, na linguagem, no tom e no espírito de um homem de talento, que a desejava por sua delicadeza e bondade; e para o cúmulo de tudo o mais, agora o sr. Crawford conseguira a promoção de William!

Via-se uma mudança e viam-se pretensões que não tinham como não causar algum efeito. Talvez o houvesse desprezado em toda a dignidade de uma virtude furiosa no terreno de Sotherton ou no teatro de Mansfield Park, mas agora ele se aproximava dela com direitos que exigiam tratamento diferente. Devia ser educada e sentir compaixão. Devia ter a sensação de ser honrada, e quer pensasse em si mesma ou no irmão, precisava nutrir um forte sentimento de gratidão. O efeito de tudo isso se revelou um modo de agir tão lastimável e agitado, as palavras entremeadas com sua recusa tão expressivas de gratidão e preocupação que, para um temperamento vaidoso e confiante como o de Crawford, a verdade, ou pelo menos a força da indiferença dela, parecia muito questionável.

Nas manifestações de afeição perseverante, assídua e sem desânimo com que encerrou a entrevista, ele não se mostrou tão irracional quanto o considerava Fanny.

Foi com relutância que se resignou a vê-la sair, mas, no momento da separação, não houve sequer um olhar desesperado que lhe desmentisse as palavras ou que desse à jovem a esperança de ser menos irracional do que se manifestara.

Ela se sentia agora furiosa. Não pôde evitar certo ressentimento diante daquela perseverança tão egoísta e mesquinha. Ali se destacava mais uma vez a falta de delicadeza e consideração pelo próximo que a princípio tanto a impressionara e indignara. Ali se via mais uma vez um aspecto do mesmo sr. Crawford que ela antes tanto condenara. Como se salientava uma rude falta de sensibilidade e humanidade quando estava em jogo o próprio prazer dele! Ai, como sempre desconhecera quaisquer princípios para suprir, como um dever, o que lhe faltava ao coração. Mesmo que as próprias afeições dela fossem livres, como talvez o devessem ser... ele jamais conseguiria atraí-las.

Assim pensava Fanny, com absoluta sinceridade e sombria tristeza ali sentada a refletir, diante daqueles excessivos prazer e luxo do fogo aceso na lareira na sala da ala leste, sobre o passado e o presente. Perguntava-se sobre o que ainda a aguardava no futuro, e numa agitação que a impossibilitava de ver qualquer coisa que lhe importava, além da convicção de que jamais seria possível, em quaisquer circunstâncias, amar o sr. Crawford, e da felicidade de ter um fogo aceso junto ao qual podia sentar-se e pensar a respeito.

Sir Thomas se viu obrigado, ou obrigou a si mesmo, a esperar até a manhã seguinte para saber o que ocorrera entre os jovens. Então se encontrou com o sr. Crawford, que lhe deu sua versão. A primeira sensação foi decepcionante, pois esperara coisas melhores. Julgara quase impossível que uma hora de súplicas por parte de um rapaz como Crawford causasse tão pouca mudança numa jovem de temperamento tão afável como Fanny, mas encontrou rápido alívio nas decididas opiniões e perseverança otimista do apaixonado, e, ao ver sua grande confiança de êxito, *Sir* Thomas logo também começou a senti-la.

De sua parte, nada omitiu de cortesia, louvor e amabilidade que pudessem ajudar o plano. Honrou a firmeza do sr. Crawford, elogiou Fanny e declarou que a aliança continuava a ser a mais desejável do mundo. Em Mansfield Park, o sr. Crawford seria sempre bem acolhido, tinha apenas de consultar o próprio discernimento e os sentimentos quanto à frequência das visitas, no presente ou no futuro. Em todos os familiares e amigos da sobrinha, a opinião e o desejo em relação ao caso eram unânimes, a influência de todos que a amavam com certeza tenderia a um único lado.

Dito tudo que pudesse incentivá-lo, todo incentivo foi recebido com grata alegria, e os cavalheiros se despediram como melhores amigos.

Satisfeito de que a causa agora se encaminhava num ritmo o mais correto e esperançoso, *Sir* Thomas resolveu abster-se de importunar a sobrinha e não mostrar uma clara interferência. Achava que a amabilidade seria o melhor meio de influenciar um temperamento como o da jovem. As súplicas procederiam apenas de um lado. A abstenção da família numa questão, a respeito da qual ela não podia duvidar dos desejos que todos acalentariam, seria o meio mais seguro de favorecê-la. De acordo com esse princípio, *Sir* Thomas aproveitou a primeira oportunidade de dizer-lhe, com uma branda gravidade destinada a dominá-la:

— Bem, Fanny, vi de novo o sr. Crawford e por ele soube exatamente como andam as coisas entre vocês. Acho-o um rapaz extraordinário, e, qualquer situação que venha a estabelecer-se, é necessário você saber que despertou um afeto de atributo muito incomum, embora, jovem como é e pouco conhecedora da natureza transitória, inconstante, irregular do amor como existe em geral, não possa te impressionar de forma maravilhosa, semelhante a perseverança, ainda mais diante da falta de encorajamento. No caso dele, tudo se trata de uma questão de sentimento, ele não pretende que se reconheça mérito algum por isso, talvez não tenha tal pretensão. Mas, após haver escolhido tão bem, a constância dele revela um caráter muito louvável. Se a escolha não fosse tão irrepreensível eu o condenaria pela perseverança.

— Na verdade, senhor — disse Fanny —, sinto muito que o sr. Crawford continue a... sei que me concede uma grande honra, da qual não julgo ser merecedora, mas tenho perfeita convicção, e assim disse a ele, de que nunca poderei...

— Minha querida — interrompeu *Sir* Thomas —, não é ocasião para isso. Conheço tão bem seus sentimentos quanto você deve conhecer meus desejos e pesares. Nada mais há a dizer nem fazer. De agora em diante, não se tornará a tocar no assunto entre nós. Nada terá a temer nem se preocupar a respeito. Não pode supor-me capaz de tentar persuadi-la a casar-se contra sua vontade. Sua felicidade e vantagem constituem tudo o que almejo, e nada mais lhe peço além de suportar os esforços do sr. Crawford para convencê-la de que não são incompatíveis com as dele, e ele corre seu próprio risco. Você pisa em terreno seguro. Permiti que ele a veja sempre que nos visitar, como o faria se nada disso houvesse acontecido. Você o verá rodeada por todos nós, como antes, tanto quanto possa, sem pensar mais em nada desagradável. Ele partirá de Northamptonshire em breve, e não lhe será exigido muitas vezes sequer esse pequeno sacrifício. O futuro talvez seja muito incerto. E agora, minha querida Fanny, encerrou-se o assunto entre nós.

A prometida viagem foi tudo em que Fanny pôde pensar com grande satisfação. Mas também muito a sensibilizaram as bondosas expressões e o tom paciente do tio, e quando levou em conta que ele desconhecia a verdade, achou que não tinha o direito de surpreender-se com a linha de conduta adotada por *Sir* Thomas. Dele, que entregara ao sr. Rushworth uma filha em casamento, não se poderia por certo esperar sensibilidade romântica. Ela deveria cumprir o dever e esperar que o tempo o tornasse mais fácil que agora.

Embora só tivesse dezoito anos, não poderia supor que a afeição do sr. Crawford durasse para sempre, mas imaginava apenas que um firme e incessante desencorajamento da parte dela, com o correr do tempo, poria um fim àquela obsessão. Quanto tempo destinar, em sua própria fantasia, a tal rejeição era outro assunto. Não ficaria bem perguntar a exata estimativa que uma donzela faz de seus próprios encantos.

Apesar do pretendido silêncio, *Sir* Thomas viu-se mais uma vez obrigado a falar do problema com a sobrinha para informar-lhe que o assunto seria comunicado às tias, uma medida que ele ainda preferiria evitar, se fosse possível, mas que se tornara necessária diante da total oposição do sr. Crawford a que se fizesse segredo de suas intenções. Não tinha o menor propósito de ocultar nada. Sabia-se de tudo no presbitério, onde ele adorava conversar sobre o futuro com as duas irmãs, e lhe seria muito prazeroso ter testemunhas esclarecidas do avanço do seu sucesso. Ao saber disso, o tio sentiu a necessidade de pôr a esposa e a cunhada a par do assunto, embora, pelo bem de Fanny, ele quase temesse o efeito que essa comunicação causaria ao mesmo tempo nela e na sra. Norris, pois deplorava o zelo errôneo, mas bem-intencionado, da tia. Àquela altura, de fato, não estava muito longe de classificá-la como uma dessas pessoas bem-intencionadas que vivem empreendendo ações erradas e muito desagradáveis.

A sra. Norris, porém, aliviou-o. Insistiu na mais estrita paciência e silêncio com a sobrinha, o que não só prometeu, mas cumpriu. Apenas passou a tratá-la com uma má vontade cada vez maior. Ficou furiosa, amargamente furiosa; porém, o que mais a indignava era o fato de Fanny ter recebido tal proposta e não o de tê-la rejeitado. Era uma injúria, uma afronta a Julia, que deveria ter sido a escolhida pelo sr. Crawford e, independentemente disso, detestava Fanny por haver esquecido a prima, além de sentir rancor por ver uma pessoa que ela sempre tentara humilhar obter tanta ascensão.

Sir Thomas deu mais crédito à discrição da sra. Norris na ocasião do que merecia a cunhada, e Fanny quase abençoou a tia por ter apenas de sentir e não ouvir seu desprazer.

Lady Bertram teve outra reação ao tomar conhecimento do que ocorrera. Fora uma beldade e uma próspera beldade durante toda a vida, por isso beleza e fortuna eram tudo que lhe despertava respeito. Saber que um homem de fortuna pedira Fanny em casamento elevou-a, portanto, muito em seu conceito. Ao convencer-se de que Fanny era muito bonita, do que vinha duvidando até então, e que se casaria de forma vantajosa, quase a fez sentir uma espécie de honra quando se dirigiu à sobrinha.

— Bem, Fanny — disse, assim que ficaram a sós, e de fato chegara a sentir certa impaciência para se ver a sós com a sobrinha, e notava-se na sua fisionomia, enquanto falava, extraordinária animação. — Muito bem, Fanny, tive uma surpresa muito agradável esta manhã. Devo falar sobre isto só uma vez. Eu disse a *Sir* Thomas que deveria falar com você nem que fosse só uma vez e depois ficaria satisfeita. Felicidades, minha querida sobrinha. — E, ao olhá-la com complacência, acrescentou: — Mas veja só! Somos com certeza uma bela família.

Fanny enrubesceu e a princípio não soube o que dizer. Depois, com a esperança de atingi-la no ponto fraco, respondeu:

— Minha querida tia, eu tenho certeza de que a senhora não pode desejar que fosse outra a minha decisão. Não pode desejar que me case, pois sentiria minha falta, não? Sim, tenho certeza de que sentiria demais a minha falta para desejar isso.

— Não, minha querida, não pensaria em sentir sua falta quando lhe fazem uma proposta como essa. Posso arranjar-me muito bem sem você, se fosse para se casar com um homem de tão esplêndido patrimônio como o sr. Crawford. E tenha em mente, Fanny, que é dever de toda moça aceitar uma proposta tão irrepreensível quanto essa.

Essa foi quase a única regra de conduta, o único conselho, que Fanny recebera da tia, no curso de oito anos e meio, e silenciou. Sentiu que seria improdutivo um debate para contestar a afirmação. Se os sentimentos da tia se revelavam contra os dela, nenhuma esperança poderia ter de tentar fazê-la compreender. *Lady* Bertram mostrava-se muito disposta a conversar.

— Sabe do que mais, Fanny? — continuou. — Tenho certeza de que ele se apaixonou por você no baile, tenho certeza de que tudo começou naquela noite. Você de fato estava magnífica. Todos assim o disseram. Até *Sir* Thomas. E também sabe que Chapman ajudou-a a vestir-se. Alegro-me muito por ter mandado Chapman fazê-lo. Direi a *Sir* Thomas que tenho certeza de que tudo aconteceu naquela noite. — E ainda seguindo esses alegres pensamentos, logo depois acrescentou: — E sabe de uma coisa, Fanny? É mais do que fiz com Maria: na próxima vez em que Pug tiver uma ninhada, você ganhará um filhote.

Capítulo 34

Edmund teve de se inteirar de importantes novidades quando retornou. Muitas surpresas o aguardavam. A primeira que ocorreu não consistiu na de menos importância, a presença de Henry Crawford e da irmã, que passeavam juntos pelo vilarejo, quando ali entrou a cavalo. Concluíra... pensara que àquela altura se encontrassem muito longe de Mansfield. Prolongara de propósito a ausência além de uma quinzena para evitar Mary Crawford. Voltava para casa com o ânimo disposto a alimentar-se de saudosas lembranças e ternas associações, quando viu diante de si a linda jovem no braço do irmão. Viu-se, além disso, a receber uma acolhida de visível simpatia da mulher que, dois minutos antes, pensara encontrar-se a mais de cem quilômetros de distância, e tão longe, muito mais longe dele em termos afetivos que qualquer distância pudesse expressar.

A acolhida que Mary lhe dera foi de uma forma que ela jamais tivera esperança de receber nem se soubesse que iria encontrá-la. Ao voltar, depois de cumprido o objetivo que motivara sua ausência, esperava qualquer outra coisa, menos aquele olhar de satisfação e palavras de significado simples e agradável. Foi o suficiente para encher seu coração de paixão e levá-lo até a casa no estado de espírito mais propício a sentir o pleno valor da outra prazerosa surpresa próxima.

Logo soube da promoção de William, com todos os detalhes, e, com a secreta provisão de alívio que trazia no peito para intensificar sua alegria, encontrou na notícia uma fonte das mais satisfatórias sensações durante todo o jantar. Depois do jantar, quando ficou a sós com o pai, soube da história de Fanny, e em seguida *Sir* Thomas relatou-lhe todos os principais acontecimentos dos últimos quinze dias e a atual situação dos assuntos em Mansfield.

Fanny desconfiou do que acontecia. Se os dois permaneciam na sala de jantar durante muito mais tempo que o habitual, teve a certeza de que falavam dela. Quando o chá afinal os retirou dali e ela percebeu que Edmund ia mais uma vez procurá-la, sentiu uma terrível culpa. Ele aproximou-se, sentou ao seu lado, tomou-lhe a mão e apertou-a com carinho, e naquele momento Fanny achou que se não fosse pela ocupação e as atenções que lhe requeriam o serviço do chá, talvez houvesse traído a emoção que sentia a um excesso imperdoável.

Com tal gesto, porém, ele não pretendia exprimir-lhe uma aprovação e um encorajamento sem reservas que as suas esperanças deduziram. Foi apenas para exprimir a sua participação em tudo que a interessava e lhe dizer que ouvira algo que muito o alegrava. De fato, concordava inteiramente com o pai na questão. Não o surpreendeu tanto quanto a *Sir* Thomas o fato de ela recusar Crawford, pois, longe de supor que Fanny sentia por ele algo semelhante a uma preferência, ele sempre pensara o contrário, e imaginava à perfeição como a proposta pegara-a desprevenida, porém, nem *Sir* Thomas era mais favorável ao enlace que ele. Edmund julgava o compromisso muito recomendável, Crawford tinha todos os predicados; e, ao mesmo tempo que a honrava pelo que ela fizera sob a influência da atual indiferença, exaltava-a com termos ainda mais entusiasmados que aqueles reproduzidos por *Sir* Thomas. Era sua mais sincera esperança, confiança e convicção que se realizasse afinal o enlace, e os dois, unidos por mútua afeição, acabariam por perceber que tinham os temperamentos compatíveis para abençoar o fato de que haviam sido feitos um para o outro, como ele próprio agora começava seriamente a considerá-los. Crawford fora precipitado demais. Não dera tempo a Fanny para afeiçoar-se a ele. Começara de forma errada. Com o poder de sedução que tinha, porém, e com um temperamento como o dela, Edmund esperava que tudo chegasse a uma feliz conclusão. Enquanto isso, o primo se deu suficiente conta do constrangimento de Fanny, e absteve-se de tornar a suscitar o assunto com qualquer palavra, olhar ou gesto.

Crawford visitou-os no dia seguinte e, em atenção ao regresso de Edmund, pareceu a *Sir* Thomas mais que natural convidá-lo a ficar para o jantar, pois era, na verdade, uma atenção necessária. Ele ficou, claro, e Edmund teve então ampla oportunidade de observar suas deferências por Fanny e o grau de imediato encorajamento que talvez extraísse da atitude dela. E constatou esse encorajamento tão pequeno, tão, tão pequeno — toda a chance, toda a possibilidade de incentivo apoiava-se apenas no acanhamento da amada; se não houvesse esperança na confusão dela, não havia em mais nada — que Edmund quase se dispôs a maravilhar-se com a perseverança do amigo. Fanny merecia tudo, considerava-a valer todo o extremo de paciência, todo o esforço mental, mas não se julgava capaz de insistir junto a uma mulher sem algo mais para alentar-lhe a coragem do que discernia nos olhos da prima. Sentiu-se muito disposto a esperar que Crawford visse com mais clareza que ele; e esta acabou sendo a conclusão mais consoladora a que pôde chegar de tudo que observou desenrolar-se antes, durante e após o jantar.

À noite, ocorreram algumas circunstâncias que lhe pareceram mais promissoras. Quando entrou com Crawford no salão, Edmund viu sentadas a mãe e Fanny trabalhando muito atentas e caladas, como se nada mais as preocupasse. Não pôde evitar notar a profunda tranquilidade que aparentavam.

— Não ficamos caladas assim o tempo todo — esclareceu a mãe. — Fanny esteve lendo para mim e só largou o livro ao ouvi-los se encaminharem para cá — e, de fato, via-se um livro na mesa com jeito de recém-fechado, um volume de Shakespeare. — Ela muitas vezes lê esses livros para mim, e estava no meio de uma fala muito bonita daquele homem (como se chama mesmo, Fanny?), quando ouvimos seus passos.

Crawford pegou o volume.

— Permita-me ter o prazer de concluir esse monólogo para a senhora — ofereceu-se. — Logo o encontrarei — abriu com todo cuidado o livro e, ao deixar as folhas seguirem a própria inclinação, de fato encontrou-o, ou se equivocou em uma ou duas páginas, mas acertou o bastante para satisfazer *Lady* Bertram, pois, assim que Crawford citou o nome do Cardeal Wosley, logo afirmou que ele encontrara o mesmo monólogo. Fanny não olhara nem se oferecera para ajudá-lo: nem uma sílaba a favor ou contra. Tinha a atenção concentrada no trabalho. Parecia determinada a não se interessar por mais nada. Mas também tinha predileção demasiadamente forte. Não conseguiu abstrair a mente nem por cinco minutos, viu-se forçada a escutar; a leitura dele era excelente, e o prazer que ela sentia por boa leitura, extremo. Havia muito se habituara à boa leitura, porém: o tio lia bem, todos os primos, Edmund, muito bem, mas a leitura do sr. Crawford apresentava uma variedade de excelência além de tudo que conhecera até então. O rei, a rainha, Buckingham, Wosley, Cromwell, todos surgiam, um por um, pois, com um talento especial, o dom de saltar e adivinhar, ele sempre conseguia abrilhantar-se, à vontade, na melhor cena ou nas melhores falas de cada um, e fosse com dignidade ou orgulho, ternura ou remorso, ou o que tivesse de expressar, fazia-o com igual beleza. Exibia verdadeira dramaticidade. Aquela representação mostrara a Fanny, pela primeira vez, que prazer uma peça podia proporcionar, e sua leitura trouxe-lhe mais uma vez a lembrança da atuação dele; não, talvez com satisfação ainda maior, pois chegava de forma inesperada e sem a desvantagem a que se habituara ao vê-lo no palco com Maria Bertram.

Edmund observava o progresso da atenção dela divertido e satisfeito, ao ver que Fanny aos poucos diminuía o ritmo no trabalho de agulha que a princípio parecia ocupá-la totalmente. Viu o bordado cair-lhe das mãos enquanto ela se sentava imóvel sobre ele e, por fim, os olhos, que haviam parecido de forma tão estudada evitar o amigo durante o dia todo, virarem-se e se fixarem em Crawford. Fixou-os nele por minutos, fixou-os até a atração fazer Crawford desviar os dele para ela, fechar o livro e desfazer-se o encanto. Então Fanny recolheu-se mais uma vez em si mesma, enrubesceu e pôs-se a trabalhar com o mesmo afinco de sempre, porém, bastou para dar ânimo a Edmund quanto às chances do amigo e, quando cordialmente lhe agradeceu a leitura, teve a esperança de expressar também os sentimentos secretos de Fanny.

— Essa peça deve ser uma de suas preferidas — disse —, você a lê como se a conhecesse muito bem.

— Creio que passará a ser de agora em diante — respondeu Crawford —, mas acho que não ponho as mãos num volume de Shakespeare desde os quinze anos. Vi uma vez representarem *Henrique VIII*. Ou ouvi alguém dizer que tinha visto, não tenho muita certeza. Mas acabamos por conhecer Shakespeare sem saber como. Faz parte da natureza de todo inglês. Seus pensamentos e belezas encontram-se tão espalhados pelo mundo todo que roçamos neles em toda parte e nos tornamos íntimos do dramaturgo e poeta por instinto. Ninguém com um pouco de cérebro abre grande parte de uma de suas obras sem logo captar-lhe o fluxo dos pensamentos.

— Não há dúvida de que Shakespeare é conhecido por nós até certo ponto — concordou Edmund — desde a tenra infância. Todos citam seus trechos célebres, que se encontram na metade dos livros que abrimos, e todos nós falamos como Shakespeare, empregamos suas comparações, descrevemos com as mesmas descrições, mas transmitir o exato sentimento, como você acabou de fazer, é muito diferente. É bastante comum conhecê-lo por fragmentos ou versos isolados, e até mesmo conhecer quase todas as suas obras talvez não seja incomum, mas saber lê-lo bem em voz alta não constitui um talento comum.

— Senhor, muito me honra — foi a resposta de Crawford, com uma mesura de simulada gravidade.

Os dois cavalheiros lançaram um olhar a Fanny para ver se conseguiam extorquir-lhe uma palavra de elogio condizente, mas ambos sentiram que seria impossível. Elogiara-o apenas com a atenção que lhe concedera.

Lady Bertram também lhe expressou intensa admiração.

— Foi como assistir à peça no teatro — declarou. — Gostaria que *Sir* Thomas estivesse aqui.

Crawford sentiu extrema satisfação. Se *Lady* Bertram, com toda aquela incompetência e languidez, sentiu isso, a inferência do que deve ter sentido a sobrinha, cheia de vida e instruída, empolgava-o.

— O senhor tem grande talento para o teatro, sr. Crawford — acrescentou a esposa de *Sir* Thomas logo depois. — Sabe do que mais? Acredito que montará, algum dia, um teatro na sua casa, em Norfolk. Quero dizer, quando lá se instalar. Acredito de verdade. Acho que montará um teatro em sua casa em Norfolk.

— De verdade, senhora? — ele se apressou a exclamar. — Não, não, isso nunca acontecerá. A senhora se engana por completo. Nada de teatro em Everingham! Ah, não! — e olhou para Fanny com um sorriso expressivo, que evidentemente significava: "essa dama jamais permitirá um teatro em Everingham."

Edmund tudo observou e viu Fanny muito determinada a não vê-lo, como a deixar claro que as palavras de Henry bastaram para transmitir o total significado do protesto, e acreditou que aquela rápida consciência de um galanteio, a tão imediata compreensão da insinuação pela prima, pareceu-lhe antes favorável que não.

Conversou-se sobre a leitura em voz alta por mais algum tempo. Os dois rapazes eram os únicos a trocar ideias, mas em pé junto ao fogo comentavam sobre a negligência de qualificação demasiadamente comum, a total desatenção a ela no sistema escolar para meninos, o consequente grau natural, embora em alguns casos imperdoável, de ignorância e grosseria em certos homens, até em homens sensíveis e instruídos, quando de repente chamados a ler em voz alta, como ocorrera em vários casos conhecidos por eles, darem exemplos de erros crassos e fiascos pela falta de controle da voz, da modulação e ênfase adequadas, de previsão e discernimento, tudo resultante da causa principal: a falta desde o início de atenção e hábito. Fanny mais uma vez ouvia com grande interesse.

— Até mesmo em minha profissão — disse Edmund, com um sorriso —, como a arte de ler é tão pouco estudada! Como se dá pouca atenção à forma de expressar-se com clareza e boa dicção! Refiro-me, porém, mais ao passado que ao presente. Agora se vê no mundo todo certo espírito de aperfeiçoamento, mas entre os que se ordenaram há vinte, trinta, quarenta anos, a maioria, a julgar pelas demonstrações que vemos, devia pensar que ler era ler e pregar era pregar. Agora isso mudou. Pensa-se no assunto com critério. Sabem que a boa articulação e a energia talvez tenham peso ao se recomendarem as verdades mais sólidas. Além disso, hoje se veem, mais difundidos do que antes, o espírito de observação e gosto, um conhecimento mais crítico; em cada congregação, há maior proporção de pessoas que dominam um pouco o assunto e que podem julgar e criticar.

Edmund já celebrara o serviço religioso desde a ordenação, e Crawford, ao saber disso, lhe fizera várias perguntas sobre as sensações e os sucessos, perguntas feitas com a vivacidade de um interesse amistoso e vivaz curiosidade, sem qualquer toque daquele espírito zombeteiro nem ar leviano que Edmund sabia ser muito ofensivos a Fanny, às quais ele respondeu com verdadeiro prazer. Quando Crawford continuou, pediu-lhe a opinião e deu-lhe a sua quanto à maneira mais adequada de proferir certos trechos do serviço religioso; mostrando tratar-se de um assunto em que já pensara antes, Edmund sentiu-se cada vez mais satisfeito. Esse era o caminho para chegar ao coração de Fanny. Ela não se deixaria conquistar por tudo que a galanteria, a sagacidade e o bom humor podiam juntos fazer, ou pelo menos só seria conquistada depois de muito tempo, sem a contribuição de sentimento, sensibilidade e seriedade em questões importantes.

— Nossa liturgia — observou Crawford — tem belezas que sequer um estilo descuidado, relaxado, da leitura pode destruir, mas também tem redundâncias e repetições que exigem bom domínio de leitura para que se não as perceba. De minha parte, pelo menos, confesso que nem sempre presto tanta atenção como deveria — nesse momento olhou para Fanny —, que eu em dezenove de vinte vezes fico pensando como se devia ler tal oração e desejando poder eu mesmo lê-la... Disse alguma coisa? — Adiantou-se para Fanny e baixou a voz ao dirigir-se a ela, e, diante do "não" que ouviu, acrescentou: — Tem certeza de que não disse nada? Vi-a mover os lábios. Imaginei que talvez fosse dizer-me que eu deveria ser mais atento e não permitir que meus pensamentos vagassem. Não ia dizer-me isso?

— Na verdade, conhece bem demais seu dever para que eu... até mesmo suponha... — Interrompeu-se ao sentir que se metia numa enrascada, e nada mais conseguiu fazê-la acrescentar uma palavra, nem com vários minutos de súplica e espera.

Ele então retornou ao tema anterior e continuou como se não tivesse havido terna interrupção alguma.

— Um sermão bem pregado é ainda mais incomum que orações bem lidas. Um sermão, bom em si, não constitui coisa rara. É mais difícil falar bem que compor bem, isto é, as regras e os artifícios da oratória consistem em objeto de estudo.

Um sermão bom e bem pregado do início ao fim proporciona excelente satisfação. Nunca ouço um sermão assim sem sentir a maior admiração e respeito e sem me sentir mais que inclinado a tomar ordens e pregar. Desprende-se qualquer coisa da eloquência no púlpito, quando se trata de autêntica eloquência, digna do mais elevado louvor e honra. O pregador que consegue tocar e influenciar uma tão heterogênea massa de ouvintes, sobre temas tão limitados e já tão batidos em mãos comuns, que sabe dizer algo novo ou admirável, que atraia a atenção, sem ofender o gosto nem esgotar os sentimentos dos ouvintes, é um homem ao qual, por sua função pública, nunca se poderia honrar como o merece. Gostaria de ser tal homem.

Edmund riu.

— De fato, gostaria. Nunca em minha vida ouvi um pregador célebre sem sentir uma espécie de inveja. Mas, por outro lado, eu precisaria ter uma audiência em Londres. Poderia pregar apenas a pessoas educadas, às pessoas com condição de compreender minha oratória. E não sei se gostaria de pregar com demasiada frequência; de vez em quando, talvez, uma ou duas vezes na primavera, após ser esperado com ansiedade por seis domingos seguidos, mas não com tanta constância.

Nesse ponto, Fanny, que não podia deixar de ouvir, sacudiu a cabeça sem querer, e Crawford logo se pôs mais uma vez ao seu lado e rogou-lhe que explicasse o significado daquele gesto; e como Edmund percebeu, ao vê-lo aproximar uma cadeira e sentar-se ao lado dela, que o ataque desta vez seria direto, e que precisava escolher bem os olhares e as insinuações, encolheu-se com o máximo de discrição possível num canto. Deu-lhes as costas e apanhou um jornal, a desejar do fundo do coração que Henry conseguisse convencer sua querida Fanny a explicar o significado daquele abano de cabeça, para satisfação do ardente enamorado; e ansiosamente procurou abafar qualquer rumor da conversa com a leitura de vários anúncios de "a mais desejável propriedade em Gales do Sul"; "aos pais e tutores" e "cavalo de caça experiente".

Fanny, enquanto isso, irritada consigo mesma por não ter ficado tão imóvel quanto muda, e ressentida no íntimo, ao ver as maquinações de Edmund, tentava, com todos os recursos da sua natureza modesta e gentil, repelir o sr. Crawford e evitar tanto seus olhares quanto perguntas; e ele, sem perceber a rejeição, persistia em ambos.

— Por que você sacudiu a cabeça? — perguntou. — Quis manifestar o quê? Desaprovação, receio. Mas de quê? Que dizia eu que a desagradou? Pareceu-lhe que falei sobre o assunto de modo impróprio, leviano, irreverente? Apenas me diga se o fiz. Apenas me diga se errei. Quero corrigir-me. Não, não, suplico-lhe; pare de trabalhar por um momento. Que significou aquela sacudidela da cabeça?

Em vão ela repetiu duas vezes:

— Por favor, senhor, não, rogo-lhe, sr. Crawford, não pergunte — e em vão tentou afastar-se. Com a mesma voz baixa e ansiosa, e a mesma proximidade, ele tornava a insistir nas perguntas anteriores. Ela ficou mais agitada e descontente. — Como pode fazer isso, senhor? O senhor me deixa muito atônita. Espanto-me ao ver como pode...

— Eu a deixo atônita? — ele repetiu. — Espanto-a? Alguma coisa nas minhas súplicas você não compreende? Vou explicar-lhe imediatamente o que me faz insistir assim, tudo que me faz insistir em saber o que você pensa ou faz, e me aguça a curiosidade. Não a deixarei atônita por mais tempo.

Sem querer, ela esboçou um sorriso, mas nada disse.

— Você balançou a cabeça quando confessei que não gostaria de me envolver nos deveres de um clérigo sempre, com constância. Sim, foi por causa desta palavra. Constância, eu não temo a palavra, a soletraria, diria e escreveria para qualquer pessoa. Não vejo nada assustador na palavra. Acha que deveria ver?

— Talvez, senhor — disse Fanny, vencida pela exaustão a falar —, talvez eu julgasse lamentável o fato de não se conhecer tão bem quanto pareceu naquele momento.

Crawford, maravilhado por fazê-la falar de algum modo, decidiu manter a conversa de pé, e a pobre Fanny, que esperava silenciá-lo com aquela crítica tão extrema, viu, lamentavelmente, que se enganara e apenas se mudou de um motivo de curiosidade e de um jogo de palavras para outro. Ele tinha sempre de saber a explicação de tudo. A oportunidade não poderia ser melhor. Nenhuma igual ocorrera desde que se encontrara com ela no gabinete do tio, nenhuma igual talvez tornasse a ocorrer antes de ele partir de Mansfield. Não importava nem um pouco o fato de *Lady* Bertram achar-se sentada bem no outro lado da mesa, pois quase sempre parecia semiadormecida, e os anúncios de Edmund continuavam a ser de suma importância.

— Bem — disse Crawford, depois de uma série de rápidas perguntas e relutantes respostas —, sinto-me mais feliz que antes, porque agora compreendo com mais clareza sua opinião sobre mim. Acha que sou inconstante, influenciável pelo capricho do momento, facilmente me entusiasmo e, com a mesma facilidade, abandono. Com tal opinião, não admira que... mas veremos. Não será com protestos que tentarei convencê-la de que está enganada, nem dizer-lhe que minhas afeições são constantes. Minha conduta falará por mim, a ausência, a distância e o tempo falarão por mim. Provarão que, se alguém é digno de merecê-la, eu a mereço. Você é infinitamente superior a mim em mérito, tudo isso eu sei. Possui qualidades que eu até hoje não supunha existir em nenhum ser humano. Tem alguns toques angelicais superiores a... não apenas superiores ao que se pode ver, pois jamais se veem tais coisas, mas superiores a tudo que se imagina existir. Ainda assim, porém, não tenho receio. Não é por igualdade de méritos que conquistarei seu coração. Isso está fora de questão. Aquele que melhor compreenda e honre suas virtudes, que a ame com mais devoção, será o que mais direito terá a ser correspondido. Nisso baseio minha confiança. Por esse direito eu a mereço e merecerei, e quando se convencer que minha afeição é tal como eu a declaro, conheço-a bem demais para abrigar as mais cálidas esperanças. Sim, querida, adorada Fanny. Não — ao vê-la recuar desgostosa —, perdoe-me. Talvez não tenha ainda esse direito, mas por que outro nome posso chamá-la? Supõe que esteja presente em minha imaginação com alguma outra? Não, é em "Fanny" que eu penso todo dia, com quem sonho toda noite. Você deu a esse nome tanta doçura que agora nada mais pode descrevê-la melhor.

Fanny dificilmente poderia permanecer sentada por mais tempo, tampouco procurou afastar-se, apesar de toda a oposição prevista por ela se não fosse um ruído que se aproximava, pelo qual vinha esperando e que se admirava por demorar tanto.

A solene procissão, encabeçada por Baddeley, dos bules de chá, das louças e dos pratos de bolo apareceu e libertou-a de uma dolorosa prisão de corpo e alma. O sr. Crawford foi obrigado a afastar-se. Ela estava livre, ocupada e protegida.

Edmund não lamentou ser mais uma vez admitido entre aqueles que podiam falar e ouvir. Mas, embora a conferência lhe parecesse longa demais, e embora ao olhar para Fanny visse um rubor de irritação, teve a esperança de que não se houvesse dito e ouvido tanto sem algum proveito para o orador.

Capítulo 35

Edmund resolvera que cabia inteiramente a Fanny decidir se entre eles devia-se ou não mencionar a posição da prima em relação a Crawford, e, se a iniciativa não partisse dela, ele jamais suscitaria o assunto, mas após um ou dois dias de mútua reserva, o pai induziu-o a mudar de ideia e tentar usar a influência em favor do amigo. Fixara-se afinal um dia, muito próximo, para a partida dos Crawford, e *Sir* Thomas achou por bem fazer mais um esforço em prol do rapaz antes de ele deixar Mansfield, de modo que todos aqueles protestos e juras inabaláveis de afeição que Henry fizera à sobrinha contassem com igual esperança para sustentá-los o máximo de tempo possível.

Sir Thomas sentia o mais cordial anseio pela perfeição do caráter do sr. Crawford àquela altura. Desejava que ele fosse um modelo de constância; e imaginava que o melhor meio de consegui-lo seria não submetê-lo a uma prova demasiadamente longa.

Edmund deixou-se persuadir de bom grado a intervir na questão, pois queria inteirar-se dos sentimentos de Fanny. Ela se habituara a consultá-lo em todas as dificuldades, e o primo a queria bem demais para suportar que agora lhe negasse sua confiança. Esperava poder auxiliá-la, pensava que devia ser-lhe útil, a quem mais poderia ela abrir o coração? Se não necessitava de conselho, devia pelo menos precisar do consolo da conversa. O fato de Fanny afastar-se dele, silenciosa e reservada, era uma circunstância estranha, que exigia sua participação e a que ele logo deveria pôr um fim.

— Falarei com ela, senhor. Aproveitarei a primeira oportunidade que tiver de falar com ela a sós — foi o resultado de tais considerações.

E diante da informação do pai de que Fanny se encontrava, naquele momento, passeando sozinha pela alameda entre os arbustos, ele logo se juntou a ela.

— Vim caminhar com você, Fanny — disse. — Posso? — Enlaçou o braço dela ao seu: — Faz muito tempo desde que demos um passeio agradável juntos. — Ela assentiu com o olhar em vez de confirmar com palavras. Tinha o ânimo abatido. — Mas, Fanny — ele acrescentou —, para dar um passeio agradável, é necessário algo mais que apenas percorrermos esse caminho de cascalho juntos. Você deve conversar comigo. Sei que alguma coisa a preocupa. Sei no que está pensando. Não pode julgar-me desinformado. Devo ouvir de todos menos da própria Fanny?

A prima, aflita e desanimada, respondeu:

— Se você já ouviu de todo mundo, primo, não tenho nada a lhe dizer.

— Dos fatos, talvez não, mas dos sentimentos, Fanny. Só você pode me falar deles. Não pretendo, porém, pressioná-la. Se não for o que deseja, desisto. Pensei que talvez fosse um alívio.

— Receio que pensemos de modo demasiado diferente para que eu encontre algum alívio em lhe falar sobre o que sinto.

— Você supõe que pensamos diferente? Não creio que seja assim. Atrevo-me a dizer que, se compararmos nossas opiniões, elas se revelarão tão semelhantes como têm sido: bem, direto ao assunto... Considero as propostas de Crawford muito vantajosas e desejáveis, se você pudesse retribuir sua afeição. Acho muito natural toda a família desejar que você a retribua, mas visto ser-lhe impossível, você fez exatamente o que deveria fazer ao recusá-lo. Pode haver nesse sentido alguma divergência de opiniões entre nós?

— Oh, não! Mas pensei que você me censurava. Imaginei que estivesse contra mim. Sinto-me tão aliviada agora!

— Esse alívio você poderia ter sentido há mais tempo, Fanny, se o houvesse procurado. Como pôde supor que eu estivesse contra você? Como pôde imaginar que eu seria favorável a um casamento sem amor? E mesmo que fosse em geral despreocupado quanto a esses assuntos, como poderia imaginar-me assim, quando era a sua felicidade que estava em jogo?

— Meu tio julgou errada minha atitude, e eu sabia que ele andava conversando com você.

— Até este momento, Fanny, creio que você agiu inteiramente certo. Talvez eu lamente, talvez me surpreenda, embora nem mesmo isso, pois você ainda não teve tempo de se afeiçoar, mas acho que agiu inteiramente certo. Pode isso dar margem a dúvidas? Seria deplorável para nós se o desse. Você não o amava, nada poderia justificar que o aceitasse. — Fanny não sentia tanto bem-estar fazia dias. — Até agora sua conduta tem-se mostrado impecável, e muito se equivocaram os que desejaram que agisse de outro modo. Mas a questão não termina aqui. A de Crawford não é uma afeição comum. Ele persevera com a esperança de criar laços que não criara antes. Isso, sabemos, tem de ser obra do tempo. Mas — com um sorriso afetuoso —, deixe-o triunfar no fim, Fanny, deixe-o triunfar no fim. Você demonstrou integridade e desinteresse, demonstre agora que é grata e afetuosa, e será o modelo da mulher perfeita para o qual sempre acreditei que nascera.

— Oh! Não, nunca, nunca, ele jamais conseguirá esse triunfo.

E expressou-se com tanta veemência que surpreendeu o primo e a fez enrubescer, enquanto se recompunha ao ver o olhar dele e ouvi-lo retrucar:

— Nunca, Fanny? Tão decidida e positiva! Não é típico de você, de sua identidade racional.

— Quer dizer — ela exclamou pesarosa e corrigiu-se — que acho que nunca, até onde é possível responder pelo futuro... creio que nunca retribuirei a estima dele.

— Devo esperar coisas melhores. Sei muito mais de Crawford que o homem que pretende conquistar seu amor; após fazê-la tomar o devido conhecimento das intenções dele, vai exigir-lhe um trabalho muito árduo, pois aí se encontram enfileirados para a batalha todos seus antigos afetos e hábitos. E antes de conseguir conquistar-lhe o coração, precisa desprendê-lo de todos os laços amarrados a coisas animadas e inanimadas, fortalecidos ao longo do crescimento de tantos anos e consideravelmente atados no momento pela própria ideia de separação. Sei que a apreensão de ver-se obrigada a deixar Mansfield irá armá-la durante algum tempo contra ele. Quem dera que ele não tivesse sido obrigado a dizer-lhe o que pretendia. Quem dera que ele a conhecesse tanto quanto eu, Fanny. Creio que, juntos, nós teríamos conseguido conquistá-la. Juntos, meu conhecimento teórico e o conhecimento prático dele não teriam fracassado. Ele deveria ter agido de acordo com meus planos. Espero, porém, que o tempo, ao comprovar, como acredito firmemente que o fará, que ele merece você pela constante afeição que demonstra, dará a Crawford sua recompensa. Não posso imaginar que não tenha o desejo de amá-lo, o desejo natural da gratidão, prima. Você deve ter algum sentimento dessa natureza. Deve lamentar-se da sua própria indiferença.

— Eu e ele somos em tudo tão diferentes — disse Fanny, evitando uma resposta direta —, tão, tão diferentes em todas as nossas inclinações e hábitos, que considero de todo impossível sermos felizes juntos algum dia, ainda se eu conseguisse amá-lo. Nunca existiram dois seres mais opostos. Não temos um único gosto em comum. Seríamos desgraçados.

— Você se engana, Fanny. A diferença não é tão grande. Vocês são semelhantes o suficiente. Têm gostos em comum, gostos morais e literários em comum. Ambos têm o coração caloroso e sentimentos bondosos. Além disso, Fanny, quem o ouviu e viu ler Shakespeare na outra noite achará que não se combinam como companheiros? Esquece-se de si mesma. Reconheço que há, de fato, uma grande diferença nos temperamentos dos dois. Crawford é animado, você, séria, mas tanto melhor assim, o bom humor dele suprirá o seu.

Você tem um temperamento, prima, que a faz logo se sentir desanimada e imaginar dificuldades maiores do que são. A alegria dele, que não vê dificuldades em nada, neutralizará essa tendência, e seu otimismo e alegria serão um constante apoio para você. Não imagine que o fato de serem tão diferentes nesse aspecto, Fanny, seja desfavorável à probabilidade de que venham a ser felizes juntos. Convenci-me de que se trata, ao contrário, de uma circunstância favorável. Adquiri total certeza de que o melhor consiste em que os temperamentos sejam diferentes, quer dizer, diferentes na disposição dos espíritos, nos hábitos, na maior ou menor preferência por reunir-se em sociedade, na propensão a falar ou calar-se, ser sério ou alegre. Estou inteiramente convencido de que certa oposição nesses aspectos favorece a felicidade conjugal. Excluo os extremos, claro, e uma semelhança muito próxima em todos esses aspectos seria o caminho mais provável de chegar-se a um extremo. Uma oposição, delicada e contínua, é a melhor salvaguarda dos costumes e da conduta.

Fanny bem podia imaginar onde estavam os pensamentos dele então. O poder da srta. Crawford manifestava-se de novo com toda força. Desde a hora em que voltara para casa, o primo não parava de falar dela com imensa satisfação. A intenção de evitá-la terminara por completo. Ele jantara no presbitério ainda na noite anterior.

Após deixá-lo absorto naqueles pensamentos mais felizes por alguns minutos, Fanny, após julgar que deveria fazê-lo, retornou à questão do sr. Crawford e disse:

— Não é apenas em temperamento que o considero totalmente inadequado para mim, embora nesse aspecto eu acredite que a diferença entre nós seja grande demais, imensa. Aquela animação muitas vezes me oprime, porém algo nele me faz opor-me ainda mais. Devo dizer, primo, que não posso aprovar o caráter dele. Não o tenho em bom conceito desde a época da peça. Vi-o, então, comportar-se, segundo minha opinião, de modo tão indecoroso e insensível, permito-me falar agora porque tudo acabou, tão incorreto com o coitado do sr. Rushworth, sem sequer parecer importar-se com expô-lo nem magoá-lo ao dirigir à minha prima Maria tais atenções, que, em suma, na época da peça causou-me uma impressão que jamais se apagará.

— Querida Fanny — respondeu Edmund, mal a ouvindo até o fim —, não vamos, nenhum de nós, julgar pelo que parecíamos naquele período de loucura geral. Aquela é uma época que eu detesto lembrar. Maria agiu mal, Crawford também, todos juntos nos comportamos mal, mas ninguém tão mal quanto eu. Comparados comigo, todos os demais foram irrepreensíveis. Eu fazia papel de bobo com os olhos bem abertos.

— Como espectadora — disse Fanny —, talvez eu tenha visto mais que você, e de fato creio que o sr. Rushworth se sentia muito enciumado às vezes.

— Muito possível. Não surpreende. Nada podia ser mais impróprio do que todo aquele negócio teatral. Fico sempre chocado quando penso que Maria pudesse ser capaz de incentivá-lo, mas se ela pôde aceitar o papel, não devemos surpreender-nos com os outros.

— Antes da peça, muito me engano se Julia não se julgou o alvo das atenções dele.

— Julia! Já ouvi de alguém antes que ele estava apaixonado por Julia, mas nunca vi nada disso. E, Fanny, embora eu espere fazer justiça às boas qualidades de minhas irmãs, considero muito possível que elas, uma delas, ou ambas, mais que desejassem atrair a admiração de Crawford e talvez mostrassem esse desejo de forma mais ostensiva que exige a perfeita prudência. Lembro bem que tinham acentuada predileção pela companhia dele; e, com tal incentivo, um homem como Crawford, animado e talvez um pouco inconsequente, fosse levado a... Mas não pôde ser nada muito fulminante, porque é claro que não tinha pretensões, havia reservado o coração para você. E devo dizer que o fato de tratar-se de você elevou-o muitíssimo no meu conceito. E o faz merecer altíssima honra, demonstra o correto apreço à bênção da felicidade doméstica e pura afeição. Prova que não se deixou corromper pelo tio. Revela-o, em suma, ser tudo que eu desejava acreditar que fosse e temia que não fosse.

— Tenho a convicção de que ele não pensa como deveria em assuntos sérios.

— Melhor seria dizer que ele jamais pensou em assuntos sérios, creio que foi o que ocorreu. Como poderia ser de outro modo, com tal educação e tal conselheiro? Considerando-se as desvantagens que ambos tiveram, não é maravilhoso que sejam como são? Disponho-me a reconhecer que até agora Crawford se deixou guiar em excesso pelos sentimentos. Por sorte, esses sentimentos têm-se revelado em geral bons. Você contribuirá com o resto. E que homem mais afortunado é ele por se afeiçoar a semelhante criatura, uma mulher que, firme como uma rocha em seus princípios, tem uma delicadeza de caráter ideal para recomendá-los. Ele escolheu a companheira, na verdade, com rara felicidade e a fará feliz, Fanny, sei que a fará feliz, mas você fará tudo dele.

— Não quero assumir semelhante encargo — exclamou Fanny com acentuado retraimento —, algo de grande responsabilidade!

— Como sempre, não se julga à altura do que seja! Imagina que tudo é demais para você! Bem, embora eu não seja capaz de convencê-la a mudar os sentimentos, confio em que você mesma se convencerá. Sinceramente, confesso meu anseio de que o consiga. Não é pouco o interesse que tenho pelo sucesso de Henry. Depois de sua felicidade, Fanny, é a dele que eu mais desejo. Você bem sabe que não é pouco meu interesse por Crawford.

Fanny sabia bem o bastante para ter o que dizer, e os dois seguiram juntos por uns cinquenta metros em mútuos silêncio e abstração. Edmund foi o primeiro a falar:

— Fiquei ontem muito satisfeito com a maneira de Mary Crawford falar a respeito, ainda mais satisfeito porque não esperava vê-la encarar tudo com uma visão tão justa. Sabia que ela gostava muito de você, Fanny, mas ainda temia que ela não avaliasse seu mérito para o irmão como o merecia, prima, que lamentasse o fato de Crawford não ter escolhido alguma outra mulher de distinção ou fortuna. Receava a influência daquelas máximas mundanas a que tanto se habituara a ouvir. Mas foi diferente. Falou de você, Fanny, como devia. Deseja o enlace com tanto entusiasmo quanto meu pai e eu. Tivemos uma longa conversa. Eu não teria tocado no assunto, por mais que ansiasse por conhecer os sentimentos dela, porém, mal passados cinco minutos desde que tinha-me acomodado na sala, ela o suscitou com toda aquela franqueza e aquele jeito amável, aquele espírito e engenhosidade que tanto a caracterizam. A sra. Grant riu da irmã por sua rapidez.

— Então a sra. Grant estava na sala?

— Sim, quando cheguei ao presbitério, encontrei as duas irmãs sozinhas, e, assim que havíamos começado a conversar, Crawford e o dr. Grant entraram.

— Faz mais de uma semana que não vejo a srta. Crawford.

— É, ela o lamenta, contudo reconhece que talvez tenha sido melhor assim. Mas a verá, porém, antes de partir. Está muito zangada com você, deve preparar-se para isso. Diz que se sente muito zangada, no entanto já pode imaginar a raiva dela. Não passa do pesar e da decepção de uma irmã que julga o irmão com direito a tudo que deseja logo que o manifeste. Está magoada, como você ficaria por William, mas a estima de todo o coração.

— Eu sabia que ficaria zangada comigo.

— Minha adorada Fanny — exclamou Edmund —, não vá afligir-se com a ideia de ela estar zangada. É uma raiva mais da qual falar que sentir. Tem o coração feito para amor e ternura, não para ressentimento. Eu gostaria que você tivesse ouvido como a elogiou, gostaria que visse o semblante dela quando disse que deveria ser a esposa de Henry. E observei que ela se referiu sempre a você como "Fanny", o que jamais fazia, e entoava seu nome com a mais fraterna cordialidade.

— E a sra. Grant — perguntou Fanny —, ela falou... ficou lá todo o tempo?

— Sim, concordava em tudo com a irmã. A surpresa diante da sua recusa, Fanny, parece ter sido imensa. O fato de ter rejeitado um homem como Henry Crawford vai além da compreensão de ambas. Eu disse em seu favor o que pude, mas com toda franqueza, como elas veem o caso, você precisa provar a si mesma que age em sã consciência assim que puder por uma conduta diferente. Nada mais as satisfará. Mas vejo que a importuno. Terminei. Não se afaste de mim.

— Eu devo ter imaginado — disse Fanny, após uma pausa de concentração e esforço — que qualquer mulher deveria compreender a possibilidade de um homem não ser aprovado, não ser amado por outra mulher, por uma pelo menos, por mais que sempre seja agradável para a maioria. Embora ele tenha todas as perfeições do mundo, creio que não deveria ser considerado como algo certo que um homem tem de ser aceito necessariamente por toda mulher de quem por acaso venha ele a gostar. Mas mesmo supondo que assim seja, concedendo ao sr. Crawford todos os direitos que lhe atribuem as irmãs, como poderia eu estar preparada para retribuir seus sentimentos? Tomou-me inteiramente de surpresa. Não tinha a menor ideia de que a atitude dele comigo tivesse algum significado, e por certo não seria de esperar que eu me persuadisse a gostar dele apenas porque fazia de mim ao que parecia um objeto de ociosa diversão. Na minha situação, teria sido o extremo da vaidade criar expectativas em relação ao sr. Crawford. Tenho certeza de que as irmãs dele, que tanto o valorizam, devem ter pensado assim e imaginado que aquilo nada significava. Então, como eu poderia estar... estar apaixonada por ele no momento em que ele declarou seus sentimentos por mim? Como podia eu retribuir uma afeição à sua disposição logo que ele a pediu? As irmãs deveriam pensar em mim também, não apenas nele. Quanto mais altos os méritos do sr. Crawford, mais impróprio de minha parte teria sido eu pensar nele. E... e... julgamos muito diferente a natureza das mulheres se elas imaginam que uma mulher tenha condição de retribuir uma afeição tão depressa, como isso parece dar a entender.

— Minha querida, querida Fanny, agora conheço a verdade. Sei que se trata da verdade, além de mostrar a grande dignidade de seus sentimentos. Eu os atribuíra a você antes. Acreditei que podia entendê-la. Agora me deu a explicação exata que arrisquei a dar por você à sua amiga e à sra. Grant, e ambas se mostraram mais satisfeitas então, embora a sua afetuosa amiga continuasse a resistir um pouco, pelo entusiasmo do amor que sente por Henry. Eu lhes disse que você era de todos os seres humanos aquele em que exercia mais poder o hábito e menos a novidade, e que a própria circunstância da novidade das declarações de Crawford depunha contra ele. O fato de serem tão inesperadas e recentes não podia favorecê-lo, que você não tolerava nada a que não estivesse habituada, e, com muitas outras explicações com a mesma finalidade, busquei fazê-las entenderem o seu caráter. A srta. Crawford nos fez rir com os planos para incentivar o irmão. Pretendia insistir em que ele perseverasse na esperança de ser amado com o tempo e ver suas declarações mais apreciadas ao cabo de uns dez anos de "felicidade conjugal".

Fanny conseguiu apenas com dificuldade dar-lhe o sorriso que ele esperava. Tinha todos os sentimentos agitados. Temia haver falado demais, exagerado a cautela que imaginara necessária, ao proteger-se de um perigo para expor-se a outro, e o fato de o primo ter-lhe repetido a vivacidade da srta. Crawford num momento como aquele, e sobre tal assunto, constituiu um agravo ainda mais amargo.

Edmund viu na expressão dela cansaço e angústia e logo resolveu abster-se de levar adiante toda a conversa e nem sequer tornar a mencionar o nome de Crawford, a não ser quando relacionado ao que agradasse à prima. Com base nesse princípio, logo depois observou:

— Eles partem na segunda-feira. Portanto, pode contar em ver sua amiga amanhã ou no domingo. Partem tão breve... e pensar que por pouco não fui persuadido a permanecer em Lessingby até esse mesmo dia! Quase cheguei a prometer! Que diferença teria feito! Talvez eu lamentasse esses cinco ou seis dias a mais em Lessingby por toda a vida.

— Você chegou a pensar em ficar lá?

— Muito. Pediram-me com tão amável insistência, que quase aquiesci. Se tivesse recebido alguma carta de Mansfield, para dizer-me como vocês todos passavam, creio que com certeza teria ficado, mas nada sabia do que vinha acontecendo aqui fazia quinze dias e achei que me ausentara por demasiado tempo.

— Passou momentos agradáveis lá?

— Sim, quer dizer, foi culpa do meu próprio estado de espírito o fato de não serem mais agradáveis. Todos se mostraram muito amáveis. Duvido que pensem o mesmo de mim. Levei comigo inquietação e não consegui livrar-me dela até me ver mais uma vez em Mansfield.

— As srtas. Owen... Gostou delas, não?

— Sim, muito. Simpáticas, bem-humoradas, sem afetação. Porém não sou mais o mesmo em companhia feminina comum, Fanny. Moças bem-humoradas, sem afetação, não servem para um homem habituado à companhia de mulheres sensíveis. São dois modos diferentes de ser. Você e a srta. Crawford me tornaram exigente demais.

Apesar disso, porém, Fanny se mostrava oprimida e desgastada. Ele viu-o na aparência da prima, não ia conseguir animá-la prolongando a conversa, e, sem tentar mais, conduziu-a com a amável autoridade de um guardião privilegiado direto para casa.

Capítulo 36

Edmund agora acreditava estar a par de tudo que Fanny pudera expressar ou deixar entrever de seus sentimentos e ficou satisfeito. Fora uma decisão demasiadamente precipitada, como imaginara antes por parte de Crawford, e primeiro era necessário dar-lhe tempo para habituar-se à ideia e depois torná-la agradável a Fanny, que precisava assimilar o fato de que Henry se apaixonara por ela, e então uma retribuição de afeto talvez não estivesse muito distante.

Deu ao pai essa opinião como o resultado da conversa e recomendou que nada mais lhe dissessem, nem fizessem outras tentativas de influenciá-la ou convencê-la, mas que deixassem tudo à assiduidade de Crawford e às atividades mentais espontâneas da jovem.

Sir Thomas prometeu que assim seria. Julgava justa a explicação do filho sobre a disposição de Fanny e ela ter todos aqueles sentimentos, mas considerava um grande infortúnio que ela os tivesse, pois, menos disposto que o filho a confiar no futuro, não podia deixar de temer que, se lhe eram necessárias tão longas concessões de tempo e hábito, talvez ela não conseguisse convencer-se a aceitar como deveria as declarações do rapaz antes que o desejo dele de fazê-las terminasse. Nada havia a fazer, porém, senão sujeitar-se resignado e esperar o melhor.

A prometida visita da "amiga", como Edmund chamava a srta. Crawford, revelou-se uma descomunal ameaça a Fanny, que vivia em constante terror por conta disso. Como uma irmã, tão parcial, zangada, tão pouco cuidadosa do que dizia e, de outro ponto de vista, tão triunfante e segura, Mary era em todos os sentidos um doloroso alarme. Enfrentar o desagrado, o discernimento e a felicidade dela parecia-lhe em tudo terrível. E a confiança na presença de outras pessoas quando se encontrassem era o único alívio diante daquela perspectiva. Ausentava-se o mínimo possível de *Lady* Bertram, mantinha-se longe da sala da ala leste e não passeava sozinha na alameda do bosque, em sua precaução de evitar qualquer ataque repentino.

Conseguiu-o. Encontrava-se a salvo na sala de desjejum com a tia, quando a "amiga" chegou. Passada a primeira aflição, e, ao ver na atitude e nas palavras da srta. Crawford certa calma, teve esperança de que nada pior tivesse de suportar senão meia hora de moderada agitação. Mas nesse caso tivera demasiada esperança. Mary Crawford não era escrava da oportunidade. Decidira falar com Fanny a sós, e em consequência logo lhe disse em voz baixa, sem esperar mais que o tolerável:

— Preciso falar com você alguns minutos em outro lugar — palavras que Fanny sentiu lhe correrem pelo corpo todo e por todos os nervos.

Negar era impossível. Os hábitos de pronta submissão, ao contrário, fizeram-na quase no mesmo instante levantar-se e conduzir-se a outra sala. Embora concordasse, estava com os nervos em frangalhos, era inevitável.

Tão logo chegaram ao corredor, desfez-se toda a compostura da srta. Crawford. Logo balançou a cabeça para Fanny com um ar ao mesmo tempo de maliciosa reprovação e afeto, tomou-lhe a mão e pareceu mal se conter para não ir direto ao assunto. Nada disse, porém, além de:

— Menina má, má! Não sei quando acabarei de ralhar com você — e teve suficiente discrição para reservar o resto para quando estivessem a sós entre quatro paredes.

Fanny levou-a ao aposento, agora sempre equipado para proporcionar conforto. Abriu a porta, porém, com o coração tomado de dor, pois sentia que a aguardava a cena mais angustiante de todas as já testemunhadas por aquele lugar. Mas o mal prestes a abater-se sobre ela foi ao menos adiado pela súbita mudança nas ideias da srta. Crawford, pelo forte efeito que lhe causou na mente o fato de encontrar-se mais uma vez na sala da ala leste.

— Ah! — ela exclamou, com instantânea animação. — Estou aqui de novo? A sala da ala leste! Apenas uma vez me encontrei neste aposento antes! — Após examinar em volta e parecer reconstituir tudo o que ali se passara, acrescentou: — Apenas uma vez. Lembra? Vim para ensaiar. Seu primo também veio e fizemos um ensaio. Você foi nossa plateia e nosso ponto. Um ensaio encantador! Nunca o esquecerei. Estávamos bem nesta parte do aposento; seu primo aqui, eu aqui, e ali as cadeiras. Oh, por que essas coisas têm sempre de acabar?

Felizmente para a companheira, Mary não esperava resposta alguma. Tinha a mente toda imersa em si mesma, num devaneio de prazerosas recordações.

— A cena que ensaiávamos era notável! O assunto, tão... tão, como direi? Ele deveria descrever e recomendar-me o matrimônio. Parece que o vejo agora, tentando mostrar-se tão recatado e sereno como o devia ser no papel de Anhalt, a repetir as duas longas falas. "Quando dois corações afins se encontram juntos na vida matrimonial, pode-se descrever o casamento como uma vida feliz." Suponho que tempo algum jamais desfará a impressão que guardo do seu olhar e da sua voz, ao proferir essas palavras. Foi curioso, muito curioso, que tivéssemos tal cena para representar! Se eu tivesse o poder de recordar uma única semana da minha existência, seria a semana da representação. Pense o que quiser, Fanny, mas seria essa, pois nunca, em nenhuma outra, conheci tão intensa felicidade.

Vê-lo curvar o firme espírito como o fez! Ah, foi mais maravilhoso do que eu seria capaz de expressar. No entanto, que pena, aquela mesma noite pôs tudo a perder. Aquela mesma noite trouxe seu tio muito indesejável. Coitado de *Sir* Thomas, quem se alegrou com a presença dele? Mas, Fanny, não imagine que eu queira agora falar desrespeitosamente de *Sir* Thomas, embora com toda a certeza o tenha odiado por muitas semanas. Não, agora lhe faço justiça. Ele é apenas o que deve ser um chefe de tal família. Não, com imparcial justiça, acredito que agora gosto de todos vocês. — Após dizê-lo com um grau de ternura e consciência que Fanny jamais vira nela antes, e agora julgava apenas muito adequado, Mary deu-lhe as costas por um momento para recompor-se. — Desde que entrei neste aposento, tive um pequeno arroubo de emoção, como talvez perceba — disse, com um sorriso brincalhão —, mas já passou. Assim, vamos sentar-nos e ficar à vontade, porque quanto a repreendê-la, Fanny, o que vim com plena intenção de fazer, falta-me coragem agora que chegou o momento — e abraçou-a muito afetuosa: — Minha boa e doce Fanny! Quando penso que a vejo pela última vez até não sei quando... sinto ser totalmente impossível fazer algo além de amá-la.

Fanny comoveu-se. Não previra nada disso e seus sentimentos raras vezes resistiam à melancólica influência da palavra "última". Desatou a chorar como se gostasse da srta. Crawford mais do que na realidade lhe era possível, e esta, mais sensibilizada ainda com a visão de tanta emoção, abraçou-a com ternura e disse:

— Detesto a ideia de deixá-la. Aonde vou não encontrarei ninguém que seja nem a metade tão afetuoso. Quem sabe se ainda não seremos irmãs? Sei que o seremos. Sinto que nascemos para ser aparentadas e essas lágrimas me convencem de que você também o sente, querida Fanny.

Fanny levantou-se e respondeu apenas em parte:

— Mas você vai apenas deixar um grupo de amigos por outro. Visitará uma amiga muito especial.

— Sim, pura verdade. A sra. Fraser é minha amiga há anos. Mas não tenho a mínima vontade de vê-la agora. Penso apenas nos amigos que vou deixar: minha excelente irmã, você e os Bertram. Desprende-se muito mais sentimento entre vocês do que a gente vê por esse mundo. Aqui todos me dão a impressão de que posso confiar em todos e merecer sua confiança, o que não se conhece no trato comum. Gostaria de ter combinado com a sra. Fraser de ir visitá-la só depois da Páscoa, época muito melhor para a visita, mas agora não posso decepcioná-la. E após passar algum tempo na casa dela, preciso ir visitar a irmã, *Lady* Stornaway, pois essa era minha amiga mais íntima das duas, mas nos últimos três anos não lhe dei muita atenção.

Finda essa conversa, as duas ficaram em silêncio por muitos minutos, ambas pensativas. Fanny meditava sobre os diferentes tipos de amizade existentes no mundo, Mary, em algo de tendência menos filosófica. Esta foi a primeira a retomar a palavra.

— Como me lembro bem do dia em que resolvi procurá-la aqui em cima e subi para chegar à sala do leste, sem ter a mínima ideia de onde ficava! Como me lembro bem do que pensava ao vir. Quando dei uma olhada e a vi sentada a essa mesa a trabalhar, e em seguida o espanto do seu primo ao abrir a porta e me ver aqui! Sem dúvida, seu tio precisava retornar logo naquela noite? Jamais conheci em minha vida dias iguais — seguiu-se outro arroubo de abstração, quando, após afastá-lo da mente, Mary assim atacou a companheira. — Ora, Fanny, encontra-se em absoluto devaneio! Pensando, espero, na pessoa que vive pensando em você. Ah, se eu pudesse transportá-la nem que fosse por um breve período ao nosso círculo na cidade, para que entendesse como julgam ali seu poder sobre Henry! Oh, os ciúmes, o azedume de dúzias e dúzias! O assombro, a incredulidade que haverá de suscitar a notícia do que você fez! Pois, só aqui entre nós duas, Henry é o próprio herói de um romance antigo e chega a se glorificar nas correntes. Você deveria ir a Londres para saber avaliar sua conquista. Se visse como ele é cortejado e como sou solicitada por causa dele! Agora sei muito bem que a acolhida da sra. Fraser não será nem a metade tão calorosa em consequência da situação do meu irmão com você. Quando ela souber da verdade, é bem provável que deseje que eu volte a Northamptonshire, pois está louca para ver uma filha, de um primeiro casamento do sr. Fraser, casada, e quer fisgar Henry. Oh, tem tentado consegui-lo por todos os meios. Inocente e tranquila como se encontra aqui, Fanny, não pode ter ideia da sensação que você causará, da curiosidade que terão em vê-la, da infinidade de perguntas a que terei de responder! A pobre Margareth Fraser vai ficar atrás de mim para sempre a querer saber como são seus olhos, os dentes, como você penteia os cabelos e quem fabrica seus sapatos. Gostaria que Margareth fosse casada, pelo bem da minha pobre amiga, pois considero os Fraser mais ou menos tão infelizes como a maioria das outras pessoas casadas. E, no entanto, foi uma união muito desejável para Janet na ocasião. Todos ficamos encantados. Ela não tinha outra opção senão aceitá-lo, porque ele era rico e minha amiga nada tinha, mas ele se revelou mal-humorado e exigente e queria que uma bela moça de vinte e cinco anos fosse tão firme quanto ele. E Janet não soube lidar muito bem com ele, parece que não soube tirar o melhor partido da situação. Paira certo espírito de irritação que, para nada dizer de pior, é com certeza muito grosseira. Na casa deles terei de me lembrar com respeito dos hábitos conjugais do presbitério de Mansfield. Até o dr. Grant mostra total confiança em minha irmã e tem em certa consideração os pontos de vista dela, o que nos faz sentir que existe afeto mútuo, mas nada disso verei entre os Fraser. Terei o coração em Mansfield para sempre, Fanny. Minha irmã como esposa e *Sir* Thomas Bertram como marido são meus padrões de perfeição. Janet, coitada, enganou-se de forma lamentável, embora nada houvesse de precipitado de sua parte, pois ela não entrou no casamento sem pensar, nem houve falta de previsão. Levou três dias para refletir sobre as propostas dele, e durante esse tempo pediu conselho a todos os conhecidos cuja opinião valia a pena ouvir, e procurou especialmente a minha falecida e querida tia, cujo conhecimento do mundo fazia que seu discernimento fosse, de modo generalizado e merecido, procurado por todos os jovens relacionados com ela, que tomou uma decidida posição a favor do sr. Fraser. Parece, assim, nada haver que constitua uma garantia de felicidade conjugal! Tanto não posso dizer da minha Flora, que rejeitou um ótimo rapaz do Regimento da Real Cavalaria britânica por causa daquele horrendo Lorde Stornaway, que, embora tenha mais ou menos tão pouca inteligência quanto o sr. Rushworth, é muito mais feio e de uma índole de velhaco. Tive minhas dúvidas na ocasião quanto ao bom-senso da escolha dela, pois ele não tem sequer o ar de um cavalheiro, e agora tenho certeza de que ela cometeu um erro. A propósito, Flora Ross morreu de amores por Henry no primeiro inverno depois que foi apresentada à sociedade. Mas se eu tentasse enumerar todas as mulheres que sei que se apaixonaram por ele, nunca acabaria. Só você, apenas você, insensível Fanny, pode pensar em Henry com indiferença. Mas é na realidade tão insensível quanto se manifesta? Não, não, vejo que não o é.

Na verdade, um rubor tão intenso cobriu as faces de Fanny nesse momento que talvez suscitasse forte suspeita numa mente predisposta.

— Excelente criatura, não vou atormentá-la. Tudo seguirá seu curso. Mas, querida Fanny, você tem de reconhecer que não estava de todo despreparada quando Henry fez a proposta, como imagina seu primo. Não é possível que não lhe tivessem ocorrido alguns pensamentos a respeito, algumas conjecturas do que talvez se tratasse. Deve ter visto que ele tentava agradar-lhe, dedicando-lhe todas as atenções ao seu alcance.

Não se devotou por inteiro a você no baile? E mesmo antes do baile, o colar! Oh, você o recebeu da forma exata como lhe tinha sido destinado. Com tanto conhecimento de causa quanto podia desejar um coração. Lembro-me perfeitamente.

— Quer dizer então que seu irmão sabia do colar de antemão? Oh, srta. Crawford, isso não foi leal.

— Sabia! Tudo foi obra dele! Envergonho-me de dizer que nunca me havia ocorrido fazê-lo, mas fiquei maravilhada de poder participar da proposta de Henry, em nome de ambos.

— Não direi — respondeu Fanny — que não senti algum temor naquela ocasião de que fosse isso, pois alguma coisa no seu olhar me assustou, mas não logo de início, não desconfiei de nada a princípio, de verdade, verdade mesmo, não desconfiei. Tão verdade quanto eu estar sentada aqui. E se eu fizesse a mínima ideia disso, nada me teria induzido a aceitar o colar. Quanto ao procedimento do seu irmão, decerto observei qualquer coisa especial, já percebia fazia algum tempo, talvez duas ou três semanas antes, mas julguei que nada significasse, releguei-a apenas como o seu jeito de ser, e estava tão longe de supor quanto de desejar que ele tivesse sérios pensamentos em relação a mim. Não fui, srta. Crawford, uma observadora desatenta do que se passava entre ele e certo membro desta família durante o verão e o outono. Embora nada dissesse, não era cega. Vi apenas que o sr. Crawford se permitia galanterias que nada significavam.

— Ah, não posso negar. De vez em quando, ele agia como um lamentável namorador e muito pouco se importava com o estrago que talvez fizesse nas afeições de inúmeras jovens. Muitas vezes já o repreendi por isso, mas se trata de seu único defeito, porém, é importante dizer que muito poucas moças merecem que se levem em consideração tais afeições. E, por outro lado, Fanny, que glória a de conquistar alguém que tem sido cobiçado por tantas, de ter o poder de ajustar todas as contas contraídas pelo nosso sexo! Oh, sei que não faz parte da natureza feminina recusar tamanho triunfo.

Fanny fez que não com a cabeça.

— Não posso pensar bem de um homem que joga com os sentimentos de qualquer mulher e talvez tenha causado com frequência muito mais sofrimentos em algumas delas do que pode supor um observador circunstancial.

— Não o defendo. Deixo-o inteiramente à sua misericórdia, e, quando ele a tiver levado para Everingham, não me importa quantos sermões lhe passe. Mas tenha em conta o seguinte, que o defeito de Henry, o de gostar que as moças fiquem um pouco apaixonadas por ele, não é nem a metade tão perigoso para a felicidade de uma esposa quanto a tendência a ele mesmo apaixonar-se, coisa a que nunca foi aficionado. E acredito seriamente e com firmeza que ele gosta de você como jamais gostou de nenhuma outra mulher, que a ama de todo o coração e que a amará para sempre. Se algum homem já amou uma mulher para sempre, acho que a Henry ocorrerá o mesmo com você.

Fanny não pôde evitar um leve sorriso, mas nada disse.

— Não me lembro de ter visto Henry tão feliz — continuou Mary — como quando conseguiu obter a promoção de seu irmão.

Com essas palavras fizera um lance certeiro nos sentimentos de Fanny.

— Ah, sim. Que amabilidade, que grande amabilidade dele!

— Sei que ele deve ter-se esforçado muitíssimo, pois conheço as peças que precisou mover. O almirante odeia que o incomodem e despreza os que lhe solicitam favores, e há petições de tantos rapazes a atender, que se rejeita com facilidade uma amizade e energia quando não muito determinadas. Como William deve sentir-se feliz! Gostaria que pudéssemos visitá-lo.

A mente da pobre Fanny viu-se atirada no mais angustiante de todos seus alternados estados. A lembrança do que fora feito por William era sempre a mais poderosa perturbadora de todas as decisões contra o sr. Crawford, e deixou-a sentada ali, a pensar profundamente, até que Mary, que a princípio a observara com complacência e depois passara a refletir sobre outra coisa, de repente, chamou-lhe a atenção ao dizer:

— Gostaria de continuar aqui conversando com você o dia todo, mas não podemos esquecer as senhoras no salão, e assim até logo, minha querida, minha amável, minha excelente Fanny, pois embora tenhamos de nos despedir oficialmente na sala de desjejum, é aqui que quero me despedir de você. E me despeço desejando um feliz reencontro, e confiante em que, quando tornarmos a nos reunir, será em circunstâncias que nos permitam abrir o coração sem nenhum remanescente e nenhuma sombra de reserva.

Um abraço efusivo, muito afetuoso, e uma atitude um tanto agitada acompanharam essas palavras.

— Em breve encontrarei seu primo, ele diz que irá a Londres sem muito demorar, e creio que Sir Thomas também, no meio da primavera, e tenho certeza de que verei, repetidas vezes, seu primo mais velho, os Rushworth e Julia, todos, menos você. Tenho dois favores a lhe pedir, Fanny: um é correspondência. Deve escrever-me. E o outro, que você visite com frequência minha irmã e a console por eu ter partido.

O primeiro dos favores, pelo menos, Fanny preferia que não lhe tivesse pedido, mas era-lhe impossível recusar a correspondência; era-lhe impossível até não concordar mais de imediato do que autorizava seu próprio parecer. Não cabia resistência a uma afeição tão visível. Tinha o temperamento programado em especial a valorizar um tratamento afetuoso por tê-lo até então recebido tão poucas vezes, tanto mais a dominava o da srta. Crawford. Além disso, senti-se grata a ela por haver tornado aquela conversa íntima tão menos dolorosa do que os seus temores previram.

O encontro terminara, e ela escapara sem reprovações nem revelação. Continuava guardado o segredo que lhe pertencia, e enquanto assim o fosse julgava-se capaz de resignar-se a quase tudo mais.

À noite, houve outra despedida. Henry Crawford veio e reuniu-se algum tempo com eles; e como o espírito de Fanny não se achava despreparado, aquela presença comoveu-lhe o coração por uns momentos, pois ele de fato parecia sofrer. Muito diferente do seu habitual modo de ser, mal conversou. Sentia evidente opressão e Fanny teve de se lamentar por ele, embora com a esperança de não tornar a vê-lo mais até que fosse o marido de outra mulher.

Quando chegou o momento da despedida, se ele lhe houvesse tomado a mão, ela não a teria negado, nada disse, porém, ou nada que ela ouvisse, e, depois que o rapaz saiu da sala, Fanny ficou mais satisfeita por não se ter manifestado aquele sinal de amizade.

No dia seguinte, os Crawford partiram.

Capítulo 37

Depois da partida do sr. Crawford, o primeiro objetivo de *Sir* Thomas foi fazer que sentissem a falta dele, e nutriu grande esperança de que a sobrinha encontrasse um vazio na perda daquelas atenções que na época sentira ou imaginara como um mal, agora que ela saboreara a sensação da admiração da forma mais lisonjeira. E o tio de fato esperava que a perda dessa admiração, o mergulhar de novo no nada, lhe despertasse na mente remorsos muito saudáveis. Observava-a com essa ideia, mas mal sabia com que sucesso. Era difícil saber se ocorrera ou não alguma diferença no estado de espírito de Fanny. Mostrava-se sempre tão meiga e retraída que suas emoções escapavam ao discernimento dele. Não a compreendia, sentia que não, e por isso recorreu a Edmund para que lhe dissesse até que ponto a situação atual a afetava e se ela se sentia mais ou menos feliz que antes.

Edmund não notou quaisquer sintomas de remorso, e achou o pai um tanto irracional ao supor que os três ou quatro primeiros dias pudessem manifestar algum sentimento.

O que mais o surpreendia era o fato de Fanny não mostrar de forma mais visível que sentia falta da irmã de Crawford, a amiga e companheira que tanto significara para a prima. Perguntava-se por que Fanny falava tão pouco dela e raras vezes tivesse o que dizer por vontade própria sobre o pesar que lhe causava essa separação.

Infelizmente, agora, essa irmã, essa amiga e companheira, era o principal tormento do bem-estar de Fanny. Se pudesse considerar o destino futuro de Mary tão desligado de Mansfield como estava decidida a considerar o do irmão, se pudesse ter a esperança de que o retorno dela para ali fosse tão distante como muito inclinada estava acreditando que fosse o dele, sentiria, na verdade, leveza no coração. Quanto mais lembrava e observava, porém, mais se aprofundava sua convicção de que tudo agora seguia um curso mais favorável ao casamento da srta. Crawford com Edmund. Da parte dele, a inclinação era mais forte; da dela, menos equívoca. As objeções e os escrúpulos do primo, com base em sua integridade, pareciam todos descartados — ninguém sabia como — e as dúvidas e hesitações motivadas pela ambição dela também haviam sido superadas — e igualmente sem motivo aparente. Só se podia atribuir isso a um crescente afeto. Os bons sentimentos dele e os maus dela se rendiam ao amor, e esse amor tenderia a uni-los. Ele iria para a cidade logo que concluísse alguns assuntos relacionados a Thorton Lacey — talvez dentro de uns quinze dias. O primo falava da viagem, gostava de comentá-la, e, assim que se vissem mais uma vez juntos, Fanny não tinha como duvidar do resto. A aceitação por parte da srta. Crawford era tão segura quanto o pedido de Edmund e, no entanto, permaneciam ainda nela alguns princípios lamentáveis que, na opinião de Fanny, tornavam a perspectiva da união muito infeliz, independentemente, assim acreditava, de si mesma.

Na última conversa de ambas, a srta. Crawford, apesar de algumas afetuosas demonstrações e muita amabilidade pessoal, continuava a ser a mesma de sempre. Ainda mostrava uma mente extraviada e aturdida, e sem a menor desconfiança de que fosse assim: sombria, mas imaginando que irradiava luz. Ela talvez o amasse, mas não merecia Edmund por nenhum outro sentimento. Fanny acreditava que mal houvesse um segundo sentimento em comum entre eles, e os antigos sábios com certeza a perdoariam por considerar a possibilidade de um futuro aprimoramento da srta. Crawford como quase irremediável, pois se a influência de Edmund, em pleno desabrochar do amor, tão pouco servira para minimizar seu juízo parcial e moderar suas ideias, acabaria por esgotar-se após muitos anos de matrimônio!

A experiência talvez previsse algo melhor para qualquer casal jovem, em semelhantes circunstâncias, se a imparcialidade não tivesse negado à srta. Crawford a participação da natureza comum a todas as mulheres que a levaria a adotar, como próprias, as opiniões do homem que ela amava e respeitava. Mas essas constituíam as convicções de Fanny e faziam-na sofrer muitíssimo, além de sempre impedi-la de falar da srta. Crawford sem pesar.

Sir Thomas, entretanto, seguia com as próprias esperanças e observações, ainda se julgando no direito, dado todo seu conhecimento da natureza humana, de esperar ser testemunha do efeito da perda de poder e importância do estado de espírito da sobrinha e as atenções passadas do apaixonado lhe suscitarem o desejo de tornar a desfrutá-las. Logo depois, porém, precisou resignar-se a não ter ainda uma opinião completa e indubitável de toda a situação, diante da perspectiva de outro visitante, cuja aproximação ele julgava que bastaria para apoiar os ânimos que mantinha sob observação. William obtivera uma licença de dez dias, os quais passaria em Northamptonshire, e ali se dirigia como o mais feliz dos tenentes, em decorrência da recente promoção, para mostrar sua felicidade e descrever o novo uniforme.

Chegou e ter-se-ia sentido encantado por mostrar o uniforme também se o cruel costume não proibisse apresentar-se fardado quando não em serviço. Assim, o uniforme permaneceu em Portsmouth, e Edmund conjecturou que, quando Fanny tivesse a oportunidade de vê-lo, se já não esgotasse todo o viço da farda e a novidade dos sentimentos de quem a usa, teria afundado num símbolo desonroso, pois o que pode ser mais inconveniente, ou mais indigno, do que o uniforme de um tenente que continua no mesmo posto há um ou dois anos e vê outros promovidos a comandante antes dele? Assim raciocinava Edmund, até o pai torná-lo confidente de um plano que oferecia a Fanny a chance de ver em toda sua glória o segundo-tenente do *Thrush* de Sua Majestade.

O plano consistia em que ela acompanhasse o irmão, quando do retorno deste para Portsmouth, e passasse algum tempo com a própria família. Ocorrera a *Sir* Thomas, numa de suas sérias meditações, como uma medida certa e desejável, mas, antes de tomar uma decisão definitiva, consultou o filho. Edmund considerou-o em todos os aspectos e não encontrou nada que não fosse aconselhável. A ideia era em si muito boa e não poderia ter sido levada a cabo em melhor época, além de ele não ter a menor dúvida de que seria muitíssimo agradável para Fanny. Isso bastou para *Sir* Thomas, e um decisivo "pois assim se fará" encerrou aquela etapa da questão. Ele retirou-se com sentimentos de satisfação e perspectivas de boas vantagens além das que comunicara ao filho, pois o principal motivo para enviar a sobrinha tinha muito pouco a ver com a conveniência de ela rever os pais e nada, de modo algum, com qualquer ideia de fazê-la feliz. Com certeza, desejava que Fanny fosse de boa vontade, mas com a mesma certeza desejava que sentisse um tédio mortal na casa da família antes de terminar a estada, e que uma pequena abstinência das elegâncias e dos luxos de Mansfield Park lhe tornasse a mente mais lúcida e a levasse a uma avaliação mais justa desse lar de maior permanência e igual conforto que lhe ofereciam.

Era um plano medicinal para a compreensão da sobrinha, que ele não podia deixar de considerar enferma no momento. A residência de oito ou nove anos em meio à riqueza e fartura lhe desordenara um pouco a capacidade de julgar e comparar. A casa do pai, com toda a probabilidade, lhe ensinaria o valor de uma boa renda. Confiava ainda que ela se tornaria a mulher mais sensata e feliz por toda a vida em virtude da experiência que ele idealizara.

Se Fanny fosse dada a arrebatamentos, teria sofrido um forte ataque ao compreender o que se pretendia fazer, quando o tio fez-lhe pela primeira vez a oferta de visitar os pais, os irmãos e as irmãs, dos quais permanecera afastada quase metade da sua vida até ali. Retornar por dois meses ao cenário da infância, com William por protetor e companheiro durante a viagem e a certeza de continuar a vê-lo até o último momento em que ele continuasse em terra... Se alguma vez ela manifestasse arroubos de alegria, este seria o momento para isso, pois ficou maravilhada. Porém sua felicidade era do tipo calmo, profundo, íntimo e, embora jamais uma tagarela, nos momentos em que tinha sentimentos mais fortes sempre tendia mais ao silêncio. No momento, pôde apenas aceitar e agradecer. Depois, quando familiarizada com as visões de alegria que se descortinavam tão de repente, pôde falar mais à vontade com William e Edmund sobre o que sentia. Ainda assim, porém, era impossível exprimir em palavras certas emoções de ternura. A lembrança de todos os antigos prazeres e do que sofrera ao ver-se separada deles retornou-lhe com renovada força, e parecia-lhe que o fato de ver-se mais uma vez em casa curaria toda a dor que lhe causara a separação. Estar de novo no centro daquele círculo, amada por todos, e mais amada por todos do que jamais fora, sentir afeição sem receio nem restrição, sentir-se igual aos que a rodeavam, ficar livre de toda menção aos Crawford, sentir-se a salvo de todo olhar que ela supunha ser uma reprovação a propósito deles! Revelava-se uma perspectiva a ser desfrutada com um afeto do qual só a metade ela podia reconhecer.

Edmund também... passar dois meses longe dele, talvez lhe permitissem ausentar-se por três meses... deveria fazer-lhe grande bem. A certa distância, protegida daqueles olhares e da amabilidade do primo, a salvo da permanente irritação de conhecer o que se passava em seu coração ou do esforço para evitar suas confidências, talvez estivesse em melhores condições para raciocinar com mais sensatez, pensar nele e imaginá-lo em Londres, sem se sentir tão desconsolada. O que seria difícil suportar em Mansfield iria tornar-se um leve mal em Portsmouth.

O único obstáculo era saber se a tia Bertram ficaria bem sem ela. Não era imprescindível a ninguém mais, apenas à tia, aí, porém, talvez fizesse tanta falta que nem gostava de pensar, e essa parte do plano foi de fato a mais difícil para *Sir* Thomas concluir e que apenas ele poderia verificar.

Contudo, o tio era o senhor de Mansfield Park. De fato, quando tomava uma decisão sobre qualquer medida, sempre a levava a cabo, e agora, por meio de uma longa conversa sobre o assunto, ao explicar e enfatizar o dever que tinha Fanny de ver uma vez a família, induziu a esposa a permitir sua partida. Logrou fazê-lo, porém, mais por submissão do que por convicção, pois a sra. Bertram não acreditava muito que *Sir* Thomas achasse que Fanny deveria ir e, por conseguinte, que ela fosse. Na tranquilidade do quarto de vestir, no fluxo imparcial de suas próprias meditações, livre das atordoantes declarações dele, de modo algum ela reconhecia qualquer necessidade de Fanny visitar um pai e uma mãe que se arranjaram por tanto tempo sem a sobrinha, de quem ela tanto necessitava. E quanto a não lhe sentir a falta, o que, sob a argumentação da sra. Norris, era o ponto que a irmã tentava provar, ela própria se decidira com firmeza contra admitir tal coisa.

Sir Thomas apelara ao seu bom-senso, à consciência e dignidade. Qualificara-o como um sacrifício e como tal lhe pediu bondade e abnegação. Mas a sra. Norris quis persuadi-la de que poderia passar muito bem sem Fanny, pois ela se dispunha a dedicar-lhe todo o tempo que fosse necessário e, em resumo, não poderia, na verdade, precisar nem sentir falta da sobrinha.

— Talvez assim seja, irmã — limitou-se a responder a sra. Bertram —, e até afirmo que tenha toda razão, mas sei que vou sentir imensa falta dela.

O passo seguinte consistiu em comunicar-se com Portsmouth. Fanny escreveu para oferecer a visita, e a resposta da mãe, embora curta, foi muito amável — poucas linhas simples que expressavam uma alegria maternal tão espontânea, diante da perspectiva de tornar a ver a filha, que confirmou a Fanny todas as previsões de felicidade ao lado dela —, convencendo-a de que agora encontraria uma amiga afetuosa e cordial na "mamãe", que sem dúvida não demonstrara antes notável preferência, mas isso ela facilmente supunha ter sido sua própria culpa ou fantasia. Na certa, afastara o amor com seu temperamento temeroso, carente e impaciente ou injustamente quisera uma parte maior que cabia a qualquer um entre tantos filhos. Agora, quando já sabia como ser útil e tolerante, e quando a mãe não deveria estar tão ocupada nas incessantes exigências de uma casa cheia de filhos pequenos, haveria mais tempo livre e gosto por todo bem-estar. Elas seriam em breve o que mãe e filha deveriam ser uma para a outra.

William ficou quase tão feliz com a ideia quanto a irmã. Seria o maior prazer para ele tê-la ao seu lado até o último momento antes de embarcar, e talvez ainda a encontrasse lá quando voltasse do primeiro cruzeiro. Além disso, queria muito que ela visse o *Thrush* antes que saísse do porto; o *Thrush* era, sem dúvida, a mais bela corveta em serviço. Também se haviam feito várias reformas no estaleiro, as quais ele desejava muito lhe mostrar.

Não teve dúvida em acrescentar que a permanência dela em casa por algum tempo seria uma grande vantagem para todos.

— Não sei bem por que — ele disse —, mas parece que lá em casa a gente precisa um pouco dos seus modos esmerados e organizados. A casa vive bagunçada. Sei que você fará tudo ficar em melhores condições. Dirá à mamãe como se devem ordenar as coisas, será muito útil a Susan, ensinará Betsey e fará os meninos a amarem e respeitarem. Tudo ficará bem e confortável!

Quando chegou a resposta da sra. Price, restavam-lhes apenas poucos dias a mais de permanência em Mansfield, e parte de um desses dias os jovens viajantes passaram cheios de temor em relação à viagem no momento de falar do modo como esta se realizaria. A sra. Norris constatou que toda sua ansiedade em economizar o dinheiro do cunhado era em vão, que, apesar dos desejos e insinuações por ela expressos em favor de um meio de transporte menos dispendioso, por tratar-se de Fanny, eles viajariam pela carruagem postal. Quando a tia Norris viu *Sir* Thomas entregar a William o dinheiro para essa finalidade, ocorreu-lhe a ideia de que havia na carruagem espaço para uma terceira pessoa e, de repente, sentiu-se tomada por uma grande vontade de ir com eles, para ver a pobre e querida irmã Price. Anunciou esses pensamentos. Precisava dizer que estava mais que decidida a ir com os jovens, seria um prazer tão grande para ela, não via a pobre e querida irmã Price fazia mais de vinte anos e ajudaria aos jovens na viagem a companhia de uma pessoa mais velha e experiente. Não podia deixar de pensar que a pobre irmã Price consideraria muito cruel de sua parte não aproveitar tal oportunidade.

William e Fanny ficaram aterrorizados diante da ideia. Todo o bem-estar da encantadora viagem logo acabaria. Fitaram-se com mútuo pesar. O suspense durou uma ou duas horas. Ninguém interferiu para incentivá-la ou dissuadi-la. Coube à sra. Norris resolver a questão sozinha. Terminou a agonia, para a infinita alegria dos sobrinhos, quando a tia se lembrou de que não era possível dispensá-la de Mansfield Park no momento, pois era demasiado necessária a *Sir* Thomas e *Lady* Bertram para eximir-se da responsabilidade até por uma semana, e por isso precisava sacrificar todos os outros prazeres para ser-lhes útil.

Ocorrera-lhe de fato que, embora não lhe custasse nada ir a Portsmouth, dificilmente lhe seria possível evitar pagar as despesas da volta. Assim, restava à pobre e querida irmã Price sofrer a decepção de a sra. Norris não aproveitar tal oportunidade e talvez se iniciasse uma ausência de mais vinte anos.

Os planos de Edmund viram-se alterados por essa viagem a Portsmouth e pela ausência de Fanny. Também ele teve de se sacrificar por Mansfield Park, além da tia. Pretendera, por volta da mesma ocasião, ir a Londres, mas não podia deixar o pai e a mãe logo quando todos os demais viajavam, e com um esforço sentido, mas não manifestado, adiou por mais uma ou duas semanas a viagem pela qual ansiava, com a esperança de estabelecer sua felicidade para sempre.

Contou a Fanny a respeito. Disse que ela já sabia tanto, que precisava saber de tudo. Em essência, tratou-se de mais um discurso confidencial sobre a srta. Crawford, o qual comoveu ainda mais Fanny ao sentir que seria a última vez que se mencionaria o nome da srta. Crawford entre os dois com algum remanescente de liberdade. Depois disso, o primo mais uma vez fez menção a ela. À noite, *Lady* Bertram dizia à sobrinha que lhe escrevesse logo e com frequência, prometendo ser ela própria uma boa correspondente, e Edmund, num momento oportuno, acrescentou num sussurro:

— Eu também escreverei a você, Fanny, quando tiver alguma coisa que valha a pena contar, algo que suponho que você gostará de saber, e saberá antes de todos os demais.

Houvesse ela tido alguma dúvida do que ele quis dizer-lhe ao ouvi-lo, o brilho no rosto de Edmund teria sido decisivo.

Para essa carta ela precisava armar-se de coragem. Pensar que uma carta do primo seria motivo de terror! Começou a sentir que ela ainda não passara por todas as mudanças de opinião e sentimento que o avançar do tempo e a variação de circunstâncias causam neste mundo de constantes mudanças.

As vicissitudes da mente humana ainda não se haviam esgotado para ela.

Pobre Fanny, embora partisse com vontade e entusiasmo, a última noite em Mansfield Park ainda lhe traria infelicidade. Levava no coração muita tristeza ao despedir-se. Tinha lágrimas para cada aposento da casa e muitas mais para cada um dos adorados moradores. Abraçou-se à tia, porque sentiria a falta dela, beijou a mão do tio com soluços mal contidos, porque o decepcionara, e, quanto a Edmund, ela não pôde falar, nem olhar, nem pensar, quando chegou o último momento com ele, e, só depois que tudo terminara, percebeu que ele lhe dava o afetuoso adeus de um irmão.

Tudo isso se passou da noite para o dia, pois a viagem começaria muito cedo na manhã seguinte, e quando o reduzido grupo reuniu-se à mesa de desjejum, falou-se de William e Fanny como se já não fizessem mais parte da cena.

Capítulo 38

A novidade de viajar e a felicidade de estar com William logo produziram seu efeito natural no estado de espírito de Fanny, quando Mansfield Park ficou bem para trás. E, ao término da primeira etapa, quando tiveram de deixar a carruagem de *Sir* Thomas, ela conseguiu despedir-se do velho cocheiro sem demonstração de tristeza, mandando por ele as devidas lembranças aos que ficaram.

A agradável conversa entre os irmãos parecia não ter fim. Tudo proporcionava diversão à intensa alegria do espírito de William e fazia-o mostrar-se cheio de brincadeiras e gracejos na ponta da língua, nos intervalos dos assuntos de teor mais elevado, todos os quais terminavam, quando não haviam começado, em elogios ao *Thrush*, conjecturas sobre como o empregariam, planos de uma ação vitoriosa contra alguma força superior que lhe daria a chance de dar o passo seguinte na carreira — supondo-se afastado o primeiro-tenente —, com o qual William não se mostrava muito compassivo. Ou especulações sobre dinheiro de recompensa, ganho pela tripulação na captura de um navio inimigo, que seria generosamente distribuído em casa, reservando só o necessário para a construção de um pequeno chalé onde ele e Fanny passariam a meia-idade e a velhice juntos.

Não fizeram parte da conversa as preocupações imediatas de Fanny que envolvessem o sr. Crawford. William sabia do que se passara e lamentava do fundo do coração que os sentimentos da irmã fossem tão frios por um homem que ele considerava o de melhor caráter entre os seres humanos. Mas estava numa idade em que acima de tudo contava o amor e, portanto, não podia culpá-la. Como estava a par do desejo dela de não se tocar no assunto, não queria afligi-la com a mínima alusão a respeito.

Fanny tinha motivos para supor que o sr. Crawford ainda não a esquecera. Repetidas vezes recebera notícias da irmã dele nas três semanas que se haviam passado desde a partida dos dois de Mansfield, e em cada carta se liam algumas linhas dele mesmo, calorosas e determinadas como suas declarações. Constituía uma correspondência que Fanny achava tão desagradável quanto temera. O estilo de escrever da srta. Crawford, animado e afetuoso, era em si um mal, independentemente do que era obrigada a ler da pluma do irmão, pois Edmund não sossegava até ela ler em voz alta o essencial da carta. Depois ainda tinha de ouvir a admiração dele pela linguagem e a intensidade dos afetos de Mary. Cada carta trazia de fato tanta mensagem, menção e reminiscência de Mansfield, que Fanny só podia supor que se destinavam aos ouvidos de Edmund. Ver-se forçada a esse papel, compelida a manter uma correspondência que lhe trazia as declarações do homem que ela não amava e a obrigava a contribuir para a paixão adversa do homem a quem amava, era uma crueldade inominável. Nesse aspecto, também seu atual afastamento prometia vantagem. Quando não mais sob o mesmo teto que Edmund, esperava que a srta. Crawford não tivesse motivos fortes o bastante para escrever justificando-lhe o trabalho, e que em Portsmouth a correspondência diminuísse até extinguir-se.

Com pensamentos assim, entre centenas de outros, Fanny prosseguia na viagem, em segurança e satisfeita, e tão depressa quanto era razoável se esperar no tempestuoso mês hibernal de fevereiro. Entraram em Oxford, mas ela viu apenas de relance a universidade de Edmund ao passarem, sem parar em lugar algum até chegarem a Newbury, onde uma apetitosa refeição, reunindo jantar e ceia, arrematou as alegrias e as fadigas do dia.

Na manhã seguinte partiram mais uma vez bem cedo e, sem percalços nem demoras, avançaram com regularidade, chegando aos arredores de Portsmouth ainda com suficiente luz do dia para permitir a Fanny apreciar em volta e maravilhar-se com os novos prédios. Atravessaram a ponte levadiça e entraram na cidade. A luz mal começava a desvanecer-se quando, guiados pela potente voz de William, foram conduzidos na carruagem a matraquear por uma rua estreita, até a High Street, parando diante da pequena casa habitada agora pela família do sr. Price.

Fanny sentiu-se toda tomada por ansiedade e alegria — por esperanças e apreensões. No momento em que pararam, uma criada de aparência desmazelada, que parecia à espera deles na porta, adiantou-se e, mais decidida a contar as novidades que lhes prestar alguma ajuda, logo começou com:

— Por favor, sr. William, o *Thrush* saiu do porto, por favor, sr. William, e um dos oficiais esteve aqui para...

Um bonito e alto garoto de onze anos interrompeu-a, ao sair disparado do interior da casa, empurrou a criada para o lado e, enquanto o próprio William abria a porta do coche, gritou:

— Chegou bem a tempo, William! Esperamos vocês há meia hora! O *Thrush* saiu do porto esta manhã. Eu vi! Que bela visão! E acham que vai receber ordem de zarpar dentro de um ou dois dias. E o sr. Campbell esteve aqui às quatro horas à sua procura, tem um dos barcos do *Thrush* ancorado para retornar ao navio às seis. Disse que esperava que você chegasse a tempo para voltar com ele.

Um ou dois olhares surpresos para Fanny, enquanto William a ajudava a descer da carruagem, foi toda a atenção espontânea que esse irmão concedeu-lhe. Não fez, porém, objeção alguma a que ela o beijasse, embora ainda se empenhasse totalmente em dar mais detalhes sobre a saída do *Thrush*, pelo qual tinha um forte direito de interesse, pois começaria a carreira de marinheiro no navio, naquele mesmo período.

Momentos depois, Fanny chegava ao estreito corredor de entrada da casa e aos braços da mãe, que ali a recebeu, com olhares de sincero carinho e com as feições que Fanny amou ainda mais, porque lhe pareciam trazer diante de si a tia Bertram. Também vieram ao seu encontro as duas irmãs, Susan, uma bela mocinha bem desenvolvida de quatorze anos, e Betsey, a caçula da família, de uns cinco anos — ambas, à sua maneira, alegres por vê-la, embora sem a vantagem de bons modos para recebê-la. Mas Fanny não queria bons modos. Contanto que a amassem, ela ficaria satisfeita.

Levaram-na então para uma sala, tão pequena que, a princípio, se convencera ser apenas uma antessala para algo maior, e ali ficou por um momento, à espera de que a convidassem a entrar, mas quando constatou que não havia outra porta e viu sinais de habitação diante dela, caiu em si, recriminou-se e afligiu-se, temendo que tivessem desconfiado. A mãe, porém, não pôde ficar tempo suficiente para desconfiar de alguma coisa. Tornara a voltar à porta de entrada para receber William.

— Oh, meu querido William, como me alegra ver você! Soube do *Thrush*? Já deixou o porto, três dias antes do que imaginávamos, e não sei o que devo fazer em relação às coisas de Sam, nunca ficarão prontas a tempo, pois, talvez, receba ordens de partir amanhã. Pegou-me de surpresa. E agora você também deve ir logo para Spithead. Campbell esteve aqui, muito preocupado com você, que faremos? Pensei que teríamos uma noite tranquila com vocês, e aí tudo caiu em cima de mim de uma só vez.

O filho respondeu animado e disse-lhe que tudo se resolveria da melhor forma, e minimizou a importância da inconveniência para si mesmo, por ter de partir tão depressa.

— Sem dúvida, eu gostaria que permanecesse no porto, a fim de passar algumas horas agradáveis com vocês, mas como tem um barco em terra, é melhor eu ir logo, visto não haver remédio para isso. Em que local de Spithead se encontra o *Thrush*? Perto do *Canopus*? Mas não importa, Fanny está na sala e por que devemos ficar aqui no corredor? Venha, mamãe, você ainda mal olhou para sua querida Fanny.

Ambos entraram. A sra. Price, após mais uma vez beijar a filha com carinho, comentar um pouco seu crescimento, começou com uma boa vontade muito espontânea a lamentar as fadigas e necessidades dos filhos como viajantes recém--chegados.

— Pobres queridos! Como devem estar cansados os dois, e agora, que vão querer? Eu começava a imaginar que jamais chegariam. Fazia meia hora que Betsey e eu os esperávamos. Quando comeram pela última vez? E que gostariam de comer agora? Não sabia se iriam querer algo de carne ou apenas uma xícara de chá depois da viagem, do contrário teria preparado qualquer coisa. Agora receio que Campbell chegue aqui antes que tenha tempo de preparar um assado, pois não temos um açougueiro aqui perto. É muito inconveniente não ter um açougue na rua. Estávamos em melhor situação na última casa. Gostariam talvez de um pouco de chá logo assim que ficar pronto? — Ambos declararam que o preferiam a qualquer outra coisa. — Então, Betsey, minha querida, corra até a cozinha e veja se Rebecca pôs água na chaleira e diga que ponha a mesa do chá assim que puder. Gostaria que tivéssemos mandado consertar a sineta, mas Betsey é uma mensageirinha muito útil.

Betsey saiu com grande diligência, orgulhosa de mostrar suas habilidades diante da nova e elegante irmã.

— Santo Deus! — continuou a mãe, ansiosa. — Veja que fogo lamentável, eu diria que ambos estão mortos de frio! Chegue sua cadeira mais para perto, minha querida. Não sei o que Rebecca andou fazendo. Tenho certeza de que a mandei trazer um pouco de carvão há mais de meia hora. Susan, você deveria ter tomado conta do fogo.

— Eu estava lá em cima, mamãe, mudando minhas coisas de lugar — respondeu Susan, num tom destemido de autodefesa que sobressaltou Fanny. — Sabe que acabou de resolver que eu e Fanny ficaríamos no outro quarto, e não consegui convencer Rebecca a me ajudar.

Ruídos diversos impediram mais discussão; primeiro chegou o cocheiro para receber o pagamento, depois irrompeu uma briga entre Sam e Rebecca, sobre o meio de levar o baú da irmã para cima, que ele decidiu fazer do seu próprio jeito, e por fim a chegada do sr. Price, precedido pela própria voz potente, com algo semelhante a uma praga por ter tropeçado na mala do filho e na chapeleira da filha no corredor, e pediu aos gritos uma vela. Mas não lhe levaram vela alguma, e ele entrou na sala.

Fanny, com sentimentos contraditórios, levantou-se para ir ao encontro do pai, porém, tornou a sentar-se, ao ver que ele não a distinguia na obscuridade e não a esperava. Com um afetuoso aperto na mão do filho e a voz veemente, começou:

— Ah, bem-vindo, meu filho. Alegra-me vê-lo. Já soube das novidades? O *Thrush* saiu do porto hoje de manhã. A coisa é séria, como sabe. Por Deus, chegou na hora certa! O doutor esteve aqui perguntando por você, pegou um dos botes e deve sair para Spithead às seis horas, portanto, é melhor você ir com ele. Fui ao estaleiro Turner perguntar sobre seus suprimentos, tudo já se encontra quase pronto. Não me surpreende se receber ordem de partir amanhã, mas não podem navegar com esse vento se forem para o oeste; e o capitão Walsh acredita que farão decerto um cruzeiro para o oeste com o *Elephant*. Por Deus, espero que consigam! Mas o velho Scholey dizia, ainda agora, acreditar que os enviarão primeiro à ilha de Texel. Ora, ora, estamos prontos para o que der e vier. Mas, por Deus, você perdeu uma bela visão por não estar aqui esta manhã para apreciar o *Thrush* deixar o porto. Não teria perdido isso por mil libras. O velho Scholey veio correndo, na hora do desjejum, para dizer que o navio soltara as amarras e sairia. Levantei-me de um salto e avancei apenas dois passos na plataforma. Se já houve uma perfeita beldade flutuante, trata-se do *Thrush*. E lá se encontra, ancorado em Spithead, e ninguém na Inglaterra imaginaria que pesasse tanto. Fiquei duas horas na plataforma esta tarde admirando-o. Está perto do *Endymion*, entre este e o *Cleopatra*.

— Ah! — exclamou William. — Seria esse o lugar onde eu mesmo o poria. É o melhor ancoradouro em Spithead. Mas veja minha irmã, senhor, Fanny — virou-se e conduziu-a até o pai. — Está tão escuro que o senhor não a vê.

Após reconhecer que a esquecera por completo, o sr. Price recebeu a filha, deu-lhe um abraço cordial, observou que ela se tornara uma moça e logo necessitaria de um marido, e pareceu pronto a tornar a esquecê-la.

Fanny encolheu-se de volta em seu lugar, com uma triste sensação de sofrimento ao ouvir sua linguagem e sentir o cheiro de álcool. O pai falava apenas com o filho e só sobre o *Thrush*, embora William, por mais ardente interesse que sentisse pelo assunto, tentasse mais de uma vez fazê-lo pensar em Fanny, na sua longa ausência e fatigante viagem.

Depois de mais algum tempo reunidos, chegou uma vela, mas como ainda não se via sinal do chá, nem esperanças de que o servissem logo, a julgar pelas notícias trazidas por Betsey da cozinha, William decidiu trocar de roupa e fazer os preparativos necessários para a mudança direta a bordo, pois assim poderia depois tomar o chá com tranquilidade.

Logo que ele saiu da sala, dois meninos de rosto rosado, sujos e esfarrapados, de uns oito e nove anos, entraram correndo assim que os liberaram da escola, ansiosos para ver a irmã e contar que o *Thrush* saíra do porto: Tom e Charles. Charles nascera na ocasião da partida de Fanny, mas de Tom ela muitas vezes ajudara a cuidar e, por isso, agora sentia um prazer especial ao vê-lo de novo. Beijou os dois com grande ternura, mas quis manter Tom em seus braços para tentar reconstituir as feições do bebê que amara e que ninara. Tom, porém, não se interessava por tal tratamento: viera para casa não para ficar quieto e conversar, mas para correr e fazer barulho, assim, os dois meninos logo se separaram dela e bateram a porta da sala até começar a doer-lhe a cabeça.

Fanny vira agora todos os que moravam em casa, restavam apenas dois irmãos entre ela e Susan, um dos quais trabalhava como auxiliar de escritório numa repartição pública em Londres, e o outro que era guarda-marinha a bordo de um navio indiano. Embora tivesse visto todos os membros da família, ainda não ouvira todo o barulho que eles faziam. Outros quinze minutos, porém, trouxeram-lhe muito mais. William não tardou a chamar a mãe e Rebecca, do patamar do segundo andar, desesperado por algo que deixara no quarto e não mais encontrava. Sumira uma chave, acusava Betsey de ter mexido em seu chapéu novo e se esquecera por completo de fazer uma pequena, mas essencial, alteração no colete do uniforme, que lhe haviam prometido.

A sra. Price, Rebecca e Betsey subiram para se defender, todas falando ao mesmo tempo, mas Rebecca em tom mais alto, e a reforma teve de ser feita de qualquer maneira e com grande pressa. William, em vão, tentava mandar Betsey descer ou impedi-la de atrapalhar. Na sala, ouvia-se com muita clareza toda aquela balbúrdia, pois quase todas as portas da casa encontravam-se abertas, a não ser quando abafada, em intervalos, pelo barulho maior de Sam, Tom e Charles perseguindo uns aos outros pela escada acima e abaixo, aos trambolhões e gritos.

Fanny sentia-se quase aturdida. O tamanho diminuto da casa e a pouca espessura das paredes faziam repercutir todo aquele barulho tão perto dela que, acrescentado à fadiga da viagem e a todas as recentes aflições, ela mal sabia como suportar. No interior da sala tudo conservava relativo sossego, pois, quando Susan desapareceu com os outros, restaram ali apenas o pai e ela. O sr. Price, após pegar um jornal — tomado como sempre emprestado do vizinho —, começou a lê-lo, sem parecer lembrar-se da existência de Fanny; a vela solitária, mantida entre ele e o jornal, sem a mínima referência ao fato de a filha precisar de alguma iluminação, mas ela nada tinha a fazer e alegrava-a aquele anteparo que lhe resguardava a cabeça dolorida, enquanto ali sentada, em aturdida, pesarosa e desolada contemplação.

Estava em casa. Mas, infelizmente, não era um lar, nem tivera acolhida apropriada, mas, não se portava de modo razoável. Que direito tinha de querer ser importante para sua família? Não podia ter importância alguma, estava longe deles há tanto tempo! As preocupações de William deviam ser muito mais valorizadas — sempre haviam sido — e ele tinha todo o direito. Mas o fato de terem falado ou perguntado tão pouco sobre ela, e de nem sequer terem desejado saber a respeito de Mansfield! Doía-lhe que esquecessem de Mansfield Park, os amigos que tanto haviam feito por eles, os amigos queridos, muito queridos! Mas ali, um assunto engolia todos os demais. Talvez devesse ser assim. O destino do *Thrush* suscitava agora preeminente interesse. Um dia ou dois talvez revelassem a diferença. O único culpado era o navio. Ela não teria, porém, pensado assim em Mansfield. Não, na casa do tio haveria uma consideração a respeito de tempo e estações, uma regularidade de assuntos, uma propriedade, uma atenção para todos que não se encontravam presentes.

A única interrupção desses pensamentos, depois de quase meia hora, consistiu em uma súbita explosão do pai, de modo algum calculada para sossegá-los. Ao lhe alcançar um ruído mais estridente de pancadaria e gritaria no corredor, ele exclamou:

— Que o diabo leve esses moleques! Como gritam! E a voz de Sam é sempre mais alta que a dos outros! Esse rapaz serve para contramestre de navio. Ei... você aí... Sam... pare com essa maldita gritaria, senão vou pegá-lo.

A ameaça foi tão visivelmente ignorada que, embora cinco minutos depois, os três garotos irrompessem sala adentro e sentassem, Fanny considerou isso apenas como prova de já estarem exaustos ao extremo, por ora, como pareciam demonstrar os rostos afogueados e a respiração ofegante, sobretudo por continuarem a chutar as canelas uns dos outros e dar gritos repentinos sob os olhos do pai.

A próxima abertura da porta trouxe algo mais convidativo: o serviço de chá, que ela já começara a perder a esperança de ver naquela noite. Susan e uma menina, uma ajudante, cuja modesta aparência informava a Fanny, para sua grande surpresa, que a que vira antes era a criada principal, trouxeram todas as coisas necessárias ao chá. Ao mesmo tempo que punha a chaleira no fogo, Susan olhou para a irmã, dividida entre o agradável triunfo de mostrar-lhe atividade e utilidade e o receio de que tal ofício a depreciasse.

Estava na cozinha, ela disse, para apressar Sally, ajudar a fazer as torradas e espalhar a manteiga no pão, pois, do contrário, não sabia quando tomariam o chá e tinha certeza de que a irmã devia querer comer alguma coisa depois da viagem.

Fanny ficou muito grata. Pôde apenas confessar que aceitaria com muito prazer um pouco de chá, e Susan logo começou a prepará-lo, como se satisfeita por se ocupar de tudo sozinha. Com apenas um pouco de alvoroço desnecessário e algumas tentativas inúteis de manter os irmãos em melhor ordem do que podia impor, portou-se muito bem.

Ela sentiu o espírito tão revigorado quanto o corpo, a cabeça e o coração logo aliviados com tão oportuna amabilidade. Susan tinha um semblante franco, sensível, parecido com o de William, e Fanny esperava que, como ele, lhe demonstrasse aceitação e boa vontade.

Nesse intervalo mais tranquilo, William reapareceu, seguido de perto pela mãe e Betsey. Ele, no uniforme completo de tenente que parecia realçar a estatura, segurança e elegância e agilizar seus movimentos, com um felicíssimo sorriso no rosto encaminhou-se direto para Fanny, que, após levantar-se da cadeira, olhou-o por um momento em emudecida admiração e então enlaçou seu pescoço para desafogar aos soluços as várias emoções contidas de sofrimento e prazer.

Ansiosa por não parecer infeliz, ela logo se recompôs, enxugou as lágrimas e pôde observar e admirar todas as chamativas partes da farda do irmão, e ouvi-lo com ânimo renovado expressar as alegres esperanças de ficar algumas horas em terra todos os dias antes de partir e até de levá-la a Spithead para ver o navio.

O alvoroço seguinte deveu-se à chegada do sr. Campbell, o médico-cirurgião do *Thrush*, um rapaz muito bem-comportado, que viera buscar o amigo e para quem, com certa dificuldade, providenciaram uma cadeira, uma xícara e um pires, lavados às pressas pela jovem responsável pelo chá. Após mais quinze minutos de séria conversa entre os homens, barulho seguido de barulho ainda mais alto e de tumulto seguido de tumulto até, afinal, homens e meninos colocarem-se em movimento ao mesmo tempo, chegou a hora de partirem. Enfim, tudo ficou pronto. William despediu-se, e todos eles foram embora, pois os três meninos, apesar das súplicas da mãe, decidiram acompanhar o irmão e o sr. Campbell até o portão da fortaleza que dava acesso ao porto, e o sr. Price saiu junto para devolver o jornal ao vizinho.

Esperava-se algo parecido com tranquilidade então, e, assim, depois que se mandou Rebecca tirar a mesa do chá e depois de a sra. Price circular pela sala algum tempo à procura de uma manga de camisa que Betsey retirara de uma gaveta na cozinha, o pequeno grupo de mulheres ficou muito sossegado, e a mãe, após mais uma vez lamentar-se da impossibilidade de aprontar Sam a tempo, viu-se desocupada para pensar na filha mais velha e nos amigos que ela acabara de deixar.

Começou uma série de perguntas, mas logo depois das primeiras: "Como a irmã Bertram lidava com a questão das criadas? Sofria tantos tormentos quanto ela para conseguir criadas toleráveis?", a sra. Price desviou a mente de Northamptonshire e fixou-a nos próprios descontentamentos domésticos; e o chocante caráter de todas as criadas de Portsmouth, das quais, segundo ela, suas duas eram as piores, absorveu-a por completo. Os Bertram foram todos esquecidos no detalhamento dos defeitos de Rebecca, contra quem Susan tinha também muito a depor e a pequena Betsey muito mais, e que parecia totalmente destituída de um único atributo recomendável. Fanny não pôde deixar de sugerir, com toda prudência, que a mãe deveria despedi-la ao completar um ano na casa.

— Um ano! — exclamou a sra. Price. — Por certo espero livrar-me dela antes de completar um ano, pois isso só será em novembro. As criadas em Portsmouth, minha querida, estão de tal forma que é quase um milagre conseguirmos mantê-las por mais de seis meses. Não tenho mais esperanças de resolver esse problema, e, se eu despedisse Rebecca, apenas arranjaria coisa pior. No entanto, não me considero uma ama muito difícil de agradar, e garanto que a casa dá muito pouco trabalho, pois sempre tem uma menina que a auxilia, além de eu mesma muitas vezes fazer metade do trabalho.

Fanny ficou calada, mas não porque se convencera de que não havia um remédio para parte desses males. Enquanto ali agora observava Betsey, não tinha como não pensar especificamente em uma outra irmã, uma linda menina, não muito mais jovem que a que estava diante dela, a qual deixara quando partira para Northamptonshire, que morrera alguns anos depois. Lembrava que aquela irmã tinha algo muito mais amável. Naqueles tempos de infância, ela a preferia a Susan. Quando a notícia da sua morte afinal chegara a Mansfield, ficou muito triste por algum tempo. A visão de Betsey trouxe-lhe mais uma vez a imagem da pequena Mary, mas por nada no mundo queria transtornar a mãe fazendo menção a ela. Enquanto a observava com essas ideias, Betsey, a pouca distância, segurava algum objeto para chamar sua atenção, pretendendo, ao mesmo tempo, ocultá-lo de Susan.

— Que é que você tem aí, meu amor? — perguntou Fanny. — Venha me mostrar.

Era uma faca de prata. Susan levantou-se de um salto, reivindicando-a como sua e tentando recuperá-la, mas a criança correu para junto da mãe em busca de proteção, e Susan pôde apenas repreendê-la, o que fez com muita veemência e com a evidente esperança de interessar Fanny em seu favor.

— É muito triste não ter minha própria faca, a faca é minha, minha irmãzinha. Mary a deixou para mim no leito de morte, e eu deveria tê-la recebido para guardar comigo desde então. Mas mamãe a escondeu de mim e vivia deixando Betsey pegá-la. O resumo de tudo é que Betsey vai roubá-la e ficar com ela, apesar de mamãe prometer que não daria a ela.

Fanny ficou muito chocada. Todo o seu sentimento de dever, honra e ternura fora ferido pelo desabafo da irmã e a resposta da mãe.

— Ora, Susan — exclamou a sra. Price, com a voz queixosa. — Como pode ser tão resmungona? Vive brigando por causa dessa faca. Eu gostaria que você não fosse tão briguenta. Coitadinha da minha Betsey, Susan é tão malvada com você! Mas não deveria ter tirado a faca quando mexeu na gaveta. Sabe que eu já lhe disse para não pegá-la, porque Susan fica furiosa. Preciso escondê-la de novo, Betsey. Mary, coitadinha, não imaginou que a faca viria a ser um pomo da discórdia tão grande quando me deu para guardá-la, apenas duas horas antes de morrer. Pobre almazinha! Mal se podia ouvir o que dizia: "Deixe Susan ficar com a minha faca, depois que eu morrer e for enterrada". Pobre queridinha! Gostava tanto dessa faca, Fanny, que quis manter junto dela, na cama, durante toda a doença. Foi presente da boa madrinha dela, a idosa senhora do almirante Maxwell, apenas um mês e meio antes de ela adoecer. Pobre e doce criaturazinha! Enfim, a morte a livrou de males futuros. Minha Betsey — acariciou-a —, você não teve a sorte de uma madrinha tão boa. A tia Norris mora muito longe para pensar em uma pessoa tão pequenina como você.

Na verdade, a tia Norris não lhe enviara nada além de um recado dizendo esperar que a afilhada fosse uma boa menina e estudasse bastante. Ouvira-se, em dado momento, um leve murmúrio no salão de Mansfield Park sobre enviar à afilhada um livro de orações, mas não se ouviu outro murmúrio que confirmasse a intenção da madrinha. A sra. Norris, porém, fora até em casa e trouxera dois livros velhos de orações do marido, com aquela ideia, só que depois de examiná-los dissipou-se o ardor da generosidade. Constatou que um deles tinha um tipo de letras impressas demasiadamente pequeno para os olhos de uma criança e o outro era complicado demais para agradar-lhe.

Sentindo-se de novo muito fatigada, Fanny aceitou agradecida quando lhe fizeram o primeiro convite para deitar-se, e, antes que Betsey terminasse de chorar por lhe permitirem ficar acordada só mais uma hora em honra da irmã, ela se retirara, deixando tudo embaixo mais uma vez em confusão e barulho. Os meninos pediam queijo derretido, o pai pedia aos gritos o seu rum com água, e Rebecca nunca se encontrava onde deveria ficar.

O pequeno e escassamente mobiliado quarto que ela dividiria com Susan nada tinha para animá-la. A pequenez dos aposentos acima e abaixo, e a estreiteza do corredor e da escada a impressionavam além da imaginação. Ela logo aprendeu a pensar com respeito em seu próprio quartinho no sótão de Mansfield Park, naquela casa que considerava pequena demais para proporcionar conforto a alguém.

Capítulo 39

Se *Sir* Thomas soubesse de todos os sentimentos da sobrinha quando ela escreveu a primeira carta à tia, não ficaria desesperado, pois, embora uma boa noite de descanso, uma manhã agradável, a esperança de logo tornar a ver William e a relativa tranquilidade em que se encontrava a casa depois que Tom e Charles saíram para a escola, Sam, para algum assunto pessoal, e o pai, para deleitar-se nos ócios habituais, lhe permitissem expressar-se em tons mais alegres sobre a família, ainda permaneceriam em sua consciência muitos inconvenientes reprimidos. Se o tio houvesse sabido apenas da metade do que ela sentia antes de terminar a primeira semana, teria acreditado que o sr. Crawford podia sentir-se seguro em conquistá-la, e ficaria encantado com sua própria sagacidade.

Antes de terminar a semana, tudo consistiu em decepção. Primeiro, William partira. O *Thrush* recebera ordens, o vento mudara, e ele iniciou viagem quatro dias depois da chegada de ambos a Portsmouth. Durante esses quatro dias, ela o vira apenas duas vezes, de modo breve e apressado quando o irmão desembarcara a serviço. Não teve como conversar à vontade com ele, nem passear pelas muralhas da fortaleza, nem visitar o arsenal da marinha, e tampouco ver o *Thrush*, enfim, nada que haviam planejado e contavam fazer. Tudo isso a frustrara, com exceção da afeição de William, cujo último pensamento ao deixar a casa foi para ela. Ele voltou até a porta para dizer:

— Cuide da Fanny, mamãe. Ela é frágil e não está habituada a suportar o desconforto como nós. Encarrego-a de cuidar da Fanny.

William partira, e o lar em que a deixara, Fanny não podia escondê-lo de si mesma, era, em quase todos os aspectos, o oposto do que ela pudera desejar. Tratava-se da moradia do barulho, da desordem e da impropriedade. Ninguém ocupava o lugar que lhe correspondia, nada se fazia da maneira correta. Ela não podia respeitar os pais como esperara. Nunca sentira grande confiança no pai, mas agora julgava-o ainda mais negligente com a família, com os piores hábitos e as maneiras mais grosseiras do que se preparara para encontrar. Embora não lhe faltassem habilidades, ele não tinha curiosidade nem conhecimentos além dos da sua profissão. Lia apenas o jornal e a lista dos oficiais da marinha, só falava do estaleiro, do porto, dos ancoradouros de Spithead e Motherbank, praguejava e bebia; era sujo e grosseiro. Ela não se lembrava de nada semelhante à ternura na forma de ele tratá-la na infância. Permanecera apenas uma impressão geral de rudeza e espalhafato. E agora mal a notava, a não ser para torná-la alvo de alguma brincadeira de mau gosto.

A decepção com a mãe revelou-se ainda maior, dela esperara muito e encontrara quase nada. Toda a agradável idealização, de que representava alguém importante para ela, logo caiu por terra. A sra. Price não era indelicada, mas, em vez de conquistar sua afeição e confiança e tornar-se cada vez mais querida, a filha nunca recebeu maior carinho dela que o do dia da chegada. O instinto natural logo se satisfez, e a afeição da sra. Price não tinha outra fonte. O coração e o tempo da mãe já estavam totalmente ocupados, não tinha horas livres nem afeto para conceder a Fanny. As filhas nunca tiveram muita importância para ela. Gostava dos filhos, sobretudo de William, mas Betsey era a primeira das meninas que lhe mereceu especial afeição. Com esta era insensatamente indulgente. William constituía seu maior orgulho; Betsey, a queridinha; John, Richard, Sam, Tom e Charles ocupavam-lhe todo o resto da afeição maternal e alternavam-se nas suas preocupações e alegrias. Com esses, ela compartilhava o coração. Dedicava a maior parte do tempo aos afazeres domésticos e às criadas. Passava os dias numa espécie de lenta movimentação, sempre ocupada, sem conseguir adiantar-se, sempre atrasada e lamentando-o, mas sem alterar os modos de agir. Desejava ser econômica, sem planos nem método, e vivia insatisfeita com as criadas, mas sem habilidade para aperfeiçoá-las, e quer as ajudasse, repreendesse ou lhes fizesse a vontade, não tinha qualquer autoridade para cultivar respeito.

Das duas outras irmãs, a sra. Price se parecia muito mais com *Lady* Bertram do que com a sra. Norris. Era uma administradora por necessidade, sem nada da inclinação nem da atividade da sra. Norris na função. Sua disposição natural tendia à indolência e à comodidade, como o da tia Bertram, e uma situação de semelhante riqueza e ociosidade lhe conviria mais às aptidões que os esforços e as abnegações da vida em que a colocara o imprudente casamento. Talvez houvesse desempenhado tão bem o papel de uma mulher de importância como *Lady* Bertram, mas a sra. Norris teria sido uma mãe mais respeitável de nove filhos com uma pequena renda.

A maior parte disso tudo, Fanny podia relevar. Talvez por receio não o expressasse em palavras, mas precisava reconhecer, e de fato reconhecia, que a mãe era uma pessoa parcial, insensata, preguiçosa, desmazelada, que nem ensinava nem impunha limites aos filhos, cuja casa era o cenário de má administração e desconforto do início ao fim. Também não tinha talento algum, não sabia conversar nem sentia afeto por ela, e tampouco tinha curiosidade em conhecê-la melhor, desejo por conquistar sua amizade, nem a menor vontade de estar em sua companhia que pudesse minimizar em Fanny o efeito de tais impressões.

Causava-lhe muita apreensão querer ser útil e, ao mesmo tempo, não parecer superior à própria família, ou de algum modo incapacitada ou indisposta em virtude da educação distinta que recebeu, a contribuir com sua ajuda para os confortos da casa. Portanto, logo começou a trabalhar para Sam e, ao trabalhar desde cedo até tarde, com perseverança e muito zelo, fez tanto que, afinal, o rapazinho embarcou com mais da metade da roupa branca pronta. Embora tivesse grande prazer em sentir-se útil, não imaginava como se teriam arranjado sem ela.

Por mais barulhento e dominador que fosse Sam, ela lamentou muito quando ele partiu, pois era sagaz e inteligente, e com prazer sempre se dispunha a que o empregassem em qualquer incumbência na cidade. Embora desdenhasse os constantes protestos de Susan, que eram muito razoáveis em si, mas inoportunos e de uma veemência impotente, a irmã já começava a influenciar-se pelos serviços e delicadas persuasões de Fanny. Também viu que com Sam se fora o melhor dos três irmãos menores; muito mais jovens que ele, Tom e Charles ainda não se achavam na idade em que a sensibilidade e a razão talvez sugerissem meios de fazê-los amigos e de se esforçarem para se tornarem menos desagradáveis. A irmã logo se desesperou ao tentar causar a menor impressão neles, eram muito indomáveis por quaisquer meios habilidosos que ela tivesse tempo e humor de empregar. Todas as tardes traziam o retorno de suas turbulentas brincadeiras pela casa toda, e ela logo aprendeu a suspirar diante da aproximação do constante meio período de folga do sábado.

Betsey, também, uma criança mimada, ensinada a considerar o alfabeto seu maior inimigo, à qual permitiam que ficasse com as criadas ao seu bel-prazer, e depois a incentivavam a comunicar todas as coisas erradas que delas soubesse, Fanny sentia-se quase disposta a perder as esperanças de amá-la ou ajudá-la. Quanto ao temperamento de Susan, tinha muitas dúvidas. As contínuas desavenças com a mãe, as impetuosas brigas com Tom e Charles, a petulância com Betsey eram, no mínimo, tão aflitivas para Fanny que, mesmo admitindo que não eram feitas sem provocação, temia que a índole que as permitia até aquele ponto estivesse longe de ser delicada e de lhe proporcionar qualquer repouso.

Tal era o lar que deveria tirar-lhe Mansfield da cabeça e ensiná-la a pensar no primo Edmund com sentimentos moderados. Ao contrário, ela pensava apenas em Mansfield, nos queridos membros da família, nos dias felizes. Tudo onde agora ela se encontrava revelava-se absoluto contraste com a vida lá. A elegância, o decoro, a regularidade, a harmonia e talvez, acima de tudo, a paz e a tranquilidade de Mansfield vinham-lhe à lembrança a todas as horas do dia, pela comparação de todas as coisas que se passavam em Portsmouth.

A vida numa incessante balbúrdia era, para um físico e um temperamento delicados como os de Fanny, uma desgraça que nenhuma suplementar elegância ou harmonia poderia eliminar. Em Mansfield, não se ouviam jamais ruídos de altercação, voz alterada, explosões bruscas nem ameaças de violência. Tudo seguia um curso regular de prazerosa ordem, todos tinham a devida importância, e consultavam-se os sentimentos de cada um. Se ela supunha haver às vezes falta de ternura, o bom-senso e a boa educação supriam-na; e quanto às pequenas irritações, às vezes suscitadas pela tia Norris, eram breves, insignificantes, como uma gota d'água para o oceano, comparadas com o incessante tumulto da sua atual residência. Aqui, todos eram barulhentos, todas as vozes eram altas, com exceção talvez da voz branda e monótona da mãe, que se assemelhava à branda monotonia da de *Lady* Bertram, só que prejudicada pela impaciência. Pediam tudo aos gritos, e as criadas também proferiam suas desculpas aos gritos da cozinha. Fechavam-se as portas em constantes batidas, não se via nunca sossego nas escadas, nada era feito sem estardalhaço, ninguém parava quieto e ninguém conseguia impor silêncio quando falava.

Ao comparar as duas casas, como lhe pareciam antes do fim de uma semana, Fanny sentiu-se tentada a aplicar-lhes o célebre parecer do Dr. Johnson quanto ao casamento e ao celibato e dizer que, embora Mansfield Park talvez proporcionasse algumas dores, Portsmouth não oferecia nenhum prazer.

Capítulo 40

Fanny agora tinha suficiente razão em não esperar notícias da srta. Crawford no rápido ritmo em que começara a correspondência de ambas; a carta seguinte de Mary chegou após um intervalo sem dúvida muito mais longo do que a última, mas ela não acertou ao supor que tal intervalo representaria um grande alívio para si mesma. Sentiu outra estranha revolução deflagrar-se na mente! Causou-lhe verdadeira alegria receber a missiva. No presente exílio de boa companhia e distante de tudo que lhe interessava, uma carta de alguém que fizera parte do grupo onde vivia seu coração, escrita com afeto e certa elegância, era em tudo aceitável. A alegação habitual de crescentes compromissos servia como desculpa por não lhe ter escrito antes.

> E, agora que comecei, ler minha carta não valerá a pena, pois você não encontrará nenhuma pequena dedicatória de amor no fim, nem três ou quatro linhas apaixonadas do mais dedicado H. C., porque Henry se encontra em Norfolk, negócios o chamaram a Everingham há dez dias ou talvez ele apenas fingisse que o chamavam, a fim de viajar ao mesmo tempo que você. Mas lá está ele e, a propósito, a ausência dele talvez explique quaisquer negligências da irmã em escrever, pois não ouço mais "Então, Mary, quando vai escrever a Fanny... não está na hora de escrever a Fanny?" para me lembrar. Afinal, depois de várias tentativas para nos encontrarmos, vi suas primas, "a querida Julia e a caríssima sra. Rushworth". Elas me encontraram em casa, ontem, e ficamos muito contentes por nos

ver novamente. Parecíamos muito contentes por nos ver, e de fato acho que nos alegramos um pouco. Havia muito que contar umas às outras. Devo dizer-lhe como a sra. Rushworth ficou quando mencionei seu nome? Nunca me inclinei a acreditar que lhe faltasse autocontrole, mas demonstrou não ter o suficiente para as exigências de ontem. No fim, Julia tinha a melhor aparência das duas, pelo menos depois que se mencionou você. A sra. Rushworth não recuperou o tom da tez desde o momento em que falei de "Fanny" e me referi a você como o faria uma irmã. Mas o dia de boa aparência da sra. Rushworth chegará, recebemos convites para a primeira festa que ela oferecerá no próximo dia 28. Nesse dia, então, ela se mostrará com todo o esplendor, pois abrirá uma das mais belas casas da Wimpole Street. Tive a oportunidade de conhecê-la há dois anos, quando ali morava *Lady* Lascelles, e a prefiro a quase qualquer outra casa que conheço em Londres, e com certeza ela terá então a sensação, para usar uma frase comum, de ver seu sacrifício recompensado. Henry não lhe poderia ter presenteado semelhante casa. Espero que ela o reconheça e fique satisfeita, tanto quanto possa, em ser a rainha de um palácio, embora o rei fique melhor em segundo plano. Como não desejo importuná-la, nunca mais imporei seu nome a Maria. Ela se acalmará aos poucos. Por tudo que sei e adivinho, as atenções do Barão Wildenhein a Julia continuam, mas não sei se ele recebeu algum estímulo sério. Ela deveria escolher melhor. Um nobre falido não é uma boa escolha, e eu não imagino que haja algum sentimento no caso, pois, além da sua fanfarronice, o coitado do Barão nada tem. Que diferença poderiam fazer duas rimas, se a renda dele fosse tão "fantástica" quanto a fala é "bombástica"! Seu primo Edmund ainda não apareceu, detido talvez por deveres da paróquia. Deve haver alguma velha em Thornton Lacey para ser convertida. Não me agrada a ideia de ser esquecida por uma jovem. *Adieu*, minha querida e doce Fanny, longa é esta carta escrita de Londres. Escreva-me uma bem bonita em resposta para alegrar os olhos de Henry quando ele voltar, e mande-me uma referência de todos os vistosos e jovens capitães a quem você desdenha em consideração a ele.

Havia muito conteúdo nessa carta para meditação, sobretudo para meditação desagradável, e, no entanto, apesar de toda a inquietação que lhe causou, também a aproximou dos ausentes, contou-lhe de pessoas e coisas sobre as quais jamais sentira tanta curiosidade como agora, e muito se alegraria se tivesse como certa uma carta como essa toda semana. A correspondência com a tia Bertram era o único assunto de maior interesse.

Quanto às relações em Portsmouth que pudessem até mesmo compensar as deficiências em casa, não havia no círculo de conhecidos dos pais ninguém que lhe despertasse o menor interesse. Não via ninguém em favor do qual desejasse superar sua própria timidez e reserva. Os homens pareciam todos grosseiros, as mulheres, atrevidas, todo mundo, mal-educado, e ela tanto proporcionava quanto recebia poucos motivos de satisfação das apresentações de conhecidos jovens ou idosos. As moças que dela se aproximavam, a princípio, com certo respeito em consideração a ter vindo da família de um baronete, se ofendiam pelo que qualificavam como "ares", pois Fanny não tocava piano nem usava elegantes peliças, e, após a observarem melhor, não podiam admitir nenhum direito de superioridade.

O primeiro consolo consistente que teve Fanny em compensação pelos males de casa, o primeiro que sua consciência aprovou por completo, e oferecia certa promessa de estabilidade, foi conhecer melhor Susan, na esperança de lhe ser útil. Susan tinha sempre se portado agradavelmente com ela, mas o caráter determinado de suas maneiras em geral haviam-na surpreendido e assustado. Só depois de quinze dias começou a compreender aquele temperamento tão diferente do seu em tudo. Susan via que muita coisa em casa estava errada e desejava corrigir. O fato de que uma menina de quatorze anos, guiada apenas pelo seu bom-senso e sem apoio, errasse no método de reforma não era de se estranhar. E Fanny logo se tornou mais disposta a admirar a inteligência natural de quem, tão jovem, tinha uma visão tão exata das coisas, que a censurar com severidade os defeitos de conduta a que o ambiente a conduzia. Susan agia segundo as mesmas verdades que a irmã e colocando em prática o sistema que seu próprio juízo reconhecia, mas que Fanny, em virtude do temperamento mais condescendente e submisso, não tivera condição de manifestar. Susan tentava ser útil onde ela só teria se retirado e chorado. Que a jovem era útil, a irmã percebia, e que tudo, ruim como era, seria pior sem sua intervenção. Tanto a mãe quanto Betsey também se viam refreadas de alguns excessos de indulgência e grosserias muito ofensivas.

Em toda discussão com a mãe, Susan tinha como vantagem o ponto de vista racional, e nunca viu uma carícia materna que a demovesse. O cego carinho que sempre suscitara tantos males ao redor, ela jamais conhecera. Não existia gratidão por afeição passada ou presente que a fizesse suportar melhor os excessos dessa afeição para os outros.

Aos poucos, tudo foi tornando-se evidente e pôs Susan diante da irmã como um motivo ao mesmo tempo de compaixão e respeito. O fato, porém, de que o modo de agir da irmã revelava-se incorreto, às vezes muito incorreto, os meios, com frequência, mal escolhidos e inoportunos e a atitude e a linguagem, quase sempre indesculpáveis, Fanny não cessava de sentir, mas começava a ter esperança de que se poderia corrigi-los. Percebia que a irmã a respeitava e desejava conquistar-lhe a boa opinião. Por mais novo que fosse para Fanny algo como uma posição de autoridade e imaginar-se capaz de orientar ou aconselhar alguém, ela de fato decidiu dar a Susan sugestões de vez em quando, empenhar-se em transmitir-lhe, em seu benefício, noções mais justas sobre o que era necessário de todos, além do que era mais sensato para ela mesma, enfim, o que a educação mais privilegiada da própria Fanny lhe incutira.

Sua influência, ou pelo menos sua consciência e seu aproveitamento, originou-se mediante um ato de bondade para com Susan, o qual, após muitas hesitações impostas por seus escrúpulos de delicadeza, convenceu-se a fazer. Ocorrera-lhe muito antes que uma pequena soma em dinheiro talvez restaurasse a paz para sempre no desagradável caso da faca de prata, debatido agora continuamente, e o dinheiro que possuía, tendo o tio dado a ela dez libras na ocasião da partida, permitia-lhe ser tão generosa como desejava. Mas estava tão pouco habituada a fazer favores, a não ser aos muito pobres, era tão inexperiente em corrigir males ou conceder bondades entre seus iguais, e tanto temia parecer elevar-se como uma grande dama em casa, que levou algum tempo para decidir se não seria impróprio de sua parte conceder tal presente. Por fim, porém, o fez: comprou uma faca de prata para Betsey, que a aceitou com grande alegria. Susan tomou posse definitiva da que lhe fora legada pela irmã Mary, e Betsey declarou com graciosidade que agora ganhara uma muito mais bonita e nunca mais ia querer aquela, e a mãe, igualmente satisfeita, pareceu de nada ter do que se queixar, o que Fanny receara ser quase impossível. A ação revelou-se em tudo satisfatória. Desfez-se por completo uma fonte de altercação doméstica, e foi o meio de Fanny abrir para ela o coração de Susan e dar-lhe algo mais para amar e pelo qual se interessar. Susan demonstrou ter delicadeza. Por mais satisfeita que estivesse por recuperar a posse de um objeto pelo qual vinha lutando havia pelo menos dois anos, ainda temia que o julgamento de Fanny fosse contra ela e que uma reprovação lhe era destinada por ter lutado a ponto de fazer necessária aquela compra para a tranquilidade da casa.

Desabafou com a irmã mais velha. Confessou seus temores, culpou-se por ter discutido com tanta veemência, e daquele momento em diante Fanny, ao compreender o valor daquela boa disposição e perceber o quanto Susan se via inclinada a pedir-lhe a opinião e submeter-se ao seu critério, começou a sentir mais uma vez a bênção da afeição e a alimentar a esperança de ser útil a uma consciência tão necessitada de auxílio e que tanto o merecia. Deu-lhe conselhos, muito lógicos para que uma jovem de mente sensível pudesse opor-lhes resistência, e deu-os com muita moderação e consideração de modo a não irritar uma índole imperfeita. Teve a felicidade de observar com frequência seus bons efeitos. Não esperava mais de uma pessoa que, embora conhecesse toda a obrigação e conveniência de mostrar-se submissa e tolerante, via também com uma solidária agudeza de sentimento tudo que devia ser muitas vezes irritante para uma menina como Susan. O que logo a encantou mais na questão não foi que certas provocações houvessem levado Susan ao desrespeito e à impaciência, apesar de seu melhor conhecimento, mas que tantas boas noções sequer existissem nela, e o fato de que, criada em meio à negligência e ao erro, adquirisse opiniões do que deveria ser correto, ela, que não teve um primo Edmund para dirigir seus pensamentos e fixar princípios.

A intimidade que assim começou entre ambas as irmãs trouxe uma vantagem material para cada uma. Por permanecerem juntas no andar de cima, evitavam muitos dos distúrbios da casa. Fanny sentia-se em paz, e Susan aprendia a não permitir que os problemas ocupassem sua mente. Ali não tinham uma lareira, mas era uma privação conhecida por Fanny, que não sofria tanto porque isso a fazia lembrar-se da sua sala da ala leste. Era o único ponto semelhante. Em tamanho, claridade, mobiliário e vista não havia nada similar entre os dois aposentos, e ela muitas vezes suspirava diante da lembrança de seus livros e caixas, vários outros confortos que tinha em Mansfield Park. Aos poucos, as jovens passaram a ficar a maior parte da manhã no andar de cima, dedicando-se a princípio apenas aos trabalhos e às conversas, mas, após alguns dias, a lembrança dos livros tornou-se tão forte e estimulante que Fanny julgou impossível não tentar procurá-los. Nenhum exemplar havia na casa do pai, porém a riqueza constitui luxo e ousadia, e parte da riqueza dela foi aplicada numa biblioteca circulante. Tornou-se sócia — e maravilhou-se por se tratar de algo devido à sua própria iniciativa, impressionada com suas próprias ações em todos os sentidos; podia escolher os livros! E propor-se o aperfeiçoamento de alguém em vista de sua escolha! Mas o fato revelou-se o seguinte: Susan nunca lera nada, e Fanny ansiava por proporcionar-lhe uma parcela do seu primeiro prazer e inspirar o gosto pelas biografias e poesias que tanto a deliciavam.

Nessa ocupação, ela esperava, além disso, enterrar parte das lembranças de Mansfield que com muita facilidade apoderavam-se da sua mente quando tinha apenas os dedos ocupados, e, sobretudo nessa ocasião, esperava que eles lhe fossem úteis e desviassem seus pensamentos de perseguir Edmund até Londres, para onde, segundo a informara a última carta da tia, sabia que ele fora. Não tinha a menor dúvida sobre o que ia acontecer. A prometida notificação pairava sobre a sua cabeça. A chegada do carteiro na vizinhança começava a trazer-lhe terrores diários — e se a leitura pudesse expulsar essa ideia nem que fosse por meia hora, ela ganharia algo com os livros.

Capítulo 41

Passara-se uma semana desde que Edmund deveria encontrar-se em Londres, e Fanny ainda não recebera notícias dele. Do seu silêncio, havia três diferentes conclusões a tirar, entre as quais a mente dela flutuava. Cada uma lhe parecia de vez em quando a mais provável: a viagem fora mais uma vez adiada, ele ainda não conseguira uma oportunidade de encontrar-se com a srta. Crawford a sós ou estava feliz demais para escrever!

Certa manhã, após fazer quatro semanas que Fanny chegara de Mansfield — tinha sempre essa questão em mente e contava cada dia —, quando, como de hábito, ela e Susan se preparavam para retirar-se para o andar superior, deteve-as a batida de um visitante à porta, à qual, compreenderam, não poderiam esquivar-se, em decorrência da rapidez com que Rebecca se dirigira à porta, um dever que sempre interessava mais a ela que a todos os outros.

Ouviu-se a voz de um cavalheiro, uma voz que mal fizera Fanny empalidecer, quando o sr. Crawford entrou na sala.

O bom-senso dela sempre se manifestava quando de fato o exigiam, e Fanny viu-se em condição de apresentá-lo à mãe e justificar que se lembrava do nome como um "amigo de William", embora antes não se tivesse julgado capaz de proferir uma única sílaba. A consciência de o conhecerem ali apenas como "amigo de William" deu-lhe alguma força. Após apresentá-lo e todos tornarem a sentar-se, porém, sentiu-se tomada por terrores tão opressivos ao pensar aonde poderia conduzir aquela visita, que se imaginou à beira de desfalecer.

Ao mesmo tempo que ela tentava não perder os sentidos, o visitante, que a princípio se aproximara de Fanny com um semblante tão animado como o de sempre, com sensatez e amabilidade, desviava o olhar e dava-lhe tempo para se recuperar, enquanto se dedicava por inteiro à mãe dela. Falava, prestava atenção, com suprema educação e cortesia, simultaneamente com certo grau de amizade, de interesse, ao menos, que tornavam suas maneiras perfeitas.

Os modos da sra. Price também se revelavam na melhor forma. Enternecida pela visão de um amigo do filho e motivada pelo desejo de causar uma boa impressão diante dele, mostrava-se transbordante de gratidão, sincera e maternal gratidão, a qual só podia ser agradável. O sr. Price não se encontrava, a esposa muito o lamentava. Fanny acabava de recuperar-se o bastante para sentir que ela não podia lamentá-lo, pois aos seus vários outros motivos de mal-estar acrescentava-se a grave vergonha que sentia da casa em que o sr. Crawford a encontrava. Talvez repreendesse a si mesma pela fraqueza, mas não o fez. Sentia vergonha, e sentiria ainda mais vergonha do pai do que de todos os demais.

Conversaram sobre William, um assunto do qual a sra. Price nunca se cansava. E os elogios do sr. Crawford foram mais entusiasmados do que poderia desejar o coração dc uma mãe. Ela pensava que jamais vira um rapaz tão agradável na vida, e apenas a surpreendia que, sendo tão importante e agradável como ele, viesse a Portsmouth não em visita ao almirante do porto, nem ao comissário, nem sequer com a intenção de ir à ilha ou visitar o estaleiro. Nada do que se habituara a encarar como prova de importância, ou emprego de fortuna, o trouxera a Portsmouth. Chegara à cidade tarde na noite anterior, viera para um ou dois dias, hospedara-se no Crown, encontrara-se por acaso com dois conhecidos oficiais da marinha desde a chegada, mas a viagem não correspondia a nenhum daqueles objetivos.

Depois que dera todas essas explicações, ele considerou que não era irracional supor que podia falar com Fanny. E ela, toleravelmente, conseguiu suportar seu olhar e ouvi-lo dizer que passara meia hora com a irmã na véspera de partir de Londres, que ela lhe mandara as melhores e mais amáveis lembranças, mas não tivera tempo para escrever. Julgava a si mesmo felizardo por ter visto Mary apenas durante meia hora, após mal passar vinte e quatro horas em Londres depois que retornou de Norfolk antes de tornar a partir. Soube que seu primo Edmund se encontrava na cidade fazia alguns dias. Crawford não o vira, mas ele estava bem, deixara todos bem em Mansfield, e devia jantar, como na véspera, com os Fraser.

Fanny ouviu tranquila até a circunstância mencionada por último. Mais ainda, pareceu um alívio para sua mente esgotada ter alguma certeza. E as palavras "então a essa altura já se acertou tudo" ocorreram-lhe no íntimo, sem mais evidência de emoção que um leve rubor.

Depois de falar um pouco mais sobre Mansfield, assunto pelo qual o interesse dela era mais visível, Crawford começou a insinuar a conveniência de um passeio matinal.

— A manhã está deliciosa — disse —, e nesta estação do ano as manhãs aprazíveis transformam-se com tanta rapidez em desagradáveis, que o mais prudente seria todos aproveitarem o máximo para exercitar-se.

Como nada resultou dessas insinuações, ele logo passou para uma recomendação positiva à sra. Price e às filhas de que dessem uma caminhada sem perda de tempo. Então elas chegaram a um acordo. A sra. Price, parecia, raras vezes saía de casa, exceto aos domingos, e confessou que quase nunca conseguia, com aquela família numerosa, encontrar tempo para um passeio:

— Não poderia então convencer as filhas a aproveitarem esse tempo tão aprazível e permitir-lhe o prazer de acompanhá-las?

A sra. Price mostrou-se muitíssimo agradecida.

— Minhas filhas vivem muito confinadas. Portsmouth é um lugar triste, elas quase não saem, e sei que têm algumas pequenas compras no centro, e a oportunidade de um passeio agora lhes proporcionaria grande satisfação.

E a consequência foi que Fanny, por mais estranho, que fosse, inoportuno e aflitivo, viu-se, a ela e a Susan, dez minutos depois, seguindo em direção à rua principal com o sr. Crawford.

Logo se seguiram um tormento atrás do outro, uma confusão atrás da outra, pois mal chegavam à rua principal quando encontraram o pai, cuja aparência não era das melhores pelo fato de ser sábado. Ele parou, e por menos que se assemelhasse a um cavalheiro, Fanny foi obrigada a apresentá-lo ao sr. Crawford. Ela não tinha a menor dúvida de qual seria a impressão do visitante. Deve ter ficado ao mesmo tempo envergonhado e repugnado. Com certeza, logo a desprezaria e deixaria de ter a mínima inclinação por semelhante união. No entanto, embora ela tanto desejasse que ele se curasse daquela afeição, tratava-se de um tipo de cura que seria tão desagradável quanto a enfermidade. E acredita-se que dificilmente haja uma jovem no Reino Unido que não preferisse suportar o infortúnio de ser pretendida por um homem inteligente e agradável, a vê-lo afugentado pela vulgaridade de seus parentes mais próximos.

O sr. Crawford, na certa, não podia encarar o futuro sogro com alguma ideia de tomá-lo como um modelo de elegância, porém (como Fanny logo percebeu, para seu grande alívio), seu pai era um homem muito diferente, na forma de se comportar diante daquele estranho que merecia o maior respeito, um sr. Price bastante diferente do que era com a família em casa. Embora não educadas, exibia maneiras mais que aceitáveis:

gratas, animadas, viris, e expressões de um pai afetuoso e homem sensível, o alto tom de voz ficava bem ao ar livre, além de não se ouvir uma única imprecação. Tal constituiu seu cumprimento instintivo às boas maneiras do sr. Crawford que, quaisquer que fossem as consequências, deixaram Fanny infinitamente aliviada.

O desfecho das cortesias entre os dois cavalheiros consistiu num convite do sr. Price para levar o visitante ao estaleiro, convite que Henry, desejoso de aceitar o favor que o outro lhe oferecia, embora já houvesse visto o estaleiro repetidas vezes, e com a esperança de ficar mais tempo junto de Fanny, mostrou-se disposto a aceitar, agradecido, desde que as srtas. Price não temessem a fadiga. Como, de um ou outro modo, se averiguasse, deduzisse, ou ao menos se estabelecesse que elas não temiam a fadiga, decidiram todos ir ao arsenal. E, se não fosse pelo sr. Crawford, o sr. Price teria seguido direto para lá, sem a mínima consideração pelas compras das filhas na rua principal. Henry, no entanto, cuidou para que as deixassem ir às lojas, que tinham vindo expressamente visitar. Isso não os atrasou muito, pois Fanny era incapaz de provocar impaciência ou fazer os outros a esperarem, e mal os cavalheiros, parados diante da porta, puseram-se a falar sobre os últimos regulamentos navais ou estabelecer o número de navios com três conveses agora em atividade, suas companheiras surgiram prontas a prosseguir.

Conduziram-nas então direto ao estaleiro e, na opinião do sr. Crawford, teriam empreendido a caminhada de um modo muito singular se a deixassem sob o total comando do sr. Price, pois constatou que o pai não se importava se as duas jovens aguentavam ou não acompanhar o ritmo apressado deles. Conseguiu introduzir de vez em quando algumas melhoras, embora de forma alguma na extensão desejada. Não queria distanciar-se delas e, em qualquer cruzamento, ou multidão, quando o sr. Price apenas gritava “Venham, meninas! Venha,

Fan, venha, Sue, prestem atenção... Cuidado!", Henry gostaria de ter-lhes prestado auxílio.

Só depois que chegaram ao arsenal, ele pôde contar com a possibilidade de uma agradável conversa com Fanny, pois se juntou ao grupo um colega de ociosidade, mais moço que o sr. Price, que chegava para dar a olhada diária em como estavam as coisas por ali e que se revelou um companheiro de conversa muito mais interessante do que ele para o pai das moças. Logo depois, ambos os oficiais pareciam bem satisfeitos de caminharem juntos, a conversarem sobre assuntos de mútuo e inesgotável interesse, enquanto os jovens se sentavam em alguns troncos no pátio, ou encontravam assento a bordo de um navio em construção que foram ver de perto. Fanny, de modo muito conveniente para ele, precisava de descanso. Crawford não poderia desejá-la mais cansada nem mais disposta a sentar-se, mas teria preferido ver a irmã longe. Uma menina de olhar perspicaz da idade de Susan era a terceira pior coisa no mundo — bem diferente de *Lady* Bertram —, toda olhos e ouvidos. Diante dela não tinha como abordar o assunto principal. Teve de se limitar a ser agradável em geral, deixar que Susan participasse da conversa e conceder-se, de vez em quando, um olhar ou insinuação dirigida à mais bem informada e conscienciosa Fanny. Do que mais ele falou foi sobre Norfolk. Ele já estivera ali várias vezes, e cada coisa do lugar crescia em importância aos seus olhos, dados os seus atuais projetos; as viagens e os conhecimentos do moço também foram utilizados, e Susan tomava parte em uma palestra inteiramente nova para ela. Para Fanny, o relato transmitia um quê a mais que o prazer acidental das festas a que ele comparecia. Para a aprovação dela, explicou o motivo específico da sua viagem a Norfolk naquela inusitada época do ano. Fora resolver verdadeiras questões importantes, relacionadas à renovação de um arrendamento no qual se achava em risco o bem-estar de uma família numerosa, assim acreditava, trabalhadora. Suspeitara que seu procurador fazia negócios escusos por baixo da mesa, pretendia influenciá-lo contra pessoas dignas, o que o levara a decidir ir sozinho e investigar a fundo os detalhes do caso. Viajara, realizara ações ainda mais proveitosas que ele previra e fora útil a mais pessoas que o plano inicial abrangera, e agora podia felicitar-se por isso, e sentir que ao cumprir um dever assegurara agradáveis recordações para si mesmo. Apresentara-se a vários arrendatários, que jamais vira antes. Começara a informar-se da existência de vários chalés, os quais, embora fizessem parte da sua propriedade, desconhecia. Isso se destinava, e foi bem dirigido, a Fanny. Era agradável ouvi-lo falar com tanto decoro. Ali, agia como sempre deveria ter-se portado. Ser amigo dos pobres e dos oprimidos! Nada poderia ser mais grato a ela, que estava a ponto de conceder-lhe um olhar de aprovação, quando ele mesmo a dissuadiu, assustada, ao acrescentar algo demasiadamente incisivo relacionado a ter uma ajudante, uma amiga, uma guia em todos os planos de benfeitoria ou caridade para Everingham; alguém que transformasse Everingham e todos os arredores em algo mais querido que fora até então.

Fanny desviou os olhos e desejou que ele não dissesse tais coisas. Dispunha-se a conceder que ele talvez possuísse qualidades melhores do que ela se habituara a supor. Começou a sentir a possibilidade de que, no fim, ele se revelasse uma boa pessoa, mas que era e para sempre seria incompatível com ela, e não deveria pensar nela.

Henry se deu conta de que dissera o bastante de Everingham, melhor seria falar de outra coisa, e retornou a Mansfield. Não poderia ter escolhido melhor, era um tema para atrair-lhe de novo a atenção e o olhar no mesmo instante. Para Fanny, constituía um verdadeiro prazer ouvir ou falar de Mansfield. Agora, há tanto tempo separada de todos que conheciam o lugar, a voz que o mencionava pareceu-lhe a de um amigo e abriu-lhe o caminho para as exclamações afetuosas às belezas e aos confortos de Mansfield. E o honroso tributo que Crawford prestou aos seus moradores permitiu que ela satisfizesse o próprio coração com os mais extremosos elogios ao falar do tio como o ser humano de mais inteligência e bondade e da tia como a do mais amável de todos os temperamentos.

Ele próprio declarou ter um grande apego por Mansfield e antecipava o porvir com a esperança de passar muito, muito, tempo lá... sempre lá ou nas imediações. Imaginava em especial passar um verão e um outono bem felizes lá naquele ano. Sentia que seria assim, contava que assim fosse: um verão e um outono infinitas vezes superiores aos últimos. Tão animado quanto diversificado em termos sociais, mas com indescritíveis circunstâncias de superioridade.

— Mansfield, Sotherton, Thornton Lacey — ele continuou —, que círculo social essas três casas abrangerão! E na festa de São Miguel, talvez se possa acrescentar uma quarta, algumas pequenas cabanas de caça nas imediações de todos tão queridas, pois quanto a qualquer partilha em Thornton Lacey, como certa vez Edmund Bertram propôs bem-humorado, espero e prevejo duas objeções, duas ótimas, excelentes, irresistíveis objeções a esse plano.

Ao ouvir isso, Fanny ficou ainda mais calada. Embora, passado o momento, lamentasse não se ter forçado a obter informações a respeito de um tema que lhe interessava, estimulando Henry Crawford a dizer algo mais a respeito de sua irmã e de Edmund; tratava-se de um assunto do qual ela precisava aprender a falar, e a fraqueza que a fez esquivar-se logo seria imperdoável.

Depois que o sr. Price e o amigo haviam visto tudo que desejavam, ou tido tempo para ver, os outros se achavam prontos para retornar, e, na caminhada de volta, o sr. Crawford conseguiu um minuto de intimidade e disse, apenas a Fanny, que o único negócio que o trazia a Portsmouth era vê-la, viera passar dois dias por causa dela, só por causa dela, e por não suportar uma separação mais longa. Ela o lamentava, na verdade sentia muito, e apesar disso e de duas ou três outras coisas que desejava que ele não as houvesse dito, considerou-o no todo muito aprimorado desde que o vira a última vez. Parecia-lhe um homem muito mais sensível, amável e atento aos sentimentos de outras pessoas do que se mostrara antes em Mansfield, nunca o vira tão próximo de ser agradável: a conduta com o pai dela fora respeitosa e a atenção concedida a Susan tinha algo bastante amável e correto. Ele, decididamente, se aperfeiçoara. Embora Fanny desejasse que já houvesse transcorrido o dia seguinte, pois preferia que Henry tivesse vindo apenas por um dia, a circunstância não se revelara tão ruim quanto ela receava, pois o prazer de ouvi-lo falar de Mansfield fora imenso!

Antes de se separarem, ela ainda teve de lhe agradecer outro prazer, e nada insignificante. O pai pediu-lhe a honra de partilhar a carne de carneiro com a família, e Fanny teve tempo apenas para um calafrio de horror antes de ele declarar-se impedido por compromissos anteriores. Já combinara o jantar naquele dia, e no dia seguinte, com conhecidos no Crown e não podia negar-se a comparecer. Teria, porém, a honra de visitá-los de novo na manhã seguinte etc. Então se despediram, Fanny em um estado de verdadeira felicidade por ter escapado de tão terrível mal.

Tê-lo em casa para o jantar, testemunhando todas as deficiências da família: a cozinha e o serviço de Rebecca, os modos absolutamente livres de Betsey à mesa, empurrando os pratos depois de servir-se, eram coisas a que a própria Fanny ainda não conseguira acostumar-se. E ela era refinada e elegante apenas graças a uma delicadeza natural, enquanto ele fora educado em uma escola de epicurismo e de luxo.

Capítulo 42

Os Price acabavam de sair de casa rumo à igreja no dia seguinte quando mais uma vez apareceu o sr. Crawford. Chegou, não para detê-los — mas para juntar-se a eles, que o convidaram a acompanhá-los até a capela da guarnição, que era exatamente o que ele pretendera, e todas seguiram para lá.

Agora era possível ver a família em seu melhor aspecto. A natureza lhes concedera um grande quinhão de beleza, cada domingo sempre lhes trazia as peles mais limpas e vestidas com os melhores trajes. O domingo sempre proporcionara esse prazer a Fanny, que neste, em especial, sentia-o mais que nunca. A pobre mãe agora não se mostrava tão indigna de ser irmã de *Lady* Bertram como tendia a parecer. Afligia-lhe muitas vezes o coração pensar no contraste entre ambas — pensar que onde a natureza fizera tão pequena diferença entre elas, as circunstâncias fizessem tanta, e que a mãe, tão bonita quanto a tia Bertram e alguns anos mais moça, tivesse uma aparência tão mais desgastada, deslustrosa, desconsolada, desmazelada e surrada. Mas o domingo tornava-a uma sra. Price de aparência muito agradável e razoavelmente animada ao sair à rua com um belo grupo de filhos, sentindo um pequeno alívio dos cuidados semanais e agitada apenas se visse os meninos correrem perigo, ou Rebecca passar com uma flor no chapéu.

Na capela, foram obrigados a separar-se, mas o sr. Crawford tomou cuidado para não ser afastado da parte feminina e, depois que dali saíram, continuou com elas, agregando-se ao grupo familiar até as muralhas da fortaleza.

A sra. Price fazia seu passeio semanal pela fortaleza todos os domingos bonitos o ano inteiro, sempre se encaminhava para ali logo após o serviço religioso matinal e permanecia até a hora do jantar. Constituía seu lugar público, o centro social, onde se encontrava com as conhecidas, ouvia as novidades, falava sobre as atitudes incorretas das criadas de Portsmouth e recuperava o ânimo para os seis dias seguintes.

Para lá se dirigiram então, o sr. Crawford sentindo-se feliz por ter as srtas. Price sob seu cuidado especial, e logo depois que lá chegaram, de um modo ou de outro, não se sabia como, Fanny não podia acreditar, ele caminhava entre as duas, com um braço enlaçado no de cada uma, sem que ela soubesse evitar ou pôr um fim àquela situação, que a deixou perturbada durante algum tempo. No entanto, era uma das diversões do dia, e os encantos que se descortinavam diante dela desfizeram o mal-estar.

Fazia um dia de singular beleza. Embora fosse de fato março, parecia abril, por causa do ar ameno, da brisa fresca, suave, do Sol brilhante, de vez em quando enevoado apenas por um instante. Tudo parecia tão lindo sob a influência daquele céu, os efeitos das sombras que perseguiam umas às outras nos navios em Spithead e na ilha além, com os matizes em constante variação do mar, agora na maré cheia, a dançar jubiloso e precipitar-se contra as muralhas com um ruído tão agradável, tudo oferecia tal combinação de encantos para Fanny que, aos poucos, a deixou quase despreocupada com as circunstâncias em que se encontrava. Ainda mais, se não tivesse o braço dele no qual se apoiar, logo constataria que necessitava do apoio, pois faltavam-lhe forças para aquele passeio de duas horas, como em geral ocorria depois de uma semana de inatividade. Fanny começava a sentir o efeito de se ter privado do seu exercício habitual e regular. Tinha a saúde mais debilitada desde a chegada a Portsmouth, e, se não fosse o apoio do sr. Crawford e a beleza do tempo, logo se daria por vencida.

A beleza do dia e da paisagem fazia-o sentir-se como ela. Muitas vezes, o mesmo sentimento e gosto os levavam a parar e encostar-se na muralha da fortaleza alguns minutos para olhar e admirar. Ao levar em conta que ele não era nem podia ser Edmund, Fanny foi obrigada a reconhecer que se mostrava suficientemente aberto aos encantos da natureza e muito hábil para exprimir essa admiração. Ela mergulhava de vez em quando em agradáveis devaneios que permitiam a Henry aproveitar a oportunidade para olhá-la desimpedido no rosto; e o resultado desses olhares revelou-lhe que, embora fascinante como sempre, Fanny tinha a fisionomia menos viçosa que antes. Ela disse que se sentia muito bem e não gostava que se imaginasse o contrário, mas, no todo, ele se convencera de que a residência não podia ser confortável, portanto não era salutar para ela, e sentia-se cada vez mais ansioso para que ela voltasse para Mansfield, onde a felicidade dela, e a dele em vê-la, deveriam ser muito maiores.

— Creio que você está aqui há um mês, não? — ele perguntou.

— Não. Ainda não um mês completo. Amanhã fará quatro semanas que deixei Mansfield.

— Você é precisa e fiel ao extremo nas contas. Eu chamaria isso de um mês.

— Só cheguei aqui na noite de terça-feira.

— E será uma visita de dois meses, não?

— Sim. Meu tio falou em dois meses. Creio que não será menos.

— E como vai voltar? Quem virá buscá-la?

— Não sei. Minha tia ainda não escreveu nada a respeito. Talvez eu fique mais um pouco. Talvez não seja conveniente que me mandem buscar ao fim de dois meses.

Após uma reflexão momentânea, o sr. Crawford respondeu:

— Conheço Mansfield, conheço os costumes da casa e as falhas em relação a você. Imagino o perigo de a deixarem no esquecimento a ponto de sacrificar seu bem-estar à imaginária conveniência de um único ser da família. Dou-me conta de que talvez a deixem aqui semana após semana, se *Sir* Thomas não puder acertar tudo para vir buscá-la pessoalmente ou mandar a criada da sua tia, sem envolver a mínima alteração no plano que ele talvez tenha traçado para o próximo trimestre. E isso não vai ser bom. Dois meses constituem uma ampla concessão, considero um mês e meio o bastante. Penso na saúde da sua irmã — disse, dirigindo-se a Susan — para a qual esse confinamento em Portsmouth não me parece favorável. Ela precisa de ar e exercício constantes. Quando a conhecer tão bem quanto eu, tenho certeza de que vai concordar que ela precisa e que não deveria ficar afastada tanto tempo do ar livre e da liberdade do campo. Se, portanto — tornando a virar-se para Fanny —, você notar que se sente pior, e surgirem dificuldades em relação ao seu retorno a Mansfield, sem esperar que concluam os dois meses, não deve encarar isso como um obstáculo. Se você se sentir mesmo com menos força ou bem-estar que o habitual, basta comunicar à minha irmã, apenas insinuá-lo, que ela e eu viremos buscá-la para levá-la de volta a Mansfield. Sabe a felicidade e o prazer com que o faremos. Sabe tudo que sentiremos nessa ocasião.

Fanny agradeceu, mas tentou tratar o assunto com pouca importância.

— Falo com toda seriedade — ele respondeu. — Sabe muito bem disso. E espero que não seja cruel e esconda alguma tendência à indisposição. Na verdade, não o fará, não estará em seu poder, pois, desde que apenas diga positivamente em suas cartas a Mary "estou bem", e sei que é incapaz de dizer ou escrever uma falsidade, imaginarei que passe bem.

Fanny agradeceu mais uma vez, porém se sentia emocionada e angustiada a tal ponto que lhe foi impossível dizer grande coisa, nem sequer sabia o que deveria dizer. Isso ocorreu próximo ao fim do passeio. Ele as acompanhou até o último instante e deixou-as apenas diante da porta de casa, quando sabia que iam jantar, e então alegou que o esperavam em outro lugar.

— Desejaria que não estivesse tão cansada — ele disse, ainda detendo Fanny depois que todos os outros entraram. — Desejaria deixá-la com mais saúde. Posso fazer alguma coisa por você em Londres? Pretendo retornar em breve a Norfolk. Não estou satisfeito com Maddison. Tenho certeza de que continua com a intenção de me enganar, se possível, e tentar colocar um primo em certo moinho que destinei a outra pessoa. Preciso chegar a um entendimento com ele. Preciso deixar bem claro que não serei enganado no sul nem no norte de Everingham, que serei o dono da minha propriedade. Não fui bastante explícito com ele antes. O dano que um homem como esse causa a uma propriedade, tanto para o crédito do empregador quanto para o bem-estar dos pobres, é inconcebível. Tenho grande intenção de ir direto para Norfolk e deixar tudo logo estabelecido de modo tão sólido que não possa depois ser desviado. Maddison é um sujeito inteligente, não quero substituí-lo, desde que ele não tente substituir-me. Seria preciso ser tolo para me deixar enganar por um homem que não tem sobre mim autoridade alguma e, pior que tolo, permitir que me imponha um sujeito desumano e opressor como arrendatário, em vez de um homem honrado a quem já dei meia palavra. Não seria pior que tolo? Devo ir? Que me aconselha?

— Aconselhar, eu? Sabe muito bem o que é certo.

— Sim. Quando você me aconselha, sempre sei o que é certo. Seu julgamento é minha regra do que é certo.

— Oh, não! Não diga isso. Se prestarmos atenção, todos temos um melhor guia em nós mesmos do que em outra pessoa qualquer. Até logo, desejo-lhe uma viagem agradável amanhã.

— Não há nada que eu possa fazer por você em Londres?

— Nada. Mas sou-lhe muito grata.

— Não tem algum recado para alguém?

— Minhas lembranças para sua irmã, por favor. E quando vir meu primo, meu primo Edmund, gostaria que fizesse a bondade de lhe dizer que espero receber notícias dele em breve.

— Com certeza e, se ele for preguiçoso ou negligente, escreverei eu mesmo as desculpas por ele.

Não pôde dizer mais nada, pois Fanny deu a entender que não queria ser retida por mais tempo. Apertou-lhe a mão, olhou-a e se foi. E então, em divertida companhia de seus novos companheiros, ele esperou mais três horas pelo excelente jantar da hospedaria; enquanto ela, imediatamente, foi sentar-se à modesta refeição caseira.

Seus cardápios eram muito diferentes. Se Henry Crawford desconfiasse de quantas privações, além da falta de exercícios, ela suportava na casa do pai, ficaria espantado que a aparência de Fanny não fosse muito pior do que ele achara. Apeteciam-lhe tão pouco os pudins e picadinhos de Rebecca, trazidos à mesa como o eram, servidos em travessas semilimpas e talheres nem semilimpos, que ela, muitas vezes, se via obrigada a adiar a refeição mais saudável até poder mandar os irmãos comprarem ao entardecer biscoitos ou bolos. Após ter sido criada em Mansfield, era tarde demais para habituar-se a Portsmouth. Embora *Sir* Thomas, se houvesse sabido de tudo, imaginasse a sobrinha no mais promissor caminho de privação ao mesmo tempo do corpo e do espírito, a fim de dar um valor mais justo à boa fortuna e à boa companhia do sr. Crawford, na certa temeria levar a experiência adiante para que ela não morresse da cura.

Fanny ficou deprimida pelo resto do dia. Embora mais ou menos segura de não tornar a ver o sr. Crawford, não pôde evitar aquele abatimento. Era como separar-se de alguém com a índole de um amigo, e, embora em certo aspecto se alegrasse por vê-lo partir, parecia que todos agora a haviam abandonado.

Era uma espécie de renovada separação de Mansfield, e ela pensava no retorno dele a Londres, no convívio com Mary e Edmund, apenas com sentimentos tão semelhantes à inveja que a faziam odiar-se por tê-los.

Nada que se passava ao redor dela contribuía para abrandar sua depressão. Um ou dois amigos do pai, como sempre acontecia quando não ia reunir-se com eles, passaram ali a longa, longa noite, e das seis às nove e meia quase não se viram tréguas de barulho e bebida. Fanny continuava muito deprimida. O maravilhoso aprimoramento que ainda imaginava no sr. Crawford era o que mais lhe proporcionava algum alívio de tudo que se passava no seu pensamento. Sem levar em conta a grande diferença no círculo em que ela acabara de vê-lo, nem que grande parte disso talvez se devesse ao contraste, a jovem se convencera de que ele se tornara surpreendentemente mais amável e mais respeitoso com os outros que antes. E, se assim se mostrava nas pequenas coisas, por que também não nas grandes? Tãso ansioso pela saúde e pelo conforto dela, tão sensibilizado como agora se expressava e parecia de fato estar, será que talvez não fosse justificável supor que ele não iria mais por muito tempo perseverar naquelas atenções amorosas que tanto a afligiam?

Capítulo 43

Presumiu-se que o sr. Crawford voltara a Londres no dia seguinte, pois não tornaram mais a vê-lo na casa do sr. Price, e dois dias depois Fanny viu-o confirmado como um fato pela carta seguinte da irmã dele que recebera, abrira e lera com a mais ansiosa curiosidade.

Devo informá-la, minha caríssima Fanny, que Henry foi a Portsmouth para vê-la. Contou que fez um lindíssimo passeio com você até o estaleiro no último sábado, um ainda mais digno de comentários no dia seguinte, nos baluartes, quando o ar balsâmico, o mar cintilante, a sua meiga aparência e agradáveis palavras uniram-se na mais deliciosa harmonia e proporcionaram tais sensações que ainda lhe causam êxtase ao recordar. Isso, pelo que entendo, é a essência da minha informação. Ele quer que eu lhe escreva, porém não sei o que mais devo comunicar, além da visita a Portsmouth, os dois citados passeios, e que foi apresentado à sua família, sobretudo a uma bela irmã, uma excelente menina de quinze anos, que participou do passeio pela fortaleza e recebeu, suponho, a primeira lição de amor. Não tenho muito tempo para escrever com mais frequência, mas seria fora de propósito se tivesse, pois esta não passa de uma carta de negócios, escrita com a finalidade de comunicar informação necessária, a qual não poderia ser adiada sem risco de dano. Minha querida, querida Fanny, se estivesse aqui, quantas coisas eu lhe contaria! Precisaria escutar-me até cansar-se e aconselhar-me até ficar ainda mais cansada! Contudo, é impossível colocar no papel uma centésima parte do que muito me inquieta a mente, portanto vou abster-me por completo e deixá-la adivinhar o que quiser. Não tenho notícias para você, que, certamente, é muito sagaz, e seria péssimo atormentá-la com os nomes das pessoas e festas que me ocupam o tempo aqui. Eu deveria enviar-lhe um relato da primeira festa oferecida por sua prima, mas senti preguiça, e agora já se passou muito tempo. Basta dizer que tudo correu como deveria, em um estilo que todas as relações da sra. Rushwort puderam testemunhar com satisfação, e o vestido e as maneiras dela favoreceram-na imensamente. Minha amiga, a sra. Fraser está louca por uma casa como aquela, que tampouco me faria infeliz. Mudo-me para a casa de *Lady* Stornaway depois da Páscoa. Ela parece animadíssima e muito feliz. Imagino que Lorde S... se mostre sempre muito bem-humorado e agradável no convívio com a própria família, e não o considero mais tão feio quanto antes, pelo menos vemos muitos piores. Ao lado do seu primo Edmund, ele perde de longe. Do herói mencionado por último, o que hei de dizer? Se eu evitasse por completo o nome dele, pareceria suspeito. Direi então que o vimos duas ou três vezes, e que meus amigos daqui muito se impressionaram com sua nobre aparência. A sra. Fraser (que não é má juíza) diz que conhece apenas três homens na cidade que tenham tão boa presença, estatura e porte, e devo confessar que, quando ele jantou aqui certo dia, não havia ninguém com quem se pudesse compará-lo, e éramos um grupo de dezesseis. Por sorte, não é o hábito que faz o monge hoje em dia, mas... mas... mas...

Sua, afetuosamente.

Quase me esquecia (por culpa de Edmund, tenho-o na cabeça mais do que me convém) de algo importante que tinha de dizer a respeito de Henry e de mim, quer dizer, sobre a levarmos de volta para Northamptonshire. Minha queridinha, não fique em Portsmouth para perder sua linda aparência. Essas vis brisas marítimas constituem a ruína da beleza e da saúde. Minha pobre tia sempre se sentia adoentada quando se encontrava a menos de vinte quilômetros do mar, coisa em que o almirante por certo jamais acreditava, mas que era assim. Coloque-me a seu dispor e ao de Henry, basta que avisem uma hora antes. Agrada-me o plano, poderíamos fazer um pequeno circuito e lhe mostrar Everingham no caminho, e talvez você não se incomodasse de passar por Londres e ver o interior da igreja

St. George's, na Hanover Square. Apenas mantenha seu primo Edmund longe de mim nessa ocasião, não gosto de tentações. Que carta longa! Uma palavra mais. Sei que Henry tem certa intenção de retornar a Norfolk para resolver algum negócio que você aprova, porém isso não lhe será possível antes do meio da próxima semana, isto é, só posso dispensá-lo depois do dia quatorze, porque temos uma festa nessa noite. Você não faz a menor ideia do valor de um homem como Henry em tal ocasião, por isso confie em minha palavra de que se trata de algo inestimável. Ele vai encontrar-se com os Rushworth, o que confesso não lamentar — sinto uma pequena curiosidade — e acho que ele também sente, embora não reconheça.

Aquela era uma carta para ser examinada do início ao fim com avidez, para ser lida detalhadamente, para dar matéria a muita reflexão e deixar tudo em maior suspense do que nunca. A única certeza a se tirar dela era que nada decisivo ocorrera ainda. Edmund ainda não se declarara. O que realmente sentia a srta. Crawford, como pretendia agir, ou talvez agisse a favor ou contra seu propósito, se a importância dele para ela continuava a mesma de antes da última separação, se diminuíra, com toda probabilidade diminuiria ainda mais, ou então se restabelecera, enfim, eram temas para infindáveis conjecturas e a serem meditados naquele dia, e em muitos mais, sem chegar a nenhuma conclusão. A ideia que lhe retornava com mais frequência era que a srta. Crawford, após se revelar mais fria e vacilante, em consequência do retorno aos hábitos londrinos, perceberia, no fim, que se sentia demasiadamente ligada a Edmund para não aceitá-lo. Tentaria ser mais ambiciosa do que lhe permitia o coração. Hesitaria, provocaria, imporia condições e exigiria muito, mas acabaria aceitando. Essa era a expectativa mais frequente de Fanny. Uma casa na cidade! Isso ela julgava impossível. Embora não tivesse como saber se a srta. Crawford não o exigiria. A perspectiva para o primo ficava cada vez pior. A mulher que podia falar dele e só falou da sua aparência exterior! Que afeição indigna! Recorrer como apoio aos elogios da sra. Fraser! Ela, que o conhecera intimamente durante meio ano! Fanny se envergonhava pela outra. Em comparação, os trechos da carta que se referiam a si mesma e ao sr. Crawford a sensibilizaram muito pouco. Com certeza, nada tinha a ver com o fato de o sr. Crawford ir ou não a Norfolk antes do dia quatorze, embora, levando tudo em conta, acreditasse que ele quisesse ir sem demora. E o fato de a srta. Crawford empenhar-se para assegurar um encontro entre ele e a sra. Rushworth revelava-lhe o pior tipo de conduta, além de uma grosseira indelicadeza e insensatez. Mas Fanny esperava que ele não se deixasse influenciar por curiosidade tão degradante. Henry não reconhecia tal motivação, e a irmã deveria considerá-lo dotado de melhores sentimentos que os de si mesma.

Fanny sentiu ainda mais impaciência que antes por receber outra carta de Londres, e por alguns dias ficou tão insegura por tudo isso, pelo que acontecera e o que talvez acontecesse, que as habituais conversas e leituras com Susan foram quase suspensas durante vários dias. Não conseguia concentrar a atenção como desejava. Se o sr. Crawford se lembrou do recado que ela transmitira ao primo, achava provável, muito provável, que ele lhe escrevesse, pois seria mais compatível com a habitual amabilidade dele, e até ela se livrar dessa ideia, que foi aos poucos se dissipando, por não chegarem cartas no decorrer de mais três ou quatro dias, ficou em um estado de extremo nervosismo e ansiedade.

Por fim, seguiu-se algo próximo à tranquilidade. Precisava dominar o suspense e não permitir-lhe que a esgotasse e a incapacitasse. O tempo contribuiu um pouco, seus próprios esforços um pouco mais, e ela retomou as atenções a Susan, além de mais uma vez despertar em si o mesmo interesse por esses cuidados.

A grande afeição de Susan por Fanny aprofundava-se cada vez mais. Embora sem aquele precoce deleite nos livros tão intenso para a irmã mais velha, com um temperamento muito menos inclinado a ocupações sedentárias ou ao saber pelo saber, a menina tinha um desejo tão forte de não parecer ignorante que, unido à sua fácil e clara inteligência, dela fazia uma aluna muito atenta, proveitosa e agradecida. Fanny era o seu oráculo, cujas explicações ou comentários constituíam o mais importante acréscimo a cada ensaio e capítulo de história. O que Fanny lhe dizia sobre épocas passadas permanecia muito mais gravado na sua mente do que as páginas da história da Inglaterra do escritor irlandês Goldsmith, e expressava à irmã o elogio de preferir seu estilo ao de qualquer autor impresso. Faltava-lhe o hábito da leitura desde os primeiros anos.

Suas conversas, porém, nem sempre giravam sobre temas tão elevados quanto história ou moral. Outros tinham a devida hora e, entre os de menor importância, nenhum retornava com tanta frequência, nem se estendia por tanto tempo entre as duas, quanto Mansfield Park, uma descrição das pessoas, dos costumes, das diversões do lugar. Susan, que tinha um gosto natural pelos refinados e bem-sucedidos, sempre prestava ávida atenção, e Fanny não podia deixar de se conceder o prazer de estender-se sobre um tema tão amado. Esperava que disso não resultasse algum mal, embora, depois de algum tempo, a grande admiração de Susan por tudo que se dizia ou fazia na casa do tio e o sério desejo de ir a Northamptonshire parecessem quase censurá-la por despertar sentimentos que não podia satisfazer.

A pobre Susan não tinha muito mais condição para adaptar-se àquele lar que a irmã mais velha, e, à medida que Fanny passou a compreender isso mais a fundo, começou a sentir que, quando chegasse o momento de sua própria libertação de Portsmouth, veria que essa felicidade sofreria um revés palpável ao deixar Susan ali. A ideia de que uma menina tão capaz de tornar-se tudo de bom fosse deixada em tais mãos a afligia cada vez mais. Que bênção seria se ela tivesse um lar para convidá-la! E se lhe houvesse sido possível corresponder aos sentimentos do sr. Crawford, a probabilidade de ele mostrar-se muito longe de se opor a essa medida teria contribuído para todos os seus próprios confortos. Como agora o julgava um homem de boa índole, imaginava-o acolher um plano desse tipo com grande satisfação.

Capítulo 44

Dos dois meses, haviam transcorrido quase sete semanas, quando a primeira carta de Edmund, há tanto esperada, chegou às mãos de Fanny. Quando a abriu e viu sua extensão, preparou-se para um longo momento da felicidade do primo e uma profusão de amor e elogio à afortunada mulher qu agora era a dona do seu destino. Eis o conteúdo:

Mansfield Park

Minha querida Fanny — Perdoe-me por não lhe ter escrito antes. Crawford me disse que você desejava notícias minhas, mas vi ser impossível escrever de Londres, e convenci-me de que entenderia meu silêncio. Se pudesse enviar-lhe algumas linhas felizes, estas não lhe faltariam, mas não tive nada dessa natureza ao meu alcance. Retornei a Mansfield em um estado menos seguro do que quando parti. Minhas esperanças estão muito mais fracas. Você na certa já sabe disso. A srta. Crawford gosta tanto de você que é muito natural que lhe tenha contado o suficiente dos sentimentos dela para dar-lhe uma ideia razoável dos meus. Isso não me impedirá, porém, de fazer minha própria confidência. Nossas declarações a você não precisam ser postas à prova. Não faço perguntas. Acalma-me a ideia de que temos a mesma amiga, e quaisquer que sejam as lastimáveis divergências de opinião que possam existir entre nós, somos unidos em nosso amor por você. Para mim, será um alívio contar-lhe como andam as coisas agora, e quais os meus planos atuais, se é que posso dizer que os tenha. Retornei no sábado. Passei três semanas em Londres, e a vi com muita assiduidade (no que se refere a Londres). Recebi toda a atenção dos Fraser, o que seria razoável esperar. Ouso dizer, em compensação, que não fui razoável em levar comigo as esperanças de uma relação parecida com a que vivenciamos em Mansfield. A diferença estava mais nos seus modos, aliás, do que na raridade dos encontros. Se ela se mostrasse tão diferente quando a vi pela última vez, eu não teria do que me queixar, mas, desde o primeiro momento, percebi a mudança; ao me receber, mostrou-se tão diferente do que eu esperara que quase me decidi a partir de novo direto de Londres. Não preciso entrar nos detalhes. Você conhece o lado fraco do caráter dela, e pode imaginar os sentimentos e expressões que me torturavam. Encontrei-a muito animada e rodeada por aqueles que apoiavam levianamente a sua vivacidade, talvez excessiva. Não gosto da sra. Fraser. É uma mulher fútil, insensível, que se casou por pura conveniência, e, embora evidentemente infeliz no casamento, atribui sua decepção não aos erros de discernimento e temperamento ou à diferença de idade, mas por ela ser, afinal, menos abastada do que muitas das pessoas de seu círculo íntimo, sobretudo a irmã, *Lady* Stornaway. E é a determinada protetora de todos os mercenários e ambiciosos, desde que sejam apenas mercenários e ambiciosos o bastante. Considero a intimidade de Mary com essas duas irmãs a maior infelicidade para a vida dela, e para a minha. Há anos a vêm desencaminhando. Se pudesse afastar-se delas... — e ainda não perdi a esperança de consegui-lo, pois a afeição me parece ser principalmente do lado das irmãs. Gostam muito dela, mas sei que ela não gosta tanto das duas quanto gosta de você. Quando penso no grande apego que ela tem a você, na verdade, e em tudo que existe na sua conduta sensata e correta como irmã, Mary surge como uma pessoa muito diferente, capaz de tudo que é nobre, e me sinto pronto a repreender-me pela interpretação severa demais que faço de um caráter brincalhão. Não posso desistir dela, Fanny. É a única mulher no mundo que pensei algum dia em tomar como esposa. Se eu não acreditasse que ela sente por mim alguma estima, por certo não diria isso, mas acredito, realmente. Convenci-me de que tem por mim uma decidida preferência. Não sinto ciúmes de indivíduo algum. O que me dá ciúmes é a influência do mundo elegante e opulento. São os hábitos luxuosos que temo. Embora as ideias de Mary não excedam a garantia que talvez lhe conceda a fortuna pessoal, vão muito além do que autorizariam nossas rendas juntas. Mesmo nesse aspecto sinto algum consolo. Eu talvez suportasse melhor a ideia de perdê-la por não ser rico o bastante do que por causa da minha profissão. Isso apenas provaria que a afeição que sente por mim não se equipara aos sacrifícios, o que, de fato, nem sequer tenho o direito de pedir-lhe, e, se ela me rejeitar, penso que esse será o real motivo. Creio que Mary já não tenha preconceitos tão fortes quanto antes. Transmito-lhe meus pensamentos exatamente como me suscitam na mente, minha querida Fanny, talvez sejam contraditórios, às vezes, mas nem por isso deixam de constituir uma imagem menos fiel do meu estado de espírito. Após tê-lo começado, é um prazer contar-lhe tudo que sinto. Não posso desistir dela. Com a ligação que agora nos une e a que, nutro a esperança, ainda nos unirá, renunciar a Mary Crawford significaria renunciar à intimidade de alguns dos seres que me são mais queridos, seria banir-me das próprias casas e amigos aos quais, tomado de qualquer outra aflição, eu recorreria em busca de reconforto. Devo encarar a perda de Mary como abrangendo a perda de Crawford e Fanny. Sendo uma coisa decidida, uma rejeição definitiva, espero que saiba suportá-la, bem como esforçar-me para enfraquecer o domínio que exerce no meu coração... e no passar de alguns anos... mas escrevo absurdos... se Mary me rejeitar, terei de suportá-lo, mas até que isso ocorra não consigo deixar de lutar por ela. Esta é a verdade. A única questão é saber como. Qual talvez seja o meio mais provável? Às vezes, penso em retornar a Londres antes da Páscoa; outras, decido nada fazer até ela voltar a Mansfield. Ainda agora me falou com prazer em retornar a Mansfield em junho. Mas junho ainda está muito longe e creio que hei de escrever-lhe. Estou quase decidido a explicar-me por carta. Chegar logo a uma certeza é o que mais importa, pois me encontro em uma situação de desgastante infelicidade. Levando-se tudo em conta, acredito que uma carta será, sem dúvida, o melhor método de explicação. Terei condição de escrever muitas coisas que não consigo dizer e lhe darei tempo para refletir antes de tomar uma decisão e me responder, e receio menos o resultado de reflexão do que se falasse sob um impulso apressado. Creio que receio menos. O maior risco que corro seria Mary consultar a sra. Fraser, e eu a essa distância não poderei defender minha própria causa. Com uma carta me exponho aos males dessa consulta, e quando se trata de uma mente um tanto deficiente quanto a tomar as decisões certas, uma conselheira pode, em um momento desfavorável, levá-la a decisões de que talvez depois se arrependa. Preciso pensar um pouco mais nessa questão. Esta longa carta, repleta apenas de minhas preocupações, bastaria para exaurir até a amizade de uma pessoa como você, Fanny. A última vez em que vi Crawford foi na festa da sra. Fraser. Satisfaz-me cada vez mais tudo que vejo e ouço dele. Não se vê uma única sombra de hesitação, ele sabe muito bem o que quer e age de acordo com suas resoluções — uma qualidade inestimável. Não pude vê-lo e à minha irmã mais velha na mesma sala sem me lembrar de tudo que você me disse, e reconheço que não se encontraram como amigos. Desprendia-se acentuada frieza da parte dela. Os dois mal se falaram. Vi-o recuar surpreso e lamentei muito que a sra. Rushworth continuasse ressentida de uma suposta e antiga desfeita que sofreu ainda como srta. Bertram. Você desejará saber minha opinião sobre o grau de satisfação de Maria como mulher casada. Não se nota aparência alguma de infelicidade. Espero que se deem muito bem juntos. Jantei duas vezes na Wimpole Street e talvez houvesse ido à casa deles com mais frequência, porém é entediante estar com Rushworth e ter de tratá-lo como irmão. Julia parece divertir-se muito em Londres. Poucos prazeres eu tive lá, mas tenho menos aqui. Não formamos um grupo animado. Você faz muita falta. Sinto mais saudades do que sou capaz de expressar. Minha mãe lhe manda afetuosas lembranças e espera receber logo notícias suas. Fala de você sem parar, e me entristece constatar quantas semanas ainda é provável que ela fique sem a sua companhia. Meu pai pretende buscá-la pessoalmente, mas isso será só depois da Páscoa, quando negócios o levarem a Londres. Espero que você esteja feliz em Portsmouth, mas isso não deve transformar-se em uma visita de um ano. Preciso de você em casa para que me dê sua opinião sobre Thornton Lacey. Tenho pouco ânimo para grandes reformas enquanto não souber se algum dia haverá ali uma senhora. Acho que, com certeza, vou escrever a Mary. Trata-se de um fato consumado a ida dos Grant para Bath. Partem de Mansfield na próxima segunda-feira. Alegro-me. Não me sinto muito à vontade em companhia de ninguém, mas sua tia sente-se desafortunada pelo fato de que semelhante informação sobre as notícias de Mansfield saia de minha pena e não da dela.

Seu sempre, minha queridíssima Fanny...

— Nunca mais... não, certamente nunca mais voltarei a desejar receber carta nenhuma — foi a declaração secreta de Fanny, quando acabou de ler a de Edmund. — Que trazem, senão decepção e tristeza? Só depois da Páscoa! Como suportarei isso? E minha pobre tia, que fala de mim sem parar?

Fanny reprimiu a tendência a esses pensamentos o mais que pôde, mas não se passou meio minuto quando começou a ocorrer-lhe a ideia de que *Sir* Thomas mostrava-se pouco bondoso ao mesmo tempo com ela e a tia. Quanto ao principal assunto da carta, nada continha para acalmar sua irritação. Quase se exasperava de indignação e da raiva que sentia contra Edmund:

— Nada de bom pode resultar desse adiamento — dizia-se. — Por que ainda não se estabeleceu? Está cego e nada lhe abrirá os olhos. Não, nada pode abri-los depois que teve as verdades por tanto tempo diante de si, em vão. Vai casar com a srta. Crawford, ser pobre e infeliz. Deus permita que a influência dela não o faça perder a respeitabilidade e o corrompa também! — Tornou a olhar a carta. — "Gosta tanto de mim!", que grande absurdo. Ela gosta apenas de si mesma e do irmão. "Há anos que as amigas a vêm desencaminhando!" O mais provável é que ela venha desencaminhando as amigas. Todas, talvez, corrompam umas às outras, mas que gostem mais de Mary do que Mary goste delas; o menos provável é que tenha sido Mary a prejudicada, a não ser pelas lisonjas das outras. "É a única mulher no mundo que pensei algum dia tomar como esposa." Ah, nisso acredito firmemente. Trata-se de uma afeição que o dominará por toda a vida. Se for aceito ou rejeitado, seu coração será sempre dela. "Devo encarar a perda de Mary como abrangendo a perda de Crawford e Fanny." Edmund, você não me conhece. As famílias jamais serão aparentadas se você não estabelecer o parentesco. Ah, escreva-lhe, escreva-lhe! Acabe logo com isso! Que se ponha um fim nesse suspense. Marque uma data, case-se e condene-se.

Tais sensações, porém, aproximavam-se demais do ressentimento para continuar guiando por muito tempo os monólogos de Fanny. Logo passou a sentir-se mais apaziguada e triste. O ardente olhar, as afetuosas expressões, o tratamento confidencial do primo comoviam-na intensamente. Ele era apenas demasiadamente bom com todos! Em resumo, era uma carta que ela não trocaria pelo mundo inteiro e cujo valor nunca apreciaria o suficiente. Tudo acabava aí.

Todos os que gostam de escrever cartas sem ter muito a dizer, o que inclui grande proporção do mundo feminino pelo menos, hão de concordar com *Lady* Bertram e sentir-se desafortunados pelo fato de que semelhante informação sobre as notícias de Mansfield, como a certeza da partida dos Grant para Bath, ocorresse em uma época em que ela não podia aproveitá-lo. Também hão de reconhecer que deve ter sido mortificante para *Lady* Bertram ver que tal informação coubesse ao filho mal-agradecido, e tratado o mais concisamente possível no fim de uma longa carta, em vez de estender-se por quase uma página inteira escrita por ela. Pois, embora a tia muito brilhasse no ato de escrever uma carta, visto que desde o início do casamento, na falta de outra ocupação, e devido à circunstância de *Sir* Thomas dedicar-se a cultivar e manter correspondentes no Parlamento, ela criou para seu uso um estilo muito respeitável e detalhista em lugares-comuns, de modo que lhe bastava um assunto insignificante para ampliá-lo. Era-lhe indispensável ter algo sobre o que escrever, mesmo à sobrinha, e, tão prestes a perder todo o benefício dos sintomas de gota do dr. Grant e das visitas matinais da sra. Grant, foi-lhe muito doloroso ver-se privada de uma das últimas ocupações à qual pudesse destinar-se.

Preparava-se, porém, uma proveitosa reparação para ela. Chegou o momento de sorte de *Lady* Bertram. Poucos dias depois da carta de Edmund, Fanny recebeu uma da tia, que assim começava:

"Minha querida Fanny, tomo a pena para comunicar certas notícias muito alarmantes, as quais, não duvido, lhe causem grande preocupação."

Era muito melhor que precisar tomar a pena para inteirar Fanny de todos os detalhes da planejada viagem dos Grant, pois as atuais informações eram de natureza a garantir ocupação para a pena por muitos dias seguidos, visto referir-se a nada menos que à grave doença do seu primogênito, do qual receberam notícia pelo correio poucas horas antes.

Tom partira de Londres com um grupo de rapazes para Newmarket, onde, em decorrência de uma queda de cavalo não tratada, e de uma boa folia etílica, surgiu uma febre. Quando os demais se foram, não podendo ele acompanhá-los, deixaram-no sozinho na casa de um dos rapazes, aos confortos de doença e solidão, e aos cuidados apenas dos criados. Em vez de logo se sentir melhor o bastante para poder seguir os amigos, como esperara, sofrera considerável piora. Logo depois, deu-se conta de estar tão enfermo que se prontificou, como seu médico, a despachar uma carta para Mansfield.

"Essa angustiante informação, como deve supor", observou a tia, após relatar os fatos principais, "nos agitou ao extremo e não podemos evitar de ser tomados por grande alarme e apreensão pelo pobre inválido, cujo estado *Sir* Thomas teme ser muito crítico. Edmund teve a bondade de oferecer-se a ir logo cuidar do irmão. Por sorte, *Sir* Thomas não me deixará nesta angustiante ocasião, pois seria penoso demais para mim. Vamos sentir imensa falta de Edmund em nossa reduzida família, mas confio e espero que encontre o pobre irmão inválido num estado menos alarmante do que tememos e o traga em breve para Mansfield, o que *Sir* Thomas propõe que se faça e considera a melhor solução em todos os aspectos, e alimento a esperança de que o pobre sofredor consiga suportar o transporte sem inconveniência material nem danos. Como não tenho dúvida do seu sentimento por nós, minha querida

Fanny, nesta aflitiva circunstância, tornarei a escrever-lhe muito em breve".

Os sentimentos de Fanny em tal ocasião eram mais calorosos e sinceros que o estilo de escrever da tia. Sentia verdadeiramente por todos eles. A grave enfermidade de Tom, a partida de Edmund para ajudá-lo, o triste e reduzido grupo que permaneceu em Mansfield eram preocupações que substituíam todas as demais, ou quase todas. Ela encontrou em si egoísmo suficiente apenas para perguntar-se se Edmund escrevera à srta. Crawford, antes de apresentar-se ao dever de buscar o irmão, mas em seu íntimo não durou sentimento algum, senão de puro afeto e desinteressada ansiedade. A tia não se esqueceu dela, escreveu repetidas vezes, dizendo que recebiam frequentes relatos de Edmund, e transmitindo com igual assiduidade esses relatos a Fanny, no mesmo estilo difuso e mesma mistura de suposições, esperanças e receios, seguindo-se uns aos outros a esmo. Era como uma brincadeira de sentir medo. Os sofrimentos que *Lady* Bertram não via exerciam pouco poder sobre sua imaginação, e a tia continuou a escrever muito à vontade sobre inquietação, ansiedade, pobres enfermos, até Tom ser de fato transportado para Mansfield e ela poder ver pessoalmente a mudança na aparência do filho. Então, concluiu uma carta, que vinha preparando antes para Fanny, em um estilo diferente, em linguagem que desprendia autênticos sentimento e alarme. Escreveu como talvez falasse: "Ele acaba de chegar, minha querida Fanny, e o levaram para o andar superior, fiquei tão chocada ao vê-lo que não sei o que fazer. Tenho certeza de que meu filho tem passado muito mal. Pobre Tom, sofro muito por ele, e estou tão assustada quanto *Sir* Thomas. Que alegria seria se você estivesse aqui para me reconfortar! Mas *Sir* Thomas espera que Tom amanheça melhor amanhã e diz que temos de levar em conta a viagem".

A autêntica boa vontade agora despertada em seu íntimo materno não se dissipou logo. A extrema impaciência de Tom por ser transferido para Mansfield e desfrutar os confortos do lar e da família, dos quais tão pouco se lembrara enquanto gozava boa saúde ininterrupta, na certa induzira uma remoção prematura, pois provocou a volta da febre, e ele passou uma semana inteira em um estado ainda mais alarmante do que antes. Todos ficaram seriamente preocupados. *Lady* Bertram descrevia seus terrores diários à sobrinha, de modo que, àquela altura, podia-se dizer que Fanny vivia de cartas e passava o tempo todo entre os sofrimentos de hoje e aguardava os de amanhã. Sem nenhuma afeição especial pelo primo mais velho, a ternura de coração fazia-a sentir que não podia deixar de lamentar por ele, e a pureza dos princípios intensificava ainda mais sua compaixão quando pensava em como fora pouco útil e pouco abnegada, ao que parecia, a vida de Tom até então.

Susan era a sua única companheira e confidente nessa ocasião, como em outras mais comuns. Mostrava-se sempre disposta a ouvir e solidarizar-se. Ninguém mais podia interessar-se por um mal tão remoto como doença em uma família a mais de cento e sessenta quilômetros de distância, nem a sra. Price, que, além de fazer uma ou duas breves perguntas quando via a filha com uma carta na mão, de vez em quando expressava a tranquila observação:

— Minha pobre irmã Bertram deve estar muito atribulada.

Há tanto tempo separadas e situadas em posições sociais tão diferentes, os laços de sangue se haviam transformado em pouco mais que nada. O afeto mútuo, a princípio tão tranquilo quanto os temperamentos, agora se tornara um simples sobrenome. A sra. Price tinha tanto apego a *Lady* Bertram quanto esta teria pela sra. Price. Se três ou quatro filhos Price desaparecessem, ou mesmo todos, exceto Fanny e William, *Lady* Bertram pouco importância teria dado ao fato, ou talvez captasse dos lábios da sra. Norris a hipocrisia de que fora uma grande felicidade e uma grande bênção para a pobre e querida irmã Price ter uma família tão bem provida de rebentos.

Capítulo 45

Cerca de uma semana depois do retorno de Tom a Mansfield, o perigo imediato passara, e o declararam, àquela altura, salvo a ponto de tranquilizar por completo *Lady* Bertram, que agora, habituada à visão do filho naquele estado de sofrimento desesperador, ouvia apenas o melhor, sem jamais pensar além da literalidade do que lhe diziam, sem a menor predisposição a inquietar-se nem a capacidade de entender uma insinuação, era a voluntária mais feliz do mundo para uma pequena imposição médica. Se a febre que constituíra a enfermidade cedera, por certo ele logo se restabeleceria. Ela pensava apenas nisso; e Fanny partilhou a segurança da tia até receber algumas linhas de Edmund, escritas com o propósito de dar-lhe uma ideia mais clara da situação do irmão e inteirá-la das apreensões que ele e o pai receberam do médico em relação a alguns fortes sintomas que pareciam dominar o quadro clínico depois de passada a febre. Ambos julgaram melhor não importunar *Lady* Bertram com alarmes que talvez se revelassem infundados. Mas não havia motivo algum por que Fanny não soubesse da verdade. Pai e filho sentiam-se apreensivos pelos pulmões de Tom.

Apenas poucas linhas de Edmund mostraram-lhe o paciente e o quarto de doente sob uma visão muito mais precisa e forte do que o fizeram todas as folhas de papel da tia. Dificilmente havia alguém na casa que pudesse descrever pior que ela, a partir da observação pessoal, e ninguém que fora mais inútil para o filho em certas ocasiões. Nada podia fazer, além de deslizar até o quarto em silêncio e olhá-lo. No entanto, quando Tom se viu em condição de ouvir e falar, e de poderem ler para ele, escolheu Edmund como o companheiro preferido. A tia preocupava-o com os excessivos cuidados, e *Sir* Thomas não sabia diminuir o teor da conversa e o tom de voz ao nível de irritação e fraqueza do filho. Edmund era tudo e todos. Decerto, Fanny quis ao menos acreditar que assim o fosse, e precisou reconhecer que a estima por ele aumentou mais que nunca quando surgiu no papel de assistente, protetor e animador de um irmão acamado. Não o ajudava apenas na debilidade da recente doença, mas também, como ela agora percebia, tinha os nervos muito atingidos e o ânimo abatido de Tom para acalmar e levantar. E a própria imaginação de Fanny acrescentou-lhe a função de orientar de maneira correta a mente necessitada do irmão mais velho.

Pelo fato de ninguém na família sofrer de tuberculose pulmonar, sentia-se mais inclinada à esperança que ao temor pelo primo, a não ser quando pensou na srta. Crawford, mas esta lhe dava a ideia de ser uma filha da boa sorte e, para seu egoísmo e vaidade, seria uma sorte ter Edmund como o único filho.

Mesmo no quarto de doente, não se esquecera da afortunada Mary. A carta de Edmund trazia um pós-escrito:

"Sobre o tema que lhe escrevi na última vez, na verdade eu tinha começado uma carta quando me ausentei por causa da doença de Tom, mas agora mudei de ideia e temo a influência das amigas. Quando Tom estiver melhor, irei até lá".

Tal era a situação de Mansfield, e assim continuou sem quase nenhuma mudança até a Páscoa. Uma linha acrescentada, de vez em quando, por Edmund às cartas da mãe bastava para manter Fanny a par. Temia a lenta convalescença de Tom.

A Páscoa chegou muito tarde naquele ano, como ponderava Fanny, desde que soubera que não tinha chance de partir de Portsmouth antes do fim da festa. Ela chegou, passou, e Fanny ainda não recebera notícia alguma do seu retorno, nem da ida a Londres que o precederia. A tia, muitas vezes, expressava o desejo de tê-la em Mansfield, mas sem nenhuma mensagem do tio, de quem tudo dependia. Fanny supôs que ele ainda não podia deixar o filho, mas, para ela, o adiamento era cruel, terrível. Aproximava-se o fim de abril, e em breve se completariam não dois, mas três meses que estava longe de todos eles, e seus dias se passavam como em penitência. Entretanto, Fanny os amava demais para perturbá-los com suas queixas; e quando teriam eles tempo para pensar nela ou buscá-la?

A ansiedade, a impaciência e o desejo por estar junto deles eram tão grandes que lhe traziam sempre diante de si um ou dois versos da poesia "Tirocínio", de Cowper. "Com que intenso desejo ela precisa de seu lar" surgia-lhe na língua como a mais verdadeira descrição de saudades que ela não supunha sentir, de forma tão pungente, qualquer menino em colégio interno como o retratado nessa poesia.

A caminho da casa dos pais em Portsmouth, adorava chamá-la de seu lar. Dizer que voltaria para o lar a enternecia. A palavra lhe era muito querida e continuava a ser, só que devia aplicá-la a Mansfield Park, pois esse era agora seu lar. Portsmouth não passava de Portsmouth. Mansfield era o lar, a casa, a família. Assim decidira ao entregar-se a meditações secretas, e nada a consolava mais do que ver a tia usar a mesma linguagem: "Posso dizer apenas que lamento o fato dc você estar longe do lar neste momento tão angustiante, tão penoso para o meu espírito. Confio, espero e desejo sinceramente que nunca mais volte a ausentar-se de casa por tanto tempo", constituíam as deliciosas frases dirigidas a ela. Ainda que se tratasse, porém, de um prazer secreto. A delicadeza com os pais fazia-a tomar cuidado para não trair a preferência pela casa do tio. Expressava-se sempre: "Quando eu voltar para Northamptonshire", ou "quando eu voltar para Mansfield, farei isso e aquilo". Durante muito tempo foi assim, mas a saudade intensificou-se, derrotou o cuidado, e ela se viu falando no que devia fazer "quando voltasse para casa", antes que se conscientizasse. Repreendia-se, enrubescia e olhava temerosa em direção ao pai e à mãe. Não precisava ter-se sentido inquieta, pois eles não mostravam sinal algum de desagrado nem de que a estivessem escutando. Livres de qualquer ciúme de Mansfield, não se importavam com que ela preferisse estar num lugar ou no outro.

Foi triste para Fanny perder todos os prazeres da primavera. Ela não se dera conta antes dos prazeres que tinha a perder ao passar março e abril em uma cidade. Nem de como a encantavam o desabrochar e o desenvolvimento da vegetação no campo. Que animação de corpo e alma extraía ao observar o avanço dessa estação que jamais deixava de ser maravilhosa, apesar de toda a imprevisibilidade, e ver a beleza cada vez maior das primeiras flores nas áreas mais quentes do jardim da tia, ou o desenrolar das folhas nas plantações do tio e a glória dos bosques da propriedade. Perder tais alegrias não era nada desprezível, mas perdê-las porque se encontrava no meio de um ambiente abafado e barulhento, tendo ao redor apenas confinamento, ar impuro, cheiros desagradáveis, em vez de liberdade, frescor, fragrância e verdor, era infinitamente pior. Porém, todas as causas de desgosto eram fracas, comparadas com as que lhe advinham do fato de estar fazendo falta aos seus melhores amigos, e a tristeza de não lhes ser útil quando precisavam dela!

Se estivesse em casa, talvez pudesse ajudar cada membro da família. Sentia que seria útil a todos. A cada um teria poupado algum problema mental ou manual. E, ainda que fosse apenas para estimular o ânimo da tia Bertram, protegê-la do mal da solidão ou do mal ainda maior de uma companhia nervosa, intrometida, que tendia demais a aumentar o perigo para exaltar-lhe a própria importância, se ela, Fanny, estivesse lá, proporcionaria um bem a todos. Adorava imaginar que poderia ler para a tia, conversar com ela, momentos em que logo tentava sentir a bênção do que era Mansfield e preparar a mente para o que talvez acontecesse. De quantas subidas e descidas de escada poderia poupá-la e quantos recados poderia enviar.

Surpreendia-a o fato de que as irmãs de Tom continuassem convencidas a permanecer em Londres em uma circunstância como aquela, por todo o desenrolar de uma doença que agora, sob diferentes graus de perigo, durava várias semanas. Elas podiam voltar a Mansfield quando quisessem; viajar não constituía dificuldade alguma para ambas, e Fanny não entendia como as duas ainda podiam ficar longe de casa. Embora imaginasse que algumas obrigações talvez impedissem a ida da sra. Rushworth, Julia, com certeza, tinha condição para sair de Londres sempre que quisesse. Parecia, a julgar pelo que lera em uma das cartas da tia, que Julia se oferecera para retornar caso precisassem dela, mas isso foi tudo. Era evidente que a prima preferia permanecer onde estava.

Fanny tendia a julgar a influência de Londres muito conflitante com todas as ligações sentimentais respeitáveis. Via a prova disso na srta. Crawford, além de ver nas primas. A ligação da primeira com Edmund fora respeitável, o aspecto mais respeitável do seu caráter, e a amizade dela com Fanny fora até então pelo menos irrepreensível, mas onde se encontrava cada um dos sentimentos agora? Fazia tanto tempo que recebera uma carta de Mary, que tinha alguma razão para considerar inconsequente uma amizade que tanto enfatizara. Fazia semanas desde que tivera notícias da srta. Crawford ou de suas outras relações na cidade, a não ser pelas que recebia de Mansfield, e começava a se perguntar se algum dia saberia se o sr. Crawford retornara ou não a Norfolk, ou então só depois que tornasse a encontrá-lo, e supor que, talvez, não tivesse mais notícias da irmã naquela primavera, quando recebeu a seguinte carta para reviver antigas sensações e criar algumas novas:

Perdoe-me, minha querida Fanny, tão logo possa, pelo meu longo silêncio, e aja como se pudesse me perdoar desde já. Este é o meu modesto pedido e minha expectativa, pois você é tão boa que confio em ser tratada melhor do que mereço. Desejo muito saber do estado em que estão as coisas em Mansfield Park, e você, sem nenhuma dúvida, está perfeitamente à altura de me dar tal informação. Só um selvagem não lamentaria a aflição em que se encontram e, pelo que sei, o pobre sr. Bertram tem pouca chance de um restabelecimento definitivo. Não dei muita importância à doença dele a princípio. Encarava-o como o tipo de pessoa que tende a fazer um estardalhaço de tudo e de si mesmo em qualquer doença insignificante, e preocupei-me, sobretudo, com aqueles que tinham de cuidar dele. Mas agora me afirmaram, confidencialmente, que Tom Bertram tem piorado, que os sintomas são muito alarmantes e que pelo menos parte da família sabe disso. Se assim for, tenho certeza de que você está incluída nessa parte, a parte com discernimento, e por isso rogo-lhe que me diga até que ponto é correta minha informação. Não preciso dizer como me regozijaria saber que houve algum engano, porém o relato é tão assertivo que confesso não poder deixar de estremecer. É muito melancólico ver um rapaz tão excelente arrancado da vida na flor da idade. O pobre *Sir* Thomas vai senti-lo de forma apavorante. O assunto me deixa bastante agitada. Fanny, Fanny, vejo seu sorriso e olhar perspicaz, mas, palavra de honra que jamais subornei um médico na vida. Pobre rapaz! Se ele morrer, serão dois pobres rapazes a menos no mundo. Com o semblante destemido e a voz ousada, eu diria que a fortuna e a importância de Tom não poderiam caber em mãos mais merecedoras delas. Tudo o que Edmund fez no último Natal foi uma louca precipitação, mas talvez se possa eliminar parte do mal de alguns dias. Verniz e dourados podem esconder muitas manchas. Poderia acarretar apenas a perda de seu título de fidalgo. Com verdadeira afeição, como a minha, querida Fanny, pode-se ignorar tudo mais. Escreva-me logo na volta do correio, julgue minha ansiedade e não a menospreze. Diga-me a verdade factual, como deve saber pela fonte principal. E, em um momento como este, não se atormente com vergonha tanto de meus sentimentos quanto dos seus. Acredite em mim, pois não são apenas naturais, mas filantrópicos e virtuosos. Apelo à sua consciência: "*Sir* Edmund" não fará obras muito melhores na propriedade de Mansfield Park do que qualquer outro "*Sir*"? Se os Grant estivessem em casa, eu não a incomodaria, mas você é agora a única a quem posso recorrer em busca da verdade, pois as irmãs dele não se encontram ao meu alcance. A sra. R... passa a Páscoa com os Aylmer, em Twickenham (como deve saber) e ainda não voltou, e Julia se hospeda com os primos que moram perto da Bedford Square, mas esqueci o nome deles e o da rua. Mesmo se eu pudesse, porém, recorrer a elas, ainda preferiria você, porque me choca o fato de vê-las, até agora, tão relutantes em interromper suas diversões e preferir fechar os olhos à verdade. Suponho que as férias de Páscoa da sra. R... não durarão muito mais. Sem dúvida, para ela trata-se de férias ininterruptas. Os Aylmer são pessoas agradáveis, e, com o marido ausente, ela quer apenas se divertir. Atribuo a Maria a ideia de promover a ida do sr. Rushworth a Bath, para buscar a mãe, mas como será o convívio dela com a viúva na mesma casa? Henry não se encontra perto, nada tenho a informá-la a respeito dele. Não acha que Edmund já teria retornado mais uma vez a Londres há algum tempo, se não fosse por essa doença de Tom?

Sua sempre,

Mary

Eu de fato começara a dobrar minha carta quando Henry entrou, mas ele não traz informação alguma que me impeça de enviá-la. A sra. R... sabe que se teme uma recaída de Tom. Meu irmão viu-a nesta manhã; ela retorna à Wimpole Street ainda hoje, pois a velha senhora vai chegar. Agora, trate de não se inquietar com fantasias esdrúxulas, porque ele passou alguns dias em Richmond, pois faz isso toda primavera. Fique tranquila, ele se interessa apenas por você. Agora mesmo, está louco para vê-la, preocupado apenas em descobrir o meio de fazê-lo e ter o prazer de conduzi-la aos seus. Prova disso é que repete com mais insistência o que lhe disse em Portsmouth, sobre seu retorno a Mansfield, e nisso me uno a ele com toda minha alma. Querida Fanny, escreva logo e diga se podemos buscá-la. Fará bem a todos. Henry e eu podemos ficar no presbitério, você sabe, sem criar dificuldades para nossos amigos em Mansfield Park. Seria, na verdade, uma grande satisfação revê-los todos, e um acréscimo ao grupo talvez fosse de infinito proveito para toda a família. Quanto a você, deve saber como devem sentir tanto sua falta lá, que não pode no íntimo (conscienciosa como é) permanecer afastada, visto que dispõe do meio de regressar. Não tenho tempo nem paciência para lhe transmitir metade dos recados de Henry, basta você saber que o espírito de cada um de nós continua o de inalterável afeição.

O desgosto de Fanny ao ler a maior parte dessa carta, com a extrema relutância em unir a autora ao primo Edmund, a teria deixado, como se deu conta, sem condição de julgar se podia ou não aceitar com imparcialidade a oferta conclusiva que lhe faziam mais uma vez. Para si mesma, individualmente, revelava-se muito tentadora. Ver-se, talvez em três dias, conduzida até Mansfield era uma imagem de imensa felicidade, mas seria uma inconveniência dever tão grande felicidade a pessoas em cujos sentimentos e conduta, no presente momento, via muito a condenar: os sentimentos da irmã, a conduta do irmão, a insensível ambição dela, a desatenciosa vaidade dele.

Manter ainda relações, o flerte, talvez, com a sra. Rushworth! Sentia-se mortificada. Pensara melhor dele. Por sorte, contudo, não se permitiu ponderar e decidir-se entre inclinações contrárias e duvidosas noções de direito. A ocasião a impedia de determinar se devia ou não manter Edmund e Mary separados. Recorria a uma regra que aplicava para resolver tudo. O temor que sentia do tio e o pavor de tomar uma liberdade com ele esclareceram no mesmo instante o que ela deveria fazer. Não podia, de modo algum, aceitar a proposta. Se *Sir* Thomas quisesse, mandaria buscá-la, e mesmo a oferta de um retorno antecipado constituía uma presunção que nada parecia justificar. Agradeceu à srta. Crawford, mas deu uma decidida negativa. "O tio, segundo soube, pretendia buscá-la e, como a doença do primo continuava havia tantas semanas, sem que a julgassem necessária, ela deveria considerar importuno seu retorno no momento, o que a faria sentir-se um estorvo."

Suas afirmações a respeito do estado do primo eram as mesmas em que ela própria acreditava; e os seus receios estavam exatamente de acordo com os desejos em que ardia a imaginação de sua correspondente. Edmund seria perdoado pela condição de sacerdote, parecia, em virtude das circunstâncias de riqueza. E isso, desconfiava Fanny, era todo o triunfo sobre o preconceito pelo qual ele tanto se preparara para congratular-se. Mary nada aprendera a considerar importante além de dinheiro.

Capítulo 46

Como Fanny não duvidava que sua resposta fosse transmitir uma verdadeira decepção, viu-se em grande expectativa, em vista de conhecer o temperamento da srta. Crawford, de mais uma vez ser solicitada com insistência e, embora não chegasse a segunda carta no espaço de uma semana, ela continuava com a mesma sensação quando, de fato, chegou.

Ao recebê-la, percebeu de imediato que continha pouco texto e convenceu-se de que se tratava de uma carta escrita às pressas e com objetividade. O assunto era inquestionável e bastaram dois momentos para desencadear-lhe na mente a probabilidade de que visava apenas a comunicar a iminente chegada dos irmãos a Portsmouth naquele mesmo dia, e lançá-la em toda a agitação de questionar o que ela deveria fazer nessa circunstância. Se dois momentos, porém, às vezes nos cercam de dificuldades, um terceiro pode dispersá-las. E antes de Fanny abrir a carta, a possibilidade de a srta. e o sr. Crawford terem solicitado a *Sir* Thomas e obtido a permissão para buscá-la proporcionava-lhe calma. Eis a carta:

> Um rumor muito escandaloso e malévolo acabou de me alcançar, e escrevo-lhe, minha querida Fanny, para adverti-la contra dar-lhe o mínimo crédito, caso se espalhe até o campo. Confio em que não passa de um engano que um ou dois dias esclareçam, de qualquer modo, Henry é inocente, e, apesar de uma imprudência momentânea, pensa apenas em você. Não diga uma palavra sobre isso, nem dê ouvidos nem suponha e

tampouco sussurre nada, até eu tornar a escrever-lhe. Tenho certeza de que tudo será abafado e nada provado, além da loucura de Rushworth. Se eles partiram, eu apostaria minha vida que foram só para Mansfield Park, e Julia acompanhou-os. Mas por que você não me deixou buscá-la? Espero que não se arrependa disso.

Sua, etc.

Fanny ficou horrorizada. Como nenhum boato escandaloso, malévolo, havia chegado até ela, era-lhe impossível entender muita coisa dessa estranha carta. Pôde apenas perceber que deveria relacionar-se à Wimpole Street e o sr. Crawford, e apenas conjecturar que acabara de acontecer algo muito imprudente naquela área para atrair a atenção do mundo e despertar-lhe ciúme, na apreensão da srta. Crawford, se Fanny viesse a tomar conhecimento. A srta. Crawford não precisava alarmar-se por ela, que apenas sentia muito pelas partes implicadas e por Mansfield, caso a notícia se espalhasse até lá, mas esperava que isso não ocorresse. Se os Rushworth haviam ido para Mansfield, como se deveria deduzir das palavras da srta. Crawford, não era provável que algo desagradável os precedesse, ou ao menos que causasse alguma impressão.

Quanto ao sr. Crawford, esperava que o ocorrido talvez lhe desse conhecimento da própria índole e o convencesse de que não era capaz de apegar-se com seriedade e constância a nenhuma mulher no mundo, e o fizesse envergonhar-se de continuar persistindo por mais tempo em declarar-se a ela.

Era muito estranho! Começara a pensar que ele de fato a amava e imaginar a afeição por ela como algo fora do comum, e a irmã ainda disse que Henry pensava apenas nela. No entanto, deve ter ocorrido alguma acentuada exibição de atenções à prima, alguma forte indiscrição, porque sua correspondente não era do tipo de pessoa que dava importância a uma leve indiscrição.

Fanny ficou muito inquieta e assim deveria continuar até tornar a receber notícias da srta. Crawford. Era-lhe impossível banir a carta dos pensamentos, e ela não podia aliviar-se falando disso com qualquer ser humano. A srta. Crawford nem precisava estimulá-la a manter segredo com tanta veemência; deveria ter confiado na discrição que ela julgava dever à prima.

O dia seguinte chegou sem trazer segunda carta alguma. Fanny ficou desapontada. Mal pôde pensar em outra coisa durante toda a manhã, mas, quando o pai voltou à tarde com o jornal diário como sempre, ela continuava tão longe de esperar alguma elucidação por esse canal que se esqueceu do assunto por um momento.

Tinha a mente muito absorta em outra reflexão. Ocorreu-lhe a lembrança da primeira noite naquela sala e do pai com o jornal. Não se precisava de iluminação de vela agora. O Sol ainda pairava a uma hora e meia acima do horizonte. Ela percebeu que fazia três meses que se encontrava na casa dos pais, e os raios do Sol que caíam fortes na sala, em vez de a animarem, deixavam-na ainda mais melancólica, pois o brilho solar parecia-lhe uma coisa totalmente diferente em uma cidade e no campo. Ali, a força do astro limitava-se a um clarão doentio, abafador, o qual só servia para sobressair manchas e poeira que de outro modo passariam despercebidas. Não se via saúde nem alegria nos raios de Sol em uma cidade. Sentava-se em meio a uma chama de calor opressivo, uma nuvem de poeira em movimento e podia apenas desviar os olhos das paredes manchadas pela cabeça do pai, para a mesa marcada e fendida pelos irmãos, onde se via o serviço posto para o chá; o bule nunca bem lavado, as xícaras e os pires açoitados por riscas, o leite era uma mistura de partículas flutuando em diluído azul, e o pão e a manteiga ficando a cada minuto mais gordurosos do que quando Rebecca os trouxera para ali. O pai lia o jornal, a mãe lamentava-se, como sempre, sobre o tapete desfiado, enquanto se preparava o chá — e desejava que a criada o houvesse remendado. Fanny despertou ao ouvir o pai chamá-la, após praguejar e analisar um determinado parágrafo do jornal:

— Como é o nome dos seus primos que moram em Londres, Fan?

Uma reflexão momentânea permitiu-lhe responder:

— Rushworth, senhor.

— E eles não moram na Wimpole Street?

— Sim, senhor.

— Então lá está o diabo entre eles, é isso aí! Veja — e brandia o jornal para ela — que ótimos parentes você tem! Não sei o que vai achar *Sir* Thomas dessas coisas. Ele talvez seja um nobre e cavalheiro elegante demais para gostar menos da filha. Mas, por Deus, se fosse minha filha eu ia dar-lhe umas boas chibatadas enquanto conseguisse me manter de pé! Uma boa surra, tanto para moças quanto para rapazes, é o melhor método para prevenir esse tipo de coisa.

Fanny leu para si mesma que "... era com infinito pesar ter de anunciar ao mundo social um desastre matrimonial ocorrido na família do sr. R..., da Wimpole Street. A bela sra. R..., cujo nome ingressara fazia pouco tempo na lista das damas casadas, e que prometera tornar-se uma líder tão brilhante no mundo elegante, abandonara o teto conjugal em companhia do conhecido e cativante sr. C..., amigo íntimo do sr. R. ... Ninguém sabia, nem o editor do jornal, o destino de ambos".

— É um engano, senhor — logo retrucou Fanny —, tem de ser um engano, não pode ser verdade... deve referir-se a outras pessoas.

Falara motivada pelo instintivo desejo de adiar a vergonha, com uma determinação que brotara do desespero, porque disse uma coisa em que ela própria não acreditava, não podia acreditar. Fora o choque da convicção. A verdade inundou-a da cabeça aos pés. E como conseguira até mesmo falar, como conseguira até mesmo respirar revelou-se depois algo espantoso demais entender.

O sr. Price pouco se importou com a notícia para dar-lhe muita conversa:

— Talvez seja tudo uma mentira — concordou —, mas tantas moças refinadas têm feito o diabo assim, que não se põe a mão no fogo por ninguém.

— De fato, espero que não seja verdade — disse a sra. Price, queixosa. — Seria, de fato, muito chocante! Não falei com Rebecca sobre este tapete apenas uma, mas no mínimo doze vezes, não, Betsey? E é um trabalho que não levaria nem dez minutos.

Dificilmente se poderia descrever o horror de uma mente como a de Fanny ao receber a convicção de tal culpa e começar a absorver parte da desgraça que se seguiria. A princípio, sentiu apenas uma espécie de estupefação, mas cada momento intensificava-lhe a percepção do horrível mal. Não podia duvidar, não ousava permitir-se uma esperança da falsidade do parágrafo. A carta da srta. Crawford, que ela lera tantas vezes a ponto de repetir cada linha, correspondia, de forma assustadora, às palavras publicadas. A enérgica defesa do irmão, a esperança de que tudo fosse abafado e a evidente agitação de Mary faziam parte de algo muito ruim. E se havia uma mulher com caráter capaz de tratar como insignificante tal pecado de primeira magnitude, que tentasse mascarar-lhe a importância e desejasse vê-lo impune, acreditava que a srta. Crawford era essa mulher! Agora via seu próprio engano quanto a quem partira, ou se dizia ter partido. Não haviam sido o sr. e a sra. Rushworth, mas Maria e Henry Crawford.

Fanny tinha a impressão de que jamais recebera um choque tão grande antes, não via mais diante de si a possibilidade de descanso. Passou a noite inteira sem uma pausa de sofrimento e insone. Alternava sensações de náusea e estremecimentos de horror, de surtos do calor da febre e calafrios. O fato era tão chocante que, em alguns momentos, sentia o coração revoltar-se contra o que acontecera como impossível — quando ela achava que isso não podia ter acontecido. Uma mulher casada há apenas seis meses, um homem que se professava devotado, até comprometido, com outra, esta outra parenta próxima, a família toda, ambas as famílias, unidas como o eram por laço após laço, todos unidos por amizade e intimidade! Constituía uma confusão de ofensa demasiadamente horrível, uma complicação demasiadamente flagrante de mal para ser capaz a natureza humana, não em estado de total barbarismo! Mas seu discernimento dizia-lhe que acontecera mesmo. As instáveis afeições dele, que oscilavam com sua vaidade, a clara ligação sentimental de Maria, e a falta de princípios suficientes de ambos os lados mostravam a possibilidade — a carta da srta. Crawford carimbava-a como um fato.

Quais seriam as consequências? A quem não feriria? Quais opiniões poderiam não ser influenciadas? De quem não se despedaçaria a paz para sempre? A própria srta. Crawford, Edmund, mas talvez fosse perigoso seguir nesse terreno. Ela limitou-se, ou tentou limitar-se, ao simples e indubitável mistério familiar que cercaria todos se na verdade ficasse confirmado tratar-se de uma questão de culpa comprovada e exposição pública. Os sofrimentos da mãe, do pai — aqui ela fez uma pausa. Os de Julia, Tom e Edmund — aqui uma pausa ainda mais longa. Os dois sobre os quais isso recairia de forma mais terrível. A boa vontade, o elevado senso de honra e decoro paternos de *Sir* Thomas, os princípios corretos, o temperamento confiante e a autêntica força dos sentimentos de Edmund faziam-na julgar quase impossível eles manterem a vida e a razão sob tamanha desgraça, e parecia-lhe, no que se referia apenas a este mundo, que a maior bênção a cada um dos parentes da sra. Rushworth seria um imediato aniquilamento.

Nada aconteceu no dia seguinte, nem no próximo, para aplacar-lhe os terrores. Dois correios chegaram e não trouxeram nenhuma refutação, pública ou privada. Nem uma segunda carta da srta. Crawford para desmentir a primeira. E tampouco alguma informação de Mansfield, embora já houvesse passado tempo suficiente sem que ela recebesse notícias da tia. Isso era um mau presságio. Ela, na verdade, mal tinha uma sombra de esperança para apaziguar-lhe a mente e viu-se reduzida a um estado de tanto abatimento, fragilidade e tremor que não passaria despercebido por mãe alguma não desatenciosa, com exceção da sra. Price, quando o terceiro dia de fato trouxe a nauseante batida na porta, e mais uma vez se pôs uma carta nas mãos de Fanny. Exibia o carimbo postal de Londres e vinha de Edmund.

> Querida Fanny — Você sabe da nossa atual desgraça. Que Deus a ajude sob a parte que lhe cabe! Estamos aqui há dois dias, mas nada se pode fazer. Não conseguimos localizá-los. Talvez você ainda não saiba do último golpe: a fuga de Julia, que partiu para a Escócia com Yates. Deixou Londres poucas horas antes de chegarmos. Em qualquer outra ocasião, isso se faria sentir de forma terrível. Agora parece algo insignificante, no entanto, é um pesado agravo. Meu pai não se mostra vencido, e mais não se pode esperar. Continua em condição de pensar e agir, e escrevo por desejo dele a fim de propor-lhe que retorne para casa. Está ansioso por tê-la perto, pelo bem da minha mãe. Chegarei a Portsmouth na manhã seguinte à que você receber esta carta e espero encontrá-la pronta para a viagem de volta a Mansfield. Meu pai deseja que você convide Susan a acompanhá-la por alguns meses. resolva tudo como achar melhor, diga o que julgar adequado. Sei que reconhecerá essa demonstração de bondade dele neste momento! Seja justa com a intenção de seu tio, por mais que eu possa parecer confuso. Você pode imaginar algo do estado atual em que me encontro. Não há fim para o mal que se abateu sobre nós. Você me verá cedo pela diligência do correio.
>
> Seu, etc.

Nunca Fanny se sentira mais necessitada de um cordial consolo. Nunca ela sentira o que lhe provocava o conteúdo daquela carta. Amanhã! Deixaria Portsmouth amanhã! Ela corria, achava que corria, o maior perigo de sentir intensa felicidade, enquanto tantos se sentiam infelizes. O mal que lhe trouxera imenso bem! E fazia-a temer que lhe ensinasse a ser insensível. Ir embora tão logo, mandarem buscá-la tão bondosamente, buscá-la como um reconforto, e com permissão de levar Susan consigo. Tudo constituía tão grande combinação de bênçãos que lhe deixou o coração radiante e por algum tempo pareceu afastar todas as dores e torná-la incapaz de partilhar como lhe convinha até mesmo o desespero daqueles que mais estimava. A fuga de Julia com o namorado pouco afetou-a em termos comparativos. Embora a houvesse supreendido e chocado, não lhe ocupou, nem poderia ocupar-lhe, a mente. Sentiu-se obrigada a pensar no fato e a reconhecê-lo como terrível e doloroso, ou ia escapar-lhe em meio a todas as preocupações excitantes, urgentes e alegres relacionadas à intimação da sua presença.

Não existe nada como uma ocupação, uma ativa e indispensável ocupação, para aliviar o sofrimento. Uma ocupação, mesmo melancólica, às vezes dissipa a própria melancolia, e as ocupações dela não eram melancólicas. Tinha tanto a fazer que nem a terrível história da sra. Rushworth, agora definida ao último ponto de certeza, afetava-a como o fizera antes. Não lhe restava tempo para ser infeliz. Dali a vinte e quatro horas esperava seguir viagem. Precisava falar com o pai e a mãe, preparar Susan, aprontar tudo. Um trabalho seguia-se a outro, e o dia mal era longo o bastante. A felicidade que ela também transmitia, felicidade muito pouco permitida pela sombria comunicação que a precedera, o alegre consentimento do pai e da mãe a que Susan a acompanhasse, a satisfação geral com que pareciam encarar a ida das duas, e o êxtase da própria Susan, tudo servia para estimular-lhe o ânimo.

A desgraça dos Bertram fora pouco sentida na família. Embora a sra. Price falasse da pobre irmã por alguns minutos, encontrar alguma coisa onde acomodar as roupas de Susan, porque Rebecca pegava todas as caixas e as destruía, preocupava-a muito mais. Quanto a Susan, agora satisfeita com a inesperada realização de seu principal desejo íntimo, sem nada saber dos que haviam pecado nem dos que sofriam, não pôde evitar de regojizar-se do início ao fim, pois era apenas o que se deveria esperar da virtude humana aos quatorze anos.

Como nada deixara ao encargo da sra. Price, nem aos bons ofícios de Rebecca, Fanny concluiu tudo de forma racional e no devido tempo, e ambas as irmãs estavam prontas para a manhã seguinte. Foi-lhes impossível, porém, o benefício de um bom sono necessário a prepará-las para a viagem. O primo, que viajava ao encontro delas, dificilmente poderia ter verificado seus agitados espíritos, um todo felicidade, o outro todo em constante alteração e indescritível perturbação.

Às oito horas da manhã, Edmund chegou à casa da família Price. As jovens o ouviram entrar do andar de cima e Fanny desceu. A ideia de logo vê-lo, com o conhecimento de que ele estaria sofrendo, trouxe-a de volta aos próprios sentimentos anteriores. Tê-lo tão perto e tão infeliz! Sentia-se à beira de esmorecer ao entrar na sala. Encontrou-o sozinho, e o primo logo a abraçou. Viu-se apertada no coração de Edmund com apenas estas palavras mal articuladas:

— Minha Fanny... minha única irmã... meu único conforto agora.

Ela nada pôde dizer, nem por alguns minutos ele pôde dizer mais alguma coisa.

Edmund afastou-se para recompor-se e, quando tornou a falar, embora com a voz ainda hesitante, desprendia de sua atitude a vontade de autocomando e a resolução de evitar mais alguma alusão ulterior.

— Vocês já fizeram o desjejum? Quando ficarão prontas? Susan vai? — proferiu as perguntas que se seguiram rapidamente umas às outras.

Seu grande objetivo era partir o mais depressa possível. No que se referia a Mansfield, o tempo era precioso, e o estado de espírito em que se encontrava fazia-o sentir alívio apenas no movimento. Decidiu-se que ele chamaria a carruagem até a porta em meia hora. Fanny afiançou-lhe que comeriam e estariam prontas no horário. Ele já comera e recusou ficar para a refeição delas. Daria uma volta pelas muralhas e voltaria a juntar-se a elas com a carruagem. Tornou a sair, satisfeito por fugir até de Fanny.

Parecia muito enfermo, sem dúvida sofria, e sofria sob violentas emoções que decidira reprimir. Fanny sabia que o primo sentia-se assim, mas era terrível vê-lo naquele estado.

A carruagem chegou e ele tornou a entrar na casa no mesmo momento, com tempo apenas para passar alguns minutos com a família e testemunhar, embora nada visse, a atitude despreocupada com que se despediram das filhas e evitar que os demais se sentassem à mesa para o desjejum do qual, em virtude daquela atividade muito incomum, só se serviram depois que a carruagem afastou-se da porta. A última refeição de Fanny na casa do pai revelou-se semelhante à primeira.

Despediram-se de forma tão pouco hospitaleira quanto a haviam acolhido.

Pode-se muito bem imaginar por que o coração dela inchava de alegria e gratidão ao transpor a divisa de Portsmouth e o rosto de Susan exibia os mais largos sorrisos. Sentada na boleia com o rosto voltado para a frente, porém, e tapado pela touca, ninguém viu esses sorrisos.

A viagem prometia ser silenciosa. Os profundos suspiros de Edmund muitas vezes alcançavam Fanny. Se estivesse sozinho com ela, talvez abrisse o coração, apesar de toda a determinação. Mas a presença de Susan impeliu-o a fechar-se em si mesmo e a suportar por mais tempo as tentativas de falar sobre outros assuntos.

Fanny observava-o com inquebrantável solicitude e, às vezes, ao captar-lhe o olhar, recebia um sorriso afetuoso que a reconfortava, mas o primeiro dia da viagem passou sem ela ouvi-lo proferir uma palavra sobre os problemas que o oprimiam. A manhã seguinte apresentou mais possibilidades. Pouco antes de se prepararem para deixar Oxford, enquanto Susan se encontrava diante de uma das janelas da hospedaria em interessada observação da partida de uma grande família, eles dois pararam em pé, diante da lareira. Edmund, muito impressionado com a aparência de Fanny, sem saber dos danos diários sofridos na casa dos pais, atribuindo a mudança a um motivo errôneo, atribuindo tudo ao fato recente, tomou-lhe a mão e disse-lhe num tom baixo, mas expressivo:

— Não admira que você deve sentir, deve sofrer. Como um homem que antes a amava pôde abandoná-la? Mas a sua... sua estima era nova comparada com... Fanny, pense em mim!

A primeira parte da viagem tomara um longo dia e os levara quase derreados a Oxford, a segunda, porém, terminara muito mais cedo. Chegavam aos arredores de Mansfield muito antes da hora habitual do jantar, e, à medida que se aproximavam do amado lugar, as duas irmãs desanimaram um pouco. Fanny começou a pensar no encontro com as tias e Tom, sob tão apavorante humilhação, e Susan a sentir com certa ansiedade que chegava o momento de agir com todas as boas maneiras e com o conhecimento recém-adquirido do que se praticava ali. Visões de boa e má educação, antigas grosserias e novas gentilezas surgiam diante dela, e ela meditava sobre garfos de prata, guardanapos e lavandas. Fanny, em todas as circunstâncias, permanecera atenta às diferenças de paisagens existentes entre a cidade e o campo desde fevereiro, mas, quando entraram em Mansfield Park, sentiu que se aguçavam intensamente suas percepções e alegrias. Fazia três meses, três meses inteiros, desde que deixara a propriedade, e a mudança foi do inverno para o verão. Varria toda a paisagem com o olhar, os prados e plantações do mais viçoso verde; as árvores, embora ainda não de todo cobertas de folhas, mostravam-se naquele estágio encantador em que a gente sabe que mais beleza se aproxima e em que, embora muito de fato se proporcione à visão, muito mais permanece para a imaginação. Aquela alegria, contudo, era só para si mesma. Edmund não a partilhava. Ela olhou-o, mas ele se recostara mergulhado em uma tristeza ainda mais profunda que antes, de olhos fechados, como se a visão de alegria o oprimisse, e precisasse tapar as deslumbrantes paisagens do lar.

Isso a tornou mais uma vez melancólica, o conhecimento do que se suportava ali revestia até mesmo aquela casa, por mais moderna, arejada e bem situada, de um aspecto melancólico.

Mas um membro do grupo, tomado de sofrimento, que se encontrava dentro de casa, aguardava-a com tanta impaciência como ela nunca vira antes.

Mal Fanny passara pelos criados de aparência solene, *Lady* Bertram vinha da sala de estar para recebê-la. Caminhava a passos nada indolentes e, lançando-se no pescoço da sobrinha, exclamou:

— Fanny, querida! Agora vou ter consolo.

Capítulo 47

Esperava-os um grupo desventurado, cada um dos três se julgando mais infeliz que o outro. A sra. Norris, porém, a mais apegada a Maria, mostrava-se como a que mais sofria. Maria era a sua preferida, a mais querida de todos os sobrinhos; a união resultara de um planejamento seu, como se habituara a com sincero orgulho sentir e dizer. E a conclusão de tudo quase a subjugava.

Tornara-se uma outra criatura, calada, estupidificada, indiferente a tudo que se passava. A existência como a pessoa a quem haviam confiado o cuidado da irmã e do sobrinho enfermo, com toda a casa sob seu encargo, fora um trunfo inteiramente jogado fora. Não conseguia mais dirigir, mandar nem fingir-se útil. Quando atingida de fato pela aflição, todas as suas forças ativas ficaram entorpecidas, nem *Lady* Bertram nem Tom haviam recebido dela o menor apoio, nem sequer uma tentativa de apoio. Não fizera mais por eles do que eles faziam um pelo outro. Todos se haviam sentido solitários, desesperados e desamparados, e agora a chegada dos outros estabelecia apenas a superioridade da sra. Norris na desgraça. Os companheiros de infortúnio ficaram aliviados, mas a chegada deles nada de bom lhe proporcionava. Edmund foi quase tão bem recebido pelo irmão como Fanny pela tia. Mas a sra. Norris, em vez de sentir-se reconfortada pela presença de um ou outro, ficou apenas mais irritada com a visão da pessoa que, na cegueira da sua ira, podia acusar de ser o demônio responsável pela desgraça. Houvesse Fanny aceitado o sr. Crawford, nada teria acontecido.

Também se ressentiu da presença de Susan. Teve ânimo para notá-la apenas com alguns olhares repulsivos, mas a encarava como uma espiã, uma intrusa, uma sobrinha indigente e tudo que julgava mais odioso. Pela outra tia, Susan foi recebida com serena amabilidade. *Lady* Bertram não pôde conceder-lhe muito tempo, nem muitas palavras, mas achou que, como irmã de Fanny, tinha direito a fazer parte de Mansfield, e logo se dispôs a beijá-la e amá-la. Susan ficou mais do que satisfeita, pois viera com total conhecimento de que só deveria esperar mau humor da tia Norris. E partira tão munida de felicidade, tão fortalecida naquela melhor das bênçãos de alegria, uma fuga de inúmeros males certos, que teria condição de enfrentar muito maior indiferença do que recebera dos demais.

Agora ela estava entregue a si mesma, para conhecer a casa e o terreno como pudesse, e passava os dias alegremente os explorando, enquanto os que, de outro modo, talvez lhe dessem atenção, encontravam-se trancados em si mesmos ou inteiramente ocupados cada um com a pessoa que muito dependia deles. Edmund tentava enterrar os próprios sentimentos em esforços para o alívio do irmão. Fanny, devotada à tia Bertram, retomava todas as suas tarefas anteriores com mais zelo ainda que antes, e acreditava que jamais conseguiria fazer o suficiente para alguém que tanto parecia necessitar dela.

Todo o consolo de *Lady* Bertram consistia em falar com Fanny sobre o terrível caso, falar e lamentar. Escutá-la, apoiá-la e responder-lhe com a voz de bondade e compaixão era tudo que se podia fazer pela tia. Reconfortá-la de outra forma estava fora de questão. O caso não admitia consolo algum. *Lady* Bertram não tinha capacidade de pensar a fundo, mas, guiada por *Sir* Thomas, pensava em todos os pontos importantes como era necessário e via, portanto, o que acontecera em toda sua enormidade, sem se esforçar nem pedir a Fanny que a aconselhasse e tampouco diminuir a importância do delito e da infâmia.

Não tinha afeições agudas nem a mente tenaz. Após algum tempo, Fanny constatou não ser impossível dirigir-lhe os pensamentos a outros assuntos, e voltar a despertar-lhe algum interesse pelas ocupações habituais, mas sempre que *Lady* Bertram fixava-se no acontecimento, via-o apenas de um ponto de vista: a perda de uma filha e uma desgraça jamais a ser apagada.

Fanny soube por ela todos os detalhes que já haviam transpirado. A tia não era uma narradora muito metódica, mas, com a ajuda da troca de cartas entre ela e *Sir* Thomas, e com o que ela já sabia e podia razoavelmente combinar, a sobrinha logo conseguiu entender mais do que desejava sobre as circunstâncias que acompanharam a história.

Nos feriados da Páscoa, a sra. Rushworth partira para Twickenham com uma família que ela acabara de conhecer, uma família de costumes animados e agradáveis, e na certa de moral e discrição satisfatórias, pois à casa deles o sr. Crawford tinha acesso constante fazia muito tempo, Fanny sabia que ele residia no mesmo bairro. O sr. Rushworth fora nessa ocasião para Bath passar alguns dias em companhia da mãe para depois trazê-la de volta para a cidade. Deixara Maria com esses amigos sem nenhuma restrição, sem sequer a presença de Julia, pois esta voltara para a Wimpole Street, uma ou duas semanas antes, em uma visita a alguns parentes de *Sir* Thomas, mudança que pai e mãe agora se dispunham a atribuir a alguma ideia relacionada ao sr. Yates. Pouco depois da volta dos Rushworth à Wimpole Street, *Sir* Thomas recebera uma carta de um antigo e particular amigo de Londres, o qual, após tomar conhecimento e testemunhar muitas situações que o alarmaram, recomendava-lhe a ida do próprio pai à cidade, para usar sua influência com a filha, e terminar uma intimidade que já a expunha a comentários desagradáveis e, evidentemente, deixavam o sr. Rushworth inquieto.

Sir Thomas preparava-se para agir de acordo com essa carta, sem comunicar o conteúdo a ninguém de Mansfield, quando se seguiu outra, enviada às pressas pelo mesmo amigo, para participar-lhe a situação quase desesperadora em que se encontravam, então, os assuntos relacionados aos jovens. A sra. Rushworth abandonara a casa do marido; por sua vez, o sr. Rushworth ficara bastante enfurecido e magoado com ele, o sr. Harding, por enviar-lhe seu conselho. O sr. Harding temia que houvesse no mínimo indiscrição muito flagrante. A criada da mãe do sr. Rushworth constituía uma ameaça assustadora. Ele fazia tudo ao seu alcance para abafar todos os rumores, com a esperança do retorno de Maria, mas se via tão frustrado na Wimpole Street, pela influência da mãe do sr. Rushworth, que talvez se devessem temer as piores consequências.

Não se podia ocultar essa terrível comunicação do restante da família. *Sir* Thomas partiu, Edmund quis acompanhá-lo, e, se haviam deixado os demais em um estado de desespero inferior apenas ao recebimento das cartas seguintes de Londres, àquela altura, tudo chegara ao conhecimento público. A criada da mãe do sr. Rushworth tinha o poder da revelação do fato, e, apoiada pela patroa, não se deixou silenciar. As duas damas Rushworth, mesmo no breve período em que haviam morado juntas, desentenderam-se, e talvez o ressentimento da sogra contra a nora se devesse mais ao pouco respeito com que fora tratada do que à sensibilidade pelo filho.

Qualquer que fosse o motivo, porém, mostrara-se intratável. Mesmo se a viúva fosse menos obstinada, ou exercesse menos influência sobre o filho, que sempre se guiava pela palavra da principal conselheira, pela pessoa que podia dominá-lo e calá-lo, o caso parecia sem esperanças, pois a jovem sra. Rushworth não voltara a aparecer, e havia todos os motivos para concluir que se encontrava escondida em algum lugar com o sr. Crawford, que também deixara a casa do tio, sob o pretexto de uma viagem, no mesmo dia em que ela se ausentara.

Sir Thomas, contudo, prolongou um pouco a estada em Londres, na esperança de descobri-la e arrancá-la de outras ações imorais, embora tudo já estivesse perdido em termos do caráter da filha.

No presente estado dele, Fanny mal suportava pensar. Apenas um dos filhos não representava para o tio uma fonte de infelicidade.

O choque da conduta da irmã mais velha agravara muitíssimo a enfermidade de Tom e sua recuperação revertera tanto ao quadro anterior que a diferença impressionara até mesmo *Lady* Bertram, a qual comunicava regularmente ao marido todos os seus temores. E Fanny sabia que a fuga de Julia, o golpe adicional que ele recebera quando da chegada a Londres, embora com a força amortecida no momento, deve ter sido muito dolorosa para *Sir* Thomas, cujas cartas expressavam o quanto o deplorava. Em quaisquer outras circunstâncias, uma aliança com Yates seria indesejável, mas tramá-la de forma tão clandestina, e escolher realizá-la naquele período nefasto, revelava os sentimentos de Julia sob uma luz bastante desfavorável, além de acrescentar sérios agravos à loucura da escolha. Ele descreveu-a como uma péssima ação, empreendida da pior maneira e no pior momento. Embora Julia fosse mais fácil de perdoar do que Maria, como um desatino em vez de depravação, o pai encarava o passo que ela dera apenas como a oportunidade às piores possibilidades de uma conclusão, dali em diante, igual ao da irmã. E essa constituía a opinião do tio sobre o cenário em que Fanny se lançara.

Por isso, sofria mais agudamente por ele; o pobre pai só em Edmund poderia encontrar consolo. Todos os outros filhos torturavam seu coração. Confiava em que o desagrado anterior do tio contra ela própria, ao raciocinar diferente da sra. Norris, agora se dissiparia. Ela seria justificada. Depois daqueles fatos, o sr. Crawford lhe teria absolvido por completo a conduta ao recusá-lo, só que isso, embora muito crucial para si mesma, seria de pequeno consolo para *Sir* Thomas, pois o desagrado dele fora terrível para ela, entretanto o que poderia fazer sua justificação ou gratidão e afeto por ele? O tio deveria encontrar apoio apenas em Edmund.

Fanny se enganara, contudo, em supor que Edmund não causava sofrimentos ao pai no momento. Era uma dor muito menos dilacerante que a dor que os outros despertaram, porém *Sir* Thomas considerava a felicidade do filho profundamente comprometida pelo delito da irmã e do amigo. Tal delito deveria arrancá-lo para sempre da mulher a quem se dedicava com indubitável afeição e com forte probabilidade de sucesso, com a qual tinha tudo, menos o desprezível irmão, para tornar-se uma relação muito desejável. Ele sabia que Edmund sofria por motivos próprios, além de sofrer por todos os demais, quando se encontravam em Londres. Vira ou conjecturara os sentimentos do filho e, tendo razão de imaginar que tivera uma entrevista com a srta. Crawford, da qual Edmund trouxera apenas crescente desespero, ficara tão ansioso por causa desse motivo quanto dos outros para tirá-lo da cidade. Encarregara-o de levar Fanny para casa ao encontro da tia, com o propósito, ao mesmo tempo, de aliviá-lo e beneficiar todos os demais. Fanny não conhecia os sentimentos secretos do tio, nem *Sir* Thomas, o caráter secreto da srta. Crawford. Estivesse ele a par da conversa desta com o filho, não desejaria que ela lhe pertencesse, embora seu dote anterior de vinte mil houvesse aumentado para quarenta mil libras.

Fanny não admitia dúvida de que Edmund deveria ter-se desligado para sempre da srta. Crawford, mas, ainda assim, até que soubesse que ele também pensava dessa forma, sua própria convicção não lhe bastava. Acreditava que o primo pensava assim, mas precisava tranquilizar-se a respeito. Se ele agora lhe falasse, com a falta de reserva que antes fora, às vezes, demasiada para ela, seria muito consolador, no entanto, Fanny descobriu que isso não acontecia. Raras vezes o via, nunca a sós. Edmund, com certeza, evitava ficar sozinho com ela. Que se podia deduzir desse silêncio? Que submetesse o discernimento de toda a parte de sofrimento pessoal e amargo que lhe cabia à aflição de toda a família, mas o sentia em demasiada profundidade para torná-lo um assunto de mínima comunicação. Deveria encontrar-se nesse estado. Ele se submetia, mas o fazia com agonias que não admitiam conversa. Longo, longo tempo se passaria até o nome da srta. Crawford tornar a sair de seus lábios, e Fanny ter esperança de uma retomada daquela comunicação confidencial que existira antes.

Foi um longo período. Eles chegaram a Mansfield na quinta-feira, e só no entardecer de domingo Edmund começou a falar-lhe sobre o assunto. Naquela tarde, sentaram juntos — uma tarde chuvosa, tempo mais do que propício quando se tem uma amiga perto para abrir o coração e contar tudo, sem ninguém mais na sala, exceto a mãe, que, depois de ouvir um sermão comovente, chorara até adormecer. Era impossível não falar. E assim, com os preâmbulos habituais, difíceis de remontar ao que acontecera primeiro, e a usual declaração de que, se ela ouvisse por uns poucos minutos, ele seria muito breve, e com certeza nunca mais tornaria a exigir sua amabilidade da mesma maneira, afirmou-lhe que ela não precisava temer uma repetição, seria um assunto inteiramente proibido, e deu-se ao luxo de relatar circunstâncias e sensações de principal interesse para si mesmo a alguém de cuja afetuosa solidariedade ele havia muito se convencera.

Pode-se imaginar como Fanny o escutava, com que curiosidade e preocupação, que dor e alegria, a atenção com que observava a agitação da sua voz e o cuidado que tomava em fixar o olhar em qualquer lugar, menos nos olhos dele. A introdução foi alarmante. Edmund vira a srta. Crawford. Fora convidado a visitá-la. Recebera um bilhete de *Lady* Stornaway para convidá-lo. Após encará-lo como o que se destinava a ser o último, o último encontro de amizade, e reconhecer todos os sentimentos de humilhação e pesar naturais que a irmã de Crawford possa ter sentido, fora ao seu encontro em tal estado de espírito, tão enternecido, tão devotado, que tornou por alguns momentos impossível aos receios de Fanny que se tratasse mesmo do último encontro. Mas quando o primo continuou o relato, desfizeram-se esses receios. Ele contou que Mary o recebera com um ar sério, com certeza sério, até agitado, mas, antes que Edmund pudesse proferir uma frase inteligível, ela introduzira o assunto com uma desenvoltura que o chocara.

"Soube que você estava na cidade" disse. "Queria vê-lo. Vamos falar sobre esse triste caso. Que é que pode igualar-se à loucura de nossos dois irmãos?"

— Eu não pude responder, mas creio que minha expressão falou por mim. Ela sentiu-se censurada. Às vezes, como se apressa a sentir-se! Com o olhar e a voz mais graves, acrescentou então:

"Não pretendo defender Henry à custa de sua irmã."

— Então começou, mas como ela começou, Fanny, não foi digno... dificilmente é digno repeti-lo a você. Não consigo lembrar-me de todas as palavras. E se eu conseguisse, não me demoraria nelas. O conteúdo delas consistia na imensa fúria dela pela insensatez de cada um. Reprovou a insensatez do irmão por se deixar atrair por uma mulher de quem ele jamais gostara e pelo que lhe custaria perder a mulher a quem adorava. Porém, ela reprovou ainda mais a loucura da... pobre Maria, ao sacrificar a excelente situação que desfrutava para mergulhar em tamanhas dificuldades, movida pela ideia de ser de fato amada por um homem que, muito tempo antes, tinha-lhe demonstrado clara indiferença. Imagine o que senti. Ouvir a mulher a quem... não qualificar com um nome mais severo que insensatez! Examinar tudo com tanto livre-arbítrio, tanta liberdade, tanta frieza! Sem relutância, nem horror nem timidez feminina, e eu diria até nem recatada aversão! Veja o que o mundo faz! Pois onde, Fanny, se encontrará uma mulher cuja natureza foi tão prodigamente dotada? Corrompida, corrompida...

Após uma pequena reflexão, ele continuou com uma espécie de calma desesperada.

— Vou contar-lhe tudo e depois encerrar para sempre este assunto. Ela encarou-o apenas como insensatez, e insensatez apenas por ter vindo ao conhecimento público. A falta de discrição, de cautela... a ida dele a Richmond durante todo o tempo que ela passara em Twickenham, Maria ter-se deixado dominar pelo poder das ameaças de uma criada, enfim, tudo se resumia à descoberta. Veja isso, Fanny, Mary reprovava a descoberta, a revelação, não a falta de moral. Oh, Fanny! Foi a imprudência que levara tudo ao extremo e obrigara o irmão a abandonar todos os mais caros planos a fim de fugir com minha irmã.

Edmund parou.

— E então? — perguntou Fanny, julgando-se solicitada a dizer alguma coisa. — O que você conseguiu dizer?

— Nada, nada compreensível. Fiquei estupefato. Ela continuou, começou a falar de você... sim, então começou a falar de você, lamentando, o melhor que podia, a perda de uma... disso ela falou de forma muito racional. Mas ela sempre lhe fez justiça: "Ele foi descartado", disse, "por uma mulher como jamais tornaria a encontrar outra igual. Ela o teria sossegado e feito feliz para sempre". Minha adorada Fanny, espero proporcionar-lhe mais alegria do que tristeza com esse retrospecto do que poderia ter acontecido, mas que, agora, jamais acontecerá. Não quer que eu me cale? Se quiser, apenas me dê um olhar, uma palavra, que termino já.

Não recebeu nem olhar nem palavra.

— Graças a Deus! — ele exclamou. — Sempre nos admiramos de tudo, mas me parece uma das mais misericordiosas decisões da Providência Divina permitir que o coração que não conheceu malícia também não sofra. Ela falou de você com elevado louvor e terna afeição, mas, mesmo aí, desprendeu-se um laivo, um quê de perversidade, pois, em meio aos elogios, conseguiu exclamar: "Por que Fanny não quis aceitá-lo? A culpa foi toda dela. Menina simplória! Nunca a perdoarei. Se o houvesse aceitado, como deveria, talvez agora estivessem prestes a se casar, e Henry se veria feliz e ocupado demais para precisar de outra mulher. Ele nem fizera o mínimo esforço para voltar às boas com a sra. Rushworth. Tudo teria terminado em um flerte corriqueiro respeitável nos encontros anuais em Sotherton e Everingham". Você acreditaria ser possível isso, Fanny? Mas o encanto se quebrou. Abri meus olhos.

— Cruel! — declarou Fanny. — Ela foi muito cruel! Em um momento como esse, mostrar-se dissoluta, falar com leviandade, logo a você! absoluta crueldade!

— Crueldade, qualifica-o assim? Nisso divergimos. Não, isso não foi de natureza cruel. Não creio que ela tivesse intenção de me magoar. O mal se apoia em bases mais profundas, na ignorância total, na absoluta falta de conhecimento da existência de tais sentimentos, na perversão mental que lhe faz parecer muito natural tratar o assunto como o fez. Falava apenas como se habituou a ouvir os outros falarem, como imaginava que todos os demais falariam. Seus defeitos não se devem à crueldade. Não infligiria de propósito sofrimentos desnecessários a ninguém, e, embora eu talvez me engane, posso pensar apenas que para mim, meus sentimentos, ela... seu problema é a falta de princípios, Fanny. Possui embotada delicadeza e uma mente corrompida, viciada. Talvez assim seja melhor para mim, pois me deixa com muito menos a lamentar. Nem tanto, contudo. De bom grado, eu preferia sujeitar-me a toda dor intensificada de perdê-la a ter de julgá-la como agora. Eu assim lhe disse.

— Disse?

— Sim. Quando a deixei, disse.

— Quanto tempo vocês ficaram juntos?

— Vinte e cinco minutos. Bem, ela continuou e afirmou que o que restava agora a fazer era promover um casamento entre eles. Falou disso, Fanny, com uma voz mais firme do que me é possível emitir. — Ele se viu obrigado a interromper-se mais de uma vez ao continuar: — "Precisamos convencer Henry a se casar com ela", disse Mary, "e com a integridade e a certeza de que ele se desligue para sempre da ideia de Fanny, a situação atual não me desespera. Meu irmão tem de desistir de Fanny. Não acredito, agora, nem que ele possa ter esperança de sucesso com alguém com o caráter dela, e por isso espero não encontrar dificuldades insuperáveis. Usarei toda minha influência, que não é pequena, nesse sentido. Uma vez casados, e devidamente apoiados pela família Bertram, pessoas respeitáveis como são, ela talvez recupere, até certo ponto, sua posição na sociedade. Sabemos que em alguns círculos jamais a admitirão, mas com bons jantares, grandes festas, sempre haverá aqueles que se alegrarão com a presença de sua irmã. E hoje se vê, com certeza, muito mais liberalidade e tolerância nesses pontos. O que aconselho é seu pai agir com discrição. Não o deixe estragar a própria causa com interferência. Convença-o a deixar tudo seguir o próprio curso. Se, por alguns esforços dele, ela for induzida a deixar a proteção de Henry, haverá muito menos chance de Henry se casar com Maria que se os dois continuarem a viver juntos. Sei como ele tende a ser influenciado. Deixe que *Sir* Thomas confie na honra e na compaixão do meu irmão e tudo talvez acabe bem. Mas, se afastar a filha, isso destruirá o principal apoio".

Após repetir as palavras de Mary, Edmund parecia tão abalado que Fanny, ao observá-lo com preocupação silenciosa, mas enternecida, quase lamentava que se houvesse suscitado o assunto. Por fim, ele disse:

— Agora, Fanny, eu logo concluirei. Já contei o essencial de tudo que ela disse. Assim que tive condição de falar, respondi não julgar possível, ao chegar ali, em tal estado de espírito, poder ocorrer algo que me fizesse sofrer mais, porém ela me desferira golpes mais profundos a quase cada frase que proferira. Que, embora ao longo de todo nosso conhecimento, eu fosse muitas vezes sensível a certa divergência entre nossas opiniões sobre questões também de alguma importância, jamais me passara pela mente imaginar que a diferença pudesse ser tão grande como ela agora demonstrara. A forma como tratava o terrível crime cometido pelo irmão e por minha irmã — sobre o qual pesava a maior sedução, eu preferi não dizer —, além da maneira de falar do próprio crime, reprovando-o apenas o mínimo, analisando todas as prejudiciais consequências só como se tivessem de ser enfrentadas ou superadas por uma oposição à decência e à impudência do erro e, por fim, acima de tudo, aconselhando a todos submissão, acomodação e aquiescência à continuação do pecado, pela chance de um casamento que, pensando o que eu agora pensava de Crawford, deveria mais ser evitado do que buscado; tudo isso junto, de forma muitíssimo dolorosa, convencia-me de que nunca a entendera antes, e, no que se referia ao espírito, fora uma criatura da minha própria imaginação, não a srta. Crawford, em quem eu tendera a concentrar-me por muitos meses atrás. Talvez assim fosse melhor para mim, tinha menos a lamentar pela perda de uma amizade... tinha sentimentos, esperanças que eu precisava de qualquer modo arrancar de mim. No entanto, deveria e queria confessar-lhe que preferiria, infinitas vezes, o aumento da dor de me separar a fim de levar comigo o direito de ternura e estima. Isso foi o que eu disse, pelo menos o significado do que falei, mas, como você pode imaginar, não me expressei de forma tão controlada e metódica como repito aqui. Mary ficou abismada, chocada ao extremo, mais do que abismada. Vi a mudança de atitude. Um rubor intenso tomou seu rosto. Imaginei notar uma mistura de vários sentimentos, uma grande, embora breve, luta, em parte o desejo de render-se às verdades, de outro lado, uma sensação de vergonha... mas o hábito, o hábito dominou-os. Ela preferia rir, se pudesse. E retrucou de um jeito que soou como uma risada: "Passou-me uma ótima descompostura, palavra de honra. Era algum trecho de seu último sermão? Se assim for, logo reformará todos em Mansfield Park e Thornton Lacey, e quando eu voltar a ouvir falar de você, talvez seja como um célebre pregador em alguma grande congregação de metodistas, ou como um missionário em terras estrangeiras". Tentou expressar-se com indiferença, mas não se sentia tão indiferente quanto quis parecer. Eu respondi apenas que, do fundo do coração, desejava-lhe o bem e, com toda a sinceridade, esperava que ela logo aprendesse a pensar com mais correção e não tivesse de dever o mais valioso dos conhecimentos que qualquer um de nós pode adquirir, o conhecimento de nós mesmos e de nossas obrigações, às lições de desgosto; e saí imediatamente da sala. Mal avançara alguns passos, Fanny, quando ouvi a porta abrir-se atrás de mim. "Sr. Bertram!", ela chamou. Olhei para trás. "Sr. Bertram", disse, com um sorriso, mas um sorriso em desarmonia com a conversa que se passara, um atrevido e jocoso sorriso, que parecia convidativo a fim de me subjugar, pelo menos assim me pareceu. Resisti. Meu impulso no momento foi resistir e continuei em frente. Desde então, às vezes, por alguns instantes, arrependo-me de não ter voltado, mas sei que agi certo e esse constituiu o fim do nosso conhecimento. E que conhecimento! Como fui enganado tanto pelo irmão quanto pela irmã! Agradeço-lhe a paciência, Fanny. Proporcionou-me o maior alívio contar-lhe tudo, e agora assunto está encerrado.

E tal era a confiança de Fanny nas palavras dele que, por cinco minutos, acreditou mesmo que tinham encerrado o assunto. Então, toda a história, ou algo muito semelhante, veio novamente à tona, e nada menos que o despertar completo de *Lady* Bertram pôde de fato encerrar a conversa. Até isso acontecer, continuaram a falar só da srta. Crawford, de como ela o conquistara, a beleza com que lhe dotara a natureza, e a excelente pessoa que teria sido se houvesse caído em boas mãos na infância. Fanny, agora com a liberdade de falar abertamente, sentiu-se mais do que justificada a acrescentar, ao conhecimento do primo, o verdadeiro caráter dela, com alguma insinuação sobre até que ponto se podia supor que a influência do estado de saúde de Tom talvez a houvesse feito desejar uma completa reconciliação. Não lhe agradava tal insinuação. A própria natureza de Edmund resistia a essa possibilidade. Teria sido muito mais agradável imaginá-la mais desinteressada em seu afeto, porém, a vaidade dele não era tão forte para lutar contra a razão, o que o fez concordar que a doença de Tom a influenciara. Apenas reservou para ele próprio a ideia de que, em vista das muitas ações contrárias de hábitos opostos, ela se afeiçoara mais a ele do que se podia esperar e por ele estivera mais próxima de agir corretamente. Fanny pensava do mesmo modo e os dois também concordavam com o efeito duradouro, a indelével impressão, que tão grande decepção deveria causar no espírito de Edmund. O tempo, sem dúvida, diminuiria um pouco seus sofrimentos, mas, ainda assim, se tratava de uma coisa que ele jamais superaria por completo, e, quanto a algum dia encontrar outra mulher que pudesse... impossível mencioná-lo, senão com indignação. A amizade de Fanny era tudo a que se apegaria dali em diante.

Capítulo 48

Que outras penas escrevam sem fim sobre culpa e sofrimento. Encerro esses odiosos temas assim que posso, impaciente por restaurar tolerável bem-estar a todos que não cometeram grandes erros, e termino com todos os demais temas.

De fato, minha Fanny, nessa mesma ocasião, tenho a satisfação de saber, deve ter sido feliz apesar de tudo. Precisava ser uma criatura feliz, apesar de tudo que sentia ou julgava sentir pelo sofrimento dos que estão à sua volta. Tinha fontes de alegria que deviam impor seu caminho. Retornara a Mansfield Park, era útil, era amada e estava livre do sr. Crawford. Quando *Sir* Thomas voltou, recebeu dele todas as provas possíveis, naquele estado de espírito melancólico que então se encontrava o tio, de sua total aprovação e maior respeito. E por mais feliz que tudo isso pudesse deixá-la, ela se sentiria feliz sem nada disso, pois Edmund não mais se deixava enganar pela srta. Crawford.

É verdade que Edmund estava muito longe de ser feliz. Sofria de decepção e arrependimento, angustiado pelo que existiu e desejoso do que jamais existiria. Ela sabia que assim seria e entristecia-se, mas era uma tristeza tão baseada em satisfação, tão propensa a suavizar-se e tão mais em harmonia com todas as adoradas sensações, que poucos não se alegrariam em trocar a própria felicidade pela dela.

Sir Thomas, pobre *Sir* Thomas, um pai, consciente dos erros como pai, era o que sofreria por mais tempo. Sentia que não deveria ter permitido o casamento, tivera suficiente conhecimento dos sentimentos da filha para torná-lo censurável ao autorizá-lo, e, ao fazê-lo, sacrificara o certo pelo vantajoso, além de se deixar dominar por motivos egoístas e convenções mundanas. São reflexões que lhe exigiram algum tempo para abrandá-las, mas o tempo cura quase tudo. Embora pouco alívio surgisse do lado da sra. Rushworth, pela desgraça que ela causara, ele iria encontrá-lo muito mais do que imaginara nos outros filhos. O casamento de Julia revelou-se uma circunstância muito menos desesperadora do que o pai julgara a princípio. Ela era humilde e queria que a perdoassem. O sr. Yates, desejoso de ser bem recebido na família, dispôs-se a respeitá-lo e por ele ser guiado. Embora não muito sério, havia a esperança de que se tornasse menos frívolo, de que se revelasse mais ou menos tolerável no seio da família e menos fanfarrão. De qualquer modo, *Sir* Thomas sentiu um grande alívio ao descobrir que o rapaz possuía um patrimônio muito maior e dívidas muito menores do que ele temera a princípio, e, ao ser consultado e tratado como um amigo digno de confiança, haveria de melhorar, certamente, muito a conduta do rapaz. Também encontrou alívio em Tom, que, aos poucos, recuperava a saúde sem retomar a imprudência e o egoísmo dos antigos hábitos. A doença o melhorara para sempre. Sofrera e aprendera a pensar: duas vantagens que jamais conhecera antes. E a autocensura resultante do deplorável acontecimento na Wimpole Street, do qual se julgara cúmplice pela perigosa intimidade proporcionada pela sua injustificável representação teatral, deixou-lhe uma impressão na mente que, aos vinte e seis anos, sem que faltassem inteligência nem boas companhias, revelou-se durável em seus efeitos favoráveis. Tornou-se o que deveria ser: útil ao pai, firme e comedido, sem viver apenas para si mesmo.

De fato encontrara alívio em tudo isso. E quase tão logo *Sir* Thomas passou a confiar nessas fontes positivas, Edmund contribuiu para seu bem-estar ao melhorar no único ponto em que ele lhe causara pesar antes — a melhora no estado de espírito. Após perambular e se sentar à sombra das árvores com Fanny todas as tardes do verão, convencera-se com tanto sucesso a dominar a mente, que tornara a sentir-se toleravelmente alegre.

Eram essas as circunstâncias e as esperanças que, aos poucos, proporcionaram alívio a *Sir* Thomas e atenuaram a sensação do que ele perdera e, em parte, reconciliaram-no consigo mesmo, embora jamais eliminassem por completo a convicção dos próprios erros na educação das filhas.

Tarde demais se conscientizou de como deveria ser desfavorável ao caráter de todas as jovens o tratamento totalmente contrário que Maria e Julia haviam sempre recebido em casa, onde a excessiva indulgência e os elogios da tia Norris atuavam em contínuo contraste com a severidade dele. Viu como se equivocara ao esperar neutralizar o que existia de errado na sra. Norris pelo que ocorrera em si mesmo, e viu com toda clareza que apenas aumentara o mal ao ensinar as filhas a reprimirem o temperamento na presença do pai a ponto de tornar desconhecida, para ele mesmo, a verdadeira tendência delas, e entregá-las à satisfação de todos os prazeres a uma pessoa que conseguira atraí-las por cegueira de afeição e excessos de adulação.

Sir Thomas entendia isso como grave má administração, mas, por pior que fosse, começou, aos poucos, a dar-se conta de que não fora o mais terrível engano de seu plano de educação. Deve ter-lhe faltado algo essencial, ou o tempo desgastou grande parte da influência nociva. Temia que houvesse faltado um princípio, um princípio ativo, que não se ensinara às filhas de forma correta o domínio das tendências e temperamentos pelo senso de dever, que por si só basta. Embora houvesse ensinado a teoria da religião às filhas, não exigira que se introduzissem em uma prática religiosa diária. O fato de se distinguirem em elegância e habilidades sociais, questões permissíveis à juventude, não exerceu na mente influência útil nem efeito moral. Visara ao bem das filhas, mas dirigira seus cuidados aos conhecimentos e hábitos, não à aptidão, e, sobre necessidade de abnegação e humildade, temia que ambas jamais tivessem ouvido algo que as pudesse beneficiar.

Deplorava amargamente uma deficiência que agora mal podia encarar como possível. Indignava-o saber que, com todo o dinheiro e cuidados de uma ansiosa e cara educação, ele criara as filhas sem que elas compreendessem seus principais deveres, e sem que ele tomasse conhecimento do caráter e do temperamento de ambas.

Só se dera conta do espírito arrogante e das fortes paixões da sra. Rushworth, em especial, por suas más consequências. Maria não se deixou persuadir a abandonar o sr. Crawford. Esperava casar-se com ele e os dois continuaram juntos até ela se convencer de que tal esperança era vã, até a decepção e a infelicidade suscitadas por essa convicção deixarem-na tão intratável e despertarem sentimentos tão próximos ao ódio, a ponto de tornar-se uma mútua punição, e depois induzi-los a uma separação voluntária.

Vivera com Crawford apenas para ele acabar por acusá-la da destruição de todas as esperanças de felicidade com Fanny e, ao deixá-lo, não levou consigo mais consolo além de ela tê-los separado. Que pode ser superior à desgraça de espírito de uma mulher em semelhante situação?

O sr. Rushworth não teve dificuldade em obter um divórcio, e assim terminou um contrato de casamento sob tais circunstâncias, cujo fim teve melhor sorte do que se poderia imaginar que ela merecesse. Ela o desprezara e amara outro, e ele sempre soubera muito bem disso.

As indignidades da estupidez e os desapontamentos da paixão egoísta despertam pouca compaixão. À sua conduta, seguiu-se a punição, assim como ao delito muito mais grave da esposa seguiu-se uma punição muito mais séria. Rushworth libertou-se do compromisso para sentir-se mortificado e infeliz até que mais uma vez alguma outra moça bonita o atraísse ao casamento, e ele talvez continuasse em uma experiência conjugal, esperemos, mais próspera — se tivesse de ser enganado, que o fosse, ao menos, com bom humor e boa sorte. Por sua vez, ela, Maria, deveria afastar-se com sentimentos muito mais fortes, em recolhimento e reprovação que não poderiam admitir nenhum desabrochar de esperança e caráter.

O lugar onde se poderia instalá-la tornou-se uma questão de mais melancólica e enorme cogitação. A sra. Norris, cuja afeição pareceu aumentar com os deméritos da sobrinha, expressou a vontade de que a recebessem em Mansfield e todos a respeitassem. Mas *Sir* Thomas nem sequer admitiu ouvir tal sugestão, o que intensificou ainda mais a fúria da tia Norris contra Fanny, pois considerava a sobrinha o motivo da recusa. Insistiu em atribuir à sobrinha donzela os receios do pai, embora Sir Thomas, com toda a solenidade, lhe garantisse que a questão nada tinha a ver com isso. Ainda que não houvesse alguma jovem em casa, nem jovens de ambos os sexos que fizessem parte da família, ninguém seria ameaçado pela convivência com a sra. Rushworth, e tampouco pelo caráter dela; ele jamais permitiria tão grande insulto à vizinhança como o de supor que a vissem. Como filha, esperava uma penitente, ele a protegeria, garantiria o conforto e a apoiaria com todo incentivo a fazer o certo que admitissem as respectivas situações; porém, mais do que isso não poderia. Maria destruíra seu próprio caráter e ele não tentaria inutilmente restaurar aquilo que não podia ser restaurado, fosse sancionando a depravação ou tentando diminuir a desgraça ao introduzir tão grande tormento na família de outro homem, exatamente como acontecera com ele. Concluiu-se a questão com a resolução da sra. Norris de deixar Mansfield e dedicar-se à desafortunada Maria. Após decidir-se a formação de um novo estabelecimento para elas em outra região, distante e particular, onde, isoladas, com pouco companheirismo, sem afeto de um lado e bom-senso do outro, razoavelmente seria possível supor que os seus temperamentos seriam a sua punição.

A mudança da sra. Norris de Mansfield foi um grande alívio na vida de *Sir* Thomas. A opinião que tinha dela vinha declinando desde o dia em que regressara de Antígua. Em todas as deliberações conjuntas desde aquele período, no relacionamento diário, em negócios e até conversas, ela perdia constantemente terreno na estima do cunhado e o convencia de que o passar do tempo muito a prejudicara, ou que ele superestimara demais o seu bom-senso e se deslumbrara com os hábitos de antes. Passara a considerá-la uma enfermidade, que parecia não curar senão com a própria vida; ela lhe parecia uma parte dele próprio, que ele deveria carregar consigo para sempre. Portanto, ver-se aliviado da cunhada consistia em uma felicidade tão grande que, se não houvesse deixado amargas lembranças depois da partida, talvez ele corresse o perigo de aprender a abençoar o mal que proporcionara tanto bem.

Ninguém lamentou a falta da sra. Norris em Mansfield. Ela nunca conseguira conquistar o afeto nem daqueles a quem mais amava, e, desde a fuga da sra. Rushworth, seu humor mergulhara em um estado de tamanha irritação que sua presença tornou-se um tormento para todos. Nem Fanny tinha lágrimas para a tia — nem sequer quando partia para sempre.

O fato de Julia sair-se melhor do que Maria devia-se, em certa medida, a uma favorável diferença de temperamento e às circunstâncias, mas, em grande parte, a de ter sido a menos queridinha da tia, menos adulada e menos mimada. Sua beleza e habilidades haviam ocupado apenas um segundo lugar. Ela mesma sempre se habituara a julgar-se um pouco inferior a Maria. Tinha o temperamento mais afável, o gênio, embora irascível, era mais controlável, e a educação não lhe dera um grau muito prejudicial de importância pessoal.

Submetera-se melhor que Maria à decepção que lhe causara Henry Crawford. Depois do primeiro ressentimento, pela convicção de que ele a tratara com menosprezo, logo se vira em toleráveis condições de não voltar mais a pensar nele. E quando se reiniciou a convivência em Londres, e a casa do sr. Rushworth tornou-se o alvo de Crawford, ela tivera o mérito de afastar-se dali e aproveitar a ocasião para visitar outros amigos, a fim de proteger-se contra se sentir mais uma vez demasiadamente atraída. Fora esse motivo que a levara a procurar os primos. A conveniência da proximidade com o sr. Yates nada tivera a ver com o afastamento da casa da irmã. Fazia algum tempo que Julia permitia a corte, mas com fraquíssima ideia de aceitá-lo. Se a conduta de Maria não houvesse vindo a público, como ocorreu, além do seu próprio medo crescente do pai e da família naquela circunstância, ao imaginar que as consequências certas para ela seriam mais severas e ainda mais restritas, logo a fizessem decidir evitar o perigo de tais horrores, é provável que o sr. Yates jamais tivesse êxito. Ela não fugira com quaisquer outros receios além de temor egoísta. Parecera-lhe a única coisa a fazer. A imoralidade de Maria provocara o desatino de Julia.

Henry Crawford, arruinado por uma independência prematura e pelo mau exemplo doméstico, entregou-se aos caprichos de uma insensível vaidade por mais algum tempo. Certa vez, essa mesma vaidade, por uma circunstância imprevista e imerecida, conduzira-o ao caminho da felicidade. Se permanecesse satisfeito com os amigáveis afetos de uma mulher, se houvesse encontrado suficiente exultação ao superar a relutância, trabalhado para conquistar a estima e a ternura de Fanny Price, teria todas as probabilidades de felicidade e êxito. Sua afeição já conquistara terreno. Sua influência sobre ele já provocara, reciprocamente, alguma influência dele sobre ela. Houvesse cuidado melhor, não há dúvida de que teria obtido muito mais, especialmente depois de realizado o casamento, dando-lhe a assistência da consciência dela, dominando a primeira inclinação da moça, e unindo-os para sempre. Se perseverasse com integridade, ela teria sido sua recompensa — e uma recompensa concedida de livre vontade — passado um razoável período após o casamento de Edmund com Mary.

Houvesse ele feito o que pretendera, e como sabia que deveria fazer: ir direto para Everingham após retornar de Portsmouth, talvez estabelecesse a felicidade de seu próprio destino. Mas o pressionaram a ficar para comparecer à festa da sra. Fraser, recorrendo a lisonjas à sua vaidade e porque iria encontrar-se com a sra. Rushworth lá. Curiosidade e vaidade se uniram, e a tentação de um prazer imediato foi forte demais para um espírito desabituado de fazer qualquer sacrifício à retidão. Henry, então, resolveu adiar a viagem a Norfolk, concluiu que uma carta bastaria para o propósito da viagem, ou que o propósito não era de suma importância, e ficou. Viu a sra. Rushworth, foi recebido por ela com uma frieza provavelmente repulsiva e uma indiferença entre eles aparentemente estabelecida para sempre, e ele ficou mortificado com tal atitude, não pôde suportar ver-se rechaçado pela mulher cujos sorrisos se haviam mostrado subjugados tão por completo ao comando dele. Precisava esforçar-se para dominar uma exibição de ressentimento tão soberba em decorrência da sua fúria por causa de Fanny. Deveria tirar o máximo proveito disso e fazer a sra. Rushworth tratá-lo mais uma vez como Maria Bertram.

Nesse espírito, iniciou o ataque, e, com vigorosa perseverança, logo se restabelecera aquele tipo de relacionamento íntimo, a galanteria, o flerte, ao qual se limitavam suas intenções, mas ao triunfar sobre a discrição, que, embora baseada em fúria, poderia ter salvado ambos, caíra presa do poder dos sentimentos de Maria, que se revelaram muito mais fortes do que ele supusera. Ela o amava e ele não interrompeu aquelas atenções reconhecidamente preciosas à jovem recém-casada. Crawford se enredara motivado apenas pela vaidade, sem o pretexto do mínimo amor possível e sem a mínima consideração pela prima dela. Ocultar desta e dos Bertram o conhecimento do que se passava constituiu seu principal objetivo. Sigilo não poderia ser mais desejável para o crédito da sra. Rushworth do que ele o considerava para o seu próprio. Quando retornou de Richmond, muito o alegraria jamais tornar a vê-la. Tudo que se seguiu resultou da imprudência de Maria, e, se com ela terminou por fugir, foi por não ter mais como evitar. Arrependia-se mesmo, então, por causa de Fanny, porém arrependeu-se muito mais depois que terminou todo o alvoroço da intriga, e poucos meses com a prima o haviam ensinado, pela força do contraste, a valorizar a meiguice do temperamento dela, a pureza da sua mente e a excelência dos seus princípios.

Essa punição, a punição pública à desonra, embora deva tê-lo atingido na parte que a ele cabia no crime, não é, e todos o sabemos, uma das barreiras com que a sociedade protege a virtude. Neste mundo, a penalidade é menos equiparável ao crime do que se poderia desejar. Mas, sem a pretensão de esperar julgamento mais justo dali em diante, podemos bem imaginar que um homem inteligente como Henry Crawford trazia em si mesmo uma provisão nada pequena de tormento e arrependimento — tormento que, às vezes, deve equiparar-se ao remorso, e arrependimento, à desgraça, por assim retribuir tanta hospitalidade, ferir a paz de uma família, abandonar o melhor, mais estimável e querido círculo de amizades, e em consequência perder a mulher a quem amara tão racional quanto apaixonadamente.

Depois do que se passara e contribuíra para ferir e indispor as duas famílias, a convivência dos Bertram e dos Grant, em tão estreita vizinhança, seria muito aflitiva. Mas a ausência dos Grant, prolongada propositadamente por vários meses, terminou de forma muito afortunada na necessidade, ou ao menos na praticabilidade, de uma mudança definitiva. O fato de o dr. Grant, em virtude de um amigo influente, em cuja eficácia quase deixara de alimentar esperanças, ter sido nomeado sucessor do clérigo de uma igreja em Westminster, o que lhe proporcionou, ao mesmo tempo, uma ocasião para deixar Mansfield, um pretexto para residir em Londres e um aumento de renda para fazer frente às despesas da mudança, revelou-se muitíssimo aceitável para os que partiram e os que ficaram.

A sra. Grant, com um temperamento para amar e ser amada, deve ter partido com certa saudade do cenário e das pessoas a que se habituara, mas a mesma disposição favorável deveria garantir-lhe, em qualquer lugar e círculo social, muito do que se alegrar, além de ela ter, mais uma vez, um lar para oferecer a Mary; esta se fartara o bastante dos amigos, de vaidade, ambição, amor e decepção no decorrer do último semestre para muito necessitar da sincera bondade da irmã e da racional tranquilidade de seus hábitos. Moravam juntas, e quando a ingestão de três jantares oficiais em uma única semana provocaram apoplexia no dr. Grant, seguida de sua morte, elas continuaram a morar juntas. Isso porque Mary, embora inteiramente decidida a nunca mais apegar-se a outro rapaz senão ao primogênito de uma família, demorava a encontrar um marido entre os vistosos pretendentes ou supostos herdeiros ociosos à disposição de sua beleza e dote de vinte mil libras, ou que lhe satisfizesse o gosto mais apurado adquirido em Mansfield, cujo caráter e cujos hábitos lhe permitissem uma esperança da felicidade doméstica que ela aprendera a apreciar, ou que lhe tirasse Edmund Bertram o suficiente da cabeça.

Edmund teve sobre ela uma enorme vantagem nesse aspecto. Não precisou esperar nem desejar, com o coração vazio de afeições, alguém digno para sucedê-la nesses sentimentos. Mal terminara de lamentar Mary Crawford e comentar com Fanny como considerava impossível encontrar algum dia outra mulher como ela, quando começou a se perguntar se um tipo de mulher muito diferente não o satisfaria tão bem, ou muito melhor; se a própria Fanny não vinha mostrando-se mais querida, mais importante para ele, em todos aqueles sorrisos e aqueles aspectos dela, do que sempre o fora a srta. Crawford. E se talvez não fosse possível assumir uma esperançosa tarefa de convencê-la de que o cálido e fraternal afeto pelo primo seria uma base suficiente para o amor conjugal...

Abstenho-me de propósito de citar datas nessa ocasião, deixando todos em liberdade para fixarem suas próprias, conscientes de que a cura de paixões inconquistáveis e a transferência de ligações sentimentais imutáveis devem variar muito, como o tempo, em diferentes pessoas. Apenas rogo a todos para acreditarem que, no momento em que foi muito natural que assim ocorresse, e não uma semana antes, Edmund deixou de se preocupar com a srta. Crawford e começou a ficar mais ansioso por casar-se com Fanny quanto a própria Fanny pudesse desejar.

Com tanta estima por ela, que sentira por tanto tempo, estima fundada nas mais ternas ações de inocência e carinho, acrescida por todas as qualidades dignas, o que seria mais natural que a mudança? Amá-la, guiá-la, protegê-la como ele o vinha fazendo desde que Fanny tinha dez anos, contribuindo em tão grande medida para a formação da mente da menina com seus cuidados, e o bem-estar que ela sentia dependendo de suas amáveis atenções; tudo isso constituía para Edmund um objetivo do mais estreito e singular interesse, objetivo mais querido por toda a própria importância que tinha para ela, a qual ninguém em Mansfield poderia suplantar, o que mais poderia ser acrescentado agora, além de que ele aprenderia a preferir olhos claros e meigos aos escuros e ardentes. E por ser íntimo dela, sempre a contar-lhe confidências, partilhar os sentimentos naquele estado favorável que resulta de uma decepção recente, não se passaria muito tempo para aqueles meigos olhos claros adquirirem absoluta preeminência.

Realizado isso, nada mais haveria a detê-lo no caminho da felicidade: nenhuma dúvida sobre a nobreza de alma de Fanny, nenhum receio sobre incompatibilidades de gostos ou de temperamentos. A mente, a disposição, as opiniões e os hábitos em nada careciam de disfarces, nem autoengano presentes, e tampouco dependiam de aperfeiçoamento futuro. Mesmo em meio à sua última paixão, jamais deixara de reconhecer a superioridade mental de Fanny. Portanto, qual não seria essa sensação de superioridade agora! Considerava-a, decerto, boa demais para ele, porém, como ninguém mais tinha conhecimento do que era bom demais para ele, Edmund empenhou-se com constância e seriedade nos esforços em busca dessa bênção dos céus, e parecia-lhe impossível ter de esperar muito o encorajamento dela. Por mais tímida, ansiosa e hesitante que fosse, parecia-lhe ainda impossível que, com tanta ternura como a guardada em si, Fanny não lhe oferecesse, às vezes, a mais forte esperança de sucesso, embora ela deixasse para mais tarde o ato de revelar-lhe toda a deliciosa e surpreendente verdade. A felicidade de saber-se por tanto tempo amado por um coração como o dela deve ter sido grande o bastante para garantir esplêndida eloquência a fim de a descrever a Fanny ou a si próprio; e era de fato uma delirante felicidade! Mas, a felicidade que existia em outra parte, nenhuma descrição pode alcançar. Que ninguém tenha a presunção de traduzir os sentimentos de uma moça ao receber a certeza de um amor do qual mal se permitia alimentar uma esperança.

Suas mútuas inclinações confirmadas, não se seguiram dificuldades, nenhuma inconveniência de pobreza ou parentesco. Tratava-se de uma união antecipada pelos desejos de *Sir* Thomas. Farto de ambiciosas e mercenárias ligações, valorizava cada vez mais o elevado bem de princípios e temperamento, e, acima de tudo, desejava vincular por elos mais fortes o que lhe restava de felicidade doméstica. Ponderara com genuína satisfação sobre a mais que eventual possibilidade de os dois jovens amigos íntimos encontrarem, um no outro, consolo mútuo, por tudo que ocorrera de decepção para ambos. E o alegre consentimento dado ao pedido de Edmund, a intensa sensação de ter realizado uma grande aquisição na promessa de adotar Fanny como filha, revelava um grande contraste com suas antigas opiniões a respeito, quando a princípio se discutiu a chegada da pobre menina. Pois o tempo sempre se impõe entre os planos e as decisões dos mortais, para o seu próprio aprendizado e entretenimento dos próximos.

De fato, Fanny era a filha que ele necessitava. Sua caridosa amabilidade consistira na criação do principal alívio para si mesmo. A generosidade como tio recebera uma rica recompensa; e a bondade de suas intenções com a sobrinha foi por ela merecida. Talvez pudesse ter-lhe proporcionado uma infância mais feliz, no entanto, um erro de julgamento dera-lhe a constante aparência de severidade e privara-o do amor da jovem desde o início. E agora, por conhecerem de fato um ao outro, a afeição mútua tornou-se muito forte. Após tê-la estabelecido em Thornton Lacey, com toda a amável atenção pelo seu bem-estar, o objetivo quase diário dele era lá visitá-la, ou buscá-la para visitá-los em Mansfield.

Amada de forma tão egoísta como o fora durante tanto tempo por *Lady* Bertram, não havia como separar-se de bom grado da tia. Felicidade alguma da sobrinha ou do filho poderia fazê-la desejar o casamento. Mas foi possível separar-se dela porque Susan ficou para ocupar seu lugar. Susan tornou-se a sobrinha fixa, e maravilhada por sê-lo! E, igualmente bem adaptada para a função pela presteza de espírito e propensão a ser útil, como fora Fanny pela meiguice de temperamento e fortes sentimentos de gratidão, Susan nunca pôde ser dispensada: primeiro como um conforto para Fanny, depois como sua auxiliar e, por último, como substituta estabeleceram-na em Mansfield com toda a aparência de igual permanência. Sua natureza mais destemida e com nervos mais resistentes tornaram tudo fácil para ela. Com vivacidade para logo compreender os temperamentos daqueles com quem precisava lidar, sem natural timidez que a impedisse de expressar qualquer desejo importante, logo se tornou bem-vinda e útil a todos. Depois da mudança de Fanny, sucedeu-a com muita naturalidade no bem-estar que proporcionava de hora em hora à tia, a ponto de, aos poucos, tornar-se talvez até a mais amada das duas. Na prestabilidade dela, na excelência de Fanny, na continuada boa conduta e fama crescente de William e no bom procedimento e sucesso geral de todos os demais membros da família, todos contribuindo para o progresso uns dos outros, *Sir* Thomas viu repetidos motivos para se regozijar do que fizera por todos eles. Reconhecia as vantagens da adversidade e da disciplina no início da vida, além da consciência de nascer para lutar e suportar.

Com tanto e autêntico mérito, e verdadeiro amor, sem carência alguma de fortuna e amigos, a felicidade dos primos casados deve parecer-nos tão segura quanto é possível sê-lo a felicidade terrena. De modo semelhante formados para a vida doméstica, e apegados aos prazeres do campo, o lar de Fanny e Edmund constituía o lar de amor e bem-estar. E, para completar a imagem venturosa, veio a aquisição da propriedade eclesiástica de Mansfield pela morte do dr. Grant, logo depois de Edmund e Fanny estarem casados há tempo suficiente para desejar um aumento de renda e considerarem uma inconveniência a distância de Thornton Lacey até a residência paterna.

Nessa ocasião, eles se mudaram para Mansfield e se instalaram no presbitério, do qual, sob cada um dos dois antigos donos, Fanny jamais conseguira aproximar-se sem uma dolorosa sensação de coibição ou temor, mas que logo se tornou tão querido ao coração e tão perfeito aos olhos quanto desde muito antes fora tudo mais que se estendia no campo visual sob a proteção de Mansfield Park.

Título original em inglês: *Mansfield Park* (1814).

direção MARTIN CLARET

produção editorial CAROLINA MARANI LIMA
MAYARA ZUCHELI

direção de arte JOSÉ DUARTE T. DE CASTRO

ilustração de capa MSDE / MANU SANTOS DESIGN

diagramação GIOVANA QUADROTTI

revisão WALDIR MORAES

impressão e acabamento CROMOSETE GRÁFICA

Este livro segue o novo Acordo Ortográfico da Língua Portuguesa.

Dados Internacionais de Catalogação na Publicação (CIP)
(Câmara Brasileira do Livro, SP, Brasil)

Austen, Jane, 1775-1817.
Mansfield Park / Jane Austen; tradução e notas: Alda Porto.
— São Paulo: Martin Claret, 2018.

Título original: Mansfield Park.

ISBN 978-85-7232-876-0

1. Ficção Inglesa I. Porto, Alda II. Título

12-09535 CDD-823

Índices para catálogo sistemático:

1. Ficção: Literatura inglesa 823

EDITORA MARTIN CLARET LTDA.
Rua Alegrete, 62 – Bairro Sumaré – CEP: 01254-010 – São Paulo - SP – Tel.: (11) 3672-8144 – www.martinclaret.com.br
3ª reimpressão – 2022